好兵帅克历险记

Osudy dobrého vojáka
Švejka za světové války

〔捷克〕雅·哈谢克/著

星灿/译

名著名译
丛书

人民文学出版社

J. Hašek
OSUDY DOBRÉHO VOJÁKA ŠVEJKA ZA SVĚTOVÉ VÁLKY
据 Prace-vydavatelství Roh, Praha, 1951 年捷克文版原书译出，插图据同书复制；插图为捷克画家约·拉达作。

图书在版编目（CIP）数据

好兵帅克历险记/（捷克）雅·哈谢克著；星灿译.—北京：人民文学出版社，2016（2025.8 重印）
（名著名译丛书）
ISBN 978-7-02-011583-9

Ⅰ.①好… Ⅱ.①雅…②星… Ⅲ.①长篇小说—捷克—现代 Ⅳ.①I524.45

中国版本图书馆 CIP 数据核字（2016）第 093515 号

责任编辑　李丹丹
装帧设计　刘　静　陶　雷
责任印制　王重艺

出版发行　人民文学出版社
社　　址　北京市朝内大街 166 号
邮政编码　100705

印　　刷　三河市中晟雅豪印务有限公司
经　　销　全国新华书店等

字　　数　659 千字
开　　本　890 毫米×1290 毫米　1/32
印　　张　23.125　插页 3
印　　数　25001—28000
版　　次　1983 年 4 月北京第 1 版
印　　次　2025 年 8 月第 7 次印刷

书　　号　978-7-02-011583-9
定　　价　58.00 元

如有印装质量问题，请与本社图书销售中心调换。电话：010-59905336

雅·哈谢克

雅·哈谢克（1883—1923）

　　捷克作家。自幼家贫，少年丧父。成年后游历全国各地，广泛了解和体验社会生活。第一次世界大战爆发后，被征入伍赴俄国作战。十月革命爆发时，在俄国参加革命，加入苏联红军和布尔什维克。1920年返回捷克，1923年因病逝世。

　　《好兵帅克历险记》是哈谢克的代表作，也是一部传世讽刺杰作。第一次世界大战期间，奥匈帝国以武力奴役捷克民族，迫使捷克人去充当战争的炮灰。处于劣势的捷克民族不得不采取令统治者无可奈何的绝妙办法进行抵抗。小说的主人公帅克就是这样一位典型人物：他极力"效忠"统治者，总是一本正经地执行上级的命令，然而他又能每次都把事情搞砸，搅得鸡犬不宁。他越忠顺地执行命令，闹出的乱子就越大，暴露出统治者的命令本身就是虚伪荒唐、破绽百出。小说讲述了帅克从应征入伍到开赴前线的种种遭遇，以嬉笑怒骂的手法，揭露了奥匈帝国的残暴腐朽与昏庸无能。

　　本书是由捷克语直接翻译而来的全译本。

译　者

星　灿（1937—　），原名刘星灿，湖南湘乡人。1954年赴捷克斯洛伐克学习语言文学，1960年回国。先后在中国驻捷克斯洛伐克大使馆、北京外国语学院、人民文学出版社工作。主要译作有《好兵帅克历险记》《捷克斯洛伐克文学简史》、诗集《紫罗兰》及赫拉巴尔的作品。

出版说明

人民文学出版社从上世纪五十年代建社之初即致力于外国文学名著出版，延请国内一流学者研究论证选题，翻译更是优选专长译者担纲，先后出版了"外国文学名著丛书""世界文学名著文库""二十世纪外国文学丛书""名著名译插图本"等大型丛书和外国著名作家的文集、选集等，这些作品得到了几代读者的喜爱。

为满足读者的阅读与收藏需求，我们优中选精，推出精装本"名著名译丛书"，收入脍炙人口的外国文学杰作。丰子恺、朱生豪、冰心、杨绛等翻译家优美传神的译文，更为这些不朽之作增添了色彩。多数作品配有精美原版插图。希望这套书能成为中国家庭的必备藏书。

为方便广大读者，出版社还为本丛书精心录制了朗读版。本丛书将分辑陆续出版。

人民文学出版社
2015年1月

前　言

　　二十世纪初期，从自由竞争走上垄断道路的西方资本主义各国，相继出现了频繁的经济危机。帝国主义为了摆脱厄运，转嫁困难，终于以斐迪南大公被刺为导火线，于一九一四年发动了一场重新划分势力范围的世界大战。

　　捷克著名作家雅罗斯拉夫·哈谢克正是以第一次世界大战为背景，创作了这部传世讽刺杰作《好兵帅克历险记》（以下简称《好兵帅克》）。小说通过一位普通士兵帅克在第一次世界大战中的种种遭遇及他周围各类人物的活动，以谑而不虐，寓庄于谐，含怒骂于嬉笑之中的绝妙手法，将残暴腐朽的奥匈帝国及其一切丑类暴露在光天化日之下。《好兵帅克》一问世（1921—1923），便在国内外引起了强烈的反响。半个多世纪以来，小说的主人公帅克不仅在他的祖国成了家喻户晓、老少皆知、人人喜爱的人物；在国外，《好兵帅克》已被译成五十多种文字流传于世界各国。斯诺拿它与鲁迅的《狂人日记》相比较。法国小说家布洛克说："《好兵帅克》是当今最伟大的经典著作之一。假如捷克斯洛伐克只产生了哈谢克这么一位作家，她对人类就作了不朽的贡献。"①

一

　　一八八三年四月三十日，哈谢克诞生在布拉格一位中学教员的家庭。刚满十三岁就死了父亲，跟随寡母过着清寒的日子，小小的年纪便不得不辍学到一家杂货铺当学徒。后来虽然结业于商业学校，在银行

---

①　见《帅克征服了世界》第 98 页（1983 年，赫拉台茨·克拉洛维出版社）。

里谋到一个小职员的位子，可不到几个月就被解雇了，从此终其一生，再也未能找到一个稳定的职业，仅仅靠微薄的稿费收入勉强糊口。

贫困的生活和烦人的小市民环境使哈谢克喘不过气来，他怀着渴望自由与探险求知的欲望冲出了这个使他窒息的环境，投身于大自然中。他身无分文徒步而行，用他自己的话说，实际上是"沿途乞讨"，一次又一次漫游祖国大地，甚至中欧各国。这样的流浪虽然招致警察的干涉、拘留，却使他了解到广大城乡劳动人民的生活疾苦，为他一生的创作提供了取用不竭的智慧和营养。旅途中所见社会不平，国家日益恶化的经济状况，使这个敏感而善于观察思考的青年人痛恨欺压捷克民族的奥匈帝国皇族、日耳曼官吏以及他称之为"投敌分子"的捷克人中的假洋鬼子。当他还只有十四岁的时候，就参加了布拉格举行的暴动。据他自己后来在《捷克人》杂志上发表的回忆录中说：他扯下了戒严令和象征着奥地利权力的鹰头徽章，砸烂了皇家办公楼的窗户，并参加了烧毁一个德国人家的墙栅的行动。他因为闹事、和警官发生冲突、参加无政府主义者组织的游行示威而多次被抓进警察局监狱。哈谢克根本不在乎，还恶作剧地去找他们逗趣：或假装跳河自杀而被巡警送进疯人院；或冒称来自基辅的莫斯科人，让警察误将他当作间谍而虚惊一场。

除了流浪、闹事、和警察老爷们过不去之外，他还经常去布拉格的小酒家、小饭馆，扎到大城市的底层人民之中，并以他特有的出色口才和乐观幽默的天性给他们讲述各种趣闻轶事，无情地嘲笑奥匈帝国的官僚机构、资产阶级政客和社会上一切丑恶现象，逗得大家捧腹大笑。一九一一年帝国大选时，哈谢克干脆组织了一个名称奇特的所谓"在合法范围内的温和进步党"，他自任主席，作为议员竞选人，打着效忠的旗号到各种大小会上发表演说，公开嘲笑这个腐败的社会制度和政客们。帝国老爷们对哈谢克的这一切"越轨行为"十分恼火，对他战斗的文学创作活动则更是切齿痛恨。

哈谢克从十八岁起就开始在各种报刊杂志上发表短篇小说和游记小品，在他十五年的文学生涯中，写了一千二百余篇短篇小说与游记，对帝国社会各类丑恶现象进行了无情的鞭笞。一九一一年，在哈谢克的小说里第一次出现了好兵帅克的形象。有一次,他以"在合法范围内的温和进步党"主席的身份在一家饭馆的集会上发表演说,带着一副忠顺公民的表情,辛辣地嘲笑了奥匈帝国腐朽王朝,由此而产生了要用同一手法来嘲笑帝国军队的念头。几天之后,以帅克为主人公的短篇小说便在拉达主办的《漫画》杂志上发表了。

一九一五年,哈谢克应征入伍,编在第九十一兵团,即本书描写的主人公帅克所在的那个兵团。三营营长扎格纳、十一连连长卢卡什、军需上士万尼克等人物后来都在《好兵帅克》中出现了。同年六月,哈谢克和卢卡什的勤务兵一起失踪,"自愿被俘",逃到俄国人那边去了。在俄国的第二年(1916),他便在基辅创作了《好兵帅克在俘房营》,用小册子的形式在士兵中发行。

当时的俄军在俘房中间组织了一支捷克兵团与奥匈帝国作战,哈谢克也报名参加了。后来,这个兵团变质,成了反革命的白卫军盟友——即臭名远扬的捷克斯洛伐克师团,并开往马拉河去反对布尔什维克,此时哈谢克便毅然逃走,于一九一八年二月加入了红军,随后成为一名共产党员。他积极参加宣传工作,动员在俄国的捷克士兵支持十月革命。后来他又成为著名的红军第五军的干部,任政治部国际组组长。在伊尔库茨克时,曾担任过德文杂志《狂飙》、匈文杂志《进攻》和蒙古文杂志《曙光》的领导工作。在那里他曾结识一位参加十月革命的中国将军,跟他学会了八十个中国字。

一九二〇年,哈谢克应访苏的捷克社会民主党的请求,回国开展革命工作,但却被当时的资产阶级共和国诬蔑为"奸细"。正是在这最艰难的时刻,哈谢克于一九二一年开始写作他的讽刺巨著《好兵帅克》,将他的全部生活经验、对人民的热爱和对非正义战争、对一切暴君与丑类的仇恨倾注其中。这时他的健康状况已明显恶化,由朋友接济,搬到利普尼采镇定居下来。在几位朋友的协助下,小说开始以小册子的形式陆续出版,由哈谢克和他的朋友亲自沿街叫卖。《好兵帅克》一问世,就像刨了资产阶级共和国大小官吏和奴才的祖坟。《好兵帅克》才出了第一卷,市侩文人们,尤其是那些靠战争发财的人吓破了胆,纷纷攻击《好兵帅克》为毒害青年的下流文学,连农村的黄色报纸也一个劲儿地骂《好兵帅克》。哈谢克奋起迎战，在《好兵帅克》第一卷后面，专门写了一篇跋，痛斥了这帮资产阶级老爷太太们的伪善嘴脸。

哈谢克接着写他的《好兵帅克》第二卷至第四卷。不幸，他的健康状况继续恶化，病情一天比一天严重，以致不能伏案写作，只得口授，由友人代书。在他刚满四十岁的那一年，终于因心脏麻痹和肺炎，过早地含愤离开了人世（1923年1月3日），未能完篇。

一九八二年，联合国教科文组织确认哈谢克为"世界文化名人"。

二

欧洲近代史上最后一个王朝——奥匈帝国，为了争夺霸权，便以武力奴役弱小的捷克民族，并强迫捷克人去充当第一次世界大战的炮灰。处于劣势的捷克民族不得不采取种种使帝国统治者们无可奈何的绝妙办法，对其进行顽强的抵抗。哈谢克小说中的主人公帅克就是这个民族反对奥匈帝国及其热衷进行的帝国主义战争的代表。通过帅克这个极富机智的普通士兵在第一次世界大战期间从应征入伍到最后被俘的经历，以笑骂的笔锋对这个暴虐腐朽的帝国加以无情的暴露与控诉，就是《好兵帅克》这部讽刺巨著的基本内容。

帅克其实是个很不出众、很不显眼的小人物。大战前，他是个靠贩狗为生的普通老百姓；入伍后，是奥匈帝国军队中的一名普通士兵。乍一看，对于奥皇、帝国军队及其各级长官，帅克几乎忠顺得无以复加。正当捷克壮丁为了摆脱不义战争和充当炮灰的命运，或有意装病、或自毁致残、或逃往外国时，帅克却在风湿症疼得走不了路的情况下，也要坐着轮椅去从军；正当他的同胞对残酷统治他们的奥匈帝国切齿痛恨时，他却公开宣称为效忠皇上，就是"粉身碎骨也心甘情愿"。他究竟是怎么"效忠"的呢？用他自己的话说："每次都是好心办成坏事"，帮倒忙。他越是忠顺地执行上司的命令，闹出的乱子就越大，他的上级长官就越给他弄得狼狈不堪，丑态百出，无可奈何。你说他傻吧，他既不受气，也不吃亏，更不低人一等。在帅克的眼里，什么皇上、将军、大公，统统不在话下。人家提起斐迪南大公，他却联想起捡狗屎的小人物；人家告诉他大公被暗杀了,他却琢磨着胖的瘦的哪个好打,买支勃朗宁可以连胖的带瘦的一下干掉二十个。他发起那股效忠皇上的傻劲来,连那些身佩黑黄绶带的警官也自愧弗如地低下头来无言以对;只要帅克打开话匣子来上一句"想当初……",就会滔滔不绝、无所不知地举出一大串充满人民智慧的传闻轶事。凭着他那张明月般的笑脸,那双天真无邪的蓝眼睛,那副镇定自如的神态,那一套套头头是道的辩解词,总能在极其艰难甚至险遭处死的逆境中逃出恶魔的手心,化险为夷,同时,让那些残暴愚蠢的奥匈帝国的官僚们搬起石头砸自己的脚,落得个喝粪水、挨臭骂、给自己养的狗群撕碎吃掉的种种可耻下场。他是傻子?那也只是一个"官定的"傻子而已,他周围的亲朋好友、难兄难弟、广大的人民群众从来不这么看。他们对帅克的一言一行、一举一动都心领神会,常常发出会心的、赞赏的笑声。他们看出帅克是个"聪明的傻子,天才的傻子"。的确,帅克就是自白山战役(1620)以来,受外族统治达三百年之久的捷克人民,在同异族压迫者进行韧性斗争的一种特殊典型,是捷克人民数百年来孕育而成长起来的一个憨厚老实、聪明机智而又幽默诙谐的典型人物。通过他,人们感觉到捷克人民对反动的奥匈帝国的仇恨与蔑视;通过他,人们看到,这个古老帝国的大厦已经腐朽不堪,它的不肖子孙——将军、官僚、神父等,像蛀虫一样,已快将它从里往外蛀蚀一空;通过他,更表现出人们对这个帝国所狂热进行的大屠杀即非正义战争的反抗。《好兵帅克》还充满对不幸的、弱小的捷克民族的爱,表现了捷克民族在奥匈帝国这个民族牢笼中的尊严。诚然,帅克不是什么叱咤风云的英雄,但他的确在斗争,在破坏反动政权,在反抗邪恶、不义和民族压迫。可以说,他在哪里出现,哪里的帝国军队就被他搅得鸡犬不宁,不得安生。所以,捷克人民喜爱他,敌人讨厌他,受了他的愚弄,却又无可奈何。正如伏契克一语所道破的:"帅克掌握了让派遣他打仗的人输掉的艺术。他采用的方法不是规避和怠工,而是一本正经地执行他们的命令。"奥匈反动派的命令本身就是虚伪荒唐、破绽百出的,因此,愈是忠实执行,就愈能显出其反动性。帅克的形象集中了捷克人民的智慧和幽默感,以这种特殊的形式,在帝国主义军队中替人民群众"捣乱"、出气、立功,把腐朽的军队,连同支撑这支军队进行不义之战的奥匈帝国的一切残暴丑恶,揭露得淋漓尽致。

著名的捷克反法西斯英雄伏契克说:"帅克是个国际典型,是所有帝国主义军队的士兵典型。难怪哈谢克的书这么快就在各处扎了根,难怪在哈谢克的名字根本不为人们所熟悉的那些地方也出现了许多'帅克'。"直到今天,这本书仍是世界各国人民反对黑暗、反对专制、反对一切非正义战争的锐利武器,帅克仍是伴随他们斗争的好伙伴。

译 者

1992年9月于北京

目 录

作者序 ·· 001

第一卷 在后方

第 一 章　好兵帅克干预世界大战 ··· 003
第 二 章　好兵帅克在警察局里 ··· 016
第 三 章　帅克在法医面前 ··· 025
第 四 章　帅克被赶出疯人院 ·· 032
第 五 章　帅克在萨尔莫瓦街上的警察所里 ··································· 038
第 六 章　帅克冲出迷魂阵又回家了 ·· 046
第 七 章　帅克从军 ··· 057
第 八 章　帅克成了装病逃避兵役犯 ·· 065
第 九 章　帅克在警备司令部拘留所里 ··· 081
第 十 章　帅克当了团队随军神父的勤务兵 ·································· 101
第十一章　帅克陪随军神父去做战地弥撒 ···································· 126
第十二章　一场有关宗教的辩论 ··· 135
第十三章　帅克去为别人举行终傅仪式 ······································· 142
第十四章　帅克当了卢卡什上尉的勤务兵 ···································· 157
第十五章　灾祸临头 ··· 200

第一卷《在后方》跋 ·· 213

第二卷 在前线

第 一 章　帅克在火车上的厄运 ·· 219

第 二 章　帅克远征布杰约维策 …………………… 240
第 三 章　帅克在基拉利希达的奇遇 ………………… 307
第 四 章　苦难重重 ……………………………………… 366
第 五 章　从利塔河畔摩斯特到索卡尔 ……………… 390

第三卷　光荣的败北

第 一 章　在匈牙利大地上行进 ……………………… 437
第 二 章　在布达佩斯 …………………………………… 495
第 三 章　从豪特万到加里西亚边境 ………………… 549
第 四 章　开步走 ………………………………………… 596

第四卷　光荣败北续篇

第 一 章　帅克在俄国俘虏队里 ……………………… 645
第 二 章　刑前祝祷 ……………………………………… 670
第 三 章　帅克重返先遣连 …………………………… 679

附录　我是怎样为帅克作插图的 …………… 约瑟夫·拉达 720

作 者 序

伟大的时代得有伟大的人物。有一些被埋没的英雄人物,他们谦逊平凡,没有拿破仑那样的赫赫功名和传世业绩,然而只要分析一下他们的品格,就连马其顿的亚历山大大帝的声誉也会显得黯然无光。如今,你可以在布拉格街上遇到一个衣衫破旧的人,他自己压根儿就不知道,他在这伟大新时代的历史上究竟占有什么地位。他谦和地走着自己的路,谁也不去打扰,同时也没有新闻记者来烦扰他,请他发表谈话。你要是问他尊姓,他会简洁而谦恭地回答一声:"帅克。"

原来,这个和善、卑微、衣履寒伧的人,正是我们的老相识、英勇无畏的好兵帅克。早在奥地利统治时期,他的名字在捷克王国的全体子民中就已家喻户晓,到了共和国①时代,他的声望也依然不减当年。

我非常喜欢好兵帅克。当我向读者诸君介绍他在世界大战中的种种奇遇时,相信诸位也会同情这位谦卑的、被埋没的英雄,因为他不曾像希罗斯特拉特②那个傻瓜,为了能让自己的事迹登在报上,编进教科书里,竟一把火烧掉了以弗所城的女神庙。

仅此一点,也就足够了。

---

① 在第一次世界大战前,捷克斯洛伐克是奥匈帝国中的一个王国,战后于一九一八年十月成立了资产阶级共和国。
② 小亚细亚的希腊人。他为了扬名于世,于公元前三五六年纵火烧毁了位于小亚细亚的港口城市以弗所的女神庙——古代艺术精品之一。后世所谓"希罗斯特拉特荣誉"即为"可耻的荣誉"的同义词。

第一卷　在后方

第一章　好兵帅克干预世界大战

"他们就这样把我们的斐迪南①给杀了。"女用人对帅克说。几年前,当帅克被军医审查委员会最终宣布为白痴时,他退了伍,从此以贩狗营生,替七丑八怪的杂种狗伪造纯正血统证书。

除了这档子活计外,他还患着风湿症,这时正用樟脑油搓揉膝盖。

"哪个斐迪南呀,米勒太太?"帅克问道,一边继续揉着他的膝盖,"我认识两个斐迪南,一个是给杂货铺老板普鲁什当伙计的,有一次他错把一瓶生发油喝了下去;另外我还认识一个斐迪南·柯柯什卡,他是

---

① 斐迪南大公(1863—1914)是奥皇弗兰西斯·约瑟夫一世的侄儿,奥匈帝国皇位继承人,与其妻于一九一四年六月二十八日在萨拉热窝被暗杀。此事就成了第一次世界大战的导火线。

个捡狗屎的。这两个全死掉都没啥可惜的。"

"不,先生,死的可是斐迪南大公呀。就是住在科诺皮什捷①的那一位,又胖又虔诚的那一位呀……"

"天哪!"帅克惊叫了一声,"这可是妙啊! 大公这事儿是在哪儿发生的呢?"

"是在萨拉热窝干掉他的。您知道,还是用的左轮手枪哩,当时他正带着他那位大公夫人坐小轿车路过那儿。"

"你瞧他有多气派! 米勒太太,坐的是小轿车哩。当然哪,也只有像他那样的大老爷才坐得上啊。可他准没料到,坐小轿车兜风,会不得好死。还是在萨拉热窝哩,这不是在波斯尼亚省吗,米勒太太? 大概是土耳其人干的吧? 本来嘛,我们根本就不应该把他们的波斯尼亚和黑塞哥维那②抢过来。这下子,你瞧闹到个啥结果? 米勒太太,这位大公果不然上西天了吧! 他受了好半天罪才断气吧?"

"大公当场就断气了,先生。谁都知道,左轮手枪可不是闹着玩儿的。前不久在我们努斯列也有位先生拿着左轮寻开心来着,结果把全家人都给崩了。门房上楼去看谁在四楼放枪,也给打死了。"

"有一种左轮,米勒太太,你就是急疯了也打不响,这种玩意儿还真不少哩! 可是他们买来打大公的那杆枪准会强得多。我敢跟你打赌,米勒太太,干掉大公的那个人,那天肯定穿得很讲究。明摆着的,开枪打死一位大公,这可是非常之难哪! 这可不像流浪汉朝守林官打冷枪那么容易,关键在怎么挨近他。像那样的大人物,你穿得破破烂烂就休想挨近他。你得戴上一顶高筒礼帽,要不你还没下手,警察早把你给逮住了。"

"我听说刺客有一帮子人哩,先生。"

"当然啰,米勒太太,"帅克说,正好按摩完他的膝盖。"要是你,比方说吧,想干掉一个大公或皇帝什么的,你也得找些人合计合计呀,人多智广嘛。这个人出个点子,那个人添条妙计,那就像我们的

---

① 斐迪南大公在捷克的城堡。
② 一九〇八年,奥匈帝国吞并了这两个地方。

国歌上说的:'事业定必成功。'①要紧的是,你得瞅准那位大人物的车子经过的那一刹那。就好比,你还记得当年用锉刀捅死我们的伊丽莎白皇后的鲁谢尼先生吧?当时他还和她一块儿散着步哩。人心隔肚皮啊!这件事发生以后,再也没有哪一个皇后随便出来散步了。嘿,摊上这号事的大人物还会很多的。你等着瞧吧,米勒太太,沙皇和他的皇后也会有这一天的。他们既然已经拿皇叔②开了刀,也许——但愿上帝保佑别这样,也许连我辈小民的皇上也在数难逃。这位老先生的仇人可不少哪,比斐迪南的还要多。正像前不久有位老兄在酒店里说的:'迟早有一天这些当皇帝的一个个都得被干掉,就连他们的国家监察院也救不了他们的老命。'这位老兄喝了酒付不出账来,酒店老板不得不叫警察来抓他。他扇了老板一耳刮子,又给了警察两巴掌。后来他们把他装上囚车③押走了,叫他知道点厉害。米勒太太,你不知道,如今新鲜事儿可多着啦!这一回对奥地利来说可又是一个损失。想当初,在我服役的那时节,咱们那儿有个步兵,开枪打死了个大尉。他拿着一支上了膛的步枪闯进了办公室。办公室的人叫他别在那儿闲逛,可他还是逛他的,说是要找大尉谈话。大尉一出来就宣布禁止他出营房。他端起枪,叭的一声朝大尉的胸膛开了一枪,子弹从大尉的后背穿出来,还把办公室弄得乱七八糟:墨水瓶打翻了,墨水在那些公文上淌得一塌糊涂。"

"那个当兵的后来怎么样啦?"过了一会儿,当帅克已穿上外衣时,米勒太太问道。

"拿根裤带吊死啦,"帅克边刷着礼帽边回答说,"那根裤带不是他自己的,是从禁闭室的看守那儿借来的。他借口说他的裤子老爱掉。你说他还用等着人家来枪毙他吗,米勒太太?你知道,谁赶上这档子事儿都得脑袋搬家!看守为这事儿丢了饭碗不说,还给判了六个月的徒刑,不过他没坐满六个月就逃到瑞士去了。现在在那儿的一座教堂里

---

① 出自旧奥地利国歌。该歌由约瑟夫·海丁(1732—1809)于一七九七年谱曲。
② 斐迪南大公为奥皇的侄子,帅克把他误当乍"皇叔"。
③ 在奥匈帝国统治时期,在布拉格常用有栏栅的手推车(囚车)将醉汉押往警察所。

当传教士。如今世界上的老实人不多了，米勒太太。我想斐迪南大公在萨拉热窝也准是把那个枪杀他的人看错了。他准是看到那人对他满口甜言蜜语，就以为这是个好人，结果反让这位老兄把他干掉了。他们朝他身上开了一枪还是几枪？"

"报上说，先生，大公的身子给打得净是筛子眼儿。刺客把子弹全打光了。"

"干得真痛快，干净利索，米勒太太。要是我去干那号子事儿，就得买支勃郎宁。这种手枪看上去像个玩具，可是只消两分钟，就可以连胖子带瘦子打死他二十个大公。不过，你别对旁人说，米勒太太，胖大公总比瘦大公好打些。你还记得葡萄牙人是怎么打死他们的国王的吗①？那国王就是个胖家伙。你自己也知道，当国王的不会有瘦子。好啦，我该去'杯杯满'酒家走一趟啦。要是有人来取那只我已经收了定钱的小狍狗，你就告诉他：我把它放在乡下养狗场里，前不久刚给它剪齐了耳朵，耳朵长好之前，不能把它领出去，要不会伤风的。你把钥匙交给咱们楼的门房吧。"

"杯杯满"酒家里只坐着一位顾客。他是警察局的密探，叫布雷特施奈德。酒店老板巴里维茨在一旁洗碟子。布雷特施奈德想方设法要和他谈点正经事儿，可是总没谈起来。

巴里维茨是个有名的粗人，他每说一句话都得带上个"屁"呀"屎"呀一类的脏话；可是他满肚子墨水，见了谁都要劝人家读一读雨果描述拿破仑的书里的最末一章，也就是老近卫军在滑铁卢战役中给英国人的最后答复那一段。②

"今年夏天真不错呀！"布雷特施奈德开始谈正经事儿。

"不错顶个屁！"巴里维茨回答说，一面把碟子放进橱柜里。

"他们在萨拉热窝可给我们干了桩好事啊！"布雷特施奈德抱着一线希望接上一句。

---

① 葡萄牙国王查理一世于一九〇八年二月在里斯本被刺；该国王是以奇胖出名的。
② 法国著名作家维克多·雨果（1802—1885）在《悲惨世界》一书中，描写一八一五年六月十八日滑铁卢战役时，写到法国将军康布栾纳以"屎！"一词来回答英军的劝降。在这里，巴里维茨为自己的谈吐粗俗寻找根据。

"在哪个'萨拉热窝'?"巴里维茨反问道,"是在努赛尔酒店吧?那儿每天都有人干架,都出了名啦。"

"不,是波斯尼亚省的那个萨拉热窝,掌柜先生。那儿有人把斐迪南大公打死了。对这件事,您有什么看法?"

"我可不管这些鸟事。谁想要我过问这类事,那就请他来吻一下我的屁股吧!"巴里维茨谨慎地回答,一面点着他的烟斗,"如今这世道,谁要是跟他妈的这种事沾上了边,那就等于找死。我是买卖人,顾客进来要杯啤酒,我就给他倒杯啤酒。什么萨拉热窝,什么政治,或者死了个什么大公,跟我们屁相干!谁要管这些鸟事,就只有到庞克拉茨①去蹲班房。"

布雷特施奈德不吭声了,他失望地看了一下空无一人的酒店。

"这儿从前挂过一幅皇上的画像吧?"过了一会儿,他又找了个话题,"就在如今挂镜子的地方。"

"嗯,您说对啦,"巴里维茨回答说,"挂过,后来苍蝇在画像上拉满

---

① 布拉格一所大监狱设在这里。

了屎,我只好把它放到顶棚上去了。您知道,说不定哪个多嘴多舌的扯句闲话,兴许就会惹来他妈的一场麻烦。老子犯得着吗?"

"萨拉热窝那边一定糟透了吧,掌柜先生?"

对这个阴险狡诈而又单刀直入的问题,巴里维茨先生回答得格外谨慎:"嗯,这一向在波斯尼亚和黑塞哥维那都热得要命。我在那儿当兵的时候,还得往我们上尉先生的头上搁块冰哩。"

"您在哪个团服过役,掌柜先生?"

"这种屁大的事儿我可记不住了。我对这些鸟事从来不感兴趣,也从来不过问,"巴里维茨先生回答说,"多管闲事,惹是生非。"

密探布雷特施奈德再也不吱声了。他阴沉的脸色直到帅克进来才好转起来。帅克跨进酒店门槛,要了黑啤酒,说:"维也纳今天也披黑戴孝了。"

布雷特施奈德的两眼放射出希望的光芒,他连忙接口说:"在科诺皮什捷挂了十幅黑纱①。"

"哦,该挂十二面。"帅克足足地喝了一大口说。

"您为什么认为要挂十二幅呢?"布雷特施奈德问道。

"好记数呗!一打嘛,也容易算钱;成打地买总比零头便宜。"帅克回答说。

又是一阵沉寂。帅克自己用一声长叹打破了它:"唉!这可真叫做翘辫子、上了西天。还没等到当上皇帝就蹬腿了。想当初,在我服役的那时节,有个将军从马背上摔下来,稀里糊涂就断了气。当时大伙儿还想把他扶到马背上去坐着,可是一看哪,他都没一丝气儿了。这位将军本来还准备升为元帅的,却在这次演习中报销了。这些演习,啥时候也招不来好事。在萨拉热窝也是搞了个什么演习。记得有一回我正赶上了这种演习,他们发现我的军服上少了二十颗钮扣,便把我送进单人禁闭室关了十四天。头两天我简直像个重病号似的躺着动弹不得,因为我给'绞麻花'②啦。不过话又说回来,军队就得讲究个纪律,不然的

---

① 捷克人习惯,国丧时在国旗两侧各挂黑纱若干幅,以示哀悼。
② 奥匈帝国军队中的一种酷刑:将犯了过失的士兵的双手绑在两腿上,弃置一至数天,谓之"绞麻花"。

话,谁都会吊儿郎当。我们的上尉马科维茨就常这么训斥我们说:'对你们这帮混蛋就得讲纪律。要不你们就会无法无天,像猢狲一样爬到树上去。军队要把你们变成人,你们这些猪猡!'难道这话不对吗?您想想看,要是在公园里,比方说卡尔拉克①的每一棵树上都蹲着一个不守纪律的大兵,那还成什么体统!我最怕的就是这个。"

"在萨拉热窝,"布雷特施奈德把话题拉回来说,"是塞尔维亚人干的吧?"

"这一点您可错了,"帅克回答说,"这全是土耳其人干的。为了波斯尼亚和黑塞哥维那两个省干的。"接着,帅克就奥地利对巴尔干半岛的外交政策发了一通宏论:"土耳其在一九一二年败给塞尔维亚、保加利亚和希腊;他们想要奥地利帮个忙,奥地利没答应,所以他们就把斐迪南给杀了。"

"你喜欢土耳其人吗?"帅克转过头来问巴里维茨掌柜,"你喜欢那些信奉邪教的狗崽子吗?不喜欢,对不?"

"顾客就是顾客,"巴里维茨说,"土耳其人也一样。对我们这些开酒店的来说,什么政治不政治,顶个屁用!你把酒钱付了,在店里坐下来,爱扯什么淡随你的便,这就是我的规矩。管他干掉我们斐迪南大公的是塞尔维亚人还是土耳其人,是天主教徒还是回教徒,是无政府主义者还是捷克自由党,反正对我都一样。"

"那好,掌柜先生,"布雷特施奈德开腔了,他重新希望能从这两个人中抓到一个口实,"可你也得承认这对奥地利是一个很大的损失吧?"

帅克抢着替掌柜的回答说:"损失是损失,这谁也没法否认,是个吓死人的损失。斐迪南可不是随便哪个什么二百五代替得了的。只是他该长得再胖一点。"

"你这是什么意思?"布雷特施奈德活跃起来。

"什么意思?"帅克满意地回答说,"就是这个意思。他要是再胖一点的话,准会在这以前、当他还在科诺皮什捷追赶那些到他地里捡干

---

① 布拉格的一个街心公园。

柴、采蘑菇的老太婆①时就中风死了。他要是再胖一点的话,就不会死得这样丢人现眼。好歹也是皇帝老子的叔大人呀,他们竟敢把他毙掉!报上都登满啦,真够丢人的! 早些年,在我们布杰约维策的集市上,为了一点儿小事,有人就拿刀子把一个叫什么普谢季斯拉夫·卢德维克的牲口贩子给捅死了。他有个儿子叫博胡斯拉夫。这下他儿子该到哪儿去卖猪呢?谁也不买他的,都说:'这就是那个被刀子捅死的人的儿子,准也是个无赖!'到头来,他走投无路,只好从克鲁姆洛瓦桥上跳到伏尔塔瓦河里,寻了短见。这一来,人们又得去打捞他,救他,把他肚子里的水挤出来。大夫给他打了一针什么药水,他还是死在大夫的怀里。"

"你这个比方未免有点奇离古怪,"布雷特施奈德别有用心地说,"你开头说的是斐迪南,现在怎么又同牲口贩子扯到一起啦?"

帅克申辩说:"天晓得,我可不想把谁比做谁。掌柜先生了解我。我从来没有把谁比做谁,是不是? 我只是替大公那位寡妇担心。她现在咋办? 孩子们没有了父亲,科诺皮什捷领地失去了领主。再嫁一个别的什么大公,又会是个什么样的结果呢? 她又和他坐车子经过萨拉热窝;她还得守第二次寡。早些年,在赫卢博卡附近兹利维那个地方,有个护林官,名字很难听,叫平侠儿,后来被偷猎的人打死了,留下一个寡妇和两个孩子。过了一年,这寡妇又嫁了米德洛瓦尔的护林官,叫佩皮克·夏沃洛维茨,又被偷猎的人打死了。寡妇第三次嫁人,还是嫁给个护林官。她说:'逢三遇吉,要是这次再不交好运,我可真不知该怎么办了。'哪知道,这个护林官又被人打死了。她跟前后几个护林官总共生了六个孩子。这时,她径直找到赫卢博卡地区爵爷的公事房去诉苦,说她跟这些护林官遭尽了罪。他们就把她嫁给拉日茨堡一个叫雅列什的渔夫。您猜怎么着? 这个打鱼的又在捕鱼的时候淹死了! 他跟她又生了两个孩子。后来她嫁给沃德尼亚尼那儿一个阉猪佬,那位老兄在一天半夜用斧头把她劈死,随后自己去官府投了案。当皮塞克州法院把他吊起来上刑时,他一口把牧师的鼻子咬了下来,说他没有什么

---

① 斐迪南大公对到他的城堡附近捡柴采蘑菇的贫苦农民的贪婪和残酷是出了名的。

可反悔的,还讲了许多对皇上很不干净的话。"

"你知道他讲了皇上些什么?"布雷特施奈德急切地追问着。

"这我可不能对您说,谁也没有这份胆量来重述一遍。听说他的话难听得可怕极了,有个法官当场给吓疯了。他们怕他给泄露出去,到现在还把他隔离着哩。这可不是什么酒鬼随便骂骂皇上老爷啊。"

"那么,酒鬼是怎么辱骂皇上的呢?"布雷特施奈德问道。

"行行好,先生们,谈点别的吧!"巴里维茨掌柜说,"你们知道,我是不喜欢扯这些淡的。什么淡都扯,往后就有你们倒霉的了。"

"酒鬼是怎么辱骂皇帝的?"帅克重复一遍后说,"什么样的辱骂都有。您自己可以试一试:先把自己灌醉,然后叫人给您演奏奥地利国歌,接着您就能说出一大堆侮辱皇上的话来。里面只要有一半是真的,就够皇上丢一辈子的丑了。可他这老头子,说真的,还没到这个程度,不过也够他受的。你瞧,他儿子鲁多尔夫①正当年富力强的时候就一命呜呼了;老伴儿伊丽莎白也让人用锉刀捅死了;随后他的兄弟杨·奥尔特②失了踪;他的兄弟墨西哥皇帝③被处死在一个碉堡墙跟前,如今又把他的长辈叔大人给干掉了,真是祸不单行。得有一副铁石心肠才受得住。我想要是碰上这么个酒鬼,一时酒疯大发,冲着他一五一十数落起来,他可怎么受得了啊!要是今天打起仗来,我一定心甘情愿去为皇上效忠,就是粉身碎骨我也不在乎。"

帅克足足喝了一大口,接着说:"您以为皇上会容忍这种事?那您对他就太不知底细了。同土耳其这一仗非打不可。哼!你们竟敢把我的叔大人打死?!好吧,那就请尝尝我的厉害吧!仗是非打不可的,塞尔维亚和俄国会帮我们的忙。有一场好戏看哩。"

帅克在预言未来时,神态着实很感人。他那纯朴天真的笑脸,犹如

---

① 鲁多尔夫(1858—1889),弗兰西斯·约瑟夫一世与伊丽莎白所生的惟一的儿子,暴死于一八八九年一月三十日,死因不明。

② 杨·奥尔特(1852—?),哈布斯堡皇族旁系的大公,他抛弃了公爵头衔,于一八八九年接受平民姓氏奥尔特,从一八九〇年起就生死未卜,音讯全无了。

③ 马克斯米利杨(1832—1867),哈布斯堡族大公,于一八六四年由法国侵略者扶上墨西哥皇帝的宝座,一八六七年六月十九日被墨西哥共和军所俘并处决在凯莱达洛城堡。

一轮明月,容光焕发。在他看来,什么都了如指掌。

"也可能,"他继续描绘着奥地利的未来,"在我们向土耳其宣战时,德国人会来进攻我们,因为他们和土耳其是一伙的,他们都是些头号大混蛋。我们也可以跟法国联合起来,他们从一八七一年就跟德国人结了仇。这一下,可就热闹了。仗是要打的,更多的我就不说了。"

布雷特施奈德站起来郑重其事地说:"更多的你也不用说了。跟我到过道去一趟,我有话跟你说。"

帅克跟随密探来到过道。刚才还是他的邻座酒客的人如今向他出示双头鹰证章①,宣布他被逮捕,并要立即把他带到警察局去,这不禁使他小小地吃了一惊。帅克竭力解释说,准是有什么事引起了这位先生的误会,因为他全然无罪,连一句可能得罪别人的话也没有说过。

可是布雷特施奈德却对他说,他犯了好几桩罪行,其中包括叛国罪。

然后,两人回到小酒店。帅克对巴里维茨说:

---

① 奥地利秘密警察的证章。

"我喝了五杯啤酒,吃了一个角形小面包加一根煮香肠。请您再给我来一盅李子酒。我就该走啦,因为我已被捕。"

布雷特施奈德向巴里维茨也出示了双头鹰证章,打量了巴里维茨一阵之后问道:

"您结婚了吗?"

"结婚了。"

"您不在店里时,您太太能替您照顾这生意吗?"

"能。"

"那好,掌柜先生,"布雷特施奈德高兴地说,"您把您太太叫到这里来,把买卖交给她,我们晚上来把您带走。"

"甭担心,"帅克安慰他说:"我也只是为了一桩叛国罪被抓到那儿去的。"

"可我是为了什么呀?"巴里维茨愤愤不平说,"我可是十分谨小慎微的啊!"

布雷特施奈德微笑了一下,洋洋得意地说,"就为你说苍蝇在皇帝画像上拉满了屎!我要你把这些该死的想法统统从脑子里挖出来。"

于是帅克便带着他那和善而微笑的面容,跟着密探离开了"杯杯满"酒家。当他们走到大街上时,他问了一句:

"我用不用在人行道上趴着走?"

"为什么?"

"我想,我既然被捕了,就没有资格在路上直着身子走啦。"

当他们跨进警察局大门时,帅克说:

"不知不觉还满舒服就来到了这里。您经常光顾'杯杯满'酒家吗?"

就在帅克被带到传讯室的时刻,巴里维茨正在"杯杯满"酒家向他那愁眉苦脸的老婆交待营业情况,并用他特有的方式安慰她说:

"别哭,别嚎啦!他们能为那张苍蝇拉了屎的皇帝像把我怎么样?!"

好兵帅克就这样以他可爱而动人的方式干预了世界大战。他对未来何以能具备如此高瞻远瞩的卓识,将会引起历史学家们的兴趣。倘若后来的事态发展与他在"杯杯满"酒家发表的高见不尽相符的话,那么,我们应当指出,帅克没有受过必要的外交教育啊!

第二章　好兵帅克在警察局里

萨拉热窝的暗杀事件使得警察局里挤满了替罪羊。他们一个个被带了进来,传讯室的老警官用和善的口吻说:

"这个斐迪南可实在让你们不上算啊!"

当帅克被关进二楼一间牢房时,在那儿见到了六个伙伴。五个围桌而坐,另外一个中年人独自坐在屋角里的一张草垫上,像是故意避开大家似的。帅克开始一个一个地打听起他们被捕的缘由来。

从五个围桌而坐的人那儿得到的回答几乎一模一样:

"为了萨拉热窝那档子事""为了斐迪南那回事""为了大公被刺的事""因为斐迪南事件""因为大公在萨拉热窝被刺"。

第六位,那个避开大家的人回答说,他不愿同他们搅合在一块儿,免得惹起嫌疑；说他被关进来，只是由于企图对霍利茨的老板行凶抢劫罢了。

于是帅克便同桌边那伙谋叛犯坐到一起了。他们各自把被捕的经过相互唠叨了十来遍。

除了一个人以外，其余的人都是在饭铺、酒店或咖啡馆被捕的。这位例外的先生长得十分肥胖，戴副眼镜，泪水满眶，他是在自己家里被捕的，因为在萨拉热窝暗杀事件发生前两天，他在"布莱依什卡"酒店请两名塞尔维亚工科大学生喝过酒，随后又被密探布里克斯瞅见他们一起在链条街的"蒙玛特"酒家喝醉过，他自己在报告上签字供认：这一次的酒钱也是他付的。

他对警察所预审的所有问题都千篇一律地哭诉着说：
"我是开纸张文具店的！"
他所得到的回答也同样千篇一律：
"这也没法为你开脱。"
那位在酒店里被抓起来的小个子先生，是位史学教授，他在酒店里给人讲述各种暗杀的历史事件。逮捕他时，他正在用一句话给每桩暗杀案的心理分析做结论："暗杀的心理活动就像'哥伦布竖立鸡蛋'①一样的简单。"

"同样简单的是：庞克拉茨监狱在等着你。"一个密探听了他的演讲，对他的高论作了这么一句补充。

第三名谋叛犯是霍特科维奇基地区的慈善会会长。在发生暗杀事件的那天，他的慈善会凑巧在花园里举办了一个隆重的音乐演奏会。这时，宪兵队长来了，说是奥地利有丧事，要求取缔音乐会。会长先生却好心肠地说：

"请稍等一会儿吧！让他们把《嗨！斯拉夫弟兄们》②这支曲子演奏完。"

---

① 传说哥伦布曾与人打赌说鸡蛋可以竖立，对方不信，他便将鸡蛋敲破，竖立起来，轻而易举地赢了对方。
② 此歌为斯洛伐克人萨莫·托马希克所作(1834)，在各斯拉夫民族中流传甚广，曾被认作全斯拉夫民族的颂歌。

而今，他垂头丧气地坐在这儿埋怨道："八月份我们要选举新的理事会。到时候我要是回不去就可能落选。我已经连任十届会长了，丢这么大的丑，我可受不了啊！"

被死者斐迪南奇特地捉弄的第四名被捕者，是一位老成持重的厚道人。关于斐迪南的事，他曾整整两天守口如瓶，避而不谈，可是晚上在咖啡馆玩扑克牌的时候，他用一张王牌红桃"7"干掉了梅花王，嘴里还嘟噜了一句："用红桃'7'干掉你，和在萨拉热窝一样。"

招认"因为大公在萨拉热窝被刺"而被抓到这儿来的第五位大人，至今还怒发冲冠，怨气满腹。他那发须竖立的脑袋，就像牲口栏里的扎毛狗。

此人在他被捕的那个饭铺里，一句话也没说过，甚至连登载有关斐迪南事件的报纸也没有读过。他一个人坐在桌子边，后来也不知来了个什么人在他对面坐下，飞快地问道：

"您读了报吗？"

"没读。"

"您知道这件事吗？"

"不知道。"

"您知道是怎么回事吗？"

"不知道。也不关心是怎么回事。"

"可您应该感兴趣啊！"

"我不明白，有啥好使我感兴趣的。我只管抽雪茄，喝上几杯，吃我的晚饭。我不读报。报上净说谎，我一看就生气。"

"连萨拉热窝暗杀案您也不感兴趣？"

"我对什么暗杀案都没兴趣。管它发生在布拉格还是在维也纳，在萨拉热窝还是在伦敦。管这些事，只会招惹衙门、法院和警察。要是某地某时有某人被刺，活该！谁叫他那个傻瓜不当心，让人家给宰了的！"

这就是他在这场对话中说的最后几句话。从此，他每隔五分钟就拉开嗓门嚷一遍：

"我没罪，我没罪！"

他进警察局的大门时嚷的是这句话,到布拉格刑事法庭时喊的也是这句话,跨进牢房还是带着这么一句话。

帅克听完所有这些人的可怕的谋叛案情之后,认为该是指明他们的处境毫无希望的时候了。

"我们的情况都糟透了,"这就是他开篇的安慰之词。"表面上看,你们,我们大伙儿好像都不会有什么事,这可不见得。要不是为了惩办我们这些多嘴饶舌的人,干吗要警察局?连大公都遭了暗杀,在这种非常时刻,把你我揪到警察局来,是没啥好大惊小怪的。这一切,也是为了让斐迪南的丧事办得热闹些、有气派些嘛。依我看,被抓到这儿来的人越多越好,这样咱们就会过得更开心些。想当初,在我服役的那时节,有时咱们连队的半数人都被关了起来。不光是军队里,在法院里也是,不知有多少无罪的遭到判决。记得有一次,一个妇女被控告杀害了刚出世的双胞胎。尽管她赌咒发誓,说她扼死的绝不可能是一对双生子,因为她只生了一个小女孩,还说那孩子没什么痛苦就被她掐死了,可还是判她为双重谋杀罪。还有一个住在萨别赫利采的吉卜赛人,他没犯罪,硬说他夜间闯进杂货铺,抢走了圣诞节敬献上帝的美味佳肴,他对天发誓说只是进去暖和了一下身子,可也无济于事。只要落到法院的判官手里,你就倒了大霉。不过倒霉事总得有。尽管这些人并不像他们想象的那样,都是无赖。可是今天,尤其是在斐迪南被刺杀的这么个严重关头,你又有什么法子去分清好人和坏蛋呢?想当初,我在布杰约维策服役的那时节,有人在靶场后面的森林里,把大尉的狗给打死了。大尉知道这事后,马上叫全体紧急集合,让我们排队报数:'逢十者站出来。'我当然也是逢十的一个啰。我们排好队,笔挺挺地站着,连眼睛都不眨一下。大尉在我们面前踱来踱去,嚷道:'你们这帮无赖、贱货、歹徒、畜生!为了这条狗,我恨不得把你们全都关禁闭,剁成肉酱,毙了你们!要不,把你们揍个鼻青脸肿。你们该放明白点,我是不会饶恕你们的!哼,每人关十四天禁闭。'你瞧,那会儿还只是为了一条小狗,今天可是为了一位大公啊。当然得张罗得吓人一点,把丧事办得体体面面。"

"我没罪,我没罪!"那个蓬头竖发的人又嚷了一遍。

"耶稣也是没有罪的,"帅克说,"还不一样钉在十字架上了。自古以来啥地方都一样,管你有罪没罪,就像军队里常对我们说的:'住嘴!当你的差!'①这才算是尽善尽美哩!"

帅克往草垫上一躺,心平气和地睡着了。

这时,又带进来两个新犯人。其中一个是波斯尼亚人,他在牢房里来回跺脚,牙齿咬得咯咯响,每句话都带上一个"他妈的"②。他最担心的是自己被关在警察局会丢掉他的流动售货篓。

第二名新犯人是巴里维茨掌柜,他一见到老相识帅克,就把他叫醒,满腹忧愁地对他说:

"我也到这儿来了!"

帅克和他亲切地握了握手说:"非常欢迎。我早就料到,既然那位先生对你说过他要去接你,那他的话就一定会算数的。这么守信用可真不赖啊!"

---

① 原文为德语。
② 原文为南部斯拉夫语。

巴里维茨先生却说这种守信用顶个屁。随后他又悄悄向帅克打听这里的犯人是不是小偷,因为和小偷在一起是有损他这个买卖人的名誉的。

帅克向他解释说,除了那个企图行凶抢劫霍利茨老板的人以外,其余的人和他一样,都是为了大公的事坐牢的。

巴里维茨感到受了委屈,连忙说,他可不是为了一个什么饭桶大公,而是为了皇上的事才被带到这儿来的。因为其余的人都开始对他讲的这一点感到兴趣,于是他便给他们讲述了苍蝇在皇帝画像上拉屎的经过。

"这些该死的东西把皇上的像给弄脏了,"他结束自己不幸遭遇的故事时说,"结果把我关进了监狱。我决饶不了这些苍蝇!"他用威胁的口吻补上一句。

帅克又倒下去睡了。可是没睡多久,就有人来提他去过堂。

于是,帅克沿着楼梯走到第三科去受审。他正背着他的十字架向各各地①走去,压根儿就没考虑自己是去殉道。

当他见到"走廊上禁止吐痰"的字条时,便请求警察允许他到痰盂那儿去吐痰,随后胸怀坦荡、满面春风地跨进传讯室,问候道:

"诸位先生晚安!祝大人们万事如意!"

没人答理他。有人朝他的背脊骨上捶了一下,把他推到一张桌子前。桌子对面坐着一位冷冰冰的官老爷,一脸凶神恶煞相,简直就像刚从伦布罗索②那本《论罪犯类型》的书中跳出来的。

他恶狠狠地盯了帅克一眼,说:

"别装出那副傻相!"

"我没法子,"帅克郑重地回答,"在军队里就因为我的神经不健全,削了我的军籍。一个专门审查委员会正式宣布我是白痴,我是官定的白痴。"

那个满脸凶相的官老爷咬牙切齿地说:

"从你被控告和犯案的情况来看,你神经正常,一点儿也不傻。"

接着,他一桩桩一件件罗列出帅克的罪名,从叛国罪到侮蔑万岁和

---

① 耶稣被杀害的地方,在今耶路撒冷城北。
② 伦布罗索(1836—1909),意大利精神病学教授,曾从事罪犯类型问题的研究,但他的著作中并无称作《论罪犯类型》的作品。

皇室罪,一应俱全。在这一大串罪名中,尤以对暗杀斐迪南大公一事表示赞赏的罪名最为突出,从这里可以引申出许多新的罪名,其中引人注目的是煽动叛乱,因为他的所有罪行都是在大庭广众的场合犯下的。

"你对此有什么要说的吗?"那个满脸凶相的官老爷洋洋自得地问道。

"这就够多的了,"帅克天真无邪地回答说,"凡事太多了反而不妥。"

"喏,这就是说你全都招认了。"

"我全招认。严格总是需要的。一个人不严格就什么事情也办不成。想当初,在我服役的那时节……"

"住嘴!"警察局长呵斥帅克道,"问你什么你再说什么,明白吗?"

"干吗不明白,"帅克说,"报告长官,我全明白啦。大人,您说的每一个字,我都听得一清二楚。"

"你平常跟谁有来往?"

"跟我的女用人,大人。"

"同本地政界团体你就没有来往吗?"

"怎么没有? 大人,我订了一份《民族政治报》①,就是大家叫它《小母狗报》的那份报纸。"

"滚!"凶相毕露的官老爷咆哮如雷。

当他们把帅克押出传讯室时,帅克道了声:"再见,大人。"

回到牢房,帅克告诉其他犯人说,这儿的审讯真叫滑稽:"他们只不过是冲你乱嚷一阵,随后再把你撵出来。"

"从前哪,"帅克接着说,"可是糟多啦。我看过一本书,那上面说,被告为了证明自己没有罪,必须从烧红的烙铁上走过去,然后喝一些滚烫的铅水。谁要是不肯招认,就给他脚上穿一双西班牙靴子②,把他吊在梯子上;或者用火烧他的腰部。比如对圣徒扬·内波穆茨基③就是

---

① 《民族政治报》创刊于一八八三年,是代表捷克大资产阶级、宗教集团和贵族利益的反动报纸,也迎合小市民读者的胃口,老百姓讽刺地称它为《小母狗报》。
② 中世纪的一种刑具。
③ 耶稣派教会为抵消扬·胡斯的影响所编造的假圣徒。

这样干的。据说,他在受这种刑时,就像有人在锯他的腿那样惨叫着,直到把他装进不透水的大口袋里,从艾利什卡桥①上扔下去之后,他才不叫唤。这样的例子多着哩!有的刑罚把犯人劈成四块;还有的给被告戴上枷铐,让他站在民族博物馆②前面示众,然后只要把他往水牢里一扔,他就觉得自己好像又脱胎换骨了。

"可我们今天被关起来,日子过得就跟玩儿一样有趣,"帅克津津有味地接着说,"没有人把咱们劈成四块,也不给咱们穿'西班牙靴子'。这儿有草垫、有桌子,还有凳子;住得也不像罐头里的沙丁鱼那样挤;这儿有汤喝,又有面包吃,到时候还给送来一壶水,厕所就在咱们眼皮子底下。从这一切可以看到文明世界的进步啊!不错,只是到传讯室去稍稍远了一点儿,要上三层楼。不过楼道里倒很干净,又热闹。被押送的犯人来来往往,男女老少一应俱全。你们还该高兴的是,这里不是你孤身一人。咱们可以心满意足地各走各的路,也用不着担心传讯室会对你说:'我们决定,根据你本人的意愿,明日将你劈成四块或者活活烧死'。真要是那么宣判的话,准够你们受的。我想,诸位,咱们中间好多人要是碰到那种情况,准会吓得连魂儿都没有的。喏,可不是吗?如今这个世道,什么情况都变得对咱们有利了。"

帅克刚夸奖完现代监狱生活上的改善,看守便打开牢门喊道:

"帅克,穿上衣服,出去过堂!"

"我这就穿,"帅克回答说,"这没说的。我只是心里有点儿嘀咕,可能是弄错了吧。我已经从传讯室撵出来过一次了呀。我还担心和我一块儿坐牢的这些难友会生我的气,说我都过第二次堂了,他们一次还没捞着。他们兴许会妒忌我的。"

"滚出来,别废话!"这是对于帅克的君子风度所做的回答。

于是,帅克又站在那位满脸凶相的官老爷面前了。那人突如其来地对他粗暴凶狠地问道:

"你什么都招供了?"

---

① 帅克弄错了,该桥建于一八六五至一八六七年,扬·内波穆茨基据传说是生活在十四世纪的圣徒。

② 坐落在布拉格最繁华的瓦茨拉夫大街上。

帅克那对善良的蓝眼睛坦然地望着这个冷酷无情的人说：

"大人，如果您要我招供，那我就招供。这对我不会有什么害处。假若您说：'帅克，你什么也别招！'那我就死不认账。"

严厉的官老爷在公文上写了些什么，然后把笔递给帅克，要他签字画押。

帅克就在布雷特施奈德的告密书上签了字，并加上了这么一句：

以上对我的控告，均属事实。

约瑟夫·帅克

签完字，帅克对那位严厉的官老爷说：

"还有什么要我签字的吗？要不我明天早上再来一趟。"回答是："明天早上带你上刑事法庭去。"

"几点钟，大人？我的老天爷，我可别睡过头啦。"

"滚！"这是从桌子对面发出的第二次吼叫。

帅克走回到他的铁窗新居时，对押送他的狱警说：

"一切进行得很利索嘛！"

身后的牢门刚一关上，同牢的伙伴们就争先恐后向他提出各种问题。帅克毫不含糊地回答说：

"刚才我已经招认：斐迪南大公兴许是我杀的。"

六条汉子吓得在爬满虱子的破毯子里缩成一团。只有那个波斯尼亚人说了一句：

"祝您一帆风顺！"①

帅克躺到草垫上时说：

"这可麻烦啦，咱们这儿没个闹钟。"

第二天清早无需闹钟也有人把他叫醒了。六点整，一辆绿色囚车，把帅克送往省刑事法庭。当绿囚车驶出警察局的大门时，帅克对他的同车人说："咱们是'早鸟觅食往远飞'啊！"

---

① 原文为南部斯拉夫语。

第三章　帅克在法医面前

省刑事法庭的小审讯厅洁净舒适，给了帅克一个极好的印象。雪白的墙壁、漆黑的铁栅，还有胖墩墩的检察长德马尔丁先生，他佩着紫红色的领章，戴着镶花边的制帽。紫红色不仅用在这里，而且在复活节的礼拜三和耶稣受难日举行宗教仪式时也都用它来点染周围环境。

古罗马统治耶路撒冷的光辉历史又在这里重演了。犯人们被从地下室带到一楼这帮一九一四年的彼拉多①面前。这些审判官——新时代的彼拉多们，不但不洗洗手以示光明磊落，反而派人到对门特西戈饭

---

① 据《圣经》传说，彼拉多为古罗马巡抚时，经他判决把耶稣钉在十字架上。宣判时，他为了表白自己与阴谋无关，先洗了一遍手。

店去买青椒红烧肉和比尔森啤酒来吃喝；与此同时，还一再向国家监察院递送新的诉讼材料。

这些材料大都没有什么逻辑可言，尽是些什么：§打赢了人家；§掐死了人家；§装疯卖傻；§喷了人家唾沫；§嘲笑了人家；§吓唬了人家；§杀了人；§不肯饶恕人家。审判官们都是一些随心所欲地解释法律的魔术师、草菅人命的凶煞神、苦打被告的吃人王、奥地利密林中的饿虎，它们根据材料章节的多寡来算计捕捉被告时该跨的步子的大小。

也有少数几个例外的（在警察局也一样），他们并不把法律当回事儿。本来嘛，在杂草丛中也总能找出几棵麦苗来的。

帅克正好被带到这样一位属于例外之列的老爷面前受审。这位老爷年事已高，相貌和善，即使在审判尽人皆知的凶手瓦莱什①时，他也不曾忘记说："请坐，瓦莱什先生，这儿正好有个空位子。"

当帅克被带到他面前时，他就用那天生的和悦动人的声调请他坐下，然后说：

"这么说，您就是帅克先生啰？"

"我想应该是的，"帅克回答说，"因为我爸爸姓帅克，我妈妈是帅克太太，我不能否认自己的姓氏，给他们丢脸。"

一丝柔和的微笑掠过审判官的脸部。

"您可干了不少好事啊，良心上一定够不安的吧？"

"我的良心一向是很不安的，"帅克说，比审判官先生笑得还要甜，"我的良心上可能比别人更不安些，大人。"

"这从您签了字的口供上可以看出来，"审判官用不亚于帅克的柔和口气说，"警察局对您没有施加什么压力吗？"

"瞧您说的，大人。我自己问他们要不要签字，他们说要，我就遵命签啦。我决不会为了签个名字去跟他们干架。那对我肯定没有好处。万事都得讲个规矩嘛。"

"您觉得您身体完全健康吗，帅克先生？"

---

① 瓦莱什于一九〇三年因杀害一对男女青年被判处死刑，成为轰动整个布拉格的凶杀案。

"完全健康？这可恰恰说不上啊，大人。我有风湿症，正用樟脑油抹膝盖哩。"

审判官老爷又慈祥地笑了笑说："让法医给您检查一下，您看怎么样？"

"我想，我不会有什么了不起的毛病，值不得让法医老爷们为我白白地浪费时间。警察局有位大夫曾经给我检查过，怀疑我有淋病。"

"是这样的，帅克先生，我们还是要让法医们试一试。我们正正规规组织一个小型委员会来检查您的健康状况。您暂时先休息一下。哦，再问您一个问题：根据口供，您似乎曾经宣称并散布说，战争很快就要爆发，是这样吗？"

"是呀，大人。很快就会爆发。"

"您是不是有时还会患一种什么意外的毛病？"

"对不起，没有。只是有一次在查理士广场差点儿叫汽车给撞啦。不过这也是好些年前的事了。"

审讯到此结束。帅克和检察长先生握手道别，回到他的小牢房并对同牢的人说：

"他们为了刺杀斐迪南大公的案子,要请法医来检查我啦。"

"我也被法医检查过,"一个年轻人说,"就是为了偷地毯的事提审我的那一次。他们认为我神经不健全。这次我又私自动用了一架蒸汽打谷机,他们对我也无可奈何。昨天我的律师还告诉我说,只要我有一次被宣布为神经不健全者,那就一辈子也不会碰到多大的麻烦了。"

"我根本就不相信这些法医,"一个像是知识分子的人说,"我伪造汇票的那一阵,为了防备万一起见,我还去听过精神病学教授海维洛赫①大夫的课。后来他们来逮捕我的时候,我就按照海维洛赫大夫描述的那样装了一阵疯:在法医委员会的一位大夫的腿上咬了一口,还喝了一瓶墨水。对不起,诸位,我还当着整个法医委员会的面,在屋角里拉了一泡屎。可正因为我咬了一位大夫的腿肚子,他们便宣布我健康壮实,这下我可就倒了大霉啦。"

"我对这些法医大人的检查根本就不害怕,"帅克说,"想当初,在我服役的那时节,是一位兽医给我检查的,结果也相当不赖。"

"法医都是些僵尸!"一个耸着双肩的矮个子说,"不久前,碰巧在我地里刨出一副人骨头,法医说,看样子死者是四十年前被人用钝凶器照着脑袋砸死的。我直到现在也还不过三十八岁,可他们把我也关了起来。我有出生证、户口登记卡和居民证也不管用。"

"我认为,"帅克说,"咱们看一切事情都要公平些。谁都可能出个错儿,你在一件事情上越琢磨得多就越容易出错。法医也是人嘛,是人就难免犯错误。有一次,在努斯列的博季契河桥上,一天夜里,正赶上我从班柴迪往家走,有个人走到我跟前,挥起皮鞭朝我劈头盖脑地抽过来;等我昏倒在地时,他用手电筒照着我说:'打错了,不是他。'接着他又为自己认错了人而恼火,又在我屁股上抽了一鞭子。有的人就爱一错到底,这也是人之常情。又一次,有位先生在夜里看见一条冻得半死的疯狗,便把它抱回去塞在他老婆的床上,等那狗一暖和过来、恢复了元气,便把他一家子都咬遍了,还把他睡在摇篮里的最小的孩子撕碎吃了。我还可以给你们举一个例子,讲一个住在我们那儿的车工捅娄子

---

① 海维洛赫(1869—1928),捷克著名精神病学教授,大夫。

的事儿：有一回他用钥匙开了教堂的门，以为那是他自己的家，然后在圣器室里把鞋脱了，因为他以为是进了自家的厨房；随后他又往祭坛上一躺，以为是在自家床上；又把一本福音书和其他一些圣书塞到脑袋底下当枕头。早上被守教堂的发现了。等他清醒过来以后，便对看守教堂的人说，是他一时迷糊做错了事。'好一个一时迷糊！'守教堂的说，'就因为你这一迷糊，教堂还得重新举行祓除仪式。'随后把他送到法医那里去检查，法医证明他的头脑完全清醒，说要是他真的喝醉了的话，他手里拿着的钥匙就会捅不到教堂门上的锁眼里去。结果这个车工就死在庞克拉茨监狱里了。我再给你们讲一桩克拉德诺的警犬是怎么出错的事儿吧！就是那位赫赫有名的宪兵队长罗特尔的警犬。罗特尔养着不少专门拿来做试验的狗，他还利用流浪汉来当驯狗对象，吓得他们都不敢到克拉德诺来了。他就下了一道命令，要宪兵们无论如何给他抓个嫌疑犯来。有一天他们终于给他带来一个穿得相当讲究的人，是在朗恩①森林里找到的。抓他的时候，他正好坐在一个树桩子上。他们马上从他的大衣上剪下一块下摆，让宪兵队的警犬嗅一嗅，然后又把这个人领到市郊的一个砖瓦厂里，接着便把那些受训的狗放出去寻他，结果真的把他找了回来。从此以后，这个人就得没完没了地爬梯子、翻土墙、跳水坑；那群狗总在后面追赶他。直到后来才搞清楚，原来他是一位捷克激进派议员。议员生活使他感到疲倦才到朗恩森林这儿来散散心。所以我说啊，差错总是难免的。不管是有学问的也好，畜生笨蛋也好，就连内阁大臣也会有弄错个事儿的时候哩。"

法医委员会要来确认帅克的神经状况与他全部被控罪名是否相符。这个委员会由三位格外威严的先生组成。他们三人中间，每一个人的任何一个观点同另外两人又迥然不同。在精神病症方面，他们分别代表三种学派。

如果说在学术上相互对立的这三种学派，居然在帅克的案子上取得了完全一致的意见的话，这仅仅是因为帅克给整个委员会留下了惊人的印象。他一走进这间将要对他的神经状况进行检查的房子，看到

---

① 捷克的森林地带。

墙上挂着的奥地利元首画像时便喊道："诸位大人！弗兰西斯·约瑟夫一世皇上万岁！"

真相大白。帅克虔诚的表现，使他们可以省去一大串问题，只剩下几个最要害的问题还需要问一下，以便用帅克的回答来证实他们所代表的精神病学博士卡莱尔逊①、海维洛赫大夫和英国人卫金②这三个体系对帅克的原有的见解。这些问题是：

"镭比铅重吗？"

"对不起，我从来没有称过。"帅克笑眯眯地回答。

"你相信世界末日吗？"

"我得先看到这个末日再说，"帅克漫不经心地回答说，"反正明天还不会到世界末日。"

"你能算出地球的直径吗？"

"请原谅，这我办不到，"帅克回答说，"可是，我也想请大人们破个谜：有一座三层楼房，每层楼上有八个窗口，房顶上有两面天窗和两个烟筒，每层楼上住着两位房客。诸位，现在请你们告诉我：这所楼房的看门人的奶奶是哪一年死掉的？"

法医们面面相觑，不知所措。但是其中的一位还是提了个问题：

"您知不知道太平洋最深的地方有多深？"

"这个，很抱歉，我不知道，"他回答说，"但我想，准比伏尔塔瓦河畔、维舍堡③悬崖底下的河水还要深一点儿。"

委员会主席简单地问了一句："还有提问的吗？"一位委员又提了个问题：

"一万二千八百九十七乘以一万三千八百六十三等于多少？"

"七百二十九。"帅克连眼睛都不眨一下，就回答说。

"我看，已经足够了。"委员会主席说，"你们可以把这个被告带回原处。"

"谢谢诸位大人，"帅克毕恭毕敬地说，"我也觉得足够了。"

---

①② 可能是作者虚构出来的学者，实际并无其人。
③ 布拉格城区伏尔塔瓦河畔的一座著名城堡，城堡下是伏尔塔瓦河的最深处。

帅克走后，三位专家根据精神病学者所发现的自然法则，一致断定帅克是个十足的傻子和白痴。

在他们呈送给审判官的诊断书上有如下一段话：

> 在本诊断书签名之诸法医同仁一致断定约瑟夫·帅克为名副其实之精神愚钝患者与天生的白痴。试举例言之，凡见到墙头画像，该患者立即高呼口号："弗兰西斯·约瑟夫一世皇上万岁！"仅此一点即足以证明约瑟夫·帅克实为呆傻人物。据此，委员会建议：一、停止对约瑟夫·帅克之审讯；二、将约瑟夫·帅克送往精神病院继续观察，以查清其病情对周围之危害程度。

就在法医们提出这份诊断书的同时，帅克对他的狱友们说："他们丢开斐迪南不管，同我扯起更大的蠢事来。扯到后来我们互相都说足够了，这才分手。"

"我谁也不相信，"那位有人偶然在他地里挖出一副人骨头的耸肩小个子说，"全都是欺诈。"

"欺诈也得有，"帅克不以为然地说，一边在草垫子上躺下来，"要是大家对别人都往好处想的话，彼此之间不早就会闲得无聊了吗？"

第四章　帅克被赶出疯人院

　　帅克后来描述疯人院那一段生活情景时,总是赞叹不已:"我真不明白,那些疯子被关在疯人院干吗要生气。在那里你可以光着身子躺在地上,可以学狼嚎,可以发狂,可以咬人。你要是在大街上这么干的话,过路人见了准要大惊小怪。可在那里却是家常便饭、不足为奇的事儿。在那儿,有的是社会主义者连做梦也没梦见过的自由,尽管呆在后面的那一位老兄被绑着,光着身子一个人躺在那儿。你可以把自己当做上帝或者圣母马利亚,当做教皇或是英国国王,当做皇帝老子或者圣徒瓦茨拉夫①。那儿还有一个人老嚷嚷说他是大主教。他不干别的,

---

　　①　圣徒瓦茨拉夫(906—929),捷克公爵,曾被认作捷克的圣徒庇护人。

专门狼吞虎咽地吃，肆无忌惮地屙，这也没事儿，照样得到宽恕。你知道，他多能折腾啊！但在那里谁看了都不当回事儿，也不觉得难堪。还有一个人，为了领到双份饭食，甚至说自己是西里尔和美多德①。有位老兄一口咬定自己是个孕妇，要邀请每个人以后去参加他婴孩的洗礼。那儿还关着许多棋手、政治家、童子军、集邮爱好者和业余摄影师。有一个人总把一堆破罐子说成骨灰罐。还有一个人老是穿着紧身衣，说这样裹得紧紧的才不会推算出哪一天是世界末日来。我在那里还碰到几位教授，其中一位老追在后面向我解释说，吉卜赛人的发祥地是在克尔克诺什②山区。另一位教授却向我论证地球里面有一个比它本身还要大的球体。

"每一个人在那里想怎么说就随便怎么说，跟在议会里一样。有时有人讲童话故事，要是童话中的公主下场太惨，他们就互相殴打起来。那儿有位老兄闹得可厉害啦，他硬说自己是奥托的十六部百科大辞典，逢人便要求把它打开并帮他把'装订锥'这个词找出来，不然他就要完蛋了，直闹到给他穿上紧身衣方才罢休；随后，他又得意洋洋地说他已进了装订机，要人家把书边切漂亮些。哎，在那里就跟在天堂里一样快活。你可以使劲喊，大声吼，可以哭嚎，可以学羊咩咩叫，可以起哄吹口哨，可以蹦蹦跳跳，可以做祷告，可以爬着走，可以跷脚跳，可以转圈跑，可以跳舞，可以乱闹，可以整天蹲在地上，也可以翻身爬墙。谁也不会走来对你说：'不许干这个，先生，这不像话，你该感到害臊，这哪像个有教养的人啊！'可话又说回来，那儿也有一些文疯子，比方有个自认为有学问的发明家，他老在那儿挖鼻孔，一天只说一句话：'恰恰是我发明了电。'正像我说的，那里的确妙不可言。我在疯人院度过的几天，是我一生中最开心的日子。"

也的确是如此，当他们从省刑事法庭把帅克带到疯人院来观察时，受到的欢迎是完全出乎他意料之外的。他们先把他脱光，给他一件大褂儿，带他去洗澡，一路上还小心翼翼地搀着他；同时，另一个护理员给

---

① 最古老的斯拉夫字母创造者。
② 捷克北部的一个山区。

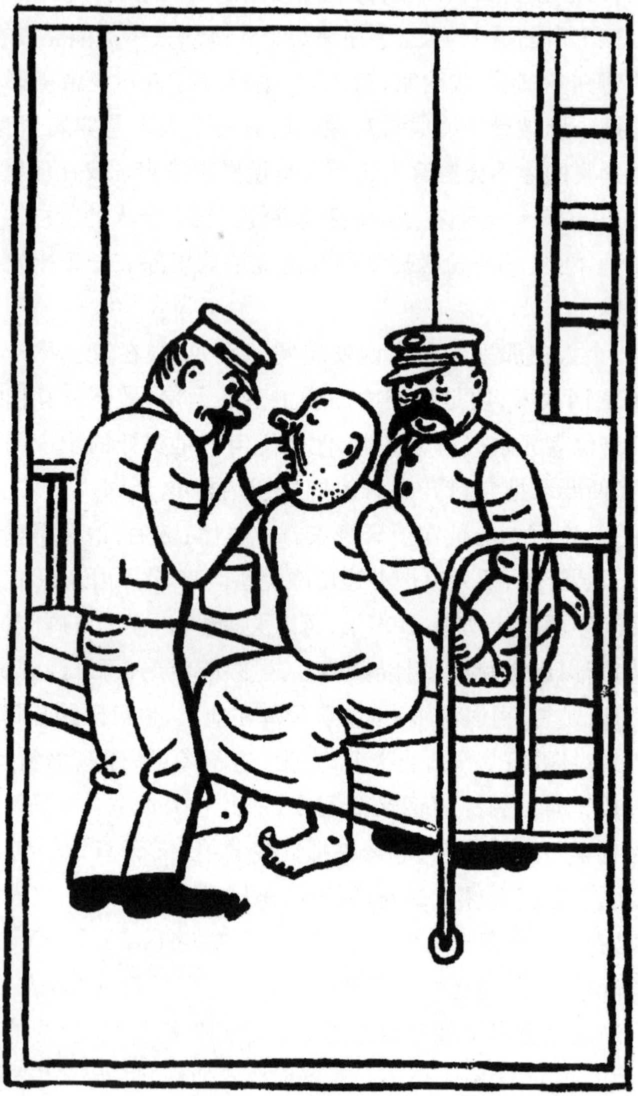

他讲些犹太人的笑话来逗乐他。在浴室里,他们把他泡在一盆温水里,一会儿又把他拖出来淋冷水浴,这么反复搞了三遍,然后问帅克喜不喜欢,帅克说这比查理士大桥①那边的一些澡堂里还要好,并说他很喜欢洗澡。"你们要是再给我剪剪指甲、理理发,那我就再幸福不过了。"他这么补充了一句,还惹人喜欢地笑了笑。

就连这个愿望也满足了他。他们还用海绵把他周身擦了一遍,又用褥单把他裹起来,然后抬到一号病房,扶他躺下,替他盖上被子,吩咐他睡觉。

直到如今,帅克还满怀深情地谈起这些:"哼!可带劲哩!他们一直把我抬到床上,那会儿我可真是美滋滋的享福极啦!"

他自己果真美滋滋地在床上睡着了。后来他们把他叫醒,给了他一盅牛奶和一个白面包。面包已切成小块小块儿的了。一个护理员拉着帅克的双手,另一个拿面包蘸牛奶喂他,就像用面团喂鹅一样。喂饱后,又搀着他上厕所,让他在那儿把大小便拉掉。

关于这一美好的瞬间,帅克也讲得津津有味。至于他们此后还干了些什么,当然不必重述他的话了,这儿只想提到帅克所说的一句话:"就是在我拉屎撒尿的那会儿,他们也有一个人搀扶着我哩。"

他们把他带回来后,又将他扶到床上,一再叮嘱他睡觉。他睡着后,又把他叫醒,带到观察室去。于是帅克便脱得赤条条地站在两位大夫面前,使他回忆起当年入伍时体验的光辉日子。他不禁脱口而出说了声:

"行。"②

"你嘟囔什么?"一位大夫问道,"向前五步走,后退五步。"

帅克向前走了十步。

"我不是让你走五步吗?"大夫说。

"我不在乎这几步之差。"帅克说。

大夫叫他坐在椅子上,其中一位敲了敲他的膝盖,然后对另一位

---

① 查理士大桥是布拉格市中心伏尔塔瓦河上的一座哥特式古桥。
② 原文为德语。奥匈帝国征兵体检时用这个词表示合格,可以接受入伍。

说,反射功能完全正常。那位大夫摇摇头,亲自动手敲帅克的膝盖;第一位大夫同时翻开了帅克的眼皮,检查瞳孔,然后走到桌旁,两位大夫相互用拉丁文嘀咕了几句。

"喂,你会唱歌吗?"一位大夫问帅克,"可不可以给我们唱支歌?"

"报告,没问题,二位大人,"帅克回答说,"我虽然一没嗓子,二没音乐感,可我还是遵命唱唱,试试看,好让你们开心。"

于是帅克唱道:

> 沙发上坐着一位年轻的修士,
> 右手支着低垂的脑门在沉思,
> 两滴苦涩而灼热的泪珠儿,
> 挂在苍白的腮帮上好不凄苦。

"往下我不会唱了,"帅克接着说,"要是你们愿意听,我再唱一首:

> 我的心是多么的忧愁,
> 胸中的痛楚没有尽头。
> 我静坐瞭望遥远的地方,
> 那儿、那儿是我的希望与所求。

"唉!下面我又不会了,"帅克叹了一口气说,"我还会唱《我的故乡在何方?》①第一句,完了还会唱一句'太阳升起在东方,温迪施格雷茨②统帅和军官先生们上了战场。'还有几首民歌,比如《保佑我们吧,主呵!》③、《当我们直逼雅罗姆涅什的时候》④、《千百次地问候你》……"

两位大夫彼此交换了一下眼色,其中一位给帅克提了个问题:"以前什么时候检查过你的神经功能吗?"

---

① 捷克爱国歌曲,特尔维词,什克罗普作曲,一八三四年首次在布拉格演唱,得到巨大成功,在群众中流传甚广,第一次世界大战后曾作为捷克斯洛伐克国歌的一部分(另一部分为斯洛伐克民歌)。
② 奥地利军队的统帅,一八四八年镇压了布拉格和维也纳的革命。
③ 旧奥地利的国歌。
④ 捷克士兵歌曲。

"在军队里检查过，"帅克庄重而骄傲地回答说，"军医官先生们正式承认我是十足的白痴。"

"我看你是个逃避兵役的假病号！"另一个大夫冲着帅克嚷道。

"我?！二位大人，"帅克申辩着，"我根本不是逃避兵役的假病号，我是真正的白痴。不信你们可以到布杰约维策九十一团团部或者到卡林地方后备队参谋部去了解。"

那位年纪较大的大夫无可奈何地摆了一下手，指着帅克对护理人员说："把这家伙的衣服还给他，带他到头排过道第三号病房去，然后你们回来一个人，把他的全部档案送到办公室，告诉他们快点儿给他结案，我们不愿让他老拴在我们脖子上。"

大夫们又狠狠地盯了帅克一眼。他恭恭敬敬地退向门口，边退边有礼貌地鞠着躬。当一个护理员问他这是干什么蠢事儿时，他回答说："因为我赤身露体，啥也不想让这些老爷们看见，免得他们说我不讲礼貌，撒野。"护理员奉命把衣服还给帅克之后，便再也没有对他表示关怀了。他们命令他穿好衣服，由一个人把他带到三号病房。帅克得在那儿呆几天，等办公室把打发他出院的文件办好才走，因此他还有时间来进行有趣的观察。扫兴的大夫给他做了个鉴定，说他是"智力低下、逃避兵役的假病号"。由于他们在午饭前就迫不及待地要释放他，所以还闹了一场小小的风波。

帅克坚持说，他们若要把他赶出疯人院，也不能让他不吃午饭空着肚子就走。闹得院里的门房只好把巡警叫来。巡警将帅克带到萨尔莫瓦街上的警察所去，这场风波才算平息下来。

第五章　帅克在萨尔莫瓦街上的警察所里

　　帅克在疯人院的良辰美景已成过眼烟云,接踵而来的是充满迫害和折磨的日子。巡官布劳温活像罗马皇帝尼禄①仁政下的刽子手那样冷酷无情地接待了帅克。那些刽子手曾说过:"把这个混蛋基督徒扔去喂狮子!"巡官也像他们那样恶狠狠地说:"把这小子扔进牢房里去!"

　　话说得多么简练。只是巡官布劳温在说这句话时,眼里流露出一种特别令人吃惊的得意神情。

　　帅克鞠了个躬,泰然地说:"我已准备好啦,长官大人。我想,牢房

---

① 尼禄(37—68),罗马帝国的暴君。

就是隔离的意思,这也不算太可怕嘛!"

"你太放肆啦!"巡官嚷道。帅克却说:"我衷心地接受您的处置,打心眼里感激你们为我做的一切安排。"

牢房里,有一个人无精打采地坐在板床上沉思,当牢门的钥匙咔嚓响起来的时候,从他的表情上可以看出,他并不以为这是要放他出狱的迹象。

"请接受我的敬意,先生,"帅克边说边挨着那人在板床上坐下来,"您知道几点钟了吗,先生?"

"钟点与我不相干。"沉思的先生回答说。

"这儿不坏嘛,"帅克还在找话题,"这张板床还是用刨光木料做的哩。"

那人板着脸不答理。他站了起来,开始在牢门与板床之间的一小块地方来回快步踱着,像忙着抢救什么似的。

这当儿,帅克兴致勃勃地环视了墙上胡乱涂写的一些题词。一个未署名的囚犯对天起誓,要跟警察拼个死活。他写道:"你们决不会得到好报应的!"另一个囚犯写道:"滚你妈的蛋!雄鸡崽子们①。"还有一个只是平铺直叙地写道:"我于一九一三年六月五日囚于此地,待遇尚佳。沃尔舍维采商人约瑟夫·马列切克。"更有一些发自肺腑的题词:"开恩啊,上帝!"下面是:"吻我的'P'吧。"可是字母P又被划掉,在旁边写着"后襟"。旁边是一位诗兴大作的人题的诗:

> 满腹忧愁坐溪旁,
> 夕阳渐渐落山岗。
> 遥望霞光消失处,
> 佳人孤独在何方?

那个在牢门与板床之间来回疾走,仿佛要在马拉松赛跑中获胜的人停下步来,气喘吁吁地坐回原地,双手抱着脑袋,突然喊道:"放我出去吧!"随后又自言自语说:"不会的,不会的,他们不会放我的。我从

---

① 奥匈帝国的警察帽子上插根公鸡尾毛,故布拉格人称他们为"雄鸡崽子"。

清晨六点就呆在这儿了。"

他突然想找人交谈了,站起来问帅克:"你身上有皮带吗?让我用它来结束这一切吧。"

"我非常乐意为您效劳,"帅克边解皮带边回答说,"我还从来没有见过在牢房里怎么用皮带上吊哩。"

"可是糟了,"帅克四下望了望说,"这儿连一个钩子也没有。窗上的插销又经不住您。要不,您可以跪在板床边上吊,就像艾玛乌泽修道院①里那个修道士一样,为一个年轻的犹太女郎,在十字架上吊死了。我特别欣赏自杀的人,您只管一心一意地上吊吧。"

那个愁容满面的人,瞧瞧帅克塞到他手里的皮带,把它扔到角落里,随即痛哭起来。他一边用脏手擦着眼泪一边嚷道:"我是有儿有女的人啊!因为酗酒和生活放荡被关到这里,天哪!我可怜的老婆啊,我机关的同事们会怎么数落我呢?我是有儿有女的人啊,因为酗酒和生活放荡被关到这里来了。"他翻来覆去地唠叨个没完没了。后来他总算稍微安静了些,走到牢门口,用拳头在门上乱捶。门外响起一阵脚步声,一个声音问道:"你要干什么?"

"放了我吧!"那声音绝望得似乎痛不欲生。

"放你到哪儿?"门外问。

"回公事房去。"这位一身兼任不幸的爸爸、丈夫、公务员、酒鬼和浪荡汉的人回答说。

一阵嘲笑声,这是在寂静的走廊里的可怕笑声。脚步声渐渐远去。

"我觉得,那位先生这么嘲笑您,准是恨您,"帅克说,这时那个绝望的人坐回到他身旁。"这种狱卒一不顺心就能使很多坏,要是再惹他们生气,他们会什么事儿都干得出来的。您既然不想上吊了,那就心平气和地坐下来,看他们究竟怎么对付您吧。我承认,对您这么个坐公事房、又有老婆孩子的人来说,这是件很糟糕的事儿。我要是没有猜错的话,您准相信自己要被解雇撵出公事房吧?"

"难说,"他叹了一声气,"问题是连我自己也记不清我都干了些什

---

① 布拉格的一所修道院。

么。我只知道,他们把我从一个什么地方赶了出来,可我还想回到那儿去抽一支雪茄烟。开头本来是很美的,我们科长庆祝命名日,请大家到一家酒馆去,然后又到第二家、第三家、第四家、第五家、第六家、第七家、第八家、第九家……"

"要不要我帮你数?"帅克问,"这我可内行哩。有一天晚上,我去了二十八个地方,可是,凭我的荣誉起誓,我在每家喝的啤酒都没超过三杯。"

"总而言之,"那位为庆祝命名日大讲排场的科长先生的不幸部下说,"当我们上过一打多各式各样的小酒店后,发现我们的科长不见了。尽管我们用一根细绳把他拴着,像牵小狗一样地把他带在身边,可还是让他溜掉了。我们到处去找他,最后连我们自己也一个个地走散了。结果我就呆在维诺堡的夜咖啡馆里了。那个地方相当不赖,在那儿我直接用瓶子喝了一公升酒。后来还干了什么我就记不得了;只知道他们把我弄到警察所来的时候,两个警察报告说我喝醉了,一举一动十分放肆。说我揍了一位太太;从衣架上把人家的礼帽取下来用小刀子割破了;轰走了一个女子管弦乐队,当众把一个堂倌诬告为偷了二十克朗的小偷,还把我座位上的大理石桌面打碎了,又故意往邻座一位不相识的顾客的咖啡杯里吐唾沫,此外,没干别的事了,至少我再也想不起来还捣了什么乱。请您相信我,我是一个只会顾家、从不胡思乱想的规矩人、有教养的人。你对这一切怎么看?我可绝不是一个爱胡闹的人啊!"

"您是费了九牛二虎之力才把那块大理石打碎的呢,还是没怎么费劲一下就把它打得粉碎了?"帅克没有回答他的问题,却兴致勃勃地问他说。

"一下。"有教养的先生回答说。

"这您就没救了,"帅克若有所思地说,"他们准会以此推论,证明您是练过武术存心来干这个的。您吐唾沫的那杯咖啡里掺没掺罗姆酒?"

他没等回答就加以阐述:"如果掺了罗姆酒就更糟些,因为它的价钱会要贵些;审判的时候,他们爱把所有的账算在一起,好让你够上起码的罪行。"

"审判的时候……"这位可敬的一家之长沮丧地喃喃自语着,低下头来,像一个受到良心责备的人那样陷入困境。

"你被捕的事儿家里知道吗?"帅克问道,"也许要等到上了报才知道吧?"

"你认为这事儿会登到报上去吗?"这位替上司背黑锅的先生天真地问道。

"这是绝对跑不了的事儿。"帅克的回答直截了当,因为他从来没有向别人隐瞒什么的习惯。

"这篇关于你的报导,读者一定很感兴趣。我也爱读报上描写酒鬼和他们如何耍酒疯的专栏。前不久,在'杯杯满'酒家,有位顾客真的什么也没干,只是把玻璃杯往上一抛,自己站在它下面,玻璃杯砸破了他自己的脑袋,人家就把他带走了。第二天早上我们就在报上读到了写他这段事的报导。还有一次,在佩特洛夫卡①,我赏了一个管葬事的人一记耳光,他也还了我一下。为了给我们调解纠纷,只得把我们两个都关起来,这件事当天下午就见报了。还有一次,在'墨勒特'咖啡馆,一位参事先生打碎两个盘子。您以为饶得了他?嘿,第二天照样给登报啦。您惟一的办法只有从牢里写份更正声明寄到报社去,就说报上所述一切与您无关,您与这位同名同姓的先生既无亲戚关系,也没有任何瓜葛。然后给家里写封信,要他们把你这份更正声明剪下来,保存好,等你刑满出狱时读得着。"

"你不冷吗?"帅克发现这位有修养的先生在打哆嗦,十分同情地问道,"今年的夏末似乎相当凉。"

"我,我全完了!"帅克的这位狱友痛哭起来,"我是越陷越深啦!"

"就是这么回事,"帅克欣然附和他说,"等您刑满出狱,要是你们单位不再接受您,我不知道您能不能很快找到别的差事,因为各行各业,即便您肯去给剥死畜皮的当伙计,人家也都要看你没有受过审判的证件。唉,您只图一时快乐,实在不划算呀。在您坐牢的这段时间,您

---

① 从前布拉格的一个夜总会。

的太太孩子有生活来源吗？她会不会去要饭，或者教孩子们去走邪门歪道呢？"

他号啕大哭起来。

"我可怜的孩子啊！我可怜的妻子呀！"

这位受良心责备的忏悔者站了起来，说起他的孩子们：他共有五个孩子，最大的十二岁，参加了童子军。这孩子只喝白开水，应该成为他父亲的榜样，尽管他父亲还是第一次干出这种事来。

"加入了童子军？"帅克惊叫了一声，"我最爱听童子军的事儿啦。有一次，在布杰约维策的赫卢博卡县，兹利维附近的米德洛瓦尔，我们九十一团正好在那儿演习，当地的农民在林子里围捕那些名为给他们植树造林的童子军。逮住了三个。其中一个年纪最小的，当他们把他绑起来时，他又哭又闹，连我们这些当兵的硬汉也不忍看这种场面，只好走到一边去。在农民捆绑这三个童子军的时候，他们咬伤了八个农民。后来在村长的藤鞭抽打下，他们才招认说：为了晒太阳，没有一块地不被他们踩得一塌糊涂。他们还承认，在长得好好的麦地上，他们用刀子把麦穗割下来，偷偷拿去烤麦粒儿吃，弄得地里着了火，还说是出于偶然。后来农民们在林子里的一个洞里找到五十多公斤啃过的家禽和野味骨头，大堆大堆的樱桃核和没有熟透的苹果核，以及别的好多东西。"

这位童子军的可怜的父亲可是心事重重。

"我作的什么孽啊！"他哀诉着，"这一下，我的名声可就坏透了。"

"是坏透了，"帅克以他天生的直率说道，"出了这种事，您的名声一辈子都好不了。等这件事一上报，您的熟人还会给您添油加醋。这是人之常情。您也不必把这当回事。如今世上名声坏的人比名声好的人起码多十倍。您这只不过是芝麻大一点儿的小事，算不了个啥。"

过道里响起了沉重的脚步声，钥匙在锁眼里咔嚓一声，牢门打开了，巡警呼叫帅克的名字。

"对不起，"帅克彬彬有礼地提醒说，"我是中午十二点才到这儿来的，可这位先生早上六点就在这儿了。我没啥可着急的。"

没有回答。一只强有力的手一把将帅克拖到过道里，值日官就一

声不响地把他带到二楼去了。第二间房的桌子旁边坐着一位巡长,胖乎乎的,样子看来挺热忱。他对帅克说:

"呵,您就是帅克,对吗?您是怎么到这儿来的?"

"简单极了,"帅克回答说,"因为他们不给我开午饭就要把我撵出疯人院,我不干,一位巡警先生就陪我到这儿来了,他们简直把我当成了野鸡,想随便摆布我。"

"您听我说,帅克,"巡长和蔼地说,"凭什么在这儿、在萨尔莫瓦大街,我们要跟您过不去呢?我们把您送到警察局去不是更好吗?"

"常言说得好,你们是局势的主宰,"帅克满意地说,"在这黄昏时候,从这儿逛到警察局倒也是一段相当惬意的散步。"

"我很高兴咱们谈拢了,"巡长兴致勃勃地说,"谈拢了比什么都好,对吗,帅克?"

"不管是谁,我都愿意同他商量,"帅克回答说,"请您相信我,巡长先生,我永远忘不了您对我的恩典。"

帅克恭敬地鞠了一躬,由一名巡警护送到楼下门警室。一刻钟后,他又在耶茨纳大街拐角和查理士广场出现了。押送他的是另一位巡警,他腋下夹着一本厚簿子,上面用德文写着:《犯人名册》。

在焦街拐角处,帅克和押送他的警士看见一堆人挤在布告牌周围。

"这是皇上发布的宣战诏书。"警士对帅克说。

"我早就料到了,"帅克说,"可在疯人院里还什么也不知道,本来他们的消息应该是最灵通的。"

"为什么?"警士问帅克。

"因为那儿关着好多军官先生。"帅克解释说。

当他们走近挤在宣战诏书周围的人群时,帅克喊道:"弗兰西斯·约瑟夫皇上万岁!我们必胜!"

激昂的人群中,不知是谁在他那顶大得遮住了耳朵的帽子上敲了一下。就这样,好兵帅克穿过熙来攘往的人丛,重又踏进了警察局的大门。

"我再说一遍,诸位,在这场战争中,咱们准能打赢!"帅克用这句话与簇拥着他的人群告别。

在古老遥远的历史上,欧洲曾经流传过这么一句名言:明天将使今日的计划变成泡影。

第六章　帅克冲出迷魂阵又回家了

警察局大楼弥漫着衙门的威严气氛。警察们虎视眈眈地注视着老百姓对战争究竟有多少热忱。局里只有少数几个人,他们不否认自己是这个要为别人利益去流血的民族的子孙;其余的人都是些堂哉皇哉的人面兽心的官僚,他们一心只想着监狱和绞架,靠这些来维持那莫测高深的法律条文。

审讯时,他们总是带着一种恶意的谦和来对付落在他们手中的牺牲品,在吐出每一个字之前,都要掂掂它的分量。

"我感到非常非常遗憾,"当帅克被带到他们面前时,这个制服上缝着黑黄两色绶带①的吃人猛兽说,"你又落到我们手里了。我们满以为你会改过自新,可是你却使我们大失所望。"

帅克默默地点点头,他的神情是那样天真无邪,使得那头带着黑黄绶带的野兽困惑地望着他,然后加重语气说:

"别装出这副傻相!"

但他马上又换了一种和气的声调说:

"我们,说真的,把你抓起来,我们心里也不好受。我可以告诉你,依我看,你的罪过并不怎么大,因为,考虑到你的智力水平低下,可以设想你无疑是受了别人的唆使。请你告诉我,帅克先生,究竟是谁引诱你去干那些蠢事的呢?"

帅克咳了几声。

"请原谅,我压根儿就不知道有什么蠢事!"

"那好,帅克先生,"他装着长辈的口气说,"根据押送你的警士告发,你在街头的宣战诏书前招惹了一大堆人,高呼'弗兰西斯·约瑟夫万岁!这场战争我们一定打赢!'的口号,煽动人群,这不就是一桩蠢事吗?"

"我不能甩手不管,"帅克解释说,用他那双善良的眼睛凝视着审判者,"我看到他们念宣战诏书时,没一点儿高兴的劲儿,我的气就上来了。也没一个欢呼胜利的,没一个喊'乌拉'的,真是啥表示也没有,巡长大人。好像这事儿跟他们毫不相干似的。我是九十一团的老兵,实在没法儿再忍下去了,我就喊了那些话。我想,您要是处在我这个地位,一定也会这样干的。既然要打仗,就得打赢它,就得对皇上三呼万岁呀!这个,谁也别想改变我的主意。"

只有招架之功,没有还手之力的戴黑黄绶带的野兽受不了帅克那双无辜的羔羊般的目光,赶紧垂下眼睛看着公文,说:

"我完全承认你这份热忱,不过你该在别的场合来表现它。你自己分明知道,你是被警士押送着的,因此,你的爱国表现就可能、甚至必然会被公众看成是一种讥讽,而不是庄重严肃的表现。"

---

① 黑黄二色为奥匈帝国国家的代表色。

"一个人由警士押送着走道儿,"帅克回答说,"可以说是他一生中的艰难时刻。可是,如果这个人即使在这种时刻也不忘记宣战以后他该做些什么,我看,这种人是不见得怎么坏的。"

戴黑黄绶带的野兽嘟哝了一句什么,又直瞪了帅克一眼。

帅克对他报以天真、柔和、谦恭与温顺的目光。

他们又彼此相对凝视了一阵。

"见鬼去吧,帅克!"官架子十足的大胡子警官终于嘟哝说,"要是你再被抓到这儿来,那我什么也不会问你,直接把你交给赫拉昌尼区的军事法庭。明白吗?"

出其不意,帅克扑上去吻了吻他的手,说:

"愿上帝保佑您平安!您啥时候需要一条纯种狗,就请赏光找我,我是一个狗贩子。"

这样,帅克又重新获得自由,踏上了回家之路。

在路上,他思索了一下,要不要先到"杯杯满"酒家去一趟。终于,他推开了不久前密探布雷特施奈德押着他走出去的那扇门。

死一般的静寂笼罩着这家酒店。那儿坐着几位顾客,其中有阿波林纳什教堂执事。他们一个个愁眉苦脸。柜台后面坐着内掌柜巴里维茨太太,她漠然望着啤酒桶的龙头发呆。

"喏,我又回来啦!"帅克快活地说,"给我来杯啤酒吧。我们的巴里维茨先生呢?他也回来了吧?"

巴里维茨太太没有回答,却哭开了。她一个劲儿抽泣着,在每个字的重音上强调出她的不幸:"一个……星期……之前……判了他……十年……"

"啊,有这样的事!"帅克说,"这么说,他已经坐满七天了。"

"他是多么谨小慎微的人啊!"巴里维茨太太哭诉着,"他本人也是这么夸自己的。"

店里的顾客们还顽固地沉默着,就像巴里维茨的幽灵在这儿游荡着,警告他们要更加谨慎似的。

"谨慎为智慧之母啊,"帅克边说边坐到那张为他放了一杯啤酒的桌子旁。巴里维茨太太给帅克把啤酒端来时,眼泪滴在啤酒里,使杯里的啤酒泡沫上出现了一个个小洞眼。"如今就是这样一个逼得人变得谨小慎微的世道啊。"

"昨天我们那儿有两个出殡的。"阿波林纳什教堂执事转移了话题。

"准是又死人了。"第二位顾客说。第三位顾客问道:"出殡时有棺罩吗?"

"我倒希望看看,"帅克说,"打仗的时候,军人出殡会是个什么样儿。"

顾客们站起来付了酒钱,一个个不声不响地走掉了,只留下帅克和巴里维茨太太在屋里。

"我可真没想到,"帅克说,"竟给一个无罪的人判了十年徒刑。给一个无罪的人判五年徒刑的事儿我倒听说过,可是一判就十年,实在有点儿多。"

"我那位供认了,"巴里维茨太太哭着说,"他在这里是怎么说到苍蝇和画像的,在警察局和法庭上也都照样重说了一遍。我是当做一个见证人出席那次审判的,可我又能作什么证呀。他们说我和我男人是亲属关系,因此我也可以不要作证。我被这个亲属关系吓坏了,生怕又惹出什么是非来,这样我就放弃了作证的权利。我可怜的老伴这么看了我一下,我至死也忘不了他盯着我时的那双眼睛。判决之后,他们把他带走时,他被眼前的这些事弄得稀里糊涂,在过道上还朝着他们喊了一声:'自由思想万岁!'"

"布雷特施奈德先生不再到这儿来了吧?"帅克问。

"来过几趟,"掌柜太太说,"他喝一两杯啤酒,然后就问我,谁常来这儿。顾客谈足球赛他也偷听。他们一见到他,就只谈足球赛。他弄得常常打哆嗦,就像马上要发狂和痉挛似的。这一段时间,只有横街上一个裱糊匠上了当。"

"勾引人上当,这是受过训练的,"帅克评论说,"这个裱糊匠笨吗?"

"大概跟我男人差不离,"巴里维茨太太哭着回答说,"布雷特施奈德问他是不是用枪打过塞尔维亚人。他说,他不会打枪,只是有一次在游艺场打靶赢了一个克朗①。然后我们都听见布雷特施奈德掏出记事本来说:'瞧,又是一件新的大叛国案。'随后就把横街的裱糊匠带走了,从此再也没有回来了。"

"他们大多数都回不来了,"帅克说,"劳驾,给我来杯罗姆酒。"

密探布雷特施奈德走进酒店时,帅克正要了第二杯罗姆酒。布雷特施奈德飞快地扫了一眼空荡荡的酒吧间,然后在帅克身旁坐下,要了杯啤酒,等着帅克开口。

帅克从报架上取了一份报纸,瞧着后面一版的广告栏说道:

"你们瞧,什特拉什科维采村五号房的钦贝拉,出卖他的庄园连同三百六十四公亩耕地,那块领地上还有学校、公路。"

布雷特施奈德用手指神经质地敲着桌子,转向帅克说:

"我奇怪,你怎么对这庄园如此感兴趣,帅克先生?"

"啊!原来是您呀,"帅克说,伸出手去和他握手,"我刚才还没认出您来,我的记性很坏。要是我没记错的话,我们最后一次该是在警察局传讯室分手的。您常到这里来看看吗?"

"我今天是特地来看你的,"布雷特施奈德说,"警察局有人告诉我,你是个狗贩子。我想要一条上等的捕鼠狗或者一条猄狗,或者是这一类的什么狗。"

"这我都能为您办到,"帅克回答说,"您要纯种的还是随便一条杂种的?"

"我想,"布雷特施奈德回答说,"还是要一条纯种的吧。"

"您干吗不弄一条警犬呢?"帅克问,"这种狗能替您跟踪一切,把您带到作案的现场。沃尔舍维采的一个屠夫有一条这样的警犬,成天给他拉小车。这条狗,可以说是学非所用。"

"我还是要一条猄狗的好,"布雷特施奈德平静而又固执地说,"一条不咬人的猄狗。"

"您是要一条没牙的猄狗啰?"帅克问,"德依维采一个饭店老板有

---

① 捷克语"克朗"(货币单位)的另一个意思为"皇冠"。此处的"赢了一个克朗",也可以解释为"打掉了一顶皇冠"。

条这样的。"

"要不还是要条捕鼠狗吧。"布雷特施奈德犹疑不决地说,他对狗的常识极其肤浅。要不是警察局有指示,他决不会知道关于狗的事儿。指示下得简明扼要:必须利用帅克贩狗的活动,掌握他的一切。为此目的,他有权为自己挑选助手,用公款买狗。

"捕鼠狗有大有小,"帅克说,"我知道有两条小的,三条大的。这五条都可以抱到膝盖上玩耍。我热忱地为您推荐它们。"

"这可能中我的意,"布雷特施奈德说,"多少钱一条?"

"这要看狗的大小了,"帅克回答说,"全看大小。捕鼠狗跟小牛犊不一样,恰恰相反,越小越贵。"

"我要一条能看家的大狗。"布雷特施奈德说,他不敢过多动用警察局的秘密拨款。

"行!"帅克说,"大狗五十克朗一条卖给您,再大一些的四十五克朗。可我还忘了提一件事:您是要狗崽子还是要年龄大些的?要公狗还是要母狗?"

"对我来说都一样,"布雷特施奈德回答说,被这些莫明其妙的问题纠缠得够呛了,"你替我搞到它,明晚七点钟我上你那儿去取。能弄到手吗?"

"您来吧,能弄到手的,"帅克干巴巴地回答说,"可是眼下这情况,我不得不请您预付三十克朗的订钱。"

"没问题,"布雷特施奈德说着就付了钱,"现在我们一人来四分之一公升葡萄酒,我请客。"

两人喝完后,帅克付了自己那四分之一公升的酒钱。然后布雷特施奈德招呼帅克,叫他甭怕他,他今天不办公事,可以和他聊聊政治。

帅克却声明,他从来也不在酒馆谈政治,又说整个政治都是哄小孩子的。

布雷特施奈德对此却有更为革命的见解,他说每个弱国都注定要灭亡,他还问帅克对这个问题有什么看法。

帅克宣称,对国家他无能为力。只是有一次由他照料一只虚弱的圣伯纳狗崽,给它喂军用饼干,结果还是死了。

当他们各自喝完第五个四分之一公升时，布雷特施奈德自称是个无政府主义者，还请教帅克，他该加入哪个组织。

帅克说，有一次一个无政府主义者用一百克朗向他买了一只莱欧堡狗，可是最后一笔款子到现在还没付给他。

等他们喝到第六个四分之一公升时，布雷特施奈德便大谈其革命和反对起宣战动员令来了，帅克连忙靠近他，在他耳边悄悄说：

"酒店里刚进来了一个顾客。他要是听见您说的话，您就糟糕了。您瞧，女掌柜的已经在哭啦。"

巴里维茨太太确实正坐在柜台后面的椅子上哭泣。

"您哭什么呀，巴里维茨太太？"布雷特施奈德问道，"三个月后我们就能打赢这场战争，实行大赦，您家掌柜的就会回来了。那时我们再到您这儿来聚餐，热闹一番。"

"也许你不相信我们能打赢吧？"他转过来问帅克。

"你怎么老在这上面翻来覆去扯个没完没了呀？"帅克说，"仗一定能打赢。得！我该回家了。"帅克付了酒钱，又回到他的老用人米勒太太那里去了。当她看见用钥匙开门进来的是帅克时，不禁大吃一惊。

"我还以为，先生，您得过好些年才能回来哩，"她以惯有的直爽说，"所以，我出于同情，收留了一个夜咖啡馆的门房住在这儿。有人来查过三次户口，啥也没捞到，就说您毫无希望了，还说您是个很狡猾的人。"

帅克立即相信，这位素不相识的房客在他这儿过得很舒服：睡着他的床，甚至很讲风度，自己只占用半张床，另一半让给一个长发女妖占着。她似乎满怀感激之情，正搂着他的脖子在酣睡。男女两人的内衣扔在床边。从这个乱劲儿可以看出，这位夜咖啡馆的门房准是兴高采烈地带着他的情妇来到这里的。

"先生，"帅克摇着这位乘虚而入的房客说，"先生，您别误了午饭。您要是对大伙儿说我是在您没地方吃午饭的时候把您撵走，那可就太冤枉我了。"

夜咖啡馆门房睡意正浓，好半天都没弄明白是床主回来了。他再三坚持说，他有权睡这张床。

跟所有夜咖啡馆的门房一样,这位先生也表示:谁要是吵他的瞌睡,他就要狠狠揍他一顿。说完这话,他还想继续睡觉。这时帅克拾起他的内衣,送到床上,使劲摇着他说:

"你们要是还不起来穿衣,我就把你们扔到大街上去,像现在这个样子扔出去。你们还是穿着衣服从这儿出去的好。"

"我想睡到晚上八点,"门房穿着裤子,感到为难地说,"我付给这位老板娘每晚两克朗床铺租金,讲好我可以把咖啡馆的小姐带来过夜的。玛森娜,起来吧!"

当他扣好领子,结好领带时,他已经清醒到能向帅克介绍说:"含羞草"夜咖啡馆确是最好的游乐场所之一,只有那些持有警察局发给了黄本子的女人①才进得去,并且邀请帅克去玩玩。

可是他的女伴却对帅克大为不满,赏了他好几句文雅之词,其中最文雅的一句是:"你这个大主教养的崽子!"

不速之客走了以后,帅克去找米勒太太算账;可是连她的影子也没找着,只见到一张小纸片,上面留着米勒太太的潦草笔迹,异常轻松地表达了她对把帅克的床铺租给夜咖啡馆门房这一令人不幸事件的想法:

"请原谅吧,先生,我再也见不到您了,因为我要跳窗了。"

"撒谎!"帅克说,开始等待她。

半小时后,不幸的米勒太太悄悄地溜进了厨房。从她那忧郁的神色可以看出,她在期待帅克对她说几句宽恕的话。

"你要是想跳窗,"帅克说,"就到卧室里去跳,我已经把窗子打开了。从厨房的窗口跳下去我可不赞成,因为这会掉到园子里的玫瑰花地里;把花丛压坏,你得赔偿损失;要是从卧室的窗口跳下去,正好落到过道上,运气好的话,可以把脖子摔断。要是不走运,也只不过摔断所有的肋骨和手脚,也还得付住院费。"

米勒太太哭了。她默默地走进帅克的卧室,关上窗子,回来时说:"开着窗子有风,先生,对您的风湿症不利。"

---

① 奥匈帝国发给妓女的体检合格证。

然后她走去铺床,格外仔细地拾掇了一切。她含着泪水回到厨房里,报告帅克说:"我们在院子里喂的两只小狗死了,那条圣伯纳狗在警察来搜查的时候跑掉了。"

"我的天哪!"帅克叫道,"这东西出去一定会倒霉的。警察准在寻它哩。"

"有个警官先生在搜查中把它从床底下拖出来时,它咬了他一口,"米勒太太接着说,"开头是警察中的一位先生说,床底下藏了一个人;接着就以法律的名义叫那条圣伯纳狗出来,可它不想出来,他们就动手拖它出来。它狠狠地咬了他们,恨不得把他们吞掉,随后就跑到门外去,再也没有回来了。他们也盘问了我,问有谁常来我们这儿,是不是从外国得到钱;后来他们认为我很傻,因为我说只是偶然从外国有汇款来,前不久,从布尔诺①一位司机那儿寄来六十克朗定钱买安格拉猎狐犬,就是您曾在《民族政治报》上登过广告的那只狗,结果您没把那条狗寄去,另把一条瞎眼小狐狗崽装在枣木箱里寄去了。后来他们又特别和气地把这个夜咖啡馆的门房,就是被您赶出去的那个门房介绍来住,说是免得我单个儿住在屋里害怕。"

"我真烦透了这帮警察老爷,米勒太太,"帅克叹了口气,"你等着看热闹吧,眼下不知会有多少他们的人到这里来买狗哩。"

我真不知道,当奥地利崩溃之后,倘若有谁查看警察局档案,在警察局秘密拨款项目下,读到下列符号时,是否懂得其中的涵义,如:B——四十克朗,F——五十克朗,L——八十克朗,等等;要是他们错将B、F、L当做人名缩写,以为这些人为了四十、五十、八十克朗就把捷克民族出卖给了黑黄双头鹰②的话,那就大错特错了。

"B"代表圣伯纳种狗,"F"代表安格纳猎狐犬,"L"指一种猛犬。所有这些狗都是由布雷特施奈德从帅克那里带到警察局的,而且都是与纯种狗毫无共同之处的、难看极了的丑八怪,但帅克却把它们当做纯种狗卖给了布雷特施奈德。

---

① 布尔诺是捷克中部的一座城市。
② 奥匈帝国的徽志。

他卖出的所谓圣伯纳狗是由一条杂种鬈毛狗和一条来历不明的野狗交配的；所谓安格纳猎狐犬，长着一对猎獾狗的耳朵，个子跟条猛犬一样大，两腿歪撇着，活像患了软骨病；而那条所谓猛犬，满脑袋粗毛，嘴巴像英国产的看羊犬，尾巴剪得短短的，个子像达克斯狗那么高，屁股溜光，跟有名的美国秃毛狗一样。

后来，密探卡鲁斯也去买狗，他牵回一条惊惶胆小的怪物，像是一条通身斑点的鬣狗，长着苏格兰看羊犬式的狗毛。于是在警察局的秘密费用中又写上了 D——九十克朗这笔新开支；这条怪物据说还被当做猛犬使用过。

但是连卡鲁斯也没能从帅克身上捞到什么，和布雷特施奈德的境况差不多，甚至连他那番最巧妙的政治谈吐也被帅克转移到给小狗治犬瘟的议论上去了。密探们千方百计设置的圈套，其结果往往是布雷特施奈德又从帅克那里买到一条丑得难以想象的杂种狗。

堂堂密探布雷特施奈德先生的末日终于到了。当他的住房里已经养了七条这类丑八怪狗时，他把自己和它们一起关在后房里，总是不给它们吃够，直至这些狗把他给吃掉为止。

他为国库节省了殡葬费,这是他的一大功劳。在警察局里,在他人事档案的晋升栏上,添上了充满悲剧性的几个字:"为自养狗吞食"。

后来,帅克得知这一悲剧事件之后,他说:

"我可真没法想象,到了要他接受末日审判的时候,怎么收集他的尸骨。"

第七章　帅克从军

当奥地利军队从加里西亚①的拉包河岸森林地带仓皇渡河、溃不成军的时候,当驻在南方塞尔维亚的奥地利军队一个接一个师地遭到失败的时候,奥地利军政部却想到要起用帅克来帮助帝国摆脱困境。

帅克接到通知,限他一周内到斯特舍列茨基岛②去进行体检,这时他正躺在床上,他的风湿病又发作了。

米勒太太在厨房给他煮咖啡。

"米勒太太,"帅克用平静的声调在卧室里叫道,"米勒太太,请到

---

① 在波兰南部,第一次世界大战前为奥匈帝国所侵占。
② 伏尔塔瓦河上一个小岛。

我这儿来一下。"

女用人走到帅克床前,帅克又以同样平静的声调说:"请坐,米勒太太。"

他的声音显得神秘而庄严。

米勒太太坐下后,帅克从床上坐起来说:

"我要参军了!"

"我的天哪!"米勒太太惊叫了一声,"您去那儿干什么呀?"

"打仗,"帅克用阴沉的声调回答说,"奥地利的情况很不妙。在北方,敌人正向我们的克拉科夫①前进;在南面,正向匈牙利进军。我们两头挨揍,所以才召我入伍。昨天我在报纸上还读到,说是'有一片乌云萦绕着我们亲爱的祖国。'"

"可您还动弹不了啊!"

"这不要紧,米勒太太,我坐轮椅去参军。你认得街口上那家糖果店的老板吧,他有那种轮椅。前几年,他用这种轮椅推过他那个病病歪歪的瘸腿爷爷出来换空气。米勒太太,你就用这种轮椅推着我去投军吧。"

米勒太太哭了起来,"先生,我是不是去请大夫来给您瞧瞧病?"

"你哪儿也不用去,米勒太太。除了这双腿不中用,我还是一把完全健康的炮灰。在奥地利大难临头之日,每一个残废人都应该坚守自己的岗位。你尽管放心煮咖啡去吧。"

就在这位泪痕满面、颤颤巍巍的米勒太太冲咖啡的当儿,好兵帅克躺在床上引吭高歌:

> 太阳升起在东方,
> 温迪施格雷茨统帅和军官先生们上了战场。
> 冲啊,冲啊,冲啊!
> 他们去打仗,直向主呼唤:
> "愿耶稣与圣母保佑我们,
> 冲啊,冲啊,冲啊!"

---

① 当时属奥匈帝国,在加里西亚省。

惊惶失措的米勒太太受这首可怕的战歌的影响竟忘了咖啡,她周身发抖,惊恐地听着好兵帅克在床上继续唱道:

同圣母在一起,守卫四座桥梁,
秘艾蒙特①啊,前哨要加强。
冲啊,冲啊,冲啊!
索尔菲林②一带,血战方酣,
鲜血膝下淌。
冲啊,冲啊,冲啊!
鲜血膝下淌啊,人体成肉酱!
英勇把敌杀,十八好儿郎。
冲啊,冲啊,冲啊!
十八好儿郎呀,遇难别心慌,
就在你身后呀,车运军饷忙。
冲啊,冲啊,冲啊!

"先生,我求求您!"厨房里传来了请求的声音,可帅克还要继续把他的军歌唱完:

军饷钱粮车上装,
团队实力强,
冲啊,冲啊,冲啊!

米勒太太跑出房外找大夫去了。一小时后,她回来时,帅克正在打瞌睡。

一位相当肥胖的先生把他叫醒了,用手在他脑门儿上摸了一会儿说:

"别怕,我是维诺堡的巴威克大夫。把手伸出来给我看看。把这个体温表夹在腋下。嗯,就这样。把舌头伸出来。再伸出来一点儿。

---

① 在意大利境内。这里指的是一八五九年奥地利军队与反对奥地利统治的意大利军队交锋的战场。
② 奥军于一八五九年在索尔菲林一役中被击败。

舌头别动。你父母是得什么病去世的?"

于是,正当维也纳当局希望奥匈帝国各民族作出忠君报国的最光辉榜样时,巴威克大夫却针对帅克的爱国热忱开着溴化物[①]药方,叮嘱这位骁勇而正直的战士帅克别再想打仗的事儿。

"你躺平,保持宁静。我明天再来。"

大夫第二天来到这儿时,在厨房里向米勒太太询问他的患者的病情。

"病情更严重了,大夫,"她忧心忡忡地回答说,"昨天夜里,他的风湿症大发作时,他竟唱起了'求上帝宽恕',唱起了奥地利国歌。"

巴威克大夫看到,必须根据病人这一新的效忠表现来增加溴化物的分量。

第三天,米勒太太报告大夫说,帅克的病情更加严重了。

"大夫,昨天下午,他叫我去找军事地图。夜里,他又想入非非,说是奥地利准能打赢。"

"药粉是严格遵照处方服的吗?"

"大夫,他还没让去取药哩。"

巴威克大夫对帅克发了一顿火,坚决表示再也不给拒绝用溴化物治病的人看病,说完就走了。

还有两天,帅克就该去征兵委员会报到了。

在这期间,帅克作了应有的准备:首先,他叫米勒太太去给他买来一顶军帽;其次,又叫她去找街角糖果铺老板,借用老板曾经用来推过他那个病病歪歪的瘸腿爷爷出去换空气的轮椅。然后,帅克想到还需要一副拐杖。幸亏糖果铺老板还保存着那副拐杖,作为对他们已故祖父的家庭纪念物。

还缺一束新兵佩带的鲜花。米勒太太就连这也给他弄到了;几天来,她走到哪儿,哭到哪儿,人也瘦了许多。

这样,在一个有纪念意义的日子里,布拉格大街上便出现了一幅忠君报国的动人情景。

---

① 一种镇静剂。

一位老妇推着一张轮椅,里面坐着一个头戴军帽的男子,他那嵌着奥皇标志的帽徽锃亮闪光,外衣上佩带着一束新兵入伍的鲜艳夺目的光荣花,手里挥舞着一副拐杖。

这人不住地挥动拐杖,沿着布拉格街道大声喊道:

"打到贝尔格莱德去!打到贝尔格莱德去!"

他后面跟着一群人,他们是在帅克出发参军的那所房子前汇集起来的。开头只是一小群,后来越聚越多了。

帅克觉得,有些站在十字路口的警察也都在向他致敬。

在瓦茨拉夫大街①上,在帅克轮椅两旁跟着围观的人又多了好几百。在克拉科夫街拐角处,有个戴制帽的德国大学生挨了揍,因为他冲着帅克直嚷道:"万岁,打倒塞尔维亚人!"②

在沃奇契科瓦街头,一队骑警赶来将人群驱散了。

当帅克拿出白纸黑字的公函向巡警证实他确是被召去征兵委员会时,巡官有点儿失望。为了制止他继续扰乱治安,两名巡警把帅克连同他的轮椅一起送到设在斯特舍列茨基岛的征兵委员会。

关于整个事件,《布拉格官方新闻报》上发表了如下报导:

残废人之爱国热忱

昨日午前,布拉格各大街行人目睹之一大壮举,殊足证明,值此生死存亡之秋,吾国男儿实乃忠君报主之最佳典范,亦为希腊罗马古风之再现。当斯时也,穆咸约斯·司开沃拉③置其灼伤之手于不顾,毅然从军奋战。昨日,一手持拐杖之残废者,乘坐其老母所推之轮椅,奔赴战场,其爱国之神圣感情,感人至深。我捷克民族子弟身残志坚欣然从戎,愿为君王陛下聊尽绵薄,虽捐躯沙场亦在所不惜。行人对该战士"直捣贝尔格莱德"之呼声咸报以生动而强烈之反响,此时此景足以表明布拉格居民对祖国与皇室之无限拥戴云云。

---

① 布拉格最宽阔最繁华的大街。
② 原文为德语。
③ 公元前六世纪罗马帝国的一名英雄。

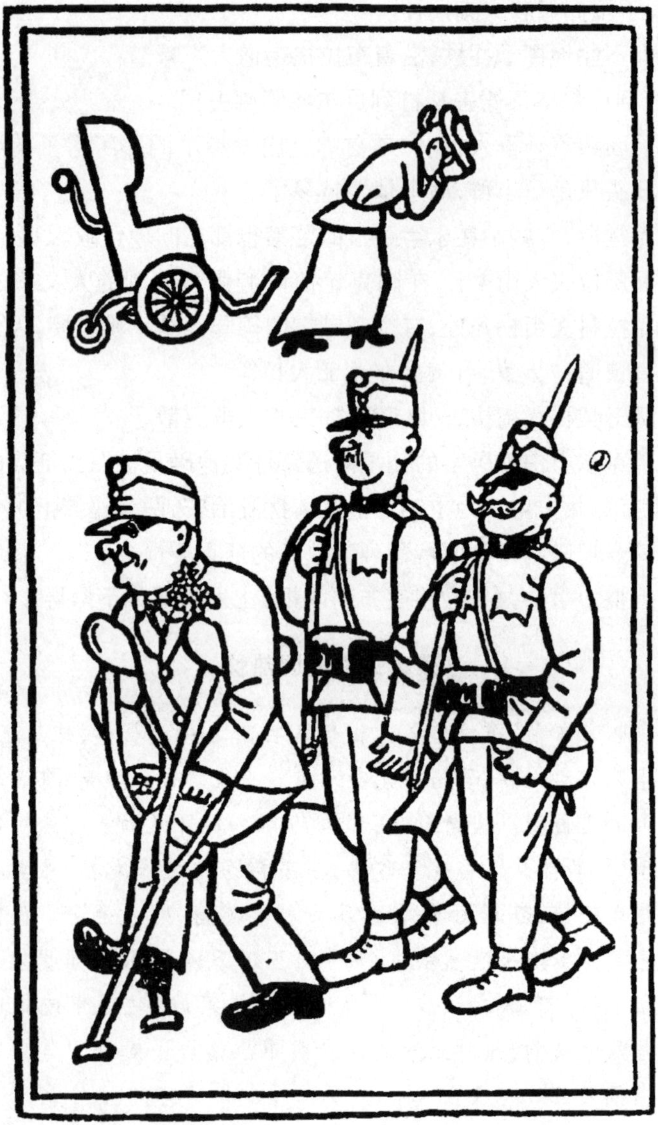

《布拉格日报》①也以同一笔调描述了这一事件。文章的结尾说,这位自愿投军的残废者后面簇拥着一群德国人;他们用自己的身体保护他,以免遭到协约国②在捷克的奸细的殴打。

《波希米亚报》③发表新闻,要求对这位残废爱国志士给予奖赏,并且说,该报社将代为接受德籍公民对这位无名英雄的捐献。

这三家报纸认为,捷克国土上再也找不到第二名如此高尚的公民了。然而征兵委员会的老爷们却另有高见。

主任军医鲍茨大夫尤其不这么看。他是一个铁石心肠的人。在他看来,所有的人都企图用欺骗的手法逃避兵役,不愿上前线,害怕子弹和榴霰弹。

他有一句众所周知的名言:"所有捷克人都是逃避兵役的匪徒。"④

十个星期以来,经他亲手检查的一万一千名壮丁中,有一万零九百九十九名是装病逃避兵役的。剩下的那一个侥幸者,如果不是因为在鲍茨大夫大喊一声"向后转!"时中风死去的话,也就会凑足一万一千名的整数,同那些人一样被抓起来了。

"把这个装病逃避兵役的家伙抬走。"鲍茨大夫确定那人已经死了之后说道。

就在这难忘的一天,帅克和其他人一样,一丝不挂、赤身露体地站在他面前,不好意思地用那支撑着身子的拐杖遮盖。

"这可真是一片无花果叶啊。"⑤鲍茨说,"可这种无花果叶在天堂里还没有过呢!"

"此人曾经军医检查,断定为白痴。"军士看着公文档案提示说。

"你还有哪儿不舒服?"鲍茨问。

"报告长官,我有风湿症。可是我就是粉身碎骨也要效忠皇上,"

---

① 布拉格用德文出版的资产阶级报纸。
② 指英、法、俄、意等国。
③ 德国民族资产阶级在布拉格出版的报纸。
④ 原文为德语。
⑤ 原文为德语。据《圣经》传说,人类最初不知有男女之分,自亚当和夏娃在上帝的果园里吃了禁吃的苹果之后,才意识到彼此为男女异性,并有了羞耻感,于是用无花果叶来蔽着他们的下身。

帅克谦恭地说,"我的膝盖肿了。"

鲍茨恶狠狠地盯着好兵帅克嚷道:"你是装病逃避兵役的!①"又转身对军士用冷冰冰的平静的声调说:"马上把这家伙关起来!"②

于是,两名扛着上了刺刀的步枪的士兵把帅克押解到军事监狱里去。

米勒太太守着轮椅在桥上等候帅克,直到见他被枪兵押解时,她才丢下轮椅哭着走掉,再也没有回去捡它了。

可是好兵帅克却谦卑地走在武装行列之间。

刺刀在阳光下闪闪发光,当帅克走到小城广场的拉德茨基③纪念碑前时,他回头对跟在后面的人群喊道:

"打到贝尔格莱德去!打到贝尔格莱德去!"

纪念碑上拉德茨基元帅的塑像似乎用梦一般的眼光俯视着好兵帅克,看着他佩带的新兵入伍的光荣花,拄着一副旧拐杖一瘸一拐地走远了。这时,一位一本正经的先生告诉周围的行人说,他们押送的是一个逃兵。

---

①② 原文为德语。
③ 拉德茨基(1766—1858),捷克血统的奥地利元帅。

第八章　帅克成了装病逃避兵役犯

在这伟大时代，军医们拼命想办法要撵走附在装病逃避兵役犯身上的恶魔，将他们重新送回军队。

装病逃避兵役犯和这类嫌疑分子所装的病有好些种：痨病、风湿症、疝气肿、肾炎、伤寒、糖尿病、肺炎等等。

装病逃避兵役犯应按下列程序受到不同等级的苦刑：

一、严格控制饮食：三日内早晚各饮茶水一杯；此外，不论自诉所患何症，一律服用阿司匹林，使其发汗。

二、为使其不致以为军事勤务如蜜似糖，每人须服大剂量金鸡纳霜粉剂。此条定名为"舔服奎宁"。

三、每天以一公升温水洗胃两次。

四、用肥皂水和甘油灌肠。

五、用冷水浸湿之被单裹身。

有些勇敢的人挨过这五级苦刑,最终被装进一具简陋的棺材,送往军人墓地埋掉。也有一些胆怯的,刚到灌肠阶段,就声明他们已经药到病除,别无他求,惟一的愿望就是立即跟随先遣营开进战壕。

帅克到了军事监狱,正好和这些胆怯的装病逃避兵役犯一起关在一间当做病房用的棚子里。

"我已经受不住了。"坐在他旁边床上的一个人说。他刚从门诊部被带回来,在那儿已给他洗了两次胃。此人装的病是眼睛近视。

"我明天就上团队去。"左边的另一个人说,他刚灌完肠。这人装的病是耳朵聋得像个木头墩子。

靠门口那张床上躺着一个奄奄一息的痨病患者,他被裹在一条用冷水浸过的被单里。

"这已经是本周内的第三个了,"右边的那一位说,"你患的什么病?"

"我有风湿症。"帅克说完,周围的人听了都哈哈大笑起来,连那个假装患肺结核、危在旦夕的痨病鬼也笑了。

"你患风湿症可别往我们这儿钻,"一个胖子认真地提醒帅克说,"在这儿风湿症算不了什么病,跟脚上长个鸡眼差不离。我贫血,又切除了大半个胃,抽掉了五根肋骨,可还是没人相信我。前不久,这儿还有个聋哑人,每隔半小时换一块冷水浸过的被单,这样裹了十四天。每天还要给他灌肠、洗胃。大夫给他开催吐剂的方子时,所有的卫生员都以为他没事儿,可以回家了。可这玩意儿整得他死去活来,他突然变得胆怯,说:'我再也不装聋作哑巴,我的病好了,能说会听了。'所有病友都劝他别吱声,可他还是说他和别人一样,既不耳聋又能讲话。到早上查病房时,他也照这么说了。"

"他坚持得够久的啦,"一位假装一条腿比另一条腿短十公分的人说,"不像那个假装中风的人,只消三片奎宁、一次灌肠和一天禁食就承认自己没病。还没轮到洗胃,他的中风病就无影无踪了。那个说是被疯狗咬了的人坚持的时间最长。他又是乱咬,又是狂吠,的确学得满像那么回事儿,可就是没法让嘴里翻白泡沫。我们也使劲帮他的忙,在查病房之前,我们在一小时内咯吱他好几回,弄得他抽起筋来,脸也憋紫了,可就是吐不出白沫来。这可糟透了。到早上大夫查房时,他只好放弃这套把戏。我们真替他惋惜。他只得像蜡烛一样笔直站在床跟前行着军礼说:'报告长官,那只咬我的狗看来不是疯狗。'那军医官用一种奇异的眼光死盯着他,使得这个挨狗咬了的人全身哆嗦,立刻补上一句:'报告长官,什么狗也没咬过我。是我自己往手上咬了一口。'坦白交代之后,他们就给他定了一条自毁器官的罪名,说他为了不上战场,想把自己的手咬掉。"

那个装病的胖家伙说:"凡是需要口吐白沫的病人,都很难装得像。羊痫风就是一例。这儿也有个患羊痫风的,他老对我们说,发一次羊痫风算不了什么。他一天有时能发十来次。他抽起筋来,手握得紧紧的,眼睛瞪得铜铃那么大,他自己打自己,舌头也伸了出来。总而言之一句话,是地地道道的、第一流的羊痫风,逼真极了。突然有一次,他生疖子了,脖子上两个,背上两个。在抽了一阵子筋之后,脑袋不能转动了。坐也不是躺也不是,只好趴在地板上。他发起烧来。可是大夫查病房时,他正烧得说胡话,什么都承认了。不过他这些疖子也够我们受罪的。因为他长着疖子,在和我们住在一起的三天里,给他供应了两天病号饭,早餐是咖啡和面包,中午有汤、馒头片蘸调味汁,晚饭还有粥或汤喝。我们得带着抽洗过的、饿得要命的胃,眼巴巴地望着这小子大吃大喝、舔嘴喷舌、打着呼噜和饱嗝。他这样使另外三个人也上了当,那三个人也交代了,他们装的是心脏病。"

"最好是装疯,"一个装病者说,"我们隔壁房间里有两个教师委员会的人。一个不分白天黑夜地喊着:'焚烧布鲁诺①的边境上还在冒烟!要复审伽利略②的案件!'另一个老学狗叫,开头是汪、汪、汪三声慢的,随后是汪、汪、汪、汪、汪五声快的,接着又是慢的,就这么没完没

---

① 布鲁诺(1548—1600),文艺复兴时期意大利哲学家,因反对经院哲学、主张人们有怀疑宗教教义的自由,被宗教裁判所判处死刑,烧死在罗马。
② 伽利略(1564—1642),意大利物理学家、天文学家,曾因进步科学思想而受到迫害与审判。

了地叫，他们两个已经坚持了三个多礼拜。我原先也想装疯子，装成一个宗教狂，宣扬教皇的至圣至贤。后来我还是改变主意，花了十五个克朗让小城街上的一个理发匠给我弄了个胃癌症。"

"我认识布舍夫诺瓦一个扫烟囱的，"另一个说，"你只要花十克朗，他就可以叫你发高烧，烧得你简直想从窗口跳出去。"

"这算不了什么，"第三个说，"在沃尔舍维采有个接生婆，只要你花二十克朗，她就能弄断你的腿，保你残废一辈子。"

"我只花了五克朗就把腿弄断了，"靠窗口的一排床上有个声音说，"五克朗，外加三杯啤酒。"

"我这病已经花了两百多克朗，"坐在他旁边的一个骨瘦如柴的人说，"你们简直找不到我没有服过的毒药，随你们数哪一种。我都成了毒药仓库啦。我喝过氯化汞，吸过水银蒸气，服过砒霜，抽过大烟，喝过鸦片酊剂，吃过撒上吗啡的面包，吞过土的宁，喝过含磷的二硫化碳，还喝过苦味酸。我毁坏了自己的肝、肺、肾、胆、脑子、心脏、肠子，可谁也搞不清我害了什么病。"

"我看最好是用煤油在手臂上做皮下注射，"门边的一个解释说，"我的一个表兄弟就是那么走的运，人家把他的胳膊锯了下来，从此，军队便再也不去找他的麻烦了。"

"瞧，"帅克说，"为了效忠皇上，咱们大家都得吃点儿苦头。不是抽胃液，就是灌肠。想当初，我在咱们团服役的那时节，比这还糟糕。他们把这样的病人的手脚捆在一起，扔到一个洞里，让他在那儿养病。那里可不像这儿，没有床，也没有草垫或痰盂什么的。病人就躺在光板子上。有一次，一个人真的患了伤寒病，另一个得了黑天花。两人都被绑了起来，团部军医用脚踢他们的肚子，说他们也是装病逃避兵役的。后来这两个当兵的都死了。这事儿传到了国会，还登了报。马上又禁止我们读这些报纸，还搜查我们的小提箱，看谁藏着这些报纸。我总是走倒霉运。我们团在谁那儿也没找着，单单在我这儿发现了这份报。他们把我带到团部办公室。我们的上校，这头阉牛，该遭雷劈火烧的家伙对我大吼大叫，命令我立正站着，要我交代是谁给报上投的稿。我要不说他就要把我的嘴巴从这个耳朵边撕到那个耳朵边，再把我关死在牢里。后来,团军医官走过来,在我鼻子底下挥舞拳头:'你这条该死的狗,你这个大混蛋,你这个倒霉的畜生!①你这个社会主义的狗崽子!'我却坦然地直瞪瞪地看着他,连眼睛都不眨一下,我一声不吭。我右手举到帽檐边,左手紧贴裤缝站着。他们像狗一样在我旁边来回窜,对我狂吠,我一言不发,不吭一声气儿,毕恭毕敬,左手紧贴裤缝。就这么搞了半个小时。后来上校跑到我跟前对我吼道:'你是不是个傻子?''报告,上校先生,我是傻子。'为了惩罚他这股呆傻气,关他三星期!一星期内斋戒两次,一个月不许出营房,戴四十八小时镣铐!马上把他关起来,不给他饭吃!把他绑上!让他明白:我们的国家不需要傻子。你这狗崽子,我们要把这些报纸从你的脑袋里挖出来!'这就是上校先生在来回乱窜了一阵之后作出的结论。在我被关押的这段时间,兵营里出了不少怪事。我们的上校禁止士兵读任何东西,连《布拉格官方新闻报》也不让读。兵营食堂不准用报纸包香肠、碎干酪。可偏偏打这个时候起,当兵的反倒读起书报来了。我们这个团成了最有文化的团,每个连都写诗编歌来和这位上校作对。团里要是出了什么事儿,士兵中马上会有人用'虐待士兵'的题目在报上发表文章。这还不够,他们还给维也纳的议员写信,要求后者为他们申辩。这些议员便在议会里接二连三地指责我们的上校是畜生什么的。有位部长还派了个检查组到我们这儿来。结果,赫卢博卡人弗朗达·赫契鲁还被关了两年,因为他在上操时挨了上校一耳光,便向维也纳的议员们告了一状。检查组一走,上校便把我们全团集合起来训话,说士兵就是士兵,必须一声不吭,老实服役,谁要是对什么表示不满,那就是破坏下级服从上级的纪律。'混蛋们,你们以为那个小组能帮你们的忙?'上校说,'帮你们个屁忙!现在每个连都得从我这儿正步走过去,还要大声重复一遍我刚才说的话。'于是,我们便一个连接一个连地脸朝上校所站的地方来个'向右看齐',②持枪敬礼,对着他大吼:'混蛋们,我们以为那个小组能帮我们的忙,帮得了个屁忙!'上校捧腹大笑,一直笑到第

---

① 原文为德语。
② 原文系捷克式的德语。

十一连从他面前走过为止。这第十一连正步走着,脚打着地叭叭直响,可当他们走近上校时,得! 鸦雀无声! 真是一点儿声音也没有。上校像只大公鸡一样涨红了脸,让十一连回到原位,再来一次。他们又正步走着,还是一声不吭,只是一行挨一行地无礼地盯着上校。上校下了口令:'稍息!'①自己却在院子里走了一阵,用短鞭子抽打着自己的高筒靴,吐着唾沫,然而突然停下来,大吼一声:'解散!'②骑上他那匹瘦马奔出了院门。我们都在等着,不知十一连要倒什么霉;结果啥事儿也没有。我们等了一天、两天、整整一个礼拜,可一直不见动静。这位上校从此再也没在兵营露面了。这一来,当兵的、当军士的、当军官的都非常高兴。后来调来了个新上校。听说那个老上校进了一个什么疗养院,因为他亲笔上书皇上,说十一连已经倒戈了。"

下午查房的时候到了。格林施泰因军医挨个查着床铺,下士卫生员拿着记录本跟在后面。

"马楚纳!"

"有!"

"给他灌肠,吃阿司匹林。波科尔尼!"

"有!"

"洗胃,吃奎宁。科瓦西克!"

"有!"

"灌肠,吃阿司匹林。科恰特克!"

"有!"

"洗胃,吃奎宁。"

就这么一个接着一个,铁面无情地、机械地、迅速地下着处方。

"帅克!"

"有!"

格林施泰因大夫对这个新来的人瞟了一眼。

"你有什么病?"

"报告长官,我有风湿症。"

---

①② 原文为德语。

格林施泰因大夫在实践中已经养成了略带嘲讽的态度对待病人的习惯。这比大声叫嚷有用得多。

"哦,原来是风湿病,"他对帅克说,"这个病可真不轻啊!可是也的确巧得很,偏偏在爆发世界大战,需要人到前方去打仗的时候患了这种病,我想你一定非常着急吧?"

"报告长官,我着急着哩。"

"原来如此,他还着急哩。你实在太好了,患着风湿病还偏偏在现在想到了我们。在和平时期你这可怜的人活蹦乱跳得像只小山羊,可是一打起仗来,马上就得了风湿病,膝盖也不灵啦。你的膝盖疼吧?"

"报告长官,疼。"

"疼得通宵都睡不着觉,对不对?风湿病可是一种很危险、很痛苦、很严重的病。我们这儿对付得风湿病的人已经有很多经验了:严格地控制饮食,加上我们其他种种疗法,百灵百验。你在我们这儿治准保比在皮什昌尼的疗效要灵得多。到后来你就能大步开赴前线,身后还会扬起一片尘土。"

接着他转身对下士卫生员说:

"记下:'帅克,严格控制饮食,一天洗胃两次,灌肠一次。'下一步怎么安排,看看再说。马上把他送进诊室,给他洗胃,等洗够了,再给他灌肠,可要灌够,要灌得他喊爹叫娘,好把他的风湿症吓跑。"

然后,格林施泰因大夫又转向所有的病人发表了一通演说,充满了漂亮明智的箴言:

"你们别以为站在你们面前的是一头笨牛,可以任凭你们耍弄。你们这套鬼把戏是瞒不过我的。我知道,你们都是装病逃避兵役的,你们想当逃兵,我也就以毒攻毒来对付你们。像你们这号兵痞,我一生见过的何止几百。在这些床上挺过尸的人,啥病也没有,就是缺少点儿尚武精神。正当他们的同胞在前方浴血奋战的时候,他们却想赖在床上享清福,吃病号饭,等着战争结束。这可他妈的打错了算盘!你们这些狗崽子也他妈的打错了算盘,再过二十年,你们在梦中想起在我这儿装病的情形,也还会吓得惊叫起来的。"

"报告长官,"窗旁床上有个人轻声地说,"我的病已经好了。昨天夜里我就发现我的气喘病已经过去了。"

"你叫什么名字?"

"科瓦西克。报告长官,原定该给我灌肠的。"

"那好,上路之前再给你灌一次肠,"格林施泰因大夫决定说,"免得你以后怪我们这儿没给你治病。现在大家注意:我念到谁的名字,谁就跟下士去领他应得的一份。"

各人按照处方领到了一大副药。假如说有人曾试图请求那位执行医嘱的人开恩,或是威胁他们说有朝一日他们也可能进卫生队,落到这些人手里的话,那么帅克却表现得非常勇敢。

"别怜惜我,"他向给他灌肠的刽子手提议说,"你要记住效忠皇上的誓言。哪怕在这儿躺着的是你的亲爸爸或者亲兄弟,你也要照样给他灌肠,连眼珠子都不要转一下。你心里只需想着:奥地利靠灌肠就能稳如磐石。胜利属于我们!"

第二天查病房时格林施泰因大夫问帅克喜不喜欢军医院。

帅克回答说,这是一个设备完善、非常崇高的机构。为此他得到了昨天得到过的同样奖赏,外加阿司匹林和三片奎宁,当场用水吞服。

就连苏格拉底①当年喝下那杯毒人参汤时也没像帅克服用奎宁那样泰然自若;格林施泰因大夫将各种苦刑都在帅克身上试过了。

在他们当着大夫的面把帅克裹进湿被单里时,大夫问他感觉如何,帅克回答说:

"报告长官,好像呆在浴池里或者海滨疗养地一样。"

"你还有风湿病吗?"

"报告长官,我的病好像总不见好。"

这样一来,帅克又得忍受新的折磨。

在此期间,一位已故步兵元帅冯·博策海姆男爵的遗孀操尽了心,千方百计想要找到前不久在《波希米亚报》上提到的那个爱国士兵。报上说,他,一个残废,让别人用病人轮椅推着去从军,嘴里还喊着"打

---

① 苏格拉底(公元前469—前399),希腊哲学家,他被奴隶主民主派控以传播异说、毒害青年、反对民主之罪,被判饮毒而死。

到贝尔格莱德去!"为了他的爱国表现,波希米亚报纸编辑部号召读者为残废的效忠英雄进行募捐活动。

寡妇太太终于从警察局里打听到,这位士兵就是帅克。下一步就好办了。冯·博策海姆男爵夫人和她的女伴带了提着篮子的男仆,来到了赫拉昌尼的军医院。

可怜的男爵夫人根本不知道一个人躺在军事监狱的军医院里是怎么一回事。她把名片一递上去,军事监狱的大门就为她敞开了。办公室的人对她格外和气。五分钟之后,她已经知道她所要打听的那位"好兵①"帅克是躺在第三病房十七号病床上。被这次突然访问惊得发呆的格林施泰因大夫亲自陪同男爵夫人前往探望。帅克受完格林施泰因大夫所规定的通常一天该受的苦刑之后,坐在自己的床位上,被一群瘦骨嶙峋、饥饿不堪的装病逃避兵役犯团团围着。他们至今尚未屈服,还在严格控制饮食的战场上和格林施泰因大夫顽强地斗争着。

谁要是听到他们讲话,准会以为自己是置身于一群厨师之中,在一个高级烹饪学校或什么美肴训练班里。

"就连这些最次的猪油渣子,只要还是热乎的,也是可以吃的,"那个患"经久不愈的胃炎"的人说,"炸油的时候,把油渣挤得干干的,撒上点儿盐和胡椒面,我敢向你们担保,好吃得连鹅油渣子也比不过它。"

"你别提鹅油渣啦,"那个得"胃癌"的病人说,"没有比鹅油渣更好吃的了,猪油渣子哪能跟它比呀!当然,得像犹太人那样熬法,熬得金黄金黄的。他们拿着一只肥鹅,连皮带油脂撕下来炼油。"

"你知不知道,如果熬出来的是猪油渣子,那你的说法就不对了,"紧挨着帅克的那一位说,"当然,我说的是用家禽的脂肪炼的油渣。所以叫家常油渣。既不是酱色,也不是金黄色,应该是介于两者之间的颜色。这种油渣不能太软,也不能太硬。不需用牙咬,否则就是炸过头了。要能在舌头上溶化的,同时还不能使你有油往下巴上流的感觉。"

"你们谁吃过马油渣?"不知是谁的声音,可没有人回答他,因为这

---

① 原文为德语。

时下士卫生员跑了进来。

"都给我到床上去躺着,有一位大公夫人要来这儿。你们谁也不许把脏脚从毯子下面露出来!"

就连真正的大公夫人走进来也不会像冯·博策海姆男爵夫人那样有排场。她后面跟了一大队人马,连医院的司务长也跟了进来;他从这次访问里看到了一只秘密审查账目的手,这只手正要把他从后方油水充足的食槽边扔到前沿阵地的铁丝网底下去喂榴霰弹。

他脸色苍白,格林施泰因大夫的脸色比他的还要惨白。印有"将军遗孀"头衔的老男爵夫人的小小名片,以及与这个头衔有联系的一切:交情、庇护、控诉、调往前线等等可怕事儿在他眼前晃悠着。

"这就是帅克,"大夫强作镇静地说,将冯·博策海姆男爵夫人领到帅克床前,"他表现得很能忍耐。"

冯·博策海姆男爵夫人在帅克床前的一张椅子上就座,然后说:

"切克兵①是好兵,残废兵还是勇敢的兵,奥地利人喜欢切克兵。"

她同时抚摸了一下帅克蓄满胡须的脸,接着说:

"我从报纸上读到了一切,我给您送来了好多吃的、嚼的、抽的、含着的。你是切克兵,很好很好的兵!约翰,你过来!"②

这位男仆长着一脸针刺般的络腮胡子,好像巴平斯基大盗③。他提着篮子走近床前,男爵夫人的女伴、一位满脸泪痕、身材瘦长的夫人坐在帅克的床沿上给他整理压在背下的草垫子。她一向认为,这是对患病的英雄应尽的一份心意。

男爵夫人从篮子里把礼物拿出来:十二只烤仔鸡,用玫瑰色绢纸包着,上面还扎了一根红黄丝带子;两瓶贴有"愿上帝惩罚英国。"④标签的军用烈性甜酒,瓶子另一面还贴着弗兰西斯·约瑟夫与威廉两人手拉着手、像小孩们准备做"小羊坐小洞"游戏那种架势的商标。

然后她从篮子里拿出三瓶滋补身体的葡萄酒和两盒烟来。她把礼物一件件从容不迫地摆在帅克床边的空床上。接着又添了一本装潢精

---

① 这位奥地利的男爵夫人的捷语说得不好。
②④ 原文为德语。
③ 据传说,他是十九世纪在捷克鲁多霍什一带的强盗。

致、题书《吾王生活轶事》的书,这是我国官方报纸《捷克斯洛伐克共和国报》的功勋主编撰写的;他从老弗兰西斯身上看到了自己的影子。后来,那床上又添了几包同样贴有"愿上帝惩罚英国"标签的巧克力糖,另一面同样是奥地利和德国皇帝两个人的画像,但在巧克力糖包装纸上他们两人已经不是拉着手,而是背靠背地坐着。男爵夫人还拿出一把很漂亮的两行鬃毛的牙刷,上面印有"依靠共同的力量"①的题词,使每一个有这种牙刷的人都能想到奥地利。还有一件在前线和战壕里都非常需要的雅致礼物——一套剪指甲的工具,盒子上画着榴霰弹在爆炸,一个戴钢盔的人端着刺刀枪往前冲,下面写着:"为上帝、皇上和祖国而战!"②还有一包饼干,上面没贴画,却有一首诗,另一面印着捷克文的译文:

奥地利,你是神圣的大厦,
请升起你的旗帜吧!
让它迎风招展,
奥地利永远屹立世上。

最后一件礼物是一盆洁白的水仙花。

当所有礼物都摆到床上之后,男爵夫人不禁激动得掉下泪来。有几个饥饿不堪的装病者已经在滴口水了。男爵夫人的女伴扶着坐起的帅克,也淌下了眼泪。病房里显得像在教堂里一样的寂静。突然,帅克双手合十打破寂静说:

"天父啊,将你的名字奉为至圣,盼你的乐土从天而降……对不起,夫人,不是这么说的,我想说的是:'上帝,我们在天上的父,把这些礼物赐给我们吧,由于你的慷慨,我们将尽情享用,阿门!'"

他说完这几句话,便从床上抓起一只烧鸡吃将起来,格林施泰因大夫用惊恐的眼光看着他。

"瞧,多么合这士兵的口味啊!"老男爵夫人兴奋地对格林施泰因大夫耳语道,"他已经痊愈,可以重上战场了。我真高兴,这多么顺他

---

① 原文为拉丁语。
② 原文为德语。

的意啊!"

接着,她又一张张床地挨个儿分发香烟和夹心巧克力糖,转完一圈后重新回到帅克床边,抚摸着他的头发说:"上帝保佑您"①,随后便带着全体随行人员出去了。

在格林施泰因送走男爵夫人从楼下回来前,帅克把烧鸡分给了其他病友。他们狼吞虎咽,等到格林施泰因大夫回来时已不见烧鸡,只剩一堆骨头了。这些骨头被啃得如此干净,活像小鸡一出世就落入秃鹰的爪中,而被啃光的骨头又似乎被太阳曝晒了好几个月。

军用甜酒和葡萄酒也没有了,一包包巧克力和饼干也都消失在病号们的胃里;有位老兄甚至把一小瓶指甲油也喝了下去。这瓶东西是和那一套剪指甲的用具放在一起的,同刷子放在一起的牙刷也被咬了一口。

格林施泰因回来后,重新摆出那副好斗的架势,做了一番长篇演说。访问结束了,压在心头的一块石头落了地。一堆啃得精光的骨头向他证实,这些装病逃避兵役的是一群不可救药的家伙。

"士兵们,"演说开始了,"你们要是还稍微有点儿头脑的话,就该让这些东西原封不动地摆着,并且会暗自说:'假如我们把东西都吃掉,主治医生就不会相信我们身患重病了。'可是现在这样,你们就自我证明并不体谅我的好意。我给你们洗胃、灌肠,大力支持你们绝对禁食,你们却把胃塞得鼓鼓的!你们想得肠炎吗?你们打错了算盘!在你们的胃还没来得及消化之前,我要把它洗得一干二净,叫你们至死也忘记不了,将来还会对你们的孩子们讲,你们曾经有一次是怎么吃掉烧鸡和所有别的好东西的,这些东西又是怎么在你们肚里停留不到一刻钟,就趁热被抽出来了。现在一个挨一个跟我来!好让你们别忘了,我并不是一头像你们一样的笨牛,好歹比你们所有的人加起来还聪明一点儿。我还得告诉你们:明天我还要把征兵委员会的人请来。你们赖在这儿也够久的了,根据你们刚才的所作所为,既然你们能在五分钟内把胃弄得这么脏,那就证明你们谁都没有病。现在,齐步走!"

---

① 原文为德语。

轮到帅克时,格林施泰因大夫瞅着他,想起今天这次神秘的访问,便问帅克道:"你认识男爵夫人吗?"

"这是我的后妈呀,"帅克不动声色地回答,"我很小的时候,她把我扔了,如今又把我找到了……"

格林施泰因大夫只简单地说了句:"回头再给帅克灌次肠。"

晚上,病房笼罩着一片悲伤。几小时前大家肚子里还装着各式美味,如今只有一杯淡茶和一片面包了。

窗口旁二十一号床位上的病友说:"喂,伙伴们,你们信不信?我说炸鸡比烧鸡更好吃些。"

有人嘟哝了一句:

"治治他这个不自在的!"可是大家在经历了这次很不成功的宴会之后,感到非常虚弱,谁也不肯动弹一下。

格林斯泰因的话兑现了。上午从声名狼藉的委员会派来了几位军医。

他们板着脸走过一张张床铺,机械地重复着一句话:"把舌头伸出来!"

帅克把舌头伸得老长,现出一副滑稽相,眼睛也眯成一条细缝了。

"报告长官,我的舌头全部伸出来了。"

帅克和委员们展开了一场有趣的对话。帅克申辩说,他之所以要加上一句,是怕他们疑心他把舌头藏起来了。

委员们对帅克的看法截然不同。

半数人断定帅克是白痴[1],另一半人却认为他是一个有意拿军事工作开玩笑的坏蛋。

"我们要是耍不过你,那才见鬼哩!"主任委员对着帅克吼道。

帅克用无辜儿童般的天真无邪的眼神望着所有的委员。

军区参谋长走近帅克,说:"我倒想知道,你这个猪猡,现在究竟在想些什么鬼名堂!"

"报告长官,我什么也没想。"

---

[1] 原文为德语。

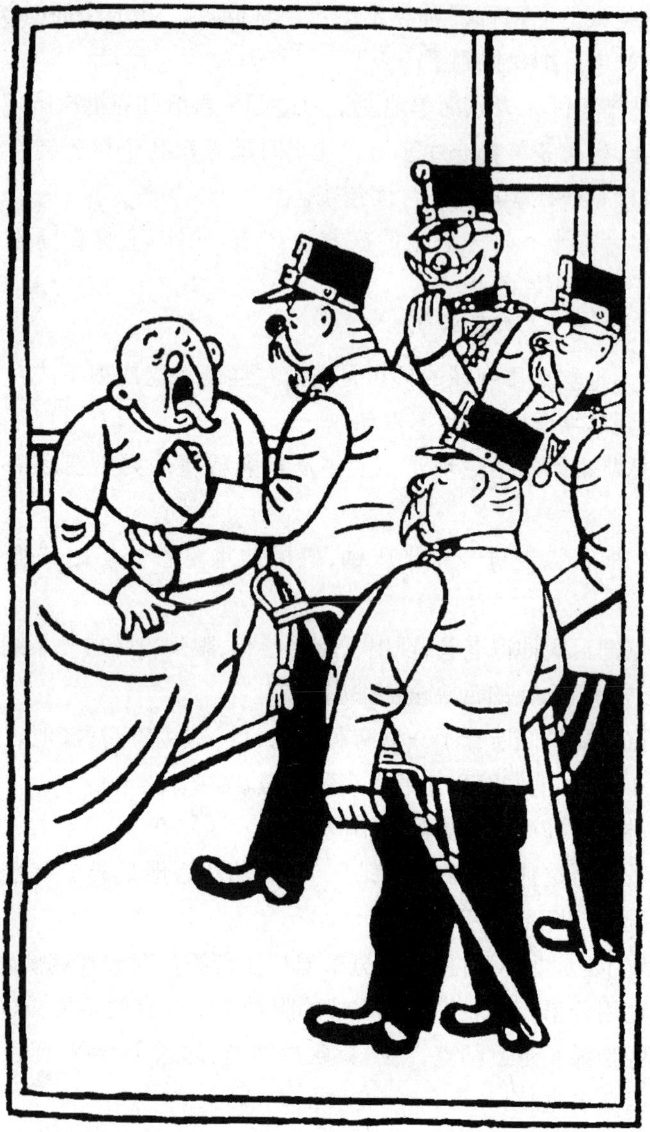

"混蛋,"①委员的腰刀碰得铿锵一响,大声喊道,"原来他什么也没想!你这头大笨驴,为什么啥也不想?"

"报告长官,因为军队禁止士兵想问题,所以我什么也不想。想当初,我在九十一团服役的那时节,我们的大尉总是说:'当兵的不许自己想什么,长官已经替你们想好了。当兵的一旦用起脑子来,那就不是士兵,而是满身尘土的臭百姓了。思想绝不能……'"

"住嘴!"主任委员恶狠狠地打断了帅克的话,"我们早知道你了。这小子以为,我们相信他真是个白痴哩②……你根本不是什么白痴,帅克,你鬼得很,尖得很,你是个流氓、无赖、地痞,听懂了吗?"

"是,听懂了。"

"我已经跟你说过了,叫你住嘴!听见了吗?"

"是,听见了,叫我住嘴。"

"我的老天爷③,叫你住嘴你就住嘴!我给你训话,你该明白,不许你废话!"

"是,我明白,不许我废话。"

军官老爷们彼此交换了一下眼色。他们把军士喊来了:"把这个家伙带到楼下办公室去,"军医参谋长指着帅克对军士说,"等着我们发落。在警备司令部拘留所里准保他不会再有这么多废话。这小子健壮得跟条公牛一样,只是装病,想逃避兵役。他还胡扯,拿他的上司开玩笑。他以为到这儿来是寻开心的,把军队工作当成一出闹剧,一场玩笑。帅克,等你到了拘留所,他们就会教你明白:军队工作绝不是儿戏!"

帅克由军士带往办公室,经过院子时他还哼着歌儿:

> 我总以为呀,
> 打仗像玩笑。
> 呆上一两周,
> 就可往家跑……

---

①②③ 原文为德语。

当值日官在办公室对帅克嚷嚷,说像他这样的小子理应枪毙时,委员们还在楼上病房里折磨其他装病逃避兵役的人。七十个病号中只饶了两个:一个是给手榴弹炸掉了一条腿的,另一个是患真正慢性骨膜炎的。

只有他们两位没有听到"行"的断语,其他人,连同三位奄奄一息的肺结核病患者均被宣布为可服兵役。与此同时,军医参谋长并不放弃大作演说的机会。他的演说是由五花八门的骂人话拼凑而成的,内容单调贫乏,把所有的壮丁都说成是畜生、粪土;说只有在他们为皇上英勇奋战时,才能回到人的社会,也只有这样,到战后,他们曾经想离开军队、装病逃避兵役的罪过才能得到饶恕;可他本人不相信他们会幡然悔悟、改邪归正。他认为,他们都应处以绞刑。

有一位年轻的军医,心地纯洁无瑕,他请求军医参谋长允许他讲几句话,他的话充满乐观主义和天真幼稚的精神,同他上司的话相比,大异其趣,他讲的是德语。

他长篇大论,阐述着每一个离开医院走上战场的人,都算是一位胜利者和勇士。他坚信,他们一定能熟练地掌握武器,无论在作战时,还是在其他所有战争年代的个人生活中,都能保持自己的荣誉。他们将是继承拉德茨基和欧根·萨沃依斯基王子①的荣耀的不可战胜的军事家,他们将以自己的鲜血灌溉神圣君主的辽阔疆土,并胜利完成历史赋予他们的使命。他们将刚毅勇敢,不吝惜自己的生命,在本团那面饱经战火的军旗下奔向新的荣誉、新的胜利。

后来军区参谋长在过道上对这位天真幼稚的人说:"同事先生,我可以向你担保:这都是徒劳无益的。不管是拉德茨基或者是你那位欧根·萨沃依斯基王子都无法把这些混蛋教育成战士。不论你对他们像天使一般温柔,还是像魔鬼那样凶狠,全都一样。这只是一帮匪徒!"

---

① 欧根·萨沃依斯基(1663—1736),奥地利反对土耳其、法国、巴伐利亚和荷兰的军事将领,是很多军歌里歌颂的英雄。

第九章　帅克在警备司令部拘留所里

拘留所是那些不愿去打仗的人的最后一个藏身之地。我认识一位代课教员。作为数学教员,他本应在炮兵队服役,但是他不愿开炮,便有意偷了一个上尉的手表,好让人家把他关进拘留所;他是经过一番深思熟虑才这样做的。战争既不能激发他的热情,也不能使他陶醉。他认为开枪射击敌人,或者用榴霰弹和手榴弹炸死对方同他自己一样不幸的数学代课教员,是一种愚蠢行为。

"我不愿做一个因为自己的残暴行为而被人憎恨的人。"他对自己这么说,便坦然地偷了一块表。

起初,他们对他的神经功能进行了检查,后来他自己供认,偷表是为了发财,于是被送到拘留所来了。这种因为偷盗诈骗案被关到拘留所来的人很多。唯心论者和非唯心论者两种人都有。还有把战争当作生财之道的人，他们是在后方和前线不择手段地贪污士兵粮饷的各级军需官。还有一些小偷，他们比送他们到这里来的人老实一千倍。拘留所里还关着一些只是犯了与军事有关的罪行的士兵，如破坏军纪、企图煽动暴乱、潜逃。此外，还有一批特殊类型的犯人，即政治犯，其中百分之八十完全是无辜的，但百分之九十九的人却判了刑。

军法机关规模不小。面临着普遍的政治腐败、经济衰落与道德沦丧，每个国家都设有这种司法机构。昔日武功的光荣与声誉必须靠法庭、警察、宪兵活动和收买告密的恶棍来加以维持。

奥地利所有的军队里都豢养着一批奸细，他们专靠告发平时与他们同睡草垫，行军中和他们分吃面包的伙伴为生。

给拘留所提供材料的还有国家警察当局：克利曼①、斯拉维切克②及其同伙。

军队书刊检查局把那些在前线和留在家里处于绝望境地的人们送到这里，只因为他们互相通信的缘故。宪兵们还把一些丧失了劳动能力的老农送了进来，因为他们在给前方亲人写信时谈论了军事法庭，在信中写了一些安慰的话，并对儿子离家后十二年里严重威胁着他们家庭的贫困作了描述。

从赫拉昌尼的拘留所有一条经过布舍夫诺瓦通向打靶场的道路。一个戴手铐的人走在荷枪实弹的押送队的前面，后面跟着一辆拉着简陋棺材的大车。打靶场上响起了"举枪！瞄准射击！"③的口令声。事后在所有团和营里宣读了团部的通令：暴乱分子已被枪决。该犯被征入伍时，因为大尉用马刀砍死了他那个不愿和他分离的妻子，他就掀起了一场暴乱。

拘留所由军狱看守长斯拉维克、林哈德大尉和外号叫"刽子手"的

---

① 克利曼是哈布斯堡王朝的反动支柱——布拉格警察局的密探，一九一八年擢升为科西策警察局长。
② 斯拉维切克是克利曼在布拉格警察局的同伙，一九一八年十月二十八日后任斯洛伐克首府布拉迪斯拉发警察局局长。
③ 原文为德语。

军士谢帕三人把持着。有多少人被他们折磨死在单身牢房里啊！如今成立了共和国，林哈德大尉可能仍旧在当大尉。我希望，把他在拘留所里服役的时间也算在服役年限内。斯拉维切克和克利曼的服役年限该从他们在国家警察局的时候算起。谢帕已经复员，依旧干他的泥瓦匠去了。他在共和国成立后说不定成了某爱国团体的成员哩。

军狱看守长斯拉维克在共和国成立后当了小偷，现在在蹲监狱。

这个可怜的家伙没能像别的许多军官老爷那样在共和国里捞到一官半职。

军狱看守长斯拉维克一见到帅克，便向他投以充满着无声责备的眼光，这是很自然的事儿。

"你既然落到我们这儿来了，你的名声也算够臭的啦！我们要让你小子在这儿过得甜滋滋的，跟对其他落到我们手中的家伙一样。我们的手可不是女人的纤细小手儿。"

为了加重他那责备的目光的分量，他还把他粗大的拳头伸到帅克的鼻子底下说：

"你闻闻，你这下流胚。"

帅克闻了闻，然后说：

"我可不想让它揍我的鼻子。它有一股坟墓里的气味。"

帅克这句平静而稳重的话使军狱看守长感到满意了。

"嘿！"他用拳头捅了一下帅克的肚子说：

"站直！你兜里有什么？你要是有香烟的话，可以随身带着；有钱，就放在这儿，免得被人家偷了。什么也没有？真的没有？可别撒谎呀，撒谎要挨罚的。"

"我们把他关到哪儿去？"军士谢帕问道。

"关到十六号牢房去，"看守长作出决定说，"把他跟那些穿短裤衩的搁在一块儿。你难道没看见林哈德大尉在这公文上面写的'严加看守，注意'①几个字？"

---

① 原文为德语。

"嗯,老弟,"看守长转向帅克,板着脸孔说,"下流胚就得把他当下流胚处理。谁捣乱,就把谁关进单身牢房去,再打断他所有的肋骨,让他在那儿一直躺到死。我们有权这么干。谢帕,你还记得吗?就像对付那个屠夫一样。"

"喏,那家伙可真费了我们不少劲啊,看守长先生!"军士回味着往事说,"他可真是体壮如牛。我在他身上踩了足足五分多钟,他的肋骨才咯嘣咯嘣地一一断掉,鲜血从他嘴里流出来,事后他还活了十来天。真经活,这狗崽子。"

"我们是怎么对付那些捣乱的家伙的,你现在明白了吧,下流货?"看守长斯拉维克结束他的训话说,"要是想开小差,那就等于自杀。在我们这儿对逃兵也是这么惩办的。上帝可怜你,你这个臭屎蛋,要是有人来检查,你可别想趁机告状!比方说,检查组问你:'有什么不满意的地方?'你这臭尸,应该打个立正,行个军礼,报告说:'报告长官,毫无意见,完全满意。'该怎么说?你这草包,给我复述一遍!"

"报告长官,毫无意见,完全满意。"帅克带着非常可爱的表情复述着,以至看守长误认为是他的坦白和诚恳了。

"好,把衣服脱掉,只留一条短裤衩,到十六号牢房去。"他说得很和气,没有捎带他惯常使用的"蠢货"、"臭尸"、"草包"一类词儿。

帅克在十六号牢房里遇见了十九个没穿长裤的人,他们的案卷上都有"严加看守,注意"字样。眼下对他们都看管得格外细心,以防他们跑掉。

要是他们的短裤衩都是干干净净的,窗上没装铁栏栅的话,你乍一看还以为是进了澡堂的更衣室哩。

军士把帅克交给了犯人班长,这人没有扣上衬衣纽扣,袒露着毛茸茸的胸脯。他把帅克的名字写在墙上的纸牌上,对帅克说:

"明儿个咱们这儿有场戏看。他们要把咱们带到小教堂里去听讲道。咱们这些穿短裤衩的正好紧挨着讲坛站着。简直滑稽透顶啦。"

同所有监狱和反省院一样,拘留所的犯人也非常喜欢上小教堂。这倒不是因为对监狱教堂的强制性访问会使他们与上帝更加亲近,或是教他们能多懂点儿道德的缘故。对这类无聊蠢事儿他们是从不理会的。

　　望弥撒和听讲道确是一种愉快的消遣,使他们可以暂时摆脱拘留所的极其无聊的生活。这倒不是说他们因此可以更加亲近上帝,而是因为在路上、在走廊和院子里可能捡到点儿香烟头和雪茄烟头。一个扔在痰盂里或者满是灰尘的地上的小烟头儿就把上帝完全排挤到一边去了。这个气味熏人的小玩艺儿战胜了上帝和拯救灵魂的期望。

　　其次是这种布道本身教人感到开心和惬意。团队随军神父[1]奥托·卡茨又是个极为可爱的人物。他的说教特别吸引人、特别能逗人发笑,能给拘留所的枯燥生活增添一些生气。他善于娓娓动听地讲述上帝的无上恩典,使那些堕落的、失去尊严的犯人们振奋起精神。他也擅长从讲坛上甚至从祭台上发出精彩的咒骂,还会在祭台上用绝妙的声调朗诵"弥撒完毕,请走"[2]这句话。他以别出心裁的手法主持整个圣礼。他把弥撒的程序弄得颠三倒四,要是他酒喝多了,他还会编出一套崭新的祈祷文和弥撒曲,总之,一种前人所没见过的祷告词来。

　　有时他手里拿着圣杯、圣体或弥撒书,不小心摔了跤,那就更滑稽可笑了。这时,他便大声责备从囚犯中挑出来的助祭[3],说后者有意用腿将他绊倒,立刻在圣餐保存器前宣布罚助祭坐单身牢房,受"嘴啃地"刑[4]。

　　受罚者非常满意,因为这也是监狱教堂整出闹剧中的一个组成部分,而他自己在其中扮演着重要角色,并且演得很出色。

　　奥托·卡茨,这位最完美的随军神父,是个犹太人。这没有什么值得大惊小怪的:大主教科亨[5]也是个犹太人,而且还与马哈尔[6]是至

---

[1] 奥地利军队中设置的团队神父,拥有军衔和军官的权力。
[2] 原文为拉丁语。是结束弥撒时,神父对听众说的告别词。
[3] 协助神父举行祈祷仪式的人。
[4] 旧奥地利军队中采用的一种刑法:将受罚者两臂从后面尽量往上提起,使鼻尖触地,达一小时以上。
[5] 一九〇〇年为捷克奥罗姆乌兹城的大主教,由于他出身贫苦,又是犹太血统,受到天主教反动派的攻击。
[6] 马哈尔(1864—1944),捷克著名诗人,激烈反对教会。在一九〇三年天主教发动对科亨大主教的猛烈攻击中,他在报上发表长篇文章,揭露出身贵族的高级教会人士无理攻击科亨大主教的可耻勾当。

交哩。

随军神父奥托·卡茨还有一段比大名鼎鼎的科亨大主教更为光彩夺目的经历。

他在商业学校念过书,作为一年制志愿兵①在军队里服过役。他对证券法和证券业务极为精通,以至在一年之内便把他父亲的"卡茨公司"弄得彻底破产,老卡茨不得不背着同他合股的债权人(当时在阿根廷)商订了一项善后补偿办法,随即登程远走北美去了。

年轻的奥托·卡茨就这样把卡茨公司分给了南北美洲,他自己竟落到了一无产业可以继承,二无安身之所的境地,只得去从军。

在这以前,这位一年制志愿兵奥托·卡茨还想出了一件极其荣耀的事情:他去受了洗礼。他虔诚地祈求基督保佑他官运亨通。他把这一招当做他与神子之间的一笔交易。

洗礼是在艾玛乌泽修道院隆重举行的。阿尔巴神父②亲自主持了他的洗礼仪式,场面十分气派。到场的有来自奥托·卡茨服过役的那个团的一位虔诚的少校,有赫拉昌尼贵族女子专科学校的一个老处女,还请了一位大嘴宽脸的主教团代表当他的教父。

他顺利地通过了军官考试,于是这位新出壳的基督教徒奥托·卡茨便留在军队里了。起初他觉得一帆风顺,甚至还想到参谋部的训练班去深造。

可是有一天他喝得酩酊大醉,闯进修道院,把马刀扔在那儿,换了一件教袍。他受到赫拉昌尼的大主教的接见,并由此进了神学院。在为他举行授予圣职的仪式之前,他竟在统领街后一座非常规矩的、有女招待的房子里喝得烂醉,然后从狂欢作乐的地方径直跑去接受圣职。随后他就到他的团队里来寻找避风港了。当他被任命为团的随军神父之后,他便买了一匹马,骑着它在布拉格大街上蹓跶,还非常积极地参

---

① 从前在奥地利,一般人须服兵役三年,受过中等教育的青年只须服役一年,在一年制志愿兵军校接受军事教育,袖上佩戴黑黄饰带,以示与普通士兵区别,毕业后通过一定的考试即可升为军官。

② 阿尔巴神父(1861—1937),法朗士教派僧侣在艾玛乌泽修道院的住持。一九二〇年侨居德国,成了希特勒的崇拜者。

加团里军官们的各种酒宴。

在他居住的房子的过道里，经常可以听到他咒骂他不满意的教徒。他常常将街上的野鸡带到住所里或是派自己的勤务兵去找她们来。他酷爱玩牌，大家都觉察到他玩牌时手脚很不干净，可谁也不戳穿他在教袍大衣袖里藏了一张"爱司"。军官们都尊称他为圣洁的神父。

他讲道从来不事先做准备，与拘留所中的前任神父截然不同。他的前任固执地认为，通过讲道坛可以使关在拘留所里的士兵们改过自新。那位克尽职守的神父虔诚地转动着眼珠，对囚犯们讲解诸如必须改革有关娼妓问题的法律，必须改善对未婚母亲的关怀的道理，以及私生子的教育问题。但他的讲道概念抽象，跟现实情况毫无联系，听众感到索然无味。

与此相反，奥托·卡茨随军神父的讲道却深受欢迎。

十六号牢房的住客们穿着裤衩被领进教堂的时候，那真是个隆重的时刻。只能让他们穿着裤衩，因为穿了长裤就意味着他们当中可能有人中途溜掉。这二十个穿短裤衩的纯洁天使被安排在讲坛跟前。有几个走运的，嘴里还叼着在路上捡来的烟蒂，因为他们没有衣兜可装，只好这样叼着。

拘留所里其余的囚犯站立在他们四周，开心地瞧着站在讲坛下面这二十名穿裤衩的宝贝。随军神父登上讲坛，靴子后跟上的马刺铿然作响。

"立正！"①他喊着口令，"现在，祷告开始！大家跟我念！那个站在后排的，你这个混蛋，别往手里擤鼻涕啦！你是在天主的神殿里，再弄我就叫人把你关起来！你们这些无赖，没把《我们的父》的主祷文给忘了吧？好，咱们来试试看！……嗐，我就知道你们一定念不好的。管它什么《我们的父》不《我们的父》！来它两份肉，一盘扁豆沙拉，吃得饱饱的，捧着肚子往草垫上一躺，掏掏鼻孔，根本不把天父放在心上，你们难道不是这样吗？"

他从讲坛上往下望了望这二十名穿短裤衩的纯洁天使，他们跟在

---

① 原文为德语。

场其余的人一样,正开心得很哩。在后排的人正在玩"弹肉"①。

"这太有意思了!"帅克小声对身旁的人说,那人是个嫌疑犯,据说为了让他的朋友解除兵役,他接受了三个克朗,用斧子把朋友的一只手的指头全部剁了下来。

"好戏还在后头呢!"那人回答说,"他今天醉得够劲儿,又该大谈其走向犯罪的荆棘之路了。"

果然,随军神父今天兴致好极了。他自己也不知道为什么,总是把身子探过讲坛的栏杆,差点儿失去平衡,跌了下来。

"唱点什么吧,小伙子们!"他对下面大声喊道,"要不,让我来教你们一首新歌?好,跟我唱吧:

　　我有个心爱的人啊,
　　我爱她呀胜过一切,
　　非我一人追求她呀,
　　她的情人有千千万,
　　我这位心爱的人呀,
　　就是少女玛丽亚。"

"你们这些草包,一辈子也学不会,"神父接着说,"所以我赞成把你们都枪毙掉。听懂我的话了吗?我站在神的位置上断言:你们这些废物,上帝是不怕你们、有法子制服你们的。你们都得变成大傻瓜,因为你们不愿亲近基督,宁肯走上罪恶的荆棘之路。"

"你瞧,来劲儿啦。发作了!"帅克旁边那个人很开心地对他说。

"所谓罪恶的荆棘之路,就是与罪恶搏斗的路。你们这些蠢货,都是一些浪子,宁可在单身牢房里混日子,也不愿回到天父身边。可是你们只要往远处、往高处看看苍天,就能战胜罪恶,你们的灵魂就会得到安宁,你们这些下流货!喂,后面那个人别打呼噜啦!你们又不是马,也不是关在马厩里,是在天父的神殿里呀,我警告你们,注意哪,我亲爱

---

① 一种庸俗的游戏,参加者依次互相以指猛弹对方的臀部。

的。好！我讲到哪儿啦？对,灵魂会得到安宁,很好。① 记住！你们这些畜生,你们是人,应该透过乌云看到遥远的地方。你们应该知道,万物都是过眼烟云,只有上帝是永存的。很好,难道不是这样吗?② 我本该日夜为你们祈祷,向仁慈的上帝请求的。你们这些没有脑子的蠢东西！求他将他的灵魂灌进你们冰冷的心,求他以他圣洁的宽恕洗净你们的罪恶,使你们永远属于他；求他永远爱你们这帮歹徒,可你们打错了算盘！我可没那份心把你们领到天堂去。"神父打了个嗝儿。"没那份心！"他固执地重复了一句。"我什么也不会为你们干的。我连想都不会想到,因为你们是一群不可救药的下贱胚,在你们的道路上,天主的恩典也没法引导你们,上帝的爱也没法感召你们,因为亲爱的天父根本不会想到要来整治你们这些歹徒。你们坐在下面这些穿短裤衩的听见了没有？"

二十名穿裤衩的人望着上面异口同声地回答说：

"报告神父,听见了！"

"光听见了还不够,"神父接着宣讲道,"在人生阴暗的云雾里,上帝的笑容也解脱不了你们的忧愁,你们这帮蠢货！因为上帝的恩典也是有限的。呆在后面的那头蠢骡,你别咳嗽好不好？要不我把你关起来。你们这些坐在下面的,别以为是在逛商店。上帝虽然最仁慈,但他的仁慈也只赐予正派人,而不会给予人间社会的败类。这个社会是没法用法律和军事法典将这些败类改造过来的。这就是我要对你们说的。你们连祷告都不会做,以为上教堂就是来寻开心的,以为这儿是个戏院或者电影院。我要把你们这些想法统统从脑子里赶出去,让你们别以为我在这儿是为了给你们消遣解闷,给你们增添什么生活乐趣的。我把你们一个个关到单身牢房里去！我说话是算数的,你们这群混蛋！我在这儿跟你们白糟蹋时间,我看得出我所作的努力完全是白费力气。其实,即使是大元帅或者大主教到这儿来,你们也同样不会改邪归正,不会靠近天主的,但你们总有一天会想起我,会明白我是为你们着

---

① 原文为德语。
② 原文为德语。

想的。"

在二十名穿裤衩的人中间传出一声抽泣。帅克哭了。

神父朝下一看,帅克正在那儿用拳头擦眼睛。周围的人在开心地欣赏着。

神父指着帅克继续说道:

"你们大家都拿这个人做榜样吧。他在干什么呢?在哭泣。别哭,我跟你说,别哭啦!你想改过自新吗?小伙子,这可不容易啊!你现在痛哭流涕,等你一回到那间小屋里,又会故态复萌,仍旧是个下贱胚,所以你还得多想想上帝的恩典和仁慈,多动点脑筋,使你那罪恶的灵魂在世上能找到一条应走的正道儿。今天我们亲眼看到,这里有一个人哭了,他想要改过自新。其余的人,你们打算怎么办?什么也不干?那儿有个人在嚼什么?活像是反刍动物养出来的。那边还有一个居然在神殿里捉衬衫里的虱子。喂!你不能回家再捉吗?偏偏要在做弥撒的时候来干这个。看守长先生,你什么都不管。你们都是军人,不是什么混蛋老百姓。既然在教堂里,就得像个军人的样子,真他妈的混蛋,你们快些集中精力,跟随上帝吧,别的事留着回去再干。我的话到此结束。你们这帮地痞,我要你们做弥撒时放规矩些,别像上次后排的那个人,把政府发给的内衣也拿去换了面包,到做弥撒的时候来狼吞虎咽。"

神父走下讲坛,到圣器室里去了。拘留所看守长跟在他后面。不一会儿,看守长出来,径直走向帅克,把他从二十名穿裤衩的人中间叫出来,带进了圣器室。

神父轻松愉快地坐在桌子上,手里夹着烟卷。

帅克进来时,神父说:

"你来了。我什么都考虑过了,我觉得我看透了你的心,懂吗?小伙子,有人在教堂听我讲道时竟抽泣起来,这还是头一回。"

他从桌子上跳下来,摇着帅克的肩膀。在弗兰西斯·萨尔斯基[①]阴沉沉的大型画像下面嚷道:

[①] 弗兰西斯·萨尔斯基(1567—1622),被立为圣徒的日内瓦主教。

"你这混蛋,你招认吧,你是为了闹着玩才装哭的吧?"

萨尔斯基的画像似乎带着怀疑的神情注视着帅克。还有一张画像上的殉道者从另一个角度惶恐不安地望着帅克。殉道者的胯部有一道被罗马雇佣军的无名小卒锯过的齿痕,但从殉道者的脸上既看不出任何痛楚之感,也不见一丝欢乐之情。因为没有表现出殉道者所应显示的光辉,所以样子显得那么惊惶失措,似乎想说:"我怎么会干出这桩事来呢?诸位,你们究竟要拿我怎么办?"

"报告神父,"帅克庄重地说,他决心孤注一掷了,"我在全能的上帝和您面前坦白忏悔。您——站在天父位置上的庄严的父亲,我刚才的的确确是为了开个玩笑而装哭的。我琢磨着您的布道正好缺少一个悔过自新的罪犯,这个罪犯又是你在传教时白费力气找了好半天也没找到的,因此,我的确想让您高兴高兴,使您别以为再也找不到几个诚实的人了。再说,我也想借这个玩笑自己开开心。"

神父仔细打量着帅克天真无邪的神情。一道阳光从弗兰西斯·萨尔斯基阴沉沉的画像上掠过,也给对面墙上那张画像上的惊惶失措的殉道者添上了一丝温暖。

"我倒有些喜欢你了,"神父说着,重新坐到桌子上,"你是哪个团的?"他打着饱嗝问道。

"报告神父,我又是九十一团,又不是九十一团的,我压根儿就不知道我究竟是怎么回事。"

"那么你为什么蹲在这儿呢?"神父问道,继续打着嗝。

教堂里传来了管风琴的声音,演奏者是一位因为开小差而关禁闭的教员。他弹奏着最悲伤的宗教乐曲。随军神父的嗝声比琴声高出半个音。

"报告神父,我实在不知道,为什么会在这儿坐牢,可我毫无怨言。我只是觉得倒霉,我什么事都从好处着想,可到头来总没有个好结果,就跟画像上的那位殉道者一样。"

神父望着画像笑了笑说:

"我确实很喜欢你。我要到军事法官那儿去了解一下你的案情。

哦,不能跟你再扯淡了。我还得把这场弥撒赶快搞完了事。归队,解散!①"

当帅克回到讲坛底下那帮穿短裤衩的伙伴当中,他们问到神父叫他到圣器室去干什么时,他非常干脆利落地回答说:

"他灌醉了。"

大家以极大的注意和毫不掩饰的赞许望着随军神父的新表演——他所主持的弥撒。其中一位甚至在讲坛下面打赌说,神父手里拿着的圣饼盘子准会掉下来。他用自己的那一份面包跟对方许下的两个耳光打赌,结果他赢了。

教堂里,人们全神贯注地望着神父主持的仪式,但这并不意味着教徒们抱有神秘主义或真正的基督教徒怀有的虔诚之心。这情景就如同在剧院里观看一出情节曲折而又不熟悉的戏时,焦急地想知道它的结局一样。神父先生以极大的忘我精神给人们表演着,大家沉浸在这幅精彩的画面之中。

他们怀着审美的情趣欣赏着神父反穿着的教袍,并以一种深深的谅解和热忱关注着讲坛旁所发生的事情。

黄头发辅祭,教会的逃兵,二十八团的扒手,正拼命在记忆里拼凑弥撒的整个程序、方式和经文。他不仅是神父的辅祭,而且还要为他提词。神父心不在焉,把整段经文念乱了。他用天主降临节的晨祷词代替通常的弥撒曲,对听众大声唱了起来,大家听了简直乐不可支。

他既没有嗓子,也缺乏音乐听觉。他一开口,教堂的拱顶下便回响起一种类似猪栏里发出来的刺耳的尖叫声。

"他今天灌的够多了!"讲坛前面的人们心满意足地说,"瞧他那样子真够神的,准是又在哪个娘儿们家里喝足了。"

神父从讲坛上第三次唱着"弥撒完毕,请走!"声音之响,有如印第安人在战场上的吼声,把窗子都震动了。

随军神父瞅了瞅圣杯,看还剩没剩一点儿酒,接着他做了个不耐烦的手势,对听众说:

---

① 原文为德语。

"混蛋们,完事啦,你们可以回去了。我已注意到,你们这群下贱货在教堂里、在神圣的天主面前,并没有表现出应有的虔诚。你们在至高无上的上帝面前不知羞耻地大声谈笑、咳嗽和吼叫,甚至在我这位代表圣母马利亚、耶稣基督和天父的人面前把脚碰得吱吱乱响。你们这些混蛋!下次要再这样,我就给你们罪有应得的惩罚,狠狠整你们一顿。让你们知道,不仅存在着我前不久讲到的冥界地狱,还有一座人间地狱。即使你们能超脱第一座地狱,也难逃脱第二座地狱!解散!①"

随军神父如此出色地将这老一套把戏给囚犯听众实际表演了一番,随后到圣器室更换衣服,从大肚瓶里把圣酒倒进酒壶,一饮而尽,由黄头发辅祭搀着他坐到院子里拴着的马背上。可是他后来又想起帅克,便下马走进军法检察官贝尔尼斯的办公室。

检察官贝尔尼斯是一个好交际的人物、很有诱惑力的伴舞行家、贪恋女色的淫棍。他对这儿的差事感到很无聊,喜欢在纪念册上凑几句德文诗;他的诗句来得很快,似乎早已成竹在胸。他是军法处最重要的要员。大量的讯问记录和杂乱无章的起诉书都集中在他手里,因而他受到赫拉昌尼的军事法庭全体人员的尊敬。他经常丢失起诉材料,只好重新编造。他张冠李戴,常常弄错人名,编着编着,竟丢失了讼诉案情的线索,于是又随心所欲杜撰一番。他把逃兵当小偷审讯,又把小偷作逃兵判刑;他还凭空编造政治案件,瞎说一气,给人罗织各种连做梦也想不到的罪名;他虚构侮辱皇帝陛下的罪名,捏造控告词,给人横加罪名,但起诉的原始文件却又往往在极其混乱的档案中弄得无影无踪。

"您好②,日子过得怎么样?"神父向他伸出一只手,说。

"不怎么样,"检察官贝尔尼斯回答说,"他们把我的档案弄得乱七八糟的,现在连鬼都弄不清头绪了。昨天我把一个被指控为叛乱分子的材料清理得好好的送了上去,他们给我退了回来,说这不是个叛乱案,只是个偷罐头的扒窃案。此外,我送上去的是另一份。他们还会有什么花招,只有天知道。"

---

① 原文为德语。
② 原文为拉丁语。

军法处的检察官吐了一口唾沫。

"你还常玩牌吗?"神父问道。

"我把什么都输在牌上了。最近一次我跟秃头上校玩扑克,输了个精光。可是我认识了一位女郎。你近来怎么样,神父?"

"我需要一个勤务兵,"随军神父说,"我眼下有一个没受过高等教育的老会计,可真是一头天字第一号的畜生。一天到晚只会哼哼唧唧地做祷告,求上帝保佑他。我打发他和先遣营一块儿上前线了。据说这个营已被打得落花流水。后来又给我派来一个家伙,他啥事不干,专在酒馆里拿我的钱喝酒。这混蛋懒得叫人不能容忍。我不得不把他也打发到先遣营里去了。今天我在讲道的时候发现一个家伙,他为了开个玩笑,竟号啕大哭了。这号子人倒也是我需要的。他叫帅克,关在十六号牢房。我想知道他为什么被关着,有没有什么办法把他弄出来给我带走。"

检察官在抽屉里找着有关帅克的公文,可是跟往常一样,什么也找不出来。

"准是在林哈德大尉那里,"他找了好久以后说,"鬼知道,我那些档案丢到哪里去了。我肯定把它送给林哈德了。我马上给他挂个电话。……喂,我是检察官贝尔尼斯上尉。大尉先生,请问,您那儿有没有一份叫什么帅克的案卷?……帅克的卷宗该在我这儿?那就怪啦……我从您那儿拿去的?真是怪事……他是十六号牢房的……我知道,大尉先生,十六号牢房归我管。可是我想,帅克的案卷是塞在您那儿什么地方哩……怎么?您请求我不要跟您这么讲话?在您办公室里没塞着任何东西?喂!喂——"

检察官贝尔尼斯在桌旁坐下,对于审讯档案管理上的混乱状况大发牢骚。他同林哈德大尉之间早就有了隔阂,而且各不相让。假若属林哈德管的案卷落到贝尔尼斯手里,贝尔尼斯就把它随便塞进一个角落,临了谁都找不到;林哈德也用同样的办法对待贝尔尼斯的案卷。因此有些案卷材料被他们弄得无影无踪。①

---

① 警备司令部拘留所的军官们,百分之三十在所里混过整个战争时期,却一次审讯案都没办过。——作者注

（帅克的案卷到共和制后才从军事法庭档案室被找出来,上面的批注为:"该犯贸然抛开假面具,公开反对君主本人及我们国家。"帅克的案卷被塞在一个名叫约瑟夫·科乌德拉的卷宗夹里,封皮上画着一个小十字架,下面写着"已办"和日期。）

"那么说,帅克的案卷给丢了?"检察官贝尔尼斯说,"我这就让人把他叫来,如果他什么也招不出,我就把他放了。叫人把他送到你那儿去,其余的手续你自己到团部去办。"

神父走后,贝尔尼斯吩咐提审帅克。检察官让帅克站在门口等他。因为他这时正好接到警察局的电话,说有关步兵曼克辛纳尔的七二六七号起诉书所需材料,办公厅第一科已经收到,是由林哈德大尉签收的。

帅克利用这个空当打量了一下检察官的办公室。

对这间办公室、特别是对墙上那些照片的印象究竟有多好,实在说不上。这是些表现部队在加里西亚和塞尔维亚执行各种死刑的照片。有些美术照片上是被焚烧的小茅舍和枝干上吊着死人的树木,还有一张在塞尔维亚拍摄的特别精致的照片上是一家大小被绞死的情景。被绞死的是一个小男孩和他的父母,两名手持刺刀枪的士兵看守着那棵吊着处死者的大树,前面站着一个神气十足的、正在抽烟的军官,画面的背景是炊事班在做饭。

"帅克,你的问题究竟是怎么回事?"检察官贝尔尼斯问道,随手把电话记录条放进卷宗里,"你闯了什么乱子？你是愿意自己招供,还是等着人家来揭发你？再这样下去不行啦,你别以为你是站在由愚蠢的文官进行审问的法庭面前。我们这儿是军事法庭,是'皇家王室军事法庭'①。你要想免除严厉的、正义的惩罚,惟一的出路是从实招来。"

检察官贝尔尼斯在丢失被告材料的情况下,往往会使出我们刚才看到的他这一绝招儿。其实这一招儿并没有什么了不起的地方,因此这种审讯法总是一无所得,对此我们也就不必惊讶了。

可是贝尔尼斯总觉得自己洞察一切,在既没有被告的材料,也不知

---

① 原文为德语。

被告犯的什么罪、为什么被关在拘留所里的情况下,他只要察言观色,根据被审讯者的一举一动和面部表情就能知晓人家之所以关在拘留所里的大概原因。

他对人的洞察力与理解力简直到了莫测高深的程度,以至能把盗窃犯判成政治犯。有一个吉卜赛人因为偷了几打内衣(被仓库管理员当场抓获),被送到拘留所来,贝尔尼斯指控他犯了政治罪行,说是此人在一个小酒店里蛊惑一些士兵建立以斯拉夫人国王为首、由捷克和斯洛伐克王室国土组成的独立的民族国家。

"我们手里有确凿证据,"他对倒霉的吉卜赛人说,"你惟一的出路是招认你是在哪个酒店讲的,听众是哪个团的士兵,这件事是什么时候发生的。"

不幸的吉卜赛人只好编造日期、酒店名称和臆想出来的士兵的团队番号。审讯之后,他干脆从拘留所逃跑掉了。

"你什么也不想招认啰?"贝尔尼斯见帅克沉默得像一座坟墓,便这样问道,"你也不想讲你是怎么落到这儿、为什么让你坐班房的吗?你自己交代,比由我揭发好嘛。我再提醒你一次,坦白交待,这对你有好处,因为这可以使审讯省点事,你的罪也可以从宽判刑。在这一点上我们这儿同民事法庭一样。"

"报告长官,"突然响起了帅克的善良的声音,"我像一个被捡来的人被关在拘留所里。"

"这话怎么讲?"

"报告长官,我可以用极简单的方法说清这一点。我们街上有一个卖炭的,他有一个完全无罪的两岁男孩。有一天,小男孩从维诺堡走到利布尼,坐在走廊上,警察在那儿捡到了他,把他带到警察所,后来又把他,一个两岁的小娃娃关了起来。您瞧,小男孩一点儿罪也没有,也被关起来了。即使他会说话,人家问他为什么被关在这儿,他也会不知道该怎么回答。我正是这种情况,也是一个被捡来的人。"

检察官用他锐利的目光在帅克身上上下打量了一番,好像要看透他的一切。站在检察官面前的这位人物通身显露出一种漫不经心和天真无邪的神情,弄得贝尔尼斯气呼呼地在办公室来回踱着,要不是已经答应神父把帅克送给他的话，鬼知道帅克会得到什么下场。

最后，检察官在桌子边站住了。

"你听着，"他对帅克说，这时帅克正泰然地望着前面，"我要是再碰到你，那就有你好看的……把他带走！"

帅克重新被送回十六号牢房。贝尔尼斯派人把看守长斯拉维克找来。

"下一步决定将帅克移交卡茨神父先生处理，"他简单地说，"把他的释放证填好。派两个人把帅克押送到神父先生那儿去。"

"路上要给他戴脚镣手铐吗，上尉先生？"

检察官用拳头往桌上一捶：

"笨蛋！我不是清楚地告诉你给他开释放证吗？"

贝尔尼斯在这天与林哈德、帅克打交道积下的怨气像湍急的河流一股脑儿倾泻到看守长身上。他最后说：

"你现在该明白你是一头戴着王冠的笨牛了吧！"即便检察官可以对国王、皇上这样说话，但这位不戴王冠的普通看守长对此却颇为不满。他从检察官那儿出来时，踢了打扫过道的勤杂囚犯几脚。

至于帅克，看守长认为至少得让他在拘留所多呆一晚，叫他再享受点什么。

在拘留所里度过的夜晚总能给人留下难忘的印象。

十六号牢房旁边是一间单人牢房，一个阴暗的黑洞。这天晚上，不断地听到关在那里的士兵的嚎啕声。那人因为犯了军纪，谢帕军士奉斯拉维克看守长的命令，打断了他的肋骨。

嚎哭声平息后，从十六号牢房传出了掐虱子的声音。它们正好落到犯人的手指间了。

牢门上面的墙洞里有一盏煤油灯，用铁丝罩保护着。灯光暗淡，黑烟直冒。煤油味掺和着常年不洗澡的人体的汗味和尿桶的臭气。尿桶在每次使用后，都要掀起一股新的恶臭传到十六号牢房。

糟糕的伙食使所有的犯人得了消化不良症。大多数人还需忍受着静寂的夜晚透进来的冷风。大家只好彼此开开玩笑，消磨时光。

过道里可以听到哨兵们有节奏的踱步声，牢门上的监视孔不时被打开，看守从那儿向里面窥视。

中间一张床上响起了轻轻的说话声：

"在我企图越狱逃跑，被关到你们这儿来之前，本来是关在十二号牢房的。关在那儿的人罪行都不重。有一次把一个从乡下来的人带到了那里。那位可爱的人儿被关了十四天，原因是他留了几个士兵在他家过夜。开头认为他是搞政治阴谋，后来弄明白他只是为了赚几个钱。本来应该和那些罪行最轻的人关在一起，但那儿关满了人，所以他就和我们关在一起了。他什么都是从家里带来的，家里人还给他捎来好些吃的东西。因为他得到允许，可以自个儿吃饭，可以吃得好一点儿。他们还允许他抽烟。他有两块火腿，一大块烤面包，还有鸡蛋、黄油、香烟、烟草……总而言之，凡是人们想要的东西，他都有。他把这些东西放在两个背包里，随身带着。嗯，这家伙总想着由他一人独吞。他既然想不到让我们分享一点儿，像别人得到吃食时那样有福同享，我们只好同他好好儿说。可这吝啬鬼说什么也不肯分点出来，说是要坐十四天的牢，这里发给的那点儿卷心菜和烂土豆会搞坏他的肠胃。他说他可以把公家发给他的那一份饭菜和面包让给我们，随我们去分着吃还是轮流吃。你听我说吧，他简直是个妙透了的人，怎么也不肯坐到那只桶上去拉屎撒尿，宁可憋到第二天放风的时候到院子里的粪坑边去拉。他娇气得甚至连手纸也带来了。我们对他说，我们并不稀罕他那份饭菜。我们就这样忍了一天、两天、三天。这小子又吃火腿，又拿黄油抹面包、剥鸡蛋，总而言之，过得不坏。他还抽香烟，可连一口也不给人家抽，说什么不准我们抽烟，要是让看守瞅见他给我们抽了一口烟，他就要倒霉。总之，我说呀，我们忍了三天。到第四天夜里我们就对不起了。这家伙早上一醒来，噢，我忘了对你们说，他每逢早上、中午和晚上开始大吃大喝之前，都要做好半天祷告。这天早上他做完祷告，便到他的床板底下去摸那两个背包。哟，背包倒在，可是瘪瘪的，像个李子干。他大叫被偷了，说只给他把手纸留在那儿。他琢磨了五分钟，说我们是在开玩笑，把他的东西藏到哪儿去了。还蛮高兴地说，'我知道，你们骗人，反正我相信你们会还给我的。你们可真有两下子！'我们当中有个利布尼人对他说：'喂,我告诉你个办法,你拿毯子蒙着脑袋,数到十,然后再看看你的背包。'他真的像一个听话的小孩那样用毯子把头蒙起来,数着'一、二、三、四……'利布尼人说：'不能数那么快,要数得特别慢。'他只好又在毯子里面慢慢地数,数一下停好久：'一——二——三……'等他数够十了,便从毯子下钻出来看他的背包。'我的天哪！你们这些大善人啊！'他开始嚷了起来,'还跟原来一样,是个空玩意儿啊！'你看他那副样子,笨极了,把我们都逗得哈哈大笑。可是利布尼人又说：'你再试着数一次吧！'不骗你们,那个头号大笨蛋又数了一次,等他发现那儿除了手纸之外还是什么也没有时,便开始拍打牢门嚷道：'你们把我的东西偷走了,偷走了,来人哪！开门哪！我的上帝,开门哪！我的上帝,开门哪！'众哨兵闻声赶来,把看守长和谢帕军士也叫来了。我们异口同声说他发了疯,昨天一直吃到深夜,一个人把所有的东西都吃光了。他只是哭着,不停地说：'不管在哪儿,总该剩点碎渣渣啊！'接着他又找碎渣渣,也没找到,因为我们也够鬼的：凡是吃不了的,都用一根线绳拴着送到三楼上去了。尽管那大傻瓜一直嚷嚷：'总该还剩点碎渣渣啊！'可是什么也没找出来。他一整天没吃东西,专门盯着,看有没有人吃东西或者抽香烟。第二天开午饭的时候,他还不肯碰一碰发下来的囚饭,可是到晚上他对那些烂土豆和卷心菜也有胃口了,不同的是,不像过去吃火腿、鸡蛋之前那样先做一番祷告。后来我们当中有一个人从外面弄到点最便宜的烟草,这时他才开始同我们讲话,要求给他一口烟抽抽。我们才不给哩。"

"我还担心你们会给他抽哩,"帅克插话说,"要这样你就把整个故事都搞得倒了胃口。那样的高尚气度只有在小说里才有啊,要在拘留所这样干,那就简直是傻气。"

"你们也没给他一点厉害看看？"有人问道。

"没有,我们忘了这么干。"

然后又就该不该让他尝点厉害的问题,轻声地讨论了一番,多数人认为应该。

谈话声慢慢地静了下来。他们在虱子最多的腋下、胸口和肚皮上搔着痒,慢慢地睡着了。为了不让煤油灯晃眼睛,他们用爬满虱子的毯子蒙着脑袋睡觉。

早上八点钟,帅克被叫到办公室去了。

"办公室大门左边有个痰盂。人们常常往那儿扔烟头,"一个狱友告诉帅克说,"在二楼上,你还可能碰到一只痰盂。九点打扫楼道,现在去,你兴许还能捡到点什么。"

可是帅克辜负了他们的希望。他再也没有回到十六号牢房来了。十九位穿裤衩的狱友在一起胡乱猜测着帅克的遭遇。

一个满脸雀斑、具有丰富想象力的民团士兵宣布说,帅克用枪打死了自己的长官,今天要把他绑赴刑场,执行枪决。

第十章 帅克当了团队随军神父的勤务兵

一

帅克在两名背着刺刀枪的士兵的光荣护送下,开始了他新的历险活动。押送兵正把他送到团队随军神父那里去。

这两个押送兵真所谓天生的一对:一个又高又瘦,一个又矮又胖;高个子瘸着右腿,矮个子拐着左腿。两个人都在后方服役,因为他们在战前就完全免除兵役了。

他们严肃地沿着便道往前走着,不时瞟一眼走在他们中间、逢人便打招呼的帅克。他的便衣以及他从军时戴的那顶军帽都在拘留所的贮藏室里弄丢了。释放之前,他们给了他一套旧军服。军服的原主是一个比帅克高出一头的大胖子。裤腿肥得可以装下三个帅克。裤腰比他的胸口还要高,上下全是绉褶。他这身打扮不由得惹起满街行人的注意。袖筒打满补钉的上衣全是油污,脏得要命。帅克穿着它摇来晃去,犹如一个穿长袍的稻草人。他穿着那条肥大的裤子,活像马戏班的小丑,那顶也是拘留所里换来的军帽,大得盖住了他的耳朵。

对街上行人的微笑,帅克也报以柔和的微笑和亲切善良的目光。

他们就这样向神父的住处——卡尔林走去。

矮胖子首先和帅克攀谈起来。这时,他们正好走在小城广场下面的拱廊里。

"你是哪儿人?"矮胖子问道。

"布拉格人。"

"你不会从我们手里跑掉吧?"

瘦高个儿也加入到谈话中来了。有一个奇特的现象:凡是矮胖子,大多是好心肠的乐观主义者,而瘦高个子恰恰相反,大多是一些怀疑主义者。

所以这位瘦高个儿对矮胖子说:"一有机会,他准跑掉。"

"他干吗要跑掉?"矮胖子说,"从拘留所里出来了,就等于获得了自由。我这儿还拿着封公函哩。"

"到神父那儿去带封公函干吗?"瘦高个子问。

"不知道。"

"瞧你,不知道还说哩。"

他们一声不响地走过查理士大桥。在查理士大街上,矮胖子又开口对帅克说:

"你不知道我们为什么把你送到随军神父那儿去吗?"

"去忏悔,"帅克信口答道,"明天他们要绞死我。向来都是这样做的。人们管这叫做刑前祝祷。"

"他们为什么要把你……"瘦高个子谨慎地问了一声。这时,矮胖子以同情的眼光望着帅克。

他们两人都是有妻儿家室的农村手艺人。

"我不知道,"帅克回答说,脸上浮着善良的微笑,"我什么也不知道,大概是命该如此吧!"

"你可能是生来命苦,"矮胖子以行家的口气同情地说,"在我们耶塞纳村,在普鲁士战争时期,也这样绞死过一个人。他们来找他,啥也没对他说,就在约瑟夫村把他吊死了。"

"我想,"瘦高个子怀疑地说,"绝不会无缘无故把一个人吊死的。总得有个什么理由,说出个道理来。"

"没打仗那时节,"帅克说,"可能还讲个理由,可是打起仗来,对一个人就不怎么看得要紧了。要么在前方牺牲,要么被吊死在家乡!反正都是死。"

"喂,你该不是什么政治犯吧?"瘦高个子问道。从他提问的音调可以听出,他对帅克开始有些同情。

"我当政治犯还绰绰有余哩。"帅克笑了笑。

"你是民族社会党①吗?"现在矮胖子也开始警惕起来,又参加了谈话。"这关我们屁事,"他说,"你看,到处都是人,都用眼睛盯着咱们。咱们好不好在哪个僻静地方把刺刀卸下来,免得那么显眼。你不会跑掉吧?你要是跑了,我们可就倒霉啦。你说是不是,托尼克?"他转身对瘦高个子说。瘦高个子低声说:

"我们可以把刺刀卸下来。他毕竟是我们自己人呀。"

他不再疑神疑鬼,心中充满了对帅克的同情。于是他们找到一个方便的门洞把刺刀取了下来。矮胖子还允许帅克和他并排走着。

"你兴许想抽支烟吧?"他说,"谁知道……"他刚想说:"谁知道会不会准许你在上绞刑之前抽支烟",可又没把话说完,他觉得这样说恐怕不大得体。

他们都抽起了烟。押送帅克的人开始向他谈起他们在克拉洛夫·赫拉德茨地区的家庭,老婆、孩子、一小块土地、一头母牛。

"我渴了。"帅克说。

瘦高个子和矮胖子互相交换了一个眼神。

---

① 奥匈帝国时期,捷克的一个反动的小资产阶级政党。

"我们最好到哪儿去喝它一杯，"矮个子觉得高个子是会同意的，就这样说，"可得找个不显眼的地方。"

"咱们到'蒙面人'酒家去，"帅克提议说，"你们可以把枪放在厨房里。塞拉波老板是雄鹰体育协会会员，你们用不着怕他。那儿有人拉小提琴和手风琴，"帅克接着说，"常到那儿去的，有妓女和别的一些不准进'代表大厦'①去的人，其实这些人并不坏。"

高个子和矮个子又互相丢了一个眼色。高个子说："那么咱们就去那儿吧，到卡尔林还远着哩。"

一路上帅克给他们讲着各种趣闻笑话，兴高采烈地来到了"蒙面人"酒家。他们照帅克的主意把枪支藏在厨房里，然后走进餐厅。那里，小提琴和手风琴正演奏着一支流行曲子："在庞克拉采小山岗上，林荫道上绿树成行……"

一位小姐坐在一个梳着光溜溜的分头的青年人的大腿上；那青年看上去像是一个风月老手。小姐用她嘶哑的声音唱着："我曾有位订了婚的姑娘，别人又去把她缠上。"

一个喝醉了的街头鱼贩子在一张桌子边睡着了，一会儿醒了过来，捶着桌子嘟囔了一声："这不成！"又睡着了。在一面大镜子下面的弹子台旁坐着另外三个姑娘，对着一位列车员喊道："先生，请我们喝杯苦艾酒吧！"琴师旁边，有两个人在为玛森卡昨天被夜间巡逻队抓去的事争论不休。一个硬说他亲眼看见她被抓走了，另一个却说她是跟一个大兵到瓦尔西旅馆睡觉去了。

紧挨着门那儿坐着一个士兵和几个老百姓。他正对他们讲述他在塞尔维亚受伤的事儿，他的胳膊上缠着绷带，口袋里装满了他们送给他的香烟。他说他已经不能再喝了。这一堆人中间，一个秃顶老头儿使劲地劝他喝："只管喝吧，男子汉！谁知道咱们还能不能见面啊，要不要为你演奏点什么？你喜不喜欢《孩子成了孤儿》那支曲子？"

这是秃顶老头喜欢的曲子。不一会儿，小提琴和手风琴果真奏起

---

① 即"布拉格代表大厦"，建于一九〇八年。当时的布拉格市长格罗什因这座建筑耗资过大而受到广大人民的谴责。人们把"布拉格代表大厦"词组的三个字头"PRD"抽出来作这座大厦的外号，而"PRD"的字意是"放屁"。

那支令人心酸的调子来。老头儿两眼含着泪水,用颤抖的声音唱道:"等他清醒过来,就去问他妈妈,问他妈妈……"

旁边桌子上有人说:"喂,别唱了行不行?把那调儿收起来,连同你们的《孤儿》一起滚蛋吧!"

和他抬杠的对面那张桌子打出了最后一张王牌,唱道:"离别吧离别,唉,我的心呀,已经碎了……"

"弗朗达!"当那些人扯长脖子唱着《孤儿》,把嗓子都喊哑了的时候,他们便叫那个伤兵过来。"别唱了,快坐到我们这儿来吧!去他妈的蛋,给我们捎点纸烟来。你会跟大家玩得开心的,小傻瓜!"

帅克和押送他的人兴致勃勃地看着这一切。帅克还回忆起战前经常光顾这儿的情景。那时警察所长德拉什尼尔常到这儿来搜查,妓女们害怕他,却为他编了一支反义歌,有一次她们还集体演唱了:

> 德拉什尼尔先生在场时乱哄哄,
> 玛森娜呀喝得醉醺醺。
> 她不害怕德拉什尼尔呀,
> 她还是那样醉醺醺。

这时德拉什尼尔正好带着侍从进了酒店,他一脸凶相,显得十分无情。接着而来的场面很像围猎鹧鸪一样,一群警察把人们赶到一堆。帅克那次也夹在当中。因为德拉什尼尔所长要查验他的身份证,他在这倒霉时刻却对德拉什尼尔说:"是警察局同意你们这么干的吗?"帅克还回想起一位诗人,他常常坐在这面大镜子底下,在"蒙面人"习以为常的喧哗声和手风琴声中写些短诗,给妓女们朗诵。

押送帅克的人却毫无一点类似的回忆,对他们来说这都是些十分新鲜的事儿。他们开始喜欢这里了。在这儿首先感到完全满意的是矮胖子,因为这种人除了他的乐观主义之外,还大多信奉伊壁鸠鲁①派的享乐主义;瘦高个子在思想上稍微犹豫迟疑了一会儿,如同他的怀疑情绪已经消失的那样,他那股谨慎劲儿也渐渐烟消云散了。

---

① 伊壁鸠鲁(公元前341—前270),古希腊唯物主义哲学家。在伦理观上,主张人生的目的在于避免痛苦,使心身安宁,怡然自得。

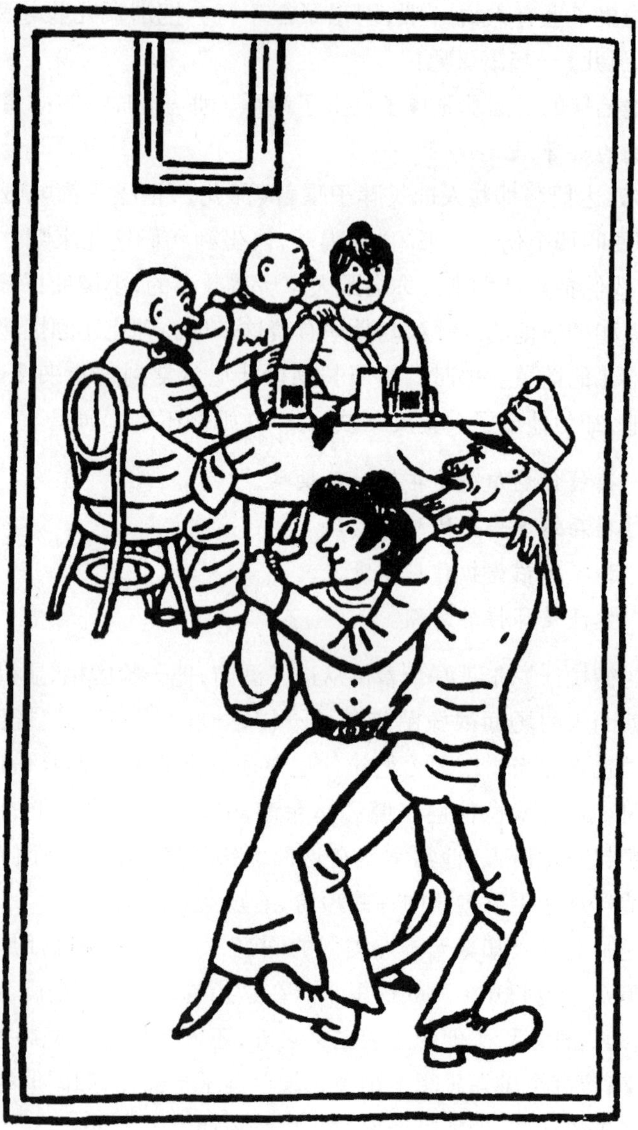

"我也去跳它一场吧。"他喝完第五杯啤酒,看到一对对舞伴跳着波尔卡舞的时候说。

矮胖子完全沉醉在享乐之中。他旁边坐着一个女人,谈吐淫荡。他的两眼泛着光彩。

帅克喝着酒。瘦高个子跳完舞,同舞伴一起来到桌旁。随后两个押送兵又是唱歌又是跳舞,不住嘴地饮酒,并且轻轻拍着他们的舞伴。在这一片打情骂俏、烟雾弥漫和酒气冲天的气氛中,他们不觉沉溺在一句古老的座右铭"在我们身后,任凭洪水去泛滥"①所描绘的境界中。

下午,有个士兵坐到他们旁边来说,花五个克朗他能让他们得化脓性蜂窝组织炎和血管中毒。他随身带着注射器,可以在他们的腿上或手上注射煤油②。这么一来他们至少得躺上两个月,要是经常往伤口上吐唾沫,还可以躺半年,这就完全能够免除兵役了。

瘦长个子已完全失去了控制,居然让那士兵在厕所里往他腿上注射一针煤油。

快到傍晚时分,帅克提议上路到随军神父那儿去。矮胖子这时说起话来已经含糊不清了,他劝帅克再呆一会儿。高个子欣然同意,说神父尽可以等一等。可是帅克对"蒙面人"酒家已经失去兴趣,便威胁说他们若不走,他就要自个儿动身了。

这么一说他们才同意动身。可是帅克还得答应他们在路上再找个地方歇歇。

后来他们又进了弗洛伦采街一家小咖啡馆,矮胖子为能再开开心,把一只银壳表卖掉了。

从那儿出来的时候,帅克就得搀着他们两人的胳膊走了。一路上折腾得够苦的。他们的腿不听使唤,老是跌跌绊绊的,他们希望再找个地方玩玩。矮胖子差点儿把那封致神父的函件也弄丢了。帅克不得不

---

① 典出《圣经》:上帝为惩罚人类,降大雨四十昼夜,以致洪水泛滥,除了留下挪亚一家人外,所有生物都死尽了。

② 这是一种争取住进医院的相当有效的手段。可是水肿中的煤油臭味仍然能使其露出马脚。汽油更好一些,因为它挥发得快;后来发展到注射乙醚掺汽油,再往后又想出了别的更完善的办法。——作者注

自己把它拿在手里。

每当对面走来个什么军官或者军士,帅克都得提醒他们注意。他费了九牛二虎之力才把他们送到国王街随军神父的住处。他亲自给他们把刺刀插到枪上,还得使劲捅他们的肋骨,让他们押着他,而不是他押着他们。

二楼的一扇门上贴着"团队随军神父奥托·卡茨"的名片,一个士兵给他们开了门。屋里传出了人声,杯瓶碰撞声。

"我们——报告——神父先生,"①瘦高个子很吃力地用德语说,一面对那个开门的士兵行礼,"我们——带来——一份函件——和一个人。"②

"进来吧,"那士兵说,"你们在哪儿醉成这个德行?神父先生也……"士兵吐了一口唾沫。

他拿着函件走了。他们在外屋等了好久门才打开。神父从里面不是走出来,而是飞窜出来。他只穿了一件马甲,手里夹着雪茄。

"原来你已经到了这儿啊,"他对帅克说,"是他们把你带来的?哎……你没有火柴吗?"

"报告,神父先生,没有。"

"噢,你怎么会没有火柴呢?每个士兵都应当随身带着火柴,好点火嘛,不带火柴的士兵,就是……就是什么来着?"

"报告长官,就是一个没有火柴的人。"帅克回答说。

"说得很对,就是一个没有火柴的人,就没法给人点火抽烟,这是一。现在再说二。你的脚臭不臭?帅克!"

"报告长官,我脚不臭!"

"好。这是二。现在再说三:你喝不喝俄国白酒?"

"报告长官,我不喝俄国白酒,只喝罗姆酒。"

"很好!瞧瞧这个大兵。这是我从费尔德胡贝尔上尉那儿借来为今天使唤用的。是他的勤务兵。这家伙什么也不喝,是个禁——禁——禁酒主义者,所以只能把他派到先遣队去。因——因为这样的人我没法要。他不

---

①② 原文为德语。

是勤务兵,是一头母牛,母牛也只会喝白水,跟一头阉牛那样哞哞叫。"

"你是禁酒主义者,"他回过头来对那士兵说,"你也不——不知道害臊,笨蛋,真该挨两耳光。"

神父将注意力转到两个押送帅克的人身上来了。他们两人拼命想站得直点,可总是摇摇晃晃的,想靠来复枪支撑也无济于事。

"你们喝——喝醉了,"神父说,"出差的时候喝醉了,我得叫人把你们关——关起来!帅克,把他们的枪下掉!带他们到厨房里去,由你看管,直到巡逻队把他们带走为止。我马上给兵营打个电——电——电话。"

拿破仑有句名言:"战局瞬息万变。"在这里也得到了完全的证实。早上,这两个人还背着刺刀枪押送帅克,谨防他跑掉,接着,是帅克领着他们走,最后,由帅克来看守他们两个了。

开始,他们对这个变化还很不适应,等到他们坐在厨房里,由帅克端着刺刀枪站在门口时,他们才恍然大悟。

"我真想喝点什么,"乐观主义的矮个子叹了一口气。瘦高个子又患起疑心病来了。他说,这一切都是一种可耻的出卖。还大声谴责帅克,怪他使他们落到了这个地步。他责难帅克,告诉他们说他明天要受绞刑,可是现在可以看出,什么忏悔啦、绞刑啦,全是开玩笑。

帅克不吭声,在门口来回踱着,"我们都当了笨牛!"瘦高个子嚷道。帅克听完所有责难之后,终于说道:"现在你们至少知道,干军事工作并不是什么甜蜜的事儿。我是在执行任务。我和你们一样来到了这里,可正像俗话说的:'幸运女神对我露出了笑容。'"

"我想喝点儿什么!"乐观主义者绝望地重复说。

瘦高个子站起来,跟跟跄跄向门口走去,"让我们回家吧,"他对帅克说,"伙计,别胡闹啦!"

"走开!"帅克回答说,"我得看着你们。现在我们谁也不认得谁。"

神父出现在门口。"我——我怎么也叫不通兵营的电话。那么你们回家去吧!可要记——记住,出差的时候可不许——许再喝——喝酒啦!跑步——走!"

应当为随军神父说句公道话,他并没有给兵营挂电话,因为他家里根本没装电话,他只是对着台灯架嚷了一通。

二

帅克已给卡茨神父当了三天勤务兵。这期间,他只见过神父一次。第三天,海尔米赫上尉的勤务兵来通知帅克去接神父。

他在路上对帅克说,神父同上尉吵了一架,把钢琴砸坏了,现在醉得像摊烂泥,说什么也不肯回家。

他还说,海尔米赫上尉也醉了,把神父赶到过道里,神父就地坐在门边打起盹来。

帅克来到现场,摇撼着神父。神父嘟哝了几句,睁开眼时,帅克敬了个军礼说:"报告神父,我来了。"

"你来这儿——干什么?"

"报告,来接您。"

"接我?咱们上哪儿去?"

"回您的房间去,神父先生!"

"干吗要我回自己房间去?我这不是在我自己房间里吗?"

"报告,您是坐在人家的过道上。"

"我是——怎么——到这儿——来的?"

"报告,你是来串门的。"

"我没——没——没有串门。这是你——你弄——弄错了。"

帅克把神父扶起来,让他靠墙站着。神父东倒西歪,靠在他身上说:"我要摔倒啦!"

"我要摔倒啦!"他又重复了一遍,傻乎乎地笑着。帅克终于让神父紧靠在墙上,神父就摆着这种架势打起盹来。

帅克把他叫醒了。"你要干吗呀?"神父说着,竭力想蹭着墙根坐到地上,但没成功。"你到底是什么人?"

"报告,"帅克一边按着神父,让他挨墙站着,一边回答说,"我是您的勤务兵呀。"

"我根本就没有勤务兵,"神父费力地说,重新倒在帅克的身上,

"我也不是什么随军神父。"

"我是一头猪,"他酒后吐真言地说,"请原谅我,先生,我不认识您。"他们经过一番小小的搏斗,这才以帅克的彻底胜利而告终。帅克乘胜把神父从过道拖下楼,到了门厅,神父不让帅克把他往街上拖。"先生,我不认识您,"他同帅克搏斗时,一再这样声明,"您认识奥托·卡茨吗?他就是我。"

他死死抓住门框大声嚷着:"我见过大主教,梵蒂冈也很器重我,你懂吗?"

帅克把"报告"二字扔在一边,改用一种十分亲切随便的口吻对他说话。

"喂,我说,你把手松开吧,要不我就狠揍你一顿。我们现在回家,够了,少废话!"

神父撒开手,又倒在帅克身上。"我们现在到哪儿逛逛吧。就是别到'舒希'妓院①去,我欠那儿的债。"

---

① 从前布拉格渔街上的一所妓院。

帅克连推带搡把他拖出门厅,沿着人行道往家里拖去。

"这家伙是个什么人?"街上看热闹的有人问道。

"他是我兄弟,"帅克回答说,"他乘休假的机会来看我,一时高兴喝醉了,因为他原来以为我死了。"

神父哼着一支谁也听不清楚的轻歌剧曲调,他听到帅克刚才讲的最后几个字,便站直了身子朝行人说:"你们当中要是有谁死了,限三天内向军团指挥部报告,好给他的遗体洒圣水。"

帅克搀着神父的腋窝往前拖时,他一声不响,只是一个劲儿往人行道栽。

神父的脑袋向前耷拉着,两条腿拖在后面,活像一只折了腰的猫。他嘴里还嘟噜着:"主和你们同在——和你们的灵魂同在。主和你们同在。"①

到了马车站,帅克扶神父靠墙坐下,就去和马车夫讲价钱。

一个马车夫说,他很了解这位先生,他已经给他赶过一次车,再也不愿给他赶第二次了。

"他吐了我一车,"他直言不讳地说,"连车钱都没付。我赶了两个多小时的车才找到他的住处。我找他三次,过了一个星期,总共才付给我五克朗。"

费了半天口舌,才有一个马车夫答应给他们赶车。

帅克回到神父身旁,发现他已经睡着了。他头上戴的硬顶黑礼帽(因为他平日出门总穿便服)也给人摘走了。

帅克将他弄醒,马车夫帮忙把神父塞进车厢。他在里面神志昏迷,把帅克当做七十五步兵团的约斯达上校,反复咕哝说:"我和你说话老是你呀你的,朋友,你可别生气啊。我是猪!"

有一阵,马车和路面的碰撞声似乎震得他有几分清醒了。他坐正身子,唱了几句谁都不熟悉的歌儿。很可能是他的幻想曲。

当他把我抱在怀里摇哎,
我回想起我的黄金时代。

---

① 原文为拉丁语。

那时我们同住在、同住在，
麦克林纳的多玛日利采。

但过一会儿他又神志不清了，掉过头来对帅克挤眉弄眼地问道："您今天过得怎么样，亲爱的夫人？"

"您是到哪儿去避暑吧？"稍停了一会儿，他又说。一切事物都恍惚成双地出现在他眼前。他问："您已经有这么大个儿子啦？"说完，用手指着帅克。

"坐下！"当神父想爬到车夫座位上去时，帅克嚷道，"你别以为我没法教你放规矩点！"

神父安静了。他用一双猪一样的小眼睛从车厢窗口向外凝视，一点儿也不明白到底发生了什么事。

他完全迷糊了，冲着帅克凄凉地说："夫人，让我上趟高级茅房吧！"说着马上就要脱裤子。

"马上给我把裤子扣好！你这猪猡！"帅克对他吼道，"所有马车夫都认得你了。已经吐过一次啦，现在还想来这个。别想像上次那样，又欠人家一屁股债！"

神父忧郁地双手托腮，唱起歌来："谁也不爱我啦……"可是又立即停止唱歌，说道，"对不起，亲爱的朋友，你是个笨蛋！我爱唱什么就唱什么。"①

显然他是想打口哨吹个曲调，调儿没吹出来，却从嘴唇里打出一大声嘟噜，连马车夫也给惊得收住了缰绳。

听到帅克的吩咐，他才继续赶车。神父开始点着烟嘴。

"老点不着，"他擦完了一盒火柴，失望地说，"你老是吹灭我的火柴。"

往下，他的话又接不上茬了，开始大笑起来。

"真有意思！电车上只有咱们自己。你说对不对，伙计？"说着又掏摸口袋。

"我的车票丢了！"他嚷道，"停车！我得找票呀！"他又无可奈何

---

① 原文为德语。

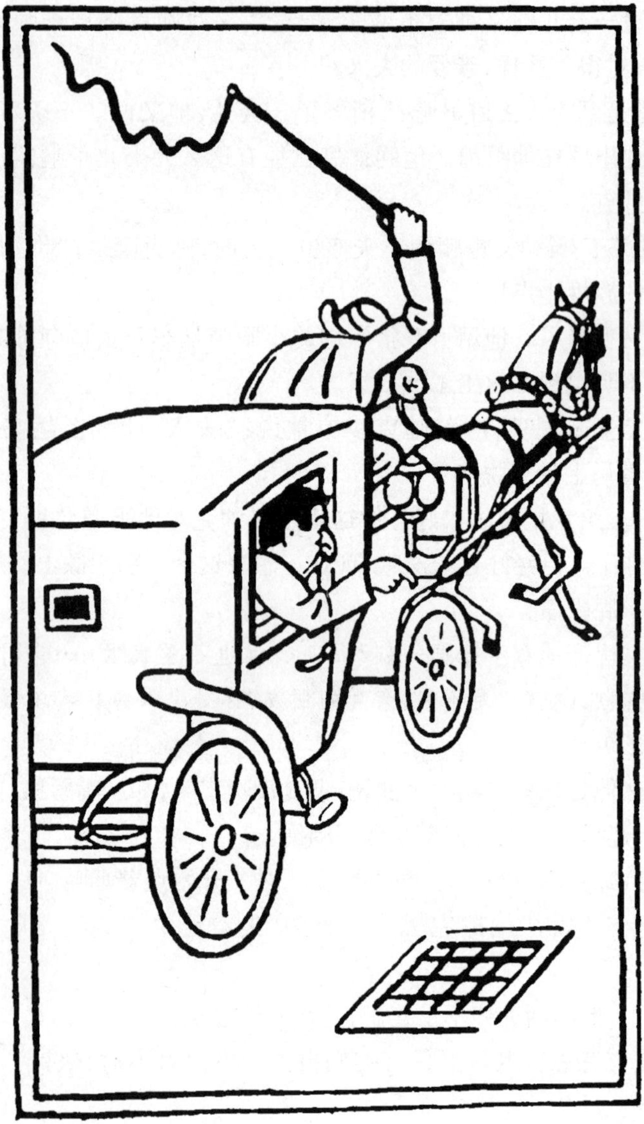

地摆一摆手说,"开就开吧……"

然后又突然嘟哝起来:"在大多数情况下……对,一切正常……在任何情况下……您搞迷糊了……在三楼上?……这是借口。这跟我没关系,跟您有关系,亲爱的夫人……开账!……我一杯浓咖啡……"

他在梦呓中跟一个在餐馆里和他争抢靠窗口的座位的假想对手争吵着。随后,他又把马车当成火车,将身子探出窗外,用捷克话和德国话对街上嚷道:

"宁布尔克①到了,请换车!"

帅克使劲把他拉到自己身边。神父忘掉了火车的事,开始模仿各种动物的叫声。装鸡叫装得最久,在马车上得意洋洋地喔喔啼着。

有一阵他非常兴奋,一会儿也坐不住,想从马车上跳出去,咒骂所有的行人都是流氓。后来,他将一块小手帕从马车里扔出去,大喊停车,说是丢了行李。接着又说:"布杰约维策有一名军鼓手。结了婚,一年后就死了。"他突然大笑起来,问:"这个笑话不好听吗?"

在这段时间里,帅克对神父毫不留情。

每逢神父试图干各种可笑的事情,例如跳马车、弄坏座位时,帅克就朝他的肋骨揍上几下,神父对此无动于衷,毫不在意。

只有一次他要造反,想跳下马车,说他再也不往前去了,说他知道马车不是到布杰约维策,而是到波德莫克里去的。可是只用了几分钟的时间,帅克就将他的叛乱彻底敉平,逼着他坐回原位,不让他睡觉。"别睡觉,你这条瘟狗!"这是帅克在此刻说出的最温柔的话。

神父忽然勾起了一阵愁思,流起泪来,问帅克有没有母亲。

"我呢,朋友,在这世上孤苦伶仃一个人,"他冲着马车外嚷道,"你们把我收养起来吧!"

"别给我丢脸了,"帅克警告他说,"住嘴,要不然人家会说你喝醉了。"

"我啥也没喝,伙计,"神父回答说,"我清醒得很!"

---

① 捷克的一个小城市。

他突然站起来,行了个军礼,说:"报告,上校先生,我喝醉了。"①

"我是猪!"他满怀绝望的心情认真地把这句话重复了十遍。

他回头对帅克不停地央求道:"你把我从汽车上扔下去吧。你干吗要带我走啊?"

他坐下来,嘟哝着:"月亮周围有一个圈儿,你相信灵魂不死吗,大尉先生?马也能升天吗?"

他大声地笑着,但一会儿又变得沮丧起来,冷漠地望着帅克说:"请问,先生,我好像在哪儿见过您。您没去过维也纳吗?我记得您好像是神学院的。"

他一会儿又开始朗诵拉丁文诗给自己解闷:"曾经有个黄金时代,那时无需法官。"②

"再也不能走了,"他说,"把我扔出去吧。干吗不把我推出去啊?我不会摔伤的。"

"我要跌个嘴啃泥。"他用坚定的口气说。

"先生,"接着又请求说,"亲爱的朋友,打我耳光吧!"

"你要一个还是几个耳光?"帅克问,"要两耳光。"——"给!"

神父大声地数着挨耳光的数目,显得非常满意。

"舒服极啦,"他说,"这有助于消化。你再朝我嘴上来一家伙!"

"多谢!"在帅克立即满足了他的要求之后,他喊道,"我太满意了。现在劳您驾,把我的坎肩撕开。"

他提出了五花八门的要求。他要帅克把他的膝盖骨弄脱,把他掐死一会儿,剪掉他的指甲,拔掉他的门牙。

他怀着一个殉道者的愿望请求把他的脑袋揪下来,装进口袋里,扔到伏尔塔瓦河去③。

---

① 原文为德语。
② 原文为拉丁语。引自古罗马著名诗人奥维德(公元前43—公元18)的《变形记》第一卷。
③ 卡茨神父这是想效法捷克天主教圣徒扬·内波穆茨基的行径。传说后者被处死时,头颅被装到口袋里,扔进了伏尔塔瓦河。

"我的脑袋周围要是有一圈星星①就好了,"他兴奋地说,"我就要十颗。"

然后又谈起赛马,一下又将话题转到芭蕾舞上面,但也没谈多久。

"你会跳恰达什②吗?"他问帅克,"会跳熊舞吗?这么跳……"

他跃跃欲试,结果倒在了帅克身上。帅克揍了他一顿,把他安顿在座位上。

"我想要点什么,"神父嚷道,"可又不知道要什么。你知道我要什么吗?"说完,他的脑袋不由自主地耷拉了下来。

"我要什么,这与我有个屁相干!"他突然一本正经地说,"先生,这也不关你的事!我不认得你。你胆敢这么死盯着我?你会击剑吗?"

刹那间他变得凶猛起来,想把帅克从座位上推下去。

帅克毫不含糊地以他体力上的优势把神父制服之后,神父问他:"今天是星期一还是星期五?"

他还好奇地问,不知眼下是十二月还是六月。他表现了提出五花八门的问题的惊人才能:"你结婚没有?爱吃戈尔刚左拉③吗?你家有臭虫吗?你过得怎么样?你的狗是不是发狗瘟?"

他变成了个健谈者,说他买马靴、鞭子和马鞍时还欠着账;又说他几年前得过淋病,是用高锰酸钾治好的。

"别的事连想都没时间去想了,"他打着嗝说,"你也许觉得太麻烦了,可是,嗯,嗯,叫我有什么办法!嗯,你饶了我吧!"

"所谓热水瓶者,"他又继续说,把前面说的话全忘了,"乃一种可使饮料与食品保持其原有温度之容器也。喂,伙计,你觉得桥牌和二十一分,哪种打法公道些?"

"真的,我像在哪儿见过你,"他喊了起来,还想拥抱帅克,用他那流着口涎的嘴唇去吻他,"咱们一块儿上过学。"

"你是个好小子!"他温和地说,一边抚摸着自己的腿,"我们分手

---

① 指天主教圣徒像头上的光轮。
② 一种匈牙利民间舞。
③ 意大利乳酪。

以来,看你长得多高啦!我能见到你,我的高兴劲儿就胜过一切苦痛。"

他沉浸在诗一般的情绪中,开始谈起回到那幸福的面颊和炽热的心的光芒照耀下。

然后他跪下来祷告:"圣母马利亚,愿你快乐。"同时放开嗓门哈哈大笑。

他们总算到了神父的住处,费了好大的劲才把他弄出马车。

"我们还没到哩!"他嚷着,"救命啊,他们要绑架我!我还要往前走!"他们就像从壳里把煮熟的蜗牛肉往外拽一样地把神父从马车上拖了出来。有一会儿真好像要把他扯成两半了,因为他的两只脚死死夹住座位不放。

但他这时候也还是大声笑着,说他耍了他们。"诸位,你们非把我扯断了不可!"

他们把他拖进大门,上楼梯到他房间,像扔一只口袋那样把他抛在沙发上。他说他决不付这份汽车钱,因为他没有租这辆车,他们足足花了一刻钟向他解释说他坐的是马车。即使这样,他还是不肯付钱,否认自己坐了马车。

"你们想耍弄我,"神父说,意味深长地向帅克和马车夫挤了挤眼,"我们是走来的。"

突然,他又慷慨起来,把他的钱夹子扔给马车夫:"你全拿去吧!我可以付钱。① 我不在乎这几个小钱!"

说得更确切一点,应该是他不在乎这三十六个克里泽②。因为除此之外他钱包里已一无所有了。马车夫把神父通身搜查了一遍,还说要打他的耳光。

"那你就打吧,"神父回答说,"你以为我吃不住吗?我吃得住你五下。"

马车夫在神父的坎肩口袋里搜出了一枚五克朗的硬币,拿走了,一

---

① 原文为德语。
② 德国旧辅币。

路上还在埋怨自己命不好,埋怨神父耽误了他的时间,少付了车钱。

神父好久未能入睡,因为他一直在琢磨各种新的计划。他什么都想干:弹钢琴,练跳舞,炸鱼吃,等等。

后来,他又答应把他的妹妹许配给帅克,可是他根本没有妹妹。他还要求把他放到床上,最后又说,他希望别人承认他是一个与一头猪的价值相等的人,说着说着便呼呼睡去。

三

早上,帅克走进神父的房间,发现他正躺在沙发上苦苦寻思:怎么可能发生这样的事,竟然有人用一种特殊的方法把他淋得通身湿透,两个裤脚管全都紧贴在皮沙发上了。

"报告,神父先生,"帅克说,"您昨天夜里……"

他三言两语向神父解释清楚,说是他错认为自己挨淋了。神父头昏脑胀,神情沮丧。

"我记不起来,"他说,"我是怎么从床上落到沙发上来的。"

"您压根儿就没上过床。我们一回来就把您扶上沙发,往别处就再也弄不动了。"

"我都干了些什么?我究竟干了什么事没有?我兴许是喝醉了吧?"

"神父先生,您醉得像一摊烂泥,还耍了点酒疯。我看,您还是换换衣服,擦洗擦洗,舒服些。"

"我觉得好像被人狠狠揍过一顿似的,"神父诉苦说,"口渴得要命。昨天我没跟别人打架吧?"

"还没闹到这步田地,神父先生。口渴嘛,您昨天就口渴了,这不是一下子就能好的。我认识一个木匠,他在一九〇一年除夕那天,生平第一次喝醉了。第二天元旦,他口渴得要死,人也很不舒服,便去买了条青鱼,又喝了起来。天天这样,一连干了四年。谁也没法劝阻他,因为他每逢星期六就买一条青鱼,吃上一个礼拜。就像九十一团的老军士说的,这是一种恶性循环。"

神父无精打采,心绪抑郁。这会儿谁若听他说话就会以为他常去听亚历山大·巴切克博士的演说①,听他宣称"让我们向酒魔宣布一场你死我活的战争吧,这魔鬼正残杀着我们最优秀的男儿",或者读他写的《道德散论》。

的确,他略微有所变化。他说,"假如喝的是一种高贵饮料,比如阿拉伯甜酒、南斯拉夫樱桃酒、白兰地酒,那就好了。可是我昨天喝的却是松子酒。真奇怪,我怎么会喝得那么津津有味。其实味道糟透了!要是黑樱桃酒也好些。人们想出各色各样的鬼东西,然后就跟喝水一样地来喝它。这种松子酒味道不好,颜色也不漂亮,喝了辣嗓子。要是有一点儿真正的杜松酒也好,像我上次在摩拉维亚喝的那种一样。可这次喝的松子酒却是用一种木酒精和油熬出来的。你瞧,我老打嗝!俄国白酒是毒药,"他肯定地说,"必须是真正的原装货,不是犹太人从厂子里用冷却法生产的那一种。真正的俄国白酒跟罗姆酒一样,好罗姆酒是不多见的。"

"要是有点儿真正的胡桃酒就好了,"他叹了一口气,"这对我的胃有好处。普鲁斯采的施纳布尔大尉有那种酒。"

他开始摸衣兜找钱包了。

"我总共只剩三十六个克里泽了。把这沙发卖掉好不好?"他想了一下,"你说呢?有人买沙发吗?我可以对房东说把它借给别人了,要不就说是被人偷走了。不,沙发还是要留着。我派你到施纳布尔大尉那儿去,让他借给我一百克朗。他前天玩扑克赢了钱。你要是在那儿弄不到钱,就到沃尔舍维采②兵营找马勒尔上尉;那儿要不成,你就到赫拉昌尼③找菲舍尔大尉。你跟他说我得付马料钱,这笔钱我给喝掉了。假如连那儿也借不到,我们就把钢琴当掉,管它三七二十一。我每处都给你写上一张条儿带着,别让他们随便把你打发走了。你就说,我缺钱,已经到了山穷水尽的地步。随你怎么编吧,可就是别空着手回

---

① 亚历山大·巴切克是个绝对禁酒论者,在一九一八年十月二十八日后,他常作有关禁酒的演说,得到官方支持,因为这些演说可以转移当时人们对政治和经济困难的注意力。

②③ 均系布拉格的区。

来,要不就把你送到前线去。你在施纳布尔大尉那儿打听一下他的胡桃酒是在哪儿买到的,给我买两瓶回来。"

帅克出色地完成了任务。他的单纯诚挚和憨厚老实使他去找的几个人完全相信他说的是真话。他认为对施纳布尔大尉、菲舍尔大尉、马勒尔上尉说神父缺钱付马料不合适,用神父付不出私生子的津贴来作为借钱的理由,更容易到手。这样,他在每个人那里都弄到了钱。

当他带着三百克朗凯旋而归时,神父(这时已经洗了澡,换上了干净衣服)大吃一惊。

"我一出马就都给弄来了,"帅克说,"这样咱们明天以至后天就不用再在钱上操心了。事情进行得很顺利,可是在施纳布尔那儿我得下跪,那家伙真吝啬,不过,当我对他说到私生子津贴的话……"

"私生子津贴?"神父吓了一跳,重复了一句。

"是啊!私生子津贴,神父先生,就是付给娘儿们的。您不是说,让我随便编吗?我当时什么别的理由也想不出来了。我们那儿有个鞋匠,一次要给五个娘儿们付私生子津贴费,弄得很狼狈。他也靠借钱过日子,谁都相信他的处境不佳。他们还问,那娘儿们长得怎么样,我说很漂亮，说她还不到十五岁，他们还想要她的地址。"

"你干的好事，帅克！"神父叹了一口气，在房里来回踱着。

"多丢人现眼啊。"他边说边抓脑袋，"我头疼死啦！"

"我把我们街上一个聋老太婆的地址给了他们，"帅克解释说，"我想把事情办得妥妥当当的，因为命令是命令啊！我不想让他们把我随便打发掉，就得想办法。现在外边门厅里有人等着搬那架钢琴，是我叫他们来的，好让他们把它抬到当铺里去，神父先生。把这架钢琴搬走，这并不是坏事。这么一来，屋子也更宽敞一些，弄到的钱也会多些，咱们至少可以过几天不愁吃喝的清静日子了。房东要是问咱们搬钢琴干什么，就说断了几根钢丝弦，把它送到乐器修配房去修理。门房老太太那儿我已经打过招呼了，免得她看到把钢琴搬上卡车就大惊小怪。沙发的买主我也找到了，这是我认识的一个旧家具商。他下午来，如今皮沙发的价钱不赖。"

"你没干别的什么啦，帅克？"神父问，一直用手撑着脑袋，样子很沮丧。

"报告，神父先生，我不只买了两瓶，我买了五瓶施纳布尔上尉买的那种胡桃酒，好让咱家有点存货，总有喝的。趁着当铺还没关门，让他们把钢琴抬走吧！"

神父无可奈何地摆了一下手。过了一会儿，钢琴就搬上货车运走了。

帅克从当铺回来时，看到神父坐在一只又开了塞子的胡桃酒瓶面前，正为中午吃的煎肉排没炸透而生气。

神父又喝醉了。他对帅克说，明天他要过新生活了，因为喝酒精制品是粗俗的唯物主义，必须过一种精神生活。

他足足发了半个钟头的哲学宏论，当他打开第三个瓶塞时，旧家具商来了。神父以最贱的价钱把沙发卖给了他。他要家具商跟他聊聊天，可那人使他大为不满，因为他说还要忙着去买一只床头柜。

"可惜我没这玩意儿，"神父抱歉说，"不过一个人不能什么都想得那么周全啊。"

旧家具商走了之后，神父和帅克又作了一次友好的消遣，他们在一块儿喝了一瓶酒。一部分话题是神父对女人和扑克的看法。

他们在一块儿坐了好久,到黄昏时候,帅克和神父的友好谈话还在进行。

但是到了晚上,关系变了。神父又回复到昨天的神态,把帅克当成另外一个人,并对他说:"绝不,你别走,你还记得辎重队那个棕色头发的见习军官吗?"

这支田园诗式的插曲一直演到帅克对神父说:

"够了!现在你给我爬上床去挺尸吧!明白吗?"

"好,好,亲爱的,我就爬上去,我凭什么不爬上床去呢?"神父嘟哝着,"你还记得,我们同在五班呆过,我还替你做过希腊文的练习吗?你在兹布拉斯拉夫有座别墅,可以坐着汽艇游伏尔塔瓦河,你知道伏尔塔瓦是什么吗?"

帅克逼着他脱衣脱鞋,神父一边照办一边茫然对着一个什么生人抗议说:

"诸位,你们看哪,"他对着柜子和一盆无花果树说,"我的这些亲戚对我多厉害啊!"

"我不认这些亲戚了!"上床时,他突然用坚决的口气说,"就是天地都不容我,我也不认他们⋯⋯"

接着,房间里响起了神父的鼾声。

四

这几天,帅克抽空回去探望他的老用人米勒太太,见到的却是米勒太太的表妹。她哭着对帅克说,米勒太太在她用轮椅把帅克推去从军的那一天也被逮捕了。军事法庭审判了老太太,并把她带走了。由于找不到任何可以问罪的证据,就把她送到斯特因霍夫集中营去了。她来过一张明信片。

帅克拿起家里这份珍藏品,念道:

亲爱的安宁卡:我们在这儿过得很好,大家都健康。我的邻床上的女人患水×,这儿也有患天×的。其余一切如常。我们的食物够吃,捡些土豆×做汤喝。我听说帅克先生已经××,请你打听一下他埋在哪儿,等打完仗我们好去给他上坟,添点土。我还忘了告诉你,在阁楼上那个黑角里有一只匣子,里面有一条小狗,一只猥狗崽子。从我被×之后,它几个星期没吃上东西了。所以我想,要喂也已经晚了,那条小狗恐怕也已经××。①

信上盖着粉红色的戳子,上面注明:"此件已经帝国及皇家斯特因霍夫集中营检查。"

"那条小狗果真早就死了,"米勒太太的表妹抽泣着说,"您简直认不出您曾经住过的这间房子了。我找了一些女裁缝住在这儿,她们把这儿布置得像个小客厅。墙上挂满了时装图片,窗台上摆了许多鲜花。"

米勒太太的表妹怎么也平静不下来。

她久久地抽泣着、怨诉着,甚至表示担心帅克是从军队里逃出来的,还想连累她,给她带来不幸。最后就像对待一个淫荡的冒险家一样

---

① "×"是书信检查署删去的字。

地跟他说话。

"这简直开心透顶啦!"帅克说,"我就特别欣赏这样。格依谢娃太太,我要让您知道,您说对了,我是逃出来的。这可不容易啊,我得干掉十五个警卫官和军士。您千万别对外人讲啊……"

帅克离开他那所不肯收留他的房子时说:

"格依谢娃太太,我还有几条领子和背心在洗衣房里,请您替我取出来。等我从部队复员时,好有件衣服穿。请您注意别让衣柜生虫子蛀了我的衣服。此外,请替我向那些在我床上睡觉的小姐们问好。"

后来,帅克也到"杯杯满"酒家看了看。巴里维茨太太看见他,说不给他倒酒喝,以为他多半是开小差出来的。

"我丈夫,"她又开始重弹老调,"他为人那么谨慎,如今那可怜的却无缘无故地蹲在牢里。有些人却从军队里开了小差,逍遥自在。上星期他们还来搜捕过你哩!"

"我们比你当心得多,"她结束自己的话说,"可我们还是倒了大霉。不是人人都像您那样走运啊!"

这时,有一位年长的斯密霍夫的钳工走到帅克跟前说:"劳驾,先生,请在外面等我,我有话跟你说。"

他在街上和帅克交谈了一阵。根据女掌柜巴里维茨太太的介绍,他也把帅克当成了开小差的。

他对帅克说,他有一个儿子也从军队开小差回来了,如今住在耶塞纳他奶奶那里。

他怎么也听不进帅克向他担保自己不是逃兵的话,硬把十个克朗塞在帅克手里。

"这是给你救急用的,"说着把帅克拉到酒店的角落里,又说,"我是理解你的,你用不着害怕我。"

帅克回到神父那儿时已经是深夜了。可是神父还没回家。

直到第二天早上他才回来,叫醒帅克说:"明天咱们去给野战军做弥撒。你给煮点黑咖啡,里面加罗姆酒。要不,温点格罗格[1]就更好了。"

---

[1] 加糖和热水的烈性酒。

第十一章　帅克陪随军神父去做战地弥撒

一

屠杀人类的准备工作,总是假借上帝或者人类幻想所创造的神灵的名义来进行的。

古代腓尼基人将俘虏的头砍下之前,总要举行隆重的祈祷仪式,这就跟几千年来一代一代人在发动战争,以火与剑去灭绝敌人时的所作所为如出一辙。

几内亚和波利尼西亚岛屿上的野人在将他们的俘虏和不需要的人,如传教士、旅行者、各种贸易公司的经纪人或者普通猎奇者开宴吃掉之前,首先要祭祀诸神,举行各种宗教仪式。因为那时还没有僧袍祭服这一套文明玩意儿,就用一些鲜艳的鸟兽羽毛在臀部围成一圈,作为装饰。

在宗教裁判所将他们的牺牲品烧死之前,总要举行最隆重的祈祷仪式,唱圣歌的弥撒大典。

处死犯人时也总有神父登场表演,折腾犯人。

在普鲁士,由牧师把可怜的犯人领到刀斧之下;在奥地利,由天主教神父带到绞刑架前;在法国,带到断头台下;在美国,由神父带到电椅上;在西班牙,是带到一把安着小巧精致的窒杀器的电椅上;在俄国,是由一个大胡子神甫来给革命者举行仪式,五花八门,不一而足。

到处在处死犯人时都要起用耶稣受难的十字架,好像在说:"只不过是把你的头砍了,把你绞死、勒死,往你身上通五千伏特的电而已,可是这点苦头是务必要尝一尝的。"

世界大战这场大屠宰无疑也少不了神父的祝福。所有军队的随军神父都要祈祷,举行弥撒,为豢养他们的一方祈求胜利。

参加兵变的叛乱者被处死时,有神父在场。处死捷克兵团的成员时也有神父参加。

被尊为"圣徒"的海盗沃依捷赫曾经一手拿剑,一手拿十字架,屠杀波罗的海沿岸的斯拉夫人。这种情况至今毫无变化。

整个欧洲,人们像牲口一样地被赶进屠场,驱赶他们的除了一帮屠夫——皇帝、国王、总统和权势显赫的将领之外,还有各种信仰的传教士,为他们祝福,发出虚伪的信誓,什么"在地上、在天上、在海上"等等。

战地弥撒要做两次:一次是军队开往前线的时候,另一次是上了前线,在血腥屠杀之前。我记得有一回正在举行这种战地弥撒时,一架敌机正好将一颗炸弹扔在读经台上。正在举行弥撒的神父被炸得粉身碎骨,只剩下几片染着血迹的破布。

报纸把他当成殉道者来宣传报道,与此同时,我们的飞机也为对方的神父准备着同样的光荣下场。

我们将这视为荒诞无稽的笑料。一夜之间,临时插在神父坟上的十字架上,出现了如下一段墓志铭:

> 我们所遭遇的,呜呼,你也终于碰上。
> 兄弟啊,你曾许诺我们,准能升入天堂。
> 欣逢弥撒盛典,岂料祸从天降,
> 如今你的残骸,永远留在沙场。

二

帅克煮的酒精饮料十分可口,远远胜过老水手们的手艺。这种酒就是十八世纪的海盗喝了也会称心如意的。

奥托·卡茨神父精神焕发。"你在哪儿学会了煮这么好喝的酒?"他问道。

"好多年前我在外边流浪的时候,"帅克回答说,"在不来梅,从一个放荡的水手那儿学来的。他说,酒精酒必须浓到让你喝了它之后,即使掉到海里也能游过整个拉芒什海峡①。要是只喝几杯淡酒,你就会像狗崽子一样淹死。"

"帅克,喝了这种浓酒,我们的战地弥撒一定做得很好,"神父说,"我想弥撒之前对你说几句话。战地弥撒可不是儿戏。不像在拘留所里做弥撒,或者给那些混蛋讲道那样。在这种场合下,一个人确实得全神贯注,机智伶俐。战地经台我们已经有了,那是可以折叠起来的袖珍经台。哎哟,我的老天爷!帅克,"神父用手抓住脑袋。"我们真是些笨牛!你知道,我把折叠的战地经台塞到哪儿去了吗?塞在沙发里,沙发我们已经卖掉了!"

"糟糕,神父先生!"帅克说,"我虽然认得这位旧家具商,可是前几天我只看见他老婆。他本人因为偷了个什么柜子被关起来了。我们那张沙发已经到了沃尔舍维采一个教员手里。没有这张战地经台可就不好办啦。最好咱们把这点酒喝完就去找到它,因为我想没有战地经台是不好做弥撒的。"

"我们的确也只缺这个经台了,"神父发愁地说,"演习场上一切都准备好了,木匠已经在那儿搭了个讲坛。圣体盒由普谢夫诺夫修道院借给我们。我们自己该有一只圣杯,可是那玩意儿在哪……"

他沉思了一会儿说:"就算它丢了吧,我们可以把七十五团的魏廷格上尉那只体育奖杯借来用用。那是他好些年前代表'体育爱好者'俱乐部赛跑赢来的奖品。他是位很好的长跑家,从维也纳到穆德灵的四十五公里马拉松越野赛跑中只花了一小时四十八分钟。他还一直向我炫耀这件事哩。昨天我跟他说定了。我真是个畜生,什么事都拖到最后一刻才想起来。我这饭桶干吗不早点儿检查一下沙发呢?"

神父在按照水兵说的方法煮出来的浓甜酒的影响下,开始痛骂自己,用各种污言秽语来形容自己究竟是个什么玩意儿。

"我们还是去把那战地经台找回来吧!"帅克催促着,"已经是早上了。我还得穿上制服,喝口甜酒。"

他们终于出发了。在前往旧家具商老婆住处的路上,神父对帅克

---

① 英法两国之间的一段最窄的海峡。

说他昨天玩"上帝赐福"牌时赢了许多钱,搞得好的话,可以把钢琴赎回来,就像邪教徒答应要献上什么祭品似的。他们从旧家具商的睡眼惺忪的老婆那儿打听到了沙发的新主人、沃尔舍维采的教员的住址。神父表现得特别慷慨,拧了她的脸,搔了搔她的下巴颏儿。

他们一同步行到沃尔舍维采,因为神父说必须换换新鲜空气,想想其他的事情。

他们到了虔诚的教徒、老教员的住处,不禁大吃一惊。原来老教员在沙发里发现了战地经台之后,以为是上帝的某种安排,便把它送给了沃尔舍维采区教堂的圣器室,还在折叠经台的背面写着:"教员哥拉西克于一九一四年夏奉献给上帝"。他穿着一条衬裤,显得很狼狈。

从与他的谈话中可以明显地看到,他把这一发现视为一种奇迹和上帝的旨意。他买到这张沙发后,仿佛听到里面有一个声音说:"你瞧瞧沙发夹缝里有什么?"他还说梦见有位天使直接召唤他"翻开沙发的夹缝",他照办了。

他说当他发现那个带有圣饼屉的、画得很精致的三面折叠经台时,马上跪倒在沙发前,久久地热忱地祷告着,赞颂着上帝。又说他把这看做是上天的旨意,是上帝让他取来装饰沃尔舍维采教堂的。

"我们对这些不感兴趣,"神父说,"这种不属于您的东西,您应该上交给警察局,不应该送到什么鬼圣器室去。"

"这个奇迹可能让您倒霉,"帅克补充说,"您买的是沙发,可不是经台。经台是军队的财产。您说的那个上帝意旨可能让您付出很大的代价!您根本就不应该往天意上面扯。兹霍尔有一个人也曾在地里挖出个什么圣杯,是一个圣物盗窃犯埋在那儿等方便时再去取出来的。后来小偷把这事儿给忘了。挖出圣杯的那人也把这事儿当做上帝意旨。他倒没把圣杯拿去熔化掉,而是拿着去找神父,说是他想把它献给教堂。神父认为他准是因为自己偷了圣物受到良心责备才送来的,于是把他带到村长那儿。村长把他送到宪兵队。他就这样无辜地被判成圣物盗窃犯。因为他老是没完没了地唠叨什么奇迹。他想为自己辩护,也说到天意,甚至把圣母马利亚也扯进去了,结果还是判了十年徒刑。您最好是赶快同我们一起去找教区神父,把国家的财产要回来。

战地经台可比不得一只什么小猫或者短袜子,你想送给谁就送给谁。"

老教员吓得全身发抖,穿衣服时牙齿直打战,"我可真的没有起坏心!我只是想用上帝的恩赐来装饰我们沃尔舍维采的穷教堂。"

"这是滥用军事物资,您应该明白,"帅克干脆、严厉地打断了他的话,"有这样的上帝恩赐?!真是天晓得!霍捷博尔有个叫比沃卡的,有一次糊里糊涂把人家的一头牛连同套子一起牵到手上,也说是上帝的恩赐。"

可怜的老头儿被这些话吓呆了,他不再申辩,只想着尽快穿好衣服去把事情了结。

沃尔舍维采的教区神父还在睡觉,被人叫醒之后就骂起人来。在蒙眬的睡意中,他以为有人叫他去为哪个死者行祝圣礼。

"就是举行终傅礼①也得给人安宁嘛,"他嘟囔着,满腹牢骚地穿着衣服,"人家睡得正香,这些人又想起去死了!完了还得让人家为几个手续费去讨价还价。"

---

① 天主教教徒临死前,由神父傅"圣油"并为之祝祷,以此赦免一生的罪恶。

就这样,他们在前厅相见了。一方是上帝在沃尔舍维采居民和天主教徒中间的代表,另一方是上帝在人世间的军事机关里的代表。

总而言之,这是军民双方之间的纠纷。教区神父坚持说战地经台不该放在沙发里,随军神父就指出,正因为这一点,更不能把它从沙发里取出来送到只有老百姓才去的教堂的圣器室。

帅克也在一旁帮腔说,一个穷教堂要靠沾军事机关的光发财是很容易的;他所说的"穷"是打了引号的。

后来,他们一起进到教堂圣器室,教区神父交出了战地经台,收条上写的是:

兹收到偶尔流失到沃尔舍维采教堂之战地经台一件。

随军神父　奥托·卡兹

鼎鼎有名的战地经台是维也纳一家犹太人莫里兹·马勒尔开的公司的产品。该公司专门生产各种弥撒和宗教仪式用品,诸如念珠、圣像之类。

战地经台由三面折叠而成,上面镀有一层厚厚的假金,同所有圣殿一样,金碧辉煌。

没有丰富的想象力是难以辨认那三块画板上画的东西的深意的。毫无疑义,它是个经台,但这个经台连住在赞比西河的多神教徒、西伯利亚的布里亚特族和蒙古族的巫师似乎都可使用。

经台的颜色鲜艳夺目,有点儿像用来检验铁路员工是否色盲的彩色板。

只有一个人物是突出的。那是个一丝不挂的裸体男人,头上一圈灵光,遍身发青,好像一只已经腐烂发臭的鹅屁股。

虽然谁也没有对这位圣徒有所行动,但是他两边各有一个长着翅膀、代表天使的形象,一看让人感到这位裸体圣徒似乎被他周围的环境吓得大吼大叫。因为那对天使画得像是童话中的妖怪,是某种介于带翅膀的野猫和《启示录》中的怪物之间的一种东西。

经台另一面画的是一个体现三位一体的形象。那只鸽子,总的说来,画家的手艺不低,他把它画成了一只如同美国种大白鸡那样的鸽子。

可是天父却画得像一部血腥惊险影片给观众介绍的西部荒原上的强盗。

与此相反,上帝之子却画成快活的青年男子,小肚上穿着游泳裤似的东西,很像一名运动员:他手拿十字架,像握着网球拍子那样潇洒自如。

从远看,一切都汇成一体,使人觉得像是一列火车正开进站。

第三幅圣像简直弄不明白它所表现的是什么。

士兵们在望弥撒时总要吵着猜这张画谜。有人甚至以为这是一幅萨扎瓦河①畔的风景画,但是这幅圣像画下面却写着:"圣马利亚,耶稣之母,饶恕我们吧!"②

帅克顺利地将战地经台放进马车,自己坐到马车夫旁,神父舒舒服服地坐在车厢里,两腿搭在象征三位一体的经台上。

帅克和马车夫聊着打仗的事儿。

马车夫是个不轨分子,他就奥地利军队所向无敌的问题作出了种种评述,诸如"对方在塞尔维亚有所推进",等等。马车驶过粮食税务站时,哨兵问马车里装的什么。

帅克回答说:

"三位一体的经台,圣母马利亚和随军神父。"

这时候,各连新兵已经在演习场上等得不耐烦了。他们等得太久了,因为神父和帅克还到魏廷格上尉那里去借了运动奖杯,然后又到普谢夫诺夫修道院借圣体盒、圣饼盒和其他弥撒用品,包括一瓶进圣餐用的酒。可见做一台战地弥撒并非轻而易举的事。

"我们干这号子事全是瞎凑合。"帅克对马车夫说。

这话不假。在他们到达演习场,走近那座安有木板和摆战地经台的桌子边时,才发现神父忘了把辅祭找来。

过去总是由一名固定的步兵来担任这个角色,但那人宁可当个通

---

① 在捷克境内。
② 原文为德语。

讯兵上前线去,也不愿留在这里。

"没什么,没什么,"帅克说,"我能顶他。"

"你会当辅祭吗?"

"我从来没干过这档子事儿,"帅克回答说,"但什么事都可以试试。如今在打仗,战争中人人都在干着过去连做梦也不会想到的事。我想,这不过是在您讲完'上帝降福于你们'①这句经文以后,我扯上一句'与你的灵魂同在'②就行了嘛!我想再也没有什么难的,就像一只猫儿围着一碗烫稀饭那样绕着您走一通,给您洗手,把酒从杯里倒出来……"

"好吧,"神父说,"可是你别替我斟水,最好给我往第二只杯子里也斟上酒。我随时会告诉你该走右边还是左边。我轻轻地打一声口哨,就是右边,打两声就是左边。祷文你也用不着发愁。此外就跟儿戏一样,你不紧张吧?"

"我啥也不害怕,神父先生,就连当辅祭也不在乎。"

一切进行得很顺利。

神父的说教很简单:

"士兵们,我们在这里集会,是为了让我们在上战场之前把心转向上帝,让他赐予我们胜利,保佑我们安全无恙。不多耽误你们的时间了,祝你们平安!"

"稍息!③"站在左翼的老上校喊了一声。

战地弥撒之所以称之为"战地的",就因为它像战场上的军事战术一样服从于同样的法典。在三十年战争这漫长的军事行动中,战地弥撒也往往拖得很长。

在现代战术中,军队的行动迅速敏捷,战地弥撒也得短小精悍。

这场弥撒刚好用了十分钟。靠近经台的士兵深感奇怪,神父在做弥撒时为什么还吹口哨。

帅克机灵地掌握了暗号,他一会儿走到祭台的右边,一会儿回到左

---

①② 原文为拉丁语。
③ 原文为德语。

边,嘴里只是念着"与你的灵魂同在"。

看上去简直像一个印第安人围着祭祀的石头在跳舞。但整个仪式给人以良好的印象,驱散了尘土飞扬的演习场上的沉闷气氛。演习场后面有一条李子树林荫道和一排军用临时厕所。厕所里散发出来的臭气代替了哥特式教堂里的神话般的醇香。

大家都很开心。军官们围着上校讲笑话。一切运转正常。士兵队伍中不时能听到"给我吸一口吧"的细语声。一缕缕烟草熏出的蓝云犹如经台上的烟雾,从各个连队直冒青天。军官们看到上校点燃了烟卷,也都抽起烟来。

最后只听得一声"跪下祈祷"①,顿时尘土飞扬,组成方阵的穿灰色制服的士兵便朝魏廷格上尉的银杯屈膝跪下,那是他代表"体育爱好者"俱乐部在从维也纳到穆德灵的马拉松赛跑中得来的。

银杯里盛满了酒,神父摆弄的结果,用士兵中流传的话来形容就是:"被他一饮而尽了。"

这种表演重复了一遍。然后又是一声"跪下祈祷",接着,管弦乐队奏起了《天主保佑我们》。士兵整队离去。

"把那些玩意儿拾掇一下,"神父指着经台对帅克说,"我们好把它归还原主。"

他们坐同一辆马车走了。除了那瓶弥撒酒以外,其他一切都完好无缺地归还给原主了。

到家之后,他们先让倒霉的马车夫到司令部去领这趟长途赶车的车钱。帅克问神父:"报告神父,辅祭和主祭人必须是同一教派吗?"

"当然啰,"神父回答说,"否则弥撒就不灵了。"

"那么,神父先生,刚才就出了大差错啦!"帅克说,"我什么教派也不是。我正为这事儿发愁哩!"

神父望了帅克一眼,沉默了一会儿,然后拍拍他的肩膀说:"你把瓶子里我剩下的那点儿圣酒喝掉,就当你也入了教吧。"

---

① 原文为德语。

第十二章 一场有关宗教的辩论

帅克一连几天没见到那位军人灵魂的培育者了。神父把他的神职任务和纵饮作乐的放荡生涯搅和在一起。他很少回家,而且总是满身油污,肮里肮脏,活像一只在屋顶上叫春的公猫。

他回到家里,如果还能说得清话,在入睡之前,就和帅克谈论一番崇高的目标、激情和思维的乐趣。

有时也试着谈论诗歌,引用几句海涅的诗。

帅克还随神父到战壕里做过一次战地弥撒。那次,因为办事马虎,竟然多请了一位随军神父。这位神父从前当过神学教员,是一位虔诚的教徒。当他看到在他的同行卡茨举行宗教仪式时,帅克从随身带着的军用壶里给卡茨敬了一口白兰地,他便非常惊愕地望了这位同行一眼。

"这牌子不错,"随军神父奥托·卡茨说,"您喝足了就回家吧。我自己能对付这场弥撒。今天我需要在露天下做,因为头有点儿发胀。"

那位虔诚的神父摇摇头,走了。卡茨神父和往常一样,很出色地完成了任务。

这次他把圣酒换成了清凉汽酒,讲道也拉得比平时长,而且每隔一两句话就夹上一句"如此等等"和"毫无疑问"的词组。

"士兵们,你们今天要上前线了,如此等等。请把你们的心转向上帝,如此等等,毫无疑问。你们不知道,你们将会出什么事。毫无疑问,如此等等。"

经台上不断传来"如此等等"和"毫无疑问"的声音,其间夹杂着上帝和所有圣徒的名字。

在慷慨激昂的演说中,神父竟把叶夫根尼·萨沃伊斯基王子提升为圣徒,说他将保护在河上架设浮桥的工兵。

尽管如此,这场战地弥撒还是结束得非常顺当、愉快而有趣。工兵们尽兴消遣了一番。

在回家的路上,电车售票员不让帅克和神父把折叠式的战地经台带上车去。

"小心我用这圣物敲你的脑袋!"帅克对售票员说。

他们回家后,发现圣餐盒丢在路上了。

"没关系,"帅克说,"最初的天主教徒做弥撒时也不用圣餐盒。我们要是宣布丢失了圣餐盒,那位捡到它的老实人又可能向我们要赏钱。如果丢的是钱,就未必能找到一个老实的拾金不昧者,尽管这种人还是有的。我们布杰约维策的团队里有个士兵,是一个十足的傻瓜蛋。有一次他在街上捡到六百克朗,交给了警察局。报上把他的事迹登出来,表扬他拾金不昧,结果反而丢尽了脸,谁也不愿意理他。大家说他:'你这个傻瓜蛋,怎么干出这样的蠢事?你只要还有一丁点尊严,你到死也会为这件事感到难受的。'在那以前,他有个女朋友,这时也不跟他好了。他回到老家去休假,朋友们也因为这件事把他从小酒店里撵了出来,不让他听音乐。他一天天消瘦下去,脑子里总惦着这件事,最后卧轨自杀了。再说一件事。有个裁缝在我们街上捡到一只金戒指。大伙劝他别交给警察局,他硬是不听。警察们格外和气地接待了他,说是已经有人报案:丢了一只钻石金戒指。后来他们看了看戒指上的宝石,对裁缝说:'老兄,这是块玻璃,可不是钻石啊!人家给你多少钱把钻石换走啦?这样老实的拾物者我们见得多哩!'后来查明,真有一个人丢了一枚假钻石金戒指,那是一件家庭纪念品。可是那裁缝却不得不蹲了三天班房,因为他一气之下侮辱了警察。他按规定得了百分之十的赏金,也就是一个克朗二十哈莱什,因为这个破玩意儿本身只值十二克朗。裁缝立刻把这笔合法的赏金照着戒指的失主的脸上扔去,失主控告他侮辱尊严,裁缝也就反挨罚了十克朗。后来他逢人便说,每个捡到财物老实报案的人都应罚款二十五克朗,把他打个鼻青眼肿,而且还要当着大家的面打,让大家牢牢记住并照这样办理。我想,谁也不会给我们把圣餐盒还回来的,尽管圣餐盒背后有团部的大印,谁也不愿跟军队的东西沾边,宁可把它扔到水里去,也比惹出麻烦强。昨天我在'金花环'酒店跟一个乡下人聊天,他已经五十六岁了,他到新巴克区公所去了解为什么没收他的四轮马车。他从那儿被赶了出来,在回家的路上看到一列辎重车队正好停在广场上。有个年轻小伙子,请他替他照看一会儿马,说他是给军队运送罐头的,可是小伙子一走就再也没回来了。后来这车队再往前开时,老汉不得不跟着他们一直走到匈牙利。在匈牙利他也请人在车队旁等他一会儿,这样他才算脱了身,要不然还得开到塞尔维亚。他吓得像丢了魂似地逃回家来,从此再也不敢跟军队的东西沾边了。"

晚上,那位早上也想为工兵做弥撒的虔诚的神父来他们这儿串门。他是一个宗教狂,巴不得人人都亲近上帝。早在他当神学教员的时候,他就靠敲后脑勺来增强孩子们的宗教感。各类杂志上不时有以《残暴的神学教师》、或者《专敲后脑勺的神学教师》等为题的文章评论他。他坚信藤鞭制度是帮助孩子们掌握教义问答的灵丹妙药。

他的一只脚有点儿瘸。这是有个挨他打过后脑勺的学生的家长找他算账的结果。那个学生因对三位一体表示有点怀疑,后脑勺就挨了他三拳:一拳为圣父,二拳为圣子,三拳为圣灵。

今天,前任神学教师找他的同行卡茨,目的是要把他引上正道,他对他进行了诚挚的告诫,开头是这么说的:"我真奇怪您这儿竟不挂耶稣受难的十字架。您每天都在哪儿念祷文?您房间里墙头上连一张圣像也不挂。您床头挂的是什么?"

卡茨笑了笑说:"这是《苏珊娜沐浴图》,下面那张裸体女人是我的一个老情妇。右边是一张日本壁画,画的是一个老日本武士和几个艺妓之间的性活动。的确,太奇特了,是不是?我的祷告书放在厨房里。帅克,给我把它拿来,翻到第三页。"

帅克上厨房去了,从那里接连响了三下开酒瓶塞子的声音。

当桌上摆出三瓶酒时,虔诚的神父大为震惊。

"这是做弥撒用的淡葡萄酒,伙计,"卡茨说,"非常好的品种。酸味白葡萄酒,跟摩泽尔①产的味道差不多。"

"我不喝,"虔诚的神父固执地说,"我是来找您推心置腹地谈谈的。"

"朋友,您的嗓子眼儿会发干的,"卡茨说,"您先喝个痛快,我再听您说。我是个很有气量的人,听得进逆耳之言。"

虔诚的神父呷了一小口,眼睛瞪得大大的。

"这酒真他妈的酿得好。不是吗?我的同行!"

宗教狂固执地说:"我发现您的嘴说话不干不净。"

"说惯了,"卡茨回答说,"有时我甚至发觉自己犯了渎神罪。帅克,给神父先生斟酒。我敢向您担保,我还常说'操你妈!该死!他妈的!'我想,等您也像我一样在军队里混久了,您也会走到这一步的,这并不难。在宗教方面,我们也会说:'天主、上帝、十字架、庄严圣洁'这一套。听起来不是很悦耳很在行吗?喝吧,同行先生!"

这位昔日的神学教员心不在焉地喝着。看来他想说什么而又难于启齿。他正在搜索枯肠。

"同行先生,"卡茨接着说,"把头抬起来,别那么愁眉苦脸地坐着,好像再过五分钟就要受绞刑似的。我听人家谈到过您,说您有一次在

---

① 法国盛产葡萄酒的城市。

礼拜五,您以为是礼拜四,到餐馆错吃了一块猪排,于是跑到厕所去把个手指伸到喉咙里,好让它吐出来,因为您以为上帝会严惩您。我可不怕在大斋期吃肉,也不怕地狱。对不起!喝吧!舒服一点了吗?也许您是一位随着时代精神和改革者一道前进的人,对地狱有什么高见吧?换言之,您认为地狱里不再用普通的硫磺锅,而改用蒸汽锅,也就是高压锅来熬煎不幸的罪人,把罪人的肉蘸上人造奶油,串在电动铁叉上烤人肉串吧!几百万年中还会有一种公路打夯机从人身上开过去,把他们碾成粉末;牙科医生会用一种特别的器械把罪人的牙齿拔得咯咯直响,他们的哀哭声也能录进留声机的唱片;送到天堂,供正人君子欣赏。在天堂里,用喷雾器喷香水,交响乐队一个劲儿演奏勃兰姆斯①的乐曲,一直奏到人们宁愿下地狱也不愿再听下去。天使的臀部都装上了飞机用的螺旋桨,免得累着自己的翅膀。喝吧,同行先生!帅克,斟白兰地。我看他好像不大舒服。"

虔诚的神父清醒过来,轻声地说:"宗教是一种理智的论断。谁不相信三位一体的存在……"

"帅克,"卡茨打断他的话说,"再给神父先生倒杯白兰地,让他清醒过来。你对他讲个什么故事吧,帅克。"

"报告,神父先生,在沃拉西玛,有位修道院主持,"帅克说,"他的女管家带着儿子和钱跑掉了,他便雇了一个老妈子。这个修道院主持年纪很大了,却研究起圣奥古斯丁②来。听说,圣奥古斯丁是教会的圣徒。修道院主持从一本书上读到,谁相信地球另一面有人居住,就得遭到诅咒。于是他把老妈子叫来对她说:'喂,有一次你对我说,你的儿子是个钳工,到澳大利亚去了,这就该生活在地球另一面的居民当中;可是圣奥古斯丁有令,谁相信地球另一面有居民就得遭到诅咒。''老爷,'老妈子对他说,'我儿子还从澳大利亚给我寄信和钱来呀,''这是魔鬼的欺诈!'修道院主持硬对她说。'据圣奥古斯丁的学说,根本不存在澳大利亚。这是魔鬼把你引入了歧途。'礼拜日那天,他在教堂里

---

① 勃兰姆斯(1833—1897),德国作曲家。
② 圣奥古斯丁(354—430),西罗马帝国崩溃时期奴隶主阶级思想家,教会哲学的主要代表。宣扬"原罪学",声称人生来都是有罪的,只有信仰上帝才能得救。

当众把她痛骂了一通,并嚷嚷着澳大利亚不存在。人们便直接把他从教堂送到疯人院去了。好在那儿这种人还不少。在乌尔舒林基的修道院里有一瓶圣母马利亚用来喂耶稣的牛奶;在贝内舍夫孤儿院里他们给孤儿运来了法国卢尔德城①的圣水,孤儿们喝了之后,都得了痢疾,拉得一塌糊涂。"

虔诚的神父头昏眼花,新喝下的白兰地钻到他的脑子里,使他又精神起来。

他眯着眼睛问卡茨:"您不相信圣母马利亚是童贞女受胎②,不相信保存在庙宇里的扬·克什吉德尔圣徒的大拇指是真的?您究竟信不信上帝?您要是不相信,为什么又要当神父呢?"

"同行。"卡茨亲切地拍了一下他的后背说:

"只要国家还认为,士兵们在去打仗送死之前非要上帝的祝福不可,那么,随军神父的职位就是一门钱挣得多,又不太劳累的美差。对我来说,这比在演习场上东跑西颠,老去操练要好得多。想当初,我得听长官的命令行事,如今,我想干什么就干什么。我代表着一个根本不存在的人物,由我自己扮演上帝的角色。我要是不想饶恕某人的罪恶,他就是对我下跪我也不饶他。不过这种人他妈的也很少见。"

"我喜爱上帝,"虔诚的神父说,已经开始打嗝了,"非常爱他。给我点葡萄酒。我敬重上帝,"接着他又说,"非常敬爱他、尊重他。对谁我也不像对他那样敬重。"

他用拳头对着桌子就是一捶,捶得桌上的瓶子都跳起来。"上帝就是一种超凡的至高无上的人,是操行完美无缺的人,他像太阳一样,光焰无际,谁也休想动摇我这个信念。我也尊重圣徒约瑟夫,我尊重一切圣徒,就连有个怪难听的名字的塞拉皮翁③圣徒也在内。"

"他应该申请个名字。"帅克说。

---

① 法国著名的朝圣城市,有"圣水"泉,为天主教徒朝香的圣地。
② 据《圣经》传说,耶稣的母亲马利亚是由圣灵受胎生下他的。
③ 塞拉皮翁·辛多尼(4世纪),埃及云游各地的苦行僧,他不穿衣裤,仅披一块亚麻布(辛多尼)。他的名字意译为"披亚麻布的塞拉皮翁",因此文中说"怪难听的名字"。

"鲁德米拉圣女,还有贝尔纳德圣徒①我都喜欢,"昔日的神学教员接着说,"他在圣哥达尔达救了许多朝圣者。他脖子上挂着一瓶白兰地,去寻找倒在雪地里的行人。"

他们转到了另一个话题。虔诚的神父说起话来已经颠三倒四。"我敬重小动物,十二月二十八日是它们的节日。我恨海罗德斯。母鸡睡觉的当儿生不出鲜蛋来。"

他大笑起来,开始唱道:"神圣的上帝,神圣而又有力……"

但又马上停下来,转向卡茨,尖锐地问道:

"您不相信八月十五是圣母升天节?"

他们的兴致达到了最高顶点,又添了几瓶酒,时不时传出卡茨的声音:"你说你不信上帝吧,不然就不给你斟酒。"

似乎回到了早期天主教徒遭受迫害的时期。昔日的神学教员唱了一支罗马剧场的殉道者之歌,并吼道:"我信上帝,我不否定他!我不要你的葡萄酒。我自己也能派人去取。"

最后他们把他抬到床上。在他睡着之前,他还举起右手发誓说:"我信圣父、圣子和圣灵!把祈祷书给我。"

帅克把摆在床头柜上的一本书塞到他的手里,虔诚的神父就抱着薄伽丘②的这本《十日谈》昏昏入睡了。

---

① 意大利阿西西的弗兰西斯修道院的修道士。
② 薄伽丘(1313—1375),文艺复兴时期作家,人文主义的重要代表。

第十三章　帅克去为别人举行终傅仪式

奥托·卡茨神父心事重重地坐在那里研究兵营里刚刚送来的一份通令。这是军政部颁发的军令：

值此战争期间，本部决定撤销现存有关为军人举行终傅礼之各项条令。兹为随军神职人员颁布下列规定：

一　在前线取消终傅礼。

二　禁止将重伤病员迁移后方行终傅礼。随军神职官员有责任将违犯本禁令之罪犯迅即押交相应军事机关做进一步惩处。

三　后方军医院，经军医确定可集体举行终傅礼，但不得干扰有关军事机关之工作。

四　在特殊情况下,后方军医院管理局可允许为个别人士行终傅礼。

五　随军神职人员应军医院管理局之请,有责任为该局所指定之人士行终傅礼。

随后,神父阅读另一文件。该文件通知他明天到查理士大街军医院为重伤员举行终傅礼。

"喂,帅克,"他喊道,"这不糟透了吗?好像全布拉格只有我一个随军神父似的!凭什么不把上次在这儿睡觉的那位虔诚的神父派去呀?要我们到查理士大街去行终傅礼。我已经忘了这玩意儿该怎么弄了。"

"咱们去买本教义问答,神父先生。那上面会有的,"帅克说,"教义问答对当神父的来讲,就像导游手册对洋人一样有用。艾玛乌泽修道院有个园丁,他为了要当个见习修道士,好弄件僧袍来穿,免得干活时弄脏自己的衣服。因此他买了一本教义问答,学习怎么行祝福礼,谁是惟一可以从原罪中得救的人,什么叫良心纯正和其它鸡毛蒜皮的问题。最后把教堂园子里的一半黄瓜私下卖掉了,结果很不体面地被撵出了修道院。我遇见他时,他还对我说:'就是没有那本教义问答,我同样也可以把黄瓜卖掉的。'"

当帅克买到教义问答,拿给神父时,神父翻阅着说:"喏,你看,终傅礼只能由神父来举行,只能使用担任圣职的主教供给的油。我说嘛,帅克,光咱们自己还不能行终傅礼。你给我读读看,终傅礼到底怎么搞法?"

帅克读道:"其法如下:神父将油涂在病人的各个感觉器官上,同时念祈祷文:'上帝将以这种圣洁的终傅礼和他的至善的仁慈饶恕你,饶恕你通过视觉、听觉、嗅觉、味觉、谈吐、触觉和行走所犯下的一切罪孽。'"

"我倒想知道,帅克,"神父说,"一个人的触觉能犯下什么罪孽。你可以解释给我听吗?"

"那可多着哩,神父先生。比方说,摸进别人的口袋,或者在小舞会上……我想您能明白我的意思,知道那会是什么样的光景。"

"可是行走又能犯下什么罪过呢,帅克?"

"比方说,他突然瘸着腿走,好让人家怜悯他。"

"嗅觉呢?"

"譬如说,他不喜欢某种臭气。"

"味觉又能犯下什么罪过呢,帅克?"

"比方说,某人对他的胃口。"

"那么谈吐呢?"

"这就和听觉有关了,神父先生,比方说,一个人唠唠叨叨没个完,让另外一个人听着他。"

神父听了这些富于哲理的论断之后,不吭声了。后来又说:"我们还得去弄点儿经主教被除过的油来。你拿这十克朗去买一小瓶回来。军需处准不会有这种油。"

帅克便动身去找主教被除过的圣油了。找这种油真比鲍日娜·聂姆佐娃①的童话里写的找活水还要难。

他跑了好几家药店,刚开口说"劳驾,来一瓶圣油。"不是引起一阵哄笑,就是把人吓得躲到柜台后面去了。帅克始终保持着异常严肃的神态。

他想到成药店去碰碰运气。在第一家药店里,一位助理药剂师把他赶了出去;在第二家药店里,人家一听他说这个就想给急救站挂电话;在第三家药店,药剂师告诉他一项临时措施,说在长街的波拉克公司、一家专卖油和漆的商店仓库里准有他所需要的那种油卖。

这家公司的生意果真做得很活。它从来不在顾客的要求得到满足之前就放他走。假如顾客要买香油脂,他们就给他倒点松节油,这也能凑合过去。

当帅克来到这儿,提出要买十克朗圣油时,店主就对伙计说:"道亨先生,给他倒上一百克的三号大麻油吧!"

伙计用纸把瓶子裹好,用地道的买卖人口吻对帅克说:"这是一等品,先生。假如您用得着刷子、油漆、干性油的话,请光顾,我们一定周

---

① 鲍日娜·聂姆佐娃(1820—1862),捷克著名女作家。

到地为您效劳。"

这时,神父正在家里捧着教义问答温习他在神学院学过而没记住的内容。有几句他特别欣赏的精辟句子,不禁使他开怀地笑了。比如有这么一句:"'终傅礼'一词来源于:此次涂油礼为由教会施于人身之所有神圣的涂油礼中之最后一次。"

又如:"每个病危但仍然清醒之基督教天主教教徒皆可接受终傅礼。"

"病人只要还有可能,在仍然具有记忆力之情况下,即应接受终傅礼。"

后来,传令兵又送来一封公函,通知神父说:贵族妇女主办的"士兵宗教教育协会"明天将出席军医院的终傅礼。

这个协会是由一些神经质的老太婆组成的,她们在医院里向伤兵散发圣徒画片和描写为皇上殉职的天主教徒士兵的故事书。这本故事集里还有一张描绘战场情景的彩色画。画面上遍地皆是人和战马的尸体、翻倒的弹药车辆、底朝天的炮架。在地平线上,村庄在燃烧,榴霰弹在爆炸;在画面的前部躺着一个断了腿的、奄奄一息的士兵,一位天使俯身向他,送给他一个花圈,缎带上有如下题词:"今日你即将随我同往天堂"。这时,那个垂死的士兵幸福地微笑着,似乎有谁给他端来了冰淇淋。

卡茨看完公函,吐了一口唾沫,心想:"明天又有一场好戏!"

他管这个协会叫做"乌合之众"。几年前,他在伊克纳采教堂给士兵讲道的时候就了解她们了。那次他讲道时添枝加叶,杜撰了不少东西,"协会"的成员们通常都坐在上校的后面。两个身穿黑衣裙、戴着念珠的瘦长女人附和他的说教,同他谈了两个小时有关士兵宗教教育问题,直到把他惹烦了,对她们说:"对不起,我的夫人们,大尉先生还等着我去打'费布尔'①哩",这才罢休。

"我们总算搞到油了,"帅克从波拉克公司回来,郑重其事地说,"三号大麻油,一等品,足够我们用来给整个团的人施涂油礼了。这是

---

① 一种全凭"牌运"不讲技巧的赌博性的扑克玩法。

一家相当有信誉的公司,那儿还卖干性油、漆和小刷子。我们还需要一个小铃铛。"

"买铃铛干吗,帅克?"

"我们得一路上摇着铃,神父先生,我们追随圣父,带着三号大麻油走,让人们向我们脱帽行礼。自古以来就是这样。有好多人,什么罪也没犯过,就因为没脱帽给关起来了。有一回,伊什柯瓦的教区神父把个瞎子痛打了一顿,也是因为他没有脱帽行礼。挨了打不说,还把他关了起来,因为在审判他时证明他不聋不哑,只是眼瞎,尽管在夜里,铃声还是听见了的。他的态度激起了公愤,因为这种情况就跟在圣体节①时一样。要是在别的时候,人们理都不会理我们,在这个时刻就得向我们脱帽行礼。神父先生,要是您不反对,我马上去把铃铛弄来。"

神父同意了,帅克过了半小时就把铃铛买来了。

"是在'十字'客栈门前买到的,"他说,"开头我都有些着急了,在买到它之前我不得不等上好大一阵子,因为老有人出出进进。"

"我上咖啡馆去一趟,帅克。要是有谁来,就让他等着。"

一小时后,来了一位上了岁数的先生,灰白的头发,严厉的目光,挺得笔直的腰杆。他的整个神态显得冷酷而带有恶意。他瞅人的样子像是命运之神派他来毁灭我们这个可怜的星球、扫除它在宇宙间的痕迹似的。

他出言粗鲁、干巴而尖刻:"在家吗?上咖啡馆去了?叫我等着?好,我等到明天早上。有钱上咖啡馆,要他还账就没钱!还是个神父!呸!"

他在厨房里吐了一口痰。

"先生,别在咱们这儿吐痰。"帅克说,很有兴致地注视着这个陌生人。

"我再吐一口!你瞧着,这样吐!"严厉的先生固执地说,第二口痰吐到了地板上,"他怎么不害臊!还是个军队里的神父哩!不要脸!"

"你要是个有教养的人,"帅克提醒他说,"就该改掉在人家屋子里

---

① 天主教徒庆祝夏末的节日。

吐痰的习惯。难道你认为，反正是在世界大战期间，就可以为所欲为？你应该放规矩点，别像个无赖似的。你的一举一动要温和，说话要有礼貌，别跟个流氓一样，你这笨蛋老百姓！"

严厉的先生从椅子上站起身来，气得浑身发抖，他嚷着："你好大的胆子！我是个没有教养的人？那我是什么？你说……"

"你是一团臭屎堆！"帅克直盯着他回答说，"你往地上吐痰，跟在电车、火车上或是别的公共场所一样。我一直奇怪，干吗到处都挂着'禁止随地吐痰'的牌子，如今我才明白，都是为你挂的。大概到处都知道你这个人。"

严厉的先生脸色大变，他搜肠刮肚，想出一连串骂人的话，指名道姓冲着帅克和神父喷出来。

"你骂完了吗？"帅克平静地问道。这时来人已骂完最后一句话"你们两个都是恶棍，真是什么样的人开什么样的铺"。"在你滚下楼之前，还有什么要说的？"

严厉的先生因为已经骂得精疲力尽，再也想不出有分量的骂人话来，他就不吱声了。帅克认为，再等下去也没用。

于是他把门打开，将严厉的先生脸朝过道一脚踢到门口。这一脚连世界男子足球赛最佳攻球手也会感到相形见绌。

帅克还在楼梯上冲着严厉的老头后面喊道："下次你再上文明人家串门时要放文明一点！"

严厉的先生在窗下来回走了好久，等待神父回来。

帅克打开窗子监视着他。

客人终于把神父等来了。神父领着他走进房间，让他坐在对面的椅子上。

帅克不声不响地端来一个痰盂，搁在客人面前。

"你这是干什么，帅克？"

"报告，神父先生，就因这位先生往地板上吐痰，我刚才和他还闹了一场小小的不愉快的风波。"

"对不起，帅克，我们两人之间有点事儿要办。"

帅克敬了个军礼，"是，神父先生，我这就走。"

他走进厨房。房里正进行着一场饶有趣味的对话。

"假如我没猜错的话,您是为了那张期票来的吧?"神父向客人问道。

"对,我希望……"

神父叹了一口气:

"一个人常常陷于只剩下希望的困境。'希望'这个词该多美啊!它是'信仰、希望、爱情'这根三叶草中的一叶,它能使人摆脱生活的混乱,振作起来。"

"我希望,神父先生,这笔款子……"

"不成问题,尊敬的先生,"神父打断他的话说,"我可以再说一遍:'希望'这个词儿能使人在同生活进行搏斗时增加勇气,就连您也没失去希望。有个明确的理想,做一个以期票作贷款而且希望及时得到偿还的无罪的、纯洁的人,该是多么的高尚啊!您尽管希望,不断地希望我还您一千二百克朗,虽然我口袋里的钱还不足一百克朗。"

"那么您……"客人口吃起来。

"对,我……"神父回答说。

客人的面孔又变得冷酷、凶恶起来。

"先生,这是骗局!"他站起来说。

"安静点,尊敬的先生……"

"这是骗局!"客人执拗地嚷道,"你辜负了我的信任。"

"先生,"神父说,"换换空气对您定有好处。这儿太闷。"

"帅克,"他对着厨房喊道,"这位先生想到外面去呼吸一点新鲜空气。"

"报告,神父先生,"厨房里的声音说,"我已经把这位先生赶出去过一次了。"

"再来一次!"神父命令说。命令执行得迅速、干脆而无情。

"好了,神父先生!"帅克从走廊回来说,"在他想在我们这儿捣乱之前,我们就把他先制服了。马莱西采有位酒店老板,是个读书识字的人。他遇事都爱引用《圣经》里的话。他用皮鞭抽了谁,还总要说:'谁吝惜戒尺,他就是憎恨自己的儿子;谁喜欢自己的儿子,他就会适时惩罚他。你们在我酒店里打架,我就给你几下。'"

"你看见了吧,帅克,一个不敬重神父的人会有什么下场,"神父笑了笑说,"圣徒约翰·兹拉托乌斯基说:'谁敬重神父,就是敬重基督。谁委屈神父,就是委屈基督,因为神父正是基督的代表。'我们明天的事儿得准备周到齐全。你给弄点儿火腿煎鸡蛋,再温点波尔多①白葡萄酒,然后咱们自己再好好合计合计。因为,正如晚祷文上所说的:'敌人对于这所房子的一切阴谋诡计都因为上帝的恩典而遭到破产。'"

世界上有一些特别固执的人,两次被撑出神父房间的那位先生便是其中的一个。正当帅克把晚饭准备停当时,有人按门铃了。帅克去开门,他立即返回来说:"神父先生,他又来了。我暂时把他关在洗澡房里,好让我们能安安静静地吃一顿晚饭。"

"你这样做不妥当,帅克,"神父说,"常言道:客进旺家门。古时候宴会时常找一些小丑来给参加宴会的人消遣。把他带进来,让我们开开心吧!"

不一会儿帅克就把那个固执的人带了进来。那人沮丧地望着眼前的一切。

"请坐!"神父和气地说,"我们的晚饭刚好快要吃完了。刚才吃的是龙虾、鲑鱼肉,现在又上火腿煎鸡蛋。有人借钱给我们,我们就大摆筵席。"

"我希望,我不是来给别人开心的,"沮丧的来客说,"我今天来这儿已经是第三回了。我希望,现在能把一切都弄清楚。"

"报告,神父先生,"帅克说,"他是一条地地道道的水螅。跟利布尼的那个鲍谢克一样。一个晚上得把他从'艾克斯纳尔'酒店里撑出去十八次,每次他总是又转回来,说是忘了烟斗。他从他们的窗口钻进来,又从厨房越墙到夜餐厅,从地下室钻到啤酒厅,要是消防队不把他从屋顶上拉下来,他可能还会顺着烟囱管子往下爬。这么有耐力,真够当个部长或者议员什么的!他们对他什么办法都用上了。"

---

① 法国盛产葡萄酒的城市。

那个固执的人似乎根本没注意他讲的是什么,一个劲儿地重复说:"我要把我们的事弄个明白,请听我说。"

"请便吧,"神父说,"说吧,尊敬的先生,想说多久就说多久吧,我们可得继续开席,希望不会妨碍您讲话。帅克,上菜!"

"您知道,"固执的先生说,"现在爆发了战争。我战前借给您这笔款子,要不是打仗,也不会催着您还。我可是已经有过惨痛的教训。"

他从口袋里掏出账本接着说:"我都有账可查。扬纳达上尉欠我七百克朗,但他在德里纳河①战役中英勇牺牲了。普拉什克中尉在俄国前线被俘,他欠我两千克朗。维希特勒大尉也欠我这么多钱,他在拉瓦②附近被自己的士兵杀了。马赫克上尉在塞尔维亚当了俘虏,他还欠我一千五百克朗。这样的人在我的账本里还有很多。这一位欠着我的款子在喀尔巴阡山阵亡,那一位又当了俘虏,第三位在塞尔维亚淹死,第四位在匈牙利的军医院里奄奄一息了。现在您该理解我的担忧了吧。我要不是这样有毅力、百折不挠,这场战争就会将我毁灭。您可以反驳我说,没有任何危险威胁着您。那就请您看看这个吧!"

他把账本伸到神父的鼻子底下。"您看:布尔诺的随军神父马蒂阿什一星期前在隔离病院去世。我真后悔透了。他欠我一千八百克朗没还。他到霍乱病院去给人行终傅礼,除他自己也一命呜呼之外,什么也没捞着。"

"这是他的职务,亲爱的先生,"神父说,"我明天也得去给人家行终傅礼。"

"也是到霍乱病院,"帅克火上加油地说,"您也可以和我们一块儿去,看看牺牲自己是什么意思。"

"神父先生,"固执的人说,"请您相信,我已经到了山穷水尽的地步,难道打仗就为了把我的债务人统统从世界上消灭掉?"

"等到把您征集入伍,让您上战场服兵役的时候,"帅克说,"神父先生和我就做弥撒,求上帝显灵,让您挨第一颗手榴弹。"

---

① 在今南斯拉夫境内。
② 加里西亚的一个铁路枢纽站。

"先生,我对您谈的是正经事,"水蝎对神父说,"我要求您别让您的勤务兵干预我们的事,让我们能尽快把这桩事儿了结。"

"我请求您,神父先生!"帅克说,"请您命令我别干预你们的事情吧,否则,我要像一个优秀士兵应该做的那样,继续维护您的利益。这位先生完全对,他想不借外力帮助,自己离开这儿。再说,我也不喜欢闹事,我也是个讲礼貌的人。"

"帅克,这一套已经使我感到腻味了,"神父像是没有注意有客人在场似地说,"我本以为这个人能让我们开开心,讲点什么有趣的笑话之类,可他却要我命令你别干预这种事情,尽管你已经同他打过两次交道了。尤其是在今天这样一个晚上,在我们即将举行重大的宗教仪式之前,在这需要我们全神贯注在上帝身上的时候,他却拿这一千二百克朗的蠢事来纠缠我,把我从良知的探索中、从上帝身边引开。他是想要我再对他说一遍:我现在分文也不给他。我不愿再跟他啰嗦下去,免得扰乱我们这神圣的夜晚。帅克,你亲自去告诉他:神父什么也不给您。"

帅克执行命令,对着客人的耳朵吼了一句。固执的客人却纹丝不动地坐着。

"帅克,"神父说,"你问问他,他打算还要在这儿呆多久?"

"您不还钱给我,我就不动窝儿。"水蝎固执地说。

神父站了起来,走到窗前说:"这样,我只好把他交给你了,帅克。随你拿他怎么办吧。"

"走,先生,"帅克说着抓住了那位不速之客的肩膀,"事不过三,逢三大吉。"

说罢,他迅速而文雅地重复一遍他已经做过的操练,将客人轰走了。这时神父正用手指在玻璃窗上敲着葬礼进行曲。

晚上的沉思默想经历了几个阶段。神父如此虔诚而热切地向往着上帝,直到深夜十二点从他房间里还传出了这样的歌声:

> 我们的队伍开拔了,
> 所有的姑娘哭泣了……

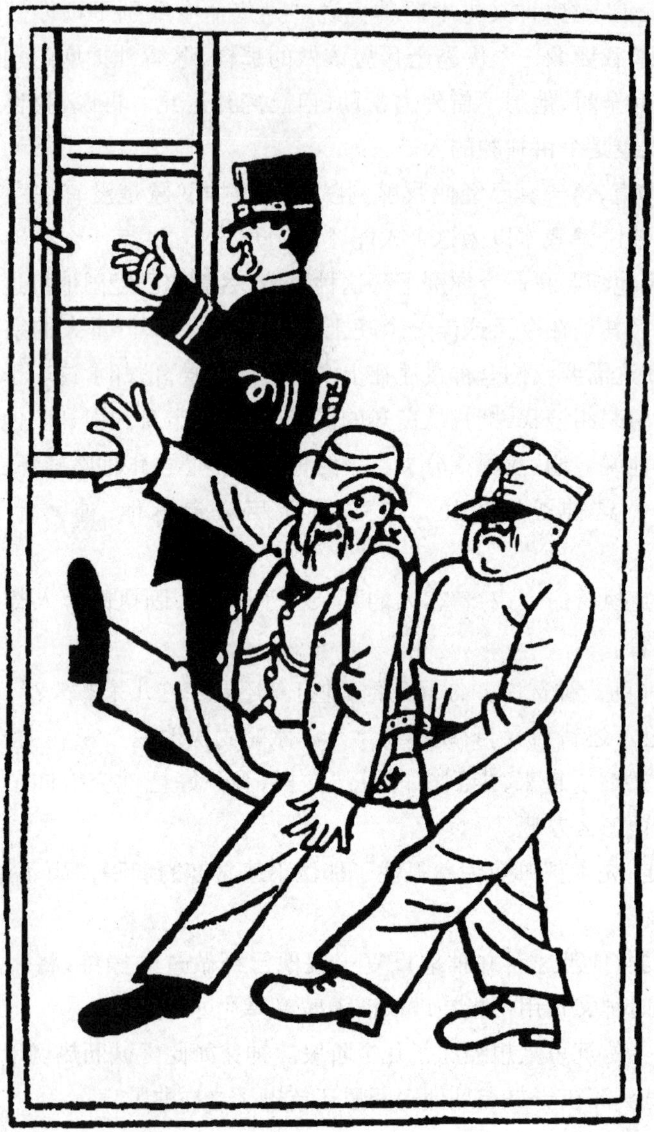

好兵帅克也随他一起唱着。

在军医院里，盼望着举行终傅礼的有两个人：老少校和当过银行官员的后备队军官。两人都是在喀尔巴阡山区作战时腹部中弹受伤的。他们俩并排躺着。后备军官认为举行终傅礼是自己的义务，因为他的上司盼望过终傅礼。他作为下属，要是不让人家给自己行终傅礼，就破坏了官纪。虔诚的少校却明智地认为，祈祷能使病人痊愈。然而这两人都在举行终傅礼的头天夜里死了。第二天早上，神父和帅克赶到时，这两位军人都蒙上了床单，他们的面孔发黑，跟所有被窒杀的人的面色一样。

"我们气气派派地张罗了一番，神父先生，如今全给他们俩毁了！"当办公室有人告知他们，这两个人已经什么也不需要时，帅克很生气。

的确，他们此行气派不小：坐着马车，帅克摇着铃铛，神父手里拿着那瓶圣油，油瓶还用餐巾包着。他正襟危坐，严肃庄重地为脱帽敬礼的过往行人画十字祝福。

其实向他们脱帽行礼的人并不多，尽管帅克使劲地摇铃，发出洪亮的铃声，招摇过市。

几个天真烂漫的男孩跟着马车跑，有一个坐在车尾上面，其余的小孩齐声嚷嚷："追车啊！追车啊！"

帅克冲着他们摇铃，赶车人朝后面挥了一鞭子。在沃奇契科瓦大街，有个女门房，圣马利亚协会成员，她跑着追上马车，接受神父的祝福，画着十字，然后吐了一口唾沫，说："他们拖着那个神父跑得跟魔鬼一样快，人都快累出痨病来了！"说完，她气喘吁吁地回到她原来的地方。

铃声对拉车的牝马惊动最大，想必是使它想起了过去，因为它不断回头向后张望，有时还试图在石子路上跳起舞来。

这就是帅克所说的那番气气派派的盛况。神父到办公室去结算终傅礼的费用，向军医院会计报账说：军事当局应付给他一百五十克朗的圣油费和路费。

紧接着军医院院长和随军神父之间发生了一场争吵。神父几次用拳头捶着桌子，说："大尉先生，您别以为行终傅礼是免费的。就是派个龙骑兵团的军官到养马场去领马,也得给出差费嘛。我的确很遗憾,那两位伤员没等到行终傅礼就去世了,要不然,您还得多付我五十克朗。"

这时帅克正拿着那瓶圣油在楼下警卫室等着神父。士兵们似乎对这瓶油发生了兴趣。

有人认为拿这种油去擦枪和刺刀准不错。还有个来自捷克摩拉维亚高原、相信上帝的年轻士兵请求不要妄谈这类圣物,不要议论圣洁的秘密,而应该像基督教徒那样寄予希望。

一个老后备兵望了望这乳臭未干的孩子,说:"让榴霰弹把你的脑袋炸掉,就这么个好希望!我们被人家当傻瓜耍啦!有一次一个教权派议员到我们这儿来,说和平笼罩着大地,说上帝不希望有战争,他希望大家和睦相处,亲如手足;可是,你看他,这个畜生,战争刚一爆发,就在所有教堂里为我军的胜利祈祷了。一谈起上帝来就像谈到领导和指挥这场战争的总参谋长似的。在这个军医院里,我看到埋葬死人的次数太多了。一车一车断腿缺胳臂的人运走了。"

"把死去的士兵脱光身子埋掉,"另一个士兵说,"把他那套军服穿在另一个活着的士兵身上。就这样一茬一茬地传下去。"

"传到我们打赢为止。"帅克说。

"这样的饭桶勤务兵还想打赢!"班长在角落里说,"要让你们这号子人上阵地,下战壕,把你们轰去拼刺刀,钻铁丝网,钻坑道,挡迫击炮,那才好哩!赖在后方过舒服日子,谁都会,上前线去送死谁都不干。"

"我认为,让人拿刺刀捅个窟窿倒是蛮不错的,"帅克说,"肚皮上吃颗子弹也不坏,被手榴弹炸成两段,看到自己的腿和肚子离开自己那么远,那就更有意思。这样他会感到很奇怪,可是别人还来不及向他解释清楚,他早就咽气了。"

一个年轻士兵由衷地叹了一口气。他是为自己年轻的生命惋惜。惋惜自己生在这个愚蠢的时代,像屠宰场上的牛马一样任人宰割,这一切到底是为什么?

一个当过教员的士兵,好像看透了他的心思似地说:"有些学者根据太阳上的斑点来解释战争的根源。只要这种斑点一出现,灾祸就会来临,像攻陷迦太基①……"

"别谈这些高论了,"班长打断他的话说,"你最好还是去把地板打扫干净,今天轮到你了。太阳上有什么鬼斑点与我们屁相干!那上面就是有二十个斑点,我们也不能拿来买任何东西。"

"太阳上面的那些斑点的确有很大的意义,"帅克插嘴说,"有一回,太阳上出现了这么个斑点,当天我在努斯列区'班柴迪'酒店里就挨了一顿揍。从那以后,不管到哪儿去,我总要看看报上说没说又会出现什么斑点。只要说有斑点出现,那就对不起,我的天使,哪儿我也不去了。我就这样熬着。那次珀列火山爆发,把整个马提尼克岛②都毁了,一位教授在《民族政治报》上发表文章,说他早就提醒过读者,太阳上面有个大斑点。可是这份《民族政治报》没有及时送到岛上,所以那个岛上的人便遭殃了!"

这时,神父在楼上办公室里遇到一位士兵宗教教育协会会员,一个又老又讨厌的轻浮女人。她一清早就在军医院里踱来踱去,到处散发她那些圣徒图片。伤病员却把它们扔进了痰盂。

她来回踱步、喋喋不休地唠叨着什么要诚心诚意悔罪,真正改邪归正,死后就能得到亲爱的上帝的永恒的拯救等等,惹得大家都很反感。

她和神父说话的时候,脸气得煞白,"这场战争不但没有使士兵们变得高尚,反而使他们成了野兽。"楼下的伤病员对她吐舌头,说她是"假善人",是"天国的母山羊"。"这实在是太可怕了,神父先生,这些人都堕落了。"③她还谈到如何对士兵进行宗教教育的设想:一个士兵只有当他信仰上帝,怀有宗教感情,才会不怕死,去为皇上英勇作战,因为他知道,等待着他的是天堂。

这位长舌妇还说了许多诸如此类的蠢话,显然是存心不让神父脱身。可是神父却毫不客气地告辞而去。

"咱们回家去,帅克!"他朝警卫室喊道。在回家的路上,他们再也

---

① 公元前一四六年罗马人攻占了非洲北海岸布匿帝国首都迦太基,从而结束了罗马人与迦太基人争夺地中海霸权的长期战争。
② 西印度群岛上的一个岛屿。
③ 原文为德语。

不讲究气派了。

"下次谁爱做终傅礼就让谁去做吧，"神父说，"为了每一个想得到拯救的灵魂，你还得去跟他们在钱的问题上扯一通皮。这些当会计的真够呛！全是无赖！"

看见帅克手里的那瓶圣油时，他皱着眉头说："帅克，最好是拿这瓶油擦擦你我的皮鞋。"

"我还要试一试，拿它去擦擦这扇门的钥匙眼，"帅克补充说，"要不您夜里回家开门时响得厉害。"

这场终傅礼还没开始就结束了。

第十四章　帅克当了卢卡什上尉的勤务兵

一

帅克的好运不长。无情的命运扯断了他和随军神父之间的友谊的纽带。如果说，在这以前，神父的为人还算可亲的话，那么，他现在的所作所为却把那可亲的面纱揭下来了。

奥托·卡茨神父将帅克卖给了卢卡什上尉，说得更确切一点，是打扑克时把他输给了上尉，就像从前俄国卖农奴那样。事情来得非常突然。有一天，卢卡什上尉家高朋满座，打"二十一点"。①

---

① 扑克牌的一种玩法。得二十一点者赢，过了二十一点就输了；都不到二十一点时，就比点数大小，大的赢，小的输。

神父输得精光,最后他说:"拿我的勤务兵作抵押,您能借给我多少钱?他是天字第一号的活宝,可也是个非常有趣的家伙,真可谓之前所未有的东西。① 你从来没用过这么一位勤务兵。"

"我借给你一百克朗,"卢卡什上尉说,"如果我后天得不到这笔款子,你就把那宝贝给我送来。我眼下用的勤务兵是个讨厌的家伙。一天到晚老是唉声叹气,往家里写信,而且见什么偷什么。揍他也不管用。我一看见他就敲他的后脑勺,也无济于事。我把他的门牙打掉了几颗,仍然没把这家伙制服。"

"一言为定,"神父轻率地说,"后天,要么还你一百克朗,要么把帅克给你送来。"

结果这一百克朗也输了,他悲伤地动身回家。他心里明白:无疑,到后天他绝对凑不齐一百克朗,他实际上已经把帅克卑鄙地廉价卖掉了。

"当时我该要两百克朗的。"他责备自己说。在登上不一会儿就能把他送到家的电车时,他感到内疚,伤感之情油然而生。

"我这事儿干得可不光彩,"他想,一边按响了自家的门铃,"我现在怎好正眼看他那双憨厚、善良的眼睛呢?"

"亲爱的帅克,"他到家后说,"我今天发生了一件很意外的事情。我的牌运糟糕透了。我把所有的钱都押在庄上,我手里有个爱司,接着又来了个十②。庄家手里开头只有个杰克(J),后来也给他拉到了'二十一点'。后来,我还得了几次爱司和十,可是到头来我的点数总是和庄家的点数一样。结果把所有的钱输了个精光。"

他踌躇了一会儿,说:"到最后,我把你也给输了。我拿你抵押了一百克朗,假如后天还不了钱,你就不再属于我,而属于卢卡什上尉了。我实在懊悔已极……"

---

① 原文为拉丁语。
② 爱司算十一点,加十点,共二十一点。

"我还有一百克朗,"帅克说,"我可以借给您。"

"那你快拿来,"神父精神为之一振,"我马上给卢卡什送去。我真不愿意和你分手。"

卢卡什再次看见神父时,大吃一惊。

"我是来找你还账的,"神父说,得意洋洋地环视了一下四周,"把牌给我!"

"押吧!"轮到神父时,他叫道,"唉,只有一点之差,"他说,"我多了一点。①"

"再押!"第二轮他又说,"押!不看牌!"

"二十点。"庄家说。

"我总共只有十九点。"神父垂头丧气地说,把那一百克朗中的最后四十克朗又输掉了。这是帅克为了从新的奴役下赎身而借给他的一百克朗。

神父在回家的路上断定这一下彻底全完蛋了,再也没法保住帅克了,他命中注定得给卢卡什当勤务兵。

帅克为他开了门,他对帅克说:"一切都徒劳无益,帅克,谁也没法跟命运作对,我把你和你的一百克朗都输给人家了。我做了力所能及的努力;可是命运胜过我,把你送到了卢卡什上尉的魔掌里,我们分手的时刻就要到了。"

"是庄钱T得大赢了您呢?"帅克平静地问道,"还是人家老抢先下注赢了您的?不来好牌当然不好,可有时牌太好了那就更糟糕。在兹德拉哈有一个叫维沃达的洋铁匠,他常到'百岁'咖啡馆后面那个小店去玩扑克。有一次,鬼使神差,他冒失地说:'咱们来玩二十一点,每次押五克里泽,怎么样?'于是玩了起来。他坐庄。大家都输了,赌注增到了十克里泽。维沃达老头儿想让旁人也赢次把,他就老是念叨着'小牌、坏牌来我家。'您根本没法想象,他多不走运,小牌、坏牌总也不来。赌注越下越大,都涨到一百啦。玩牌的人中间谁也没有那么多钱好押,维沃达急得满身大汗。只听他一个劲儿地说:'小牌、坏牌来我

---

① 神父得了二十二点,比规定的二十一点多了一点,故输了。

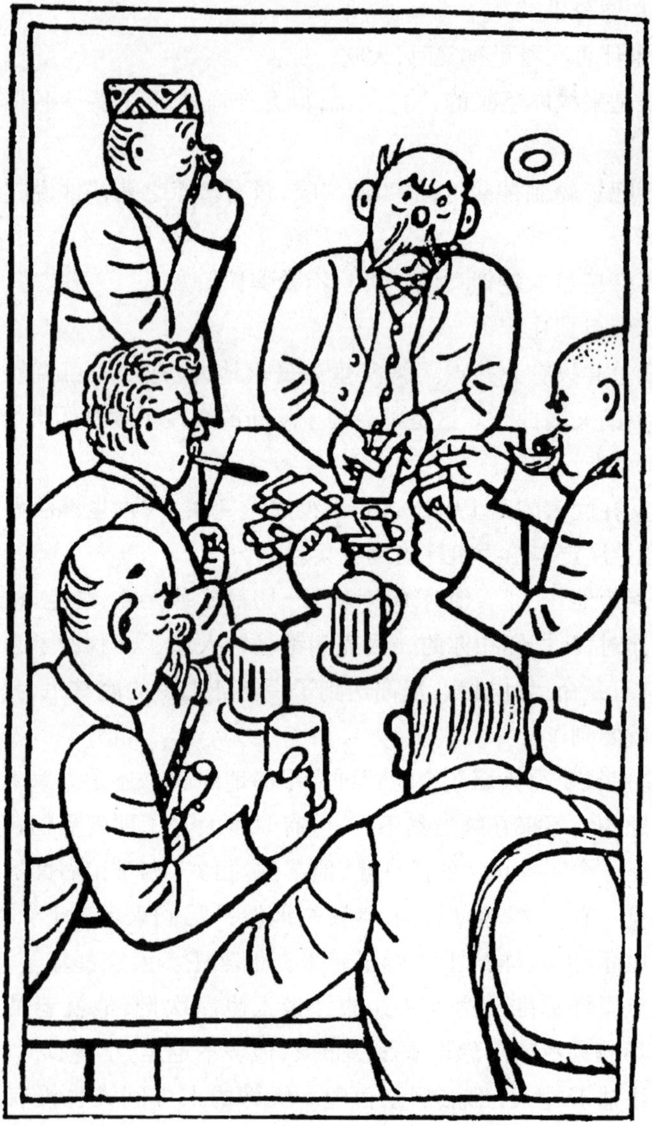

家.'他把那五个克里泽往那儿一押,其他人的钱就往往都落到那儿去了。有一位扫烟囱的师傅输火了,跑回家去取钱来。当赌注已超过一百五十克朗时,他押了一注。维沃达想摆脱这种老是赢牌的境况,他说宁可一下涨它三十,只要不赢就行,可恰恰相反,他又得了两个爱司。他装做无所谓的样子,故意说:'十六点赢牌',而那位扫烟囱的师傅总共十五点。您说这不急死人吗?维沃达脸色苍白,不幸得很。周围的人有的骂起娘来,有的交头接耳。尽管他是一个最规矩的牌友,可他们硬说他耍了鬼,说他有一回因为玩假牌还挨了揍。作赌注的克朗越堆越高,已经有五百克朗了。小店老板已经按捺不住了。他手头正好有一笔准备上啤酒厂买啤酒的钱。他拿这笔钱坐下来,先押上两百,眯着眼睛,把椅子转了个个儿,朝着好运的这一方坐着,并且说,庄家有多少我押多少,还说'敞开牌打!'维沃达老头真不知怎么让自己输了的好。大家都奇怪,一开牌,是个'七',他也要下注。小店老板的胡须下面露出了微笑,因为他有二十一点了。第二轮发到维沃达那儿又是个'七',他也要了。'现在来它个爱司或者十!'小店老板阴险地说,'我拿我的颈子打赌,维沃达先生,这下您可完蛋了。'屋里鸦雀无声,维沃达一转,又是个七。小店老板脸白如纸,这是他最后的一笔钱。他走到厨房里去了。过了一会儿,给他当过学徒的孩子跑来,要我们快去给老板把绳子割断,说他在窗子把手上上吊了。我们去把绳子割断,把他救活过来,大家又接着赌下去。已经玩得谁都没有一个子儿,都进了维沃达的庄了。他只是一个劲儿地说,'小牌,坏牌来我家!'他确实想超过二十一点好输掉,可是他必须把牌摊在桌上,因此没法弄虚作假来故意输掉。他的好运使人们目瞪口呆。当他们已到了无钱可输的地步时,便开始用债券赌。几小时之后,维沃达老头面前的钱已经成千上万。扫烟囱的师傅欠他一百五十多万,兹德拉哈的烧炭工大概欠他一百万,'百岁'咖啡馆的门房欠八十万,一位郎中先生欠两百多万克朗,单是抽头钱中用碎纸片写的债券就有三十五万克朗之多。维沃达老头想出各种办法,如不时去上厕所,让别人替他抓牌,可等他一回来,他得的还是二十一点,又赢了。换一副新牌也不管用。要是维沃达得十五点,那别人就只有十四点。大家都气鼓鼓地看着维沃达老头。有个铺路工骂得最凶。他不管三七二十一每次都押八克朗。他公开说,像维沃达这样的人不该活在世界上,应该挨一顿死揍,撵出去,像淹狗崽子一样淹死他。您根本没法想象维沃达老头的那种绝望劲儿。最后他终于想出个办法:'我去上趟厕所,'他对扫烟囱的说,'你替我抓牌吧,师傅!'他帽子也没戴就跑上街去,径直跑到米斯利柯瓦去找警察。找到巡逻队后,便报告说有个小店里有人赌博。警察让他先走一步,他们随后就来。他回到那里,大家又对他说,这段时间那郎中输了一万多,门房输了三万多,在放抽头钱的盘子里放了一张五个一万克朗的债券。不一会儿警察进来了,铺路工人叫道:'快逃命吧!'可是已经晚了。警察没收了庄家的赌金,把所有人带到警察所去了。兹德拉哈的烧炭工因为拒捕,被装在囚车里押走了。庄家有五亿多的债券和一千五百克朗现金。'我还从来没有吃到过一条这么大的鱼,'当警察看到这笔数目惊人的巨款时说,'这比蒙特卡洛①还要厉害嘛。'连维沃达一起,大家都在那儿关到第二天早上。维沃达作为报案人给放了,还答应他能得到三分之一的庄钱作为酬金,大约是一百六十多万,可是他到早上就因此而乐疯了。他一大清早就跑遍布拉格去订购装这笔巨款的保险柜。这才叫牌运亨通哩!"

然后帅克去煮格罗格酒。当帅克在深夜里很吃力地把神父打发上床去的时候,神父淌着泪呜咽地说:

"我出卖了你,朋友,我可耻地把你卖了。你骂我、打我吧!我都该承受。我把你抛弃给人家随便摆布,我没脸正眼看你。你揍我吧,咬我吧,把我毁掉吧,我什么好下场都不配得到。你知道,我是什么吗?"

神父把沾满泪痕的脸埋在枕头里,用微弱的声音咕哝着:"我是个最下等的下贱货。"然后就像被抛进水里一样地呼呼睡去。

第二天神父躲避着帅克的眼光,一大早就出门去,直到深夜才带着一个胖子步兵回来。

"帅克,"他仍然躲避着帅克的眼光说,"你告诉他东西都放在哪儿,好让他摸得着方向;教给他怎么煮酒,你明天一早到卢卡什上尉那

---

① 欧洲摩纳哥的首都,以赌博著称。

儿去报到。"

帅克煮完格罗格烈性酒，和新来的人舒舒坦坦地过了一夜。早上，胖子步兵刚一起床，嘴里就一个劲儿地哼着一些离奇古怪的民歌小调，东一句西一句地瞎唱一气。

"小溪绕着霍多夫流呀，我那亲爱的在那儿斟着黑啤酒啊，山呀，山呀，你高又高，姑娘们走在公路上，农夫耕作在白山上……"

"我不为你担心，"帅克说，"你这么能干，在神父这儿一定能呆得住。"

这样，第二天上午，卢卡什上尉便第一次见到了好兵帅克那张诚实、坦率的脸庞。帅克对他说："报告，上尉先生，我就是随军神父打牌输掉的那个帅克。"

二

勤务兵制度古已有之。据说，早在马其顿的亚历山大大帝时期，他就用过侍从。在封建时代无疑是由雇佣骑士充当这种角色的。堂吉诃德的桑丘·潘沙①算什么人？我奇怪，怎么至今没有人写过一部勤务兵史。要是有这么一部书，我们就可以在书中找到阿尔玛威尔的公爵，他在托勒多②围城期间，饥不择食，不放盐就吃掉自己的跟班的那段故事了。公爵本人在他的回忆录中写过这件事，说是他的跟班的肉既嫩又脆，有嚼头，味道介于鸡肉与骡肉之间。

在一本士瓦本人③写的关于军事艺术的古书上，我们也可找到为侍从人员规定的条令。在古代，侍从人员必须虔诚、有道德、不说谎、谦虚、刚毅、勇敢、正直、勤劳，总而言之，必须成为他人的楷模。新的时代，使这一典型发生了许多变化。当代的勤务人员既不虔诚，也无节操，更不诚实。他们常常谎话连篇，欺骗主子，往往把他主人的生活变为真正的地狱。当代的勤务人员是一些为人狡诈的奴仆，能想出各种

---

① 西班牙作家塞万提斯的小说《堂吉诃德》中的人物。桑丘是堂吉诃德的侍从。
② 在西班牙。一七一四年由阿拉伯人占领，一八〇五年重又为天主教军占领。
③ 指中世纪士瓦本公国的居民，现住德国境内。

阴谋诡计使主人的生活变得很不愉快。在新的一代勤务人员中，根本找不到那种富于牺牲精神的、像阿尔玛威尔的公爵的侍从，善良的弗南多那样的人，甘愿让自己的主人不放盐就把自己吃掉。从另一方面我们看到长官们在跟新时代的勤务人员进行你死我活的斗争时，必须运用各种手段来维护自己的威信。这也算得上一种恐怖统治。一九二一年，在史迪尔斯基·赫拉台茨发生过一起案件：一位大尉扮演了重要角色，他一脚踢死了他的勤务兵。但他当时就被释放，因为他总共才干过两回这种事。根据这些先生们的高见，勤务兵的性命是一钱不值的。勤务兵只不过是一种东西，一个常常充当挨耳光的玩偶、奴隶，样样都得干的工役。这种卑微的地位要求奴隶变得狡猾、诡计多端，就不足为奇了。这种人在我们这个行星上的地位也许只能与旧时那些被人打后脑勺、折磨，以培养其自觉性的堂倌的苦难相比拟。

然而，勤务兵高升为军官主子的宠儿的事也不乏其例。这一来，便会成为全连甚至全营的灾难。所有军士都竭力贿赂他。准假他有决定性作用，只要他肯在上司面前美言几句，报告就能顺利批准下来。

这些宠儿在战争期间往往获得许多大小不一的银质奖章，以表彰他们的刚毅英勇行为。

在九十一团里，我认识几个这样的人。有个勤务兵善于把偷来的鹅烤得香脆可口，因而得了一枚大银质奖章；另一个得了一枚小银质奖章，这是因为他老家常给他寄些食物来，使他的上司在最饥饿的时节也吃得大腹便便。

他的上司提出应该发给他奖章的理由是：

"在战斗中骁勇异常，将生死置之度外，在敌军强大炮火攻势下，犹寸步不离其指挥官。"

而实际上当时他正在后方掏鸡窝。战争改变了军官和勤务兵的关系，勤务兵在士兵中间成了最可恨的人。当五名士兵只能分到一听罐头时，一个勤务兵往往能独得一听。他的行军壶总是满装着罗姆酒或白兰地。这种人物整天吃巧克力，啃军官们吃的甜面包干，抽上司抽的香烟，几小时几小时地烹煮美味佳肴，还穿着合体的衣衫。

勤务兵和传令兵的关系最为亲密。他把桌上大量残羹剩饭和他所能享受到的其他好处都留给传令兵。加上一位司务长,就形成了一个三人小组。这个三人小组与指挥官常在一起,关系亲近,所有的军事行动和作战计划他们都知道。

凡是与连长的勤务兵要好的班长,他那个班消息就比别的班灵通。

假如勤务兵说:"两点三十五分我们就开溜。"那么奥地利士兵准在两点三十五分开始撤离敌人。

勤务兵和战地炊事班的关系也非常亲密,他们最乐意在行军锅边闲逛,简直就像是在饭馆里拿菜谱点菜似的。

"我来份烧排骨,"他对炊事兵说,"昨天你给了我一条猪尾巴。今天给我汤里放几片猪肝吧,你知道,我是不吃脾脏的。"

勤务兵是善于表演张皇失措的丑态的大师。

敌机轰炸阵地时,他吓得心脏都掉到裤裆里去了。这种时候,他总是带着他自己和长官的行李躲藏到最保险的掩体里,脑袋埋藏在毯子下面,叫手榴弹找不到他。这时,他惟一的希望就是让他的指挥官受伤,他好跟着他一块儿回到离前线很远很远的后方去。

他的惶恐还带有几分神秘性。"我觉得,好像在卸电话了,"①他煞有介事地同班里的人说。当他能够说"已经卸好了"的时候,他就是幸运的了。

谁也不像他那样喜欢撤退。在这种时刻,他甚至忘掉了手榴弹和榴霰弹在头上的呼啸声;不知疲倦地背着行李往辎重车队停留的参谋部钻。他喜欢奥地利军队的辎重车队,异乎寻常地喜欢乘他们的车撤退。在最坏的情况下,他也乘坐双轮救护车。假如他不得不徒步行军时,他简直心碎欲裂。遇到这种情况,他就把他上司的行李扔在战壕里,只背着自己的财物上路。

假如发生这种情况:长官为了不当俘虏,溜之大吉,他却当了俘虏,那他绝不会忘记把长官的行李也一并带上,这么一来,他梦寐以求的这分财物就成了他的私有物。

---

① 军队要撤退的征兆。

我见过一个被俘的勤务兵,他和别的一些人一道从杜布诺①步行到基辅附近的达尔尼采去。除了自己的背包之外,他还随身背着他的那位不愿当俘虏、开了小差的上司的行囊、五口各式各样的手提箱、两床被子和一个枕头,还不算头上顶着的包裹。他向我诉苦说有两口箱子被哥萨克人偷走了。

我永远忘不了这个人,他竟背负着这么一大堆东西,不辞辛苦地走过整个乌克兰。他简直像一辆活的运输车。我真不明白,他怎么能带着这么些东西,跋涉数百公里,一直拖到塔什干,目光炯炯地看守着这些东西,直到最后在战俘营患斑疹伤寒,趴在自己行李堆上死去。

现在,勤务兵遍布我们全共和国,正在宣讲自己的英雄事迹。吹嘘他们攻打过索卡尔②、杜布诺、尼什③和皮亚韦河④。他们每个人都是拿破仑。"我已经对我们的上校说过,让他给参谋部打个电话:可以开

---

① 在乌克兰境内。一九一四至一九一五年间,曾在该城发生过激战。
② 加里西亚的一个城市。
③ 塞尔维亚的一个城市。
④ 意大利的一条河流。

始行动了。"

他们大多数是些反动分子,当兵的恨死了他们。他们当中有人爱告密,看到有人被绑走时,他们总是感到一种特别的快意。

他们已发展成为特殊阶层,利欲熏心,贪得无厌。

三

卢卡什上尉是摇摇欲坠的奥地利帝国现役军官中的一个典型人物。军官学校将他培养成为一种两栖动物。在公开场合他讲德语、写德语,但阅读的却是捷文书籍。每当给新入伍的捷克一年制志愿兵军校学生讲课时,就用一种亲昵的口吻对他们说:"咱们是捷克人,但不必让人家知道这个。我也是捷克人。"

他把捷克籍视为某种秘密组织,离它越远越好。

他为人倒还可以:不畏惧上司,演习时对连队的关照也过得去,能给它在板棚里找到一个舒服住处,有时还从他微薄的薪俸中抽出点钱给士兵买桶啤酒喝。

他喜欢士兵唱着进行曲行军。不管是出操或从操场归来,士兵们都必须唱歌。他走在连队的旁边,同他们一起唱着:

> 此时已是夜深人静,
> 燕麦在口袋里捣腾,
> 发出了嚓嚓的响声。

他颇受士兵欢迎,因为他为人非常公正,从无虐待别人的习惯。

军士们却常在他面前发抖。他用一个月的时间就能把最凶狠的军士改造成真正的羊羔。

不错,他也能大声嚷嚷,但从不骂人,说话总是字斟句酌。"你看,"他说,"我真不乐意处罚你,小伙子,可是我也毫无办法,因为一个军队的战斗力和勇敢取决于纪律。没有纪律的军队如随风摆动的芦苇。你若风纪不整、衣扣不全,那就可以看出你忘记了对军队的义务。可能你不理解,为什么昨天检阅时只因你衬衫上少了一颗扣子这件微不足道的小事，在老百姓中根本不算一回事的小事儿，在军队里就得把你关起来。你已经看到，这种不修边幅的现象在军队里是要受到惩罚的。为什么呢？因为这不是什么你少一个扣子的问题，而是要让我们养成整齐的习惯。你今天不肯把扣子缝上，开始懒散起来，明天就会觉得擦枪很困难，后天就会把刺刀丢在小酒店里，站岗时就会睡大觉，因为你已从丢失这颗倒霉的扣子开始了你的懒汉生活。道理就是如此。小伙子，所以我才处罚你，让你今后能够避免因为失职违章而可能招致的更重的惩罚。我关你五天禁闭，愿你在喝水吃面包时也想一想，处罚不是报复，仅仅是一种使受罚的士兵改正缺点的教育手段。"

卢卡什早就应当晋升为大尉了。在民族问题上他虽然谨小慎微，但也无补于事，因为他对上司过于坦率耿直，在工作关系中对谁也不阿谀逢迎。他出生在捷克南部密林鱼池之间的一个村子里，还保持着当地农民所特有的这些性格。

如果说他待兵公道，从不折磨他们的话，那么在他的性格里却有着这么个特点：他憎恨他用过的那些勤务兵，因为他遇到的尽是一些最可恶最卑鄙的家伙。

他不肯拿他们当一般士兵看待，他打他们的嘴巴，敲他们的脑袋；他也曾设法用规劝和行动去教育他们。他和他们这样徒劳地斗了好几年，勤务兵换了一个又一个，到最后只得叹气说："我又得到了一头贱畜生。"他把他的勤务兵看做一种低级动物。

他酷爱动物，养了一只哈尔兹金丝雀，一只安哥拉猫和一条看马的狗。所有被他换掉的勤务兵，对待这些动物，并不比他卢卡什上尉对待干了卑鄙勾当的勤务兵更坏些。

他们用饥饿折磨金丝雀；有个勤务兵把安哥拉猫的一只眼睛打瞎了。看马狗一碰到他们就得挨揍。最后，这个可怜的畜生被帅克之前的一个勤务兵送到庞格拉茨一位剥兽皮的人那儿给宰掉了。为此他宁可自己破费十克朗，事后只简单地向上尉报告说，狗在散步时跑掉了。第二天，这个勤务兵被派到连队同士兵一起到练兵场下操。

帅克向卢卡什上尉报到时，卢卡什把他领到房里对他说："卡茨神父先生把你推荐给我，但愿你不给他的推荐丢脸。我已经用过一打勤务兵,可是一个也没能在我这儿呆下去。我有言在先:我很严厉,对任何卑鄙勾当和撒谎行为都要严加惩罚。愿你永远对我讲真话,毫无怨言地执行我的一切命令。我要是说:'跳火坑!'你就是不乐意也得跳。你往哪儿看?"

帅克正兴致勃勃地望着挂有金丝雀笼子的墙壁,这时,他那双善良的眼睛又盯着上尉,用亲切温和的声音回答说:"报告,上尉先生,那是只哈尔兹金丝雀。"

帅克就这样打断了上尉滔滔不绝的训话。他按军人姿势站得笔直,目不转睛地盯着上尉。

上尉本想说句严厉的话,可是看到帅克脸上那种天真无邪的表情,就只说了一句:"神父先生推荐说,你是天字第一号的傻瓜。我看他没有说错。"

"报告,上尉先生,神父先生的确没有说错。我在服役的时候,因为呆傻给遣散了,我智力低劣是出了名的。当时因为这个原因被遣散的有两个:一个是我,还有一个是冯·康尼兹大尉。那一位呀,请允许我报告您,上尉先生,他在街上走路时,左手的指头总是掏着左鼻孔,右手指掏着右鼻孔。他同我们一起去下操,要我们像接受长官检阅一样地排着队,然后他说:'士兵们!嗯,你们要记住,嗯,今天是星期三,嗯,因为明天是星期四,嗯。'"

卢卡什上尉耸了耸肩膀,似乎一时想不出适当的词句来表达自己的思想。

他在房门和对面窗口之间来回踱步,绕着帅克走了一圈,又踱回原地。这时帅克的两眼追逐着上尉,来回做着"向右看齐"、"向左看齐"的动作。他脸上的神情如此天真,以致上尉垂下双眼,望着地毯说了些与帅克所谈的傻大尉风马牛不相及的话:"不错,我这儿必须保持整洁,不准撒谎。我喜欢诚实,讨厌说谎话。我惩办撒谎的人是毫不留情的。我的话你听清楚了没有?"

"报告,上尉先生,听清楚了。没有比爱撒谎的人更坏的了。谁要一开始前言不搭后语,那他就完蛋了。贝尔希姆夫后街上有一个叫马列克的教员,他和林务官史贝拉的女儿谈恋爱。史贝拉已经明确告诉

他：假如他胆敢和他的女儿到林子里幽会，给他碰上，他就要从猎枪钢丝刷上拔根钢丝下来，蘸上盐水，扎进他的屁股。教员嘱托人转告林务官，这是根本没有的事。可是有一回他在等他的恋人，被林务官碰见了。林务官本想给教员'动那个手术'，可是教员支支吾吾，说什么是来采花的；后来又说是去抓个什么甲虫做标本的，越扯越乱套。最后他发誓赌咒，说是来安放捉野兔的套索的，还说当时如何如何胆怯。我们的守林官便把他逮了起来，送到宪兵队，从那儿又带到法庭，弄得教员差点儿进了班房。他要是讲了实话，顶多也不过是挨蘸盐水的钢丝扎几下。我认为还是坦白直率最好。干错了事，就自己去承认：'报告长官，我干了这，干了那。'说到诚实，那当然总是一种美德，一个人为人诚实，就能走得最远，就像竞走比赛一样。可是只要你一开始搞鬼，跑起步来，那距离就越拉越大了。诚实人到处受到器重、尊敬，自己对自己也满意。他会感觉到自己像个新生儿，当他每天上床睡觉时，他可以说：'我今天又是诚实的。'"

在帅克大发宏论的当儿，卢卡什上尉坐在圈椅上，望着帅克的鞋子，心里想道："我的上帝，其实我自己也经常这样唠唠叨叨地讲废话，只是我的方式不同罢了。"

然而,为了不损害自己的威信,他在帅克讲完之后说:

"跟着我,你得经常把你的靴子擦干净,军服穿整齐,扣子全缝好,必须像个军人样子,不是普通老百姓。说也奇怪,干你们这一行的没一个人善于保持军人风度。在我用过的所有勤务兵中,只有一个有点英武的样儿,可是他最后偷走了我的一套漂亮军服,在犹太人住宅区卖掉了。"

上尉稍停了一会儿,接着又往下说了。他向帅克交待全部任务,特别强调必须忠实可靠,在任何地方也不许谈论上尉这里发生的事情。

"女客们常来拜访我,"他指出,"如果我早上不值班,有时她们中间的某一位也许在我这儿过夜。遇到这种情况,等我按铃,你再把咖啡送到床边来,听明白了吗?"

"是,上尉先生,听明白了。我要是猛然闯到床前,就可能使那位太太弄得很尴尬。记得有一次,我把一个小姐带回家里,正当我们俩非常亲热的时候,女用人把咖啡送到床前来了。女用人吓了一大跳,把咖啡泼了我一背,还说了一声:'早安!'有太太在这儿过夜时,我该干什么,不该干什么,这我全知道。"

"好,帅克!我们对待太太们必须彬彬有礼。"上尉说着,情绪也随即振作起来,因为话题转到他除了用在兵营、操场和扑克牌的时间之外所消磨全部空暇时间的事情上来了。

女人是上尉公馆里的灵魂。她们为他建立起一个安乐窝。她们足足有几打之多,其中许多人总是趁自己在此留居的期间用各种小装饰品把他的卧室装点得漂漂亮亮。

一个咖啡馆的老板娘在上尉这儿住了整整十四天,直到她丈夫来找她回去为止。她给他绣了一块漂亮的台布,在他所有内衣上绣上了他姓名的缩写字母。要是她的丈夫不来毁坏她这田园诗一般的生活,她也许会把他墙上的壁毯绣完哩。

另一位在三周之后被父母接走的太太想把他的房间布置成女性卧室,她到处摆设小玩意儿、小花瓶,还在床头贴了一张守护天使像。

在他卧室和餐厅的各个角落都可以感觉出一只女性的手在这儿活

动的痕迹。这只手也伸到了厨房,那儿可以看到五花八门、一应俱全的烹调用具,这是一位爱上了他的女厂主送给他的贵重礼物,她除了随身带来用于切各种蔬菜的刀具外,还有面包捣碎器、肝泥搅拌器、锅、铁盘、平底锅、搅拌棒,天晓得还有些什么。

但她一星期之后就走掉了,因为她不能容忍上尉除了她之外大约还有二十个左右的情妇,而且她们都在这位高尚男性的军服上留下了她们的手艺痕迹。

卢卡什上尉交际很广,他有一本情妇相册,还搜集了各种纪念品,因为最近两年来他颇为信奉拜物教。他收藏了几条女人的式样不同的吊袜带、四条别致的绣花裤衩,三件柔软透明的女式薄衬衣和麻纱连衣裙,此外还有一件紧身女胸衣和几双长统丝袜。

"我今天值班,"他说,"要到夜里才回。你好好照看着,收拾收拾屋子,你的前任勤务兵,由于卑鄙下贱,今天被派到前线去了。"

接着又就照管金丝雀、安哥拉猫的事交代了一番才离去。走到门口还不忘叮嘱几句关于诚实和整齐之类的话。

上尉走后,帅克把屋子收拾得干干净净,所以等到卢卡什上尉深夜回来时,帅克可以向他报告说:

"报告,上尉先生,一切都收拾好了。只是猫儿闯了祸,把您的金丝雀给吃掉了。"

"什么?!"上尉大声咆哮着。

"报告,上尉先生,是这样。我知道猫不喜欢金丝雀,总爱欺负它们,所以我想叫它们一起熟悉熟悉,要是这猛兽想捣什么鬼,我就狠揍它一顿,叫它至死忘不了它该怎么对待金丝雀。因为我非常喜欢动物。在我们那儿有个卖帽子的,他把猫训练到这么个程度:那只猫以前吃掉过三只金丝雀,现在连一只也不吃,金丝雀还能坐到它身上去。我也想这么试一下:把金丝雀从笼子里放出来,交给猫嗅一嗅,可是它这只鬼猴子,还没等我转过身去,就一口把金丝雀的脑袋咬下来了。我真没想到它会来这么一招。上尉先生,要是一只普通的麻雀,我也没什么好说的,可这是一只漂亮的金丝雀,还是一只哈尔兹金丝雀啊!您知道这只猫有多馋,连身子带鸟毛都吃下去了,还边吃边咕噜咕噜着,要多开心

有多开心。据说猫是没有音乐修养的,金丝雀唱歌时,它还烦得受不了,因为这畜生根本听不懂。我把这只猫狠狠训了一顿,可是我向上帝起誓,绝没有碰它一下,等着您回来判决,看看这讨厌的畜生该受什么惩罚。"

帅克讲话时直愣愣地望着上尉。上尉本想狠狠揍他一顿的,这时反倒走开了,坐到椅子上问道:

"听着,帅克,你真是这么一个天字第一号的傻瓜吗?"

"是,上尉先生,"帅克一本正经地回答说,"我从小就倒霉。我总想把事情做好,可到头来还是没个好结果,弄得我自己和大家都不痛快。我真心想要它们俩熟悉熟悉,达到彼此了解的目的。这畜生把金丝雀吃了,也没熟悉成,这可怪不了我。几年前在'什杜巴尔特兄弟'旅馆里,一只猫把他们家养的八哥吃了,说是因为八哥嘲笑了它,朝它后面咪咪叫来着。猫可不容易给弄死哩,上尉先生,假如您想要我把它处死,那我只好用门把它夹死,不这样就没别的法儿了。"

帅克又带着最天真的面容和善意而可亲的微笑对上尉讲起整治猫

的办法来。他的说法如果让反对虐待动物协会的人听了，准会气得进疯人院。

帅克说这一切时显得特别内行，以致卢卡什上尉忘了生气，还问他道：

"你会管理动物吗？对动物有感情吗？"

"我最喜欢狗，"帅克说，"因为这对贩狗为生的人来说，是一桩赚钱的买卖。可是我不会赚钱，因为我总是老老实实的，但还是有人来找我麻烦，说我卖给他们的不是健壮的纯种狗，是快要死的瘟狗。似乎所有的狗都得是纯种的健康狗。他们每个人还急于要拿到狗的血统证书，这一来，我只得去印一些血统证明书，把一只出生在砖窑的杂种狗写成一只从巴伐利亚纯种狗繁殖研究所来的珍贵纯种。一点儿也不假，人们一听，马上就为能碰上这么个好运气，家里能有一条纯种狗而高兴得不得了。比方说，我把布拉格沃尔舍维采的一条狗当做一只达克斯狗①推荐给他们，他们只是奇怪一只德国珍贵的狗的毛怎么这么长，腿怎么是直的。所有的贩狗场都是这么干的。上尉先生，您要是听见大狗场的狗贩子怎么在血统书上哄骗他们的顾客，一定会大吃一惊。纯种狗的确为数很少，不是它的妈妈就是它的祖母跟一条杂种狗交配过，甚至有时有好几个父亲，生下来的小东西就会像它们那些杂种祖先了。耳朵像这条狗，尾巴像那条狗，胡子又像另一条狗，鼻脸像第三条狗，瘸腿像第四条狗，身子大小像第五条狗。如果一条狗有那么一打父亲，那么，上尉先生，它长成个什么样子，您就可想而知了。我有一次买了一条叫巴拉巴的狗，就因为狗的父亲太多而长得奇丑无比，以致所有的狗都不爱接近它。我是看它孤零零怪可怜的才买下来的。它成天坐在屋角里，愁眉苦脸，我只好把它当做看马狗卖掉。为了让它有一身浅灰黄毛，给它染毛所费的劲就甭提有多大了。它如今跟着它的主人到摩拉维亚去了，至今再没见过它。"

上尉开始对这番有关养狗学的述说发生了极大的兴趣，这样帅克也就得以继续侃侃而谈：

---

① 一种短毛歪腿狗。

"狗可不像太太们一样能自己染发,得由贩狗的人给它染。要是一条狗老得毛色灰白,你想把它当做一条刚满一周岁的狗崽卖掉,或者你甚至想把一条当了爷爷的狗当做九个月的小狗卖的话,那么你就去买点硝酸,用水化开,用它把狗染得黑油油的,像刚出窝似的。你要是想要它劲头足些,你就像喂马一样喂它点儿砒霜,跟磨锈刀一样用砂纸擦净它的牙齿。把它卖给一位主顾之前,先灌它点儿李子酒,让它有点儿醉意。不一会儿它就会活蹦乱跳,汪汪叫着,要多快活有多快活,就像喝醉了酒的人一样,见了谁都很亲热。可是最重要的是,上尉先生,你得跟主顾穷聊,一直聊到他晕头转向。假如有人想要向你买一条捕鼠狗,你家里只有一条猎狗的话,那你就得把这个人说得服服帖帖,使他改变主意,不要捕鼠狗,却从你这儿把猎犬买下来带走。又假如,你家只有捕鼠狗,人家却要一条凶恶的德国斗狗来看门,那你就可以哄他,结果叫他没买成斗狗,却把一条小捕鼠狗揣在口袋里带走。我当动物贩子的时节,有一次来了一位太太,说她的鹦鹉飞到花园里去了。那儿刚好有几个孩子在扮印第安人玩,他们抓到鹦鹉,把它尾巴上的羽毛全部拔光,插在自己头上扮成警察。那只鹦鹉没了尾巴之后羞得生了病。兽医给它开了点药,把它结果了。如今她想再买一只鹦鹉,要一只文明的,不要那种只会骂娘的野鸟。我怎么办呢?手头没有鹦鹉,也不知到哪里去找,家里只有一只劣性子猛犬,而且两只眼睛都瞎了。上尉先生,我就得跟这位太太从下午四点一直磨到傍晚七点,才让她不再买鹦鹉,把我的这条瞎眼猛犬买走。这比办外交还费事儿。在她要走的时候,我对她说:'这回看这些孩子还敢扯它的尾巴毛不!'打那以后,我就再也没同这位太太说过话了,因为这条猛犬见人就咬,弄得这位太太只好从布拉格搬走。上尉先生,您信不信,弄到一条真正头等的动物可是非常之难呀!"

"我本人也很喜欢狗,"上尉说,"我一些朋友,在前线还带着狗。他们给我来信说,打仗时,有这么一条忠实的动物在身边作伴便过得很愉快。看来你对各种狗都很在行。我要是有一条狗,希望你能好好照顾它。你看哪种狗最好?我的意思是作为一个伴侣。我曾经有过一条看马狗①,可我不知道……"

"依我看,上尉先生,看马狗是一种非常可爱的狗。不错,也并不是所有的人都喜欢这种狗,因为它长着一身硬毛,嘴边的胡子也很硬,跟一个刚放出来的犯人一样。看马狗的长相丑得简直可爱,而且很机灵。上哪儿去找这种圣伯拉狗啊!它比猎狐狗还要机灵。我就知道一条……"

上尉看了一下表,打断了帅克的话头:

"已经不早了,我得睡觉去,明天又是我值班,所以你整天都可出去为我找一条看马狗。"

上尉睡觉去了。帅克躺在厨房的沙发上翻看上尉从兵营里带回来的报纸。

"呵哈!"帅克浏览着当天的新闻,自言自语说:"苏丹授予威廉皇上一枚作战勋章,可我混到如今,连一枚小银章也没有得到。"

他想了一下,突然跳起来:"我差点儿给忘了……"

帅克说完,走进上尉的卧室。上尉已进入梦乡。他硬是把他叫醒了。

"报告,上尉先生,你还没对那猫的事儿作出任何指示呀!"

上尉睡得迷迷糊糊,翻了个身,嘟哝着说"关三天禁闭",又睡着了。

帅克轻轻地离开卧房,把那只不幸的猫从沙发底下拖出来,对它说:"关三天禁闭! 解散!②"

于是,安哥拉猫又爬回沙发底下去了。

四

一位年轻太太按着门铃、要见卢卡什上尉的时候,帅克正准备出去物色一只看马狗。太太身旁放着两口笨重的旅行箱。帅克在楼上看见

---

① 英国产的一种长耳朵长尾短毛犬,通常用它来看守马牛家畜厩以防盗窃。

② 原文为德语。

一位正在下楼的仆人的帽子。

"不在家,"帅克生硬地回答,但太太已经走进了门厅,并且斩钉截铁地吩咐帅克:"把箱子搬到房里去。"

"没有上尉先生的同意是不行的,"帅克说,"上尉命令过,没有他的许可,任何时候我也不能干任何事。"

"你疯啦!"年轻的太太喊道,"我是来探望上尉先生的。"

"这我可一点儿也不知道,"帅克回答说,"上尉先生在值班,要到夜里才回来,我奉命去找看马狗。有关任何箱子和太太的事我一概不知道。现在要关门了,劳驾您请出。我没得到指示,不能把任何素不相识的女人一人留在房里。有一次,我们街上的糖铺老板别尔奇兹基让一个外人留在家里,结果这个人打开他们的衣柜,偷了东西逃跑了。"

"我对您丝毫没有坏想法,"当他看到年轻的太太显得无可奈何、泪流满面时,便接着说,"您肯定不能留在这里,这您也承认,因为整个房间交给我照看,我对每件零碎东西都要负责。所以我再一次请您不要在这儿白费口舌。上尉先生不给指示,我是六亲不认的。实在抱歉,我不得不这样同您说话,可是在军队里服役就得讲规矩。"

这时候，年轻太太稍稍平静了一些，从小提包里取来一张名片，用铅笔写了几行字，装进一个精致的小信封里，哽咽着对帅克说："请把这给上尉先生送去，我在这儿等着回话。这五克朗给您在路上花。"

"没用，"帅克感到受了这位顽固的不速之客的侮辱，回答说，"五克朗在这椅子上，留给您自己用吧。您要是愿意，咱们一道儿到兵营去，您在外面等着。我把您的信送上去，然后给您回音。您想在这儿等，那可绝对办不到！"

他说完，就把箱子提到过道上，像城门看守人似的把钥匙弄得叮当直响，站在门口大声说："咱们锁门吧！"

年轻的太太失望地走到过道，帅克锁了门，走在她的前面。客人像小狗一样跟在他后面，直到帅克停下来在烟摊上买烟时，她才追上他。

这时她同他并排走着，想和他搭讪：

"您准把信交给他吗？"

"我既然说了，就一定交。"

"您能找到上尉先生吗？"

"那可不知道。"

两人又一声不响地并排走着，过了一阵，那位女伴又开腔说：

"那么您以为找不到上尉啰？"

"我没有这么想。"

"您看他会在哪儿呢？"

"不知道。"

这样谈话又中断了好久。随后，年轻太太提问说：

"您没把信弄丢吧？"

"眼下还没丢。"

"您肯定会把它交给上尉先生吗？"

"会的。"

"您能找到他吗？"

"我已经说过了，不知道。"帅克回答说，"我真奇怪，有些人怎么这样啰嗦，一件事要问两遍，活像我在街上遇到每个人都要拦住问问今天是几号一样。"

这一下才把她要同帅克继续攀谈的念头打消掉。在前往兵营的下一段路上,他们一言不发,只是到了兵营门口之后,帅克才叫年轻的太太等一等,自己便和兵营大门里的士兵聊起打仗的事来。这就真够年轻太太受的,她神经质地在过道上来回走着,当她看到帅克高谈阔论的那副傻相时,她简直烦透了。帅克的样子真像当时《世界大战年鉴》上登的一张照片,那张照片的下方写着:"奥地利皇储在同两个击落俄国飞机的飞行员谈话。"

帅克坐在大门里面的一张椅子上,讲述着喀尔巴阡山前线我军的进攻虽然失败了,但另一方面,普谢米斯尔司令、古斯曼涅克将军却已经攻到了基辅,我们在塞尔维亚还保留有十一个据点,塞尔维亚人已经无力长期跟踪我军了。

然后,帅克对某几个战役进行批评,还像发现新大陆似的说部队四面被围困就必定投降无疑。

他聊够了,认为该去对那位急不可耐的太太打个招呼,说他马上就来,叫她别走开;然后上楼到办公室去找到了卢卡什上尉。卢卡什正在给一个中尉讲解战壕示意图,指责他不会画图,对几何学一窍不通。

"你看,应该这样画:假如我要在已知直线上画一条垂直线,就要画出一条和它构成直角的线来,懂吗?这样安置战壕才对头,才不会通到敌人那边去,离敌人就还有六十米。要是照你那种画法,我方阵地就会插到敌方的线上去了。你和你的战壕就垂直于敌人的战线之上。你需要一个凸面角。这很简单嘛,是不是?"

这位在和平时期当过银行司库的后备中尉站在图纸旁简直不知所措,一筹莫展。当帅克来找上尉时,他委实松了一口气。

"报告,上尉先生,一位太太要我给您捎来一封信,她等着您的回信。"他说这话时,还意味深长和亲切地眨了眨眼。

卢卡什读完便条,并不感到愉快。来信写道:

"亲爱的海因里,我丈夫正在跟踪我。我无论如何要搬到你这儿来住几天。你的勤务兵是个畜生。我真不幸。你的卡蒂。"①

---

① 原文为德语。

卢卡什叹了一口气,把帅克带到一间空办公室,关上门,在桌子之间来回踱步,最后在帅克面前停下步来,说:"那太太在信上说你是畜生,你对她怎么啦?"

"报告,我没招惹她,上尉先生。我一举一动都非常有礼,可是您瞧,她要立刻在我们房里住下来。我没得到您的命令,所以不让她留在房里。还有就是,她像回到自己家里似地带来两口箱子。"

上尉又大声地叹了一口气,帅克也跟着他叹息一声。

"怎么啦?"上尉用威胁的口吻吼叫一声。

"报告,上尉先生,情况很严重。两年前,在苜蓿街上,有一位小姐搬到一个单身裱糊匠那儿,他怎么也没法把她撵出去。最后,他只得用煤气把她连同自己一起熏死,才算了结这场把戏。跟女人打交道是很难办的事啊!我算是看透了她们。"

"情况很严重!"上尉将帅克的话重复一遍,他从来还没说过这样的真情实话,"亲爱的海因里的处境真狼狈:一个被丈夫跟踪着的妻子到他这里来作几天客,正赶上特舍波尼的米兹柯娃太太也要来这儿呆三天。她每个季度来布拉格采购时都要这样做。此外,后天还有一位小姐光临,她肯定地答应过他,说是既然已经作了一礼拜的考虑,就一定能和他厮混一阵,因为要一个月以后她才跟一个工程师结婚。"

上尉耷拉着脑袋,坐在桌上,一声不响地思索着,可是在他坐回桌旁准备写回信之前,什么也没有想出来。回信写道:

> 亲爱的卡蒂:我值班到晚上九点,十点回家,愿你在我这儿和在自己家里一样。至于我的勤务兵帅克,我已命令他满足你的一切要求。你的英特希赫。

上尉说:"你把这封信交给那位太太。我命令你对她态度要文雅,要注意礼貌,满足她的一切要求。她的要求就是命令。对她要殷勤,要忠实为她服务。给你一百克朗,计算着用。也许她会打发你再来一趟,取点什么东西。去给她订份中餐和晚餐之类,买三瓶葡萄酒,一盒香烟。好,暂时就是这些。你可以走了。我再提醒你一次:那位太太的任何愿望,只要你从她眼神里看得出来的,你都要帮她去实现。"

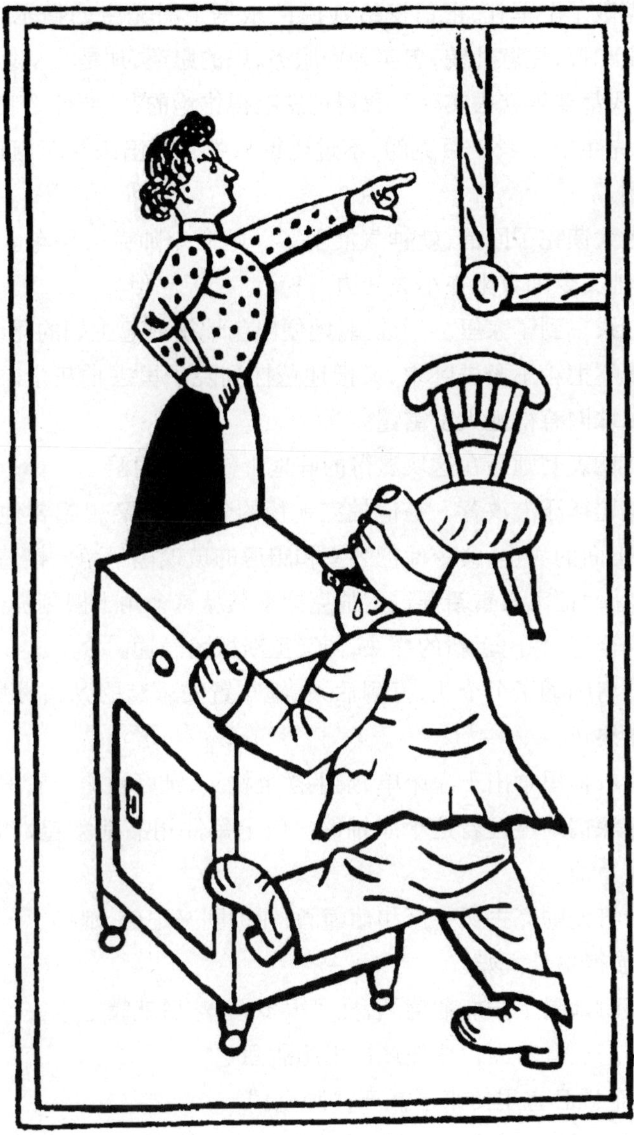

年轻的太太已经失去了还能见到帅克的全部希望,所以当她看到帅克手拿着信从兵营里朝她走来时,她感到非常惊讶。

帅克敬了个军礼,把信交给她说:"根据上尉先生的指示,我必须对您态度和蔼,注意礼貌,忠实为您服务,您的愿望,凡是我从您眼神里见到的,我都要帮您去实现。我得把您喂得饱饱的,您要什么我就得去买,上尉先生给了我一百克朗,不过还得从中拿钱出来买三瓶葡萄酒、一盒香烟。"

那太太读完了回信,就神气活现了。她命令帅克去租车。马车叫来之后,她又令帅克坐在车夫旁边。

他们乘车到了家里。一进屋,她便出色地扮演起主妇的角色来了。帅克不得不把箱子搬进卧室,又把地毯扛到院子里去拍灰尘。镜子后面一点蜘蛛网惹得她大发雷霆。

这一切表明她想在这块赢得的阵地上作长期隐蔽。

帅克忙得汗流浃背。等他拍完地毯的尘土,她又想起要他取下窗帘,抖落上面的灰尘,命令他把卧室和厨房的玻璃擦干净。接着她心血来潮,又让他把家具重新摆过。帅克把家具从这个角上搬到那个角上,她觉得不合意,想出了新的摆法,便又重新折腾一通。

整个房间翻了个个儿,直到后来,她布置安乐窝的劲头慢慢消失,这才宣告终止。

她从衣柜里拿出干净床单,亲手摆上枕头,铺好被褥。看得出来她是在满怀深情地整理着这个床铺的。床上每件用品都激起她的情欲,使她呼吸急迫。

然后打发帅克去买午饭和葡萄酒,在他回来之前,她换了一件透明的内衣,显得格外妩媚。

午饭时她喝了一瓶葡萄酒,抽了很多烟,然后就躺上床去。这时帅克正在厨房里拿着面包往玻璃杯里蘸甜酒吃。

"帅克!"卧室里传来了喊声,"帅克!"

帅克推开房门,只见年轻的太太正以迷人的姿态半躺在枕头上。

"进来。"

帅克走近床前。她以一种特殊的媚笑打量帅克强健的体格和粗壮的大腿。随后,她把盖在身上的柔软的布单撩开,正言厉色地命令说:"把靴子和裤子脱下来,让我看看……"

当上尉从兵营回来时,好兵帅克可以向他汇报了:"报告,上尉先生,我已满足了太太的一切要求,根据您的指示,忠实地为她效劳了。"

"谢谢你,帅克,"上尉说,"她的要求很多吗?"

"大约有六项,"帅克回答说,"因为途中劳累,她这阵子睡得像死人一样。凡是我从她眼神里见到的她的愿望,我都满足她了。"

五

正当坚守在多瑙河及拉包河上森林地带的大军处于枪林弹雨之中,大口径炮弹纷纷落在喀尔巴阡山区,摧毁着成批的连队、所有战场内的城市和村庄陷入火海之际,卢卡什上尉和帅克却同那位从丈夫身旁逃跑掉、如今成为他们的主妇的年轻太太谱写着不太愉快的田园之歌。

趁她出外散步的时机,卢卡什上尉和帅克就如何摆脱她的问题举行了一次军事会议。

"上尉先生,最好的办法,"帅克说,"记得您说过,她在我送给您的那封信上说,她是从她男人那儿跑掉的,那就让她的男人知道她的下落,来把她接走。给他发份电报,就说她到了您这儿,他可以来把她领走。去年伏舍诺利①一所别墅里也发生过这种事,只不过电报是女的自己给她男人发去的。她男人找来,给了她和她的野汉子一人一耳光。两个男人都是普通老百姓。那野汉子要是个军官什么的,对他就不敢这样了。再说,您是毫无过失,谁也没请她来。既然她跑出来了,她就得自己承担责任。您瞧吧,这个电报准有用。要是她男人给几耳光……"

"他是个很文雅的人,"卢卡什上尉打断帅克的话说,"我认识他,是个啤酒花巨商。当然,我一定得和他谈谈。我给他发个电报去。"

卢卡什的电报很简练、经济:"尊夫人现住在……"下面是卢卡什

---

① 布拉格近郊的一个别墅区。

上尉的住址。

事情就这样发生了。当啤酒花商人闯进来时,卡蒂太太吃了一惊,露出不愉快的神情,但她这时仍未失去勇气,将两个男人作了介绍:"这是我丈夫……这是卢卡什上尉先生。"这时她丈夫表现出是个很有礼貌、很能体贴人的男子。可是她除了介绍双方认识之外,什么话也想不起来了。

"请坐,文德勒先生,"卢卡什上尉和善地说着,从口袋里掏出一盒香烟,"请抽烟!"

教养有素的啤酒花商很客气地拿了一支烟,嘴里吐着烟雾,慎重地说:"您快要上前线了吗,上尉先生?"

"我已申请到布杰约维策九十一团去。等我在军校担任的一年制课程结束,大概就可以去了。我们需要大批军官,可是今天的情况令人忧虑。有资格争取的一年制志愿兵的青年人都不肯报名参加。他们宁可当普通的步兵,也不愿当个士官生。"

"战争对啤酒花生意危害很大。但我想不会拖得很久。"啤酒花商一边说着,一边轮流瞅他的妻子和上尉。

"我们的形势很好,"卢卡什上尉说,"现在已经没有人怀疑战争将以中欧强国军队的胜利而告终。法国、英国与俄国同奥地利—土耳其—德国这块磐石相比是太弱了。不错,我们在某些战线遭受到轻微的失败,但我们只要一突破喀尔巴阡山峰与中部多瑙河之间的俄军防线,就毫无疑问会结束这场战争。在最短时期内,整个法国东部将被吃掉,德国军队将攻陷巴黎,这对法国人同样是个威胁。这是非常清楚的。此外,我们在塞尔维亚的军事行动非常顺利。我军的撤退,实际上是一种转移,许多人对此作了完全不合实际的解释,因为他们对待战争缺乏必要的冷静态度。不久我们就可以看到我军在南部战场的多次行动将会带来的硕果,请看……"

卢卡什上尉轻轻地抓着啤酒花商的肩膀,把他带到挂在墙上的军事地图前面,将一个个据点指给他看,并解释说:"东贝斯基迪①山是我

---

① 在西里西亚境内。

们最可靠的据点。在喀尔巴阡山一带,您看得见,我们也有着强大的支柱。对着这条战线上的强大攻击,就是打到了莫斯科我们也不会住手。战争将出人意外地提早结束。"

"土耳其怎么样?"啤酒花商问道,同时心里却盘算着如何把话题引到他专程为此而来的正题上去。

"土耳其人顶得不错,"卢卡什上尉回答说,又把他带到桌子旁边,"土耳其议长哈利别伊①和阿里别伊②已经到达维也纳。利曼·冯·赞德尔斯③被任命为达达尼尔海峡的土耳其部队总司令。戈尔茨巴夏④已从君士坦丁堡抵达柏林。恩维尔巴夏、海军中将乌塞顿巴夏⑤和捷瓦德巴夏⑥将军受到皇上嘉奖。在这么短的时期内,受到嘉奖的人为数不少。"

大家面面相觑地沉默了一阵,直到上尉认为有必要说几句话来打破这一尴尬局面时为止:

"您什么时候到的,文德勒先生?"

"今天早上。"

"您找到了我,并在我家里见面了,我很高兴,因为每天下午我都要去兵营,在那里值夜班。因此我的房子实际上整天空着,可以用来接待您尊贵的太太。她住在布拉格的这段时间,没有人来打扰她。为了老交情……"

啤酒花商咳嗽了一声,说:"卡蒂是个奇怪的女人,上尉先生。请让我对您为她所做的一切表示最衷心的感谢。她突然想起要来布拉格治神经毛病。当时我正在外边办事,等我回到家,屋里空空如也。卡蒂走了。"

他竭力装成最诚恳的样子,一面伸出一个指头威吓她,一面苦笑着问道:"你一定以为,我在外面办事,你也可以出门游逛吧?当然你怎么也没想到……"

卢卡什上尉察觉到谈话就要转到不愉快的方面,便又将明智的啤

---

①②③④⑤⑥ 哈利别伊、阿里别伊、恩维尔巴夏、捷瓦德巴夏,均为土耳其在第一次世界大战中的政治家和将军。利曼·冯·赞德尔斯(海军中将)、戈尔茨巴夏和乌塞顿巴夏(德国将军)均系第一次世界大战时在土耳其军队服务的高级将领。

酒花商人带到作战地图旁,指着标明重点的地方说:"我忘了告诉您一种有趣的情况。请看,这根粗大的、伸向西南的弧线上,群山形成了一道天然的防御工事。同盟国正向这里进攻。把这条联接防御工事与敌人的主要防线的道路切断,敌人的右翼和维斯拉河上的北方面军之间的联系就会中断。现在您弄明白了吗?"

啤酒花商回答说他一切都清清楚楚,只是委婉地表示但愿他所说的不至于是一种暗示。他回到原来的位置,并且说:"战争使我们的啤酒花失去了国外市场。现在啤酒花在法国、英国、俄国和巴尔干的市场都失去了。我们还向意大利出口啤酒花,可是我担心,意大利也会卷进去。不过,等我们打赢了仗以后,商品价格就得由我们来定!"

"意大利严守中立,"上尉安慰他说,"这是完全……"

"那为什么意大利不愿承认它和奥地利、匈牙利和德国之间订立的三方协约的约束呢?"啤酒花商突然大发雷霆。啤酒花、女人、战争顿时一下子都钻进了他的脑袋。"我曾经期待意大利出兵去打法国和塞尔维亚。这样,战争就可能结束了。我的啤酒花在仓库腐烂着。国内的合同微乎其微,出口等于零,意大利又保持中立!既然如此,为什么它在一九一二年就和我们恢复了三国联盟?意大利的外交部长迪·桑·邱利阿诺侯爵在哪里?他在干什么?在睡大觉?您知道,战前,我每年的周转金是多少?如今又是多少?"

"您别以为我不关心战事的发展,"他气势汹汹地盯着上尉说,上尉却泰然自若地、一个接一个地吐着烟圈儿,望着烟圈一个一个地破裂。卡蒂太太津津有味地看着这一切。"德国人既然已经进逼巴黎,为什么又退到边境去了?为什么在马斯河①和马泽尔河②之间展开激烈的炮战?在马尔夏附近的科姆布斯和维沃鲁③烧毁了三座啤酒厂,您知道吗?每年我都要往那儿运去五百袋啤酒花呀!沃格萨④的哈特曼斯威莱尔啤酒厂也付之一炬了。它可以同米尔霍兹⑤的尼德拉斯巴

---

① ② 均在法国西部。一九一四至一九一五年间的冬季,两军在此展开激战。
③ 比利时中部的一座城市。
④ 沿着莱茵河延伸到瑞士、法国和德国的山脉。
⑤ 奥地利靠近瑞士的一座小城市。

赫大啤酒厂媲美。您知道,这一来,我的公司每年要损失一千二百袋啤酒花。德国人和比利时人为争夺克罗斯特霍克①啤酒厂,交锋达六次之多,这一下我每年又要损失三百五十袋啤酒花!"

他气得语无伦次,说不下去了,便起身走到他妻子跟前说:"卡蒂,马上跟我回去。快穿好衣服。"

"这些事使我非常气愤,"过了一会儿又用辩解的语气说,"过去我可是一个非常心平气和的人。"

卡蒂去更衣的时候,他悄悄地对上尉说:"她这么干已经不是头一回了。去年跟一个代课教员跑掉了,我到萨格勒布才找到她。趁那次机会,我和萨格勒布市啤酒厂签订了提供六百袋啤酒花的合同。

"不错,南方简直是座金矿。我的啤酒花一直行销到君士坦丁堡。今天我已半破产了。如果政府要限制国内的啤酒生产,那就是给我的最后打击了。"

他点燃卢卡什上尉敬给他的香烟,绝望地说:"只有华沙买了二千

---

① 比利时的一个城市。

三百七十袋啤酒花。最大的啤酒厂是奥古斯丁厂。厂方代表每年都来找我。这真教人无可奈何！幸好我没有孩子。"

华沙奥古斯丁啤酒厂的代表一年一度的访问，这个合乎逻辑的论断引起了卢卡什上尉温和的微笑。啤酒花商注意到了这一点，所以他接着说："在肖普罗纳和大卡尼日两地的匈牙利啤酒厂，因为往亚历山大出口啤酒，每年要向我们公司买一千袋啤酒花。如今由于封锁，它就不想订货了。我向他们提出啤酒花减价百分之三十，他们还是一袋也不订。萧条、破产、贫困，加上家庭的烦恼！"

啤酒花商沉默了。做好了启程准备的卡蒂太太打破了沉默："我的箱子怎么办？"

"他们会来取的，卡蒂，"她丈夫说，还因为没有大演一场丑剧便顺利地结束了这一切而感到高兴，"假如你还想买点什么，那我们马上就得走了。火车两点二十开。"

夫妇俩人友好地同上尉道别。啤酒花商因为办完了这件事，心里十分高兴，在门厅里与上尉道别时说："万一您在战争中负了伤，请光临敝舍休养。我们将最周到地照顾您。"

上尉回到卡蒂太太换衣服的卧室时，在洗脸池上发现四百克朗和一张字条：

上尉先生，在这只猴子、天字第一号的白痴、我的丈夫面前，您未能保护我。您允许他像带走一件他忘在您房间里的什么东西似地硬把我带走了。此外，您竟然有脸说您款待了我。我想，您为我开销的钱不会多于我留下的四百克朗，请您拿去和您的勤务兵分账。

上尉手里拿着字条呆立了一会儿，然后慢慢地把它撕碎了。他笑着看了一眼洗脸池上的钱，发现卡蒂太太在对镜梳妆打扮时，激动之中把梳子忘在梳妆台上了，他便将这把梳子作为珍贵纪念品收藏起来了。

帅克午饭后才回来。他出门为上尉寻找看马狗去了。

"帅克，"上尉说，"你真走运，住在我这儿的太太已经走了，是她丈夫将她领走的。她在洗脸池上给你留了四百克朗，作为对你为她效劳

的报酬。你该谢谢她和她的丈夫,因为这是她从她丈夫那儿拿来在路上用的钱。我口授一封信,你记录下来:

非常尊敬的先生:请转达我对尊夫人最衷心的谢意。她为我留下四百克朗,作为她旅居布拉格时我为之服务的报酬。我为她所做的一切,均出自我自觉的心愿,故不能接受此项酬金。现如数寄上……

"喏,往下写呀,帅克,你磨蹭什么!我念到哪儿啦?"

"现如数寄上……"帅克满腹忧伤地用颤抖的声音说。

"嗯,很好!'现如数寄上,并向您和尊夫人致以深切敬意、吻她的手。卢卡什上尉之勤务兵约瑟夫·帅克。'写好了吗?"

"报告,上尉先生,还没有写日期。"

"写上'一九一四年十二月二十日。'就这样!你再写个信封,将这四百克朗拿到邮局去照这个地址寄走。"

卢卡什上尉打着口哨吹起了《离了婚的太太》喜剧中的咏叹调。

"还有一件事,帅克,"当帅克上邮局去时,上尉喊住他,"看马狗找得怎么样了?"

"已经有门路了,上尉先生,一只非常漂亮的狗。可是要弄到它不容易。不过我想,明天可以把它搞回来。它爱咬人!"

六

最后一句话卢卡什没有听见,却是非常重要的一句话。"这畜生什么都会给它咬跑的,"帅克本想再重复一遍,但是一想:"这关上尉什么事呢?他想要一条狗,就让他得到一条狗好了!"

说一句"给我弄条狗来"当然是很容易的。狗的主人对自己的狗都是精心照看的,不要说纯种狗,就是只会给哪个老头儿暖暖脚的杂种狗,它的主人对它也是疼爱备至,不让别人委屈它的。

狗本身,尤其是纯种狗,都本能地预感到:迟早有一天会被人从它的主人身边弄走。因此它总是提心吊胆,担心会被人偷走,而且必定被人偷走。比方说,狗常在散步时离主人远远的,开头还高高兴兴,和别的狗一块儿嬉戏、游玩，不顾羞耻地爬到它们身上，它们也爬到它身上；嗅嗅路边的柱石，在每个角落里，甚至在杂货铺老板娘的土豆筐上翘起一只脚来，总而言之，开心之至。它一定觉得自己在这世界上美得跟幸福地通过中学毕业考试的少年一样。

可是你会突然发现它的欢乐消失了，因为它觉察到自己走丢了。这时它才感到真正的绝望，惊惶失措地在街上跑着、嗅着、哀叫着，在万分绝望中耷拉着尾巴，在街上朝陌生人身上扑去。

狗要是会讲话，它准会说："我的天哪，有人会把我偷走的！"

你到过狗场、见过这种惊恐异常的狗吗？这些狗全是偷来的。大城市培养了一种特种小偷，专靠偷狗为生。这都是些沙龙里的小狗——矮小的捕鼠狗，只有手套那么大，很容易把它们放在大衣口袋或太太们随身带的暖手筒里，即使这样，小偷也能把那可怜的小狗掏走！如果是一只看守城郊别墅的凶猛的德国斑花恶犬，他们就在夜里去偷。他们能当着密探的面偷走警犬。你用绳子牵着狗，他们能把绳索剪断，带着狗一溜烟逃得无影无踪，你只得傻呆呆地看着系狗的空绳。你在街上碰到的狗，百分之五十都已经换过几次主人，也可能好些年之后你又买到你原来的那只狗，那就是当它还是一只小狗崽子，你带着出去散步时被偷掉的。把狗带出去大小便时被偷的危险最大，尤其是去大便那一刹那间丢得最多，所以每只狗在这时总是机警地左顾右盼。

偷狗的方法有几种：或者以类似扒手的方式直接偷，或者把那不幸的畜生诱骗过来再偷。认为狗是一种忠实的动物，这只不过是教科书和自然科学中的说法而已。你只要让一只哪怕是最忠实于主人的狗嗅嗅油炸马肉香肠，它就会不忠诚了。

它会忘却走在它旁边的主人，掉转身跟着你走。它嘴里流着口水，沉浸在准备和渴望啃香肠的巨大的喜悦中，向你摇尾乞怜，就像最烈的公马被带到母马那儿去时一样，把鼻孔眼张得大大的。

在城堡台阶旁边的小城广场，有一家小啤酒店。有一天，在昏暗的灯光下有两个人在后排坐着，一个是当兵的，一个是老百姓。他们俩凑得很近，神秘地咬着耳朵，看上去简直像威尼斯共和国时期的阴谋家。

"每天八点钟,"那个老百姓对士兵低声说,"由女仆领着它经哈夫利契科沃广场到公园里去。它凶得很,爱咬人,谁也摸它不得。"

他往士兵那边更凑近了些,对着他的耳朵说:

"它连香肠都不吃。"

"油炸的吃不吃?"士兵问道。

"炸了也不吃。"

两人都吐了一口唾沫。

"那么,这畜生吃什么?"

"天晓得它吃什么!这种狗娇生惯养,活像个大主教。"

士兵和老百姓碰了碰杯,老百姓接着低声说:"有一次,一条我急需为克拉姆夫卡狗场弄到手的黑狮子狗,也是不肯吃香肠。我盯了它三天,实在忍不住了,就直接去问那位带着狗散步的太太:她的狗长得这么好,到底喂的什么。这很讨那位太太的欢心,她告诉我说它最喜欢吃肉排。我就给那条狗买了块炸猪排。我以为这一下就好办了。可是你瞧,这畜生以为是块小牛排,连睬都不睬一下。看来,除了猪肉,别的肉它就是不吃,我只得再去买块猪排。我让它嗅了嗅,然后拿着猪排往前跑,它就跟在我后面追。那位太太直喊:'波吉克!波吉克!'可波吉克才不理这个茬哩!它追猪排一直追到一个拐角上。我在那儿给它的脖颈套上一根链子,第二天就送到克拉姆夫卡狗场去了。它脖子底下有一小撮白毛,他们给它染上黑色,谁也认不出来了。可是这种狗还多得很,都肯吃炸马肉香肠。你最好也问问她那只狗最喜欢吃什么。你是个军人,身材也不错,她很可能告诉你。我已经问过她了,可她像要刺我一刀似地瞅了我一眼说:'这与你有什么相干?'她长得并不怎么漂亮,像只猴,可跟军人是肯说话的。"

"这确是一只纯种看马狗吗?我那上尉不想要别种狗。"

"是一条很漂亮的看马狗,灰黄色的,真正的纯种狗,就像你叫帅克、我叫布拉赫涅克那样千真万确。我先要知道它爱吃什么,再给它吃,然后给你领来。"

两位朋友再度碰杯。帅克入伍前贩卖狗的时候,就是由布拉赫涅克供给他狗的。他是这门营生的行家。据说,他从剥死畜皮的商人那儿暗中买下一些可疑的狗,再弄到远处去出售。甚至有一回他也得了狂犬病,在维也纳巴斯特狂犬病研究所住了一段时期。如今他认为有责任不计报酬地替帅克效劳。他熟悉整个布拉格和近郊的狗,所以他说话如此细声细气,免得啤酒店老板探听到秘密。因为半年前他曾从这家小酒店把一只达克斯小狗揣在大衣里面带走了。他用婴儿用的奶瓶给它喂牛奶,这小笨蛋崽子还以为这是它的妈妈,呆在他的大衣底下连一声都不吭。

他原则上只偷纯种狗,如果让他去当法庭鉴定人他也能行。他向所有狗场和私人提供狗源。他走在街上时,被他偷过的那些狗便对他生气地呼噜着。他在橱窗前站着时,常常有一条有报复心的狗会在他背后抬起一条腿来,朝他裤子上撒泡尿。

第二天早上八点钟,好兵帅克在哈夫利契科沃广场靠近公园的拐角处蹓跶。他是在等待那位领着看马狗的女仆。他终于等着了。一只样子很凶,长着一身刚毛和蓝黑色眼睛的胡子狗从他身边跑过。它跟所有解过大小便的狗一样快快活活的,追捕着在街头啄食粪渣的麻雀。

照看那条狗的女人从帅克身边走过。这是一位把发辫盘在头上的老姑娘。她对狗打着口哨,手里甩动着牵狗的链子和一条别致的鞭子。

帅克和她交谈了。

"请问小姐,到日什科夫怎么走?"

她停下脚来,瞅了他一眼,以为他是真心问路。帅克那副善良的样子使她相信这个士兵可能真要去日什科夫。她的表情变得温和起来,欣然给他指点到日什科夫的路途。

"我是前不久调到布拉格来的,"帅克说,"我不是本地人,是从农村来的,您也不是布拉格人吧?"

"我是沃德尼人。"

"那我们离得不远呵,"帅克回答说,"我是普洛季维人。"

这一点点在南部捷克行军时得来的地理知识,使老姑娘的心感到一种乡亲的温暖。

"那你认识普洛季维集市广场上卖肉的贝哈尔吗?"

"哪能不认识！那是我哥哥。街坊邻居都喜欢他，"帅克说，"他为人很不赖，肯帮人忙，卖的肉新鲜，分量也足。"

"那么您是雅列什家的人啰？"女仆问，开始对这位素昧平生的士兵产生好感了。

"是呀！"

"您是哪一位雅列什的儿子？是住在普洛季维区格尔契那一位的？还是在拉希采的那一位的？"

"拉希采那一位的。"

"他还卖啤酒吗？"

"还卖。"

"他该有六十好几了吧？"

"今年春天他整整六十八啦，"帅克泰然自若地回答说，"如今买了一条狗，过得不赖。这条狗同他一起坐车。就跟这儿追赶麻雀的那条狗一样。这真是一条漂亮的狗，非常漂亮的狗。"

"那是我们的狗，"他的新相识向他解释说，"我在上校先生家干活。您认识我们的上校先生吗？"

"认识。那是一个很有学问的人。我们布杰约维策也有这么一位上校。"

"我们老爷很严厉。最近听说我们在塞尔维亚吃了败仗，他气冲冲地回家来，把厨房里所有的盘子都扔到地上，还想把我辞退掉。"

"那是您的狗啊，"帅克打断她的话说，"可惜我伺候的上尉先生什么狗也不喜欢。我倒挺喜欢狗的。"他沉默了一会儿，突然说：

"每条狗并不是所有东西都吃的。"

"我们的鲁克斯挑食得厉害，有一阵子根本不吃肉，可是最近又开始吃了。"

"它最喜欢吃什么？"

"肝,煮熟的肝。"

"牛肝还是猪肝？"

"那它倒不在乎，"帅克的"女同乡"微笑了一下。她把最后那个问题看做是一句说得不成功的调皮话。

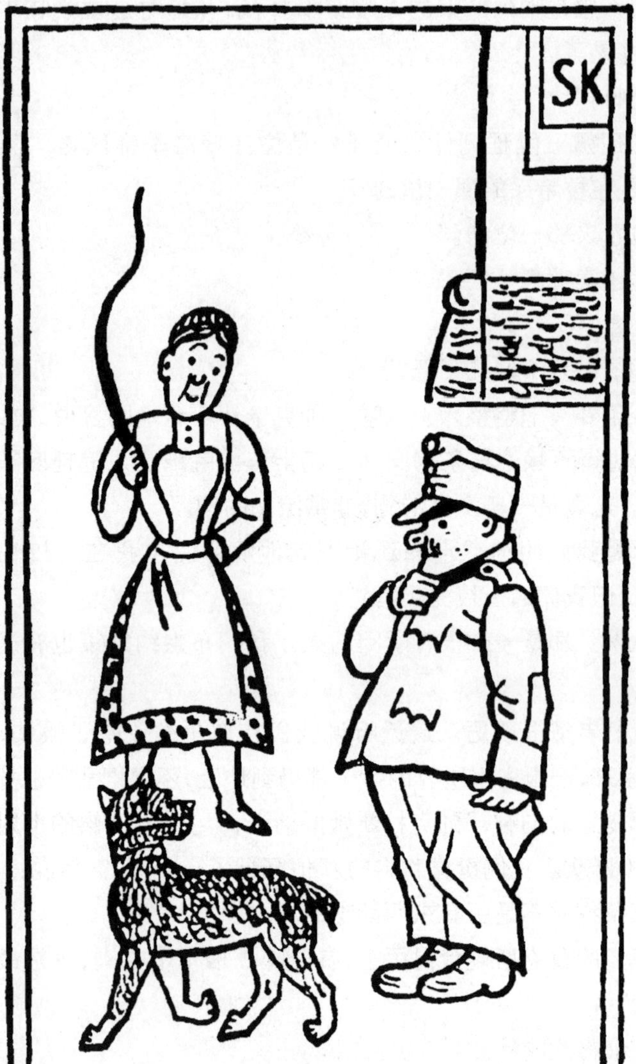
SK

他们一块儿又蹓跶了一会儿。后来,那条看马狗也参加进来,这时它已经拴上链子。它对帅克很亲热,还想要隔着嘴笼套去扯帅克的裤脚,不断地往他身上蹦。可是它突然好像猜出帅克的用意,不再蹦跳,而是悲伤、惊恐地走着,斜眼瞟着帅克,似乎想说:"原来你也在打我的主意啊!"

后来,她对帅克说,她每天晚上六点钟都带着狗到这儿来散步,又说,她对布拉格的男人一个也信不过。有一回她在报纸上登了个征婚启事。有个锁匠应征,打算娶她,骗了她八百克朗,说是要去搞一件什么新产品,后来就无影无踪了。她说乡下人肯定要诚实可靠些。她要是嫁人的话,只嫁给乡下人,但是要等打完仗再说。她认为战争期间嫁人愚不可及:准会像别的女人一样,非当寡妇不可。

帅克给了她很大的希望,说他六点钟来。然后他马上去告诉他的朋友布拉赫涅克,说那条狗什么肝都吃。

"那么我就喂它点牛肝,"布拉赫涅克这么决定了。"我已经用这种肝从维德拉厂主那儿捉到过一只圣伯纳狗,那是一条非常忠实的动物。明天我准给你把狗送来。"布拉赫涅克信守诺言。下午帅克刚收拾好屋子,就听见门外有狗吠声。布拉赫涅克拖着一条不肯驯服的看马狗进来了。它的毛比平时竖得更直,凶猛地转动着眼睛,眼神如此忧郁,像一只关在笼子里的饿虎,紧盯着笼子前面站着的动物园的肥胖的看客。它龇牙咧嘴,愤怒已极,似乎想说:"我要把你们撕碎!把你们吃掉!"

他们把狗拴在厨房的桌旁,布拉赫涅克讲起捉狗的经过来:

"我拿着用纸包好的熟肝,故意在它旁边走着,它马上嗅出了味道,朝我身上蹦跳,我一点儿也不给它吃,继续往前走。狗紧跟在我后面,我走到公园那边就转弯进了布莱托夫斯卡街,在那里我才给它吃了第一块肝。它狼吞虎咽吃了下去,然后一直跟着我,怕我走掉了。转到英德希什卡街时我又给它一块肝。等它吃饱了,我给它套上绳索,牵着它经瓦茨拉夫大街,到维诺堡,直到沃尔舍维采。路上它给我来了个怪样:横跨电车道时,它躺下来不肯动弹,也许是想让电车压死吧。我随身带有一张空白血统证明书,是在伏舍纸店买的,你会伪造血统证明书,对吧,帅克?"

"这得你亲手写。就写上它是从来比锡的冯·毕罗狗场来的,父亲是阿尔尼姆·冯·卡勒斯堡,母亲是艾玛·冯·特劳顿斯朵尔夫;父系方面跟谢格弗瑞特·冯·布森陀有血统关系。它的父亲一九二一年在柏林看马狗展览会上曾获头等奖,母亲获纽伦堡纯种狗协会的金质奖章。你看它的岁数有多少?老吗?"

"看牙齿有两岁。"

"那就写上一岁半吧!"

"它的毛剪得不好,帅克,你看它的耳朵。"

"这有办法,等它跟我们混熟了再给它剪。现在要剪它,脾气会更大的。"

这条偷来的狗愤愤地咆哮着,鼻孔直出粗气,全身扭动,直至精疲力竭,耷拉着舌头躺在那儿,等待下一步的摆布。

它逐渐变得安静些了,只是时而发出可怜的哀吠声。

帅克将布拉赫涅克剩下的一块肝摆在它面前,它连碰都不碰,只是用执拗的眼光看着他们两人,似乎在说:"我已经上过一次当了,你们自己吃去吧!"

它听天由命地躺在那儿,装着打瞌睡的样子。突然,它想起了什么,站起来,开始向他们讨好,用前腿表示求情,它屈服了。

这种感人的场面对帅克并没有起什么作用。

"躺下!"他对可怜的动物嚷了一声。它又躺下了,悲伤地吠叫着。

"我在血统证明书上该给它填个什么名字呢?"布拉赫涅克问道,"它叫鲁克斯,填个差不多的名字,让它马上能听懂。"

"那就叫它麦克斯吧!你瞧,布拉赫涅克,它的耳朵竖起来了。起来,麦克斯!"

连家带名字都被剥夺了的不幸的看马狗站起来,等候命令。

"我想把它解开,"帅克决定说,"看它要干什么。"

狗被解开之后,首先冲着门走去,对着门把手短促地叫了三声,大概是表示信赖这些恶人的恩典吧。当它看到他们对它要出去的愿望根本不加理会时,便在门边撒了泡尿,弄了个水坑。这一下它以为会被赶出去，就像以前在它小时候，上校按照军队里"要干净"的要求训练它的那样。

帅克没放它出去，说："它很狡猾，同耶稣会教徒差不多。"他用皮带抽了它一下，把它的嘴巴按在尿坑里弄得湿湿的，使它连嘴唇都来不及舔。

面对这种羞辱，它吠叫了一阵，开始在厨房里跑来跑去，绝望地嗅着自己的脚印，突然又走到桌子边，把地上的那点儿肝吃掉，随后在壁炉边躺下。它做过这一段表演之后，便昏昏入睡了。

"我该给你多少钱？"帅克同布拉赫涅克告别时问他道。

"别提这个了，帅克，"布拉赫涅克轻轻地说，"为老朋友、特别是入了伍的老朋友，我啥都肯干。再见吧，小伙子，你可别把它带到哈夫利契科沃广场上去，免得惹出祸来。你还需要什么狗就招呼一声。我住在哪儿，你是知道的。"

帅克让麦克斯睡了很久，他到肉铺去买了一斤肝，煮熟了，等麦克斯醒来，给它一块热乎乎的肝嗅嗅。

麦克斯睡完觉，舐了舐舌头，然后伸了个懒腰，嗅了嗅肝的香味，一口吞了下去。然后，它走到门边，试着把门把手打开。

"麦克斯，"帅克叫它，"到我这儿来！"

它惶恐不安地走了过去。帅克把它抱到膝上，抚摸着它，麦克斯第一次向他友爱地摇了摇那剪剩下的一节尾巴，轻轻地搔他的手，然后紧紧地用爪子把它抓着，机智地望着帅克，仿佛说："事已如此，我知道，我已经输了。"

帅克继续抚摸着它，用柔和的声音对它说：

"从前哪，有一条狗，名叫鲁克斯，住在一个上校那儿。他家的女仆带着它散步，有位先生把鲁克斯偷走了。鲁克斯到了军队里一个上尉那儿，给它取名叫麦克斯。麦克斯，把前爪伸出来！瞧，你这小畜生，你要是乖乖的，听话，我们就会成为好朋友。要不然，在军队里就有你的罪受！"

麦克斯从帅克膝上跳下来，围着他欢欢喜喜地扑着蹦着。傍晚，上尉从兵营回来时，帅克和麦克斯已经成了最好的朋友。

帅克看着麦克斯,产生了一种带有哲理意味的想法:"只要看看我们周围,可以说,每个士兵也是从各人的家里被偷来的。"

卢卡什上尉见到麦克斯,惊喜异常。麦克斯一看到了身挎马刀的人就显得格外快活。

对诸如狗是从哪儿来的、花了多少钱等问题,帅克异常镇静地回答说,是一个刚入伍的朋友送给他的。

"好,帅克,"上尉一边说,一边逗着麦克斯,"为了这条狗,下月一号我给你五十克朗。"

"我不能要,上尉先生。"

"帅克,"上尉正言厉色地说,"你来伺候我的时候,我就对你说过,你必须听我的话。我既然对你说给你五十克朗,那你就得收下,去痛饮一番。帅克,你准备拿这五十克朗干什么呢?"

"报告,上尉先生,遵照您的命令去痛饮一番。"

"帅克,要是我万一忘了的话,我命令你提醒我为了这条狗给你五十克朗,明白了吗?这狗没有跳蚤吗?最好给它洗个澡,梳梳毛,明天我值班,后天带它蹓跶去。"

正当帅克给麦克斯洗澡的时候，它原来的主人，上校在家里大发雷霆，他威胁说，要把偷他狗的人交付军事法庭审判，把他枪毙、绞死、关二十年，剁成肉酱。

"让魔鬼把你这混蛋抓走！"①上校在屋子里咆哮着，连窗子都被震动了，"你这杀人犯，我非让你滚蛋不可。"②

一场灾祸正降临在帅克和卢卡什上尉头上。

---

①② 原文为德语。

第十五章　灾祸临头

　　弗里德里希·克劳斯·冯·齐勒古特上校是个惊人的蠢货；齐勒古特本是扎尔茨堡①附近的一个村庄的名字；早在十八世纪,他的祖先在那里靠掠夺营生。克劳斯上校讲到再寻常不过的事物时,总要问问大家是否听懂了他的话,虽然他讲的是谁都明白的最好懂的东西。比如:"瞧这,这是窗户,诸位,你知道什么叫窗户吗?"

　　又比如:"夹在两道沟之间的路叫做公路。嗯,诸位。你们知道什么是沟吗?沟就是由较多的土人挖出来的一条凹而深的渠道。嗯,沟是用锄头挖的。你们知道锄头是什么吗?"

---

①　在奥地利境内。

他有一种酷爱作解释工作的癖好，作起解释来的那股兴奋劲头，如同发明家讲起自己的发明创造一样动情。

"诸位，书本就是由裁成各种形式、上面印了字的长方形纸片汇集一起，装订黏合而成的。各种书的大小开本是不一样的。嗯，诸位，你们知道粘胶是什么吗？粘胶就是胶。"

上校愚蠢到了极点。军官们不得不躲得离他远远的，免得他唠叨什么人行道即是步行道与车行道划分开来，以及人行道是沿着房子正面所筑的高出路面的一长条石路，而房子正面就是我们从街上或人行道上所看见的那一面。我们不能从人行道上看到房子的后面，这一点我们只要走到车行道上就可以得到证明。

他马上兴致勃勃地就这件趣事对人们进行当场表演，差点儿被车子压着。从此他蠢得更厉害了。他常常把军官们拦住，无休无止地对他们谈着诸如摊鸡蛋、太阳、温度计、油炸馅儿饼、窗户和邮票之类的事情。

令人吃惊的是，这样的蠢货竟能一步登天，飞黄腾达，受到有权势的大人物，比如军长将军的庇护，尽管上校在军事上表现出绝顶的无能。

演习时，他常率领他的团做出一些稀奇古怪的事情。他从来不准时到达指定地点，却将一团人分成若干纵队，朝着敌人的机枪火力点挺进。几年前有一回，皇家军队在捷克南部演习时，他自己和整个团完全迷失了方向，一直开到了摩拉维亚。当演习结束，士兵们已经在兵营里躺下休息时，他还在那儿瞎闯了好几天。但是就这样他也平安无事地过去了。

他和军长将军以及旧奥地利其他蠢得并不比他逊色的军官们的私谊使他获得了各式各样的头衔和勋章。而这些奖赏又使他感到无比荣耀，他自认为是天下最有才华的军人，是战略理论乃至所有军事科学的理论家。

检阅团队时他同士兵聊天，总是千篇一律地问着同一个问题：

"为什么我军使用的步枪叫曼利海尔枪①?"

所以他在团里得了一个"曼利海尔蠢材"的绰号。他的报复心很重,经常迫害他不喜欢的下级军官。如果他们申请结婚,他就在申请报告上签个很坏的意见转呈上去。

他的左耳残缺不全,那是在年轻的时候,他的对手为了向人们证明这位弗里德里希·克劳斯·冯·齐勒古特是个十足的傻瓜而把它割掉的。

假如就他的智力进行一番分析,我们就会确信:他并不比那位大家称之为著名白痴而又长着一张畜生嘴巴的汉堡公民弗兰西斯·约瑟夫强多少。

他们说起话来一样地低级庸俗,用词一样地幼稚可笑。有一次在军官食堂的晚宴上,大家谈起了席勒,这位出身贵族门第的克劳斯上校却发表了一通与话题风马牛不相及的谈话:"诸位,我昨天看到一张由火车头带动的蒸汽犁。请你们想一想,先生们,用火车头带动,而且不止一台,是两台,我见冒烟,走到跟前一看,原来,这边有台火车头,那边还有一台。诸位,你们说这可笑不可笑?用两台火车头来拉,好像一台还不够似的。"

他停了一会儿,接着又唠叨说:"一辆小汽车的汽油用完了,它不得不停了下来。这也是我昨天亲眼看见的事。这件事发生后,人们还扯到什么惯性哩。诸位,车子不走了呀,抛锚了呀,不动窝了呀!因为它没汽油了嘛。你们看这不可笑吗?"

他虽愚蠢,但信教虔诚。他房间里有一个家用的经台,他常去伊克纳茨教堂忏悔,从战争爆发的时候起就为奥军和德军的胜利祈祷。他将基督教与关于日耳曼的统治梦想混为一谈,认为上帝应该帮助战胜国去掠夺财富。

每当他在报上看到运来俘虏时,总是非常气愤。

他说:"把俘虏运来干什么?统统都该枪毙掉,绝无仁慈可讲。把他们的尸体垒起来,在上面跳舞。应该把塞尔维亚的老百姓一个不留

---

① 曼利海尔是自动步枪的发明者,当时奥、德、法等国军队普遍采用这种步枪。

地活活烧死,见小孩就用刺刀捅死!"

他和德国诗人维罗尔特①是一丘之貉,那家伙在战争期间写了一首诗,要德国人怀着铁石心肠去仇恨和杀害千百万"法国魔鬼":

让人们的尸骨堆积如山,

让燃烧残躯的浓烟直冲霄汉。

卢卡什上尉在一年制志愿兵军校教完课,牵着小狗麦克斯出来散步。

"请允许我提醒您,上尉先生!"帅克关切地说,"您对这条狗得多加小心,别让它跑了。它说不定还在想念它的老窝,您要是把它的索套松了,它就可能跑掉。我还劝您不要带它经过哈夫利契科沃广场,那儿的马利扬斯基·奥布拉斯小店一个屠夫养了一条恶狗,特别爱咬人咬狗,只要一看见别的狗在它的势力范围内出现,就非常嫉妒,生怕哪条狗会吃掉它那儿的什么东西。它活像哈什塔教堂行乞的那个叫花子②。"

麦克斯高兴地跳着蹦着,在上尉的脚边转来转去,用索套缠他的军刀。它知道要带它出去散步,显得格外兴奋。

他们出了门。卢卡什上尉带着它上壕沟街③去了。他要到老爷街④拐角去与一位事先约好的太太相会。他脑子还尽想着公事,琢磨着明天到志愿兵军校去上课该讲些什么,怎样确定一个山峰的高度,为什么高度都得根据海拔来测量,怎样根据海平面确定一座山峰从山脚至山顶的一般高度。该死的!干吗陆军部要把这些东西编进课程里来呀?这是炮兵部队才用得着的嘛,况且这儿还有总参谋部的地图,假如敌人占领了"三一二"高地,一般都来不及考虑为什么这座山头的高度要根据海拔来测量,也来不及计算它究竟有多高。只要一看地图就一目了然了。

---

① 德国的一个拙劣诗人,第一次世界大战中曾写诗为德国帝国主义歌功颂德。
② 第一次世界大战前警察局逮捕一个常在哈什塔教堂行乞的乞丐。因为他称霸一方,不让别的乞丐在该教堂附近行乞。
③④ 均为布拉格市中心的街道。

快到老爷街时,一声严厉的"站住!"①打乱了他的思路。

在这一声"站住"的同时,那条狗也拼命想要带着那套在它身上的皮缆从他身边跑掉,它高兴地吠叫着往刚才那大叫一声"站住"的人身上扑去。

站在上尉面前的正是克劳斯·冯·齐勒古特上校。卢卡什上尉行了一个礼,对上校抱歉地说,因为疏忽没有看见他。

克劳斯上校在军官中是以绝不轻易放过违反军纪的过失而闻名的。

他把行军礼看做是关系到战争成败,并以此建立整个军威的基石。

"一个军人必须把他的灵魂贯注到军礼上去。"他常这么说。这是一种绝妙的军事神秘主义。

他特别强调,向上司敬礼的军人必须根据条例规定的细节,准确而严肃地行军礼。

他对每一个从他身旁走过的人从步兵到中校都要嗅一嗅,对于那些行礼马虎,就像随便说声"你好"似地用手在帽檐边碰一下的士兵,便亲自把他们送到兵营里去受罚。

对他来说,"我疏忽了,没看见"的话是根本不管用的。

"一个军人,"他常说,"必须在人群中寻找他的上司,一心想着履行军纪法中为他规定的职责。假如他在战场倒下,那么临死之前他就应该行军礼。不会行军礼或是装作没看见,或是行礼随便的人,我认为是一种野蛮行为。"

"上尉先生,"克劳斯以威胁的声调说,"下属见了上司要敬礼这一条并没有废除,这是一。第二,军官先生从什么时候起养成了牵着偷来的狗满街闲逛的习惯?不错,我说的正是偷来的狗,一条属于别人的狗,就是偷来的狗。"

"上校先生,这条狗……"卢卡什上尉辩解着。

"是我的,上尉先生!"上校粗暴地打断了他的话,"这是我的鲁克斯。"

---

① 原文为德语。

这条别名叫做麦克斯的鲁克斯记起了他原来的主人,就把新主人完全抛在一边,跳跳蹦蹦地扑向上校,高兴得同一个热恋中的小青年从他意中人那儿得到了同意与体谅一样。

"带着偷来的狗散步,上尉先生,这与军官的荣誉是不相称的,你难道不知道？一个军官在未能确定买的狗是否会引起恶果之前就不应该买狗。"上校一边抚摸着鲁克斯即麦克斯一边继续咆哮,而那条狗也下流地对着上尉龇牙咧嘴、愤愤地叫着,像是指着上尉对上校说,"把他带走！"

"上尉先生,"上校接着说,"你认为骑着偷来的马也是对的吗？你难道没读过《波希米亚报》和《布拉格日报》上登的关于我丢失猎狗的启事吗？你竟不读你长官登的启事？"

上校拍了一下手:

"真是,这些年轻军官,纪律都上哪儿去了？上校登出启事,上尉却不去读它。"

卢卡什上尉眼睛望着像猩猩一样的上校的络腮胡子,心里却想道:"你这老东西,我真恨不得给你几耳光。"

"你跟我来一下。"上校说,于是他们一块儿走着,并进行了一次非常友好的谈话。

"上尉先生,你在前线,可不能再干这种事啊。在后方牵着偷来的狗散步一定很不是滋味吧！对啦,牵着上级长官的狗出来散步,而且是在每天都有成百位军官在战场上阵亡的时候,而且连启事也不读。我的寻狗启事也许登上一百年、两百年、三百年他们也不会去读它。"

上校重新擤了一下鼻子,这往往是他极端愤怒的表现。然后他说:"你可以继续散你的步去。"他没好气地用皮鞭抽了一下自己的军大衣的下摆,转身走掉了。

卢卡什上尉刚走过街心,又听到一声"站住！"上校把一个倒霉的后备兵拦住了。那个士兵因为正在想念他的妈妈而没有理睬他。

上校亲手把他拖到兵营去惩罚,骂他是一头海豚。

"我该怎么对付那个帅克呢？"上尉思忖着,"我要撕烂他的嘴！这还不够。就是把这混蛋撕成碎片也不解恨。"他已经忘了和一位太太约会的事儿，气冲冲地直朝家里奔去。

"我要他的命！兔崽子！"他自言自语地说着，上了电车。

这时候，好兵帅克正和从兵营来的传令兵谈得很投机。那个士兵给上尉送来一件公文，正等着他回来签字。

帅克招待他喝咖啡，两人一块儿谈着奥地利将来会一败涂地。

他们这场谈话进行得很投机，还引用了一大串格言。要是告到法庭上，他们的每一个字都可以叛国论处，两人都得上绞刑架。

"因为这场战争，皇上也变得呆头傻脑了，"帅克说，"他从来就不聪明，不过这场战争会使他彻底完蛋。"

"他是个白痴，"兵营来的传令兵肯定地说，"蠢得像块木头疙瘩似的。他可能根本不知道在打仗；也许人们存心不告诉他。他在向百姓发出的宣战书上签的字，是人家耍的鬼！准是在他神志不清的时候搞出来的，他已经什么也不会想啦！"

"他已经彻底完蛋了，"帅克以行家的口吻补充说，"屎尿都拉在身上，连吃饭也像小孩一样要人喂他。从前听酒店有人说，他有两个奶妈,每天要给他喂三次奶。"

"唉!"兵营里来的士兵叹了口气,"快别让咱们再遭屠杀了,但愿奥地利有一天能得安宁。"

他们就这样继续高谈阔论,最后帅克对奥地利大加谴责:"这种愚蠢的专制皇朝,根本就不该在这世上存在!"为了给这句话补充个实际事例,他又加了一句,"只要我一上前线,就会为它把气咽。"

当他们两位接着谈到捷克人对战争的看法时,兵营来的传令兵重新提起他今天在布拉格听到的新闻,说在纳霍特已能听到炮声,俄国沙皇很快就要光临克拉科夫①城了。

随后又谈到我们的粮食运往德国,德国士兵能得到香烟和巧克力,等等。

他们还回忆了古代战争。帅克严肃地指出,那时候将臭味熏天的坛坛罐罐扔到被包围的城堡时,在一片臭气中打仗也并不是件好受的事。又说他在一本书上读到过:有一座城堡,被困达三年之久,这期间,敌军别的不干,天天这样拿被围困的城堡开心。要不是卢卡什上尉的归来打断了他们的高谈阔论,他们还会津津有味地发表一些蛮有趣味和教益的宏论的。

上尉用凶狠逼人的眼光盯了一下帅克,在文件上签了字,把传令兵打发走之后,招呼帅克跟他到房间去。

上尉两眼闪着凶光,他坐到椅子上,定睛盯着帅克,琢磨着何时开始这一场"屠杀"。

"我先给他几耳光,"上尉想着,"然后把他的鼻子打烂,再把耳朵扯下来,下一步再走着瞧。"

站在他面前的帅克用那对善良纯真的眼睛坦率真诚地望着他,还竟敢打破这暴风雨前的寂静说:"报告,上尉先生,您的猫死了。它吃了一盒鞋油,结果就死掉了。我已经把它扔到旁边那个地窖里去了。这样听话的、漂亮的安哥拉猫再也找不到了。"

"我拿他怎么办?"上尉脑子里闪出这个问题,"我的上帝啊,你

---

① 捷克北部,波兰境内的城市。

看他这副蠢相!"

帅克那对善良而天真无邪的眼睛继续放射出和善温柔的光芒,露出一片坦然的神色,似乎一切都很正常,什么事也没发生的样子,即使出了什么乱子,那也坏不了大事,没什么了不起的。

卢卡什跳了起来,可是没有像他原来打算的那样去揍他,只是在帅克鼻子底下挥舞拳头说:"帅克,你偷了狗!"

"报告,上尉先生,这种事,我近来压根儿就不知道。上尉先生,请允许我解释一下:您下午牵着麦克斯散步去了,我根本就没法偷它啊。您回来时没有带它,我马上想到准是出了什么事。这就是人们常说的:'有情况。'焦街有一个叫古勒什的做提包的师傅,他就不敢带着狗出门散步,免得它丢失。他总是把狗放在酒店里,但还是被人偷掉,或者给人借去不还了……"

"帅克,你这个畜生,猪猡,住嘴!你要不是一个狡猾的下贱胚,就是一头地道的笨骆驼,大白痴。你够典型的啦!我告诉你,你别跟我耍这一套。你从哪儿弄来的这只狗?怎么把它弄来的?这是我们上校的狗呀!我们不巧面碰面时,他把它带走了,你知不知道?这是天底下最丢脸的事,你知不知道?你说真话呀,你偷了还是没有偷?"

"报告,上尉先生,我没偷。"

"那你知不知道这只狗是偷来的?"

"是,上尉先生,我知道这只狗是偷来的。"

"我的天哪!帅克!我的天老爷①,我枪毙你!你这畜生!下流货、你这头阉牛、臭尸!你真是这样蠢吗?"

"是,上尉先生,真是这样。"

"你为什么把一条偷来的狗带给我?你为什么把这害人的畜生塞到我屋里来?"

"为了让您高兴,上尉先生。"

帅克善良而温柔的眼睛直盯着上尉的脸,上尉坐到圈椅上呻吟起来:"上帝为什么让这么个畜生来惩罚我呀?!"

---

① 原文为德语。

上尉沮丧地坐在椅子上,觉得他不仅没有力气揍帅克,连卷一根烟的力气也没有了。他茫然地派帅克去买了《波希米亚报》和《布拉格日报》来,命令帅克给他读读上校的"寻狗启事"。

帅克把报纸买回来,将登着启事的那一版露在面上。他容光焕发、兴致勃勃地报告说:"上尉先生,上校先生把他那条丢失的看马狗描写得可神气哪,读读真叫人开心。他还悬赏一百克朗送给把狗还来的人哩。赏钱出得太多了,一般只出五十克朗。科希什有个叫博日捷赫的就靠干这档子事过日子。他总是先把人家的狗偷走,然后到报上去找寻狗启事的广告。谁丢了狗,他就到那里去。有一次他偷到一条很漂亮的黑狮子狗,因为失主没登启事,他便自己到报上去登了拾狗启事,花了五克朗的广告费,终于有位先生来认领,说这正是他丢的狗。又说,他本以为找也是白费力气,因为他已经不相信会有什么老实人,可如今却亲眼看见世界上还有老实人,这使他打心眼里感到高兴。还说他原则上反对奖赏诚实人,但他还是把自己一本关于在室内和花园里养花法的书送给他留作纪念。可爱的博日捷赫提起黑狮子狗的两条后腿,朝那位先生头上撞去,从此他再也不在报上登广告了。既然狗主人都不登广告寻狗,倒不如把偷来的狗卖到狗场里去。"

"去睡吧,帅克!"上尉吩咐道,"你这场蠢病还会发作到明天早上的。"说完自己也去睡了。夜里,他梦见帅克把皇太子的马偷来给了他。检阅的时候,正当倒霉的上尉骑着那匹马走在连队的前列,被皇太子认出来了。

第二天早上,上尉感到他好像挨了一整夜揍似的,有个奇怪的幽灵老缠着他。他早上又睡着了,做了一场噩梦,被一阵敲门声惊醒了。门口出现了帅克善良的脸庞,问什么时候该把上尉先生叫醒。

上尉在床上呻吟着说:"滚吧,畜生!太可怕了!"

他起床后,帅克给他送来早餐,问他:"报告,上尉先生,是不是让我再给你找一条狗来?"这个新问题使他感到很吃惊。

"你知道吗?帅克,我恨不得把你送到战地法庭上去,"上尉叹了一口气说,"可是法官可能会把你放掉,因为他们这一辈子也没见过像你这样的大傻瓜。你去照照镜子。你那副傻相难道不叫你难受吗?你是我所见过的最蠢的蠢货。喏,你说实话,帅克,你喜欢你自己吗?"

"不,上尉先生,不喜欢。我从镜子里看到我像个松果。这镜子磨得不好。以前在斯塔涅克开的'华人'店①里有一面哈哈镜,谁一照那面镜子,就想呕吐。嘴巴这么扯着,脑袋瓜像个大脸盆,肚子跟一个喝醉了的牧师的一样。总而言之,一副滑稽可笑的模样。省长大人从这儿经过,往镜子里瞅了一下自己的面孔,马上要求把这面镜子取下来。"

上尉转过身去叹了一口气,认为还是让帅克先给他把牛奶咖啡准备妥当为好。

帅克在厨房里忙活着,卢卡什上尉听到了他的歌声:

> 投弹手穿过土尘门②,雄赳赳呀气昂昂,
> 腰间的军刀闪闪亮,

---

① 指斯塔涅克开的茶叶店。这家商店的橱窗里放了一面哈哈镜和一张中国滑稽小丑图,以招徕顾客。

② 布拉格的一座旧城门。

美丽的姑娘们,泪水直淌……

往下是:

我们当兵的,真是了不起,
美人们对咱哟,打心头欢喜。
我们的钱要多少有多少,到哪儿都过得甜如蜜……

"你倒过得甜如蜜,混蛋!"上尉心里嘀咕着,吐了一口唾沫。

帅克的身影在门口出现了:"报告,上尉先生,兵营派人来请您,您得马上去见上校先生。传令兵还在这儿。"

他还亲昵地补充一句:"也许是为了那条狗的事。"

"知道了。"站在前厅里的传令兵打算向卢卡什报告时,他说。

他说话的口气是那样的忧郁不欢。他狠狠盯了帅克一眼就走了。

这消息非同一般,凶多吉少。上尉走进上校办公室时,后者极不愉快地坐在沙发上。

"上尉,两年前,"上校说,"您请求调到布杰约维策九十一团去。您知道,布杰约维策在哪儿吗? 在伏尔塔瓦河边,对,在伏尔塔瓦河边。有条奥赫热河还是一条别的什么河流经那里。城市很大,而且我还可以说,逗人喜欢。如果我没说错的话,沿着河边有一道堤。您知道,堤是什么吗? 就是筑在水面上的一堵墙。对,不过,这些都不相干。我们在那一带演习过。"

上校沉默了一会儿,眼睛盯着墨水瓶,迅速转到另一话题:"我那条狗在您那儿惯坏了,啥也不肯吃。瞧,墨水瓶里有只苍蝇。真奇怪,大冬天还有苍蝇掉到墨水瓶里,真是乱七八糟。"

"你这死老头,有话快说吧!"上尉在心里说道。

上校站起身来,在办公室里来回踱了几趟。

"上尉先生,我再三考虑,究竟该怎么教训你一下,好让这类事情以后不再发生。我记得你曾请求调到九十一团去,最高指挥部前不久通知我们说,九十一团非常缺乏军官,因为原有的军官大都被塞尔维亚人打死了。我以人格向你担保,三天之内你就可以调到布杰约维策九十一团去了。那儿正在编组先遣营。你用不着谢我。军队很需要这样的军官……"

他已经不知怎样往下讲了,看了看表说:"十点半了,我得听团的汇报去。"

一场愉快的谈话就这样结束。上尉走出办公室,大大松了一口气,随后便到志愿兵军校告诉大家一两天之内他要奔赴前线了,因此打算在纵乐胡同①举行个告别晚会。

回到家里,他意味深长地对帅克说:"帅克,你知道什么叫先遣营吗?"

"报告,上尉先生,先遣营就是派到前线去的营。先遣连就是派到前线去的连。我们都爱用简称。"

"帅克,"上尉用庄重的语调说,"你既然喜欢这个简称,那么,我向你宣布:你将同我一道跟先遣营走。可是到了前线后,休想再像在这里一样玩弄你那套愚蠢把戏。你听了高兴吗?"

"是,上尉先生,我特高兴,"好兵帅克回答说,"要是咱们俩能一道儿为效忠皇上和奥地利皇室战死沙场,那该有多美呀……"

---

① 布拉格的一条胡同,从前那里有几家娱乐场所。

第一卷《在后方》跋*

趁此结束《好兵帅克历险记》第一卷《在后方》之际，谨预告读者诸君，本书其余两卷《在前线》与《被俘》不日即将陆续问世。在后两卷中，无论士兵还是老百姓，他们的言谈举止仍将与实际生活别无二致。

生活绝不是培养上流社会风度的学校。每个人都按照他的才能说话。礼宾专家古特博士①和"杯杯满"酒家老板巴里维茨的谈吐截然不同。这本小说并非为沙龙中虚有其表之辈提供的参考书，也不是为高贵社交界编写的社交指南。本书是一幅描绘一定时代的历史画卷。

只要必须使用"很有分量的词句"②，才能真正做到确实恰如其分时，我就毫不犹豫地如实加以运用。我认为，抄袭温文尔雅的词句和使用省略号的方式是最愚蠢的矫饰。君不见这些词句连在议会中也常为人们使用吗？

常言说得好：受过良好教育的人就能开卷有益；只有那些精神堕落的、愚不可及的猪猡和猥亵的下流胚才会对这种自然的现象评头品足。他们抱着腐朽的假道德不放，不管内容怎样，就气急败坏非难某些个别词句。

几年前，我读到一篇有关一部中篇小说的评论。批评家为作者一句"他擤了一下鼻涕又擦了一下鼻子"怒不可遏。说是这种描写同文

---

* 《好兵帅克历险记》最初是以小册子形式边创作边陆续出版的。刚刚出完第一卷，资产阶级和各种反动势力看到了它的威力，对它恨之入骨，为了诋毁它的作用，纷纷在报刊上撰文对《帅克》进行非难、攻击，说它语言粗俗下流，不但不能教育人，反而把读者引上不道德的邪路。这个跋就是专门为反驳这些伪君子的诽谤而写的。

① 原为中学教员，伯爵府的教养员，多种游记与上流社会社交礼仪指南的作者。一九一九年被马萨里克总统聘为总统府礼宾专员。

② "很有分量的词句"，指书中符合时代风貌、社会习俗、人物身份、地位、性格、教养等实际生活的用语，也就是被资产阶级文人斥之为"粗俗下流"的用语。

学应当给予人民合乎美学要求的、崇高的感受的宗旨是背道而驰的云云。

这仅仅是一个小小的例子,说明阳光下会产生怎样的畜生。

凡是对"很有分量的词句"感到大惊小怪的人都是怯懦者,因为他们对真实的生活感到惊讶。这种软弱的人正是文化和道德的最大的危害者。他们巴不得把民族培养成多愁善感的庸人团体、圣徒阿罗依斯型的虚伪文化的手淫者。修士奥伊斯塔赫在他的书中说,阿罗依斯听到一个男人在嘈杂的喧哗声中放了一个屁时,竟然大哭起来,惟有祷告才使他平静下来。

这种人在大庭广众之中表现得义愤填膺,却怀着无比的乐趣到各公共厕所去欣赏涂写在墙上的淫词秽语。

在拙作中我使用若干"很有分量的词句",只不过顺便证实了人们在实际生活中所说的话罢了。

我们不能要求酒店老板巴里维茨像劳多娃太太①、古特博士、奥尔卡·法斯特罗娃太太②以及所有其他许多乐于将整个捷克斯洛伐克共和国变成一座装有嵌木地板的大沙龙的人一样,说话那么温文尔雅。那些呆在沙龙里的人们穿着燕尾服、戴着白手套,说起话来咬文嚼字,文质彬彬,一派沙龙式的典雅道德,而在这道德的面纱下面却掩盖着一些沉湎于最卑鄙最违反自然的淫欲生活中的沙龙猛兽。

趁此机会,我愿向诸位报告:酒店老板巴里维茨还健在。他在监狱里熬过了战争岁月。他同发生弗兰西斯·约瑟夫皇上画像那件丑闻时相比,毫无变化。

当他读到书上对他的描写时,还来看望过我,他一下子将第一版买了二十余本分送给他的亲朋好友,从而增加了本书的销售量。

他为我在书中谈到他,把他描绘成人所共知的粗鲁汉感到由衷的

---

① 劳多娃(1868—1931),捷克名演员,曾为农业党的《乡村日报》撰文,论述上流社会礼仪风度等问题。
② 奥尔卡·法斯特罗娃(1876—?),曾在资产阶级的《民族政治报》撰文,论述上流社会教育问题。

喜悦。

"这一下谁也不能改变我的模样了,"他对我说,"我一辈子出言粗鲁,怎么想就怎么说。今后我还要这样说下去。我绝不会因为哪头笨牛说长道短就把我自己的嘴巴封住。如今我是名人了!"

他的自尊心确实增强了。几句"很有分量的话"使他名声大振。他对此够心满意足的了。我在书上真实而准确地再现他的谈吐风度时,假如我提醒他不要这样说话(这当然不是我的本意),那一定会使这个好人感到受了侮辱。

他用一些未加修饰的语言明确而忠实地表达了捷克人对阿谀奉承的反对,但他本人对此并没有意识到。这种对皇上和文雅语言的轻视已渗透于他的血液之中。

奥托·卡茨也还活着。这是一个确有其人的随军神父。他把什么都抛之脑后,退出了教会,如今为北捷克一家青铜和染料厂当代理人。他给我写了一封长信,威胁我说要找我算账,因为有一家德文报纸把真实描绘他的那几章翻译出来了。我于是去访问他,结果非常圆满。到深夜两点,他已经站不起来了,但还在那里不知疲倦地宣讲:"我是奥托·卡茨,随军神父!唉,你们这些石膏脑袋!"

像已故布雷特施奈德、旧奥地利国家密探这样的人,今天在共和国里还大有人在。他们异常关心的是人们在谈论些什么。

我不知道我这本书能否实现我的初衷。有一次我听到一个人骂另一个人:"你蠢得跟帅克一样!"这只能说明已经与我的初衷背道而驰了。不过,假如"帅克"一词竟将成为辱骂语言花环上一朵五颜六色的新的骂人之花,那我对丰富捷克语言这一殊荣也只能感到心满意足了。

雅·哈谢克

第二卷 在前线

第一章　帅克在火车上的厄运

在布拉格开往布杰约维策的快车二等车厢的一间包厢里,有三位乘客。一位是卢卡什上尉,一位是坐在他对面的年纪较大的秃顶先生,还有一位是帅克。帅克乖乖地站在门旁,洗耳恭听卢卡什上尉这一轮臭骂;卢卡什不顾秃顶先生在场,一路上对帅克大发雷霆,骂他是畜生等等。

其实只为了一点儿小事:帅克照看的行李,在件数上出了点差错。

"扒手偷了我们一口箱子!"上尉责备帅克说,"给我报告报告,那倒轻松,你这个混蛋!"

"报告,上尉先生。"帅克轻声地回答,"箱子确是被人偷走了。火车站上总是有很多小偷扒手荡来荡去。我想,他们中间有一个准是看中了您那口箱子。那家伙准是趁我离开这堆箱子去向您报告我们的行李完整无缺的机会下手的。他也只能在对他有利的那一刹那把我们的箱子偷去。他们总是在寻找这样的空子。两年前,西北车站有人把一位老太太的小孩推车连同躺在小被子里的女孩一块儿偷走了。他们这事儿干得很漂亮:把小女孩交给我们街上的警察所,说是人家扔在车站走廊上的。后来,报纸登了这件事,把那可怜的太太骂做狠心的母亲。"

帅克还强调说:"火车站一向有人偷东西,今后也会如此,要不就不叫火车站了。"

"帅克,我坚决相信,"上尉说,"你准会没有好下场。我至今不明白,你是装傻呢,还是生下来就是这么一头笨牛。那口箱子里装的是什么?"

"差不多啥也没装,上尉先生。"帅克回答说,两眼直盯着坐在上尉对面的秃头先生,后者似乎对整个事件不感兴趣,只一心看他的《新自由报》①。"箱子里只有从卧室里摘下来的一面镜子,从过厅里卸下来的一个铁衣架。实话说,我们啥损失也没有,镜子和衣架都是房东的嘛。"

看见上尉做了一个威胁的手势,帅克还是兴致勃勃地往下说:"报告,上尉先生,我事先根本不知道箱子会被偷掉。至于镜子和衣架,我已经跟房东说了,等我们从部队回家时就还给他。反正在敌国领土上有的是镜子和衣架,所以房东和我们都不会受到损失。只要我们一攻占哪个城市……"

"住嘴,帅克!"上尉大吼一声打断了他的话,"总有一天我要把你送到战地法庭去的。你好好想一想,你是不是天字第一号的白痴。别人活一千年,也没有你在几个星期之内干出的蠢事多。我想,你自己也注意到这一点了。"

"是,上尉先生,我注意到了。我也有常言说的发达的观察才能,不过总是来得晚,发生了什么倒霉事了才事后聪明。我就跟常常上

---

① 奥地利的全国性报纸。

'母狗林'小酒店去的内卡参基人纳赫莱巴一样倒霉。他总想干点好事，决心从礼拜六起开始新的生活，可是到第二天又总是说：'朋友们，早晨我发现，我又躺在铺板上了。'①他总是碰上倒霉事，比方说，他本来该好好生生回家去的，可是结果事实证明：他不是在哪儿弄倒了一扇篱笆，给马车夫的马卸了套，就是想用警察帽子上的公鸡毛来清除他烟斗中的烟屎。他简直毫无办法。他特感遗憾的是，他家好几代都走着这股倒霉运。有一次他爷爷出门去流浪……"

"别再胡诌你那一套来烦我啦，帅克！"

"报告，上尉先生，我这儿讲的事儿绝对属实。他爷爷出门去流浪……"

"帅克！"上尉火了，"我再一次命令你：别再向我啰嗦了。你的话我什么也不要听。等我们到了布杰约维策，我再收拾你。我要把你关起来。你知道这个吗，帅克？"

"我不知道，上尉先生，"帅克温和地说，"您从来还没对我提过这个哩。"

上尉不禁咬了咬牙，叹了口气，从大衣兜里掏出一份《波希米亚报》，开始读起德国"E"型潜水艇在地中海取得多次胜利的新闻来。正当他看到一段关于德国利用空投一种连续爆炸三次的特殊炸弹来摧毁一所城市的新发明时，被帅克的声音打断了。帅克对着那位秃顶先生说：

"请问，老板，您不是斯拉维银行的副经理普尔克拉贝克先生吗？"

秃顶先生没答理他，帅克便对上尉说：

"报告，上尉先生，有一次我在报上读到，一般人的脑袋平均有六万至七万根头发，而且黑头发总要长得稀一些，就像人们常见的那样。"

他毫不留情地接着往下说："后来有个医士在'什皮列克'咖啡馆里说，掉头发是因为养孩子后的第六个星期精神上的激动所引起的。"

---

① 指进了警察所。

立刻发生了可怕的事：秃头先生跳了起来，冲着帅克嚷道："滚出去，你这猪猡！"①他一脚把帅克轰到过道之后，又回到包厢来，向上尉作了自我介绍，使上尉略微吃了一惊。

显然是帅克弄错了。秃头先生并不是斯拉维银行的副经理，也不姓普尔克拉贝克，而是陆军少将冯·施瓦茨堡。少将这次是穿着便服来视察部队纪律的，他事先没有通知，是突然前往布杰约维策的。

他是天底下最可怕的一位视察将官，他只要发现哪儿秩序不佳，就会跟驻防军司令官进行这样的谈话：

"您有手枪吗？"——"有。"——"那好，我要是处在您的地位，就准知道该用它干什么。因为我在这里看到的不是驻防区，而是个猪圈！"

真的，凡他视察过的地方，在他离开后，总有人开枪自杀。这时冯·施瓦茨堡少将便心满意足地认定说："这才像个样！这才像个军人！"

似乎他对他视察之后的地方还有人活着并不感到快意。此外，他有一种把军官调到环境最差的地方去的癖好。一个军官因为一点鸡毛蒜皮的小事儿，就得与他的部队分手，被轰到黑山边境或是加里西亚一个肮脏的角落里的糟糕透顶的驻防军去。

"上尉先生，"他说，"您在哪儿进的军官学校？"

"布拉格。"

"你上过军官学校，连军官必须为他的下属负责的道理都不懂吗？你真行！再一点，你跟勤务兵扯淡扯得简直像知心朋友。不等你问他，你就让他说三道四，这就更妙了。第三，你还容许他侮辱你的上司，这就妙到头了！我将根据这一切来作出结论。你叫什么名字，上尉先生？"

"卢卡什！"

"哪个团的？"

"我曾经在……"

"得。我没问你曾经在哪儿服役，我只想知道你现在在哪儿

---

① 原文为德语。

服役。"

"在九十一步兵团,少将先生,我被调到……"

"调动你啦?调得很对。最近就同九十一团到战场上去看看,对你没有坏处。"

"这一点已经定了,少将先生。"

这时,少将大发宏论,说是据他的观察,近几年来,军官们常用亲昵的腔调和下属谈话,他认为这是一种危险倾向,会助长民主思想的扩散。士兵必须保持一种恐惧感,他在上司面前必须战战兢兢,害怕长官。军官则必须与普通士兵保持十步远的距离,不许士兵有自己的见解,甚至根本不许士兵动脑筋。近几年来的悲剧性的错误恰恰出在这上头。过去,士兵像怕火一样地怕军官,可如今……

少将绝望地摆了一下手说:"如今大多数军官宠惯着他们的士兵,这就是我要说的话。"

少将重新拿起报纸,聚精会神地看着。上尉脸色苍白,到过道里去找帅克算账。

他在窗口旁找到帅克。帅克神情愉快、心满意足,像个喝足了水、吃饱了奶、正要美美地睡去的满月婴儿。

上尉站住了,招手叫帅克过来,给他指了一下一间空包厢。他紧跟着帅克走进去,随后把门关上。

"帅克,"他郑重其事地说,"这一下你可得挨我两下世上少有的大耳光了!你为什么要去碰那位秃头先生啊?你知道吗?他是冯·施瓦茨堡少将啊!"

"报告,上尉先生,"帅克带着一副殉道者的神情说,"我有生以来压根儿就没有想过要侮辱谁,我根本就没想到什么少将。他的的确确跟斯拉维银行的副经理普尔克拉贝克先生长得一模一样。那位副经理常去我们那儿的酒店,有一次,当他在桌边睡着了的时候,一位大好人用复写笔在他的秃脑袋上写了一句'谨送上保险章程第三项丙条,请借助本公司人寿保险为贵府儿女积攒嫁妆与供养费'。自然啰,人们都溜了,就剩下我一个人在那里,因为我总是走的倒霉运。他一觉醒来,朝镜子里一照,就勃然大怒,以为是我给他弄的,也要给我两个大耳刮子。"

帅克讲的那个"也"字是那样感人地温柔,略带责备口气,上尉不禁把准备扇他耳刮子的手放了下来。

帅克接着说:"这位先生犯不着为这么一星半点儿误会动肝火嘛。他的确该跟一般人一样有六万到七万根头发,就像报上那篇文章所说的、正常人该有的头发数量。我从来没有想到世界上还会有个什么秃头少将。这就是人们常说的'悲剧性的误会'。一个人说了个什么,另一个人马上就牛头不对马嘴地接上茬,这种误会谁都可能碰上。前几年,有个叫依乌尔的裁缝跟我们谈过一件事:他从他干活计的地方史迪尔斯柯①到布拉格,途经莱奥本②,身边还带了一只在马利博尔③买的火腿。他坐在火车上,心想旅客中只他一个人是捷克人。车到圣摩希采④时,他开始切火腿。坐在他对面的一位乘客开始对他的火腿投射出羡慕的目光,口水也从他嘴里流了出来。依乌尔裁缝发现这个,便大着嗓门自言自语说:'你也想饱餐一顿吧,讨厌鬼!'那位先生竟用捷语回答说:'当然啰!要是你肯给的话,我是想饱吃一顿的。'于是他们在火车到达布杰约维策之前,一块儿把火腿啃光了,这位先生叫沃依捷赫·洛斯。"

卢卡什上尉看了帅克一眼,从包厢里走了出去,重新坐到自己的位子上。不多一会儿,帅克那张天真无邪的脸庞又在门口出现了。

"报告,上尉先生,再过五分钟就到塔博尔了。火车在那儿停五分钟。您不想叫点什么吃吗?好多年前这儿可以吃到挺不错的……"

上尉气势汹汹地跳起来,在过道里对帅克说:"我再提醒你一遍:你越少在我眼前露面,我越高兴。要是我根本看不见你,我就交好运了。请你相信,我关心的就是这个。你别在我跟前晃,离我远远的,你这畜生,白痴!"

"是,上尉先生!"

---

① 在原南斯拉夫境内。
② 在原南斯拉夫境内,现名卢布尔雅。是史迪尔斯柯的铁路交通枢纽。
③ 在原南斯拉夫史迪尔斯柯区境内。
④ 瑞士境内阿尔卑斯山区的一个著名避暑地。

帅克敬了军礼，用军人的姿势来了个向后转，走到过道的尽头去了。他在角落里的乘务员座位上坐下，和一位列车管理员攀谈起来："劳驾！我可以向您提个问题吗？"

列车管理员对聊天毫无兴趣，只是冷冷地点了点头。

"有一个叫霍夫曼的蛮好的人常上我家作客，"帅克开言道，"他一口咬定说，这些刹车装置向来都不灵，说你即使扳了这个把手，它也不管用。说句实在话，我对这类玩意儿向来没去动过脑子，可是今天我既然见到了这套刹车设备，就很想知道，万一有一天忽然需要用它的时候，该怎么摆弄它。"

帅克站起来，随着列车管理员走到刹车器跟前，那上面写有"危险时动用"字样。列车管理员认为自己有责任向帅克说明一下这紧急制动机械设备的用法："他告诉你要扳这个把手，这点他说对了，可他说扳了也不灵，这可是胡扯。只要一扳这把手，火车准停，因为刹车器是通过列车所有车皮和车头相连接的。刹车器必须是灵的。"说话间两人的手都放在刹车器的臂杆上，可是不知怎么回事，臂杆被他们扳了下来，火车停了。

究竟是谁扳动臂杆，发出刹车信号，他们两人各执一词。

帅克坚持说，他又不是个爱胡闹的小孩子，不可能干这种事。

"我自己也觉得奇怪，"他还好心好意地对乘务员说，"火车怎么会突然停下来呢？走着走着，轰一家伙——停啦！对这事我比你还要着急。"

一位举止庄重的先生祖护列车管理员，说他听到是那个当兵的先谈起制动刹车器的。

可是帅克一个劲儿申述他绝对老实，火车误点对他毫无好处，因为他是开赴前线去打仗的。

"站长会给你讲清楚的，"乘务员说，"要了却这件事，你得破费二十克朗。"

这时，旅客们纷纷从车厢里爬出来，列车长吹着口哨，有一位太太吓得魂不附体，提着旅行包跨过铁轨朝田野奔去。

"这的确值二十克朗，"帅克一本正经地说，神态十分镇定，"这价钱实在太便宜了。有一次,皇上出巡日什科夫,一个叫弗朗达·史诺尔的人在大道当中对皇上跪下来,挡住了他的马车。后来这个地段的警察段长眼泪汪汪地责备这个史诺尔先生,说他不该在他所管辖的这个地段跪下来,应该到克劳斯段长辖区内的下一条街上去下跪、去向皇上表达敬意。后来这位史诺尔先生被关起来了。"

当列车长加入到听众行列时,帅克向四周环顾了一下。

"那么,咱们还是继续开车吧,"帅克说,"火车误点,没什么光彩。要是在太平年月,还不碍大事,可如今是在打仗啊。谁都该懂得,每列火车运的都是军人:少将啦、上尉啦、勤务兵啦。这种时候每误一次点,都是一件不幸的祸事。拿破仑在滑铁卢就因为晚到了五分钟,结果弄得身败名裂。"

此刻卢卡什上尉也挤到听众中来了。他脸色发青,嘴里只迸出一声:"帅克!"

帅克敬了个举手礼,说:"报告,上尉先生,他们诬赖我,说是我让火车停下的。铁路管理局在他们的紧急刹车器上装了一些奇怪的铅封。您千万别靠近它,要不就倒了霉,他们就要敲您二十克朗,就像敲我一样。"

列车长走去发了信号,火车又开动了。

帅克的听众都回到原来的座位上,卢卡什上尉也一声没吭地坐到包厢里去了。

只留下乘务员、帅克和列车管理员在过道上。乘务员把记事本掏出来,记下了整个事件的经过。列车管理员生气地看着帅克,帅克却若无其事地问道:"您已经在铁路上干了很久吧?"

列车管理员没答理他。帅克又接着说,他认识一个什么叫姆里切克·弗朗季谢克的,是布拉格附近乌赫希涅维斯人,那人有一次也扳了紧急刹车器,把他吓哑了。过了两个礼拜,直到他上霍斯迪瓦什的一位花匠万尼克家串门,他跟人家打了一架,人家为他抽断了一根鞭子之后,他这才恢复了说话的本事。帅克接着补了一句:"这件事儿发生在一九一二年五月。"

列车管理员打开厕所门,进到里面,随后把它关上了。

只剩下了乘务员和帅克。乘务员想敲他二十克朗罚款，威胁他说，他要不服，就得把他带到塔博尔车站交给站长去发落。

"那好啊，"帅克说，"我很愿意跟有学识的人谈话。要是我能会见一下塔博尔的站长，那我一定非常高兴。"

帅克从上衣里掏出烟斗，点燃吸着，吐出军用烟草刺鼻的烟味，接着说："许多年前，在斯威达瓦站的站长叫瓦格纳，那位老兄特别会折腾他的部下，处处指责他们，尤其是对一个叫容维尔特的扳道夫厉害到了家，使得那个可怜的只好跳河自杀；可是他在跳河之前给站长留了张便条，说是晚上要来吓唬他。我不是跟您扯淡，他还真这么干了。晚上这位可爱的站长先生坐在电报机跟前。铃响了，站长收到一份电报：'你好吗，流氓？容维尔特。'这么闹腾了一个礼拜，站长开始向各条线路发出如下公务电报，作为对这吓人妖怪的答复：'容维尔特，饶恕我吧！'深夜里电报机又哒哒哒敲响了，传来这样的回答：'可到桥边信号灯上去上吊，容维尔特。'站长先生照他的话做了。后来，为了这件事，人们还把邻站的报务员给逮捕了。您瞧，天地间什么怪事没有？我们连想都想不到哩。"

列车开进塔博尔站，帅克无须乘务员引路，就自个儿下了火车，以应有的礼貌向卢卡什上尉报告说："报告，上尉先生，他们要领我去见站长先生。"

卢卡什上尉没有答理。他现在对一切都无所谓了。他脑子里闪着这样的念头：帅克也好，他对面的秃头少将也好，最好是一概不理。自己安安稳稳坐着，到了布杰约维策就下车，到兵营去报到，然后跟随先遣连上前线。在前线，也可能阵亡，这样也就摆脱了让帅克这类怪物到处游荡的可怜的世界。

火车开动了。卢卡什上尉从窗口往外张望，只见帅克站在月台上，正聚精会神地同站长郑重其事地谈话。一群人围住帅克，其中有几个穿着铁路职工的制服。

卢卡什上尉叹了一口气。这叹气不是表示怜惜。当他看见帅克留在月台上，他心里感到松快了。连秃头少将也不再使他感到像个可恶的怪物。

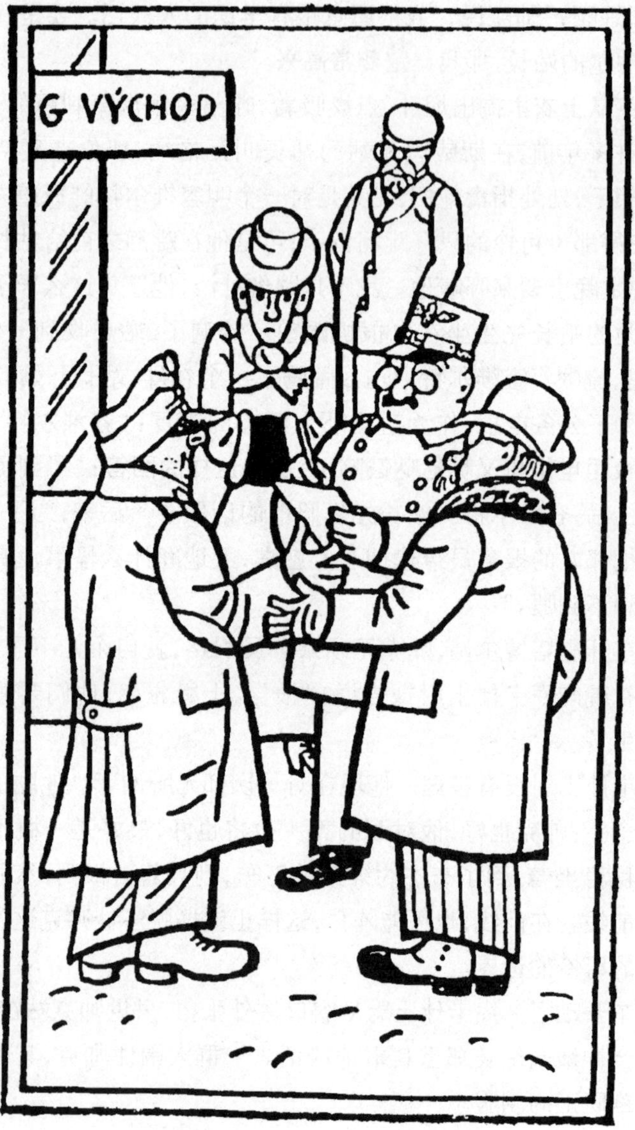
G VÝCHOD

火车早已噗哧噗哧呼叫着向布杰约维策方向开去，可是在塔博尔车站的月台上，围着帅克的人群一点儿也不见减少。

帅克申述他是无辜受连累，人群都相信他，有位太太甚至说："他们又在欺侮小兵了。"

大家都同意这种看法。有一位先生转身对站长说，他愿替帅克付那二十克朗的罚款。他相信这个大兵是无罪的。

"你们大家瞧瞧他这副可怜样儿吧，"他指着帅克那张最天真无邪的脸说；帅克则对人群宣布说："我是无罪的呀，善良的人们！"

接着，来了一个宪兵队长，他从人群中拖出一个公民，逮捕了他，说："你跑不了啦。我叫你看看蛊惑民众，胡说什么'咱们要是都这样对待士兵，谁也别指望他们为奥地利打赢这场战争'会有什么下场。"

这位不幸的公民一再强调他是老城门街上的一名屠户，他没有蛊惑民众的意思。

这时候，那位相信帅克无罪的好心人替帅克在罚款办公室交了钱，又把他带到一家三等小饭馆里，请他喝啤酒。当他知道帅克的全部证件和他的军人乘车证都在卢卡什上尉那儿时，又慷慨解囊，给了帅克五个克朗，作为买车票和零花之用。

临走时他还亲切地对帅克说："小伙子，你听我说，要是你在俄国当了俘虏，就请你替我向兹多布诺夫①城的酿啤酒的策蒙问好。我的名字你这儿也已经记上了。机灵着点！别老呆在火线上。"

"请您放心，"帅克回答说，"一文不花，捞着看看外国风光，这也是蛮有趣的事。"

帅克一个人留在桌旁，不声不响地用那位可敬的好心人送给他的五克朗喝着啤酒。月台上有些人没有亲自听见帅克和站长的那番谈话，只是远远地看到围着的人群。他们互相告诉说，一个间谍在车站上拍照，给抓住了。但是一位太太反驳说，根本不是抓到什么间谍，她听说是一个骑兵在女厕所附近揍了一个军官，因为那个军官去盯他情妇的梢。

---

① 是捷克一座小城市，该城的几千户捷克人于十九世纪中叶由奥地利迁到俄国。

这些反映出战争时期的神经质的离奇猜想,被一个宪兵队给结束了:他们把月台上的人统统轰跑了。帅克还在不声不响地喝着酒,一边深情地思念着他的上尉先生:等上尉到了布杰约维策,在整个列车上找不到他的勤务兵时,他该怎么办呢。

火车到站之前,三等饭店里挤满了士兵和老百姓。有各团各兵种各民族的士兵。战争的狂飙把他们刮进了塔博尔军医院,如今他们重返前线,好再去受伤,变成残废,遭受疾病折磨;让人把简陋的木十字架,竖在自己的坟头上。多年之后,在东加里西亚那荒凉平原的坟头十字架上,在风雨交加之中,还将摆动着那顶有皇室帽徽的、褪了色的奥地利军帽。偶尔也许会有哪只悲伤的老鸦飞到这顶挂在十字架上的帽子上,回忆起许多年前的丰盛宴席。那时这儿经常为它摆着开胃的人尸马肉的盛宴。它当年也正是在它现在蹲着的这顶帽子下面,吃着最精美的佳肴——人的眼睛。

一位将要承受这种痛苦的后备人员,从军医院里动过手术出来,穿着一身满是血迹和泥泞的制服,凑到帅克跟前坐下。他是个瘦小的、神情沮丧的士兵。他把一只小包裹放在桌上,掏出一个破钱包来数钱。

后来,他看了看帅克,问道:"你是匈牙利人吗?"①

"我是捷克人,朋友,"帅克回答说,"想喝两口吗?"

"我不懂你的话,朋友。"②

"这没关系,朋友,"帅克说,把他那一满杯啤酒送到那位悲伤的士兵面前,"喝个痛快吧!"

他懂了帅克的意思,把酒喝了下去,感谢他说:"衷心感谢。"③接着又翻了翻他的钱包,最后叹了一口气。帅克意识到这个匈牙利人还想喝啤酒,可是他的钱不够。帅克就给他叫了一杯啤酒。匈牙利人又把它喝了,谢了谢帅克。他想给帅克讲述点什么,打着手势指着他那受伤的手,同时说了一句国际通用语言:"噼,啪,干!"

帅克同情地点着头。初愈的矮个儿伤兵用左手比着离地约半米高

---

① ② ③ 原文均为匈牙利语。

的地方,然后伸出三个指头,告诉帅克他有三个孩子。

"没有吃的,没有吃的。"①他连连说着,想说明他家里没饭吃。说着他眼泪夺眶而出。他用那肮脏的军大衣袖子擦了擦眼泪。军大衣的袖子上有一个被子弹打穿的窟窿,是这颗子弹使他为匈牙利国王而受伤的。

经过这么一番花销,帅克把那五个克朗花得分文不剩。他慢慢地、但确定无疑地切断了自己前往布杰约维策的道路,这是没有什么好奇怪的。每一杯用来款待自己和这位初愈的匈牙利伤员的啤酒都使他越来越失去购买车票的可能。

又有一列列车经过这个车站,开往布杰约维策,而帅克仍然坐在桌旁听匈牙利人重复他的"噼!啪!干!三个孩子,没有吃的,祝你健康!"②

他说最后一句话时,同帅克碰了碰杯。

"尽管喝吧!匈牙利小子,"帅克对他说,"喝个够吧,你们不见得

---

①② 原文为匈牙利语。

会这么款待我们吧!"

一个坐在旁边桌上的士兵说,他们二十八团开到塞克金①时,匈牙利人当街侮辱他们,让他们举起手来。这是千真万确的事。显然,那位士兵为此感到很尴尬。当时这种情况在捷克士兵中已经成了普遍现象。后来,当匈牙利人对这场为了他们国王的利益而进行的搏斗也已不感兴趣时,连他们自己也这么举起手来了。

后来那个士兵也坐到帅克这一桌来,谈起他们在塞克金怎么收拾匈牙利人,将他们从好几个小酒店里撵了出去;同时,他还带着赞扬的口气承认说,匈牙利人也很会打架。有一次,他们朝着他背上踢了一脚,结果不得不把他送到后方医院去治伤。如今他得归队了,他的营长肯定会关他的禁闭,因此他已没有时间给这个匈牙利人以应得的报复,以雪一脚之恨,也好让这家伙尝尝味道,——他也好以此维护他们全团的名誉。

---

① 匈牙利南部的一座城市。

"你的证件呢,①你的真件的?②"士官巡逻队队长向帅克索检证件,士官后面跟着四个扛刺刀枪的士兵。"我看见你的老坐下的,老喝不走的!老喝,勤务兵!"

"我没有证件,米拉切克③!"帅克回答说,"证件在九十一团卢卡什上尉手里,我留在这个火车站上了。"

"米拉切克是什么意思?"④士官掉过头去问他身后的一名士兵,一个老后备兵。那人给他的士官瞎编了一句,慢条斯理地回答说:"'米拉切克'嘛,就是'士官先生'的意思。"⑤

士官接着对帅克说:"证件的每个士兵都该有的,没有证件的,关起来的。把这只疯狗似的长虱子的小子送到军运管理处。"⑥

他们把帅克带到了军运管理处。守卫室里有一小队人马,一个个都同老后备兵的模样差不多;老后备兵就是为他天生的敌人——士官巧妙地把"米拉切克"译成德语的那一位。

守卫室挂着一些石版画。当时,军政部总把这类画片寄到士兵常去的各机关、军事学校和兵营。

在好兵帅克对面墙上挂着的是一幅描绘二十一团的排长弗朗季谢克·哈梅尔和班长保罗哈特与巴赫曼耶鼓励士兵坚持战斗的图画。另一面墙上有一幅画,标题是:《第五骠骑兵团的排长扬·丹科在侦察敌军各炮兵连的驻地》。

图画的右下角挂着一条标语:"刚毅坚强的可贵榜样"。

各色各样的德国随军记者,臆想出各种稀奇的榜样,把他们写成各种标语传单。老朽愚蠢的奥地利企图用这种传单来鼓舞士气。但士兵们从来不看这些传单标语。每当这些刚毅坚强的榜样被写成小册子给他们寄到前线时,他们就用它来卷烟或派别的用场,以期不负所述"刚毅的可贵榜样"的价值与精神。

趁士官出去找哪个军官之际,帅克读完了如下的传单:

---

① 原文为德语。
② 奥地利人说得不太准确的捷语:"你的证件呢?"
③ 捷语"亲爱的"译音。
④⑤⑥ 原文均为德语。

运输兵约瑟夫·伯恩

卫生队的士兵们将重伤员运到为他们在隐蔽峡谷里准备好的车辆上。车装满之后,随即开往包扎所。俄国人发现了车队,便用手榴弹对其进行轰炸。奥皇第三车运中队运输兵约瑟夫·伯恩的马被手榴弹炸死。伯恩难过地说:"我可怜的白马啊,你完蛋了!"这时,他自己也挨了弹片,但他仍坚持驾驭,将三匹马拉的车辆拖到安全地点隐蔽起来,然后又回去卸那匹死马身上的马具。俄军的射击一直未停。"你们尽管打吧,该死的疯子!我就是不让马具留在这里。"他一面说一面继续从马身上卸马具,最后终于把马具取了下来,把它拖回车队。卫生兵见他长时间不在,严厉地盘问了他。"我不愿意把马具扔在那儿,那几乎还是一套新马具哩!我想扔了怪可惜的。这种马具我们已经没有多的了。"勇敢的士兵前往包扎所时这样解释着,到了那里他才说自己也受了伤。不久之后,骑兵大尉在他胸前挂了一枚银质奖章,以表彰其勇敢精神。

帅克读完了传单,士官还没回来。他对守卫室的后备兵说:"这是一个勇敢的光辉典范。照他这么做,我们军队里该尽是新马具了。想当初,我在布拉格那时节,还在《布拉格官方新闻报》上读到一个比这还要光辉的典范。写的是志愿兵约瑟夫·沃扬博士的事迹。他是驻扎在加里西亚的第七猎骑兵营的。在激烈的白刃战中,一颗子弹钻进了他的脑袋。当人们要把他抬到包扎所去时,他嚷嚷说,这样一点儿小伤不用包扎,说完就又同他那个排冲上去了;可是手榴弹又把他的踝骨炸断了。他们又想把他抬走,可他拄着拐棍,瘸着腿又走上火线,用拐棍抵挡敌人;但又飞来一块弹片把他拄着拐棍的那只手炸掉了,他把拐棍换到另一只手上,嘴里还喊叫着:绝对饶不了他们!要是那会儿榴霰弹没把他炸死的话,天晓得他还会怎么样哩。要是后来没把他炸得个四分五裂的话,可能为表彰他的勇敢他也会得到一枚银质奖章。当他的脑袋炸到地上打滚时,他还在嚷着:'哪怕任务危及生命,也要效忠尽职!'"

"这是报纸上瞎吹的吧,"一个士兵说,"这种编辑一个小时之后就会为这种胡诌感到不好意思的。"

后备兵回答说:"我们卡斯拉夫有个从维也纳来的编辑,是德国人,当过准尉。他根本不愿意跟我们说捷克话,后来把他分到清一色的捷克人的先遣连,他马上就会说捷克话了。"

士官在门口出现了,板着一副凶狠的面孔:

"我刚离开三分钟,就听见这里说的尽是什么'捷克话、捷克人'。"①

他一边往外走(准是到小饭馆去),一边指着帅克对后备兵班长说:只等中尉一来,就把这个满身虱子的无赖带到他那儿去。

"中尉先生肯定又是跟站上的女话务员一块儿寻开心去了,"班长等他走了之后说,"他已经缠了她两个多星期,每天从电报局出来总是情绪很坏,说:'可这婊子不肯跟我睡觉。'②"

中尉这一次也是这么一种心境,因为他刚一来,我们就听见他往桌上摔书的响声。

"没办法,老弟,你得到他那里去一趟,"一个下士同情地对帅克说,"已经有一大帮人,老头兵、青年兵从他手里经过了。"

他们把帅克带到办公室,桌子上堆着乱七八糟的文件,桌子后面坐着年轻的中尉,一副凶相。

当他看见下士把帅克带进来时,便满怀希望地"啊哈"了一声。下士向他说:"报告,中尉先生,在火车站抓到了这个没有证件的人。"

中尉点了点头,看那神情,似乎他在许多年前就已预见到在这一天的这一时刻将要抓到这个没有证件的帅克似的。因为谁在这个时刻看一眼帅克,都会得出这样的结论:指望这副模样儿的人身上能带什么证件,是完全不可能的。此刻帅克傻乎乎地望着他,就像是从天上或者从另一个星球上掉下来的一样,带着天真的惊讶表情环顾着这个新奇世界;这个世界竟问他要什么从来没听说过的、愚蠢的证件。

---

① 原文为捷克味的德语。
② 原文为德语。

中尉望着帅克,考虑了一会儿,看该对他说什么。

最后终于盘问了起来。

"你在火车站干了些什么?"

"报告,中尉先生,我在等去布杰约维策的火车,我要到九十一团去,我是那儿卢卡什上尉的勤务兵。可是他们说我有扳动火车的刹车器、让快车停车的嫌疑,把我带到站长那儿去交罚款,这么一来,我就不得不和我的上尉分手了。"

"你把我都搞糊涂了,"中尉嚷道,"你给我把事情说得连贯些,简短些,别那么丢三落四,胡诌一气!"

"报告,中尉先生,我跟卢卡什上尉先生坐上了那趟该把我们尽快运到我军步兵九十一团去的快车,从上车的那一时刻起,我们就交了倒霉运:开头丢了只箱子,后来,我可别说乱啦,后来又来个什么少将先生,脑袋全秃光了……"

"我的天哪!"①中尉大声叹了口气。

———————

① 原文为德语。

"报告,中尉先生,我得全倒出来,像从旧褥子里掏絮似的,好让您弄清全部经过,就像死去的佩德利克皮匠教训他儿子时常说的那样:要脱裤子,先解皮带!"

中尉气得呼哧呼哧直喘气,帅克还是讲他的:

"我不知有什么事惹得秃头少将先生不喜欢,那位我替他当勤务兵的卢卡什上尉,把我撵到过道里去了。在过道里他们就赖我干了那件事,就是我先前对您说过的那件事。在这件事还没有弄清楚之前,我就给留在月台上了。火车一开走,上尉带着箱子、还有他自己和我的所有证件走了,我就像个孤儿一样傻乎乎地给甩在这儿,什么证件也没有。"

帅克这样温柔动人地看着中尉,中尉听到这个天生的傻瓜所说的一切,觉得这些都是绝对可信的。

于是中尉便在快车开走之后,把开往布杰约维策的各趟列车的车次一一数给帅克听,问他为什么没有上这些车。

"报告,中尉先生,"帅克回答说,脸上浮现着温柔的微笑,"在我等着下一班车的空当儿,我喝了一杯又一杯的啤酒,就又出了点儿岔子。"

"我从未见过这样的蠢牛,"中尉思量着,"他倒什么都肯承认。我见过多少人,他们总是不承认他们有错,可是这一位却泰然自若地说:'我一杯又一杯地喝着啤酒,所以把所有列车都错过了。'"

中尉把所有的思考归结到一句话,对帅克说:

"喂,你是个退化了的家伙。你知道,人家说你退化了是什么意思吗?"

"报告,中尉先生,在战场街和卡德辛街拐角上也有一个退化了的人。他父亲是波兰伯爵,母亲是接生婆。他成天打扫街道。可是在酒馆里他非让别人叫他伯爵不可。"

中尉认为还是想个办法把这件事儿了结为妙,所以斩钉截铁地说:"听我讲,你这个蠢货,你这只笨猪蹄,快到票房去买一张票,给我滚到布杰约维策去。要是再让我在这儿看见你,我就把你当逃兵办。解散!①"

---

① 原文为德语。

帅克没有动弹,他的手依然举到帽檐上敬着礼,中尉因此大声吼道:"滚出去!① 你听见没有,解散!巴拉涅克,你把这个笨蛋带到票房去,给他买张到布杰约维策去的票。"

过了一会儿,巴拉涅克班长又出现在办公室了。在他身后,帅克的善良的面庞正从半开的门缝往里窥视。

"这回又怎么啦?"

"报告,中尉先生,"巴拉涅克班长神秘地小声说,"他没有钱买车票,我也没有。他们不肯让他白坐车,因为没有证明他是到团队去的证件。"

中尉没费多大的事儿就想到了一个巧妙的办法来解决这个难题。

"那就叫他步行去吧,"他坚决地说,"等他迟到了,让他们团去关他的禁闭。谁管得了他这么多。"

"没办法啊,伙计,"巴拉涅克从办公室出来对帅克说,"你得步行到布杰约维策去,小老弟。在我们守卫室里还有点儿配给面包,给你拿点儿在路上吃吧。"

半小时之后,就是在他们请帅克喝了黑咖啡,除了配给面包以外,还送了他一点军用烟丝带到团里去之后,帅克便在茫茫黑夜里离开了塔博尔,他的歌声响彻夜空。

他唱的是一首旧军歌:

> 我们正向雅罗姆涅什开拔,
> 信不信随你的便吧……

鬼使神差,好兵帅克本该朝南向布杰约维策进发的,他却一直往西走去。

他踏着积雪的公路,顶着严寒,全身裹在军大衣里,活像拿破仑进攻莫斯科溃败时的最后一名卫兵,惟一不同的是帅克还愉快地唱着歌儿:

---

① 原文为德语。

我没事儿出门散步,
来到绿色的树丛中……

在大雪覆盖着的黑森森的树林里,在寂静的黑夜中,歌声远远传扬开去,惹得四村的狗也吠叫起来了。

帅克唱腻了,就在旁边一堆碎石上坐下来,点燃烟斗,歇了一阵子,又开始远征布杰约维策的冒险活动,继续朝前走去。

第二章 帅克远征布杰约维策

古代名将色诺芬①踏遍小亚细亚,天晓得还到过哪些地方,手里没一张地图,也对付过去了。古代哥特人②也是在没有地形测量知识的情况下完成他们的远征的。所谓远征就是一直向前迈进。穿过荒僻的地区,置身于一有机会就要扭下你脖子的敌人的重围之中。谁要是有一个像色诺芬那样的好脑袋,或者像那些天晓得从里海还是从亚速海

---

① 色诺芬(公元前565—前473),古希腊学者和军事家,他曾率领希腊军队举行从波斯到欧洲的著名远征,著有《远征记》一书。
② 为日耳曼族分支,原住波罗的海一带,即现今的瑞典,在公元二世纪左右移到了黑海,到四世纪,哥特人已成了波罗的海沿岸直至克里米亚的主人,到五世纪甚至占领了罗马,入侵到今日的法国和西班牙,占领了好多地方,建立了好几个国家。

来到欧洲的强盗部族的脑袋,就能在远征中创造出真正的奇迹。

恺撒率领的罗马军团也没靠地图指路就打到了遥远的北国,又向加来海①前进。有一次他们说由另一条路回罗马,以便多多见识见识世面,最终也回到了家。从这时起就有了"条条道路通罗马"这句名言。

同样,条条道路也都通布杰约维策。关于这一点,好兵帅克是深信不疑的,尽管他看到的不是布杰约维策地区而是米莱夫斯科村。

帅克仍不停地继续朝前走着,因为这样一个米莱夫斯科不可能妨碍任何一个好兵有朝一日到达布杰约维策。

就这样,帅克到了米莱夫斯科村西面的克维多夫。当他轮换着把所有在行军时学的军歌唱过一遍后,在克维多夫村前又不得不重唱一遍:

　　每当我们出发远征,
　　姑娘们一片哭声……

一位从教堂回家去的老大娘,从克维多夫朝伏拉什方向一直往西走。她对帅克说:"你好,当兵的,你上哪儿去?"

"我上布杰约维策找团队去,老大娘,"帅克回答说,"去那儿打仗。"

"可你走错路啦,当兵的!"老大娘惊慌地说,"你朝这个方向打伏拉什过,永远也到不了那个地方。你应当照直朝克拉托维那边走。"

"我想,"帅克恭敬地答道,"从克拉托维也能走到布杰约维策的。不错,这个弯儿遛得可不小,特别是像我这个急于赶回团队的人。我是有心要按期到达的,但愿别出什么不痛快的事儿才好。"

"我们那儿也有这么个淘气鬼,叫托尼切克·马辛库。本应该到比尔森去参加后备队,"老大娘喘了一口气,"他是我外甥女的亲戚。他走了。一个礼拜之后,宪兵来找他,说他没有到团队去。又过了一个礼拜,他穿着一身便服到我们这儿来了,说是'回来度假'。村长报告

---

① 法英之间的海峡。

了宪兵队,他们就把他抓走了。他已经从前线写信回来,说是受了伤,一条腿没了。"

老大娘怜悯地望着帅克说:"当兵的,你在那矮树林子里等着,我给你弄点儿土豆汤来,让你暖暖身子。从这儿可以看到我们的小木房,就在小树林子后面偏右边一点点儿。你可不能从我们伏拉什村穿过去呀,那儿宪兵多得像雨燕。从小树林子一直走可以到马尔琴。绕过威若沃,那儿的宪兵很厉害,专逮逃兵。你照直走过林子,到霍拉日乔维采附近的塞德莱茨去。那儿有个心肠好的宪兵,他放每个人离开村子。你身上有什么文书吗?"

"没有,大娘。"

"那你就连那条路也别走了,不如到拉多米什尔去。最好是晚上到那里,那时所有宪兵都呆在小饭馆里面。从弗洛利扬涅克像①后面往下那条街上有一所房子,墙根抹着蓝颜色。你去打听一个叫麦利哈列克大爷的,他是我堂弟。你就说我给他捎个好,他会告诉你怎么走到布杰约维策去的。"

帅克在小树林子里等了大娘半个多钟头。可怜的老大娘给他把土豆汤盛在罐子里带来,为了保暖,还用一块垫子裹着小罐。帅克喝了土豆汤,身子暖和过来了。这时,老大娘又从一个布包包里拿出一大块面包和一块咸肉,塞到帅克的衣袋里,给他画十字祝福,告诉他说,她有两个孙子在布杰约维策。

后来她又一次详细地说了说他必须经过和绕过的村庄名字;最后她又从上衣兜里掏出一个克朗,给帅克到马尔琴去打点儿酒在路上喝,因为到拉多米什尔还有很长一段路程。

帅克按照老大娘的指点从威若沃朝东向拉多米什尔走去,心想不管从世界上哪一个方向都应该能走到布杰约维策。

从马尔琴开始,有一个拉手风琴的老人②跟帅克结伴而行,那是帅克为了拉多米什尔这一大段路到小酒店去买烧酒时碰上的。

---

① 相传,弗洛利扬涅克是防止火灾的圣徒,捷克有些村子里立着他的雕塑。
② 靠挨门串户演奏手提手风琴乞讨为生的流浪艺人。

拉手风琴的老人把帅克当做了逃兵,就出主意,要帅克跟他一道到霍拉日乔维采去,说他有个女儿嫁在那儿,女婿也是个逃兵。马尔琴的手风琴手显然是在瞎编。

"我女儿把她丈夫藏在牲口圈里已经两个月了,"他哄着帅克说,"她也可以把你藏在那里。你可以在那儿一直呆到打完仗。你们有两个人在一块儿就不寂寞了。"

帅克婉言谢绝他的好意,他发火了,朝左往地里走去,一边威胁帅克,说他要到威若沃村的宪兵队去告发帅克。

傍晚,帅克在拉多米什尔,在弗洛利扬涅克雕像后面的街上找到了麦利哈列克大爷,向他转达了他在伏拉什的老姐姐的问候,但这对大爷并未发生什么效力。

他一个劲儿要看帅克的证件。这是一个很固执的人。他喋喋不休地谈着皮塞克地区经常有强盗、流氓、小偷出没。

"从军队里开小差出来,不肯在那儿服役,就这样到处乱窜,能偷就偷,"他有意冲着帅克说,"他们每个人都装出一副连一二三四五都数不清楚的清白相。"

"是啊,好言逆耳,良药苦口啊,"他看到帅克从椅子上站起身来,便又补了这样一句,"一个人要是心里没鬼,那就坐下来,把证件拿出来看看。可他要是没有证件……"

"好吧,再见啦,老大爷。"

"再见!第二次还会碰到个更笨的家伙。"

帅克摸黑走了出去,老大爷还嘟噜了好一阵子:"说什么到布杰约维策去找团队。那怎么是从塔博尔来的呀!这个浪荡鬼却先到霍拉日乔维采,再到皮塞克。这不是环球旅行吗?"

帅克走了一个通宵,直到普津姆才在地里遇上一堆干草。他扒开草堆,听到近处有个声音说:"你是哪个团的?如今要到哪里去?"

"九十一团的,要到布杰约维策去。"

"什么?到哪儿去?"

"我的上尉在那儿。"

听得出来,旁边不止一个人,而是三个人在笑着。笑声一停下来,帅克就问他们是哪个团的。原来其中两个是三十五团的,一个是当炮兵的,都是从布杰约维策来的。

两个三十五团的士兵是在一个月之前从先遣连跑出来的,那个炮兵是从战争动员一开始就开了小差,他是普津姆村人,草堆就是他家的。他夜里总是睡在草堆里。昨天在村子里发现了这两个兄弟,就把他们带到自己这儿来了。

他们三人都认为战争一两个月就能结束。他们相信,俄国人已越过布达佩斯,向摩拉维亚逼近。普津姆普遍这么传说着。早上天亮之前,那位炮兵的妈妈把早饭送来。两个三十五团的士兵准备到斯特拉科尼采去,因为他们当中的一位有个姑姑在那儿,那姑姑在苏希茨山后有一个熟人,那熟人有个锯木场,便于藏身。

"你这个九十一团的,要是愿意的话,"他们对帅克建议说,"也可以和我们一道去,别管你那位上尉了。"

"这可不是那么轻巧的事。"帅克回答后,深深钻进草堆里去了。

早上醒来时,那三位都已走掉,其中有一个,明显是那个炮兵,给帅克在脚边放了一块面包让他路上吃。

帅克穿过树林,在史捷克诺遇到一个年老的流浪汉,后者像迎接老朋友一样请帅克喝了一口酒。

"别穿着你这身行头了,"他劝帅克说,"这身军服说不定他妈的会让你倒霉的。如今到处是宪兵,你穿着这一身啥也讨不到。如今宪兵倒不抓我们了,他们专找你们这号人。"

"专找你们这号人,"他是这样有信服力地重复了一句,使帅克打定主意,根本不向他提起九十一团的事。随他爱怎么想就怎么想去吧。何必去破坏好心老人的幻想呢?

"你现在到哪儿去?"过一会儿流浪汉问道。这时他们两人都点燃了烟斗,慢慢地绕着村子走去。

"到布杰约维策去。"

"我的老天爷!"流浪汉大吃一惊,"不要多大一会功夫,那里就会把你抓起来,你连暖暖身子都办不到。你得有一套脏得一塌糊涂的便服。还得装成一个残废才行!

"不过你也不用怕:我们一块儿到斯特拉科尼采、沃里尼和杜普去,要是找不到一身便服才有鬼哩!斯特拉科尼采那儿有很多诚实的傻瓜,他们夜不闭户,白天更是从来不关门。趁如今冬天到哪个老乡家去串串门,他们马上就会给你一身便服。你还需要什么?鞋子有吗?这样就只缺一件套在外面的衣服了,军大衣是旧的?"

"旧的。"

"那就留着吧。农村也有穿这个的。你缺的是一条裤子和一件夹克。等我们有了便服之后,就把原来的裤子和上衣卖给犹太人沃德尼亚尼的海尔曼。他收购公物,然后沿村贩卖。"

"今天我们到斯特拉科尼采去,"他接着谈他的计划,"打那儿走四个钟头就能见到史瓦尔岑堡老羊圈。那儿住着我一个老伙计,老羊倌。我们就在他那儿过夜,早上再到斯特拉科尼采去,在那里给你弄套便服。"

帅克在羊圈里结识了一位和蔼亲切的老人,老人还记得他爷爷讲给他听的关于法国人远征的掌故。老牧人大约比老流浪汉大二十岁,因此老牧人像对帅克一样管老流浪汉也叫小伙子。

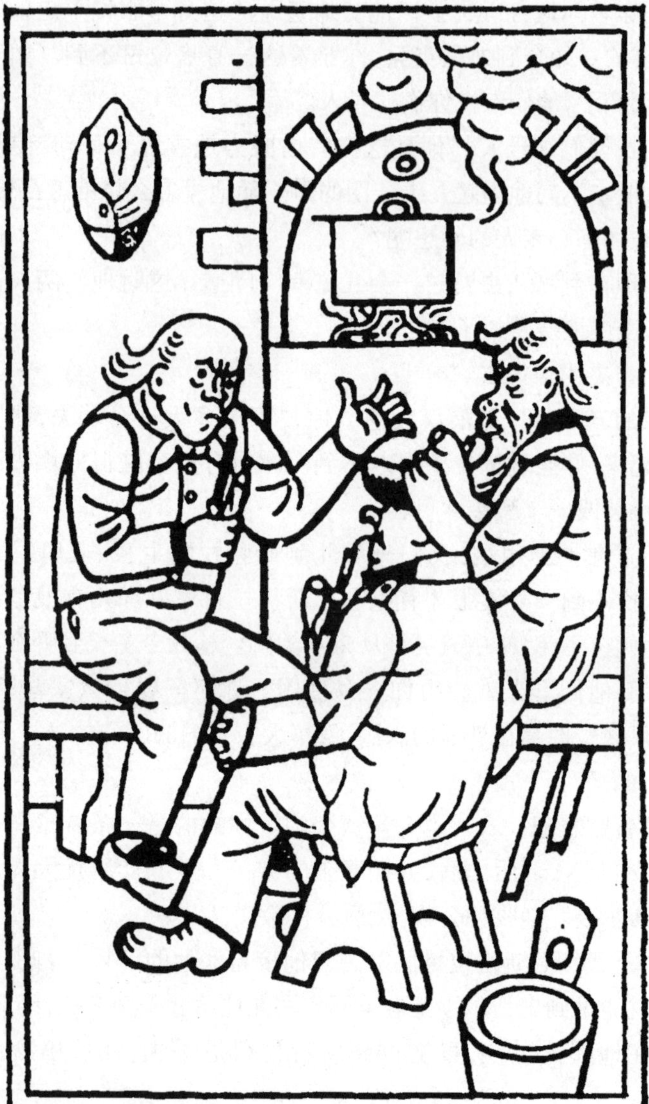

"事情是这样的,小伙子们。"当他们围着正在煮着带皮土豆的火炉坐下时,老爷爷打开了话头,"那时我爷爷跟你这个当兵的一样,也开过小差。可是在沃德尼亚尼就给逮住了。他们打了他一顿屁股,揍得他皮开肉绽。那还算是便宜了他哩。雅列什家的儿子,普洛季维附近的拉日茨鱼塘看守人,老雅列什家的爷爷因为开小差,在皮塞克村挨了一梭子子弹。他们在皮塞克的垒墙上枪毙他之前,还给他受过士兵打乱棍的刑法,打了六百棍,打得他巴不得死去,好解脱自己的痛苦。你是什么时候开的小差?"他用泪汪汪的眼睛转向帅克问道。

"总动员之后,把我们送到兵营里去的时候。"帅克回答说,他意识到:他既然穿着军服,老羊倌认为他是逃兵的看法是不会动摇的。

"你是翻墙逃跑的?"羊倌好奇地问道,心里显然想起了他爷爷越墙逃出兵营的情景。

"没别的办法,老爷爷。"

"看守很严?大概还开了枪吧?"

"开了枪,老爷爷!"

"那你现在准备到哪儿去呢?"

"他疯了!硬要到布杰约维策去,"流浪汉替帅克回答说,"你知道,年轻人,不懂事,这是自己往刺丛里钻。我得教给他一两招。我们给他弄套老百姓穿的便服就好混了。好歹熬到春天,就可以到庄户人家去找点活儿干了。今年缺人缺得厉害。又闹饥荒。听说,要把所有的流浪汉抓去干地里的活。我想,还是自动去的好。人手太少了,大家都会被榨得干干的。"

"你以为,"羊倌问,"这个仗今年还打不完吗?小伙子,你估计对了。长期的战争已经打过很多回了。拿破仑战争,随后我听人家说起的还有瑞典战争、七年战争。大家都得到军队里服役。上帝都已经没法看这些人骄傲到了什么程度,他们那长满胡子的嘴巴连羊肉都不乐意吃了。小伙子们,他们不愿吃了!从前还有人来找我偷偷卖点绵羊肉给他们,可是这几年,他们只吃猪肉、家禽,什么都要抹上黄油和油脂。上帝为他们的傲气发火了。等到跟拿破仑战争时期一样煮野菜吃,他们才会醒悟过来。就连我们的那些老爷也给撑得不知怎么办好,史瓦岑堡老公爵只知道坐马车兜风;小公爵,这流鼻涕的小子只会坐着汽车尽放油烟熏人。上帝会把汽油抹到他的嘴上的。"

煮土豆的水开了。老羊倌沉默了一会儿,又用未卜先知的口气说:"这个仗我们皇上是打不赢的。一点儿希望也没有。因为,就像斯特拉科尼采的教书先生说的,皇上不肯加冕①。常言道:谁想嘴边上有蜜,就让他抹上吧②。像你这个老混蛋,既然答应加冕了,就该说话算数呀。"

"兴许,"流浪汉插嘴说,"他现在会想个法儿补上这……"

"小伙子,这会儿谁也不爱理他这个茬了,"羊倌气呼呼地说,"等我们老乡们在斯科奇采相聚时,你去看看吧,他们每个人都有亲人在军队里。你听听他们净说些什么吧。他们说,打完这场仗之后,自由就来了,不再有皇帝的宫廷,也不再会有皇上本人了,公爵们的庄园也会没收。就因为他们说这些,宪兵把一个叫柯希涅克的抓走了,说他在进行煽动。哟,今天的宪兵可有权哪!"

"他们以前就有这么大的权力,"流浪汉说,"我记得在克拉德诺有一个叫罗特尔的宪兵大队长,突然养起人们所说的带狼性的警犬来,这些警犬受过训练之后,什么都探得出来。从此,克拉德诺地方的这个大队长屁股后头就跟着一大群训练这种警犬的教师爷。还专门给这些警犬弄了一座小房子,那些狗在那儿过得跟伯爵一样舒服。这位宪兵大队长突然想要拿我们这些可怜的流浪汉来做驯狗的试验品。好,他就下令宪兵队在克拉德诺全区拼命搜捕流浪汉,把抓到的直接送到他的手里。有一次我逃离朗恩,钻进一座林子的深处,可是那又有什么用!还没等我走到要去的小树林,就被逮住送到宪兵大队长那儿。我的老伙计啊,你们根本想象不出来,我在养着那些狗的宪兵大队长那儿吃了多少苦头!开头是把我交给所有的狗闻气味,然后叫我爬一架梯子,等我差不多爬到顶上,他们就放出一条恶狗跟着我爬到梯子上来。这畜生,它把我从梯子上拖到地上,在我面前趴下来,对着我怒气冲冲地呼

---

① 弗兰西斯·约瑟夫一世曾宣布他将加冕为捷克国王,但他没有实现这个诺言。在他以前,加冕礼一向由奥匈帝国皇帝主持。

② 意思是:谁想阿谀奉承就请便吧。

噜着，冲着我的脸露出一口狗牙。后来，他们把这畜生牵走，要我藏起来，说随便我藏到哪儿都行。我来到哥卡克谷地的树林，躲进一个深谷里。半小时之后，便冲我跑来了两条狼狗，把我扑倒在地，一条咬住我的脖子，一条跑回克拉德诺报信。过了一小时，大队长亲自带着宪兵来了。他把狗叫走，给了我五个克朗，允许我在克拉德诺区要两天饭。我哪敢哪！我像脚下着了火一样，马上逃到贝洛乌斯科区去，再也不敢在克拉德诺露面了。所有的流浪汉都躲着这位宪兵大队长，因为他把谁都拿来做试验品。他对这些狗喜欢得发狂，听他手下的人说，他出来视察工作，只要在哪儿看见一条狼狗，便根本不视察了，乐得整天跟那儿的头目没完没了地喝酒。"

这时，羊倌把煮土豆的水滤掉，又往碗里倒了点酸羊奶，流浪汉接着回忆起宪兵大耍威风的情景，说："在利普尼采①一座城堡下面有个宪兵分队长住在队上。我这个老糊涂总以为，宪兵队总是设在醒目的地方，比如广场上或者类似的地方，决不会设在偏僻的小巷子里。我总是在城市的边角处要饭。也没看看牌子。我一所屋子挨一所屋子地要饭，要到一座两层楼的小楼，我推开门，说：'行行好吧，可怜可怜我这个穷要饭的。'抬头一看，我的老天爷！我腿都吓瘫了！是宪兵分队！墙上挂着枪，桌子上摆着耶稣受难的十字架，柜子上放着文件，皇上的画像正从桌子上方盯着我。还没等我开口，宪兵分队长一个箭步冲到我面前，狠狠地给了我一耳光！我从门口木阶梯滚了下去。打这以后，我再也没在克日利采停留了。这就是宪兵的大权啊！"

他们吃了饭，不多久就躺到那间暖和的小屋里的条凳上睡觉了。

深夜里，帅克悄悄穿上衣服，溜了出来。月亮从东方升起，帅克凭借着月光往东走，一路上反复喃喃自语："我就不信我到不了布杰约维策！"

帅克出了树林，看见右边有座城市，便朝北一拐，然后往南，又看见一座什么城市（这是沃德尼亚尼）。他机灵地沿着草地绕开它，等他来

---

① 捷克东南部一座小城。哈谢克在这里度过他最后的几年，口授了这本书的后面部分。逝世后葬于此。

到普洛季维的雪山坡上时,清晨的阳光已照在他的身上了。

"继续前进!"好兵帅克自言自语地说:"职责在召唤,我一定要到布杰约维策。"

不巧的是,帅克并没有从普洛季维往南朝布杰约维策走,而是往北朝皮塞克的方向走去了。

快到中午时分,帅克望见他前面有个村子。他一边走下小山坡一边想道:

"老这么瞎走下去恐怕不行,我得打听一下到布杰约维策怎么走法。"

他走进村子,看见村头第一座房子附近的柱子上写着"普津姆村"时,不禁大吃一惊。

"我的上帝!"帅克叹了口气说,"搞了半天我又到了这个普津姆,我不是在这儿的草堆里过过夜吗?"

可是当一个宪兵,像一只在网上埋伏着的蜘蛛,从池塘后面一座挂着"老母鸡"①的白房子里钻出来时,他倒根本不感到吃惊了。

宪兵逼近帅克,喝道:"到哪儿去?"

"到布杰约维策找我的团去。"

宪兵讥讽地笑了笑:"可你明明是从布杰约维策那儿来的啊!布杰约维策已经在你的后头了!"说罢便把帅克带到宪兵分队去了。

普津姆地区宪兵分队长以行动迅速和干练闻名远近。他决不辱骂被拘留和被逮捕的人,却善于巧妙地使用一种交错审讯法,问得无罪者承认有罪。

有两个宪兵帮助他进行这种审讯。每次交错审讯都是在全体宪兵面带笑容的气氛下进行的。

"办案之道在于机灵与和蔼,"宪兵分队长经常这样教诲他的下属,"对人大喊大叫是毫无意义的。对待罪犯和嫌疑犯态度要温和、委婉,同时竭力让他们淹没在潮水般的提问之中。"

"欢迎你,当兵的,"宪兵分队长说,"请坐,路上辛苦了。好,请你

---

① 在奥匈帝国统治时期,捷克有的地方把国徽上的鹰叫做"老母鸡"。

告诉我们,你要到哪儿去,好吗?"

帅克把到布杰约维策去找团队的话重说了一遍。

"那你大概是走错了路,"分队长微笑着说,"实际上你是背着布杰约维策的方向走的,这一点我可以很容易向你证实。你头顶上面挂着一张捷克地图。好好看一看吧:从我们这儿往南走是普洛季维,从普洛季维往南是赫卢博卡,再往南就是布杰约维策。现在明白了吧:你不是朝着布杰约维策,而是背着布杰约维策的方向走的。"

宪兵分队长和蔼地瞧着帅克。帅克镇定而庄重地说:"我终究要走到布杰约维策的。"这话说得比伽利略当年说"它终究是在转动的"①还要有力,因为伽利略是在盛怒之下说出那句话来的。

"你知道,当兵的,"宪兵分队长还是那样和气地跟帅克说,"我有责任劝告你,以后你自己也会得出这个结论的:越否认就越难表明心迹清白。"

"您说得完全对,"帅克说,"越否认就越难表明心迹清白,越难表明心迹清白就越否认。"

"这就对了,当兵的,这一下你自己也明白了。那么就请你坦白告诉我,你是从什么地方出发往你那个布杰约维策去的。我说'你那个',是因为根据你的走法,在普津姆的北部就还得有个什么布杰约维策,那是哪一幅地图上也没有标出来的。"

"我是从塔博尔动身的。"

"你在塔博尔干了些什么呢?"

"等候开到布杰约维策去的火车。"

"你为什么没有搭上去布杰约维策的火车呢?"

"因为我没有车票。"

"你是一个士兵,他们为什么没发给你一张免费票呢?"

"因为我身上什么证件也没有。"

"奥妙就在这里!"宪兵分队长得意洋洋地对另一个宪兵说,"这小子并不像他装的那样傻。他已经开始乱套了。"分队长就像没有听清

---

① 宗教裁判所强迫伽利略收回他关于地球绕着太阳运行的学说时,他说了这句话。

关于证件的回答似的接着往下问:

"这么说你是从塔博尔动身的。那么你是到哪儿去的呢?"

"到布杰约维策去的。"

分队长的表情增添了几分厉色,他的目光落到了地图上。

"你可不可以把地图指给我们看看,你是怎样走到你那个布杰约维策去的。"

"走过的地方我都记不清了,我只记得我已经来过一趟普津姆。"

宪兵们彼此会意地使了一个眼色。分队长接着讯问道:"这么说,你是呆在塔博尔车站上。你衣兜里装了什么?掏出来看看。"

他们把帅克来了一番彻底的搜查,除了一只烟斗和一盒火柴,什么也没有搜到。分队长问帅克:"告诉我,为什么你衣袋里什么也没有?"

"因为我什么也不需要!"

"哎呀,我的上帝!"分队长叹了一口气,"跟你打交道真是活受罪!你刚才说你已经来过一趟普津姆,你那次在这儿干了些什么?"

"我打普津姆经过,到布杰约维策去。"

"你看你胡扯到哪儿去了。你自己说,你是到布杰约维策去的,可是我们已经向你证明：你是在背着布杰约维策的方向走。"

"对，我绕了一个圈子。"

宪兵分队长又与所有的宪兵意味深长地交换了一下眼色，"你这个圈子指的就是在我们这个区转游。你在塔博尔车站呆了很久吗？"

"一直呆到最后一趟去布杰约维策的火车开走。"

"你在那儿干了些什么？"

"和当兵的聊天。"

分队长又跟他的同僚交换了一个极其意味深长的眼色。

"你跟他们聊了些什么？问过他们一些什么？"

"我问他们是哪个团的，现在要到哪里去。"

"很好。你没有问他们团有多少人？是怎么编制的？"

"这我没问。我早已记得烂熟了。"

"那么说，你对我们部队编制的情报已经完全掌握了？"

"那当然，分队长先生。"

分队长得意洋洋地环视了他的部属，打出了他最后一张王牌：

"你会说俄国话吗？"

"不会。"

分队长对宪兵班长点头示意。他们两人走到隔壁房间，为这次胜利踌躇满志的分队长一面搓着手，一面很有把握地宣布："你听见了吗？他不会说俄国话！看来，这小子滑头透顶了，他什么都承认，就是这个要害的问题不认账。明天我们就把他送到皮塞克县长那儿去。罪行调查学的诀窍在于机智而又和蔼。你看见我是怎么把他淹没在我的滔滔不绝的提问之中的吧？谁能想到他居然是这种人呢？表面上看是个傻子，对这号子人就恰恰需要防一手。好吧，你把他安顿一下，我得去起草一个报告。"

于是分队长从下午一直到晚上都满面春风地写他的报告，在报告中每句话里都使用了"有间谍嫌疑"①这个字眼。

他越写下去，情况就越清楚。在结束这份报告时，他用了几句官厅

---

① 原文为德语。

蹩脚德文:"谨呈钧座:该敌方军官即于本日押往皮塞克县宪兵司令部。"①他望着自己的大作笑了笑,然后把宪兵队班长喊来:"给这名敌方军官什么东西吃了没有?"

"根据您的命令,队长先生,只有在十二点以前带来并受审的人才供给饭食。"

"这可是个非同小可的例外情况,"分队长神气地说,"这是个高级军官,八成是参谋部里的。你知道,俄国人是不会把一个微不足道的什么上等兵派来当间谍的。你派人到'公猫'酒馆去给他叫顿午饭来。如果没有现成的,就要他们现做。然后叫他们沏茶,放点儿罗姆酒,要他们送到这儿来。甭提是给谁预备的。绝对不要跟任何人说我们这儿关着谁。这是军事机密。他现在在干什么?"

"他想要点儿烟草,如今坐在值班室。看来像是心满意足,像坐在他家里似的。还说,'你们这儿挺暖和。你们的炉子不漏烟?我在你们这儿呆着很满意。你们的炉子要是漏烟的话,你们就把烟囱通一通。可是得下午通,绝不要在太阳正对着烟囱口的时候通。'"

"是个经心的家伙,"分队长以充满喜悦的声音说,"他装出若无其事的样子。可他心里明白,要把他枪毙的。这种人,哪怕是我们的敌人也值得尊敬。这种人临死不惧。我不知道,我们是不是能做到这一点。我们也可能动摇、颓丧,他却毫不在乎地坐在那儿说:'你们这儿很暖和,你们这儿的炉子不漏烟。'班长先生,这才称得上有胆量哩!这种人得有钢铁般的神经和骨气,坚强而又富有热情。哎,要是我们奥地利有这种热情……还是不去管它这些的好。我们这儿也有热情满腔的人。你在《民族政治报》上读到炮兵上尉贝尔格爬到一棵高大的松树上、在树枝上设立观察点的事迹吗?我军撤退后,他没法从树上下来了,否则就要当俘虏,所以他就在上头等我们把敌军赶跑,足足等了十四天。他在树上整整十四天,为了不至于饿死,就以树枝尖和松针充饥。等到我们的军队打回来时,他已衰弱得无法再在树上支撑下去,便掉下来摔死了。死后为表彰他的刚毅坚强,授予他金质奖章。"

---

① 原文为德语。

分队长还郑重其事地补充了一句："这才叫牺牲,才叫英雄行为哩! 你看,我这一扯又扯多远啦,快去给他叫午饭吧,顺便叫他到我这儿来一趟。"

班长把帅克带了来,分队长友好地对他点点头,示意叫他坐下,一上来只问他还有没有双亲。

"没了。"

分队长马上想到这样更好,起码谁也用不着为这个不幸者痛哭流涕。他盯着帅克那张和善的脸庞,突然友善地拍了拍帅克的肩膀,说:

"怎么样,你喜欢捷克吗?"

"在捷克我到处都喜欢,"帅克回答说,"我一路上遇到很多好人。"

分队长点点头:"我们这儿的人民非常好,非常可爱。只是有点儿爱扒东西、爱吵架,这也算不了什么。我在这儿十五年了,根据我的计算,这儿一年大约有四分之三个人被杀害。"

"你是不是说没有完全杀死?"

"不,不是那个意思。我只是说十五年中我们只审讯了十一起凶杀案:其中五起是谋财害命,其余六起是一般凶杀案,值不了什么。"

分队长寻思了一会儿，又开始了他那种审讯：

"你想到布杰约维策去干什么？"

"到九十一团去服兵役。"

分队长连忙打发帅克回值班室去后，生怕把供词忘了，随即在准备送给皮塞克县宪兵大队的那份报告上添了一句："彼精通捷语。企图在布杰约维策打入我九十一步兵团。"

宪兵分队长兴高采烈地搓着手。他对自己收集了这么丰富的材料，以及由于他的审讯有方而得出这么详细的情节感到十分得意。他想起了他的前任，比尔格分队长，那人跟被拘留者根本不对话，也不问什么问题，抓到人马上往县法院送，只附上一句简短的报告："据宪兵班长报告，此犯系因流浪与乞讨案而逮捕。"这也称得上审讯！？

分队长望着自己所写的报告，自满地笑了笑，从书桌里取出布拉格宪兵总部发布的一份照例印着"绝密"字样的指令，重读了一遍：

> 兹严令各该宪兵分队对其辖区内一切过往行人务必严加戒备。我军自东加里西亚转移之后，数支俄军部队已乘隙越过喀尔巴阡山侵入我帝国腹地，使战线深入我帝国西部。在此新形势下，战线变幻无常，使俄军间谍得以潜入我帝国腹地，尤以西里西亚与摩拉维亚为甚。据密报，大量俄国间谍已侵入捷克地区。现已查清，其中有俄籍捷克人员多名，彼等曾受训于俄国高等军事学校，精通捷语，系特别危险之间谍。因彼等均能、且必定已在捷克居民中进行策反宣传。兹训令各宪兵分队，凡遇形迹可疑者，概予扣留。警备部、军事据点及军用列车通过之各车站一带，尤应严密防守。对被拘留者应立即进行审讯，并呈报上级审理。此令。

宪兵分队长弗兰德卡又满意地笑了笑，将绝密文件仍旧放回标有"密令"的卷夹中。

有许多密令，它们都是由内政部和掌管宪兵机构的国防部共同拟定的。

布拉格宪兵总部整天为复写、分发这些密令忙得不可开交。这些密令有：

关于监视各地居民思想状况的指令；

关于如何通过交谈以探查前方消息对各地居民情绪有何影响的指示；

当地居民对战时公债及认购态度的调查表；

已经应召入伍和行将应召入伍者的情绪调查表；

地方自治会会员和知识分子的情绪调查表；

关于立即查清各地居民参加何种政党以及各该政党势力情况的指令；

关于考察各地方政党领袖人物之活动，以及查实当地居民中所参加之某些政党忠诚程度的指令；

宪兵分队管辖地区所发行之报纸、杂志、小册子的调查表；

关于查清叛国嫌疑分子所交结之朋友及其叛国表现的指示；

关于如何从当地居民中物色密探、情报员的指示；

关于各地依章登记为宪兵分队服务的、领取津贴的告密人的指示。

每天都源源不断地送来各种新的指示、章程、调查表和指令。弗兰德卡分队长整天埋在奥地利内务部发明的这些文件中，忙得晕头转向，他也以千篇一律的方式来对付这些调查表，总是回答说在他这儿一切正常，当地居民的忠诚程度属于一等一级。

奥地利内务部发明出下列等级表来标明人民对帝国的忠诚程度：一等一级，一等二级，一等三级；二等一级，二等二级，二等三级；三等一级，三等二级，三等三级；四等一级，四等二级，四等三级。最后一等的一级表示有叛国行为，须处以绞刑，四等二级表示应该拘禁，四等三级应加监视或关押。

在分队长的写字台上有各式各样的命令和表格。政府想知道每一个公民对它的看法。

弗兰德卡分队长对随着每趟邮件无情地增添的一批批印刷品感到十分沮丧。只要一见到盖有"公文"、"邮资已付"戳子的熟悉的邮件，他就心跳起来。夜里，经过深思熟虑，他断定自己难以活到战争结束；宪兵总部快把他逼糊涂了，他也无法分享奥地利军队获胜的欢乐，因为到那时他恐怕早已神志不清。县宪兵大队天天质问他:为什么还不答复 d 72345/721 a/f 号调查表？z 88992/822 gfeh 号通令是如何处理的,或者 v 123456/1292 b/r 号章程实施成效如何等等。

最叫他伤脑筋的是那份在当地居民中物色和收买告密人的指令。临了,连他自己也认为,要在这个所有老百姓都是死顽固的地方找到一个告密者是不可能的。这时,他突然想到那个绰号叫"跳呀贝比克"的傻羊倌。这羊倌的确傻到了家,一听人家叫"跳呀贝比克"便跳一下;而且是个被大自然和人们所忽视的可怜的残废,靠替村里放牧牲口,一年只得几个小钱币,维持十分可怜的生活。

分队长让人把他叫来,对他说:"贝比克,你知道,'遛弯老头儿'①是谁吗？"

"咩……"

"别叫。你记住,他们就是这么称呼皇上的。你知道,皇上是什么人吗？"

"皇上就是皇帝。"

"你真行,贝比克。那你就记住,你要是听见有人吃饱了饭没事干,这家串到那家,说皇上是畜生之类的话时,就马上到我这儿来报告。这样你就能得到六克朗。要是听到有人说我们打不赢这场战争,你也马上到我这儿来,懂吗？告诉我这是谁说的,那你又可得到六克朗。我要是发现你听到了什么隐瞒不报,那你就要倒大霉。我就把你抓起来,送到皮塞克去。现在你跳吧！"贝比克跳了跳,分队长给了他两克朗。又心满意足地给县宪兵大队打了个报告,说是已经找到一名情报员。

第二天牧师跑来见分队长,鬼鬼祟祟地告诉他说,今天早上碰见村里的羊倌"跳呀贝比克",羊倌对他说:"大人,宪兵分队长昨天对我说,皇上是个畜生,我们打不赢仗,咩……跳！"

分队长在与牧师做了一番长谈之后,叫人把羊倌关了起来。后来,在赫拉昌尼以叛国罪判了他十二年徒刑。他被指控怀有危险的叛国阴

---

① 这是老百姓给捷王弗兰西斯·约瑟夫一世取的绰号。

谋,蛊惑民众,侮辱皇帝陛下,以及其他许多罪行。

"跳呀贝比克"在法庭上跟在牧场或左邻右舍之中那样,对所提问题都以羊的咩咩叫声相回答。宣判时,他叫了一声"咩——跳!"就跳走了。为此以无视法律论处,罚他住单号子牢房,睡硬板床,外加三道岗哨。

从此宪兵分队长又没有情报员了,但他还应为他臆造的这个情报员感到满意,因为他臆造的名字逐级上报后,每月长了他五十克朗的薪水,这些钱他全都在"公猫"酒馆花掉了。在第十杯下肚之时,他突然受到良心的责备,啤酒在嘴里也变苦了。他听到坐在旁边的顾客总是这么说话:"今天我们的分队长先生有点儿不高兴,像有什么事儿不顺心。"他起身就往家走,等他走后,总是有人说:"准是我们的人又在塞尔维亚哪个地方拉了一裤裆屎,所以我们的宪兵分队长才这样一声不吭。"

分队长在家里又填好了一张调查表:"居民思想状况:一等一级。"

分队长常常好几个晚上不能入睡,总是在等待视察和调查。夜里他梦见了绞索,梦见人们把他带去上绞刑架,最后,国防部长站在绞刑架下亲自向他叫嚷:"队长,x. y. z. 1789678/23792 号通令的复文在哪儿?"①

现在他觉得,似乎宪兵分队的每个角落里都在响着一句古老的猎人的祝福话:"祝你打猎成功!"弗兰德卡宪兵分队长毫不怀疑县宪兵大队长会拍着他的肩膀说:"恭喜你,分队长先生。"②

分队长暗自描绘出一幅比一幅更美妙的图画。在他满脑子官瘾的思想里,装的净是功名、升迁,对他办案才能的高度评价以及由此而来的亨通官运。

他把班长叫来,问道:"午饭送去了吗?"

"给他送去了熏肉、白菜和馒头片。汤已经卖完了。他喝了一杯茶,还想再喝一杯。"

"给他喝吧!"分队长慷慨地答应,"等他喝完茶,把他带到我这儿来。"

半小时后,当班长把吃饱了而且照例是心满意足的帅克带来时,分队长问道:"怎么样?吃得好吗?"

"还不错,分队长先生。只是白菜再多一点儿就好了。我知道,这也难怪,你们事先并没料到我会来呀!熏肉挺不错,准是用家里喂的猪熏的。掺罗姆酒的茶我喝了很舒服。"

分队长看了一眼帅克,开始问道:"俄国人也很爱喝茶,是不是?那儿也有罗姆酒吗?"

"罗姆酒全世界都有啊,分队长先生。"

"现在你甭想把我蒙混过去!"分队长心里想:"你早该注意你在说些什么了!"他便又弯下身子对着帅克亲昵地问道:"俄国有漂亮姑娘吗?"

"漂亮的姑娘在世界上哪儿都有,分队长先生!"

"你这小子,"分队长又想,"你现在要溜号,滑过去!"想到这里,他便像从四十二公分口径的臼炮发射炮弹一样开火了:

"你想在九十一团干些什么?"

---

①② 原文为德语。

"随团队一起上前线。"

分队长满意地盯着帅克,想道:"不错!是到俄国去的最妙的办法。"

"这个主意想得太妙了。"分队长兴奋地说,同时注意观察他的话对帅克引起的反应。

然而从帅克眼里所看到的只是绝对的镇定。

"这小子连眼毛也不动一下,"分队长打心眼里感到害怕,"这就是他们的军事训练。我要是处在他的地位,这么一问,我的膝盖都要打哆嗦了……"

"明天一早,我们把你送到皮塞克去,"他用随便的口吻向他宣布说,"你什么时候到过皮塞克?"

"一九一〇年帝国军事演习的时候去过。"

宪兵分队长听到这个回答笑得更快活更得意了。他感到这一系列提问已经超出了他的估计。

"你从头到尾参加了那次演习吗?"

"那还用说,分队长先生,我当时是步兵。"帅克仍然用他宁静的神情望着分队长,分队长却开心得不亦乐乎,迫不及待要把这些新材料添进呈文里去。他叫班长把帅克带走,然后去补写他的呈文:

> 其计划是:钻进九十一步兵团队,并要求立即转往前线,伺机尽快逃往俄国,因该犯已观察到,我方戒备森严,不如此则无法返抵俄国。该犯与九十一团之关系谅必甚好。经卑职反复盘问,该犯供认一九一〇年曾以步兵身份参加帝国军队在皮塞克附近举行之全部演习。由此可见,该犯对间谍工作谙熟已极。又:此番一切罪证之获得,乃卑职独创之交错审讯法之结果也。

宪兵班长出现在门口说:"分队长先生,他要上厕所。"

"上刺刀!"①分队长下令,"要不,把他带到我这儿来。"

"你要上厕所?"分队长和善地问帅克,"这里面没有别的意思?"他

---

① 原文为德语。

用眼睛死盯着帅克的脸。

"这里面的确只是解大便的意思,分队长先生。"帅克回答说。

"但愿这里面不要有别的意思,"分队长一边意味深长地重复说,一边别上值勤手枪,"我陪你去!"

"我这支手枪很不错!"他在路上对帅克说,"连发七颗,七发七中。"

来到院子之前,分队长把班长叫过来,悄悄对他说:"端上刺刀枪,等他一进厕所,你就站到厕所后面,别让他从粪堆后面挖洞跑掉了。"

厕所是一间很小的普通木房,下面是粪水流淌的粪坑。

这是一个整整几代人使用过的老厕所了。此刻帅克蹲在上面,一手抓住门上的绳子,而同时班长正从后窗盯着他的屁股,以防他掘洞跑掉。宪兵分队长睁大老鹰眼睛盯着厕所的正门。他正掂量着,如果帅克想逃跑,该朝着他哪条腿开枪。

可是门儿轻轻地开了。帅克满意地走了出来,对分队长说:

"我在那儿没呆太久吧?没耽搁你们的事吧?"

"哪里哪里,没有没有!"分队长回答,心中暗自思量:"人家多么彬彬有礼,明明知道等着他们的是什么,举止仍然不失体面,到了最后一瞬间也还是温文尔雅。我们的人若处在他的地位能做到这一点吗?"

队长挨着帅克坐在守卫室一个叫朗巴的宪兵的空床上;朗巴今天值班,到附近各村巡逻去了,明天早上才回来。可是实际上,这位朗巴此时正泰然坐在普洛季维的"黑马"酒店里跟鞋匠师傅打"马利亚什"①,间或讲几句奥地利一定胜利之类的话。

分队长点燃烟斗,让帅克也把烟斗装上。班长往火炉里添了柴,于是这宪兵队就成了地球上最舒适的角落、最温暖的窠儿。暮色苍茫,夜幕降临,正是聊天的好时光。

可谁都闭口不言。分队长在独自寻思着,终于掉过头来对班长说:"照我看,把间谍绞死是不对的。一个人,为了尽职,比方说,为自己的祖国作出牺牲,他应该享受一种真正体面的待遇,比如说,吃颗子弹,你说呢,班长先生?"

"当然应该把他枪毙,不把他绞死,"班长同意说,"比方说,要是把我们派出去,交待我们说:'你们必须侦察出俄国人的机枪队里有多少挺机枪。'那我们也会换下军装就出发的。要是把我逮住了,难道把我当做强盗凶手来绞死?"班长激动得站起来大声嚷道:"我要求把我枪毙,按军礼下葬。"

"这里面还有个问题,"帅克插嘴道,"要是这个人很机灵,那他们就抓不到他什么把柄了。"

"不,抓得到的!"分队长着重地说,"假如他们也这样机灵,有他们自己一套办法,就抓得到。这一切你自己会清楚的。"

"你自己会清楚的,"分队长用更和缓的口气重复了一遍,脸上还堆着和蔼的笑容,"在我们这儿谁也别想蒙混过去。对吗,班长先生?"

班长点头称是,并且说:"有些人早就输定了,故作镇静也无济于事,越是装作满不在乎,越是容易露马脚。"

"他们已经挨过我的教训了。班长先生!"分队长骄傲地说,"镇静

---

① 一种纸牌打法。以持同花的王与王后者为胜。

只不过是一个肥皂泡,假装镇静就是罪状之一①。"队长停止解释他的理论,转向班长说:"今天晚饭准备吃什么?"

"分队长先生,你今晚不上饭馆去吃吗?"这一问使分队长面临着一个他必须解决的新难题。

犯人要是趁他晚上不在时跑掉了怎么办?班长虽然可靠而且谨慎,可是有一次从他手里也跑掉过两个流浪汉。实际上是因为他不愿押着他们在冰天雪地步行到皮塞克去,所以在拉希采附近就把他们放掉,只朝天放了一枪装装样子。

"我们把那个老太婆派去买晚饭吧。叫她给我们装一罐子啤酒,"分队长就这样解决了难题,"让那老娘儿们跑一趟活动活动筋骨。"

伺候他们的贝兹莱尔卡老婆婆也真为他们跑了个够。

晚饭后,由宪兵分队到"公猫"饭店之间那条路一直没闲着。从这条交通线上印着老婆婆那又重又大的密集的靴子印就可证明:分队长虽未亲自光临"公猫"饭店,却充分享受了它的好处。

当贝兹莱尔卡老婆婆最后一次到饭店,转达分队长对掌柜的问好,并要买瓶波兰白酒时,老板的好奇心再也按捺不住了:

"谁在他们那儿?"

贝兹莱尔卡老婆婆回答说:"一个可疑的人。刚才我出来之前,他们两个正搂着哩。分队长先生摸着他的头,对他说:'我亲爱的斯拉夫小子,我这可爱的小间谍!'"

后来,到了下半夜,宪兵班长穿着全副军装,在他那张行军床上摊直睡着了,还大声打着呼噜。坐在他对面的分队长,把两瓶波兰白酒喝得只剩了个底儿。他搂着帅克的脖子,通红的脸上淌着眼泪,胡子沾满了波兰白酒,嘴里一个劲儿地嘟哝着:"说实话,俄国没有这么好的白酒吧。说呀,说了也好让我睡个安生觉呀。男子汉大丈夫,照实说吧!"

"是没有这么好的白酒。"

分队长倒在帅克身上:

---

① 原文为拉丁语。

"你承认了,我很高兴。受审问时就该这样老实。既然犯了罪又何必抵赖呢?"

他站起来,拿着空酒瓶子踉踉跄跄走进他的屋子,一路还嘟囔着:

"我要不是出一出了一点儿岔子,一切都一都一都会是另一个样儿了。"

在他没脱军装就倒到床上之前,从写字台里把呈文拿出来,打算加上如下一段话:

"根据第五十六条犹有进者,俄国之白酒①……"他在纸上弄了一摊墨水,用嘴把它舔掉了,然后傻笑着,倒在床上睡得像死猪一样。

天快亮时,躺在对面床上的宪兵班长鼾声如雷,夹杂着尖细的鼻音,把帅克吵醒了。他爬起来,把班长摇了摇,然后又躺了下去。这时候,鸡啼了,太阳升起来了,贝兹莱尔卡老婆婆跑来生火,她也因为头天晚上的奔忙而睡了个够。她发现大门敞着,一个个都在蒙头大睡,守卫室的油灯还冒着烟。贝兹莱尔卡老婆婆嚷了一声,把班长和帅克从床

---

① 原文为德语。

上拖起来,对班长说:"你也不害臊,衣服都不脱就睡觉,跟牲口似的。"又教训帅克说,在女人面前,起码应把裤裆口扣好。

最后,她逼着睡眼惺忪的班长去把分队长叫醒,说这样睡下去太不成体统。

"您倒是落到了一群好人手里,"在班长去叫分队长起床时,老婆婆对帅克说,"一个比一个能喝。见了酒就没命了。都欠了我三年工钱。我一提起,分队长就说:'别啰嗦,老太婆,要不把你关起来。我们确确实实知道,你的儿子是个盗猎犯①,还偷财主家的劈柴。'我跟他们都受了三年多的罪了。"老婆婆深深地叹了一口气,接着嘟哝说,"您特别要提防那位分队长。他净会甜言蜜语的,可却是头号的大坏蛋。净找岔子整人、关人。"

好不容易把分队长喊醒。班长费了老大的劲来使他相信:已经是早晨了。

他终于四下瞅了瞅,揉了揉眼睛,慢慢地记起昨天的事来。突然,一个可怕的念头钻进他的脑袋,他心神不定地望着班长说:"他跑啦?!"

"没事,小伙子挺本分的。"

班长开始在房里踱来踱去,朝窗子外面望了望,又踱回来,从桌上撕下一小块报纸,用两个指头把它搓成小纸球。看来他还想说什么。

队长犹疑地看着他,最后,为了弄清班长在想什么,便说:

"班长先生,别发愁,我会帮你忙的,我昨天大概又出了什么洋相吧?"

班长用责备的眼光看了一下他的上司:

"分队长先生,您知道您昨天都说了些什么,您什么样的话没跟他说呀!"

他凑到分队长的耳朵边轻声说:"您说我们所有捷克人跟俄国人都是斯拉夫血统,您说尼古拉·尼古拉耶维奇②下周就要到普舍洛夫

---

① 到禁猎区打猎的人。
② 尼古拉·尼古拉耶维奇(1856—1929),俄国大公,第一次世界大战初期任俄军总司令。

了,说奥地利支持不住了,还教他下次受审时什么也别招认,胡搅蛮缠一通,让他一直拖到哥萨克人来把他解放。您还说,奥地利很快就要完蛋了,跟胡斯战争时期一样,农民举着镰刀上维也纳。说皇帝老子是个病老头,很快就会四脚朝天。还说威廉皇帝是头畜生。您答应捎点钱到牢里去,给他改善生活,还有好多这类的话……"

班长从分队长身边走开时,补充说:"这些我都记得一清二楚,因为开头我喝得不多,到后来我也不行了,就啥也不知道了。"

分队长盯了班长一眼,说:

"可我还记得,"他宣布说,"你还说了,我们跟俄国人相比,简直是黄口小儿,你还当着老太婆的面嚷嚷:'俄国万岁!'"

班长开始神经质地在房间里踱来踱去。

"你吼叫如牛,"分队长说,"后来你就横倒在床上,打起呼噜来。"

班长在窗前站住了。他敲着玻璃,说:"分队长先生,您在我们那位老太婆面前也没用餐巾堵住嘴啊。我记得,您对她说:'你记住,老太婆!每个皇帝和国王只惦着他们的口袋,所以才要打仗。连"遛弯老头儿"这个老家伙也不例外。连大便也不敢让他自个儿去拉,免得他把整个申布隆宫①弄得一塌糊涂。'"

"我说了这样的话?!"

"说了,分队长先生!您说了这些话,您跑到院子里去呕吐之前还嚷嚷:'老太婆,你用指头往我喉咙里捅一捅吧!'"

"你说的话也够悬的!"分队长打断他的话说,"你怎么会想起这号蠢事来,要让尼古拉·尼古拉耶维奇当捷克国王呢?"

"这我一点儿也记不得了。"班长胆怯地回答。

"当然记不得了!你醉得像一摊烂泥,眯着一双猪眼睛。你想出去一趟,错把炉门当大门,往壁炉上爬哩。"

两人都默不做声了,最后,分队长打断沉寂说:"我经常对你说,烈性酒是害人精,你喝不得,你偏要喝。要是那家伙跑了怎么办?我们怎么交差?上帝啊,我头都要炸啦!"

---

① 奥皇在维也纳的寝宫。

"你听我说,班长先生!"分队长接着说,"正因为他没逃跑,就更说明,他是一个又危险又老练的家伙。等到他们审讯他时,他会说,我们这儿的大门通宵开着,我们全都喝着烂醉如泥,假如他真有罪的话,他要逃跑一千次都逃成了。好在他们不会相信这种人,再说,到时候,我们还可以赌咒发誓,说这是那家伙编造的谎言,那么上帝老子也帮不了他的忙,只能在他的脖子上多套一圈绞索。在他的问题上这点小事算不了什么。哎哟哟,要是我的头不这么痛就好了!"

鸦雀无声。过一会儿分队长下令:"把我们的老太婆叫来。"

"你听着,老太婆,"分队长对贝兹莱尔卡老婆婆说,两眼严厉地盯着她的脸,"你去找个耶稣受难像拿到我这儿来。"

分队长对着贝兹莱尔卡那疑惑不解的目光吼了起来:"快,快!你还发什么愣?快去拿来!"

分队长从写字台里拿出两枝蜡烛,上面还留有封过公文的火漆印痕迹。等到贝兹莱尔卡老婆婆终于颤颤巍巍把耶稣受难像拿来后,分队长把十字架放在桌子边缘上的两枝蜡烛中间,他点燃蜡烛,郑重其事地说:"坐下,老太婆。"

吓得发抖的贝兹莱尔卡老婆婆心不在焉地坐到沙发椅上,惊慌地望着分队长、蜡烛和钉在十字架上的耶稣像。她吓得丧魂失魄,双手打颤,看得出来,两个膝盖也在发抖。

分队长又严肃地走到她跟前,庄严地说:"昨天晚上你成了重大事件的见证人,老太婆,可能,你这副笨脑筋也理解不了这些。那个士兵是个间谍、特务。明白吗,老太婆!"

"圣母马利亚啊!"贝兹莱尔卡惊叫了起来。

"安静!老太婆!为了从他口里弄到一点东西,就得说各种各样的话,说你昨天听到过的一些离奇古怪的话。你听到我们说的那些古怪话了吗?"

"听见了。"贝兹莱尔卡用发抖的声音回答说。

"老太婆,这些话都是为了让他如实招供,让他相信我们才说的。我们这一手也成功了。我们从他嘴里套出了一切,我们抓到这小子的把柄了。"

分队长突然停止了谈话,把点完的蜡烛芯弹掉,然后两眼严厉地盯着贝兹莱尔卡,郑重地说:"老婆子,你当时在场,知道其中的一切秘密。这是国家机密,你对谁也不许吭一声。就是临终的时候也不能说,要不然你就死无葬身之地了。"

"圣母马利亚,约瑟夫呀!"贝兹莱尔卡呼叫着,"我真倒霉,怎么走进这个门啦!"

"别嚎!老婆子,起来,到十字架跟前去,举起右手,把两个指头伸出来,对我发誓。我说一句,你跟着说一句。"

贝兹莱尔卡向桌前走去,嘴里抱怨着:"圣母马利亚,我为什么刚好跨进了这道门槛啊!"

十字架上耶稣受难的脸直盯着她,蜡烛冒着黑烟,贝兹莱尔卡老婆婆觉得,这一切都显得像地狱里一样可怕。她已吓得魂不附体,四肢不停地哆嗦。

她伸出两个指头,举起手臂。宪兵分队长隆重地、铿锵有劲地领着她念:"我向万能的上帝,还有您,分队长先生,发誓:我在这儿所见所闻的一切,至死不往外传,即使受到审讯也绝对不说。求主保佑我。"

"现在,吻十字架,老婆子!"在老婆婆抽噎着发了誓,虔诚地画了十字之后,分队长命令说。

"好了,现在你从哪儿借来的十字架,还把它还到哪儿去。就说我在审讯时用了一下。"

悲伤的贝兹莱尔卡老婆婆抱着耶稣受难像,踮着脚尖走出了房间。从窗口可以看见,一路上她老回头顾盼宪兵分队,似乎想断定自己并非做梦,而在不久之前,她确乎度过了一生中最可怕的一段时刻。

分队长这时重新抄写他的呈文,因为头天晚上在手稿上洒了一摊墨水,经他一舔,纸上像是抹上了一层果酱。

如今已完全加工妥当了,随后又想起还有一件事得问帅克。他下令把帅克带了来,问道:"你会照相吗?"

"会!"

"那你怎么不随身带架照相机呢?"

"因为我没有照相机。"帅克的回答干脆而明确。

"假如你有照相机的话,那一定会照的吧?"分队长问道。

"可惜没有啊。"帅克坦然地回答说,一边平静地迎接分队长审视的目光。分队长这时又感到头痛难当,他惟一能想出来的问题是:

"拍车站的照片难吗?"

"比拍别的还容易,"帅克回答说,"因为车站不动晃,老杵在一个地方。用不着对它说:'表情放快活一点。'"

现在分队长又可以为他的呈文写补充材料:"谨对卑职第2172号呈文作如下补充……"①

分队长随心所欲地写道:

> 经卑职进行交错审问,该犯尚供称:彼善照相,尤喜拍摄车站。职虽未于其身上搜得照相机,但可推测:彼为避人耳目,已将其隐匿他处,而未随身携带。该犯供认:如携带相机,必拍照无疑,足证卑职之推测并非向壁虚构。

宪兵分队长由于昨天酗酒,还头昏脑涨,这关于拍照一事在他的呈文里越扯越乱。他接着写道:

> 据该犯亲口供称:彼仅因未随身携带相机,故无法拍摄车站建筑乃至一般有战略意义之要地。职深信:倘彼当时携有所需之摄影器材,定当拍摄无疑,该项器材彼不过隐藏他处,故职未能于其身上搜得照片,仅由于彼未带相机而已。

"这已经够了。"分队长说罢,在呈文上签了个字。

他对自己的杰作十分满意,得意洋洋地给宪兵班长念了一遍。

"写得不坏,"他对班长说,"呈文就是这么个写法。一切情节都得写进去。老弟,审问犯人可不那么简单,要紧的是把呈文写好,让上级审讯机关看了佩服得五体投地。把那小子给我带来。该结案了。"

"如今班长先生要把你送到皮塞克县宪兵大队那儿去,"他板着面孔对帅克说,"照规矩本应给你戴上手铐,可是我考虑到你是个懂得体面的人,手铐就不给你戴了。想必你不至于在半路上跑掉。"

---

① 原文为德语。

分队长显然是被帅克那张憨厚的脸所感动了,又说道:"也希望你不要怨我。好,你把他带走吧,班长先生,呈文在这里。"

"那就再见了,"帅克温和地说,"分队长先生,谢谢您为我费心。有机会我会给您写信。我若是打这儿附近经过,一定过来看望您。"

帅克和班长上了公路。每一个行人见到他们谈得这么亲热,都以为他们是老朋友,偶然在路上碰见了,便结伴进城,比方说一道儿上教堂去。

"我怎么也没想到,"帅克说,"到布杰约维策去的路这么难走。这使我想起科比利斯城的屠户霍乌拉遇到的一桩事。他有一回夜里走到摩拉尼的巴拉茨基纪念像那儿,围着它一直走到天亮,以为是沿着一堵墙往前走,可是那堵墙没个尽头。他陷入了绝望的境地,到了早上,他已经累得不行了,便嚷了一声'救命啦!'警察跑来时,他就问他们回科比利斯去怎么个走法,还说他沿着一道什么墙足足走了五个小时,这道墙老也没个完。警察把他带走了,他把牢房里的一切砸了个稀巴烂。"

班长对他讲的这些根本不搭腔,心想:"你跟我扯什么淡。又要讲你的布杰约维策神话了。"

他们从鱼塘边走过,帅克兴致勃勃地问班长附近偷鱼的人多不多。

"这儿尽是偷鱼的,"宪兵班长回答说,"他们想把前任分队长扔到水里去。陵堡上的鱼塘管理人用钢毛刺往他们屁股上扎,可也白搭:他们在裤裆里垫块洋铁片挡着。"

宪兵班长又谈到如今的进步,说人们什么鬼主意都想得出来,一个骗一个。他还发展了他的新理论,说这种战争对人类是个极大的幸事,因为除许多好人之外,一些流氓无赖也被枪杀掉了。

"世界上的人也太多了,"他一本正经地说,"一个挤着一个,人类已经繁殖成灾了。"

他们快到一家客栈了。

"他妈的今天的风刮得真厉害,"宪兵班长说,"我想,咱们喝他妈一口半口的总不碍事吧。你对谁也别说我押你上皮塞克去。这是国家机密。"

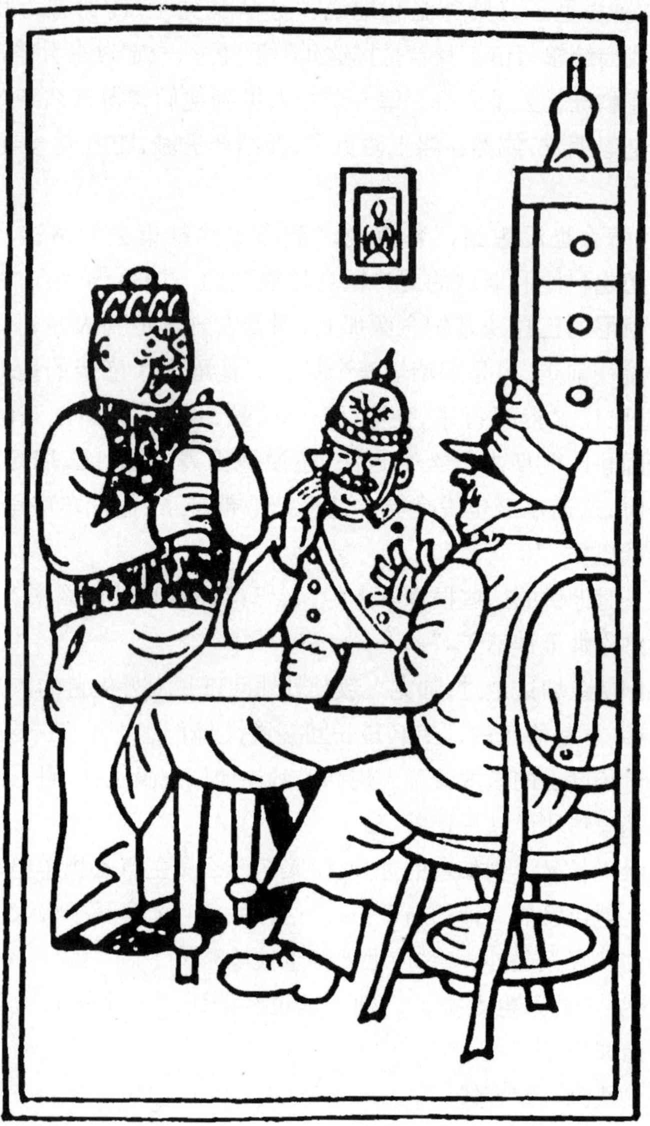

此刻班长眼前出现了关于嫌疑分子与犯人以及各宪兵分队职责的规定:"隔绝他们与当地居民的联系,在押送犯人至上级机关途中严禁与周围人们闲聊。"

"绝不允许把你的身份泄露出去,"班长又说,"你干了什么,谁也管不着。不许你引起人们惊惶失措。"

"在战争年代,惊惶失措是最可怕的事,"他接着说,"谁要随便说点什么,就会闹得满城风雨。明白吗?"

"我绝不让人们惊惶失措。"帅克这么说,也这么做了。当客栈老板跟他们聊天时,帅克说:"这位兄弟说,我们一点钟到达皮塞克。"

"您那位兄弟是休假吗?"好奇的老板问宪兵班长,班长连眼都不眨一下,粗声粗气地回答说:"今天到期了。"

"我们巧妙地把他对付过去了。"当老板走开后,班长笑着宣称。他对帅克说:"绝不能张皇失措,现在是战争时期。"

班长在进客栈之前以为喝几杯酒不碍事,但也未免太乐观了,因为他没考虑这几杯究竟有多少。他喝完第十二杯后,便大声地肯定地说:"三点以前,宪兵大队长还在吃午饭,早去也没必要;此外,开始下大雪了。如果四点赶到皮塞克,时间还绰绰有余,到六点还有的是时间。从今天这天气看,反正得摸黑走了。所以现在走也好,晚一点儿走也好,反正一样,皮塞克跑不了。"

"咱们能呆在这个暖和的地方,应当说福分不小哩。"他断定说,"碰到这种坏天气,战壕里那些小子可比我们坐在炉火边要受罪得多。"

古老的琉璃砖大壁炉散发着热气。班长断定:像加里西亚那边的人说的,这种外部的热气可以通过各种甜酒和烈性酒产生的内部热量来加以补充。

店老板有八种酒,在酒店各个屋角的风雪呼啸声中,他慢慢地品尝着这些酒,借此消解客栈的孤寂。

班长一个劲儿地敦促老板不要落在他们后面,他一边喝着,一边责怪老板喝得太少。这可是公然的诽谤。因为客栈老板已经醉得歪歪倒倒,站立不住,而且一个劲儿地坚持要打"费布尔",还硬说昨天夜里听见东方有大炮声。

班长冲着他打了一个嗝,回答说:"你——你别制造混乱!这方面我们接到了命令。"

接着,他滔滔不绝地解释说,命令即各种最新指令之总称。与此同时,他泄露了好几项密令的内容。店老板已经喝得稀里糊涂了。他惟一能说出的话是:靠命令是打不赢仗的。

班长与帅克动身去皮塞克时,天已黑了。大雪纷飞,伸手不见五指。班长不住地唠叨:"朝着你的鼻子照直往皮塞克走吧。"

当他说第三遍时,声音已不是从路上而是从哪个低处传来,因为他沿着一座积雪的土坡滑下去了。靠着他的步枪的支撑,费了好大的劲他才重新爬到大路上来。帅克听到他自嘲地说:"像从冰山上溜下去一样。"过一会儿又听不见他的声音了。原来他又从土坡上滑下去了。透过风的呼啸声传来他的喊声:"我摔啦!不好啦!"

班长变成了一只辛劳的蚂蚁,滚下去,又使劲地爬上来。

他又一连这样翻滚了五次,最后,当他爬到帅克跟前时,他沮丧地说:"我差点儿找不着你啦!"

"不用担心,班长先生,"帅克说,"最好是把咱俩拴在一块儿,这就谁也丢不掉谁了。您有手铐吗?"

"每个宪兵都得随身带着手铐。"班长一面在帅克身边东倒西歪地走着,一面使劲地说,"这是干我们这一行的面包啊!"

"那咱们就铐上吧,"帅克提议说,"咱们试试看怎么样?"

班长熟练地把手铐的一端扣在帅克手上,把另一端扣在自己的右腕子上。如今两人就像一对连体双胞胎连在一起,一路上磕磕绊绊地走。班长拖着帅克走过一堆石头,他一跌跤,就把帅克也拖倒在地了。这一来,手铐磨破了他们的腕子。班长终于说:这样下去再也受不了啦,还是把手铐松开的好。费了好半天的劲也没法把套在帅克和自己手腕上的手铐解下来,班长叹了口气说:"咱们永远连在一起啦!"

"阿门!"帅克接上一句,他们又继续踏上那艰难的旅程。

班长的心情非常沮丧。他们长途跋涉,历尽辛苦,深夜到了皮塞克县宪兵大队走廊上,班长忧郁地对帅克说:"情况不妙。咱俩拴着手铐

谁也离不开谁。"

　　果然情况不妙,县大队副派人请来了大队长凯尼格。

　　县大队长第一句话就是:"对着我哈一口气!"

　　"如今我全摸透了。"县大队长以他经验丰富的嗅觉毫厘不差地弄清了事情的底细。"罗姆酒、波兰白酒、'鬼酒'①、山梨酒、核桃酒、樱桃酒、香荚兰酒。"

　　"大队副先生,"他转身对他的下属说,"你看,简直给我们宪兵丢尽了脸,你得引以为戒啊。像这样胡来,就是犯了该受军事法庭审判的罪行。竟然用手铐把自己扣在犯人身上,而且醉得像一摊烂泥!像一头畜生一样爬到这里!把他们的手铐解开!"

　　"什么事?"大队长问班长,班长正在用他那只没有扣上手铐的手给他敬礼。

　　"报告大队长,我带来了一份呈文。"

　　"会有一份控告你的呈文的,"大队长简短地说,"大队副,把他们

---

① 一种用果实药材泡制的烈性酒。

两个关起来！明天早上提来审问。你把普津姆来的这份呈文看一遍，然后送到我房间里来。"

皮塞克县宪兵大队长对下属十分严厉，是个十足的官僚。

在他管辖的各宪兵分队里，什么时候也不能说：暴风雨已平息。这种风暴常常随着县大队长签署的每一件公函卷土重来。这位大队长整天都在给全县发出各式各样的责难、警告和威胁。从战争爆发那天起，皮塞克县各宪兵分队的上空总是乌云笼罩。

这是一种真正的恐怖气氛。官僚机构的炸雷在宪兵分队长、班长、普通宪兵和僚属们的头顶上隆隆作响。每桩小事都要受到纪律制裁。

"我们如果想要打赢这一仗，"大队长在视察各宪兵分队时说，"就得一是一、二是二，该怎么的就怎么的。"

他总感到自己置身于叛逆包围之中。他坚信，县里的所有宪兵都犯有由于战争而产生的罪过。他坚信，他们每个人在这非常时期都有失职之处。

从上头，就是从国防部往他这儿发的文件多如牛毛，压得他难以透气。国防部下发的文件中指出：根据军政部的情报，从皮塞克县征集的士兵正在转向敌人方面。

他们紧急催促凯尼格大队长对该县居民的忠顺程度严加注意。弄得人心惶惶。妻子送丈夫当兵，他就以为那些丈夫准在向妻子许诺说：我们绝不为皇上送死。

暗黄的地平线上出现了革命的云霞。在塞尔维亚和喀尔巴阡山，二十八团和十一团有好几个营都向敌人投降了。而十一团的士兵正是来自皮塞克州和县的。就在这场暴风雨来临前的闷热气氛中，从沃德尼亚尼来了一批手持人工制作的黑郁金香的新兵。这批布拉格士兵乘火车经过皮塞克车站的时候，他们将皮塞克妇女劳军团体给他们送到运猪车厢上的香烟和巧克力扔了回来。

先遣营坐的列车驶过皮塞克时，有几个皮塞克的犹太人用"打倒塞尔维亚人！"①的口号来欢迎他们。这几个犹太人挨了狠狠的几耳

---

① 原文为德语。

光,以致一个礼拜出不了门。

这些插曲明显地说明,教堂里的管风琴演奏《求主保佑》,只不过是一种陈旧的表面文章和司空见惯的伪善活动;与此同时,从各宪兵分队却传来了对普津姆调查表的熟悉的回答:平安无事,没出现任何反战宣传,居民思想状况属于一等一级,居民情绪也属一等一级与二级。

"你们根本算不上宪兵,只是一些地方警察!"宪兵大队长在视察各地时经常这样叫骂,"你们不但不是百倍地提高警惕,而是一步步变成了一群愚蠢的畜生。"

他一边进行这个动物学上的发明,一边接着说:"你们整天躺在屋里,心想:'战争关我们的鸟事。'①"

接着便历数倒霉的宪兵的责任,再宣讲一番当前的政治形势,并要求大家振作起来,把一切办得妥妥帖帖。之后,他又将旨在加强奥地利专制政权的宪兵队伍的完美理想做了一番描绘,再往下就是种种威胁、纪律处分、调任和申斥了。

大队长坚信:他正站在这个能把什么保全住的岗哨上,而他所管辖的各宪兵分队的宪兵却是一群懒虫、流氓、自私之徒、下贱胚、骗子,他们只认得烧酒、啤酒、葡萄酒;他们收入微薄,所以为了行乐就受贿,慢慢地、但肯定无疑地会把奥地利给葬送掉。他信得过的只有一个人,那就是他的下属、本县宪兵大队的大队副,然而就是这位大队副也常在小酒店里说:"我今天又可以跟你们讲一段我们那个老混蛋的趣闻了。"

宪兵大队长把普津姆宪兵分队长的那份关于帅克的呈文研究了一番。他的部下马捷依卡大队副正站在他跟前,暗暗诅咒着大队长和那些呈文,因为在下边的奥塔瓦河那边一帮人等着他去凑成一桌牌。

"不久前我对你说过,马捷依卡!"大队长说,"我平生见过的头号蠢货是普洛季维的分队长。可是从这份呈文来看,普津姆的分队长比他更蠢。由喝得烂醉的混蛋班长押解的这个士兵根本就不是什么间谍。他们两人像两只狗一样拴在一起来到这里。这一定是个最普通的

---

① 原文为德语。

逃兵。呈文里废话连篇,连三岁小孩都能一眼看出,那家伙在起草呈文的时候准是醉得昏天黑地的了。"

他吩咐道:"马上把那士兵带来。"又把从普津姆来的呈文研究了一番,说:"我有生以来从没见过这么一大堆蠢事。这还不算,还让像他的班长这样的畜生送来一个嫌疑犯。这些家伙还不知道我的厉害,我会给他们厉害看的。一天不挨我三次恐吓,就以为我会气量无边。"

大队长又大谈其今日的宪兵对一切命令所持的抵触态度。一写呈文马上就看出,所有这类分队长把什么都当儿戏,把什么事情都搅和得乱七八糟的。

当上面提醒分队长注意:奸细也可能在他们管辖的地区流窜时,宪兵分队长们便开始大抓奸细。若是战争持续下去,那么所有宪兵分队就都会变成大疯人院。他让办公室给普津姆去个电报,通知那个分队长明天到皮塞克来。大队长把分队长在呈文一开头就写到的那个"重大案件"的提法从他的脑子里一笔勾销了。

"你是从哪个团开的小差?"大队长劈面就这样问帅克。

"我在哪个团也没开过小差。"

大队长看了一眼帅克,只见他那安详的脸上显得如此地无忧无虑,使他不得不问道:"你是怎么弄到那件制服的?"

"每个士兵入伍时都能得到一套制服,"帅克带着温和的微笑回答说,"我在九十一团服役。不仅我没从那儿开小差出来,而且恰恰相反。"

帅克把"恰恰相反"这个词组说得这样重,使大队长脸上掠过一丝带讥讽意味的怜悯之情,问道:"怎么个'恰恰相反'?"

"这事儿简单极啦,"帅克推心置腹地解释说,"我是上我的团去的。我正在找它,不是从那儿逃出来。我只想尽快赶到我的团。可我却明摆着离布杰约维策越来越远了。我想整个团都在那儿等着我呀,我都急得要发疯了。普津姆的宪兵分队长把地图指给我看了,布杰约维策是在南面,他却打发我往北走。"

大队长摆了一下手,似乎说:"那家伙还干过比打发人往北走更糟糕的事情哩。"

"这么说,你是找不到你的团啰?"他说,"你是去找它的吗?"

帅克把整个情况向他作了说明。他提到塔博尔和所有他去布杰约维策途中经过的地方:米莱夫斯科——克维多夫——伏拉什——马尔琴——戚若沃——塞德莱茨——霍拉日乔维采——拉多米什尔——普津姆——史捷克诺——斯特拉科尼采——沃里尼——杜普——沃德尼亚尼——普洛季维,仍旧回到普津姆。

帅克兴致勃勃地描绘了他和命运的搏斗,以及他怎么百折不挠、历尽艰难险阻,想法到达布杰约维策的九十一团,而结果他的一切努力又怎样徒劳无益。

他热情洋溢地叙述着,大队长心不在焉地用铅笔在一张小纸片上画着寻找团队的好兵帅克怎么也跳不出去的魔圈。

"这真是所谓费了九牛二虎之力啊,"大队长蛮有兴趣地听完帅克关于这么久找不到团队而感到苦恼的叙述,说了这么一句话,"你在普津姆周围转了这么一阵,一定很是引人注目吧?"

"要是那个倒霉地方没有那个分队长先生,问题早就解决了,"帅克说,"他既不问我的名字,也不问我们团队的番号,把什么都看成怪事。他本应吩咐别人把我送到布杰约维策去,到了那里,兵营的人就会告诉他我究竟真是寻找团队的帅克呢,还是什么可疑的人。要那样,我今天就已经是第二天在团里尽我军人的职责了。"

"你在普津姆为什么不提醒他们这是一场误会呢?"

"因为我知道,跟他们说也白搭。维诺堡有一个叫拉姆巴的小店老板说得好:怕人家赊他账的人,人家任何时候去找他,他都好像聋得连打雷都听不见。"

大队长没费多久的神思,就作出判断:一个急欲返回自己团队、并为此想出这一整套循环旅行的人,乃是最深的人类堕落的征兆。他向办公室口授一封公函,函中省去了所有公文程式:

布杰约维策市九十一团团部公鉴:

  随函送来贵团士兵约瑟夫·帅克一名,我皮塞克县属普津姆宪兵分队根据该士兵表现,曾以潜逃犯嫌疑将其扣留。彼称现在正前往贵团。此人身材矮胖,五官端正,眼呈蓝色,无其他显著特征。随函奉上附件乙壹号,系我大队为此人垫付之伙食费用,请即赐转国防部,并希开具接受此人之收据一纸。另奉附件丙壹号,系该士兵被拘留时随身所带之官方分发物件之清单,亦请开具收据,为荷。"

帅克顺利而快速地走完了从皮塞克到布杰约维策的一段火车旅程。护送他的是一个年轻宪兵,他是个新手,目不转睛地盯着帅克,惟恐帅克跑掉。一路上总在琢磨着一个难题:"我现在要是忽然想解小便或大便,那该怎么办呢?"

问题是这样解决的:让帅克充当大叔领着他一道去。

在同帅克从车站到布杰约维策的玛利扬斯克兵营的一段路上,他神情紧张,眼睛紧盯着帅克,每到一个拐弯处或是十字路口,他就装作随便的样子对帅克说,司令部押送人员发了多少颗子弹。帅克回答说,他相信任何一个宪兵也不敢在大街上开枪,免得招来不幸。

宪兵同帅克争论着,不知不觉到了兵营。

卢卡什上尉已在兵营值了两天的班。他坐在办公桌前,一点儿也没料到会有人把帅克连同押解公函一并给他带了进来。

"报告,上尉先生,我归队了。"帅克敬着军礼,庄重地说。

当时科恰特柯军士一直在场,他后来这样对人描绘说:帅克报告完之后,卢卡什上尉跳了起来,两手捂着脑袋,倒在科恰特柯身上。经抢救苏醒过来之后,帅克还一直在举手敬着礼,并重复一遍说:"报告,上尉先生,我归队了。"

卢卡什上尉脸色苍白,他用发抖的手拿起关于帅克的公函来签了字,让大家都退出去,他对宪兵说,还是让他自己和帅克单独关在办公室里的好。

帅克就这样结束了这场布杰约维策的远征。要是能让帅克自由行动的话,他肯定也会自个儿走到布杰约维策的。假如拘留帅克的机关吹嘘是他们把帅克送到服役地点的,那就大错而特错了。恰恰是帅克旺盛的、百折不挠的战斗精神受到了他们的百般阻挠。

帅克和卢卡什上尉两人面面相觑,对视无言。

上尉眼里充满了极其可怕的绝望神情,帅克却温柔亲昵地望着上尉,像是见到了他失而复得的情人一样。

办公室静寂得像座教堂。走廊上可以听到有人来回踱步的声音,那是一个用功的一年制志愿兵因感冒而留在屋里没出操。从他的嗓音里听得出来,他用鼻音在吟诵着他已熟记的什么、比如皇室巡视要塞时如何接待之类。下面的话听得很清楚:"皇上一在要塞附近出现,所有碉堡和要塞须立即鸣炮致敬,指挥官则手持指挥刀骑马上前恭迎,然后再赶上前去带路。"①

"住嘴!"上尉对着走廊吼了一声,"离得我远远的见鬼去吧!你要是发烧,就到屋里去躺着。"

用功的志愿兵渐渐走远了,从走廊的尽头还传来他带着鼻音的吟诵,像轻轻的回声一样:"司令官敬礼之际,排炮继续鸣放,如此重复三遍,皇上即从车上下来。"②

上尉和帅克仍旧彼此无言对视着,卢卡什上尉终于用辛辣的讽刺

---

①② 原文为德语。

口吻说：

"非常欢迎你到布杰约维策来，帅克！该绞死的人绝不会淹死。逮捕你的拘票已经开了。明天你就到团部禁闭室去。我也不用为你生气了。我跟你遭尽了罪。我的耐心已经到头了。一想到我怎么能跟这样的白痴一起过那么久……"

他开始在办公室来回踱着：

"不行，受不了！我现在都奇怪自己为什么没把你枪毙掉。毙了你又怎么的？屁事也不会有。我还能得到解放，你明白吗？"

"是，上尉先生，完全明白。"

"别又耍你那一套愚蠢透顶的把戏了，帅克。要不真的非完蛋不可！现在得好好教训教训你。你发疯发得越来越厉害，没完没了，这回该你倒霉啦！"

卢卡什上尉搓着手说："帅克，这回你可完蛋了！"他回到桌前，在一块纸上写了几行字，把办公室门前的值日兵叫来，要他拿着便条，把帅克带去交给禁闭室的看守。

帅克被带走，穿过兵营的广场，上尉带着毫不掩饰的愉快心情望着看守把挂有"团禁闭室"①黑底黄字牌子的门打开，看着帅克消失在这扇门里，过了一会儿看守独自一个人从里面走了出来。

"谢天谢地，"上尉边想边大声说，"他总算到了那里。"

在玛利扬斯克兵营的牢房里，有一个胖乎乎的志愿兵躺在草垫子上。他对帅克表示衷心的欢迎。这是惟一的一个犯人，他在这里已闷了两天。帅克问他为什么被关在这里，他说为了一点儿小事。因为喝醉了酒，有一天晚上在广场的拱门过道上糊里糊涂给了炮兵中尉一个耳光，实际上并没打着，只是把他头上的帽子碰掉了。事情的经过是这样的：那个炮兵中尉夜里站在拱门道里，肯定是在那儿等着跟一个妓女相会。他背对着这位志愿兵，样子很像跟这位志愿兵非常熟的另一个叫马德尔纳·弗朗吉舍克的志愿兵。

"这小子不是个玩意儿，"他对帅克说，"我悄悄地走近他后面，把

---

① 原文为德语。

他的帽子掀了说:'你小子好啊,弗朗克!'那混蛋马上吹口哨叫人来把我带走了。"

志愿兵还推断说:"在这场莫名其妙的混战中,也可以来他几个耳光,可我一想这也无济于事,因为这纯属误会。他自己也承认我说过一声'你小子好啊,弗朗克!'可他的教名是安东,这不很明显是误会吗?但对我不太有利的是,我是从医院里偷跑出来的。可能我那张'病员证'要露马脚了……"

"我在当兵的时候,"他接着说,"先在城里租了一间房子,我想法让自己得风湿症。我接连三次给自己抹了一身油,躺在郊区一条壕沟里,一下雨我把鞋也脱了。没有用!后来在冬天夜里我又到马尔夏①去洗了一个礼拜的冷水澡,结果适得其反。伙计,你知道我锻炼得多结实!我坚持躺在我住的那个院子里的雪地上,从夜里一直到第二天早上人家把我叫醒时,我的一双脚还是热乎乎的,简直像穿了毡便鞋一样。哪怕得个咽喉炎也好啊。可还是什么病也没得。连他妈的淋病也

---

① 河名,在布杰约维策,流入伏尔塔瓦河。

没染上。我成天去逛窑子,有些同事得了睾丸炎,还开刀做了切除手术,而我却一直抵抗力很强。真倒霉啊,伙计,倒霉透顶啦! 直到有一次我在'玫瑰'小店里认识一个赫卢博卡来的残废,他叫我礼拜天到他家里去一趟,说第二天我的腿就会肿得跟白铁桶一样粗,他家里既有针又有注射器,我真的给弄得差点儿没法从赫卢博卡那儿回到家来了。这个好心人没骗我! 我终于得了肌肉风湿症。马上去医院——于是就万事如意啦! 后来我走了一次运,我的表兄弟马萨克大夫从日什科夫调到布杰约维策来了。我之所以能在医院里呆上这么久,真该好好谢谢他。我要不是在那个倒霉的《病历手册》①上出了点儿岔子,没准他还可保我在那里一直混到退役。我想的点子是蛮不错的:我弄到一本很大的病历册,在上面贴了个标签,又在标签上面填上了'九十一团病员病历手册'②几个字,各栏都已填得好好的。还在上面写了个假名字,注上病名和体温。每天下午查完病房之后,我就大摇大摆挟着那个本本进城去。医院大门口守门的是后备兵。这对我更有利:我把本本向他们亮一亮,他们还对我敬礼哩。随后我到税务局一个熟人那儿去换了一身老百姓衣服,就上酒店去了。在那儿跟我的一帮老相识大扯其叛国经。后来,我胆大包天,连老百姓衣服也不换,干脆穿着军装逛大街,进酒馆,到第二天早上才回到医院爬上我的床去。要是巡逻队在夜里把我拦住,我只要亮一亮九十一团的《病历手册》,他们就二话不说了。在医院大门口,我也是不声不吭地把我的那个本本拿出来给他们看一下,就顺利地回到我那张病床上去了。我的胆子越来越大。我想谁也不会把我怎么样,于是就发生了深夜在广场拱门道上那档子决定命运的岔子。这件事清楚地证明:什么树也长不到天上去。骄必败。荣誉不过是过眼烟云,伊卡洛斯③到头来烧了自己的翅膀。有的人想当巨人,实际上没门。就是这样,老弟! 不能相信偶然,早晚都要敲打自己一次,说一遍:谨慎在任何时候都不多余;什么事情一过头就有害。暴饮狂乐必然带来道德上的堕落。这是自然规律,亲爱的朋友。只怪

---

　　①② 原文为德语。
　　③ 希腊神话中的少年。他的父亲,巧妙的机械师底德洛斯给他制造了用蜡固定在身上的翅膀,他兴奋地朝太阳飞去,蜡被太阳晒化,翅膀掉下,伊卡洛斯就摔死了。

我自己把事情弄糟了。我本可以列为不适于担任战斗勤务者①了,这是个多好的护身符啊!我本可以呆在后备部队的参谋部办公室里享清福的,可是我自己的不慎让我砸了锅。"

志愿兵郑重其事地结束他的忏悔说:"后来上了迦太基②,尼尼韦③只剩下一堆废墟。亲爱的朋友,尽管如此,我还是要高高地昂起头来,让他们别以为把我一送上前线,我就会放一枪一弹。上告团部!④开除出校!皇上和国王陛下的克汀病万岁!我得在学校里为这些东西吃苦头,参加考试。什么后备军官、准尉、中尉、上尉。⑤我考他个屁!军事学校。怎么为留级生上课!⑥整个军队都瘫痪了。把枪挎到哪个肩上,左肩还是右肩?班长有几颗星?后备兵是什么意思,我的老天爷!⑦连烟都没一根抽,伙计!要我教给你怎么往天花板上吐唾沫吗?你瞧,这么吐!吐的时候,心里默想着你的心愿,那它就准能实现。你要是爱喝啤酒,我劝你喝一口那个罐子里的蛮不错的水。你要是饿了,想吃点东西,我劝你到'市民雅座'⑧去。此外,我还劝你写写诗解闷儿。我在这儿已经写了一首长诗:

  看守可在家?
  小伙子啊,他正睡得甜又香。
  直到维也纳传来新令说战场全完蛋之前,
  军队重心稳扎这里不着忙。
  为了抵御敌寇入侵,
  他用床板筑成工事来抵挡。
  活儿干得顺手啊,
  随即顺口把歌唱:
  奥地利帝国亡不了,
  光荣属于祖国和奥皇。

---

① 原文为德语。
② 非洲北部古国。
③ 古希腊亚述帝国的首都,公元前六〇六年被毁掉。
④⑤⑥⑦ 原文均为德语。
⑧ 捷克一家老饭铺。

"你瞧,我的朋友,"胖乎乎的志愿兵接着说,"看谁还敢说,人们对我们可爱的君主制已经失去了尊敬。一个没有烟抽、等着军法处理的囚犯作出了眷恋皇室的最佳榜样。在他的诗歌里表达了他对四面受敌的辽阔祖国的敬意。他虽然失去了自由,可是从他嘴里还编出无限忠于皇上的诗句。赴死者向您致敬,恺撒!① 赴死者向您致意,恺撒!看守可是个混蛋。在这儿干事的是一伙流氓!前天我给了他五克朗,要他给我买点香烟,可是这狗崽子今天早上对我说,这儿不准抽烟,说要是他给买了,也会跟着倒霉的。至于那五克朗,他说等发饷的时候再还给我。是啊,朋友,我现在什么都不相信。最漂亮的口号也走了样。连犯人的东西也偷!那小子还要成天唱着:哪儿歌声嘹亮,哪儿睡得甜香,恶人呀,恶人不会把歌唱!② 他纯粹是个废物,痞子、坏蛋、叛徒!"

志愿兵这时才开始问帅克犯了什么罪:

"寻找你的团队?"他说,"这倒是一次蛮不错的旅行。塔博尔、米莱夫斯科、克维多夫、伏拉什、马尔琴、威若沃、塞德莱茨、霍拉日乔维采、拉多米什尔、普津姆、史捷克诺、斯特拉科尼采、沃里尼、杜普、沃德尼亚尼、普洛季维,又回到普津姆、皮塞克、布杰约维策。真是一条荆棘丛生之路啊!你明天也要向团里交代问题?兄弟!咱们在刑场上见吧!我们的施雷德上校又该大大地开心了。你简直没法想象他一看见团里出了事是个什么样子。像一条恶疯狗似的在院子里窜来窜去,舌头伸得像匹死母马。

"听听他那些话、那些警告吧!他嘴边直翻白泡,活像一头滴着口水的骆驼。他唠叨起来没完没了,让你觉得整个玛利扬斯克兵营马上就会倒塌。我很了解他,因为我向他交代过一次问题了。就因为裁缝没及时给我把军服做好,我只好脚穿高统靴,头戴大礼帽,而且身为志愿兵军校毕业生我也穿着这套行头到练兵场去操练了。我站进了左边那一排人里,和大伙儿一起操练。施雷德上校骑着马冲着我跑来,差点儿没把我撞倒在地上。他吼得连舒马瓦山脉③都听得见:'你在这儿干

---

① 原文为拉丁语。是古代罗马角斗士在开斗前向罗马皇帝的致敬词。
② 原文为德语。
③ 在捷克西南部。

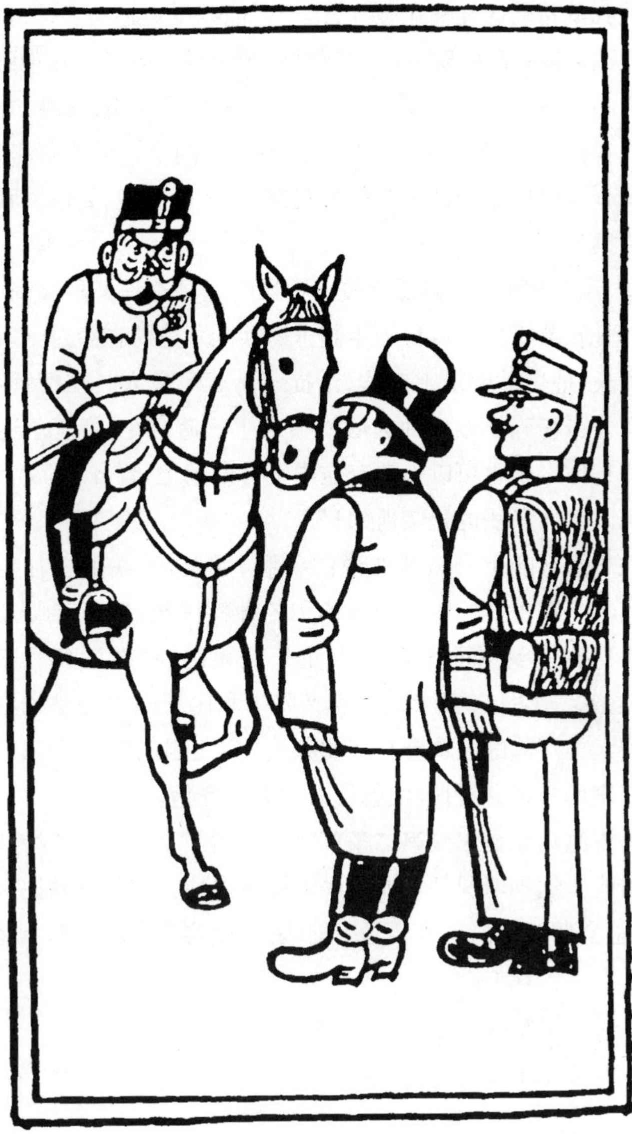

什么,你这个臭老百姓?'①我很有礼貌地回答他说,我是志愿兵军校生,是来参加操练的。可惜你没见到他那副德行。他唠叨了半个小时,后来发现我戴着高筒礼帽在敬礼,这一下他喊得更起劲了,要我第二天去团部交代问题,随后气冲冲地骑上马,像个野人似的不知跑到哪里去了,可是,不一会儿又骑着马跑了回来,又是大吼大叫,暴跳如雷,叫人马上把我撵出练兵场,送到禁闭室去,还罚我两个礼拜的营房禁闭,又吩咐人从仓库里找了一件破衣服给我穿上,威胁我说,要取消我预备军官的官阶镶带。

"'一年制志愿兵,'傻瓜上校大着嗓门说,'这是一种高尚的称呼,是荣誉、军衔、英雄的起点!一年制志愿兵沃尔达特在经过一般考试之后升为班长,他自动要求上前线,活捉了十五名敌人。在押解俘虏时,被手榴弹炸得粉碎。五分钟之后就下来了一道命令,将沃尔达特升为下级军官!你本来也可以指望有这样美好的前途、晋升、奖赏。你的名字本也可以载入我团的光荣册的!'"

这位志愿兵吐了一口唾沫说:"你瞧,朋友,天底下该有多么笨的蠢驴。我才不在乎他们的官阶镶条和各种特权哩,'一年制志愿兵,您是头畜生!'说得多体面,称呼'您'而不是粗俗的'你',死后还赏你一枚勋章②或者一枚大银质奖章。皇帝陛下和国王陛下都是戴星章或不戴星章的人类尸体的制造者!随便哪头公牛也比你我的命强。事先不准他上打靶场打靶,一打败仗就让人家来打死他。"

胖子志愿兵又翻滚到第二条草垫子上说:"肯定的,这些事总有一天会了结。这种情况是不能永远维持下去的。你若使劲往身上添荣誉,最后总会要垮台的。我要是上前线去,就要在军用列车上写上这么几句:

　　我们用人的躯体去肥地,
　　四十八人或马八匹。③"

---

① 原文为德语。
② 原文为拉丁语。是奥地利军队中奖给军官的最低一等荣誉奖章。
③ 原文为德语。奥地利专运牲口的货车的车厢门口均写着这样的话,表明其装载量。

牢门开了,看守走进来,送来四分之一份士兵口粮和一罐清水给他们两人吃。志愿兵甚至没从草垫上欠起身来,就对看守说:"探望犯人是一件多么崇高多么美好的事啊,你九十一团的圣阿格涅莎!① 欢迎你,心里充满同情的慈善天使!你承受着饭食饮料篮子的重压,为的是减轻我们的苦痛。我永世不忘你对我们的大恩大德。你是照亮我们黑暗牢房的阳光!"

"等到去团部交代时有你玩笑好开的。"看守嘟囔着说。

"你别把毛竖得这么高,储鼠狼!"志愿兵躺在板床上回答他说,"你最好告诉我们,假如你要看守十个志愿兵该怎么办?别装傻相,你这个玛利扬斯克兵营的管家!我说你准会关二十个,放掉十个,你这老黄鼠!我的老天爷,我要当了军政部长,就得让你在我手下服兵役!你知不知道,入射角与反射角相等?我只请求你一件事:请你在宇宙间给我一个支点,我准能把整个地球连你一块儿举起来!傻瓜蛋!"

看守瞪大了眼睛,气得发抖,"砰"的一声把门一甩走掉了。

"应该有个反看守互助会,"志愿兵一边公平地把那块面包切成两份一边说,"根据监狱条例第十六条,囚犯在判决之前均享用士兵口粮,可是这里却执行着北美洲大草原的法律:谁都想抢先把囚犯的口粮吞掉。"

他和帅克坐在板床上啃着士兵面包。

"从看守身上可以看得最清楚,"志愿兵继续发表他的看法,"军队是怎么把一个人变得残酷无情的。我们这个看守在入伍前,肯定还是一个有理想的青年,长着一头金发的智慧天使,对人温柔机敏,爱打抱不平,每逢家乡祭庙节为姑娘们而大打出手时,说不定还总是站在不幸者一边哩。无须怀疑,大家都很尊敬他,可是今天……我的上帝,我真想给他一个嘴巴子,揪着他的脑袋往板床上撞,把他按到粪坑里,让粪水没了他的脑袋。朋友,这就是军队这个行当使人变得残暴的又一证据。"

接着他唱了起来:

---

① 据传说,圣阿格涅莎是位专门周济穷人的圣女。

> 她连鬼都不害怕，
> 恰逢炮手遇着她……

"亲爱的朋友，"他接着说，"我们要是对这可爱的帝国的各个方面加以注意，准会得出如下结论：它的事儿跟普希金的伯伯的事儿①一样。关于这个伯伯，普希金写过：他是一具死畜，什么也不做……

> 自己只有唉声叹气地想：
> 什么时候鬼才把你抓走！②"

门上的钥匙洞又嚓嚓作响了，看守在过道里点燃了煤油灯。

"黑暗中的一线光明！"志愿兵嚷道，"文明来到了军队里，夜安，看守先生！向所有士官致敬，祝你夜里做好梦。比方说，你梦见把五克朗还给我了，就是我请你替我买烟，你拿去为我的健康干了杯的那五克朗。去睡你的甜觉吧，老怪物！"

可以听得见看守在嘟囔关于明天团队审判的事。

"又只有我们，"志愿兵说，"眼下我要用睡觉前的一点点时间，讲一讲士官和军官们的动物学知识日益丰富的情况。为了将新的战争的活材料和有军事觉悟的实体投放到大炮的炮筒之中，就需要熟读自然学或者科威③出版的《经济福利的源泉》一书。那本书上的每一页都谈到畜生、小猪、大猪。但最近我发现，咱们进步的军界对新兵采用了一些新名字。在十一连里，阿托夫班长用的字眼是'瑞士山羊'；米勒上士，这个卡什巴尔山区来的德国教员管新兵叫'捷克臭屎蛋'；苏德罗姆军士则称新兵为'牛蛙'、'约克夏④骟猪'，同时他还许诺说：他能把每个新兵训练好。他表现出样样很内行，好像他是畜牧世家出身的。军事当局通过一些特殊手段尽力激起新兵对于祖国的热爱，比如，围着他们咆哮、狂跳、怒吼，活像非洲野人准备剥掉无辜羚羊的皮、或者准备将传教士就餐用的猪腿加以熏烤时发出的狂叫。当然，这与德国人毫

---

① 这里，志愿兵错把奥涅金对他伯伯的想法安到普希金本人身上去了。
② 引自普希金《叶甫盖尼·奥涅金》第一章第一节。
③ 科威是捷克出版商，活跃于第一次世界大战期间。
④ 英国东部的一个郡，以养白猪闻名。

不相干。当苏德罗姆军士谈到'匪帮'时，总是赶忙添上'捷克的'①，以免伤害德国人，牵连自己。在这个时候，十一连所有士官都瞪着眼睛，像一条不幸的狗，由于贪馋，在吞吃一块油浸蘑菇，卡在喉咙里下不去时一样可怜巴巴的。有一次，我听到米勒上士和阿托夫班长谈话，谈的是关于自卫军士兵训练的下一步程序问题。在这次谈话中特别强调了这几个字眼：几耳光②。起初我以为他们之间发生了什么事，德国军队的团结发生破裂哩，但是我大错特错了。他们的确只是谈的士兵问题。

"阿托夫还深谋远虑地教训对方说：'这些捷克猪猡要是在你叫了三十声"卧倒！"③还挺直站着像根蜡烛棍一样，那光给他几个嘴巴子还不够，你应一只手朝他肚子上狠揍一拳，另一只手将他的帽子拽到耳朵根，对他说声"向后转"④，等他一转身，朝着他屁股上就是一脚，你就会看见他如何卧倒，看见达乌埃林准尉笑得多么开心。'"

"我顺便给你讲讲达乌埃林吧，"志愿兵接着说，"十一连的新兵讲起他来，跟墨西哥边境农场附近的那个孤寡老太婆讲闻名的墨西哥大盗故事一样。人家说，达乌埃林是个吃人魔王，是澳大利亚部落的类人猿，这种部落常把落到他们手里的别的部落成员吃掉。他的生平很不平凡。生下来不久，保姆就让他摔了一跤。小达乌埃林撞坏了脑袋，所以至今在他头上还能看见一块像彗星撞到了北极洲上那样的痕迹。大家都怀疑他还能有什么用，受了这么重的脑震荡还能活得久。惟独他的上校父亲不以为然，他坚信，这点儿小事不可能对孩子有什么妨碍，因为，不言而喻，小达乌埃林长大了就到军队里去做事。小达乌埃林费了九牛二虎之力，好不容易熬过小学四年级，那还是请家庭教师教的。第一位家庭教师为他操心，急得成了个少白头，变成了白痴！另一位于绝望之余，想从维也纳的圣斯特凡塔上跳下去。小达乌埃林后来就上了海英堡士官学校⑤。士官学校根本不重视入学学生的教育程度，因为这些对于做一名奥地利现役军官来说是无关紧要的。军事教育的理

---

① ② ③ ④ 　原文为德语。
⑤ 　设在奥地利北部的军校，以培养工兵部队军官为宗旨。

想只在于教给军官善于摆弄士兵的本领。教育可以培养高尚的灵魂,可是在军队里干事并不需要这一个。当军官的越粗野越好。

"士官生达乌埃林,连任何一个人都能好歹学完的课程他也学得费劲。在士官学校里也可以看出他幼年时头部受伤所遗留的痕迹。

"考试回答问题时他清楚地谈到这件不幸的事,考虑到他的愚蠢,他的回答算得上挺不错的。士官学校的教官只能称他为我们的小傻瓜①。他蠢得教人觉得最大的希望也许只能在几十年之后才能进入特列济安军事学院或者军政部。

"战争爆发时,所有年轻的士官生都当上了准尉。连达乌埃林也被列入了海英堡士官生晋升名单里。这样他就到了九十一团。"

志愿兵叹了一口气,接着说:"军政部出了一本叫《严格训练与教育》②的书。达乌埃林从这本书里读到对士兵必须采用恐吓手段,训练成绩的大小取决于恐吓的程度的轻重。达乌埃林自己在这方面总是成功的。士兵们为了不听到他的狂吼,整排整排地递上病假单,但这一招也不成功。谁说有病,他就关谁三天'禁闭'③。你知道,'禁闭'是什么意思吗?白天把你赶到操场训练,晚上把你关起来。这样一来,达乌埃林的连里就没有病号了。他那个连的病号都得坐禁闭。达乌埃林在上操时总是用一种从容不迫的兵营长官的调门,以'猪猡们'开头,以奇特的动物学上的术语'猪猡式的狗'收尾。同时他是个自由派,也给士兵以选择的自由。比如他说:'笨象!你想要哪一样?让鼻子挨几拳呢?还是关三天"禁闭"?'如果有人选了'禁闭',鼻子上照样也得挨上两拳。与此同时,达乌埃林还加上这个说明:'胆小鬼,这么害怕伤了自己的脸面,要是来了重型炮弹你怎么办?'

"有一次他把一个新兵的眼睛打坏了,还说'没事儿,跟这些畜生有什么可客气的?迟早反正该死。'④康拉德·冯·霍森多夫大元帅⑤

---

①②③④ 原文为德语。
⑤ 康拉德·冯·霍森多夫(1852—1925),奥匈帝国军队在第一次世界大战中的参谋总长。

也这么说过：当兵的畜生，反正该死。①

"达乌埃林的一个惯用的、最有效的手法是给捷克士兵上课，讲述奥地利的军事任务，同时详细解释军事训练的总原则，从即'脚手铐'②到绞刑或枪决。初冬时节，还在我进医院之前，我们在十一连旁边那个操场上上操，休息时，达乌埃林对捷克新兵讲了话：

"'我知道，'他开腔说，'你们都是些无赖，必须把所有愚蠢的想法从你们脑袋里撵出去。说着你们那口捷克话，连绞刑架下都走不到。我们的最高统帅③也是德国人。你们听着！迅速卧倒！④

"大家都'卧倒'了。达乌埃林在他们面前踱来踱去，继续训话。

"一声'卧倒'你们就得卧倒，你们这帮土匪！就是倒在稀泥烂浆里，有刀子割你们，你们也得躺着。在古罗马就有'卧倒'这个口令。那时候每个从十七岁到六十岁的人都得服三十年的兵役。不像你们这些猪猡在兵营里游手好闲。那时候口令用语也是全军统一的。要是让罗马军官看到士兵说伊特拉斯卡语⑤就热闹了。我也想要你们大家都用德语回答问题，而不是用你们那口乌七八糟的话。你们瞧，躺在泥浆里面多舒坦。现在，你们要是有哪个不想再躺着，想爬起来，我会怎么样？我就把他的嘴巴一直撕到耳朵根，因为他这种行为破坏了服从的原则，就是暴动、胡闹、违反正规军人的职责、破坏制度和纪律、无视服役法规，因此等着这种家伙的是绞刑架，'并丧失同辈朋友对他的尊敬。'⑥"

志愿兵沉默了一会儿，想到该把兵营里的关系描述一番，便接着说：

"事情发生在阿达米契卡当大尉的那一阵，他是个冷漠寡言的人。坐在办公室时，总是两眼发呆，像个疯子，他的表情像是想说：'把我吃掉吧，苍蝇！'在营里的报告上说，谁也不晓得他在想些什么。有一次

---

① 原文为德语。
② 一种体罚：将犯人右手和左脚铐在一起，罚其用鸟啄食的姿势站若干时间。
③ 指奥皇弗兰西斯·约瑟夫一世。
④⑥ 原文为德语。
⑤ 意大利最古的民族的语言，该民族在公元前六世纪曾控制意大利大部分地区，对罗马文化有过巨大的影响。

十一连一名士兵来告状说：达乌埃林晚上在街上叫他捷克猪猡。这个士兵在战前是个装订工，一个有民族自尊感的工人。

"阿达米契卡大尉轻声说（因为他说话总是很轻）：'就该如此嘛，他晚上在街上这么叫你的。还得查一查你是不是经过允许出兵营的，解散！'①

"过了些日子，阿达米契卡大尉把这个告状人叫了去，'已经查清楚了，'又是轻声地说，'你那天被允许离开兵营到晚上十点钟，所以不惩罚你了。解散！'

"后来人们说，这个阿达米契卡大尉还算公道。结果他被派到前线去了。由文策尔少校来接替他的位置。一碰到民族冲突之类的事，这位少校简直就是个魔鬼养的。最后他终于继承了达乌埃林的衣钵。文策尔少校的老婆是捷克人，他最怕的是民族纠纷了。几年前他在古特纳山当大尉时，有一次因为在饭馆里喝醉了酒，骂一个堂倌是捷克恶棍。请注意，他在公共场合和在家里一样说的捷克话，他的几个儿子也学捷克文。这句骂人的话一出嘴，地方报纸就给登出来了。有个议员就文策尔大尉在饭馆里的言行在维也纳议会上提出了质问。这一来文策尔就倒了大霉，因为正赶上议会里审议兵役法草案②的时候，却出了这么个古特纳山的醉鬼大尉事件。

"后来文策尔打听到，所有这一切都是那个志愿兵出身的准尉西特柯搞的鬼。是他把这事拿到报上去发表的。他和当时还是大尉的文策尔之间早就不和。那是有一次，当文策尔本人也在场的情况下，西特柯当众发表了一番高论，说是只需欣赏欣赏大自然，看一看地平线上的乌云和高耸的远山，听一听林中瀑布的跌落声、鸟儿的啼啭声就足够了。

"西特柯准尉还放肆地说：'只要想一想和绚丽的大自然相比，每一个大尉算得了什么就够了，他跟每个准尉一样，一文不值。'

"因为那时所有的军官都喝得烂醉，文策尔大尉也醉了，想把可怜

---

① 原文为德语。
② 在奥地利议会里有一个相当有力的捷克反对派。民族沙文主义者对捷克人的攻击可能导致该反对派投票否决这个草案，故云。

的哲学家西特柯准尉像对待马一样狠揍一顿。这之后,他们的隔阂增长了,大尉一有机会就想法刁难他,可是西特柯准尉的这句话却成了一句口头禅。

"'和绚丽的大自然相比,文策尔大尉算得了什么',这句话整个古特纳山的人都知道了。

"'这混蛋,我要逼得他自杀。'文策尔大尉说。可西特柯退役了,继续从事他的哲学工作去了。打这时候起文策尔少校对所有青年军官都很凶狠。在他发狂的时候连中尉都吓得六神无主,更不用说那些士官生和准尉了。

"'我把他们当臭虫掐!'文策尔少校说,要是哪个准尉为了一点小事也派兵上营部去告状,那就准倒霉。只有像在火药库那儿站岗时睡着了、或者干了别的什么更严重的事这类大得吓人的过失,比方说士兵在夜里爬过兵营围墙,在墙头上睡着了,落到巡逻的炮兵手里,总而言之,出了这种给团队丢脸的事,才会受到文策尔的审讯。

"'我的老天爷!'有一次我听见他在过道里大喊大叫。'他已经是第三次被巡逻队逮着了,快把这狗杂种关起来;得把这小子赶出团队,送到辎重队去拉粪,他就不会跟他们打架了。他算不得军人,只配扫大街。饿他两天,拿掉他的床垫,把他塞到单号子里。什么毯子也别给他这混蛋!'

"现在你瞧,他一到任,那混蛋达乌埃林准尉就赶着一个士兵到营部来告状,说他在星期日下午带着一位小姐坐马车横穿广场时,这个士兵存心不向他致敬。后来,听那些士官生说,那次告状又引起一场吵嚷。营部办公室的军士带着文件跑到过道里去了。文策尔少校冲着达乌埃林大叫大嚷:

"'下次不许再这样!混账透顶!① 我禁止你们这样!你知道,准尉先生,到营部来报告是什么意思吗?这绝不是去赴什么宴会!②你坐着马车在广场上逛,他怎么能看见你呢?你难道不知道,是你自己这么教的:向与你正面相遇的长官敬礼?这并不是说,士兵就得像只乌鸦一

---

①② 原文为德语。

样地转着脑袋去找穿过广场的准尉先生。你别说话！到营部来报告是一件很严肃的事。想必士兵向你申辩他没有看见你，因为他刚刚转身向我打招呼，脸正冲着我，明白吗，就是向文策尔少校行礼，他就没法瞅见他后面拉着你的那辆马车，你该相信这一点。以后请你别再拿这些鸡毛蒜皮的小事儿来打扰我了。'

"从此达乌埃林就变样了。"

志愿兵打了个哈欠："在上团部之前，我们得把觉睡够。我只是想把我们团的内幕说那么一星半点给你听听。施雷德上校不喜欢文策尔少校，这简直是个怪人，而主管志愿兵军校的扎格纳大尉却把施雷德看成真正的军人典范，尽管施雷德上校最怕上前线。扎格纳是个大滑头，跟施雷德一样不喜欢后备军官，管他们叫做一群臭老百姓。他把那些志愿兵当野兽看，说必须把他们训练成军事机器，给他们绣上五星[①]，送到前线去替那些优秀的现役军官挨枪子儿，好把那些优秀的军官种子保存下来。总之，军队里什么都发着腐臭味儿！"志愿兵躺在毯子里面说，"如今那些惊惶失措的伙计们还没觉醒过来，只会瞪着双大眼，任人家把自己赶到前线去切成碎面条，要是挨子弹射中了，也只是轻轻地叫一声'妈呀……'根本没有英雄，有的只是供人宰割的牲口和总参谋部里的屠夫。到头来都会起来造反。那才是一场大混战哩，军队万岁！晚安！"

志愿兵安静了下来，接着在毯子下面翻着身，问道：

"你睡着了吗，朋友？"

"没睡着，"帅克躺在另一张床上回答，"我正想起一件事儿。"

"想起个啥事啊，伙计？"

"我在想一个叫姆里契柯的细木匠得的那枚大银质勇敢奖章。他住在维诺堡那边的瓦沃洛瓦街上。他是全团第一个在战争开始时就挨手榴弹炸断了腿的人。他免费装了一条假腿，便挂着他那枚奖章到处吹牛，说他是团里在大战中第一个、最早的残废。有一天，他来到维诺堡的'阿波罗'酒店，和几个屠户吵了起来。斗殴的那些人把他的假腿

[①] 即把他们提升为军官。

卸了下来,用它敲打他的脑袋,那个拽下他假腿的人不知这是条假腿,吓得晕了过去。后来到守卫室又给他把腿接上了,可是从此以后,姆里契柯对那枚表彰他勇敢的大银质奖章就非常恼恨,把它送到当铺里去。在当铺里他同他的奖章一起给逮住了,这就够他麻烦的。一个专门审讯残废军人的荣誉法庭来判他的案子,结果没收了他的银质奖章。此外,假腿也收回去了……"

"那为什么?"

"很简单。有一天有个委员会到他那里,通知他说他不配用假腿,就把它取了下来扛走了。"

"还有一件挺开心的事儿,"帅克接着说,"有些阵亡战士的亲人,突然收到一枚奖章,附有公函说,这勋章是授给他们的,让他们将勋章挂在显眼的地方。维舍堡的波热捷霍夫街上有一个脾气暴躁的老爹,以为这是军事机关拿他开心,就把那枚勋章挂在厕所里了。厕所在他家的过厅里,是和一个警察共用的。警察把他当叛国犯给告了。这可怜人从此就倒了霉。"

"由此可见,"志愿兵说,"一切荣誉如同草芥。前不久在维也纳出版了一本《志愿兵手册》,那里面有一首译成捷文的绝妙诗歌:

　　昔日有个志愿兵,
　　勇敢为国把躯捐。
　　如何尽忠来报国,
　　他为生者树模范。
　　君不见,
　　尸体运在炮架上,
　　大尉把勋章挂在它胸膛。
　　祈祷之声轻扬九霄,
　　祝福亡灵逍遥在苍天上。

"这使我觉得,"志愿兵沉默片刻后说,"尚武精神在我们身上已经衰退。我建议,亲爱的朋友,让我们在这寂静之夜的牢房中,唱支炮手雅布尔克之歌吧。这可以振奋我们的战斗精神。可是我们得放开嗓门使劲喊,让整个玛利扬斯克兵营都听见。所以我提议我们站到牢门口去。"

不多一会儿,从牢房里发出的吼声,把牢房过道里的窗玻璃都震动得哐啷啷直响:

> 他屹立大炮旁,
> 来把炮弹装呀装,
> 他屹立大炮旁,
> 颗颗炮弹装上膛。
> 炮弹猛然从天降,
> 炮手双臂飞天上。
> 他泰然自若立炮旁,
> 装呀装呀装!
> 泰然自若立炮旁,
> 上膛上膛上!

院子里响起了脚步声和人声。

"是看守,"志愿兵说,"今天值日的贝利康中尉跟他一道来了。这是个后备役军官,我是在'捷克座谈会'①认识他的,他入伍前在一家保险公司当统计。我们可以从他那儿搞点香烟抽。好,咱们接着吼吧!"

他们又接着吼了起来:"他屹立大炮旁……"

牢门开了。看守显然因为值日军官在场而变得格外凶狠,他粗野地嚷道:

"这里又不是牛棚马厩!"

"对不起,"志愿兵回答说,"这儿是鲁道尔夫分院②为囚犯举行的音乐会,刚刚演完第一个节目:《战争交响曲》。"

"别胡闹啦!"贝利康中尉表面装作严厉的样子说,"我希望,你们

---

① 十九世纪成立的一个捷克爱国团体。
② 一八八〇年为纪念前皇太子鲁道尔夫而建造的一座楼房。第一次世界大战期间,常在这里举行讲演会、展览会和音乐会。在第一共和国时期成为民族议会会址。一九四五年后作为"艺术家之家"。

知道,你们该在九点睡觉,不应当大声吵闹。你们的音乐节目连大广场上都听得见。"

"报告,中尉先生,"志愿兵说,"我们还准备得不够好,因此很可能声音有点不谐调……"

"他每天晚上都这么干,"看守竭力要刺激一下他的对头,"未免太放肆。"

"中尉先生,"志愿兵说,"我想和您单独谈谈。让看守在门外等一等。"

要求得到实现时,志愿兵亲昵地说:

"给点烟抽抽吧,弗朗达!"

"'运动'牌的!当中尉的就没有再好一点的烟了?那好吧,谢谢你。再来几根火柴。"

"'运动'牌,"志愿兵在中尉走了之后,有点瞧不起地说,"人在困难时也要有点儿骨气。抽吧,朋友,愿你睡个好觉。明天等着我们的是最后审判。"

志愿兵入睡之前还没忘记再唱一曲:

"高山峡谷和崖壁,都是我的好朋友;我们这心爱的一切,再也不能挽留。可爱的姑娘啊……"

志愿兵把施雷德上校描写成恶棍,那是错误的,因为施雷德上校还有一点点正义感。这正义感表露得最明显的时候是他同他的伙伴们一起心满意足地在饭店里度过的夜晚。可是要是过得不满意呢?

就在志愿兵对兵营内部关系予以致命抨击之际,施雷德上校正和军官们坐在饭店里,听着一个从塞尔维亚回来的、伤了腿(牛牴伤了他)的克莱契曼上尉神聊,讲述他从参谋部观察到的、向塞尔维亚阵地发动进攻的情景:

"瞧,现在他们从战壕里跳了出来,爬过足足有两公里长的铁丝网,向敌人扑去。他们腰上别着手榴弹,头戴防毒面具,端着枪,正准备射击、准备进攻。子弹嗖嗖地呼啸而过。刚从战壕里跳出去的第一个士兵倒下了,第二个士兵又在工事旁倒下,第三个士兵在冲了几步之后也倒下了,可是伙伴们的牺牲激励着他们高呼着'乌啦'继续向前,冒着浓烟炮火前进。敌人从四面八方射击,从战壕、从弹坑对着我们扔手榴弹,用机关枪扫射。士兵们又倒下了。我军一个排试图攻下敌人的机枪阵地。一些弟兄倒下了,另一些弟兄已经冲上前去,乌啦!一个军官倒下了。已经听不见枪声,正在酝酿着可怕的事情。又一个排倒下了。只听得敌人的机枪声:哒哒哒哒哒……又倒下了。对不起,我已经没法再讲下去了,我醉了……"

腿受伤的军官沉默了一会儿,坐在椅子上傻呆呆地望着前面。施雷德上校和善地微笑着,听着坐在他对面的斯比罗大尉挥拳捶着桌子像跟谁吵架似的东拉西扯,胡说一通,谁也听不大懂到底是什么意思。

"请你们好好想一想,在我们的队伍里有奥地利义勇枪骑兵、奥地利义勇军、波斯尼亚猎骑兵、奥地利步兵、匈牙利步兵、狄罗尔[①]皇军、波斯尼亚步兵、匈牙利国防义勇步兵、匈牙利骠骑兵、国防义勇骠骑兵、猎骑兵、龙骑兵、义勇骑兵、炮兵、辎重队、工兵、卫生队、海军。明白吗?比利时呢?第一、第二批应征入伍的组成作战部队,第三批主管军队后

---

① 奥地利西部的一个州名。

方的工作……"

斯比罗大尉往桌上捶了一拳又说:"和平时期由后备军担任国内勤务。"

在他旁边的一位年轻军官为了让上校听见他的意见,对他坚定刚强的军人气概留下好感,便扯开嗓门对他旁边的人说:"该把那些痨病鬼送到前线去,这对他们有好处;再说,死掉些病号总比死掉健康的人强些。"

上校微笑着。但他突然皱起眉头,掉过头来对文策尔少校说:"我真奇怪,为什么卢卡什上尉总是躲得离咱们远远的?自从他到差以后,压根儿就没到我们中间来过一次。"

"他在写诗,"扎格纳大尉用讥讽的口吻说,"他刚一到这里,就爱上了在剧院里碰上的工程师史瑞特的太太。"

上校锁着眉头望着前面说:"听说他会唱'滑稽歌曲'。"

"他在士官学校里就唱得一手好滑稽歌,逗得我们穷开心,"扎格纳大尉回答说,"他说的笑话,听起来真过瘾。可是他为什么不肯到我们这儿来,我就不明白了。"

上校难过地摇摇头说:"如今在军官中间已经没有我们当年那种交情了。我记得,过去我们每个军官都想法让大家开心。记得有一次,一个叫达克尔的上尉脱得一身精光,躺在地板上,把一条咸青鱼尾巴塞在屁股缝里,给我们扮演美人鱼公主①。另一个叫谢斯纳尔的中尉会扇耳朵、学马叫,还会学猫叫、学蜜蜂嗡嗡。我还记得斯柯达大尉。只要我们愿意,他就把三姐妹带到军官俱乐部来。他把她们训练得跟狗一样。他把她们往桌上一放,她们就按照他的指挥棒,当着我们的面脱得精光。他有这么小的一根指挥棒,是个名乐队指挥的。他跟她们在沙发上都胡闹些什么呀!有一次他让端来一盆温水摆在屋子中间,我们得挨个跟这些娘儿们一块儿洗澡,他就给我们拍照。"

回忆这段情景时,施雷德上校美滋滋地笑着。

"我们在澡盆里闹得多开心啊!"他接着说,无耻地咂嘴喷唇,在圈椅里摇来晃去。"可如今呢?有什么娱乐?连那位滑稽歌手也不露

---

① 古代民间迷信传说中的长发披肩、长着鱼尾的裸体女人形象。

面。现在的低级军官连喝酒都不行！还不到十二点，就有四五个醉得不省人事，出溜到桌子底下去了。想当年，我们一喝就是两昼夜，而且越喝越清醒。我们啤酒、葡萄酒和烈性甜酒接连着喝。如今已经谈不上什么真正的尚武精神了。鬼知道这是什么缘故！说起话来没一点儿俏皮劲，尽是些没完没了的瞎扯淡。不信你听听坐在桌子那头的人是怎么谈论美国的吧！"

从桌子那一端可以听到一个人在一本正经地说："美国不能参战。美国人跟英国人正在闹别扭。美国没有参战的准备。"

施雷德上校叹了一口气："这是后备军官们的胡扯淡。真教人腻味。这种人昨天还在哪个银行里写数目字，或者在小铺子里当伙计，包装商品，卖香料、桂皮和皮鞋油，或者在学校里跟小孩们讲饿狼出林的故事，今天就想跟正牌军官平起平坐，什么都要管，到处都想插一手。可是像卢卡什这样的正规军官又偏偏不到我们中间来。"

施雷德上校心情沮丧地回家了。第二天早上起来，他的情绪更坏，因为他在床上看报时，在前线战报新闻中好几次碰到这样一句话："我军已转移至预先准备之阵地。这是奥军的光荣时期，它跟在沙巴茨①那些日子一模一样。"

早上十点钟，施雷德上校带着这种心情来执行他的职务，志愿兵曾把他这个职务正确地称为"末日审判"。

帅克和志愿兵站在院子里等着上校。全部人马都到齐了：军士、值日官、团部的副官、手持待判罪犯案卷——团部发告书的文书。

在志愿兵军校的教导队长扎格纳大尉的陪同下，愁眉苦脸的上校终于出场了。他神经质地用鞭子抽打着自己的高统靴。上校接过报告，在死一般的静寂中，好几次从帅克和志愿兵的身边走过；而他们两人则根据上校所在的方位不断地"向右看齐"②或"向左看齐"③。上校踱步的时间很长，他们两个的向右看齐、向左看齐的姿势又做得格外认真，几乎可以把自己的脖子拧下来。

---

① 在一九一四年中，奥军三次到达塞尔维亚的沙巴茨城，每一次都不仅被赶出该城，而且被赶出整个塞尔维亚。

②③ 原文为德语。

上校终于在志愿兵面前停下脚步。志愿兵向上校报告说:"志愿兵……"

"我知道,"上校干巴巴地说,"志愿兵中的败类。战前你是干什么的?学经典哲学的大学生?那就是个醉醺醺的知识分子喽……"

"大尉先生,"上校对扎格纳说,"给我把志愿兵军校的全体学员都带来。"

他又转向志愿兵马列克说,"你是一个连自己人跟你在一起都要跟着你声名扫地的经典哲学大学生老爷。向后转!① 这我已经知道了。大衣上的褶缝都没有了,活像刚从妓女那儿出来,或者在窑子里胡闹过似的。亲爱的,你等着,我会教你知道厉害的!"

志愿兵军校的学生都齐集在院子里了。

"排成方阵!"上校命令说。志愿兵学员们排成水泄不通的方阵,把受审者和上校团团围住。

"你们瞅瞅这条汉子,"上校用皮鞭指着志愿兵马列克说,"他把你们的名誉、全体志愿兵学员的名誉全喝酒喝光了。本来应从志愿兵中培养出正式军官,他们能带兵打仗,去战场上争取光荣。可是像他这样的酒鬼能把部队领到哪里去呢?还不是这个酒店出那个酒店进!他会把所有分给军队的罗姆酒喝个精光的。你能替自己辩护吗?不能吧?你们瞧瞧他这副德行!他根本没法为自己辩护。他入伍前还是学经典哲学的!真是一桩经典案件哩。"

上校有意把最后几句话说得很慢,他吐了一口唾沫又说:"好一个经典哲学家,在夜里醉得把军官们的帽子从头上揭了下来!老兄!幸好那人是个炮兵队的军官。"

在这最后一句话里集中表现了九十一团对布杰约维策炮兵部队的敌意。要是炮兵队的人在夜里落到了步兵团的巡逻队手里那就倒了霉;反之也是一样。一批接一批的入伍者承袭着可怕的敌意、不可调和的血的报复②,血的报复。敌意表现在双方传统的做法上:不是步兵把

---

① 原文为德语。
② 原文为意大利语。

炮兵、就是炮兵把步兵扔到伏尔塔瓦河里,或者在"波特阿都尔"、"玫瑰园酒店"和南捷首府许多娱乐场所大打出手。

"然而,"上校接着说,"这种行为必须严办;必须把这种道德败坏的家伙从志愿兵军校开除出去。在我们部队里不需要这种知识分子。团部文书!①"

团部文书拿着事先准备好的文件和铅笔严肃地走了过来。

场上鸦雀无声,好像在判处杀人犯的审判厅里,审判长宣布说:"兹宣判……"

上校正是用这种腔调宣布:"兹判处志愿兵马列克三周禁闭! 禁闭期满后罚往炊事班削土豆。"

上校掉转头来命令志愿兵军校学员排成纵队。可以听得出来他们立即分为四路纵队开走了。这时上校对扎格纳大尉说,这队列的步伐不整齐,要他下午领着他们到院子里去操练。

"大尉先生,步伐应当响亮。还有件事,我差点儿给忘了。你告诉他们,志愿兵军校全体学员禁足五天,不准离开兵营,让他们记住这个混蛋马列克是他们的老同事。"

而"混蛋马列克"站在帅克旁边,样子显得十分心满意足。在他看来这个结局没法再好了。在炊事班削土豆,做大馒头卷子,啃排骨,肯定比在敌人的猛烈炮火下拖着这身肉去喊"一个挨一个,上刺刀!"②要强。

施雷德上校离开扎格纳大尉,停留在帅克面前,定睛望着他。这时候,帅克那张丰满的笑脸,从大军帽底下露出来的两只大耳朵再好不过地表明了他的外表特征。他的外表给人以十分平静和毫无犯罪感的印象。他的眼睛在问:"请问,我干了什么错事吗?"他的眼睛又在说话:"请问,有什么事能怪我吗?"

上校向团部文书提了个问题,来总结他的观察:"是个白痴吧?"

这时,上校看到这张善良的脸上的嘴巴张得大大的。

"报告,上校先生,是个白痴。"帅克替文书做了回答。施雷德上校

---

①② 原文为德语。

对副官摆头示意,和他走到一边去了。然后又把团部文书叫来,他们一起翻阅帅克的材料。

"啊!"施雷德上校说,"原来这就是卢卡什上尉的勤务兵,就是上尉报告上所提的、在塔博尔失踪了的那一个。依我看军官先生们应当自己训练自己的勤务兵。卢卡什上尉先生既然给自己挑了这么个出了名的白痴当勤务兵,那他就得自作自受兜着走。他反正哪儿也不去,有的是空闲。你们不是从来没见过他跟咱们玩过吗?不就是这么回事吗?他有足够的时间把他这个勤务兵管教好。"

施雷德上校走近帅克,望着他那张善良的脸说:"蠢猪,你得关三天禁闭!蹲完三天,再到卢卡什上尉那儿去报到。"

这样一来,帅克同志愿兵马列克在团部禁闭室会面了。卢卡什上尉大概也会感到莫大的欣慰,因为施雷德上校把他叫去对他说:"上尉先生,大约在一个礼拜之前,在你来到团队时,你向我申请过一名勤务兵,因为你的勤务兵在塔博尔车站失踪了。现在,由于你的勤务兵已经回来……"

"可是上校先生……"卢卡什上尉恳求道。

"我已经决定……"上校强硬地说,"关他三天禁闭,然后仍旧把他派给你使唤。"

卢卡什上尉伤心地、摇摇晃晃地走出了上校办公室。

帅克和志愿兵马列克在一起非常愉快地度过了三天。每天晚上他们两人都要在床上组织一场爱国表演。

晚上,从禁闭室里传出他们演唱的歌子:《主呵,保佑我们》和《叶甫根尼王子,高贵的骑士》①。还唱了一大串军歌。看守走过来时,他们用歌声欢迎他。

> 我们这位老看守,
> 老不死的活个够。
> 魔鬼驾车登上门,
> 要来活捉老看守。
> 推着车子来拉他呀,
> 把他按在地上一顿揍!
> 魔鬼和看守在地狱呀,
> 生起火来……

志愿兵在床板上画了个看守像,下面写了一段仿古的小调:

> 我到布拉格买香肠,
> 在那儿碰着个小丑郎。
> 他不是小丑是看守啊,
> 我若不跑就被他咬伤。

他们两人就这么气着看守,仿佛在塞维利亚②用红布来气安达鲁西牛一样。与此同时,卢卡什上尉却忧心忡忡地等着帅克来向他报到重新履行自己的义务。

---

① 原文为德语。是一支古老的德国军歌。
② 在西班牙境内。该城以斗牛闻名于世。

第三章　帅克在基拉利希达的奇遇

九十一团开拔到利塔河畔摩斯特城,即基拉利希达城①。

帅克经过三天禁闭,还差三个钟头就该释放出来了。就在这个时候,他跟志愿兵马列克一同被带到总禁闭室,然后又从那里押往火车站。

"这我早就知道,"在路上,志愿兵对帅克说,"他们会把我们解到匈牙利去的。那儿要成立一些先遣营,可是我们的士兵学会了射击,就跟匈牙利人干仗。我们乐呵呵地开到喀尔巴阡山,匈牙利军再到布杰

---

① 利塔河畔摩斯特城,是捷克的一个城市。一九一四年时,奥匈之间以利塔河为界,该城部分在奥地利,叫利塔河畔摩斯特城,另一部分在匈牙利境内,叫基拉利希达,德文名字叫利塔河畔布鲁克城。

约维策来接防,来个种族大混合。有这么一种理论:说强奸外族女郎是防止人种蜕化的最好办法。瑞典人和西班牙人在三十年战争中这样干过,拿破仑当政时的法国人这么干过,如今匈牙利人在布杰约维策地区也要来这一招了。当然,这算不上粗暴的强奸。在一定时间内就全都自然而然发生了。这是一种简单的交换:捷克兵跟匈牙利姑娘睡觉,可怜的捷克姑娘又把匈牙利大兵引进来。几百年后,人种学工作者看到马尔夏河两岸挖出的骷髅的颧骨那么鼓,定会感到很惊奇。"

"这种相互交配本来就是一件蛮有趣的事,"帅克说,"布拉格有一个黑人堂倌,名叫克里斯蒂安。他爹是埃塞俄比亚的国王。国王来到布拉格的什特瓦尼采①的马戏团,爱上了一个女教员,她经常给《拉达》杂志②写些歌颂森林小溪和牧童的诗歌。她跟这位国王在旅馆,正像《圣经》上说的那样,私通了。使她大吃一惊的是她后来竟生了个白白净净的男孩。可是两个礼拜之后,这小男孩开始变黄。一个月之后,开始变黑。半年之后就跟他老子、埃塞俄比亚国王一样黑了。他妈抱着他去看皮肤科,想把他的黑色褪掉。可大夫对她说,这男孩是地地道道的黑种人皮肤,根本没法褪色。这可把她急疯了。她向各个杂志社去打听有什么治黑皮的办法。人家把她送进了疯人院,把她那黑皮小子送进了孤儿院。那儿尽拿他开心。后来他当了堂倌,还常到夜咖啡馆去跳舞。如今比他晚出生的捷克杂种都长得漂亮些,不像他这么黑了。据一位常上'杯杯满'酒家去的医士有一次跟我们说,这个问题不那么简单:这样的混血儿生出来的下一代跟白种人没什么区别,可是说不定在某一代又会生出个黑人来。你可以想象,那该有多倒霉!比方你娶了一位小姐,这妖精一身雪白,可突然给你养出个黑小子!要是她在九个月之前,在没有你陪伴的情况下去杂技场看过黑人的竞技比赛,你还可能会为此感到很伤脑筋哩。"

"你讲的那个黑人克里斯蒂安,"志愿兵说,"还可从战争观点来分析。比方说,把这个黑人征去当兵,他是布拉格人,那么就编在二十八

---

① 布拉格市中心伏尔塔瓦河上的一个小岛,现为冬季运动场。
② 从前在布拉格出版的一种小资产阶级情趣的妇女杂志。

团。想你已经听说,二十八团跑到俄国人那边去了。要是俄国人俘虏了这个黑人克里斯蒂安,该会感到多么惊奇。俄国报纸准会宣传说奥地利把它的殖民地军队赶上了战场。其实它根本没有殖民军;还会说奥地利已经把手伸到黑人后备军来了。"

"有人讲,"帅克脱口而出,"奥地利在北方什么地方确有殖民地。一个什么由弗兰西斯·约瑟夫当皇帝的国家……"

"弟兄们,别扯啦!"一个押送兵插嘴说,"如今议论什么弗兰西斯·约瑟夫皇帝的国土,实在是太不谨慎。你什么名字也别提,日子准会好过些……"

"那你看一下地图吧,"志愿兵打断他的话,"确实存在归我们最仁慈的皇上弗兰西斯·约瑟夫管辖的国家嘛。据统计,那儿尽是冰,布拉格制冰厂的破冰船从那儿出口冰哩。这个冰冻工业连外国人也给以高度评价和重视,因为这是门赚钱却又很危险的买卖。其中最大的危险是从弗兰西斯·约瑟夫皇上的国土里将冰运往北极圈。你能想象得出吗?"

押送兵嘟囔了一句什么。押送班长却坐得靠近了些,专心听着志愿兵的谈论。志愿兵一本正经地接着说:"奥地利这惟一的殖民地可以给整个欧洲供应冰块,这是它重要的国民经济收入。当然,殖民化进展缓慢,因为一部分殖民者不愿上那儿去,另一部分殖民者已经冻僵了。然而贸易部和外交部极感兴趣的气候条件的改善,使其大面积的冰场有了充分加以利用的希望。再开几个旅馆就会招徕大批旅游者。当然还得把冰山之间的旅游小道适当加以维修,在冰山上设置些导游路标。惟一的麻烦是爱斯基摩人跟我们驻地机关为难……

"这些小子不肯学德文……"志愿兵接着说。押送班长专心地听着。他是个超期服役的士兵,入伍前当过长工,又傻又粗鲁,对他所不了解的一切都囫囵吞下。他的理想是"混碗汤喝喝"[①]。

"班长先生,教育部花了很多钱,费了很大的劲为他们造房子,冻死了五名建筑师……"

[①] 奥军士兵常以"混碗汤喝喝"形容超期服役军人。

"泥瓦匠们保住了命，"帅克打断他的话说，"他们靠抽烟斗取暖。"

"并不是所有泥瓦匠都保住了命，"志愿兵说，"有两个遭到不幸。因为他们忘了使劲地吸，结果烟斗灭了。人们只得挖开冰把这两个人埋了。最后，学校终于用冰砖和钢筋水泥盖成了，盖得很坚固。可是爱斯基摩人却从冻在冰里的商船上拆些木材围着学校点起火来，终于达到了他们的目的：上面盖有学校的冰化了，整个一座学校、连同校长和准备在第二天参加隆重的学校落成典礼的政府官员全都沉进了大海。只听得水没到脖子上的政府代表在嚷嚷：'上帝，惩罚英国人吧！'① 如今可能派军队去收拾那些爱斯基摩人了。不用说，跟他们打仗是很困难的。对我军最大的威胁恐怕是那些经过训练的白熊。"

"这还不够瞧的？"押送班长聪明地指出，"已经有好多好多的军事发明。比方说，对付煤气中毒的防毒面具吧，你把它往头上一戴，自己马上就中毒了，就像士官学校的人对我们讲的。"

"他们只不过是吓唬吓唬你，"帅克说，"士兵对啥都不该害怕。即使在战斗中掉到茅坑里，也要舔舔干净继续战斗。至于有毒的煤气，我们每一个在兵营里吃过新鲜的士兵面包和带壳豌豆的人都早已习惯了。听说俄国人发明了一种专门反对士官的什么玩意儿。"

"这可能是一些特别的电流，"志愿兵补充说，"它能把士官领章上的赛璐珞星星联在一起，然后发生爆炸。这又会是一种新的灾难。"

押送班长虽然是头笨牛，似乎也终于明白他们在拿他开心，便离开他们领着押送兵走开了。

他们到了车站，布杰约维策的居民正聚集在那儿给团队士兵送行。尽管这告别仪式并非官方操办，但车站前面的广场上还是挤满了等着军队到来的人群。

帅克的全部注意力集中在夹道欢送的人群身上。跟往常一样，现在也是这样：规矩老实的士兵走在最后面，扛着上了刺刀的步枪的士兵走在前面。老实兵随后被塞进装牲口的车厢。帅克和志愿兵被带往一

---

① 原文为德语。

节特设的囚犯车厢去,这节车厢一向总是挂在军列的军官车厢后面;囚犯车厢里面的座位是足够的。

帅克挥动制帽,忍不住向人群喊了一声:"你们好!"这一声问好产生了强烈的反应,人群报以响亮的欢呼声:"你们好!"这声音越传越远,一直传到车站前面。那儿嚷了起来:"来啦来啦!"这一下可把押送帅克的班长急坏了,他嚷着要帅克住嘴。可是欢呼声犹如惊涛骇浪,越来越大。宪兵挡着人群,为押送队开道。人群继续欢呼着:"你好!"并且挥动着帽子。

欢呼声汇成了一场真正的示威运动。车站对面的旅馆窗口里,有些妇女挥动手帕,高呼"万岁!"①两旁人群中德语和捷语的喝彩声混杂在一起。有个狂热分子还趁机大声喊道:"打倒塞尔维亚人!"②但被人们绊倒在地,在人群的拥挤中被踩了几下。

"他们来啦!"喊声像电流似地在人群中起伏着,越来越远地传播开去。

押解队伍走近来了。帅克在押解人员的刺刀下挥手向人群亲切致意。志愿兵严肃地行着军礼。

他们就这样进了车站,走向指定的军用列车。步兵团的管弦乐队的指挥被这突然出现的游行活动弄得晕头转向,差点儿演奏起《主呵,保佑我们》的乐曲来,幸亏头戴黑色硬帽的第七骑兵师的随军神父拉齐纳及时赶到,开始整顿秩序。

他来到这里的经过很简单。拉齐纳神父,这位所有军官食堂的赫赫人物、贪得无厌的食客和酒鬼,是昨天刚到布杰约维策的。好像是偶然地参加了即将开拔的团队军官们的小型酒会。他以一当十,大吃大喝,在有几分迷糊的情况下摸到军官食堂,甜言蜜语地向伙夫捞到点残羹剩菜,饱餐了盘子里的肉汁和馒头片,狼吞虎咽地连肉带骨吃了个够。还从储藏室里弄到一些罗姆酒,喝得直打饱嗝,然后回到告别酒会上来,再度狂饮了一番。他在这方面是很有经验的。第七骑兵师的军官总是为他垫款。第二天早晨,他突然想到,团队的第一批军列就要开

---

① ② 原文为德语。

车了,该去维持一下秩序。于是他沿着夹道的人群逛了一圈,来到了车站,大大发挥起他的热情来,弄得团队主管军列的军官们都躲在站长室里不见他。

他到达车站前时,不早不晚,正当乐队指挥刚要指挥《主呵,保佑我们》之际,他一把夺下乐队指挥的指挥棒喊道:"停!① 还早。等我打了招呼再演奏。我待会儿来。"他走到车站上,紧跟着押送队,大喊一声:"停!"把他们叫住了。

"哪儿去?"他对押送班长厉声喝道,把这位班长弄得手足无措。

帅克代他和蔼地回答道:"把我们送到布鲁克去,神父先生。如果您愿意的话,也可以跟我们一道儿搭车。"

"我也去!"拉齐纳神父说,接着他转过身来,对押送兵叫道,"谁说我不能去? 前进! 开步走!②"

神父进入囚犯车厢,躺在座位上。好心的帅克脱下军大衣,垫在神父的头下。志愿兵还悄悄对吓得魂飞魄散的押送班长说:"好好服侍神父吧!"

拉齐纳神父躺在座位上伸了伸懒腰,便开始畅谈起来:"诸位,蘑菇焖肉,蘑菇放得越多越好。可得先用小葱头把蘑菇煨熟,然后才搁上点桂树叶和洋葱……"

"您已经搁过葱了。"志愿兵说。班长用绝望的眼神盯了志愿兵一下,因为在他看来神父虽然喝醉了,但他毕竟是自己的上司呀。

班长的处境实在无望。

"对,"帅克插嘴说,"神父先生的话是绝对正确的:葱放得越多越好。帕科姆尼西采有个酿啤酒的,他连啤酒里也搁葱,说是葱能引人口渴。葱是很有用的东西。烤葱还能治酒刺……"

这时候拉齐纳神父像梦呓般哑着嗓子说:"全靠作料,看你放些什么作料、放多少。胡椒可别太多,辣椒也不宜多放……"

他越说越慢,声音也越来越小:"蘑菇别放得太……柠檬别放得太……太多的……香料……太多的……肉豆蔻……"

---

①② 原文为德语。

没说完他就睡着了，不一会儿鼾声大作，间或从鼻子里吹出尖细的哨声。

班长呆呆地望着他。其余的押送兵抿着嘴暗笑。

"他一下子还醒不了，"过了一会儿帅克预言道，"他已经醉到家了。"

"反正都一样，"当班长不安地示意帅克住嘴时，帅克还接着说，"这一点儿办法也没有。他都醉成一摊烂泥啦。可他还是个大尉军衔哩。所有这些随军神父，不管头衔大小，喝起酒来统统是海量。我给卡茨神父当过勤务兵。那一位喝起酒来跟喝水一样。这一位跟卡茨神父他们相比还差十万八千里哩！有一回，我们把圣饼盒都送到当铺里去换酒喝了。如果有人肯借钱给他的话，我们恐怕连上帝本人都会给喝掉的。"

帅克走到拉齐纳神父跟前，扶他翻了个身，脸朝椅子背，然后以行家的口吻说："他得一直睡到布鲁克。"说完这句，帅克回到自己座位上。不幸的班长绝望地目送他坐下，然后说："我想恐怕还是得去报告一下。"

"我看您还是不去为妙，"志愿兵说，"您是押送队的负责人，您不能离开我们。而且照规矩您也不能把任何一个押送兵派去送报告，除非您找到人代替他。瞧，这事儿很棘手。您要是鸣枪通知人来，这也不行。这儿又没发生什么值得您开枪的事。再说，按规定，除了被禁闭者和押送人员之外，囚犯车厢里不能有外人，严禁外人入内。您要是想掩饰您的错误，趁车子开着的时候悄悄地把神父从火车上扔下去，这也行不通；因为这儿有证人亲眼看见您违反规定放他进车厢里来了。班长先生，您准要落个降级的下场。"

班长困惑地辩解说他并没有把神父放进来，是他自己进来的，不管怎么说，随军神父毕竟是上司呀。

"这里只有一个上司，那就是您，"志愿兵强调说。帅克还补充他的话说："就是皇帝老子本人要进来，您也不能让啊！这好比新兵站岗时，一个检查官走到他面前，要他跑一趟去买盒香烟，新兵问了一声他要买什么牌子的。为这样的事儿是得坐牢的。"

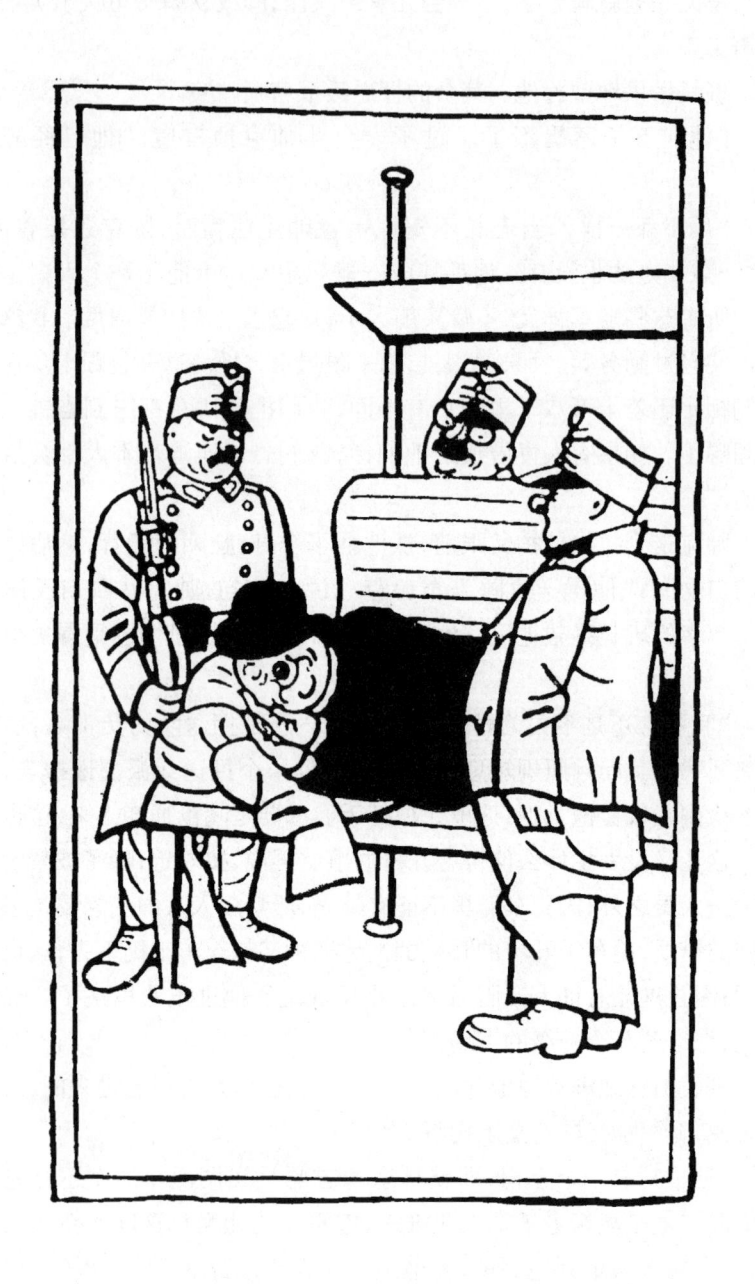

班长胆怯地反驳说：是帅克首先跟神父说，他可以同他们一道儿走。

"班长先生，我这样做是可以的，"帅克回答说，"因为我是白痴；可是谁都不会相信您也是白痴啊。"

"你在军队里超期服役多年了吧？"志愿兵随便问了班长一句。

"三年了，如今该升排长了。"

"您别做梦啦！"志愿兵刻薄地说，"您记住我这句话吧：您会降级的。"

"到头来也都一样，"帅克说，"当排长或当小兵反正是一死。可是话又说回来，听说降职的人要派到前线去。"

神父蠕动了一下。

"是他在打鼾，"帅克见他一切正常、安然无恙时说，"他说不定正梦见自己又在开怀痛饮哩。我担心他在这儿拉上一裤子。我的那位卡茨神父一喝醉了就睡得不省人事。有一次给你拉了……"于是帅克把他亲自经历的有关卡茨神父的事儿描述了一番，说得又详细又有趣，使大家连火车开动了也没察觉。

直到后面车厢传来一阵吵闹声，才把帅克的话打断。由克鲁姆罗夫斯柯和卡什贝尔的德国人组成的第十二连在那儿放开嗓子唱：

　　等到我归来，
　　等到我归来，
　　等到，等到我再归来。①

在另一个车厢里又有哪个绝望者脸朝着离他越来越远的布杰约维策方向唱道：

　　而你呀，我的宝贝儿，
　　你却留在这儿。
　　嗬拉哟，嗬拉哟，嗬罗！②

这种尖叫声实在让人受不了，大伙儿就把他从牲口车厢门口推出

---

①② 原文为德语。

去了。

"真奇怪,"志愿兵对班长说,"怎么还没见检查官到我们这儿来呢?照规矩,您在车站上就该把我们上车的事儿向列车指挥官报告,不该在一个喝醉了的神父身上费功夫。"

不幸的班长执拗地一声不吭,两眼瞪着窗外向后掠过的一根根电线杆子。

"我一想到,没有把我们的情况向任何人报告,"爱挖苦人的志愿兵接着说,"到了下一站,有个检查官到我们车厢里来,我就心惊肉跳。仿佛我们都是……"

"吉卜赛人,"帅克接口说,"流浪汉。好像我们见不得阳光,到哪儿也不敢露面,生怕人家会把我们逮起来似的。"

"这还不说,"志愿兵接着说,"根据一八七九年十一月二十日颁布的命令,用火车运送军事犯人时,必须遵照下列规定:第一,运送军事犯人的车厢必须装有铁栅栏。这一条订得一清二楚,而且咱们这儿也是照规定办的,我们就是被关在极其牢固的铁栅栏里的,这还差不多。第二,根据一八七九年十一月二十一日皇上与国王命令的补充条文规定,每个军用囚犯车厢都得备有厕所;如无厕所,得配备有盖子的便盆供犯人与押解官兵大小便之用。我们这个军用囚犯车厢别说厕所,挤在这个与世隔绝的小包间里,连个便盆也没有……"

"你们可以到窗口去解溲。"绝望已极的班长说。

"您忘了,"帅克说,"犯人是禁止走近窗口的。"

"第三,"志愿兵接着说,"车厢里必须配备盛饮水的器皿。这一条您也没遵守。顺便问一句①,在哪一站领发干粮?您不知道吗?我早就知道您没打听这个……"

"您瞧,班长先生,"帅克说道,"押送犯人可不是闹着玩的事。您得把我们照顾得周周到到。我们不是普通士兵,可以自己照看自己。什么您都得送到我们鼻子底下来。命令和条款是这么规定的,就得遵守,要不然就乱套了。我认得一个流浪汉,他说过:'被禁闭的人好比一个包在襁褓里的婴儿,得好好照料他,别让他着凉,也别让他生气,让他满意自己的命运,不许别人欺侮他这个小可怜的。'"

"啊,还有一件事,"过一会儿帅克友好地看着班长说,"到十一点钟的时候,麻烦您告诉我一声。"

班长莫名其妙地望着帅克。

"班长先生,看来,您是想问我,干吗到十一点的时候要提醒您一声吧?因为从十一点起我就是属于那节牲口车厢的了,班长先生,"帅克郑重其事地宣布:"我被判处三天禁闭,到十一点钟禁闭期就满了。今天中午十一点我就应该得到释放。从十一点钟起我在这儿就没事了。任何一个士兵也不能关得超过他的禁闭期,因为在军队里,首先得讲究个纪律和秩序,班长先生。"

倒霉的班长受到这一击后,好半天才清醒过来,最后,他才不以为然地说没有接到任何公文指示。

"亲爱的班长先生,"志愿兵说,"公文不会自己飞到押送官这儿来的。圣山不会自己向穆罕默德②靠拢,押送队长可得自己去取公文。

---

① 原文为法语。
② 伊斯兰教创始人。

您现在又碰着新的麻烦了:您无权把该释放的人继续关在这儿。从另一方面说,根据现行政令,谁也无权离开囚犯车厢。我真不知道您怎么才能摆脱这个困境。形势越往后越糟糕。现在已经是十点半了。"

志愿兵把怀表放进衣兜里,说:"班长先生,我倒要看看您半小时之后怎么办。"

"半小时之后我就是牲口车厢的人了。"帅克沉湎于幻想地重复着。班长心慌意乱、十分沮丧地对他说:

"假如这里对你没有什么不方便的话,我想你在这里比在牲口车厢要舒服得多……"

神父在睡梦中喊了一声,打断了他的话,说:"多搁点调味汁!"

"睡吧,乖乖地睡吧!"帅克和蔼地说,顺手把掉下来的军大衣塞到神父的头底下,"让你再做一场开怀畅饮的美梦吧。"

志愿兵唱起歌来:

　　睡吧,小宝贝,睡吧!闭上你的小眼睛睡吧!
　　上帝同你一块儿睡着,
　　小天使给你把摇篮摇,睡吧,小宝贝,睡吧!

沮丧绝望的班长已经对什么都没有反应了。他呆呆地望着窗外,对囚犯车厢里的混乱也听之任之,无可奈何。

押送兵在隔壁打"挤肉堆"①,班长的屁股,干脆而扎实地挨了几下撞。他回头一看,只见一个士兵挑衅似地用屁股对准他。他叹了一口气,回到窗子跟前。

志愿兵琢磨了一会儿,然后对绝望的班长说:"您知道有个叫《动物世界》②的杂志吗?"

"我们村里一个饭店老板订了这份杂志,"班长带着明显的快意回答他,因为可以转到另一个话题了。"他非常喜欢瑞士的萨安羊,可是

---

① 一种纸牌的打法。
② 本书作者哈谢克曾一度任该杂志编辑。志愿兵这里讲的故事,基本上发生在哈谢克身上。

都给他喂死了,所以他想从这份杂志里找到解决问题的办法。"

"亲爱的朋友,"志愿兵说,"我下面向你们讲的故事会非常清楚地证明:谁也免不了要犯错误。诸位,你们那一头的先别玩'挤肉堆'了,我相信,我要给你们讲的故事,你们一定会感到有趣。好多专门术语你们还不懂。我要给你们讲个《动物世界》的故事,好让我们忘掉今日战争的烦恼。

"我到底是怎么当上那家非常有趣的杂志《动物世界》的编辑的呢?这在相当一段时间内对我自己来说都是一个谜。后来,我产生了这么一种信念:我只有在完全无责任能力①的状况下才能干这一档子事。在这种完全不能由我做主的情况下,我被对老朋友哈耶克的友情引入了歧途。哈耶克,他一直老老实实在这家杂志当编辑,却爱上了杂志老板伏克斯的女儿。老板把他辞退了,要他给《动物世界》物色一个循规蹈矩的编辑。

"可见当时的雇佣关系是多么的奇特。当我的朋友哈耶克把我介绍给老板时,他非常亲热地接待了我,问我对动物有些什么见解。他很满意我的回答。我说了这样一个意思:我一向非常尊重动物,我认为它们不过是由动物过渡到人的一个阶梯。从保护动物的观点出发,我总是满足它们的要求和愿望。每一种动物只求在被吃掉之前让它们死得尽量少受一点痛苦。

"鲤鱼从一出世就有一个固执的念头:认为女厨子活活给它开膛破肚就很不地道。还可以拿砍公鸡脑袋的事来说,为了不让没有经验的手宰杀家禽,保护动物协会现在还在努力促其实现。油煎白鱼的弯曲的身躯说明它们在丧命之际对'波多里'饭铺的人们将它们用奶油活活煎死而发出的抗议。至于火鸡……

"这时老板打断了我的话,问我对家禽、狗、羊、蜜蜂是否内行,对世界上种类繁多的动物是否熟悉,会不会从外国报刊上把图片剪下来复制,能不能翻译外文报刊上有关动物的专业文章;还问我会不会翻阅

---

① 因精神错乱不能为自己的行为负责的情况,法律上称为"无责任能力"。

布雷姆①的著作,能不能和老板一道撰写关于动物生活的社论,社论中心须结合天主教节日、四季气候的变化、赛马、狩猎、警犬训练、民族节日和宗教节日的变换,一言以蔽之,要有记者的眼光,以及通过简短而内容丰富的社论表述时代概貌的能力。

"我说我对如何办好像《动物世界》这种杂志已经进行过深思熟虑,等我把上述各方面的材料掌握住了,我就能把刊物上的各个栏目一揽子包下来。依靠我的努力,这个杂志将提到一个前所未见的水平,我将把它从内容到形式都来个大改观。

"比如:开辟《动物的幽默》《动物谈动物》等专栏,同时要联系政治形势。

"并且逐一向读者介绍动物,让他们看得眼花缭乱,赞叹不已。而《动物的一天》专栏则与《解决家禽问题的新纲领》以及《牲口间的运动》等栏目交替刊出。

"老板又打断我的话,说我这个计划只要能完成一半就足够足够了。他说要送我一对矮体肉鸡,说这种肉鸡最近一次在柏林举行的家禽展览会上获得大奖,场主荣获配种优良的金质奖章。

"可以说,我很卖力,我在杂志社的'施政'纲领,不遗余力地坚持了。到后来,我甚至发现,我的文章超过了我的能力。

"为了向读者提供一点出人意料的新花样,我自己臆造了一些动物。比方说,我认为,象、虎、狮、猴、鼹、马、猪等等,这些动物早已为《动物世界》读者所熟悉,有必要给他们介绍点新发明。我就抛出一种硫化鲸,我的这种新鲸鱼大如鳕鱼,身上有个装满蚁酸的鱼泡和特别的管道,硫化鲸从这个管道轰的一声把蚁酸喷到它想吞吃的小鱼身上,能把小鱼麻醉住。一位英国学者研究出一种毒性酸……如今我已记不清楚,当时给那鲸鱼酸取了个什么名字。鲸鱼膏是众所周知的,可是这种新的鲸鱼酸却引起了好些读者的注意,他们纷纷打听生产这种纯酸的公司。

---

① 布雷姆(1829—1884),德国著名动物专家和旅行家,曾旅行欧洲、亚洲和非洲,著有《动物生活》一书,共六册。从一八六九年出版后享有盛名。

"我敢向你们打赌,《动物世界》的读者都是些非常好奇的人。

"在发明这种大硫化鲸之后不久,我又发明了一大串别的动物。我给它们分别取名为:'狡猾的幸运儿',一种袋鼠科的哺乳动物,'馋嘴公牛','母牛的老祖宗';以及'乌贼鞭毛虫'——我把它归入啮齿科。我每天都增添新的动物。我自己也为我在这方面的成功感到惊讶,我从来也没想到动物界还要我作这么多的补充。布雷姆在他的《动物生活》一书中竟然漏编了这么多动物。布雷姆和他的后继者知道我的称之为'远方蝙蝠'的冰岛蝙蝠,称之为'鹿香猫'的乞力马扎罗山①上的家猫吗?

"至今自然学家们是不是想象得出'库纳工程师②的跳蚤'呢?这是我在琥珀里找到的,这只跳蚤双目失明,因为它生活在地底下的远古鼹身上,这只鼹也是瞎子,因为根据我写的,这只鼹的曾祖母与波斯托伊纳岩洞底下的一只瞎'神蛙'交配过。当时,这个山洞一直通到现在的波罗的海。

"从这一无足轻重的小事引起了《时间报》③与《捷克人报》④之间的大论战。因为《捷克人报》在其大量小品文中,有一篇谈到我所发明的跳蚤,说:'上帝所造,造得奇妙。'《时间报》则纯粹现实主义地把我的跳蚤连同那威严的《捷克人报》驳得体无完肤。从此以后,那发明创造新奇动物的福星显然把我抛弃了。《动物世界》的订户也开始表示不满。

"这种不满最初是由我的几则关于蜜蜂和家禽的短评引起的。在那些短评里我发展了一种使人感到惊恐的新理论,因为在我这些简短的建议出来之后,就有一位著名的养蜂家巴佐瑞先生中风,在舒曼瓦和波特克尔克诺什山区的蜜蜂纷纷死去。家禽也得了瘟疫,总之,什么都死了。订户寄来了恐吓信,拒绝订阅我们的杂志了。

"我便转而写那自由生长的鸟类。至今我还记得我同《农村评论》

---

① 在坦桑尼亚境内,为东非最高山峰。
② 作者的好朋友,多种文字的翻译家。
③ "人民党"于一八八七年创办的日报。
④ 教会党,即自称为人民或民族党或捷克天主教党的极右派的报纸。

杂志编辑,教权派议员卡德恰克①先生的那场冲突。

"我从英国杂志《农村生活》②上剪下一张图片,上面有一只蹲在核桃树上的鸟。我随便给它取个名叫'核鸦',像我平常毫不费劲地按逻辑推论出的那样,把蹲在柏树上的鸟叫'柏鸟'。

"这下可捅了马蜂窝。卡德恰克先生写了一封公开信来攻击我,硬说这是一只松鸦,绝不是只什么'核鸦',说这鸟名是由德文'松鸦'译过来的。

"我给他回了一封信,用我的全部理论对'核鸦'问题作了论证,信中尽是骂人的话和瞎编的布雷姆的引语。

"卡德恰克议员在《农村评论》上的一篇社论里作了答复。

"我的杂志老板伏斯克先生跟往常一样坐在咖啡馆里看州报,因为在后来那个时期,他常常寻找有关对我在《动物世界》上发表的引人入胜的文章的评论。我一来到他那儿,他便把搁在桌上的《农村评论》报递给我,轻声地说着话,用忧伤的眼神望着我。那个时期他的眼神一直是这样忧伤。

"我当着咖啡馆所有的顾客大声读道:

尊敬的编辑部:

我曾经提醒过:贵刊使用一些不习惯和没根据的术语。忽视捷克语言的纯洁性,臆造种种动物。我已经指出,贵刊编辑不用自古以来普遍使用的'松鸦'一词,而以'核鸦'取代。'松鸦'这个名称乃是从德文松鸦译过来的。

"'松鸦',杂志经理跟着我沮丧地重复了一遍。

"我接着泰然地往下读:

此后我还接到一封你们《动物世界》的编辑寄来的信,这封信写得极为粗鲁,对我进行人身攻击。信里称我为不学无术的畜生。

---

① 约·莫·卡德恰克(1856—1924),捷克新闻记者,一九一一年普选中被选为天主教党议员。

② 原文为英语。

这样的侮辱,是应该遭到惩罚的。正派人对待科学性质的责备是不能这样做答的。我倒想知道,我们两人之间究竟谁是更大的畜生。也许,不错,我不该用公开信的方式表示我的反对意见,而应该写封非公开的信。只是因为工作太忙,忽视了这类区区小事。然而现在,在受到你们《动物世界》编辑的横蛮无礼的抨击之后,只得对他进行公开谴责。

贵刊编辑先生认为我是个连什么鸟叫什么名字都不知道的、没教养的畜生,这是大错特错了。我多年从事鸟类学研究,且绝不是死啃书本,而是在大自然里进行研究,我鸟笼子里喂养的鸟比贵刊那位常年关在布拉格的酒馆饭店里的编辑先生有生以来所见到的鸟还要多。

其次一点是,假如你们的《动物世界》编辑在下笔攻击别人之前就搞清楚被他骂做畜生的人是谁,想必没有坏处。鄙人就住在摩拉维亚的米斯德克附近的弗利特朗特,直到登了这篇文章为止他还一直在订阅贵刊。

这不是与哪个神经病进行个人争论的问题,而是一个恢复事物真实面目的问题。因此我要再重复一遍:既然我们已经有了众所周知、适合本国叫法的称呼'松鸦',在名称的翻译上再来瞎编乱造那是不可饶恕的。

"'嗯,松鸦。'我的老板用更加悲伤的声调说。

"我平静地接着往下读,不让人家打断:

事情出自一个门外汉和粗鲁人之手,简直鄙卑无耻。什么时候有人把松鸦叫过核鸦?在《我国鸟类》一书第一百四十八页上有个拉丁字:Ganulusglandarius B. A,这就是我那只鸟——松鸦。

贵刊编辑该承认,我对鸟类学比一个门外汉要了解嘛。根据巴耶尔博士的说法,核鸦叫做 mucifraga cary catectes B. 而这个拉丁文的 B 并不像贵刊编辑给我写的是'傻瓜'的头一个字母[①]。

---

① 捷语"傻瓜"的头一个字母是 B。

捷克鸟类学学者只认得松鸦而不认得贵刊编辑发明的什么核鸦。他自己才属于按照他的理论来解释的那头一个字母为B的先生哩。粗暴的人身攻击丝毫改变不了事情的本来面目。

尽管贵刊编辑在这里耍了花招,可松鸦仍然是松鸦。尽管他也极其粗暴地引证布雷姆,但这只能证明他写文章是多么轻率和不顾实际。这个下流胚写道:根据布雷姆著作第四百五十二页上的论述,松鸦属于鳄鱼类,与它相近的有乌鸦、穴鸟类。他甚至无耻到这等地步,把我也说成是跟喜鹊、乌鸦类混杂的穴鸟,属于笨蛋一大类。尽管在同一页上谈的是森林松鸦和花喜鹊……

"我的杂志老板捧着脑袋,叹了一口气说:'森林松鸦……把报纸拿来,让我把它读完。'

"奇怪的是他读的时候嗓子也嘶哑了。

小圆蘑菇鸟或土耳其黑山鸟①译成捷文也仍然是小圆蘑菇鸟,就好比大灰鹈就永远叫大灰鹈一样。

"'大灰鹈应该叫柏鸟,经理先生!'我指出说,'因为它们靠吃柏树叶长大。'

"伏斯克先生把报纸往桌上一扔,钻到弹子台下面,吐出他所读的最后几个字:

'小圆蘑菇鸟。'

"他在弹子台下嚷道:'根本不是松鸦,是核鸦。我咬定了,诸位!'

"好容易把他拽了出来。三天后他患流行性脑炎死去,临终前家属均在场。

"在他临终前神智清醒的一刹那间,他最后讲出了这样几句话:'在我看来,重要的不是我个人的利益,而是整体的幸福。从这一点出发,请你们接受我本着实事求是精神作出的最后判断,这样就……'说到这里,他咽气了。"

---

① 这些都是作者臆造的,实际上并无这种鸟。

志愿兵沉默了一会儿之后颇为尖刻地对班长说：

"我想通过这件事说明，每一个人都会有陷于困境的时候，每个人都会犯错误。"

班长从这一席话中弄清楚了一点，那就是：他是个犯错误的人。他又回到窗前，悲伤地望着窗外蜿蜒而去的道路。

押送兵一个个呆头傻脑地互相瞅着。帅克对这个故事的兴趣比其余的人都大。

帅克开腔了："世界上没有不水落石出的秘密。你们不是听见了吗？连混蛋松鸦不是核鸦这件事儿到了儿也弄清楚了。有人在这种事儿上爱抓小辫子，这的确太有趣了。想出这些动物来的确难，指出这些动物是瞎想出来的那就更难了。许多年前，布拉格有一个叫麦斯特克的，发现了一条美人鱼，他把它放在维诺堡的哈夫利契科瓦大街一张围屏里面供人观看。围屏上有个洞，谁都可以从那儿看到里面有一张半明半暗的普通沙发椅，椅子上躺着一个伊什科瓦的小娘儿们。她的两条腿裹在一块绿薄纱里，这就算是她的尾巴，头发也染成绿色，两只手上戴着手套，安了个硬纸做的鱼翅，也是绿的，背脊上用一根细绳拴了个舵。十六岁以下的少年禁止入场，十六岁以上的人买一张门票就可进去。大家都喜欢这条美人鱼有个大屁股，那上面还贴了张'回头见'的字条。至于她的乳房，干瘪瘪的，跟那些老妓女的一样耷拉到肚脐眼上。到了晚上七点钟，麦斯特克把幕放下来，说：'鱼美人，你可以回家了。'她换了衣服，到晚上十点光景就能看见她在塔博尔街上游荡，见了男人就悄悄地说：'美男子，跟我一块儿去消遣消遣吧！'她因为没有黄票①，在警察追捕时跟另一些同类的暗娼一起被逮捕了。麦斯特克的生意也就此倒了台。"

这时，神父从椅子上滚了下来，在地上继续睡着。班长茫然地望了他一眼，在大家沉默无语中把神父拽回到椅子上去。谁也懒得帮帮他的忙。看来，班长已经失去一切权威。当他用有气无力的声音说："你们总该帮我一把"时，押送的士兵只是望望他，连脚都不抬一下。

---

① 黄票是奥匈帝国统治捷克时期，由警察局发给妓女的"营业执照"。

"您该让他躺在原地打呼噜,"帅克说,"我对我那位神父就是那么办的。有一回我让他睡在厕所里,还有一回睡在我的衣柜上。他还常常睡在人家的洗衣槽里。天晓得他还在什么鬼地方打过呼噜睡过觉!"

这时班长忽然变得勇气十足,想要让人们明白,他是这儿的主宰,因此他粗声粗气地叫道:"住嘴,别胡扯啦!当勤务兵的都爱耍贫嘴。你简直像只臭虫!"

"对,班长先生,您就是上帝,"帅克以一个想在全世界实现和平的哲学家的宁静风度回答了他,同时又同他展开了可怕的争论,"您就是受难的圣母!"

"主啊!"志愿兵拱手呼唤了一声,"让对所有长官的爱充满我们的心灵,千万别让我们以任何鄙视的眼光看他们!愿我们在这囚犯车上的旅行一路平安!"

班长涨红了脸,跳起来说:"你少跟我来这一套;你这志愿兵油子!"

"一点儿也不能怪您,"志愿兵安慰他道,"在许多种类的动物中,大自然根本不承认它们有什么高贵者。您大概也听人讲过人类的愚蠢吧?您要是生出来就同其它哺乳动物一样,不挂上人和班长这块愚蠢的招牌岂不更好?您要是自认为自己是最完善最发达的生物,这就大错特错了。如果把您那几颗星星扯掉,您就成了个可以随便在哪个战壕或前线莫名其妙地挨枪弹的大零蛋。如果再给您添上一颗星,就把您变成一个新的生物,官名叫做上士,那您的事儿就没个顺当的时候,您的智力会更加低劣,最后,当您把您那副很不开化的骨头摊在战场上的时候,全欧洲也不会有一个人为您掉泪。"

"我把你关起来!"班长绝望地叫道。

志愿兵笑了笑说:"您肯定是因为我骂了您才要把我关起来。如果是这样的话,那您也准是在撒谎,因为根据您的智力,您绝对听不出什么侮辱;而且我敢跟您打赌,您根本就记不住我们刚才谈的话。我要是说您还是个没成形的胚胎,那您准会在我到达下一站之前就把它忘掉;不,还要更早,在离我们最近的一根电线杆子晃过去之前就会忘掉。

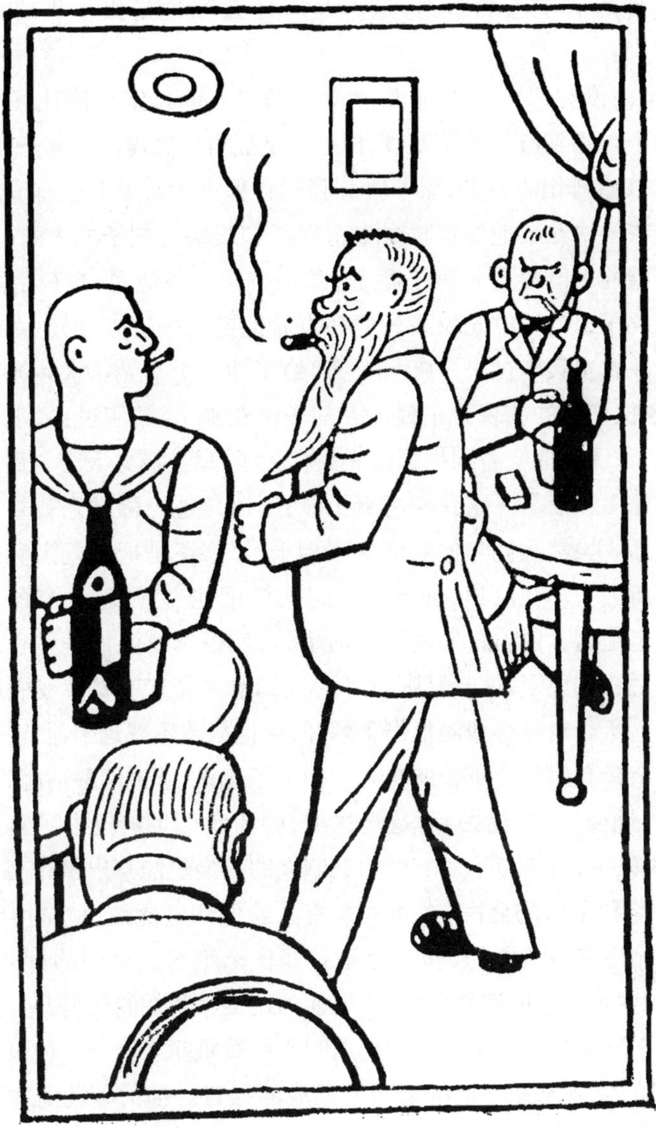

您是个枯干的脑馅儿饼。我简直没法想象,您还能在什么地方把我对您说过的话连贯地说清楚。此外,您也可以问问在场的任何人,看我说的话是否贬低了您的智力,是不是有什么哪怕是极小极小的一点侮辱。"

"绝对没有,"帅克作证说,"没有任何人说过您可能往坏处想的话。一个人感到自己受了侮辱,样子总是显得很难堪的。有一回,我在'地道'夜咖啡馆里,和人家一块儿聊起猩猩来了。那次还有个水兵跟我们坐在一块儿。他说有时很难将猩猩和长络腮胡子的人区分开来。这种猩猩的下巴颏上长满了毛毛,像……像……他说,'好比说,像坐在旁边桌子上的那位先生。'我们都跟着他把头掉过去,那位大胡子先生起身冲着水兵走过来,'啪'的一声给了他一个耳光。水兵抓起啤酒瓶,一家伙把他的脑袋开了瓢。大胡子倒在地上,晕了过去,水兵跟我们分手了,因为他一看到把那位先生打死了,马上溜之大吉。后来我们把那位先生救活了。这我们可真不该管,因为他一醒过来就立刻给巡警打电话。虽然我们与他的事毫不相干,警察还是把我们大伙儿全带到警察所去了。在所里,他一口咬定我们把他当猩猩,一个劲儿谈论他。他老是这么说。我们说没有的事,我们根本没说他是猩猩。他一个劲儿说我们说了,他亲耳听见了。我们请求警察所长替我们向他解释清楚。所长也好心地向他作了解释,可他根本不理这个茬,说所长跟我们一个鼻孔出气。所长就叫人把他关了起来,让他清醒清醒,我们准备回到'地道'咖啡馆去,可是没去成,因为我们也被投进了监狱。您瞧,班长先生,一点点不值一谈的芝麻大的误会也能惹出事儿来。一位奥克洛赫利采城的公民,在布罗德有人管他叫老虎蛇,他觉得受了侮辱。当然还有些类似的词儿,但也并非什么绝对该惩罚的词儿,比方说,我们要是对您说您是只麝鼠,您能为这话生我们的气吗?"

押送班长吼叫起来。不能把这叫声称做吼叫。这是一种表示义愤的凶猛吼声、狂怒和绝望的嚎叫汇集成的强音。神父鼻孔里发出的尖细哨音为这个音乐节目进行伴奏。

押送班长在这凶猛吼叫之后,陷入完完全全的消沉状态。一屁股坐到椅子上,他满眶泪水,毫无表情,两眼直盯着远处的森林和山脉。

"班长先生，"志愿兵说，"您现在凝视高山和芳香的森林的样子使我想起了但丁的形象。您也是诗人那样的高贵的脸庞，温和善良的心地，气度高雅的动作。请您别动，就这么坐着，您这姿势很美！神情高尚、毫无矫揉造作与倨傲之势，眼瞪瞪地望着原野。您肯定在想着，等到春天来到，这荒凉的原野就会变成鲜花绿草的地毯，该是多么美丽啊……"

"小溪环绕着地毯，"帅克插嘴说，"班长先生舔着铅笔，坐在树墩子上，为《小读者》杂志写诗。"

押送班长处于毫无表情的冷漠状态之中，志愿兵却硬说他在一次雕塑展览会上看到过班长的一座头像。

"请问，班长先生，您没有给雕塑家史都尔扎①当过模特儿吗？"

押送班长望了志愿兵一眼，忧郁地说："没当过。"

志愿兵不吭声了，笔直躺在椅子上。

押送兵和帅克在打扑克。班长沮丧地在一旁观看，甚至还发表意见说帅克的爱司出错了，不该出王牌，到最后甩牌能得七分。

"从前，"帅克说，"酒店墙壁上都有一些专门对看牌人写的标语。我还记得一张，是这么写的：'看牌别多嘴，小心挨顿捶！'"

军用列车进站，马上要检查车厢了。火车停了下来。

"没错儿，"志愿兵眼睛逼人地瞟着押送班长说，"检查官已经到了这儿……"

检查官进了车厢。

军列指挥官是由参谋部指派的后备军官摩拉斯数学博士担任的。当后备军官的时常会摊到这种莫名其妙的差事。摩拉斯博士把这差事办得乱七八糟。虽然战前他在实科中学里当过数学教员，可是列车少了一节车厢他怎么也数不出来。此外，他在前一站领到花名册，可是他怎么也不能使名册上的人数跟布杰约维策上车的官兵数目相符。他按名册核对时，竟神不知鬼不觉地多出了两个野战炊事班。当他统计到

---

① 捷克著名雕塑家。

马匹时,不知怎么多了许多,他惊讶得好像有许多蚂蚁在他背上爬来爬去。在军官名单中少了两个后备军官。设在前面车厢里的团部办公室里有一架打字机不翼而飞。这一笔笔糊涂账使他头疼得要命,他已经服了三包阿司匹林药粉,这时正在愁眉苦脸地检查这趟列车。

他跟着随行人员走进囚犯车厢,看了看名册,然后听取倒霉的押送班长的报告:他押送的犯人有两个,外加押送队若干人。军列指挥官根据名册核对了数字,又向四下里望了望。

"这是你带的什么人?"他指着神父厉声问道。神父这时候正趴着睡觉,把他的屁股挑衅似地冲着检查人员。

"报告,中尉先生,"押送班长结结巴巴地说,"这,这个……"

"'这个'什么?"摩拉斯博士不满地说,"说清楚点!"

"报告,中尉先生,"帅克替班长回答说,"趴着睡的是喝醉了酒的神父先生。他是自己钻到我们车厢里来的。他是上司,我们不能把他撵出去,以免犯目无长官的过错。他八成是错把囚犯车厢当做军官车厢了。"

摩拉斯博士叹了一口气,查看了名册。名册上并没提到搭这趟车到布鲁克去的神父。他心神不安地眨巴着眼睛。上一站多出了几匹马,现在囚犯车厢里又钻出来了一个神父。他别无他法,只好叫班长把睡着的人翻个身,否则,就他目前的姿势也没法认出他是谁。

押送班长费了好半天的劲才把神父翻了个个儿。这时,神父醒了,看见一个军官在他眼前,便说道:"喂,你好,弗雷迪,有什么事?晚饭准备好了吧?"①随后又闭上眼睛掉过脸去朝里睡了。摩拉斯博士马上认出这正是头一天在军官食堂里吃得太多,吐了一地的那个馋鬼,他轻轻地叹了一口气。

"这件事,你得去向上面报告一下。"他对押送班长说完,转身就走。帅克拉住了他。

"报告,中尉先生,我不应当呆在这儿,我的禁闭时间是到十一点为止,因为今天正好到期了。我的禁闭期是三天,现在该跟其余的人一

---

① 原文为德语。

起坐到牲口车厢里去了。鉴于早就过了十一点,请求您,中尉先生,要么放我下车,要么把我送到我该坐的那节牲口车厢去,再不就把我送到卢卡什上尉那儿。"

"你叫什么名字?"摩拉斯博士一边察看名册一边问他说。

"约瑟夫·帅克!中尉先生!"

"啊,原来你就是鼎鼎大名的帅克啊,"摩拉斯说,"你确实应该在十一点钟解除禁闭,可卢卡什上尉给我打了招呼,在到达布鲁克之前让我别把你放出去,说这样比较安全,起码你在路上不会闯什么祸。"

检查官一走,押送班长忍不住尖刻地说:"你瞧,帅克,你向更高一级上诉,得了个屁好处!哼!我要是愿意的话,可以把你们两个拿来生炉子①。"

"班长先生,"志愿兵说,"这个论证多多少少还能叫人信服,可是一个文明人即便在生气或者想要攻击某个人的时候,也不应该使用这类语言。说什么您可以把我们两人拿去生炉子,这种威胁也太可笑。真见鬼,您既然有这么个机会,为什么又没那么做呢?这里面大概还表现出了您精神上的成熟和不同寻常的客气吧。"

"够了!"押送班长跳了起来,"我可以把你们两人送到监狱里去。"

"为什么呢,亲爱的?"志愿兵装着无辜的样子问道。

"这是我的事。"班长勇气十足地说。

"您的事?"志愿兵微笑着反问,"您的事也是我们的事。跟玩扑克一样:'您的钱也会是我的钱'②。我倒认为是因为要您亲自去报告,您才对我们这样大喊大叫,滥用职权。"

"你们这些下流胚!"押送班长鼓起最后的勇气,装出一副吓人的架势说。

"我告诉您,班长先生,"帅克说,"我是个老兵,战前我就服过役,我看骂人是得不到好结果的。想当初,在我服役的那时节,我们连里有一个叫史莱特的。他在超期服役。他当了中士,本来早就可以复员回

---

① 痛骂一顿的意思。
② 原文直译是"我的姑姑也是你的姑姑。"

家,可是您看,他是个不走运的人。他心气不顺,便像苍蝇钉屎一样缠着我们当兵的,老是跟我们过不去。这也没他好便宜的。他不顾一切法令,使出浑身解数对我们进行无理指责。他总是骂我们:'你们算不上士兵,你们是一群铁路和果园的守夜人。'有一天把我惹火了,我去向连长报告这事。'你有什么事?'连长问。'报告,上尉先生,我要告我们的史莱特军士。我们好歹是皇帝陛下的士兵,绝不是什么铁路和果园守夜人。我们效忠皇上,不是看水果的。'

"'瞧你这只苍蝇,'连长回答我,'再也别让我看见你!'为这件事,我要求到营部去上诉。

"在营部,当我对大尉说明,我们不是果园看守人而是皇帝陛下的士兵时,他让我坐了两天禁闭,可我再次要求上诉团部。到了团部,上校先生在我说了这番话之后对我直吼,说我是个白痴,要我见鬼去。我还是那一套:'报告,上校先生,请放我到旅部去上诉。他吓了一大跳,马上叫人把史莱特军士叫来,他不得不当着所有军官的面为'看园子的'这个词儿向我道歉。随后在院子里追上我说:从今以后再也不骂我了,可是却要把我送进警备司令部监狱。打这以后,我对自己倍加小心,可也没把自己管住。有一天我在仓库那儿站岗。每个哨兵总爱在墙上乱画。不是画个娘儿们的下身就是写首打油诗。我想不出该写点什么,想了好半天才在'史莱特军士是个坏蛋'这条题词下面签了个名。这下流胚军士马上去告密了:因为他一直像条警犬似地跟着我,盯我的梢。糟糕的是在这行题词的上头还有一条题词:'打仗咱不去,拉它一泡屎。'这事儿发生在一九一二年,正是因为普洛哈斯卡领事①的事把我们集合起来准备去打塞尔维亚的那一年。马上把我送到了特莱辛的军事法庭。军事法庭的大人先生们把仓库墙头上所有题词、包括有我签字的那一段,来回地拍了将近十五次照片,为了核对我的笔迹,

---

① 一九一二年十月,正当塞尔维亚、保加利亚、罗马尼亚、希腊等巴尔干国家准备联合起来攻打土耳其之时,奥匈帝国驻普里兹伦的领事向维也纳政府(奥皇)报告说塞尔维亚当局对他执行公务制造困难。维也纳各报在官方指使下对塞尔维亚发动了猛烈的攻击,奥匈帝国与塞尔维亚之间的关系非常紧张,奥匈军队随时准备开进塞尔维亚。

他们强迫我写了十遍'打仗咱不去,拉它一泡屎。'写了十五遍'史莱特军士是个坏蛋'。最后,还来了一个笔迹专家让我写了一遍'一八九七年七月二十九日,拉贝河上的王室宫廷遭到拉贝河泛滥的河水威胁'。'这还不够,'军法官说,'我们要重点审查"拉屎"这个字迹,您要尽量挑些带有 s 和 r 字母的字给他写。①' 接着要我写'塞尔维亚人、框架、拙劣品、疥癣、智慧天使、红宝石、地痞'②。字迹专家弄得手忙脚乱,老瞅着后面站着的那个端枪的士兵。最后他说,这件事应呈报维也纳,他让我连着写三遍'太阳也开始烤人,热得厉害'。又将全部材料呈送到维也纳审理,结果宣布墙上的题词不是我的手迹,名是我签的,可是这一点我早就招认了。为此判了我六个礼拜刑,因为我是在站岗的时候去签的名,那就是说我往墙上写名字的时候,决不能同时放好哨。"

"你瞧,"押送班长不无满意地说,"你到底没有逃脱惩罚吧!你这个该死的罪犯!我要是那位军法官,就不止给你判六个礼拜,而是六年。"

"您别那么神气,"志愿兵说,"您还是多想一想自己的下场吧。检查官刚刚对您说,要您亲自去报告。这类事儿您得非常认真地做好准备,考虑您丢掉班长头衔的问题。您以为,离我们这列军用列车最近的一颗恒星比太阳远二十七万五千倍,因此它的视差等于一弧形秒,您这当然是反宇宙的啰!假如您也是宇宙中的一颗恒星,那您准是一颗小得要用最好的天文仪器才能观察到的星星。由于您太渺小,宇宙间没有您的概念。半年之后您在天上划一道小弧,一年之后划上一个小椭圆形,可还是没有数字概念来表示它,可见它是多么的小。您的视差数小得无法测量。"

"在这种情况下,"帅克插嘴说,"班长先生可以引以为荣的是没有任何东西可以测量他。不管队部会把您怎么样,班长先生,都得保持镇静,不能发火,因为每次激怒都有碍健康,在此战争时期,每个人都要珍惜健康。战争造成的苦难要求每一个人都不要随便死去。

---

① 捷语"拉屎"一词中有 s 和 r 字母。
② 在捷语中,这些词都有 s 或 r 字母。

"要是他们把您,班长先生,关起来,"帅克带着亲昵的微笑接着说,"要是您遭到了冤枉,您也不应当丧失勇气。他们要是坚持他们的,那您也要坚持您的。我认识一个烧炭工,弗朗季谢克·史克沃尔,战争开始时他和我一道关在布拉格警察局,是因为叛国罪被关起来的。后来为了维护国事诏书①的规定把他处决了。过堂时问他对审判笔录有什么不同意见,他说:'说是怎么的就算怎么的,反正是这么的,从来没有见过说事情不是这么的。'

"为他这几句话又把他关进了黑牢,两天不给吃喝;后来又把他带去过堂。他还是坚持原来那一套说:'说是怎么的就算怎么的,反正是这么的,从来没有见过说事情不是这么的。'把他送到军事法庭去了,可能就为这几句话给送上了绞刑架。"

"如今听说绞死和枪毙的不少,"一个押送兵说,"不久前在练兵场给我们宣读一道命令,说在摩托尔枪毙了后备兵古德尔纳。因为正当他在贝纳舍夫跟老婆告别时,大尉用马刀砍死他老婆手里抱着的小男孩,惹得他发了火。他们见着从事政治活动的人就抓去关起来。在摩拉维亚毙了一个编辑。我们大尉说,别的人也会有这么一天。"

"什么事儿都有个边。"志愿兵说了句双关话。

"你说得对,"班长说,"这种编辑该挨枪毙。他只会煽动大伙儿。好比前年,我还是个上等兵,在我手下就有个当过编辑的。他一个劲儿称我为'军队的败类'。等到我教他进行军事训练时,我就让他弄得汗流浃背,他总是说:'请你把我当人看待。'赶上兵营院子里到处是水洼时,我就让他做'卧倒'②,让他看看什么叫做'人'。我把他带到一块水洼前,这小子就不得不趴在水里。水跟在游泳池里一样溅起老高。到下午又叫他穿得干干净净,军服跟玻璃一样平整。他刷呀洗呀叹气

---

① 指"神圣罗马帝国"皇帝查理六世(1711—1740 年在位)于一七一三年发布的国事诏书。规定如果他无子嗣,即将奥地利皇室全部土地交与长女马利亚·德莱齐亚继承。后来,国事诏书的反对派跟德莱齐亚进行了多年战争。此处军法官将史克沃尔说的"说是怎么的就算怎么的……"这段话与查理六世的国事诏书胡乱连在一起,便判了刑。

② 原文为德语。

呀,还记笔记。到第二天又跟一只在烂泥里打过滚的猪一样。我站在他上边对他说:'怎么样,编辑先生,到底谁大,是我这个"军队里的败类"呢?还是你那个"人"?'这就是地地道道的知识分子。"

押送班长得意地瞟了志愿兵一眼,接着说:"正因为他那一肚子知识,因为他在报上大谈什么虐待士兵的问题,才把个志愿兵的牌子也丢了。这么个有学问的人却不会拆卸枪栓,就是做十遍给他看他也不会,哪能不治治他!你叫他:'向左看齐'①,他像故意似的把脑袋向右边一转,还像黑乌鸦一样眼瞪瞪地望着你。授他枪的时候他不知道先抓哪儿,是先握皮带呢,还是先抓子弹盒。你告诉他怎么用手取下枪带,他却像小牛犊盯着一扇新大门一样傻望着你。他连枪带挂在哪个肩膀上都搞不清,行起军礼来跟只猴子一样。要他向左或向右转时,那真是要命。你没见他学正步走的那副德行。要他转身,他根本不注意他的脚丫子是怎么动的,跨、跨、跨,说不定再给你往前走上五六步,然后才像只摇尾巴大公鸡一样笨头笨脑地转过来。齐步走时他像个患了关节炎的人那样走着,要不就跟个老娘儿们在祭祀节日跳舞一样。"押送班长吐了一口唾沫又说,"我故意发给他一支锈得不得了的枪,好让他学会擦枪。他简直像公狗缠着母狗一样地摆弄着,可是他就是再多买两公斤麻絮也擦不干净。越擦越糟糕,越擦越锈得厉害。后来,大伙儿一个一个地轮着看他的枪,谁都奇怪他的枪怎么会锈成这个样子。我们的大尉总是对他说,他根本成不了一个军人,还不如拿根绳子去上吊,免得他白吃军饷。他只是隔着那副眼镜挤挤眼。赶上没有值勤任务或者赶上兵营休假,他就跟过节一样地高兴。碰到这样的时候,他通常都要写些士兵受折磨的文章寄到报刊发表,结果使得他的箱子有一回遭到搜查。我的老天爷!他箱子里的书有多少啊!尽是一些讲裁军、讲各族人民和平相处的书。因为这个,把他送到警备司令部的监狱去了。从此以后,我们算清静了,再没见到他,直到有一次在办公室里看到他在抄写领饷的花名册,让他没法跟士兵接触。这就是这个知识分子的悲惨下场。要是不这么胡来,丢掉了志愿兵晋升机会的话,他很可能会

----

① 原文为德语。

成为另外一个人,可能当了中尉哩。"

押送班长叹了一口气:"连军大衣上的褶都不会打。只知道从布拉格订购一些擦扣子的水剂和各式各样的油,可他的扣子还是锈得跟以扫的身子一样①。可是耍起贫嘴来他倒是挺在行。他在办公室工作时,别的不干,一个劲儿地发表他的哲学宏论。他早就有了这个癖好。就像我已经对你们说的,他开口闭口就是'人'。有一次他该在水坑里卧倒时又扯起淡来。我对他说:'你既然对我谈人谈泥巴,那我就请你记住:人是上帝用泥巴做成的,所以必须呆在泥巴里。'"

押送班长自我陶醉地说着,并等着志愿兵开口,看他有什么可说的。可是帅克抢先开腔了。

"许多年前在三十五团有个叫科尼切克的,也是因为这种事情,这种吹毛求疵的事儿,用刀子捅死了班长,然后又捅死了自己。这事儿在《信使》②杂志上登过。班长身上挨了三十刀,其中有十八刀是致命的。那士兵后来往班长尸体上一坐,把自己也捅死了。许多年前,在达尔马提亚也出过这么一档子事:他们把一个班长砍成了几段,到现在也不知道是谁干的。是秘密干掉的,只知道被砍死的班长叫费雅拉,是都尔诺夫近郊德拉波夫纳村人。此外,我还知道七十五团有个叫莱曼克的班长……"

他那令人欣慰的讲述被躺在椅子上的神父拉齐纳的大声叹息打断了。

神父醒来了,保持着他的风采与尊严。他醒来的那副神态活像拉伯雷③笔下的馋鬼巨人卡冈都亚早晨醒来的样子。

神父在椅子上放屁、打嗝,冲着四方雷鸣般打哈欠,最后终于坐了起来,惊奇地问道:

---

① 据《圣经·创世记》第二十五章记载,以扫和雅各是孪生兄弟。哥哥以扫生下来身体是红褐色的。在捷克语中,"红褐色的"和"生锈的"是同一个字,故有此喻。
② 从前在布拉格出版的一种画刊,专门刊载斗殴、凶杀方面的图文。
③ 拉伯雷(约1494—1553),法国文艺复兴时期作家。著有长篇小说《巨人传》,通过对巨人卡冈都亚和他的儿子庞大固埃的描写,尖锐讽刺封建制度,揭露教会的黑暗、经院哲学和中世纪教育的腐朽。

"真见鬼,我这是在哪儿?"

押送班长见这位长官醒来,便奴才相十足地回答说:

"报告,神父先生,您是光临到囚犯车厢了。"

刹那间,惊讶的神色从神父脸上掠过。他一声不吭地坐了一会儿,拼命回想也想不起个所以然来。头天晚上发生的事情和他在装有铁栅栏窗子的火车车厢里一觉醒来,两者之间,似乎横着一片茫茫大海。

最后他问那个奴颜婢膝地站在他面前的班长说:

"是奉谁的命令把我当做……"

"报告,神父先生,谁也没下命令。"

神父站起来,在椅子之间踱来踱去,絮絮叨叨地说他闹不清是怎么一回事。

后来又坐下来,问道:"咱们这是往哪儿开呀?"

"报告,神父先生,往布鲁克开。"

"咱们到布鲁克去干吗呀?"

"报告,神父先生,我们九十一团全团都调到那里去。"

神父又开始绞尽脑汁回想事情的经过:他怎么上了这个车厢、为什么偏偏在押送之下跟九十一团一道开到布鲁克去。

最后,他从沉醉中清醒过来,能够认出志愿兵了。他问他道:

"你是个知识分子,大概可以跟我说清楚,不要含糊,我是怎么到你们这儿来的?"

"很愿意效劳,"志愿兵友善地说,"很简单,早上在车站上车的时候,您自己跑到我们车厢来了,因为当时您的头有些发晕。"

押送班长绷着脸望了志愿兵一眼。

"您上了我们这节车厢,"志愿兵接着说,"这是事实。您往座位上一躺,帅克把他的军大衣垫在您的脑袋下面。当列车在上一站接受检查的时候,您就被列入在列车上被找到的军官的名册里。可以这么说:您就被正式发现了,我们的班长还得为您这件事吃官司。"

"原来是这么一回事,"神父叹了口气说,"到下一站我还是挪到军官车厢去的好。你可知道午饭开了了吗?"

"要到了维也纳才开午饭哩,神父先生。"班长回答说。

"是你给我把军大衣搁在脑袋下面的?"神父对帅克说,"多谢你!"

"不敢当,"帅克回答说,"我只是照一个士兵应该做的那样做了。随便谁看到他的长官头底下什么也没垫,而且还喝得晕乎乎的时候都会那么做的。每个士兵都该尊重他的长官,哪怕那位长官已经喝得不省人事。我侍候神父可是一把老手了,因为我给卡茨神父当过勤务兵。随军神父都是热心肠的快活人。"

头一天的醉酒使神父激发出一种民主精神,他掏出一根香烟递给帅克,说:"抽吧!"

"听说你还得因为我去吃官司,是吗?"神父对押送班长说,"你啥也不用怕,老弟,我准能让你脱开,你不会有什么事的。"

"至于你,"他又对帅克说,"我要把你带在我身边,准会让你像躺在鸭绒被子里一样过舒心的日子。"

他忽发善心,大许其愿:说是要请志愿兵吃巧克力糖,请押送兵弟兄喝罗姆酒,还答应把班长调到附属骑兵第七师师部摄影队去,把这里所有的人都解放,他绝不忘记他们。

他不只是给帅克一个人烟抽,还从兜里把烟拿出来给大家抽,宣布准许所有犯人抽烟。答应设法使大家得以从轻发落,从而恢复军人的正常生活。

"我不愿意你们任何人将来埋怨我,"他说,"我认识许多人,你们跟着我是倒不了霉的。我对你们的印象很好,觉得你们都是上帝喜欢的正派人。要是你们犯了过错,你们就得受苦受罪,我看得出:你们在高高兴兴、心甘情愿地接受上帝给你们的考验。"

"你为什么受罚呢?"他转身问帅克道。

"上帝惩罚我,"帅克虔诚地回答说,"上帝通过团部的人给我惩罚,神父先生,因为我到达团队的时间迟了,可这是身不由己呀。"

"上帝是最仁慈最公正的,"神父肃然地说,"他知道该罚谁,因为他就是用这种方法来显示他的天意的。你这位志愿兵又是为什么被关在这里的呢?"

"因为仁慈的上帝把风湿症降到我身上,我就自高自大了,"志愿兵回答说,"等我解除惩罚之后,我就要被打发到团部炊事班去干活。"

"上帝所作所为全然没错,"神父听到炊事班三字,精神为之一振,"诚实的人在炊事班里干事是很有前途的。恰恰应该把那些有文化的人派到炊事班里去担任配菜的任务,因为菜做得好坏,关键不在烧和煮本身,而在于用心把各种原料调配适当。比方说浇汁吧。有文化的人用洋葱做浇汁时,准是各种青菜都用一点,放在黄油里焖,然后搁调料、胡椒,再搁上一点香料,稍微搁点韭菜花、姜。可是普通伙伕就只会把洋葱煮一煮,然后浇上点黑糊糊的炒面肉汤就完事了。我最希望你能在军官食堂里弄个差事。一个人在别的行业里没有学问照样活,可是在伙房里就大不相同了。昨晚上,布杰约维策军官俱乐部给我们吃了马德拉酒①黄焖腰花。能做出这种美味腰花的厨师,准是一个很有文化的人;愿上帝宽恕他的一切罪过。那个军官食堂里也确实有一位从斯库特茨来的师傅。我在第六十四预备团的军官俱乐部里也吃过这一回马德拉酒黄焖腰花,可他们像普通饭馆里放胡椒面一样,往里面搁了些小茴香。你猜烧这菜的人战前是干啥的?是一个在庄园里喂牲口的!"

神父安静了一会儿,然后把话题引到新旧约中的烹调问题上,告诉大家说,那时候人们对于祷告和庆祝宗教节日的活动之后的宴席非常重视。随后神父又提议大家来唱歌,帅克兴致勃勃,但是和以前一样总是走调地唱道:"霍多林的马丽娜朝前走着,神父抱着葡萄酒桶随后紧紧跟着。"

可是神父听了并没有生气。

"一桶葡萄酒倒用不着,有一点点儿罗姆酒就行了,"他友善地微笑着说,"至于马丽娜,没有她也行,她只会引诱人作恶。"

这时,押送班长小心地把手伸进大衣口袋拿出一瓶罗姆酒来。

"报告,神父先生,"他轻声地说,从声音里听得出他是作了很大牺牲的,"请您别见外。"

"我不见外,小伙子,"神父兴高采烈地回答,"为我们的一路平安

---

① 一种白葡萄酒。

干杯吧!"

"我的天哪!"班长看到神父咕嘟一口,半瓶下了肚,不禁叹息道。

"你这位老弟,"神父笑着对志愿兵意味深长地眨眨眼说,"你对什么都爱骂骂咧咧的,上帝会惩罚你的。"

神父又喝了一口,然后把酒瓶递给帅克,像指挥官下命令似地说:"把它喝完!"

"命令就是命令!"帅克把空酒瓶子还给押送班长,和和气气地对他说。押送班长的眼神奇怪得像一个发了疯的人一样。

"列车到达维也纳之前,我先睡一小会儿,"神父说,"等到了维也纳,你们再把我叫醒。"

"你,"他对帅克说,"你到咱们军官食堂去,给我拿副刀叉,要一份午饭来。告诉他们:这是拉齐纳神父要的。要个双份。要是馒头片,那你别挑两头的尾子,因为片儿小,不合算。然后给我到厨房里去弄瓶葡萄酒,带个饭盒去,让他们给你倒点罗姆酒。"

神父在兜里掏了一通。

"喂,我说,"他对押送班长说,"我没带零钱,借我一块金元①……好,你带上。你叫什么名字?"

"帅克。"

"那好,帅克,这块金元你拿去路上花。班长,你再借给我一块金元吧。你瞧,帅克,等你把事办好了,你还会得到第二块金元的。啊,还有,你再给我从他们那儿弄些香烟和雪茄来;要是发巧克力糖的话,你给我要两份;要是发罐头,你记着,让他们给你熏舌头或者鹅肝的;要是发瑞士干酪,你可记住千万别让他们塞给你一块靠边边上的;匈牙利香肠也是,千万不要两头的,要正中间的一段,软和些。"

神父在椅子上伸了个懒腰,一会儿又睡着了。

"我想,"在神父的鼾声中,志愿兵对押送班长说,"你对我们捡来的这个弃儿非常满意吧。他真是世上少有的小宝贝。"

"就像常言说的,"帅克说,"断了奶的小宝贝,班长先生,他已经会自己抱着瓶子喝了。"

押送班长踌躇了一会儿,突然抛掉那份对他的恭顺心,没好气地说:"简直乖到家了。"

"他说,他没带零钱,"帅克脱口而出地说,"这使我想起德依维采一个叫姆里契柯的泥瓦匠。他也总是说没带零钱,直到后来因为诈骗案被关进了监牢。他喝得多,却没有零钱。"

"在七十五团,"一个押送兵插嘴说,"有个大尉在战前把全团的款子都喝光了,结果被撤了职。现在又当上了大尉。还有一个军士,偷了二十多包做领章的呢子,如今却当了准尉军官。可是有一个步兵,不久前在塞尔维亚给枪毙了,因为他把应该吃三天的罐头一次吃光了。"

"这算不了什么,"班长说,"可是向一个穷班长借两个金元去给小费,那倒真是!"

"给你这块金元,"帅克说,"我并不想靠你的钱来发财。即便神父再给我一块金元,我也会还给你的,免得你哭鼻子。有一位长官找你借钱去花,你该感到荣幸。你也太自私了。花这么两枚小小的金元算个

---

① 旧时奥币,合捷币两个克朗。

啥。要是需要你为你的上司去牺牲生命,比方说,他负了重伤倒在敌人的阵地上,要你去救他,用你的手把他从战火中抱走,敌人对着你扔榴霰弹和别的什么玩意儿,我倒想看看你会是个什么样儿。"

"要是你呀,准会吓得拉一裤子的屎,你这个臭勤务兵!"

"交战的时候拉一裤裆屎的人有的是,"一个押送兵说,"前不久,布杰约维策有一个伤兵说他在进攻的时候,连拉了三泡屎,第一次是从掩蔽所爬到铁丝网前的平地去的时候;第二次是开始剪断铁丝网的时候;第三次是俄国人挥舞着刺刀高呼'乌啦'冲过来的时候。那一次他干脆拉在裤裆里了。接着他们又退回到掩蔽所。他们那一连没一个人没拉一裤子屎的。有一个被打死的士兵倒在胸墙上,两腿悬空吊着;他在进攻时被榴霰弹削去了半边脑袋,像是刀削的。这个士兵在最后时刻拉了一裤子,连屎带血,从裤子顺着军皮靴滴到掩蔽所,他那半边脑袋和脑髓都泡在里面。这种事儿谁都没法料到。"

"有时候,"帅克说,"在交战当中,会有人感到恶心、想吐。在布拉格波霍舍列茨区的'全景'酒家里,有个从普舍米斯尔来的伤兵讲了个他们在碉堡底下拼刺刀的故事。冲着他来了一个俄国大汉,连人带刺刀糊得脏脏的,还流着一串大鼻涕。他一瞅见大汉的那串鼻涕,马上感到不舒服,不得不往裹伤所跑。那儿说他染上了霍乱,马上把他送到佩斯霍乱防治所,在那儿他真的得了霍乱。"

"那是个普通士兵,还是个班长?"志愿兵问。

"班长。"帅克若无其事地回答说。

"每个志愿兵也都可能发生这种事,"班长愚蠢地说,同时得意地瞅了一眼志愿兵,似乎想说:"我就是冲着你来的。你拿我怎么样?"

志愿兵却没有答理,在椅子上躺了下来。

列车快到维也纳了。那些没睡觉的人便望着窗外掠过的铁丝网和维也纳郊区的工事,这显然在整个列车上唤起了一种惆怅之感。

一路上,在车厢里一直响着卡什贝尔山民的歌声:"等到我归来,等到我归来,等到、等到我再归来"①,可是现在,在维也纳郊区的铁丝

---

① 这是一首用德国方言唱的歌子。

网所带来的不快印象中,大家都沉静下来了。

"全都安顿好了,"帅克望着工事说,"万事具备,只有一点不方便:维也纳人出城去游玩时可能挂破裤子。他们得放小心点。"

"维也纳确实是个要塞,"他接着说,"在森布隆动物园里只有没驯服的猛兽。想当初,我在维也纳那时节,我是喜欢去看猴子的,可是要是有皇家城堡来的人乘车打这儿过,那就谁也不准越过警戒线。有一个从第十区来的裁缝跟我在一块儿,他们把他逮起来了,因为他死乞白赖地想去看猴子。"

"你到过皇家城堡吗?"班长问。

"那儿很漂亮,"帅克回答说,"我没去过,有一个去过的人跟我说过。最美不过的要算城堡的卫士。听说每个卫士都得有两米高,退伍时能得到一座杂货店①。公主呢,简直多得要命。"

列车驶经一个车站,管弦乐队演奏的奥地利国歌从他们身后传来,可能是乐队搞错了,因为列车好大一会儿才在另一个站上停下来,领了份配给,还举行了欢迎仪式。

欢迎仪式已经不像战争初期那样有气派了,那时候士兵上前线,每到一站都能大吃一顿,还有穿着愚蠢的白衣裙的小姑娘来欢迎他们。她们带着一副更加愚蠢的面孔,捧着一束束同样愚蠢的花朵;最愚蠢的不用说是一位太太向他们发表愚蠢已极的欢迎词,她的丈夫此刻正在充当无与伦比的爱国志士和共和国公民。

维也纳的欢迎仪式由奥地利红十字会的三位女委员、维也纳妇女战时工作小组的两位会员、市政局一位官方代表及一位军方代表组成。

他们一个个倦容满面。载运士兵的列车白天黑夜打这里经过,载运伤兵的救护车每小时都有。车站上每时每刻都有载着俘虏的车厢从这条铁轨转到那条铁轨。无论哪趟列车到达这里,各协会各团体都得派人参加迎送。日复一日,他们仅有的一点热情就变成打不完的哈欠了。他们也换班,可是每一个换来维也纳搞欢迎的人,都像今天在车站

---

① 出售邮票、印花票、纸烟、烟叶的杂货店。在奥匈帝国时期,烟酒是由国家专卖的。这种杂货店的营业所得的赢利,即作为残废军人、士兵、寡妇的生活费。

上迎接从布杰约维策开来的团队列车上的人一样疲惫不堪。

装牲口的车厢里的士兵带着似乎要上绞刑架一样的绝望神情望着窗外。

妇女们走上前来,给他们散发蜜糖饼,上面用糖汁分别写了如下的话:"胜利与复仇";"上帝惩罚英国吧";"奥人有祖国。为祖国而生,为祖国而战。"①

看得出来,卡什贝尔山的山民虽然给蜜糖饼塞得饱饱的,但他们绝望的神情并未因此消失。

随后接到命令,各连到火车站后边野战伙房去领午饭。

军官食堂也在那儿,帅克便遵照拉齐纳神父的吩咐前去领取食品。志愿兵却留在车上等着开饭。因为有两个押送兵替整个囚犯车厢领午饭去了。

帅克遵照神父的嘱咐,圆满地完成了任务。越过铁轨的时候,他看到卢卡什上尉正沿着铁轨漫步,等着军官食堂给他留点什么。

他处境不佳,因为他暂时同克什纳尔上尉共用一个勤务兵。那小伙子实际上只伺候他的主子,对卢卡什上尉完全采取怠工的态度。

"帅克,你将这些东西送给谁去啊?"倒霉的上尉问道,这时帅克正把一大堆用军大衣包着的东西搁在地上,那是他从军官食堂七骗八哄弄到手的。

帅克猛地一下愣住了,可是很快清醒过来。他答话时,表情兴奋而又镇静:

"这是给您的呀,报告,上尉先生。只是我找不到您的车座。还有,我要是上您那儿去,不知道列车指挥官会不会发脾气,他是头猪猡。"

卢卡什上尉疑惑地望着帅克。帅克却和蔼可亲地接着说,"上尉先生,那家伙真是一头猪猡,他来检查列车的时候,我立即向他报告说,我已经关满三天禁闭,该到装牲口的车里去了,或到您那儿去,可他凶狠狠地训了我一顿,说什么我原来呆在哪儿还得呆在哪儿,说这样我至少可以不再给您在路上丢脸。"

帅克摆出一副殉难者的神情:

---

① 原文为德语。

"好像我真给您,上尉先生,丢过脸似的。"

卢卡什上尉叹了一口气。

"我从来没给您丢过脸,"帅克接着说,"如果说出过什么事儿,那纯粹是偶然,是'上帝的旨意',就像佩赫希姆瓦的瓦尼切克老头第三十六次坐牢时说的那样。我什么时候也没故意闯过乱子。上尉先生,我总是想做点好事,做点漂亮事。要是我们俩谁也没得到好处,只惹来一身烦恼和折磨的话,难道那能怨我吗?"

"别哭了,帅克,"卢卡什上尉温和地说,这时他们已快走到军官车厢了。"我一定想法让你回到我这儿来就是了。"

"报告,上尉先生,我不哭了。只是一想到在这次战争中,在这个世界,我们俩无缘无故这么倒霉,我心里就难过得要命。我心想,我生来就是这么小心谨慎,命运也太残酷了。"

"平静一点,帅克。"

"报告,上尉先生,要不是为了遵守下属服从上司的规矩,我说什么也是没法平静下来的,但是根据您的指示,我还是完全平静下来了。"

"那么,帅克,你就钻进车厢里去吧!"

"是,我这正往里钻哩,上尉先生。"

寂静的夜色笼罩着摩斯特的军营。士兵们在营房里冷得直哆嗦,军官营房里却因为炉火太旺而敞开着窗子。

在一个个岗哨上不时传来哨兵的脚步声,他们用踏步驱赶着瞌睡。

利塔河上的摩斯特城,皇帝陛下的肉类罐头厂的灯火通明。罐头厂日夜开工,用各种碎骨烂肉加工罐头。风把腐烂的腱子、蹄子、脚爪和熬骨头汤的臭气刮到营地上来。

一座无人问津的照相馆,战前有位照相师专为在打靶场上消磨青春的士兵照相。从照相馆放眼看去,能看到利塔河河谷的全景。"玉米穗"妓院的门楣上的那个红灯泡眨着眼儿;斯特凡大公于一九〇八年参加在肖布罗举行的大演习时曾光临这个妓院,如今军官们每天来这里寻欢作乐。

这是一所禁止普通士兵和志愿兵进出的最豪华的妓院。

士兵和志愿兵们只能上"玫瑰院"。从那所孤寂的照相馆楼上也可以望见它的绿色灯光。

在前方也保持着这种等级划分法,当时君主政府除了在旅部设立名为"噗"①的流动妓院来维持军队的士气之外,已别无他法。

有供军官、军士和普通士兵享用的三种皇家妓院。

利塔河畔摩斯特城,灯火辉煌,利塔河对岸的基拉利希达,齐斯莱依塔尼耶和特朗斯莱依塔尼耶也是万家灯火。在匈牙利与奥地利这两座城里,吉卜赛人的管弦乐队在奏乐。咖啡馆和饭店的窗口一片耀眼的灯光。到处是灯红酒绿、歌舞升平。当地的大亨和官吏都把他们的太太和成年的女儿带到咖啡馆和饭店里来,这利塔河畔摩斯特②即布鲁克③亦即基拉利希达④就成了一座纵情作乐的大妓院。

那天晚上,卢卡什上尉进城看戏,一直没有回来。帅克在军官营房等候他。他在给上尉铺好的床上坐着,文策尔少校的勤务兵坐在对面一张桌子上。

---

① 吹灭灯火的声音。
②③④ 是同一座城市,摩斯特是捷语的叫法,布鲁克是德语叫法,基拉利希达是匈牙利语叫法。

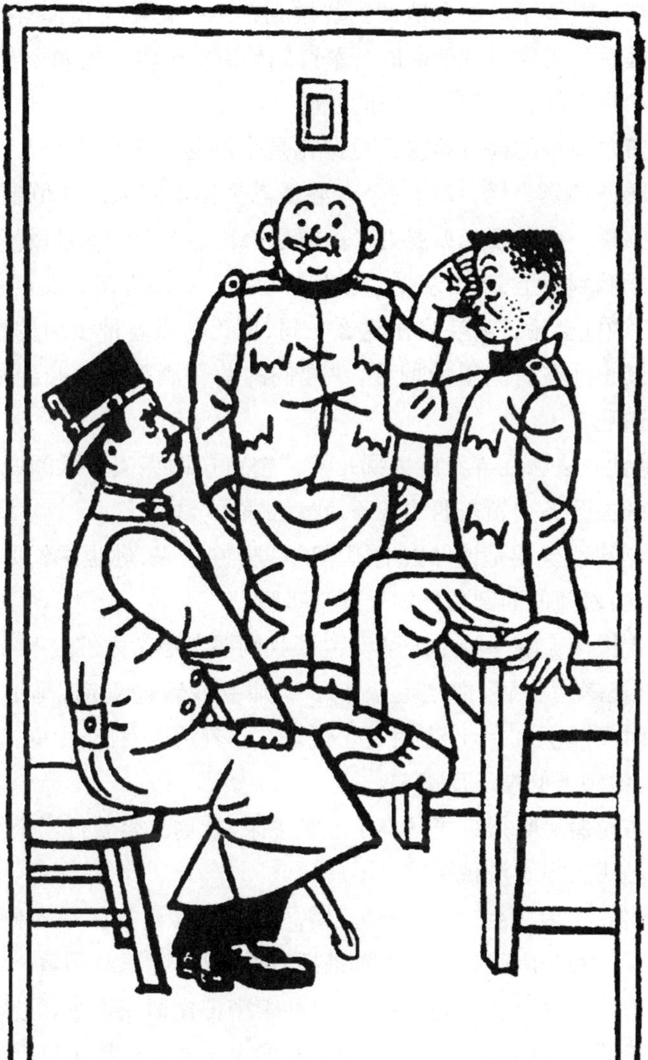

塞尔维亚的德里纳河一仗再好不过地证明了少校的无能,他吃了败仗之后又回到团里来了。据说他那一营人有一半还在河对岸,他就命令把浮桥毁掉了。如今他调到基拉利希达打靶场当指挥官,还有军营这一摊军需工作也够他忙的。军官们都说文策尔少校如今要靠自己站住脚。卢卡什和文策尔的房间在同一层楼上。

文策尔少校的勤务兵密古拉谢克是个满脸麻子的小个儿,他悠晃着两腿骂道:"真奇怪,我们这个老混蛋怎么还没回来。我倒要看看这死老头整整一夜到哪儿鬼混去了。要是给我留下房门钥匙就好了。那我就可以躺到床上,享受享受。那儿葡萄酒数不清有多少瓶。"

"听说他会偷,"帅克冒出这么一句,他正在吸着他上尉的香烟,因为上尉禁止他在房间里抽烟斗。"你们的葡萄酒是从哪儿弄来的,你总该知道吧?"

"他让我去哪儿弄我就去哪儿弄,"密古拉谢克尖着嗓门说,"他给我开一张去医务室领东西的条子,我就去领了拿回来。"

帅克问:"他要是让你去把团里的钱柜偷了来,你也去?你背着他敢骂他,当着他的面像白杨树一样直哆嗦。"

密古拉谢克眨了眨小眼睛说:"那我倒要考虑考虑。"

"你还考虑个屁,你这毛头小子!"帅克冲着他嚷道,马上又住嘴了。这时门开了,卢卡什上尉走了进来。立刻可以看出,上尉情绪很愉快,因为他头上的帽子反戴着。

密古拉谢克吓得忘了从桌子上跳下来,就这么坐着行了个军礼,也忘了自己头上根本没戴军帽。

"报告,上尉先生,家里一切正常。"帅克遵照一切军事条例所要求的那样保持着一副坚强的军人神情报告说,可是嘴里却叼着一根香烟。

卢卡什上尉没注意到这些,径直冲着密古拉谢克走去,而密古拉谢克两眼瞪着上尉的每一个行动,行军礼的手一直没有放下来,同时仍旧坐在桌子上。

"我是卢卡什上尉,"卢卡什以不太坚定的步法走近密古拉谢克自我介绍说,"你叫什么名字?"

密古拉谢克没吭声。卢卡什拖过一把椅子,坐在密古拉谢克对面,望着他说:"帅克,给我从箱子里把值班手枪拿出来。"

在帅克在箱子里找手枪的当儿,密古拉谢克一直没出声,只是惊恐地望着上尉。假如他意识到自己是坐在桌子上的话,他恐怕会更加丧魂失魄,因为他的两只脚正碰着坐在他面前的上尉的膝盖。

"我问你,你叫什么名字?!老弟!"上尉朝上对着密古拉谢克吼了一声。

可是他仍没吭声。后来他解释说是因为上尉的突然到来给吓蒙了。

"报告,上尉先生,"传来了帅克的声音,"手枪没上子弹。"

"那就把子弹上上吧。"

"报告,上尉先生,没子弹了,再说也不容易把他从桌子上打下来。请允许我多一句嘴,上尉先生,他叫密古拉谢克,是文策尔少校的勤务兵。他一看见当官的,常常吓得说不出话来。他总是不好意思说话。他完全是个脓包。一句话,是个没见过世面的傻小子。文策尔少校每次进城,总让他在走廊上呆着,可怜巴巴的,总跟在当勤务兵的后面转。它要是有点什么原因值得吓成这样也罢,可是它什么坏事也没干呀。"帅克吐了一口唾沫。从他的声调中,从他用"它"来称呼密古拉谢克这一点,可以听出他对文策尔少校的勤务兵的怯懦和他的举止毫无军人风度的极端鄙视。

"请允许我来闻闻他。"帅克接着说。

帅克把那个一直傻呆呆地望着上尉的密古拉谢克从桌子上拖下来,让他站在地上,然后闻闻他的裤子。

"还没尿出来,"他报告说,"可是眼看就要尿了。要不要快把他轰出去?"

"把他轰出去,帅克。"

帅克把全身发抖的密古拉谢克领到走廊上,将身后的门带上,在走廊上对他说:

"你这笨蛋,我算是救了你一命。等文策尔少校先生回来,你悄悄给我弄瓶葡萄酒来吧。可不是开玩笑啊。我救了你的命。我的那位上尉喝醉了,可就很不妙,遇到这种时候,除了我,别人都对付不了他。"

"我……"

"尿裤子了,"帅克鄙视地打断他的话,"坐到门槛上去,等着你那个文策尔少校回来吧!"

"够了,"卢卡什上尉对帅克说,"过来吧,我有话跟你说。你不必那么傻瓜似地敬着礼。坐下吧,帅克,别来那套'是,报告'。别做声,注意听我说。你知道基拉利希达的绍普隆大街在哪儿吗?你先别又来你那一套'报告,上尉先生,我不知道'。你要是不知道,就说'不知道'好了。你拿张纸来记下:绍普隆大街十六号。那座房子的底层是个五金店。你知道五金店是什么吗?我的天哪,叫你别老说'报告',你就

说'知道',或是'不知道'。那么你知道什么叫五金店吗?你知道?很好。这家店是一个叫卡柯尼的匈牙利人开的。你知道匈牙利人是什么吗?我的天哪,你到底是知道,还是不知道嘛?知道,那好!他就住在店堂的二层楼上,这个你知道吗?不知道?他妈的!那我就告诉你,他就住在那儿,听明白了吗?听明白了,好!你要是再听不明白,我就关你的禁闭!你把这家伙的名字记下来了吗?他叫卡柯尼。好,你明天上午十点左右进城去,找到这所房子,然后上二楼,把这封信交给卡柯

尼太太。"

卢卡什上尉打开他的小皮夹,一面打着哈欠,把一个没写收信人地址的白信封交给了帅克。

"帅克,这是一件非常重要的事情,"他接着吩咐道,"一个人越小心越好。所以,我那上面没写地址,我把这事全托付给你了!我相信你一定能够原封不动地把信送到。还有,你记住那位太太的名字叫艾蒂佳,把它记下来吧。艾蒂佳·卡柯尼太太,你还要记住:交这封信给她时,你无论如何要谨慎小心,要等个回音。我在信里说了要等回信的。你还有什么不清楚的吗?"

"上尉先生,要是太太不给我回信,我怎么办?"

"那你就说,非要个回信不可,"上尉回答道,同时又打了个大哈欠,"现在我可要睡觉去了,今天实在太累。我喝了多少啊!我想,要是换个别人,像我这样的过一夜也同样会累倒的。"

卢卡什上尉起初并没有打算在哪里耽搁的。他那天晚上进城只是想到基拉利希达的匈牙利剧院去看一出正在上演的喜歌剧。里面的主要角色净是一些肥胖的犹太女演员。她们的拿手好戏是跳舞时把脚伸向半空,踢来踢去,而她们穿的既不是针织裤衩,也不是衬裤。为了诱惑军官先生,她们把下身剃得光溜溜的,跟鞑靼女人一样。当然这绝不可能使人产生欣赏画廊般的优美感觉,然而坐在池座里的炮兵军官们却用炮兵双目望远镜来欣赏这种美色。

可是卢卡什上尉并没被这种有趣的丑剧迷住,因为他借到的观剧望远镜的镜头不是无色的,他看到的不是一条条大腿,而是一道道晃来晃去的紫色影子。

第一幕演完,他被一位由个中年男人陪伴着的太太吸引住了。她正拖着他往衣帽间走,对他说着马上要回家,再也不看这些下流东西了。她这些话都是用相当大声的德语说的,而她的伴侣却用匈牙利话回答说:"对,我的天使,咱们走,我同意。这种表演真教人恶心。"

"讨厌!"①女人气呼呼地说,这时她丈夫正帮她把上剧院穿的外衣

---

① 原文为德语。

披到身上。她说话的时候,眼里放射着对这种无耻下流表演的愤怒火焰。她那对乌黑的大眼睛,跟她那漂亮身材很相称。这时她望了卢卡什上尉一眼,又愤慨地说了一遍:

"讨厌,实在讨厌!"①她这一望就引起了一段短短的罗曼史。

卢卡什上尉从衣帽间的管理员那里打听出来,那是卡柯尼夫妇,卡柯尼先生在绍普隆街十六号开了一家五金铺。

"他跟艾蒂佳太太住在二楼,"管衣帽的老太太以拉皮条的老手那股特有的细致殷勤劲儿说着,"女的是绍普隆街的一个德国女人,男的是匈牙利人。这座城市什么都是混合的。"

卢卡什上尉从衣帽间取出大衣,便进城去了。他在"阿尔布雷希特大公"饭店遇到了九十一团的几位军官。

他话说得少,酒喝得多。他绞尽脑汁在琢磨怎么给那位严肃而又挺讲道德的漂亮太太写信。这位太太比舞台上那些被军官们称之为疯娘儿们的对他更有吸引力。

他兴致勃勃地来到一家名叫"斯特凡十字架"的小咖啡店,占了一间雅室,从那儿赶走了一个声称可以为他脱光身子、任他玩弄的罗马尼亚女人,然后要来纸笔墨水,一瓶白兰地,经过一番仔细的考虑,写下了他自认为平生写得最得意的一封信:

亲爱的夫人:

昨晚我前往市剧院,观看了使您深感义愤的那场表演。在第一幕演出过程中,我始终注视着您和您的先生,我觉察到……

"管他娘的,往下写!"卢卡什上尉寻思道,"这家伙凭什么有这么迷人的老婆?他那副尊容活像一头剃了毛的猩猩。"说着他继续写道:

您的丈夫津津有味地看着台上不堪入目的淫猥表演,而您对该戏极为反感,因为它根本不是什么艺术,而是对男人的情欲的一种无耻的挑逗。

"这小娘儿们的胸脯真丰满,"卢卡什上尉想道,"我干脆打开窗子

---

① 原文为德语。

说亮话吧!"

亲爱的夫人,请原谅我素昧平生就这样坦率地给您写信。我一生见过许多女人,但没有一个像您这样给我留下深刻印象,因为您对人生的观点与看法同我完全一致,我相信您丈夫是个纯粹的利己主义者,硬拖您和他去……

"这么写不合适,"卢卡什上尉自言自语说,把"硬拖您和他去……"几个字涂去,接着往下写道:

……他为了自己的个人兴趣偕您观看演出,亲爱的太太,这戏正合他一人的胃口。我喜欢坦率,不想干预您的私生活,只想与您私下会一面,就纯艺术问题交换意见……

"在这儿的旅馆里会面颇不方便,我得把她领到维也纳去,"上尉还在冥思苦想着,"我去弄个出差机会吧。"

因此,亲爱的太太,我冒昧地请求与您相会,正大光明地与您进一步认识。我是个不久即将奔赴艰难的战争行程的人,想您一定不会回绝这一请求。如蒙慨允,虽置身于硝烟弥漫之中,我也将铭记这一最美好的回忆和咱俩所共同深刻体味的一切。您的决定将是对我的指令。您的回音将是我生命中的关键时刻。

他署上名,把白兰地喝光,又要了一瓶。他一杯接一杯地喝着,一边慢慢地读着他信中最后几行时,差不多感动得流下泪来。

早上,帅克把卢卡什上尉叫醒的时候,已经九点钟了:"报告,上尉先生,您睡过了头,误了上班的时间。我也该到基拉利希达去送这封信了。我七点钟叫了您一遍,七点半叫了您一遍,八点钟部队打这儿过去上操的时候,我又叫了您一遍,您只翻了个身。上尉先生,上尉先生!……"

卢卡什上尉咕哝了几句,又想翻过身去睡,可是这回没翻成,因为帅克无情地摇撼着他,大声嚷着:"上尉先生,我这就上基拉利希达去送这封信啦!"

上尉打了个哈欠说："送信？哦，我那封信。要谨慎，懂吗？这个秘密只有我们两人知道。去吧！①"

上尉把帅克掀开的毯子裹到身上，又睡着了。这时，帅克出发到基拉利希达去了。

如果帅克不是在半路上偶然碰上了老工兵沃吉契卡的话，绍普隆街十六号也不至于这么难找。这位沃吉契卡分在"施蒂里亚"人那个团，他们的营地就在河边的帐篷里。几年前，沃吉契卡曾在布拉格的战场街住过，因此为了纪念他们这种不寻常的相遇，惟一的办法就是到布鲁克的"黑羊"酒馆去喝几杯；那儿的女招待鲁仁卡是个捷克人，营盘里所有的捷克志愿兵都欠她的钱。

近来，老滑头工兵沃吉契卡当了她的伴侣，他把所有即将离开营地的先遣连的账都结算了一下，及时提醒捷克籍志愿兵，让他们别不还清债务就在战争的呐喊声中消失。

"你到底要上哪儿去？"沃吉契卡喝了一阵美味葡萄酒之后问道：

"这是秘密，"帅克回答说，"不过你是老朋友，我可以告诉你。"

于是帅克把这件事一五一十地告诉了沃吉契卡。沃吉契卡说，他身为老工兵，决不能丢下帅克不管，他要跟帅克一道去送信。

他们一起畅叙过去的事儿，十二点以后，他们离开"黑羊"酒馆时，仿佛一切都很自然和顺利。

除此之外，他们心目中还有一种牢固的念头，就是他们谁也不怕。在前往绍普隆街十六号去的途中，沃吉契卡表现出对于匈牙利人的深仇大恨，他滔滔不绝地对帅克讲他跟匈牙利人在何时何地斗过殴，或者什么原因在何地何时使他没跟他们打成架。

"有一次，我们在鲍斯多尔发②抓住了这么个匈牙利小子的脖子，正碰上我们那帮工兵赶到那儿去喝酒，我想趁天黑用皮带劈他的天灵盖，而且马上就动手用酒瓶往挂灯上砸。他突然嚷了起来：

---

① 原文为德语。
② 匈牙利的一个小城镇。

"'东达,这是我呀,十六后备军的普尔卡拉贝克呀!'

"差点儿给弄错了。三个礼拜以前,我和他们到聂齐德尔湖①去游玩时,在那边向那些匈牙利小子们狠狠报复了一顿。湖边一个村子里驻扎着一个匈牙利民防机枪连。我们走进一家酒店,正巧碰上匈牙利人在发狂地跳着他们的恰尔达什舞,拉开嗓门放肆地唱着他们的《老爷老爷,判官老爷》②或《姑娘们呀姑娘们,村子里的姑娘们》③。我们在他们对面坐下来,把配有刺刀的武装带往面前的桌子上一放,暗自想道:'狗崽子们,等着瞧吧!'我们当中有一位胳膊粗壮得像白山④一样的大个儿密斯特西克提议跳舞,从那些流氓小子手里抢一个姑娘来伴舞。姑娘们一个个花枝招展,粗腿大屁股,圆眼睛。那些匈牙利小流氓把她们搂得紧紧的,看得出来,她们的胸脯圆圆鼓鼓的像半边球一样。她们还蛮得意,也挺会挤挤嚷嚷的。于是我们的密斯特西克跳进他们的圈子里,想把一位最标致的姑娘从一个匈牙利步兵手里夺过来。那

---

① 在匈牙利西部。
②③ 均为匈牙利小调。
④ 布拉格附近的一座山。

步兵唠叨着什么,密斯特西克马上给了他一拳,他就倒了。我们立刻拿起武装带,把刺刀倒了个个儿,免得碰着我们自己。我们几步跳到他们中间,我还直嚷道:'管它有罪没罪,挨个儿揍!'干得顺当极了。匈牙利人开始跳窗子,我们在窗口揪住他们的脚,把他们拖回大厅来。凡不是我们的人就狠揍他一顿。他们的村长和一个宪兵掺和到里面来,也挨了一顿死揍。连酒店老板也不例外,因为他用德国话骂我们扰乱了他们的娱乐活动。我们还跑到村上去抓住那些想藏起来的人。我们到村头一座庄园阁楼上的干草堆里扒出来他们一个军士。这是跟他一块儿的那个姑娘告发的,因为他在酒馆里跟别的姑娘跳舞了。她后来就缠上了我们的密斯特西克,跟他一道上了基拉利希达那边林子下面的晾草场。她把他拽到一个晾草场,向他要五个克朗,他却给了她一个耳光。密斯特西克一直到营地门前才追上我们,对我们说:以前以为匈牙利女人狂热一些,可是这头母猪躺着跟个木头疙瘩似的,嘴里一个劲儿嘟噜着什么。

"总而言之,匈牙利人都是些废物!"老工兵沃吉契卡结束了他的讲话,帅克不以为然,说:"也不能一概而论,有些匈牙利人是不能怪罪的。"

"怎么不能怪罪?"沃吉契卡火了,"都得怪罪,你这是糊涂说法!你要是像我到训练班来的头一天碰到的那样,吃点他们的苦头,你就明白了。那天下午把我们像牲口一样赶进了学校。有这么一个混蛋开始给我们边画边讲着什么叫掩蔽所、怎么打地基、怎么测量。他说什么谁要是到了第二天早上还没把他讲的画下来,就要把他关起来、绑起来。'他娘的,'我想,'你在前线报名参加训练班,还不是为了不上前线去打仗,或者让你到晚上能像小学生一样拿支铅笔往本子上画图!'我满肚子气,一会儿都耐不住了。我连瞅都不愿瞅一眼那个给我们讲解的家伙,恨不得把什么都砸个稀巴烂。瞧我火气多大!我没等喝完咖啡就马上从楼里出来,一口气走到基拉利希达。我气得只想在城里找个僻静的酒店,喝个酩酊大醉,再闹它个痛快,逮着谁就揍谁,然后痛痛快快地回家去。可是常言道:凡人所想,上帝来变。在河边的花园之间,我找到了一个真正安静得跟教堂一样的小饭馆,像是专门供我去闹腾的。那儿坐着两位顾客,用匈牙利语在聊天。这一下我的火气更旺了,加上我在这一大串考虑之前已经醉得糊里糊涂,也没注意到旁边一家酒店里,在我闹事的时节,大概来了七八个轻骑兵。我刚开始揍那两个客人,轻骑兵们便一齐冲我扑了过来。这些混蛋轻骑兵狠揍了我之后,把我扔在园子外面,到第二天早上我也没法回家。我只得马上到卫生所。我瞎编了一通,说掉到砖窑里了。他们怕我背上的伤口化脓,用湿被单把我裹了整整一个礼拜。老弟,让你落到这帮混蛋手里,你才晓得是啥味道哩。这帮家伙根本不是人,是畜生!"

"偷鸡不成蚀把米①。"帅克说道,"不过你也别怪他们火气那么大。人家放着葡萄酒在桌上喝不成,还得摸黑到一个个花园里去追赶你。他们本该在店子里揍你一顿,然后把你扔出去的。他们既然在桌子旁跟你清了账,这对他们也好,对你也好些。我认得利布尼一个叫巴洛贝克的酒铺老板。有一次,一个箍桶匠②在他那儿喝柏根酒,喝醉了,开口便骂,说酒太淡,准是掺了水。说他要是用箍一百年桶挣来的钱统统买了柏根酒,一次喝光也醉不了,照样可以把巴洛贝克抱在怀里踩钢丝。他还说巴洛贝克是个老滑头,走江湖的坏蛋。这时,可爱的巴洛贝克抓住箍桶匠,用捕鼠器砸他,用铁丝捆敲他的脑袋,把他赶到外面,用根挂窗帘的棍子追着他满街跑,一直追到残废军人广场。他像疯子一样追赶他,又从残废军人广场追到日什科夫,从日什科夫经'犹太炉'③追到马莱西采。在那儿棍子终于打断了,他这才回到利布尼。糟了,光顾生气,忘了酒店还坐着一批顾客,说不定这些坏蛋自己经营起酒店来了。最后,当他终于回到酒店时,发现他们果真如此办了。酒店的铁皮门半开着,门口站着两个警察,在店子里进行搜查时,他们也喝了个够。酒店里的存酒有一半喝光了,街上摆着罗姆酒的空桶。巴洛贝克在桌子底下发现了两个醉汉,那是警察没找到的漏网分子。他把他们拖出来后,他们每个人只想付给他两个铜子,说是多的没喝。这是对卤莽行事的报应。在军队里也是这样,老弟,先是我们把敌人打败,

---

① 谚语,直译为"干哪一行,临了却死于这一行"。
② 从前捷克农村里有一种手艺人,背着铁丝、白铁等材料,走村串乡,给农家箍桶。
③ 布拉格郊区的一片荒原。

然后就一个劲儿在他们后面追呀追呀,到最后呢,我们自己连逃跑都来不及。"

"我可是把那些流氓记住了,"沃吉契卡说,"要是这些轻骑兵中有哪个给我在路上碰上了,我非得跟他拼个长短不可。我们这些当工兵的可不是好惹的。我们跟那些铁苍蝇也不一样。在普舍米斯尔前线时,我们那个耶茨巴谢尔大尉简直是个天下少有的大混蛋。他拼命折磨我们,我们连的彼得利赫虽说是个德国人,却是个非常好的小伙子,就因为受不了这个耶茨巴谢尔的折磨开枪自杀了。我们大家就说定:只要俄国人一开枪,我们的耶茨巴谢尔大尉就别想再活命。果然,俄国人朝我们开枪了,我们就先给了他五枪。这混蛋还跟猫一样活着,我们只好再找补他两枪,免得节外生枝。他只这么呼噜了几声就完事了,可也顶滑稽、顶可笑的!"

沃吉契卡笑了笑,接着说:"这种事儿在前线每天都有。我的一个朋友,他如今还在我们工兵部队里。他对我说:当他在贝尔格莱德附近当兵时,他们连趁进攻的当儿把自己的大尉给打死了。这个大尉也是一条恶狗。在行军期间,他亲手枪毙了两个士兵,因为他们再也走不动了。大尉在断气的时候,嘴里突然发出退却的哨音,弟兄们看到这情景都笑坏了。"

帅克和沃吉契卡就这么引人入胜地进行富有教益的交谈,终于找到了卡柯尼先生在绍普隆街十六号开的五金店。

"你最好在这儿等一等,"帅克在门口对沃吉契卡说,"我上楼去,交了信,拿到回信,马上就下来。"

"我能丢下你一人不管吗?"沃吉契卡惊奇地说,"你不了解匈牙利人。我对你说过多少遍了!我们得提防着点儿。我来收拾他。"

"你听我说呀,沃吉契卡,"帅克严肃地说,"我们又不找匈牙利人,我们要找的是他的太太,我们跟捷克女招待坐在一块儿喝酒时,我不是全对你说了吗?我们上尉要我替他送封信去,这是个绝对的机密。我的上尉一再叮嘱我,不许告诉任何人。你的那个捷克女招待不是也说上尉先生这样做完全对,办这种事儿得格外慎重吗?她不是还说上尉同有夫之妇通信的事儿不能让任何人知道吗?这你自己也同意了,点了头的呀。我不是跟你说清楚了吗？我得准确地执行上尉的命令,可你如今又死活要跟着我一块儿上楼去。"

"唉,帅克,你还不了解我这个人,"老工兵沃吉契卡同样严肃地回答说,"既然我说过不能丢下你一个人不管,那你就记住吧:我说话算数。两人一道儿走总会更安全些。"

"我还得说服你,沃吉契卡,你知道维舍堡的涅克拉诺瓦街在哪儿吗?车工沃波尼克在那条街上开了个作坊。这个人很正直,有一天他在外边喝了许多酒,带着一个浪荡子来家里过夜。这以后,他躺了好长一段时间。他老婆每天给他包扎头上的伤口的时候总是说:'你瞧,托尼切克,你要是就一个人回来,我只会和你处得乐呵呵的,绝不会拿秤锤砸你的脑袋。'而他呢,在他恢复了说话能力时,说:'你说得对,孩子他妈,我下次出门,谁也不带回来了。'"

沃吉契卡听了很生气,说:"还让那匈牙利人用什么来砸我们的脑袋?岂有此理!那我抓住他的脖子像扔榴霰弹似地把他从二楼扔下去。对这些匈牙利小子就得狠一点。跟他们没什么客气好讲。"

"沃吉契卡,你喝得还不算多嘛,我比你还多喝了半公升哩。记住,我们可不能丢丑呵。这件事我是要负责的。这可是牵涉到娘儿们的事啊。"

"娘儿们也一样揍,帅克,我不管这些。你还不了解我沃吉契卡老汉的脾气。有一回在萨别赫利采的'玫瑰岛'酒吧间里,有个穿得妖里妖气的女人不肯跟我跳舞,嫌我的脸肿。那天我的脸也确实有些肿,因为我刚从霍什基瓦什的舞会到这儿来。可你想一想,我受得了娘儿们这种侮辱吗?'那好,尊贵的小姐,您瞧着,'我心里说:'你可别后悔啊!'我给了她一家伙,她把那张桌子连玻璃杯一起掀倒在花园里。她跟她的爸爸、妈妈和两个弟弟正坐在桌旁。可是,整个'玫瑰岛'我都不在话下。我有很多沃赫肖维茨的熟人在那儿,他们也帮了我的忙。我们把五家人家连同他们的小孩揍了一通。打闹声恐怕都传到了米赫尔。后来各报都登了有关某城某同乡会所属慈善会兴办郊区游园会的报导。所以我说呀,人家帮了我的忙,我的朋友要办点什么事儿我也总该帮一手。不管发生了什么事,我都不离开你一步。你太不了解匈牙利人……你甭想让我从你身边走开,我们久别重逢,又是在这种情况下。"

"那咱们就一道儿去,"帅克拿定了主意,"可你得当心点儿,别惹祸!"

"别担心,朋友,"他们一道儿朝楼梯走去时,沃吉契卡悄悄对帅克说,"我来收拾他……"

还更小声地补了一句:"你看着吧,这匈牙利小子用不着我们费多大的劲。"

要是一路上有懂捷克话的人,准能在楼梯上听到沃吉契卡老是挂在嘴边上的一句话:"你太不了解匈牙利人……"这句名言,产生于利塔河畔生意清淡的小酒店,传到群山环抱的名城基拉利希达的花园间。将来,士兵们在回忆世界大战之前和世界大战之中让他们为了理论联系实际的屠杀而进行的所有这些操练时,他们会永远诅咒这个基拉利希达的。

帅克和沃吉契卡来到卡柯尼先生的住所门前。帅克按门铃之前先提醒了一句:"沃吉契卡,你听说过一句谚语吧?谨慎为智慧之母。"

"管它的,"沃吉契卡回答,"我根本不让他有时间张嘴。"

"我也没什么好跟人啰嗦的,沃吉契卡。"

帅克按了一下电铃,沃吉契卡则大声嚷道:"一、二,他就得滚下楼去。"

门开了,一个女仆出来用匈牙利语问他们有何贵干。

"我不懂,"①沃吉契卡鄙视地说,"丫头,学说捷克话吧!"

"你会德语吗?"②帅克问道。

"会一点儿。"③

"告诉你太太,我想跟她说几句话;你就说,走廊上有位先生送来一封给她的信。"④

---

① 原文为匈牙利语。
②③④ 原文为德语。

"你这人真奇怪，"沃吉契卡说，一面跟着帅克走进过厅，"跟什么臭娘儿们都能说几句。"

他们站在过道里，把通向楼梯的门关了。帅克说：

"他们这儿摆设真好！衣帽架还挂了两把小伞，这幅基督像也画得不赖。"

女仆从那间刀叉碰响杯盘的房间里走出来，对帅克说：

"太太说了，她没有时间；如果有什么东西，请交给我。"①

帅克说："这儿有一封给太太的信，可你别对别人说。"②

帅克把卢卡什上尉的信掏了出来。

帅克用手指着自己说："我在这儿，在前厅里等回信。"③

"你干吗不坐下？"沃吉契卡问道，他自己已经在靠墙的一张椅子上坐下，"那儿有把椅子。你坐吧！站在这儿活像个要饭的。别在匈牙利人面前装得那么低贱。你瞧着，我们和他有一架干的，我来收拾他！"

"我问你，"过一会儿他说，"你在哪儿学会了德国话？"

"我自己学的，"帅克回答说。又沉静了一会儿。后来，只听得女仆送信进去的那个房间里传来一阵吼声。有人把一件什么重东西摔在地上，然后又清晰地听到砸玻璃杯和盘子的声音，在这些声音中还可清楚地听见有人吼着极为粗鲁的骂人的话。

门开了，一个脖颈上围着餐巾的男人闯进过厅，手里挥动着刚刚送进去的那封信。

老工兵沃吉契卡坐在离门口最近的地方。那位怒火冲天的先生首先冲着他说："这是什么意思？送这封信来的坏蛋在哪儿？"④

"慢点儿，"沃吉契卡站起来说，"你别冲着我们这么嚷嚷，镇静点儿。你要想知道信是谁送的，就问问我这位朋友。你跟他说话，态度可得放客气点，要不然我转眼就把你扔到门外。"

现在轮到帅克来欣赏这位脖颈上围着餐巾的暴跳如雷的先生的雄

---

①②③　原文为德语。

④　原文为不标准的德语。

辩口才了。他颠三倒四地说,他们正在吃午饭。

"我们听说你们在吃午饭,"帅克用结结巴巴的德语说,接着又用捷语补充一句:"我们也想到,可能不该打扰你们吃午饭。"

"别那么低三下四的。"沃吉契卡说。

那位怒气冲天的先生,张牙舞爪,大动干戈,弄得餐巾只剩一只边角挂在脖子上了。他接着嚷嚷:他最初以为信里说要把他太太的这所房子拨给军队住。

"这里倒是可以住下很多士兵,"帅克说,"可这封信里说的不是这个,您大概已经知道了。"

那位先生抱着头,气呼呼地发出一连串的责难。他说,他也当过后备军的中尉军官,很乐意去军队里服务,只因他患着肾病,没能支持下去。又说,在他服役的那个时期,军官们不像这么放肆:扰乱人家的家庭宁静。还说,他要把这封信送到团部去,送到军政部去,送到报上去发表。

"先生,"帅克庄重地说,"这封信是我写的。是我写的,不是上尉。① 那签名是假的。签名是假的。②我看上了你的老婆,我爱上了你的妻子。③就像诗人伏尔赫利茨基④说的那样,我被您的太太迷住了。迷人的太太。⑤"

暴跳如雷的男主人想冲着神情愉悦、泰然而立的帅克扑过去,而监视着卡柯尼一举一动的老工兵沃吉契卡,伸腿将他绊倒在地,把他一直拿在手里挥舞的信件夺将过来,塞进自己的衣袋里。当卡柯尼先生明白过来时,沃吉契卡揪住他,把他拖到门口,一手打开了门,随后就听见一件什么东西从楼梯上滚了下去。

这一切跟童话里讲的鬼来勾人的魂儿一样快当地发生了。

暴跳如雷的先生只剩下一块餐巾留在楼上。帅克把它捡起来,很有礼貌地敲了敲房门,五分钟前卡柯尼先生就是从这间房里出来的。现在从这间房里传出了女人的哭声。

"我给您送餐巾来了,"帅克对在沙发上哭泣的那位太太温和地说。"要不,会给人踩脏的,我尊敬的太太。"

他将皮靴后跟一碰,敬了个军礼,就出去了。楼梯上看不到一点儿格斗的痕迹。看来,正如沃吉契卡所预料的,一切都进行得十分顺当。不过帅克出来时在大门口捡到了一条被扯下的硬领。显然,当卡柯尼先生拼命抓住家门,免得被拖到街上去的时候,在这儿演出了悲剧的最后一幕。

街上闹得还很厉害。卡柯尼先生被拖到对面的门洞里,浇了一身水。在街心,老工兵沃吉契卡像一头雄狮跟一些出来卫护自己同胞的匈牙利步兵、轻骑兵搏斗着。他像挥动连枷一样熟练地挥动挂着刺刀的武装带。他也不是孤军作战。几个来自各团的捷克士兵经过这里,也站到他这一边,并肩战斗。

就像帅克事后说的,连他自己也不知道怎么卷入了这场战斗。他没有刺刀,可是也不知怎么从哪个吓破了胆的围观者手里夺到了一根手杖。

---

①②③⑤　原文为德语。
④　伏尔赫利茨基(1853—1912),捷克著名诗人。

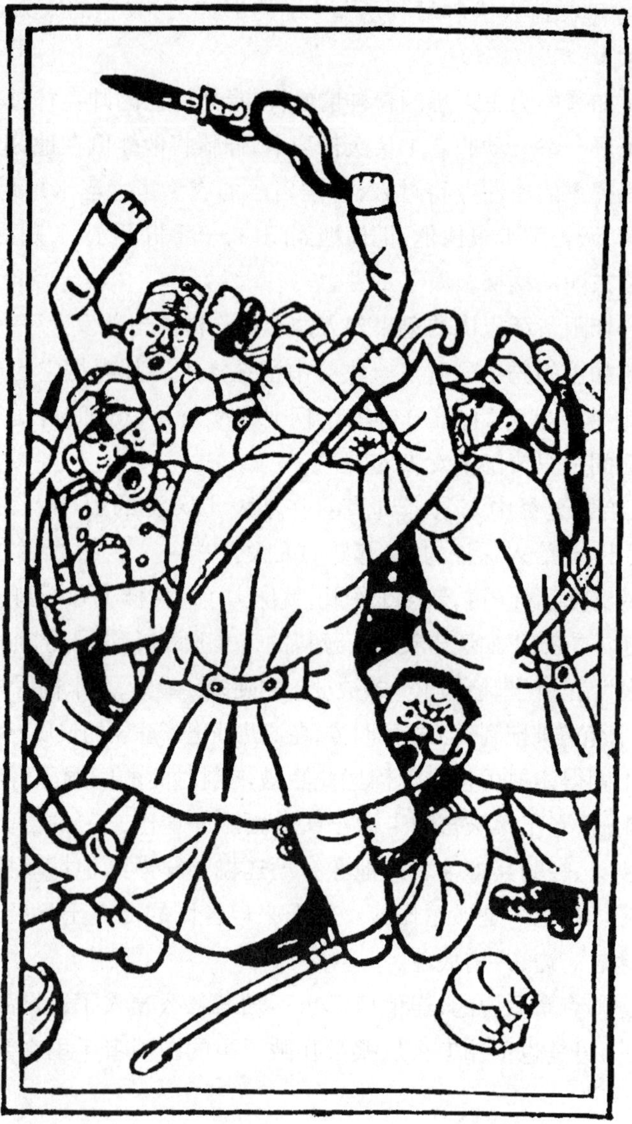

这场格斗持续了好长的时间,可是一切好事终归有个收场。警察局的巡逻队来了,把他们统统抓走了。

帅克和沃吉契卡并排走着,他手里拿着的那根手杖,巡逻队长认定它就是罪证①。帅克像扛步枪一样地把手杖扛在肩上,得意地走着。

老工兵沃吉契卡一路上执拗地沉默着。直到走进禁闭室的当儿,他才心事重重地对帅克说:"我对你说过,你太不了解匈牙利人了!"

---

① 原文为德语。

第四章　苦难重重

　　施雷德上校以鉴赏的神情注视着卢卡什上尉苍白的面孔和眼边浓重的黑圈,卢卡什上尉在这种尴尬的情况下,竭力使自己不去正视上校,而像在研究什么似的偷偷望着营地部队部署图。这张布署图是上校办公室里惟一的装饰品。
　　施雷德上校面前的桌上,放着几份报纸,报上有几篇用蓝铅笔圈出的文章。上校将它们又浏览了一遍,然后凝视着卢卡什上尉说道:
　　"那么,你已经知道你的勤务兵帅克被捕了,而且他这件案子很可能要转到师军法处去审讯?"
　　"是,上校先生。"
　　"当然,整个事件不会就这么了结的,"上校意味深长地说,开心地望着卢卡什上尉发白的面孔。"毫无疑问,你的勤务兵帅克的这件案子激起了当地民众的公愤,而且这件丑事还和你的名字牵连在一起,上尉先生。师部给我们提供了一定的材料。这是几份对本案作了报导的报纸。请你大声念给我听听。"

他把登有用铅笔圈出的文章的报纸递给卢卡什上尉,上尉像给小孩朗读课本那样,用单调平淡的声调念道:

"蜜比糖更富有营养和易于消化,"
《我们前途的保障在哪里?》

"是登在《佩斯使者报》[①]上的那一篇吗?"上校问。
"是,上校先生。"卢卡什上尉回答,并接着往下念道:

战争的进行要求奥匈帝国各阶层的共同努力。要想维护我国的安全,各民族必须互相支持。我们前途的保障有赖于各民族由衷的相互尊重。倘若后方,即我光荣国军的后勤与政治大动脉不能协调一致;倘若在我军后方,听任宵小分子破坏国家统一、恶意败坏整个国家威信、制造我帝国境内各民族的纠葛与分裂,那么,我已开赴前线并不断向前推进的英勇军队就不可能承受重大的牺牲。在这历史关头,我们不能默默无言地眼看着极少数人试图从地方民族主义情绪出发,来破坏帝国各民族为严惩非法侵犯我国,并企图毁坏祖国全部文化与文明成就的歹徒所进行的正义斗争。对于那些企图瓦解各民族心中精诚团结的丧心病狂的无赖的卑劣行径,我们绝不能缄默不语。我们曾多次向我们的读者指出:对捷克部队中的个别人物无视团队的光荣传统、违背整个捷克民族意志、在我们匈牙利城市中胡作非为的情况,军事当局不得不严加制裁。此事当然不能归罪于整个捷克民族,它正始终不渝地捍卫着我帝国的利益,许多卓越的捷克军事将领,如著名的拉德茨基元帅和其他一大批奥匈帝国的捍卫者都证明了这一点。与这些光辉的人物对立的只是区区几名捷籍歹徒,他们乘世界大战之机混入军

[①] 当时在布达佩斯出版的一种德文报纸。

队,其用心是在帝国各民族之间制造纠纷,从中满足自己卑劣的私欲。我们已经向读者指出××团在德布列岑的胡作非为,指出该团的捣乱行为已遭到布达佩斯议会的议论甚至谴责;其后,该团团旗又在前线……(此处被删)。谁该对这一卑劣行径负责?……(此处被删)。谁把捷克士兵驱赶去……(此处被删)。在我们匈牙利祖国大地上的外来分子胡作非为达到了何等猖獗的程度!发生在利塔河畔匈牙利基拉利希达城中的事件,最好不过地证明了这一点。驻扎在利塔河畔布鲁克城的士兵,即袭击和殴打该城商人卡柯尼先生的士兵,属于哪个民族呢?地方当局责无旁贷,应当调查这一罪恶行径并向师部进行咨询。师部想必已对这一案件进行研究:在这次针对匈牙利王国臣民的史无前例的迫害行为中,卢卡什上尉扮演了什么角色。据本报当地通讯员报导,该城公众认为卢卡什的名字与最近发生的一些事件有密切关系。该通讯员收集了有关此案的大量材料,这一丑闻在当前的严重时刻甚为引人注目。《佩斯使者报》的读者对本案调查进程无疑将十分关注。对此重大案件,本报定将予以详尽报道。与此同时,我们也期待着军方提供关于殴打匈牙利居民的基拉利希达暴行的消息。我们相信,布达佩斯议会也将查处这一事件,使大家弄清楚,假道匈牙利王国开赴前线的捷克士兵,不得把匈牙利至斯特凡王国的领土①视为他们占领的租借地。倘若该民族的某些人,即在基拉利希达城清楚地表演过奥匈帝国各民族的"通力合作"的某些人,至今尚未认清局势,那就让他们保持沉静吧,因为在战争中,枪弹、绞索、监狱和刺刀会教训他们服从我们共同的祖国的最高利益。

"这篇文章的署名是谁,上尉先生?"

"贝拉·巴拉巴斯。他是个编辑,又是议员,上校先生。"

"一条有名的恶狗!可是这篇文章在《佩斯使者报》登出来之前,就在《佩斯新闻报》上发表过的。现在请你把《绍普朗记事报》②上那

---

① 亦指匈牙利。
② 当时在布达佩斯出版的一种民族主义报纸。

篇官方文章念给我听听。"

卢卡什上尉大声念起那篇文章来。作者竭力用诸如此类的词句为自己的文章增色:"国家英明的命令"啦,"国家秩序"啦,"人类的腐化堕落"啦,"人的尊严与感情的惨遭践踏"啦,"野蛮残忍之辈的筵席"啦,"摧残人类社会团体"啦,"一伙兵痞"啦,"幕后指使"啦,等等。再往下读,似乎匈牙利人在他们自己的国土上成了最受迫害的分子。似乎捷克士兵一来,就将这编辑打倒在地,用穿着高统靴子的脚踩他的肚子,他则疼得狂呼乱叫,有人把他的喊叫声用速记法记了下来一样。

《绍普朗记事报》哭诉道:

> 对一系列最重要的事实,我们总是慎重地保持沉默,什么也不写。我们谁都知道,驻扎在匈牙利和前线的捷克兵是些什么东西。尽人皆知,捷克人干了些什么勾当,他们的行为怎样,他们中间是个什么情况,谁是这些事件的肇事者。诚然,当局的警觉性被另外一些重要的事件吸引去了,然而当局应当采取适当的办法将此案与对全局的关注紧密结合起来,以期近日在基拉利希达发生的事件不致重演。本报昨日登载的那篇文章被删去十五处之多,所以我们不得不向读者宣布,由于技术原因,即使在今天,我们也未能过多地对基拉利希达事件详加评论。本报特派记者从现场向我们证实:当局对全部事件表示了真正的关切,并迅速进行了调查。惟一使我们感到奇怪的是,这次暴行的若干参与者至今仍逍遥法外。这特别牵涉到一位先生,据说,他至今仍佩戴着"学舌团"①的领章在兵营中未受惩罚。他的名字前天已在《佩斯使者报》和《佩斯记事报》上公开过。这就是那位臭名远扬的捷克沙文主义者卢卡什,有关他的暴行,基拉利希达的议员杰佐•萨尼克将在议会中提出质问。

"基拉利希达出版的《周刊》和普列什堡②的一些报纸也是用这种

---

① 指九十一团。该团官兵均佩戴鹦鹉绿色的领章,作为该团制服的特点。人们据此给该团起了这样一个绰号。
② 德国人对斯洛伐克首府布拉迪斯拉发的称呼。

悦耳的调子写你的,上尉先生,可你对这些是不会感兴趣的,因为都是千篇一律的陈词滥调。从政治上看,这是很容易解释的,因为我们奥匈帝国公民,不管是德国人也好,捷克人也好,全都很反对匈牙利人……你明白我的意思吗;上尉先生?这里显然有一种倾向。也许你对《科马诺晚报》上的一篇文章更感兴趣,那上面硬说你在饭厅里用午饭的时候,企图当着卡柯尼太太的丈夫的面来强奸她;说你用马刀恐吓他,强迫他用餐巾堵住他妻子的嘴,免得她叫嚷。这是有关你的最新新闻,上尉先生。"

上校笑了笑,接着说:"当局没有尽到自己的职责。当地的报刊检查权也掌握在匈牙利人手里。他们对我们是为所欲为的。我们的军官在这头匈牙利普通编辑猪猡的侮辱面前毫无保护。直到我们提出尖锐的意见,师部军法处发出通电,布达佩斯国家检察署才开始采取措施,在有关编辑部抓了几个人。《科马诺晚报》的编辑付出的代价比谁都多,他至死也不会忘记他这张晚报的。师部军法处委派我作为你的上司来审讯你,同时把有关审讯的全部材料给我送来了。要是没有你那个倒霉的帅克,事情早已圆满结束。跟他在一起的还有一个叫沃吉契卡的工兵。斗殴之后,人家把他带到禁闭室,在他身上搜出一封你给卡柯尼太太的信。在堂上,你那个帅克一口咬定那封信不是你写的,硬说是他自己写的。人家把信摆到他面前,要他照写一份来对笔迹时,他一口把你的信吞了下去。后来又从团部把关于你的报告转送到师部军法处,好同帅克的笔迹加以比较,结果就在这里。"

上校翻了翻几件公文,然后把下面一段文字指给卢卡什上尉看:"被告帅克拒绝书写口授的话,硬说是事隔一夜,已经不会写字了。"

"上尉先生,我根本就不认为你那个帅克或这个工兵在师部军法处的供词有什么意义。他们两个都坚持说,这都是由一个所谓的玩笑引起的。老百姓不明白是开开玩笑,揍了他们。他们为了维护军人的荣誉才还手的。在审问中发现你那个帅克确实是个大宝贝,比如说,问到他为什么不肯招认时,从审讯记录看,他的回答是:'我当时所处的情况,正像画家巴鲁什卡的仆人有一次为了圣母像而陷入的境地一样。当案子涉及到他准备据为己有的那张画像时,他也只好回答说:要我把血吐出来给你们看看吗?'不消说,身为团长,我已关照过有关各报用师军法处的名义更正报纸上那些卑鄙的文章。今天已经发出通知,我想,我已经为平息这些混账老百姓中的匈牙利下流报痞掀起的事端,尽了我的全部力量。

"我想我的措词相当不错,是这么写的:'敬启者,某师军法处暨某团团部谨声明:当地报刊所载某团士兵之所谓暴行一文,毫无真实可言,从头到尾全系捏造。对上述报纸所进行的调查必将导致对犯诽谤罪者的严厉惩办。'"

"师军法处在给我团的公文里认为,"上校接着说,"这件事实际上是对来自东利塔和西利塔两地的军队的有计划的诽谤。你可以比较一下:我们开到前线去的有多少人,他们又有多少人。我跟你说实话,在我心目中,一个捷克兵比一个匈牙利草包要顺眼得多。应当记住匈牙利人在贝尔格莱德郊区向我们第二先遣营开枪的事,当时二营不知道是匈牙利人开的枪,就开始朝右翼的第四特别步兵团的官兵射击,四团官兵搞错了对象,又冲着友邻部队波斯尼亚团开起火来。真是混战一场!当时我正在旅部吃午饭。头一天,我们随便吃了点儿火腿和罐头汤,这一天为我们准备了美味的清燉鸡汤、里脊焖饭和糖酒甜面包。头一天晚上我们正好在小镇上绞死了一个塞尔维亚人酒店老板。我们的厨子在他的酒窖里搜出了三十年的陈葡萄酒。你可以想象得到我们是多么盼望吃那顿午饭。我们喝完了汤,正要开始吃鸡,突然枪响了,接着便枪声四起,我们的炮兵根本不知道这是我们自己人同自己人开火,便向我们这边发炮轰击,一颗炮弹正好打在我们旅部旁边。塞尔维亚人准是认定我们这儿发生兵变了,便从四面八方向我们开火,随后开始强行渡河。旅长被叫去接电话,师长大发雷霆,问旅部搞的什么鬼,说他刚刚接到军部命令,要求他在当晚两点三十五分对左翼塞尔维亚阵地发动进攻。说我们是后备队,应当立即停火。可是在这种情况下哪能'停火'①?旅部电话总机说他哪儿也叫不通,只有七十五团团部还

---

① 原文为德语。

可通话,说他们刚刚接到旁边一个师来的命令,要求他们'坚持到底'①,说我们师里的电话也叫不通,说塞尔维亚人已经占领二一二、二二六、三二七高地,要求派一个通讯营去修复我们与师的电话线路。我们想同师部联系,可是线路已被切断,因为在这期间塞尔维亚人已经从两侧迂回到我军后方,把我们圈在一个三角地带之中。困在这个三角地带中的有我军的步兵、炮兵队、汽车运输队、粮站和野战医院。我已经两天没下马鞍了,我们的师长被俘,我们的旅长也是。这一切都是匈牙利人向我们第二先遣营开火引起的。不言而喻,全部罪过都落到了我们团身上。"

上校啐了一口唾沫。

"上尉先生,现在你自己也该体会到了,他们是怎么巧妙地利用你在基拉利希达的行为来做文章的吧。"

卢卡什上尉尴尬地咳了一声。

"上尉先生,"上校对他狎昵地说,"凭良心说,你跟卡柯尼太太睡过几回觉?"

施雷德上校今天的兴致特别高。

"你刚刚同她通信?别扯淡!我在你这个年纪的时候,在艾格尔②测量训练班呆了三个礼拜,你瞧我,三个礼拜没干别的,尽跟匈牙利女人睡觉。一天一个:年轻的、没出嫁的、中年的、有丈夫的,碰到什么样的就是什么样的。真可谓纵情作乐,每次回到团里时,两条腿都不听使唤了。一位律师的老婆把我折腾得最累了。她把匈牙利女人的本领全都使了出来,睡觉的时候还咬我鼻子,整夜都不让我合眼。"

"'还刚刚开始通信'……"上校狎昵地拍着上尉的肩膀,"我是过来人啦!你什么也不用对我说,我对这事儿自有我的判断。你和她搞上了,被她丈夫碰上了,你那个笨蛋帅克却又……你要知道,上尉先生,你那个帅克可真是个可靠的小伙子。他处理你那封信的办法简直妙极了。这样的人,说真的,太可惜。我说,这是个教育问题。我倒挺喜欢

---

① 原文为德语。
② 匈牙利北部的一个城市。

这小子。因此，审讯一定要停止。报纸把你骂得一钱不值，上尉先生，你在这儿已经完全站不住脚了。不出一个礼拜，先遣连就要开赴俄国前线。你是十一连资格最老的军官。就到那个连去当连长吧。这件事已经跟旅部谈妥了。告诉军需上士给你另外找个勤务兵来代替帅克。"

卢卡什上尉怀着满腔感激之情望了上校一眼，上校接着说："把帅克分配给你们连当传令兵。"

上校站起来，和脸色苍白的上尉握手道：

"好吧，就这么办吧。祝你万事如意！希望你在东线战场上立功。如果有朝一日我们还能相会，希望你到我们中间来走走，可别像在布杰约维策时那样躲着我们……"

卢卡什上尉在回家的途中，不断地念着："连长，连部传令兵。"

这时帅克的形象又清晰地出现在他面前。

卢卡什上尉吩咐军需上士万尼克给他找个勤务兵代替帅克时，万尼克说："我还以为您，上尉先生，对帅克很满意哩。"

他听说上校派了帅克到十一连当传令兵，不禁惊呼道："上帝慈悲！"

在师军法处的一间有铁栅栏窗口的牢房里，人们按规定早上七点起床，把摊在满是尘土的地板上（因为没有床）的褥子整理好。他们在用木板隔开的长廊里，按照规定把毯子叠好，放在草垫上，谁叠完了谁就坐在靠墙的条凳上，不是抓虱子（如果他是从前线回来的），就是借穷聊消磨时间。

帅克和老工兵沃吉契卡，以及不同单位的几个士兵一块儿坐在靠门的条凳上。

"你们瞧，弟兄们，"沃吉契卡说，"坐在窗子边的那个匈牙利小子，那狗崽子在做祷告，想要上帝保佑他万事如意，你们的手就不发痒，就不想去扇他几个大耳光？"

"可他也是好人啊，"帅克说，"他是因为不愿当兵才关到这儿来的。他反对战争，是个什么教徒，他不愿意去杀死任何人，所以就把他关了起来。他严格遵守上帝的十诫。有些人只是把上帝十诫挂在嘴上,说得好听!大战前在摩拉维亚有个叫涅姆拉瓦的人。他甚至根本不愿意把枪扛上肩去。招他去当兵时,他说拿武器是违背他的信念的。就为这个他被关进牢房,差点儿没给整死。后来又领他去宣誓,可他不干,说他不能宣誓,这是违背他的信念的。结果硬是给他顶住了。"

"他是个笨蛋,"老工兵沃吉契卡说,"他可以去宣誓嘛,宣了誓不理它个屁不就得啦!"

"我已经宣了三次誓,"一个步兵说,"也当了三次逃兵。要不是有那张医生证明,说我在十五年前因为神经错乱打死了我的亲姑妈的话,我恐怕在前线已经是第三次吃子弹了。现在我那死去的姑妈总是帮我摆脱困境,到头来我也许能混过这场战争,留个囫囵身子。"

帅克问:"伙计,你干吗要把你姑妈打死?"

"人们为什么要你杀我砍呢?"那个逗人爱的人回答说,"每个人都会以为,是为了钱财。这老太婆有五个存折,当我满身伤痕,穿得破破烂烂地跑到她那儿去时,正赶上给她寄来了利息。除她之外,我在这人世间再也没有一个亲人了。我就求她收留我,可是她这死尸,说什么要我出去找事做,还说什么我这么年轻,身强力壮,如何如何。于是,你一句我一句地吵了起来。我只是用拨火棍敲了她几下脑袋,又照她脸上揍了一通,连我自己也认不出来:这是我姑妈还是不是我姑妈呢?于是我挨着她坐在地上,一个劲儿地问:'是我姑妈还是不是我姑妈呢?'到第二天邻居发现我坐在她旁边。后来我就进了斯莱比疯人院,到大战前波赫尼采①区的检查委员会证明我已痊愈,于是我马上又得补服这些年我所耽搁的兵役。"

一个又瘦又长、愁眉苦脸的士兵拿着扫把打他们旁边走过去。

"这是我们先遣连的教员,"坐在帅克旁边的猎骑兵介绍说,"如今干打扫卫生的活儿。是个非常正派的好人。就因为写了一首诗被送到这儿来了。"

"喂,老师,过来!"他冲着那个拿着扫把、一本正经地朝长凳走去

---

① 布拉格市的一个区。那里有一所精神病医院。

的士兵喊道。

"给我们念念那首虱子诗吧。"

拿扫把的士兵清了清嗓子,朗诵起来:

> 遍身虱子到处跑,整个前线都在把痒搔,
> 一只只大虱子又是爬来又是咬,
> 将军大人满床滚呀,痒得实难熬,
> 天天换内衣换内裤也不见效。
> 虱子在大兵身上过得满舒服,
> 在军官身上照样习惯又逍遥,
> 奥地利的老公虱在床上,
> 跟普鲁士的母虱把尾交。

那位教员出身、愁眉苦脸的士兵坐到长凳上,叹了一口气说:"这就是我的全部罪行。为了这首诗我已经受到军法官先生的四次审讯了。"

"这件案子实际上不值一提,"帅克满有把握地说,"主要看军法处认为那只奥地利老公虱是谁。好在你加上了上床交尾的事。你这一笔会把他们搞得糊里糊涂,一个个都傻眼的。不过你一定要跟他们说:公虱就是雄虱,只有雄虱才能爬到雌虱身上去。要不说清这一点,你怎么也开脱不了。你写这首诗当然不是想侮辱某人,这是很明白的。你就对法官先生说,你写这玩意儿只是为了自个儿开开心,就像说公猪母猪一样,也说公虱母虱嘛。"

教员叹了一口气:"可那个军法官的捷克话又说得不地道。我也用这类话向他做过解释,可是他冲着我一个劲儿地嚷嚷:母虱的捷文叫'vešák'①,而不是'公子',他还用拉丁文混着德文说:'vešák'是阴性,你这文化人。'feš'是雄的,雌的叫'fešák'②,我们是了解自己的皮柯

---

① 捷文的母虱子是 veš,军法官便硬说捷文的公虱是 vešák。其实捷文 vešák 却是"挂衣架"的意思。

② 军法官由于发音不正确,不但把捷文的"母虱"说成捷文的"漂亮的",而且把已经说错的"挂衣架"又再错说成"美人儿"了。

乐米尼的。①"

帅克说："总而言之,你这事糟透了,可你不要丧失信心,就像比尔森一个叫扬纳切克的吉卜赛人一样,当一八七九年他因为谋财害命杀死两人的罪过,把绞索套上了他脖子,他还说:会转危为安的！真给他猜中了:在最后一刹那,又把他从绞刑架那儿领开了,因为欣逢皇上生日,不能把他处以绞刑。要绞他的那一天正赶上皇帝老子生日。到第二天,皇帝过了生日后才把他绞死了。这小子还有更大的福气:第三天他得到了宽恕,对他进行复审,因为所有事实表明,这件案子原来是另外一个扬纳切克干的。好啦,只得把他从犯人坟地挖出来,给他恢复名誉,改葬到皮尔森天主教徒墓地。可是后来发现他不是天主教徒而是新教徒,结果又把他迁到福音堂墓地,后来……"

"后来我给你几个嘴巴子,"老工兵沃吉契卡说,"你这小子干吗净瞎编！人家正为军法处的审讯提心吊胆,他这个坏家伙倒悠闲自在。昨天叫我们去过堂时,他还在跟我解释风卷球②是什么。"

"这可不是我瞎编的。有个老太婆问潘鲁什卡·马捷依画家的仆人风卷球是个什么样时,他是这么跟这老太婆说的:'你拿一块干牛粪搁在碟子里,往上面浇点儿水,牛粪就会发绿。这也就是风卷球。'"帅克为自己辩护说,"我可没有编造这么一套胡说八道,可是我们一起去过堂,总得聊点什么吧,沃吉契卡,我只是想宽宽你的心！"

"还宽宽我的心哩,"沃吉契卡蔑视地吐了一口唾沫说,"人家满腹心事,只想着怎么摆脱这个倒霉运,出去找那些匈牙利小子算账,可他倒想用牛粪来安慰人。"

"如今关在这地方,我怎么找那班匈牙利小子算账？而且还得对人装蒜说假话,说我们一点儿也不恨匈牙利人。唉,我告诉你吧,这简直是活受罪！哼！有朝一日哪个匈牙利小子落到我手里,我要像掐小

---

① 原文为德语。出自席勒的巨著《华伦斯坦》三部曲。皮柯乐米尼父子是皇军统帅的部下。作品里描写了其子从拥戴统帅到杀死统帅的转变过程。这句话已成为德国人广泛流传的成语。其转意是："我们了解你们！"

② 一种草本植物。

牛崽子一样把他掐死！我叫他看看'上帝佑我匈牙利人'①是个啥样儿。我要跟他算账,让他忘不了老子。"

"咱们别操那么多心啦!"帅克说,"一切都会好起来的。要紧的是在法庭上永远别说真话。谁要是让人给哄骗住了,说了老实话,谁就准完蛋。如实招供决不会有半点好处。想当初,我在摩拉维亚的奥斯特拉发干活的那时节,那儿发生了这样一件事：一个矿工揍了一位工程师,当时只有他们两个人在场,别人谁也不知道这件事。他的辩护律师一个劲儿地要他别认账,他就啥麻烦也不会有。法庭庭长多方开导他,说是坦白了能从宽处理,可那矿工硬是顶住,就是不招认,结果屁事没有,把他放了：因为他证明当时自己并不在场,那天他到布尔诺去……"

"圣母马利亚,"沃吉契卡发火了,"我再也受不了啦,说这些有什么用,我不明白!昨天和我们一块儿过堂的也正是这么个人。军法官问他入伍前是干啥的,他回答说：'在克西什那儿送风。'搞了半个多钟头,军法官才弄清楚他是在克西什铁匠那儿拉风箱。后来又问他：'这么说,你是在他那儿帮工的?'他像聋子对话一样地回答说：'什么打更的？打更的是赫甫什家的弗朗达。'"

过道里响起了脚步声和巡逻兵的叫喊声："又来了一个。"②帅克高兴地说："我们的人又多些了。他们兴许还藏了点香烟头吧!"

门开处,一位志愿兵被推了进来,他就是曾经跟帅克在布杰约维策一起坐过禁闭车厢,后来分配到先遣连伙房的那一位。

"托耶稣基督的福,"他进来时说。帅克代表大家回答说："永远永远,阿门!"

志愿兵满意地看了看帅克,把随身带来的毯子放在地上,坐到捷克人那边的条凳上。然后,他松开裹腿,取出藏在里面的香烟分给大家。又从皮鞋里掏出火柴盒上的那块沙面和几根有意弄掉半截的火柴。

他划燃火柴,小心地点燃了香烟,又点火让大家都抽起烟来,这才

---

① 这是以前匈牙利国歌的第一句。
② 原文为德语。

毫不在乎地说:"我被指控煽动士兵造反。"

"这没啥了不起的，"帅克平静地说，"小事一桩。"

志愿兵说:"我倒要看看，我们靠各种各样的法庭，用这种办法是不是能把仗打赢。既然他们千方百计要跟我打官司，那就打吧。说到底，一场审判改变不了整个形势。"

"你是怎样煽动士兵造反的?"工兵沃吉契卡同情地望着志愿兵问道。

"我不愿打扫禁闭室的厕所，"他回答说，"他们把我带去见上校本人。那人可真是一头不讲理的猪！他冲着我直嚷嚷，说我是根据团的报告被关起来的，因此，我是个普通的犯人；又说他简直奇怪地球上怎能容得下我这种人，而且居然没有因为这样的耻辱而停止转动。他还说，我这个身为志愿兵、本该要求取得官衔的人的举止行为只能教我的上级讨厌和蔑视。我回答他说，地球不能因为有我这样的志愿兵而停止转动，自然规律比志愿兵的领章要有力得多。我倒要看看，谁有本事逼着我去打扫那个我根本不去拉屎的厕所，尽管我一天到晚在那猪圈一样的团队厨房里跟烂菜帮、膻羊肉打交道，完全有权到那个厕所去拉屎撒尿,可是我没去过。我还对上校说,他不懂为什么地球上容得下我这个人的观点也很奇怪,因为地球也并不会因为我而发生地震。上校听了我的话,气得好像一匹吃了辣甜菜的母马,咬得牙齿格格响,并对着我嚷道:

"'你到底扫不扫厕所?'

"'不行,什么厕所我也不扫。'

"'不行!你给我扫,你这个志愿兵油子!'

"'不行,我就不扫!'

"'操你妈,你不仅要扫一个,而且要扫一百个厕所!'

"'报告,上校先生,我不仅不扫一百个,连一个也不扫。'

"就这么'你扫不扫'——'我不扫'地顶个没完。'厕所'一词好像帕沃拉·毛德拉①为幼儿写的绕口令似地在我俩的嘴上抛过来抛过去。上校发疯似地在办公室里来回窜着,最后他坐下来对我说:'你好好考虑一下吧,否则我要把你以叛乱罪解送师军法处惩处。你别以为你是这场战争中第一个挨枪毙的志愿兵。在塞尔维亚,我们已经绞死了两个十连的志愿兵,枪毙了九连的一个志愿兵。为什么?就因为他们顽固到底。那两个被我们绞死的,是因为他们不肯杀死一个"丘热克"②的老婆和儿子。九连的那个志愿兵是因为他借口说脚肿了,是个平板脚,不肯往前行军。那么你到底是扫厕所还是不扫?'

"'报告,上校先生,不扫!'

"上校望着我,问道:'喂,你莫不是亲斯拉夫分子吧?'

"'报告,上校先生,我不是。'

"随后把我带走了,还宣布我犯了叛乱罪。"

帅克说:"你最好是装白痴。我被关在警备部拘留所时,有一个机灵人,一个有文化的商业学校的教师,跟我们关在一起。他是从前线开小差逃回来的,他们本想开庭审他,判处绞刑,杀一儆百;可是他轻而易举地溜掉了。他开始装做有严重遗传的毛病,当参谋部医生检查他的

---

① 帕沃拉·毛德拉(1861—1936),捷克女作家。
② 塞尔维亚游击队员。

身体时,他声明说他并没有开小差,他只是从小就爱漫游,老想跑得远远的。说有一次跑到汉堡才清醒过来,另一次跑到伦敦才明白过来,他自己都不知道是怎么跑去的。他父亲是个酒鬼,在他出生以前不久自杀死了。他母亲是个妓女,成天喝得醉醺醺的,得酒狂症死了。他大姐是淹死的,二姐是卧轨死的,哥哥是跳维舍堡铁路桥死的。他爷爷杀了自己的老婆,往自己身上淋上煤油自焚了;他的第二个奶奶跟着吉卜赛人到处流浪,后来在牢里吃火柴毒死了;他表兄因为纵火案几次判刑,后来在卡尔托乌兹①用一小块玻璃抹脖子死了;他表姐在维也纳从六层楼上跳下来死了。他自己没人教养,到十岁还不会说话,因为他刚刚六个月的时候,家里人便把他拴在桌子上,听之任之,结果一只猫把他从桌子上拽了下来,摔坏了脑袋。所以他经常犯头疼病,一头疼他就不知道自己在干什么。他就是在这种情况下离开前线,到布拉格,直到宪兵在'斑点'②啤酒店把他逮捕了,他才清醒过来。老兄,你知道检查他的人多想让他退伍啊。和他关在同一间牢房里的有五六个当兵的,他们把他的家谱都这么记在一张小纸片上:

父亲是酒鬼,母亲是妓女。

Ⅰ姐(淹死)

Ⅱ姐(卧轨)

哥哥(跳桥)

爷爷杀老婆、煤油、自焚

Ⅱ奶奶(吉卜赛人、火柴)等等

"他们当中有一个人也开口对军医编这么一套。这是第三个这么编的了。因此还没等他说到表哥如何如何,军医就打断他的话说:'你表姐在维也纳从六层楼上跳下来摔死了,你自己没人教养,那就让囚犯连来改造你吧!'于是把他带到监狱里,给他上了'绞麻花'的大刑,他马上就不瞎说什么没人教养、父亲是酒鬼、母亲是妓女,他宁可自动上前线去了。"

---

① 离捷克伊琴城不远的一座大监狱。
② 布拉格甚负盛名的老啤酒店。

"可是如今，"志愿兵说，"军队里谁也不信遗传病这一套，因为要是一信这玩意儿，那就得把所有总司令部的人都关进疯人院去。"

这时，钥匙在锁孔里响了几下，看守走了进来：

"步兵帅克和工兵沃吉契卡去见军法官先生。"

他们起身了，沃吉契卡对帅克说："你瞧他们这些混蛋，天天过堂，老是没结果！他妈的还不如给爷儿们判了刑，免得折腾个没完没了。咱们一天到晚就这么滚来滚去，让他们这些匈牙利小子在旁边打转转，真不是滋味儿……"

师部军法处审讯厅是在这座房子的那一面。在去审讯厅的途中，工兵沃吉契卡跟帅克讨论他们究竟什么时候得到真正的裁判。

"老是讯问来讯问去，"沃吉契卡愤愤地说，"问出个什么名堂倒也罢了。公文写了一大堆，叫人在铁笼子里都快腐烂了，可是连个真正的裁判都见不着。喂，你倒是跟我直说好了，是能喝到他们的清汤寡水？还是能吃到他们的白菜拌冻土豆？他妈的，这么一场混蛋的世界战争我还从来没见过哩，我想象的完全是另外一种样子。"

"我倒是心满意足，"帅克说，"好些年前，我还在服役的那时节，我们的军需上士索贝拉对我们说，'在战争中，每一个士兵都必须意识到自己的责任！'说这话的时候，就给你一耳光，叫你永世难忘！还有那个死掉了的克瓦塞尔上尉，他来检查我们的枪支时，总要给我们训一通话，说士兵不应该有感觉，因为士兵只是一群牲口，国家喂养他们，给他们咖啡喝，给他们烟抽，他们就该像牛一样地为国家去卖命。"

工兵沃吉契卡思索了一会儿，对帅克说：

"帅克，等会儿在军法官那儿，你可别慌张，你上一次过堂时怎么说的，现在就怎么说好了。要不，我就要崴泥啦。要紧的是说，你亲眼看见那些匈牙利小子先向我进攻。不管咋说，我们在这场乱子里可是患难与共啊！"

"啥也别怕，沃吉契卡，"帅克安慰他说，"只管放心好了，千万别发火。在军法处受审算得了什么？要让你看看从前军事法庭的活动那才好哩。有一个叫赫拉尔的教员在我们那儿服役，有一次，我们全排都被禁闭在兵营里，不准进城，他坐在行军床上跟我们谈起在布拉格博物馆有一本记载马利亚·德莱齐亚①时期这种军事审判情景的书。里面说每一个团都有刽子手,专管杀本团士兵的头,挨个挨个的来,杀一个头领一个德莱齐亚金币。据这本书记载,这种刽子手有时候一天能挣五个金币。"

"当然啰,"帅克郑重其事地补充说,"那时候的团要大些,老从乡下拉人来补缺。"

"我在塞尔维亚的时候,"沃吉契卡说,"我们旅里每逢绞死'丘热克',都发给刽子手香烟。绞死一个男的奖十支'运动牌'香烟,绞死一个女的或小孩奖五支。后来军需部为了节约开支,就把他们赶到一块儿枪毙。有一个跟我在一块儿当兵的吉卜赛人就是干这一行的。这事我们好长时间一直不知道。只是感到奇怪,干吗办公室老是在深夜里把他叫去。那时我们驻扎在德里纳河。有一次夜里,等他走了之后,有人忽然想起去翻翻他的行李,发现这小子在背囊里有三盒'运动牌'香烟,每盒一百支。那小子天亮时回到了我们住着的仓库,我们给他开了一个短短的审判会:把他推倒在地,有一个叫巴洛乌的用皮带使劲地勒他。那小子那口气拖得可够长的。"

老工兵沃吉契卡吐了一口唾沫说:"怎么勒他也不肯死。屎尿都勒出来了,眼睛也鼓出来了,像一只刀子下得不是地方的公鸡一样不肯断气。我们就把他当猫一样地折腾了一番:两个拽头,两个拽脚,用绳子缠住他的脖子,然后把他的背囊连同装着的香烟套在他身上,扔进了德里纳河。谁愿抽这种脏烟!第二天早上他们到处找他。"

"你们应该去报告说他开了小差嘛,"帅克深谋远虑地发表评论说,"就说他早就准备这样干了:天天说他会失踪的。"

"可谁能想得这么周到啊,"沃吉契卡回答说,"我们忙着自己的事儿,对别的事就顾不上去操心了。事情很简单:每天都有人失踪,他们也没到德里纳河去打捞。一个被水泡肿的'丘热克'和我们那位肢体残缺的预备兵一道顺着德里纳河漂到多瑙河去了。有些没经验的人初次见到这情景,差点儿吓得发高烧打起摆子来。"

---

① 马利亚·德莱齐亚,一七四〇至一七八〇年的奥国女皇。

"应该给这些人吃点儿奎宁。"帅克说。

他们刚走进师部军法处办公室的那座房子,哨兵马上把他们带到第八号办公室去了;军法官鲁勒坐在一张堆了许多公文的长桌子后面。

他面前放着一本什么法典,法典上放着一杯还没喝完的茶。桌子右边摆着一个假象牙的十字架,钉在十字架上的满是尘土的耶稣像绝望地望着十字架的底座,那上面尽是烟灰和香烟头。

军法官鲁勒这时用一只手在十字架的座子上掐灭着烟头,用另一只手端起那杯茶,茶杯和法典的封皮沾到一块儿了。

他把茶杯从封皮上拿开之后,接着翻起从军官俱乐部借来的一本书。

书的作者为弗斯·克劳斯,书名很引人入胜:《关于性的道德发展史的研究》①。

他正出神地看着书上男女生殖器的活灵活现的图解和弗斯·克劳斯学者在柏林西火车站厕所里发现的与图解相应的诗句,根本没注意到有人进来。

工兵沃吉契卡一声咳嗽才把他的注意力从图中转移开来。

"什么事?"②他问道,一面接着翻看其他的图像、素描和速写。

"报告,军法官先生,"帅克回答说,"我的伙计沃吉契卡着了凉,眼下正咳嗽着。"

现在军法官鲁勒才抬头望了望帅克和沃吉契卡。

他竭力装出一副严厉的样子。

"你们磨磨蹭蹭到底还是来了,"他翻着桌上那一大堆文件说,"我叫你们九点来,眼下都快十一点了。"

"你怎么站的?畜生!"他向胆敢用稍息的姿势站着的沃吉契卡问道,"我叫'稍息'的时候,你再随便地站着嘛。"

"报告,军法官先生,"帅克又说了,"他的风湿症犯啦。"

"闭上你的臭嘴!"军法官鲁勒说,"等我问你的时候,你再回答。你已经在我这儿过了三次堂啦,老爱说废话。这个案卷哪去啦?你们

---

①② 原文为德语。

这些该死的东西！净给我添麻烦！平白无故地给军法处添麻烦，对你们不会有好处的。"

他从一大堆公文里抽出一个标明《帅克和沃吉契卡》①的厚厚的卷宗，说道：

"你们休想借一次无聊的斗殴事件赖在师部军法处，把上前线的日子躲过。为你们的事我还得给军部军法处打个电话。你们这些笨蛋！"

他叹了一口气。

"别装出那副正经相，帅克，等到了前线你就不会有兴趣去跟匈牙利民兵打架了，"他接着说，"现在你们的案子撤销了，你们各自回到自己的部队去，在那里接受纪律处分，然后就跟先遣连上前线去。你们要是再落到我手里，你们这些杂种，我就要把你们教训得高兴不起来了！这是给你们的释放令，好生拿着。把他们带到二号室去。"

"报告，军法官先生，"帅克说，"我们一定牢记您的话，多谢您的恩

---

① 原文为德语。

情。按老百姓的说法,我真想称您为大善人。同时我们俩都得再一次请您多多原谅,我们给您添了这么多的麻烦。我们真过意不去。"

"快给我见鬼去吧!"军法官朝着帅克大声吼叫起来,"要不是施雷德上校替你们说情,真不知道你们会落个什么样的下场。"

当卫兵把他们领往二号室,到了过道上时,沃吉契卡才明白过来是怎么回事。

领着他们的那个士兵,直担心自己赶不上午饭,所以说道:

"喂,走快点吧,小伙子,慢得跟虱子爬似的。"

沃吉契卡要他少废话,说幸亏他是捷克人,要是匈牙利人,早把他像咸青鱼一样撕碎了。

因为办事员都离开办公室吃午饭去了,所以押送他们的士兵只得暂时把他们领回军法处的牢房里去,气得他把天下的师部办事员统统骂遍了。

"伙计们又会把我那份汤里的肉片捞个精光的,"他垂头丧气地说,"只给剩点儿筋了。昨天我也是押送两个人到营房去,有人就把我那份口粮吃去了一半。"

"你们军法处的人一心只想着吃。"沃吉契卡说,这时他已完全恢复了元气。

当帅克和沃吉契卡把了案的情况告诉志愿兵时,他高呼道:"这么说,朋友们,你们要到先遣连去啦,跟捷克旅游杂志上写的一样,'祝你们一路顺风'。出发的准备工作已经做好了。我们有名的管理处的长官们想得可周到啦。你们是分派到加里西亚去的,高高兴兴、轻松愉快地上路吧!到那即将成为你们战壕的地方,尽情抒发你们爱慕之情吧。那是个风景优美,极其有趣的地方。你们在遥远的异乡将会感到如同在家里一样,如同在故乡一样。你们将怀着崇高的感情踏上通向这些地方的路程。关于这些地方,老贡博尔德①曾经说过:'在世界上我从未见过比加里西亚这不像样的地方更壮丽的了。'我们百战百胜的军队在第一次远征时期从加里西亚败退时取得的大量宝贵经验,是我们

---

① 贡博尔德·亚历山大(1769—1859),德国著名的自然学家与旅行家。

制订第二次远征纲领的指路明星。勇往直前地向俄国挺进,高高兴兴地把所有的枪弹都朝天放掉吧。"

午饭后,在帅克和沃吉契卡去二号室之前,那位因写了虱子诗而倒霉的教员进来,把他们两个叫到一边悄悄地说:"别忘了,等你们到了俄国那边,就马上用俄国腔对俄国人说:'你们好啊,俄国兄弟,我们是捷克弟兄,不是奥地利佬。'"

他们一走出军法处牢房,沃吉契卡突然想要示威性地表示一下他对匈牙利人的仇恨,并且表明逮捕并没使他屈服,使他的信念动摇,于是便踩了一下那个不想当兵的匈牙利人的脚,还对他嚷嚷说:"把鞋穿上,你这兔崽子!"

后来工兵沃吉契卡又很扫兴地对帅克说:"他该对我说点什么,回敬我一句就好了。那我准把他的猪嘴撕到耳朵根儿上。可是这笨小子一声不吭,还任人家踩他的脚。他妈的,帅克,我没给判上刑,心里真憋气啊!似乎人家都在笑话咱们:跟这些匈牙利小子干仗是一钱不值的。可是我们打得跟狮子一样勇猛啊。都是因为你把事情弄糟了,所以才没判咱俩的刑,给了咱们这么个证明,活像咱们不会打架似的。他们对咱们会怎么想呢?其实咱们干得也够漂亮的。"

"我的亲爱的,"帅克好心地说,"我真闹不明白,军法处正式承认咱俩是绝对守规矩的人,毫无挑剔的意思,你怎么还不高兴呢?不错,我在受审时瞎编了一通,可这是必须的呀,巴斯律师对他的委托人总是这样说的。军法官问我们为什么闯到卡柯尼先生家里去,我就对他说:'我想,假如我们常去卡柯尼先生家串门,就能大大增进彼此的了解。'军法官后来就再也没问我什么,这就已经足够足够了。"

"你只管记住,"帅克想了想接着说,"在军事法庭上你什么也不能承认。我关在警备司令部拘留所的时候,隔壁牢里有个当兵的认了罪,其他难友知道之后,狠狠说了他一顿,硬让他翻了供。"

"我要是干了什么不光彩的事,那我可以死活不认账,"工兵沃吉契卡说,"可是军法官那家伙开门见山问我:'你打架啦?'我说:'嗯,打架啦。'他又问:'你折磨人了吧?'——'是,军法官先生。'——'你打伤人家了吗?'——'当然啰,军法官先生,'我要让他明白,他是跟个什

么样的好汉在说话。可是我们却被他们释放了，真丢脸！那个法官好像不相信我用皮带抽那些匈牙利流氓，把他们打得鼻青脸肿似的。你是当场亲眼看见三个匈牙利小子一下扑到我身上，不一会儿工夫我便让他们在地上滚作一团，把他们踏在脚下了；可事过之后，却让这个草包军法官停止了对咱们的审讯。这就好比对我说：'你们上哪个茅屎坑去拉屎？闲得没事来打架！'等打完仗，我退了伍之后，要是在哪个地方让我找到了这畜生，我就要让他看看我们到底会不会打架，然后就到这个基拉利希达来打一场空前的大架；所有的人都得躲进地窖，只听人说，我是来看望看望基拉利希达的这帮流氓无赖、这帮混账东西的。"

在办公室里没费什么劲就办完了手续。一位刚刚吃完午饭的军士，嘴上还满是油腻，带着一副非常庄严的神情把证件交给帅克和沃吉契卡，并且也不放过机会对他们发表一通演说，嘱咐他们要保持军人气概。他是出生在西里西亚的波兰人，讲着一口地方音很重的波兰话，里面夹杂着不少文雅的粗话，比如："啃胡萝卜的"，"笨腌鱼卷"，"梅花七","脏猪"和"我们要往你的月亮脸上揍几个耳光"。①

帅克和沃吉契卡,将要分道扬镳。分手时,帅克对沃吉契卡说:"一打完仗就来看看我吧。每天晚上六点钟起你都能在战场街的'杯杯满'酒家找到我。"

"知道了,我一定来,"沃吉契卡回答说,"那儿会有什么热闹事儿吗?"

"那儿每天都要闹点事儿,"帅克应诺说,"要是太安静的话,那咱们自己再干点什么。"

两个朋友分手了。当他们相距颇有一段距离时,老工兵沃吉契卡在帅克身后喊道:"等我到你那儿的时候,你一定要想办法找点什么好消遣的啊!"

帅克放开嗓门回答道:"打完仗之后,你一定要来呀!"

后来彼此越走越远了,好一会儿之后从第二排楼房的拐角处还传来了沃吉契卡的声音:"帅克,帅克,'杯杯满'酒家的啤酒怎么样?"

---

① 带西里西亚地方音的波兰语。

帅克的声音像回音一样地回荡着：

"是名牌货。"

"我以为是斯米霍夫产的啤酒哩！"工兵从远处喊道。

"那儿还有姑娘哩！"帅克喊道。

"那么打完仗,晚上六点钟见！"沃吉契卡喊道。

"你最好还是六点半来,万一我在哪儿耽搁了呢。"帅克回答说。

然后,隔了老远,沃吉契卡又嚷着："你不能想法六点钟到吗？"

"好吧,我六点钟赶到。"沃吉契卡听到了朋友从老远处传来的回答。

好兵帅克就这样和老工兵沃吉契卡分手了。

"朋友们在分手的时节,总是满怀希望地悄声细语说一声'再见'。"①

---

① 原文为德语。

第五章　从利塔河畔摩斯特到索卡尔

卢卡什上尉在十一先遣连办公室踱来踱去,心情十分烦躁。这是连队营房里一个光线阴暗的小房间,是用木板从过道里隔成的。办公室里有一张桌子、两把椅子、一罐煤油和一块床垫。

军需上士万尼克站在卢卡什上尉面前。他在这间办公室里编造士兵军饷花名册,结算士兵伙食账目,总之,他是全连的财政部长,整天都呆在这里,晚上也睡在这里。

门口站着一个大胖子士兵,留着一脸浓密的大胡子,活像克拉科诺什①,这就是给上尉新调来的勤务兵巴伦,入伍前原是捷斯基克隆洛夫

---

①　克拉科诺什是神话传说中的山神,住在克拉科诺什群山中。

地方的磨坊主。

"你可真给我找了一个出类拔萃的勤务兵,"卢卡什上尉对军需上士说,"衷心感谢你送给我这样一份意外的礼物!头一天派他到军官食堂替我领午饭,他在路上就吃去了一半。"

"怪我洒了点儿。"那彪形大汉说。

"好,就算是你洒了,也只能把汤或者肉汁洒了,总不能把红烧肉也洒了吧。可是你给我带回来的那块肉只够盖住一块小指甲。还有,你把苹果烤肉卷弄到哪儿去了?"

"我……"

"赖是赖不掉的,是你吃掉了!"

卢卡什上尉讲最后那句话时,神色是那么严厉认真,巴伦不由得倒退了两步。

"我已经问过伙房,知道今天午饭吃的什么了。是肝泥丸子汤。你把丸子弄到哪儿去了?是在半道上把它捞出来吃了吧。还有牛肉和酸黄瓜。你把它怎么处理了?也被你吃掉了。两块红烧肉,你只给我拿来半块,对不对?两块苹果烤肉卷,哪儿去了?也给你吃了,你这头坏透了的脏猪!你说啊,你把苹果烤肉卷弄到哪儿去啦?什么?掉到泥里去了?你这该死的混蛋,你能把那掉苹果烤肉卷的泥巴地指给我看吗?什么?当时恰巧有一条狗跑来把它叼走啦?我的上帝,我的耶稣基督!我真想扇你几耳光,把你这张嘴脸打得肿成个大水桶。吃了还不认账,你这脏猪!你知道谁瞅见你了吗?军需上士万尼克。他亲自来对我说:'报告,上尉先生,你的那头馋猪巴伦在吃你的午饭啦。我从窗口往外面一望,看见他一个劲儿正往嘴里塞,好像一个礼拜没吃过东西似的。'我说,军需上士,你真的不能给我找一头好一点的牲口来代替这兔崽子吗?"

"报告,上尉先生,我觉得巴伦是咱们先遣连里最老实的士兵哩。他是个榆木疙瘩,刚刚学完的枪法他转眼就忘得一干二净。要是给他一杆枪,他准会闯祸。上回练习射击时,他差点儿把旁边一个人的眼睛射着了。我想,像勤务兵这类差事他总该干得了吧。"

"每天都把他长官的那份午饭吃掉!"卢卡什上尉说,"仿佛他自己那份口粮还不够他吃似的。喂,现在,我想,你该已经吃饱了吧?"

"报告,上尉先生,我老觉得饿。谁要剩了块面包,我就拿香烟跟他换来吃,可还总是不够,我天生就是个大肚汉。我总以为我现在该吃饱了,可是没有!过了一会儿,又像好久没吃饭似的,肚子咕噜咕噜直叫。您听,这鬼肚子又叫起来了。有时候我以为的确是够了,再也吃不下什么了。可是不!一瞧见谁在吃东西,或者只要闻到点香味儿,我的肚子马上就像灌过肠、洗过胃似的饿得要命,恨不得将一把铁钉子咽下去。报告,上尉先生,我已请求配给我两份口粮,为这事儿我在布杰约维策找过团的军医官,他不但没批给我两份口粮,反而给我开了三天病号饭,一天只给我一小碗清水汤喝。他说:'我叫你小子饿个够,你只要再来一次,我准叫你离开这儿时变成一块干木片儿。'上尉先生,我不但看见什么好吃的,就是瞧见一般能吃的东西,我都馋得难受,直流口水。上尉先生,我求求你批给我两份口粮吧!如果不给肉,至少给我两份主食:土豆、馒头片,再给一点儿煮肉汁,肉汁总会有一点儿剩的……"

"好啦,我把你这番厚脸皮的话听完啦,巴伦!"卢卡什上尉回答说,"军需上士,你什么时候见过像他这么厚脸皮的士兵吗?把我的午饭给吃了,还想要我批给他两份口粮。我叫你尝尝味道,让你饿个够,巴伦!"

"军需上士,"他转过身对万尼克说,"你把他带到魏登霍费尔班长那里去,让班长在发红焖牛肉的时候把这家伙绑在伙房门外的院子里,绑他两个钟头。绑的高度要恰好让他脚尖着地,并且看得见锅里焖肉的情景,你让他们这么办:等伙房里分发红焖牛肉时,还要把这混蛋绑在那里,让他馋涎直流,像饿狗见了香肠铺一样。告诉伙伕,把他的一份分给别人。"

"是,上尉先生。巴伦,咱们走吧。"

他们正要走开时,上尉在门口把他们拦住了,眼睛盯着吓坏了的巴伦的脸,得意洋洋地说:"这一下可美了你啦!巴伦,祝你好胃口!你要是再敢偷嘴,别怪我不客气,把你送到战地军法处去。"

当万尼克回来报告说:巴伦已给绑上了时,卢卡什上尉说:"你是了解我的,万尼克,这种事儿我本来是不愿意干的,可又没办法。第一,你得承认,就是一只狗的骨头被抢走了,它也要汪汪叫几声呀。我不愿意身边有这么个下贱的东西。第二,绑了巴伦,这样做对全连在道德上和心理上都有很大的教育意义。近来弟兄们一派到先遣营,想到明天或者后天就得上前线,他们就肆无忌惮,为所欲为。"

卢卡什上尉神色疲惫、有气无力地接着说:"昨天举行夜间演习时,我们应当朝着糖厂后面的志愿兵军校行进。第一排是前锋,因为是我亲自领着,在公路上行进时还算是保持着安静;第二排是左翼,应当在糖厂附近散开,执行巡逻任务,可是他们像郊游归来似地走着,有的唱歌,有的跺脚,吵得连营房里都听得见。第三排的任务是右翼,勘察森林附近的地形。这一排离我们有十分钟的路程,可是就连这么远也能看见这些小子在抽烟:到处是火光点点。第四排本是后卫,天晓得是怎么回事,它突然出现在我们前锋的前面,因此被我们当成了敌军,我只得在朝着我们挺进的我方后卫面前退下来。这就是我接手的十一先遣连的情况。我拿这个部队有什么办法!真上了火线,他们会是个什么样儿呢?"

在说这些话的时候,卢卡什上尉祈祷似地合着手,神情苦恼,鼻子尖儿翘得老高。

"上尉先生,您就别为这些事儿难过了,"军需上士万尼克竭力安慰他说,"别伤这份脑筋。我已经呆过三个先遣连了,全都是这么个德性,得改组才成。所有这些先遣连都是一模一样,哪个也不比您这个连好些,上尉先生。最坏的要算九连。从连长到士兵一起都送上门去当了俘虏。我算是保全了性命,因为那次我正好到团里去为我们连领罗姆酒和葡萄酒,他们没等我就出发了。"

"您不知道吗,上尉先生,您刚才说的那个后卫队,在最近一次夜间演习的时候,一个志愿兵教导队迂回咱们连,可是迷了路,竟朝聂齐德尔湖①开去,走到拂晓时陷进了沼泽地。这支部队是扎格纳大尉亲自率领的哩。要不是天亮了,他们准会一直走到绍普隆去的!"津津乐

---

① 在匈牙利境内。

道这类事情的军需上士接着用神秘口吻说;这类事儿没一件不在他注意之中。

"您知道吗,上尉先生?"他说,暧昧地对卢卡什眨眨眼,"扎格纳大尉先生就要升任我们先遣营的营长啦!据参谋部军需官黑格纳说,起先是想让您当营长的,因为您是我们这儿资格最老的军官,可是后来好像是师部有命令给旅部,任命扎格纳大尉当营长。"

卢卡什上尉咬了一下嘴唇,点燃一支烟。这事儿他早已知道,而且认为这样对待他是不公道的。扎格纳大尉已经两次越过他晋升了。可是他只说了一句:"不关扎格纳大尉的事……"

"我心里对这事也不平,"军需上士亲昵地说,"参谋部军需官黑格纳对我说:'战争刚开始的时候,扎格纳大尉先生想在黑山一带露一手,竟冒着敌人机枪扫射,自投罗网地把自己的人一个连接一个连地赶到塞尔维亚阵地上去。'步兵开到那儿一点用处也没有,因为只有炮兵队才能打得着石崖上的塞尔维亚人。结果整整一个营只剩了八十人;扎格纳大尉自己的一只手臂也给打伤了。后来在医院里还患了一场痢疾,再后来就到布杰约维策我们团来了。听说他晚上在军官俱乐部演讲,说他盼望上前线,即使牺牲掉整个先遣营,也要大显一番身手,挣个'奖章'①。他说虽然在塞尔维亚碰了一鼻子灰,可这一次,要么与整个先遣营一起战死沙场,要么自己晋升中校,而先遣营就得受点磨难。我想,上尉先生,这种冒险行为也会牵连到我们的。前不久参谋部军需官黑格纳说,您跟扎格纳大尉处得不大融洽,他会首先把我们十一连派到火线上最危险的地段去。"

军需上士叹了一口气,又说:"我认为,在这种战争里,军队这么多,战线这么长,只有一种良好的机动战术才会比这种毫无希望的进攻更能取得成效。我在第十先遣连的时候,在杜克拉山口②一带我就看到了这一点。那一次,一切都进行得很顺利,来了一道'不许开枪!'③的命令,我们就不开枪,等着俄国人靠近我们。我们本可以不开火就把他们俘虏的,但我们的左翼是'铁苍蝇',这些草包民团吓成这个样子,一说是俄国人离我们越来越近,他们便顺着雪地滑下山坡逃掉了。我们得到命令,说俄国人截断了我军左翼,我们必须驰援旅部。当时我正好在旅部办理连队军粮账目事宜,我找不到我们团的辎重队了。这时,第十先遣连的弟兄开始一个个地来到旅部。到晚上,一共来了一百二十人,其他的人据说撤退时迷了路,顺着雪地,像蹬着滑雪板一样滑到俄国人的阵地上去了。我们可是担惊受怕啊,上尉先生,俄国人在喀尔巴阡山的山上山下都有了阵地。后来,上尉先生,扎格纳大尉……"

"别老跟我唠叨扎格纳大尉了!"卢卡什上尉说,"这我都知道。你别以为接火的时候,你又有什么机会到仓库去领罗姆酒和葡萄酒。已经有人提醒我说你是个酒桶。只要看看你这只红鼻子,马上就知道你是个什么货色。"

"这都是在喀尔巴阡山得的,上尉先生。在那儿非喝酒不可:饭送到山上全凉了,战壕挖在雪地里,又不准生火,我们只得靠罗姆酒暖暖身子。要是没有我,大家就会落得跟别的连一样,连罗姆酒都喝不上,

---

① 原文为拉丁文。
② 喀尔巴阡山的一个隘口,第一次世界大战中捷俄军队在该地进行过激战,捷军二十八团全军为俄军所俘。
③ 原文为德语。

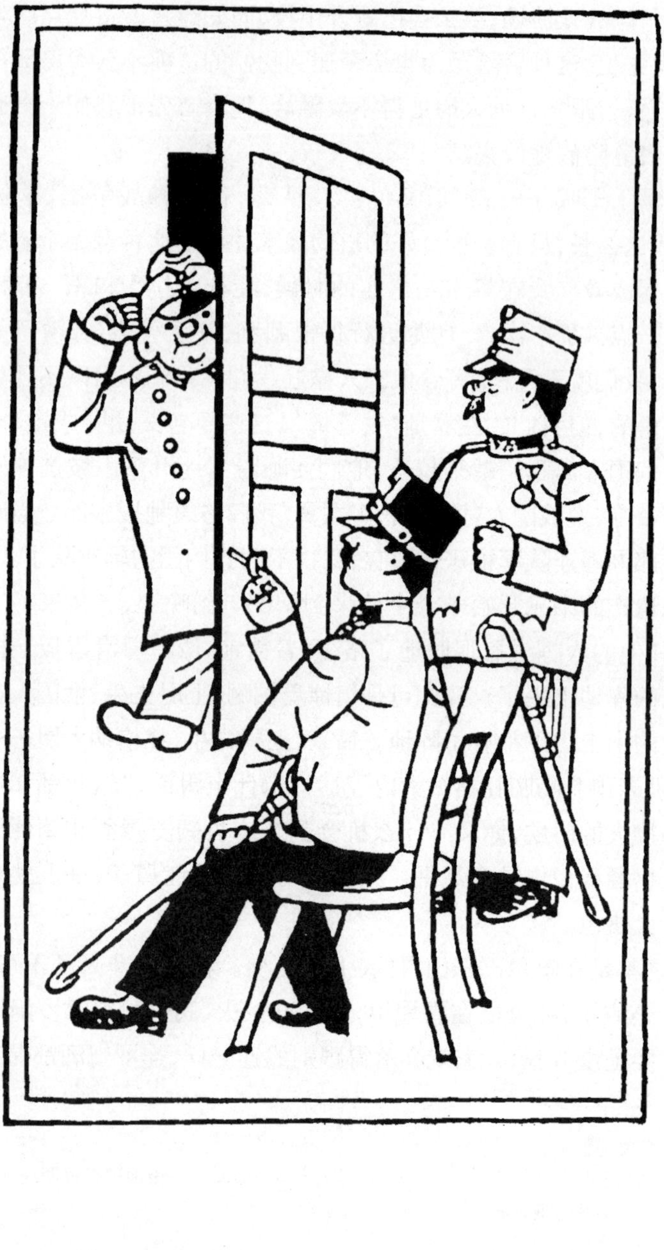

人都给冻坏了。罗姆酒把我们的鼻子弄红了,这确有它不利的一面,因为营部有令,红鼻子士兵得派出去侦察敌情。"

"现在冬天已经过去了。"上尉意味深长地说。

"可是,上尉先生,罗姆酒也跟红葡萄酒一样,在阵地上一年四季总是必不可少的东西。可以这么说:酒能提神。一个士兵,只要肚子里装上半瓶葡萄酒,四分之一公升罗姆酒,他就敢同任何人交战……哪个畜生又在敲门,难道他没看见门上写着请勿敲门①吗?"

"请进!"②

卢卡什上尉把椅子转向门口坐着,看见门慢慢地、轻轻地打开。好兵帅克同样轻轻地走进十一先遣连办公室,在门口行了个军礼。显然他在敲门的时候就已看到门上的"请勿敲门!"的字样了。

他行举手礼时使人一眼就看到他十分心满意足、无忧无虑的面容。他那副样子活像一个穿着奥地利步兵的简朴军服的希腊盗窃神。

好兵帅克以他亲切的目光拥抱和亲吻着卢卡什上尉,上尉看到帅克这副神气,立刻阖上了眼。

他的神情,大概很像那个归家的浪子见到他的父亲为他宰羊时的模样儿。

"报告,上尉先生,我又回来了,"帅克在门口说这话时的坦率和自然,使卢卡什上尉猛地清醒过来。自从施雷德上校通知他,要把帅克送回来由他使唤的那天起,卢卡什每天都在暗地里盼望这个会面的日子晚些到来。每天早上上尉都在想:"今天他不会来了。说不定他又出了乱子,人家又把他扣住了。"

可是,上尉的这些想法被帅克那敦厚纯朴的一个照面给打消了。

这时,帅克看了军需上士万尼克一眼,转过身来,从军大衣口袋里掏出证件笑嘻嘻地递给他:"报告,军需上士先生,这是团部给我开的证件,说都得交给您。这是我的军饷和军粮关系文件。"

帅克在十一先遣连办公室里的举止动作如此随便,仿佛他是万尼克最要好的朋友似的。可是万尼克对此只简单地说了一句:

---

①② 原文为德语。

"把这放在桌上。"

"军需上士,"卢卡什上尉叹着气说,"让我同帅克单独谈一下。"

万尼克走了出去,站在门外窃听他们说些什么。

开头,他什么也没听见,因为帅克和卢卡什上尉都一言不发,只是久久地对视着,互相仔细打量着。卢卡什上尉望着帅克,好像要用催眠术把他催眠似的,又像一只站在小鸡面前的大公鸡,准备向他扑去。

帅克却一如既往,憨厚而谦恭地望着卢卡什上尉,像是要对他说:"咱们又在一起了,我的心肝。现在再也没有什么能把我俩分开了,我的小鸽子!"

卢卡什上尉好久没吭声,帅克的眼睛似乎在深情地哀求他:"你说话呀,我亲爱的,说出来呀!"

卢卡什上尉用带刺儿的客套话打破了难以忍受的沉默。

"十分欢迎你呀,帅克!谢谢您来看望我。想想看,我们长久盼望的贵客终于光临了。"

可是他控制不住自己,积压多日的气愤化成狠狠的一拳捶在桌子上。墨水瓶跳起来,墨水洒在《军饷花名册》上。

与此同时,卢卡什上尉也跳了起来,逼近帅克,大声吼道:"畜生!"接着,他开始在这间狭长的办公室里来回走着,每从帅克身边走过一次就啐一口唾沫。

"报告,上尉先生,"帅克说,这时卢卡什继续在办公室来回走着,走近桌子时总是抓些纸团子,气冲冲地把它扔到屋角里去。

"我完完整整地替您把那封信送去了。我幸运地找到了卡柯尼太太。我可以说,她是个很漂亮的女人,虽然我看到她的时候她正在哭……"

卢卡什上尉在军需上士的铺位上坐下来,用嘶哑的嗓子嚷道:"你这股傻劲要到哪一天才会有个完哟,帅克?"

帅克像没听见上尉说话一样,继续说:"后来我在那儿的确碰到了一点小小的不愉快,可是我把责任全揽到自己身上了。他们自然不相信是我给那位太太写的信。为了销赃灭迹,审讯时,我就把那封信一口咽下去了。后来,纯粹是出于偶然(我没法作别的解释),我给卷进了一场小小的纠纷里去,就连这场官司也给我顺利地摆脱了。他们承认我没有错儿,把我发配到团部,在师军法处就撤了这案子。我在团部等了几分钟,上校来了。他稍微训了我几句,就叫我马上到您,上尉先生,这儿来报到,作连的传令兵。此外,上尉先生,还要我转告您,请您马上到他那儿去处理有关先遣连的事情。这是半个多小时以前的事。可是

上校先生不知道他们还要把我带到团部去等上一刻多钟,因为还得补发我这一阵子的军饷。这笔军饷应当由团部发给我,不该由先遣连发,因为是团部把我关起来的。那儿什么都给弄得乱七八糟,把人都要搞糊涂了……"

卢卡什上尉听说他在半个钟头以前就该去见施雷德上校,连忙穿好衣服,说:"帅克,你又替我干了件好事!"他说话的口气是这样的沮丧,使帅克也想要说几句友好的话安慰他一下。当卢卡什上尉奔出门口的时候,帅克在他的身后喊道:"没关系,上校先生会等您的,他反正没有什么事儿可干。"

上尉走了没多久,军需上士万尼克走进屋来。

帅克坐在一张椅子上,对准敞开的炉门一块块地往火炉扔煤。炉

子冒着烟,烟味熏人。帅克不理会军需上士站在一旁望着他添煤,仍然聚精会神地扔着煤块儿。军需上士猛地踢了炉门一脚,并且叫帅克滚出去。

"上士先生,"帅克不卑不亢地说,"请允许我向您申明:即使我非常愿意,我也不能遵照您要我滚出去的命令,因为我只服从顶头上司的命令。"

"我现在是连部传令兵,"帅克自豪地补充说,"我是施雷德上校先生派到十一先遣连卢卡什上尉先生这儿来的。我原先给卢卡什上尉先生当过勤务兵,可是现在,由于我生来见多识广,我已经提升了,当了传令兵。我和卢卡什上尉先生已经是老朋友了。上士先生,战前您是干什么的?"

军需上士万尼克对好兵帅克这种亲昵的声调感到甚为惊愕,竟忘了摆出他在连队士兵们面前常摆的那副官架子,倒像是帅克的下属一样地回答他说:

"我是在卡拉鲁普开草药铺的万尼克。"

"我也在药铺当过学徒,"帅克说,"是在布拉格市贝尔什丁纳街柯柯什卡先生那儿。他是个可怕的怪人,有一回我错把他地窖里的一桶汽油点着了,他便把我撵了出来。商会里再也没人收我当徒弟,就为这一桶该死的汽油弄得我没把手艺学完。你配过给牛治病的草药吗?"

万尼克摇摇头。

"我们那儿给牛配草药的时候还要放几张小圣像到里面。我们的柯柯什卡老板是个非常虔诚的教徒,他有一次在书上看到,圣徒皮利格林能给牲口治肚胀病,便在斯米霍夫哪个地方印了些圣徒皮利格林的像,又花两百块金元在艾玛乌泽修道院给这些像净化了一番,把它们搁在准备给牛吃的草药里面,然后把草药和在温水里,用一个盆子盛着给牛喝了。喂牛的时候,还对着圣徒皮利格林像做个小祷告,祷词是我们铺子里一个叫陶亨的伙计编的。印制圣徒皮利格林这些圣像时,反面还得印几句祈祷文。晚上柯柯什卡老头把陶亨叫来对他说:到明天一早要为这些圣像和这些草药把祈祷文编出来,在他十点钟到店里来之前就准备好,以便送到印刷所去,因为牛都在等着这些祈祷文。两条路随他选一条:编得好,奖他一块金元;编得不好,两个礼拜之后他就可以卷起铺盖另找出路。陶亨先生急得出了一夜冷汗,第二天早晨,没睡好觉的他来开铺门时,还一句祷词也没编出来。这还不说,连发明这种草药的那位圣徒的大名,他也给忘掉了。幸亏帮工斐迪南帮了他大忙。那人是个能工巧匠,样样都会。每当我们在阁楼上晾甘菊茶时,他总是钻到里面去,弄些甘菊花来擦脚,还教给我们这么干,说这样脚不会出汗。他会在阁楼上捉鸽子,会撬钱柜,还教给我们一些别的捞外快的办法。我那时还是个孩子,从铺子里拿回家的药比'慈善堂'①的药还齐全。这位斐迪南帮了陶亨的大忙。他说:'交给我办吧,陶亨,准保教他们满意。'陶亨先生马上打发我去给他买啤酒喝。没等我把啤酒买来,斐迪南已经编好了一半。他读给我们听:

　　吾辈来自极乐天国,
　　随身带来灵丹妙药。
　　牛儿不分公母大小,

---

① 慈善堂是从前布拉格最大最完备的医院之一。

均需服用柯家草药。

大牛小牛百病沉疴，

用此奇药俱有神效。

"然后，斐迪南喝了啤酒，又足足地呷了一口掺酒精的开胃剂，词儿来得更快了，编得也更顺当：

药为圣徒皮利格林所造，

不多不少两块金元一包。

圣徒皮利格林啊，求您保佑：

牛群喝您的药，活蹦乱跳。

主人赞你的话，家喻户晓。

圣徒皮利格林啊，

求您开恩把牛群保。

"随后，当柯柯什卡先生驾到的时候，陶亨先生就跟着他进了账房。陶亨先生出来的时候，拿了两块金元给我们看，不是像答应他的那样只有一块，而是两块。他想跟斐迪南先生平分，可是帮工斐迪南一见这两块金元，立刻就让贪财的魔鬼迷了心窍，'要么得全份，要么一无所得'。这样一来，陶亨先生一块也没给他，两块金元都自己独吞了。后来，他把我叫到堆货房，戳了我一下后脑勺，说要是我敢到外面去说这祷词不是他编的，像这样的揍法还得来上一百下。即使斐迪南到老板那儿去告状，我也得说帮工斐迪南在撒谎。他逼着我在一个装香蜡的瓶子面前为这事对天发誓。我们铺里那个帮工开始在配制治牛病的草药工作中搞起报复来。我们在阁楼上大桶里搅拌草药，他不知从哪儿扫来一些耗子屎，掺到草药里。后来他还到街上去捡了一些马粪，在家里晒干，用研钵捣碎，撒在拌着圣徒皮利格林像的牛用草药里。这还不够，他又往药桶里面拉屎撒尿，然后搅拌一通，搅得跟糠皮粥差不多……"

电话铃响了。军需上士赶忙跑过去抓起话筒，又很反感地把它往叉架上一甩，说道："我得到团部去。总是这么突然叫人，我可不喜欢这一套。"

又只剩下帅克一个人了。

没多会儿，电话铃又响了。

帅克拿起听筒讲起话来：

"找万尼克？他上团部去了。你问接电话的是谁？十一先遣连的传令兵。你是谁？十二先遣连的传令兵。啊哟，原来是同行。我叫什么名字？我叫帅克。你呢？布劳恩！你有没有一个叫布劳恩的亲戚住在卡尔林城的滨河街？开帽子铺的。没有？你不认识他？……我也不认识他。我只是有一次坐电车打那儿过，看见那块招牌。有什么新闻？我什么也没听到。我们什么时候开差？我还从来没跟谁谈过开差的事儿哩。你问我们开到哪儿去？"

"你这笨蛋！跟先遣连上前线呗！"

"这我可还没听说过。"

"你还是个传令兵哩！你不知道你的中尉……"

"我的长官是上尉……"

"这不关紧要。你那位上尉到上校那儿开会去了吗？"

"上校已经把他请去了。"

"你瞧，我们的这位也去了，十三先遣连的连长也去了。我刚跟他们的传令兵通话来着。我讨厌这股慌乱劲。快要开差了，你啥也不知道？"

"我什么也不知道。"

"你别装糊涂！听说，你们的军需上士已经收到前线部队的供应通知单了。你知道吗？你们有多少士兵？"

"不知道。"

"你这草包，说了又怎么的？我又不吃人！"（听得见对方在对旁边一个人说："弗朗达，你拿起那个听筒吧，听听十一先遣连有个什么样的草包传令兵。"）"喂，你在那儿睡着了还是怎么的？没睡着你就答话呀，你的伙伴在问你哩。你还是什么也不知道吗？别装蒜啦！你们要发罐头的事，你们的军需上士啥也没说吗？你跟他根本没谈到这类事？你这个草包！什么？这不关你的事（听得见对方的笑声）？你真是个大活宝！好吧，一听到什么消息，就给我们十二先遣连打个电话吧，亲

爱的笨小子！你是哪儿人？"

"布拉格人。"

"那就更该机灵点儿。等一等，你们的军需上士是什么时候到团部去的？"

"刚叫去没多久。"

"原来是这样。你不能早点说吗？我们的军需上士也是刚刚去的。有什么烤味要分。你没跟辎重队的人通过话吗？"

"没有。"

"我的天哪！你还算得上布拉格人？你啥事也不管，一天到晚净干啥呀？"

"我是一个钟头前刚从师部军法处出来的。"

"这完全是另外一码事，伙计。我今天就去看你！摇两下铃①吧！"

帅克刚想点燃烟斗，电话铃又响了。

帅克心里想："去他妈的电话吧！我可没这份闲工夫跟你们

---

① 打完电话后摇两下铃，通知总机撤线。

扯淡。"

电话铃一个劲儿地响个没完,帅克终于忍不住抓起听筒来,冲着话筒大声吼道:

"喂,你是谁?我是十一先遣连传令兵帅克。"

帅克从对方的回话中听出来是卢卡什上尉的声音。

"你们都在那儿干什么呀?万尼克在哪儿?赶快叫他来听电话。"

"报告,上尉先生,电话铃刚响不久……"

"听我说,帅克,我没空儿跟你闲扯淡。在军队里,通电话绝不能闲扯淡,必须简单明了。而且打电话的时候你也别搬出'报告'、'上尉先生'这一套来。我现在问你,帅克,万尼克究竟在不在你那儿?要他马上来听电话!"

"报告,上尉先生!他不在这儿。他刚离开连部,到团部去了。走了还不到一刻钟。"

"帅克,你记住,等我回来时再跟你算账。你说话不能简单点儿吗?现在你好好听我说!明白吗?以后不许你以电话里有杂音来搪塞。你一挂上电话,马上就……"

断了。电话铃又响了。帅克拿起听筒,只听到一大顿臭骂:"你这畜生、地痞、坏蛋!你捣什么鬼?为什么把电话挂了?"

"是您指示,我把电话挂上的。"

"再过一个钟头我就回来,帅克。你等着瞧吧!现在你赶快到楼里去给我找个排长来,找福克斯来也行,告诉他马上带十个兵到团部仓库去领罐头。重说一遍,他该干什么?"

"带十个兵到团部仓库去为本连领罐头。"

"你总算变聪明了一点儿!现在我就要往团部打电话给万尼克,叫他也到仓库去领罐头。要是他这时候回来了,叫他把别的事都放下,赶快到仓库去。现在你把听筒挂上吧!"

帅克找了老半天福克斯排长和别的军士们,可都白费力气。他们都在厨房里啃骨头,一面拿绑着的巴伦开心。承蒙他们怜惜照顾,把他绑在一棵树上,脚尖刚好够着地面。这一切构成一幅挺有趣的景致。有个炊事兵给他拿来一块排骨,塞在他的嘴里。这个被绑着的胡子大汉巴伦不能动手,便小心翼翼地用嘴叼着骨头,用牙和牙床摆弄它,用林妖的表情啃着骨头上的肉。

"你们谁是福克斯排长?"帅克问,他终于找到了军士们。

福克斯排长看到叫他的人不过是个普通步兵,认为没有必要回答他。

"我明白地对你们说,"帅克嚷道,"我得问到哪年哪月才有人答应?哪位是福克斯排长?"

福克斯排长走过来,神气十足地把帅克骂了一通,说对他说话要有礼貌点,他可不是排长,而是排长先生,不能问"福克斯排长在哪儿?"应该说:"报告长官,排长先生在这儿吗?"在他的排里,要是有人不说"报告长官"①,他马上就给他个嘴巴子。

"当心点儿!"帅克正言厉色地说,"别耽搁时间了,赶快去叫十个人来,带他们到仓库去领罐头。"

福克斯排长听了这话惊讶得只说了声:"什么?!"

---

① 原文为德语。

"别什么什么了，"帅克回答说，"我是十一先遣连的传令兵，刚不久我与卢卡什上尉先生通过电话，他说：'马上带十个兵到仓库去。'要是你不去的话，福克斯排长先生，我马上去回电话。卢卡什上尉先生点名要你去。没啥可说的！卢卡什上尉还说，'电话里说话应当简单明了。'既然说了叫福克斯排长去，福克斯排长就得去！这样的命令，不是请您去吃饭，您可不能说三道四。在军队里，尤其是在打仗的时候，行动迟缓就是犯罪。'假如这个福克斯排长不立即到仓库去，那你就马上给我来个电话，我来找他算账！把这个福克斯排长碾成肉酱！'亲爱的，你太不晓得上尉先生的厉害了。"

帅克得意洋洋地望着士官们，他们被他这一番话唬住了，神情沮丧已极。

福克斯排长咕哝了几句听不清的话，快步走了。帅克冲着他的背影喊道："我可以给上尉先生打电话，说事情办妥了吗？"

"我马上带十个士兵到仓库去。"福克斯排长从楼门口回答说。帅克听了一声不响，丢下同福克斯排长一样惊讶的士官们就走了。

"开始行动了！"矮子班长布拉热克说，"我们就要打行李包了。"

帅克回到了十一先遣连办公室。还没来得及点燃烟斗，电话铃又响了。又是卢卡什上尉跟帅克讲话。

"你上哪儿闲逛去了，帅克？我打了三次电话，都没人接。"

"我找人去了，上尉先生。"

"人都去了吗？"

"那还用说，都去了。可我说不好他们是不是已经到了那里。要不要我到那儿去看一下？"

"你找到福克斯排长了吗？"

"找到了，上尉先生。起初，他对我说了声'什么？'后来，等我告诉他，电话里讲话得简单明了……"

"别胡扯啦，帅克！万尼克还没回来吗？"

"还没哩，上尉先生。"

"别对着话筒高声叫嚷！你不知道那个该死的万尼克可能到哪儿

去了吗?"

"上尉先生,我不知道那个该死的万尼克到哪儿去了。"

"他到团部去过,后来又到别处去了。他也许是到军营里的小卖部去了吧?帅克,你去找找看,叫他马上到仓库去。另外,你马上去找到布拉热克班长,叫他立刻给巴伦松绑,让巴伦到我这儿来。挂上听筒吧。"

帅克真的忙开了。他找到布拉热克班长,把上尉关于给巴伦松绑的命令传达给他。布拉热克班长嘟囔着说:"他们一遇到困难就胆小了。"

帅克亲眼看着给巴伦松了绑,又陪着他一道走,因为他还得到军营小卖部去找军需上士万尼克,他们俩刚好同路。

巴伦把帅克当做自己的救命恩人,他应许等家里给他寄吃的来,就跟帅克平分。

"我们那儿现在快要杀猪了,"巴伦忧郁地说,"你喜欢哪种猪肉香肠:掺猪血的还是不掺猪血的?你只管说,别不好意思,我今儿晚上就给家里去信。我家养的那头猪大概有一百五十公斤了。头长得跟猛犬一样。这种猪的肉最好吃了,谁见了都爱。这猪种很好,经得起折腾,有八指厚的膘。我在家的时候,总是自己做猪肝香肠。吃这种馅儿的香肠有时几乎把肚皮都快撑破了。去年我家那头猪长到一百六十公斤。这才叫猪哩。"他兴高采烈地说。分手时,他紧紧握着帅克的手,说:"我们尽给它喂土豆,连我自己都奇怪,它怎么这么肯长。我把盐水泡过的火腿片,加上土豆馒头片,洒点油渣末,再加点白菜,真是好吃极了!连舔舔指头都有味道啊!吃完之后再美美地喝点啤酒。这就不是混过温饱,而是过天堂生活。一个人还需要什么呢?可是战争把我们这一切都毁了。"

大胡子巴伦深深叹了一口气,到团部去了。帅克沿着一条两旁长着高高的菩提树的林荫道来到兵营的小卖部。

军需上士万尼克正怡然自得地坐在小卖部里,对一个相识的军士讲述战前制搪瓷釉合水泥浆能赚多少钱。

军士已经醉得迷迷糊糊了。上午从帕尔杜皮茨来了个地主,他的儿子在军营里服役,送了那军士一大笔贿赂,还请他在城里从早上到中午饱餐了一顿。

眼下,那军士无精打采地坐在那儿,胃里翻腾得难受死了,也不知道自己在说些什么,对军需上士讲的搪瓷颜料也毫无反应。

他专心致志地在想自己的事,嘴里说着胡话,说从特舍博尼到佩尔赫希莫夫应该有一条铁路支线,然后再有一趟回头车。

帅克进来时,万尼克还在使劲给参谋部军士解释一公斤水泥浆能挣多少多少钱,参谋军士回答得完全牛头不对马嘴:

"他在回去的路上死了,只留下几封信。"

他见到帅克时,显然把帅克错当成了一个他不喜欢的人,就对着帅克骂了起来,说他是个会腹语术①的人。

帅克走到同样醉得迷迷糊糊的万尼克面前,只见他兴致很好,也很和气。

"上士先生,"帅克对他说,"您得马上到团部仓库去,福克斯排长

---

① 腹语术,指一种不动嘴唇而能说话的本领,听起来好像是发自腹内似的,故云。

带了十个人在那儿等您去领罐头。您连跑带滚赶快去吧,上尉先生已经来过两次电话了。"

万尼克大笑起来:"去领罐头,我怕发了疯还差不多。亲爱的,要领得到罐头我就不是人,我的天使!有的是时间。又没着火,忙什么?小毛孩子!等卢卡什上尉管过像我管的那么多先遣连时,他就有资格说东道西了,到那时也不会拿他那套'赶快去!'来麻烦人家啦。我已经从团部得到命令明天出发,让赶快打行李,马上去领路上的口粮。我干什么了?弯到这儿来痛痛快快地喝了几盅。我坐在这儿满舒服的,别的事随它去。罐头又没长腿,跑不掉,早晚会给我们的,至于仓库,我比上尉先生清楚得多,我也知道军官先生们在上校先生那儿召开的会上都扯些什么。上尉先生只是幻想,以为团部的仓库里还有罐头。我们团部的仓库里从来就没有储备过罐头。我们需要罐头的时候,总是到旅部去弄点儿来,或者从别的有交往的团借点儿来。光是贝纳舍夫团,我们就欠他们三百多听罐头。嘿嘿!随他们在会上扯什么去吧!用不着忙,等我们的人一到那儿,仓库管理员就会告诉他们,说他们发疯了。哪个先遣连也没领到过罐头上路。"

"你说是这样吗,老伙计?"他转身对参谋部军士说。后者不是睡着了就是在说胡话,只听到他回答说:

"她走着,打着一把雨伞。"

"最好是什么也别管,随它去,"军需上士万尼克接着说,"要是今天他们在团部里说明天开拔,那就连三岁娃娃也别相信他们的信口开河。没有车皮咱们能开拔吗?他们给车站打电话的时候我正在场。站上连一辆车皮也没有。前一个先遣连也碰到了这种情况。那一回我们在火车站等了两天,总想有哪位大人发慈悲,给我们调一列车来。后来我们上了车又不知道车是往哪儿开的。连上校本人也不知道。我们穿过了整个匈牙利,可一直还是没人知道,我们到底是开到塞尔维亚去还是开到俄国去。每到一站我们就直接和师部通话。我们简直像一团破布没人重视。终于把我们拉到了杜克拉城附近的一个地方。在那里我们被打得七零八落,我们又坐上火车进行改编。别着忙!船到桥头自然直,用不着慌忙。就这么办,没啥好说!①"

"他们这儿的葡萄酒特别来劲。"万尼克接着说,根本不去听那参谋部军士咕噜些什么。

"请相信,我至今没好好儿享受过!这个问题使我感到奇怪。"②

"我何必为先遣营离去的事白操心呢?我所在的第一先遣连出发时,只用两个钟头就把一切都准备妥当了。我们现今这个先遣营的各先遣连足足花了两天的时间准备开拔事宜,而我们连长是谢诺希尔中尉,他是个花花公子,对我说:'弟兄们,别忙!'结果也很顺当。火车开动前两个小时我们才开始装车。你最好也在这儿坐坐……"

"不行,"好兵帅克非常自我克制地说,"我还得回连部去,万一有人来电话呢?"

"那你就去吧,我的老伙计。可是你得牢牢记住:你这做得并不漂亮;一个真正的传令兵绝不应该到需要他的地方去。绝不该这么热心于执行自己的义务。没有比做一个想把整个战争吞掉的冒失传令兵更坏的事了,我亲爱的。"

可是帅克已经走出门口,赶回先遣连连部去了。

剩下万尼克一个人,因为根本没法说那个参谋部军士还算得上是他的伙伴。

参谋部军士完全失去了理智,边喝酒边嘟噜着,一会儿用捷语、一会儿用德语把一些离奇古怪的事毫无联系地扯在一块儿。

"我好多次穿过这个村子,根本没想到世界上还有这个村子。半年之后,我就要参加国家考试,取得博士学位。③我成了个老残废,谢谢您,露希。装潢很漂亮地出版了。④也许你们中间有人还记得这个吧。"

军需上士无聊得用手指敲着一支进行曲,可是没敲多久,门开了。军官食堂的伙伕约赖达走了进来,在一张椅子上坐下。

"今天我们接到命令,"他咕噜着说,"让我们去领路上喝的白兰地。因为我们的罗姆酒瓶子没有空出来,还得腾,把我们忙得够呛。伙房里的人对先遣连简直烦透了。我们分菜的份儿算错了。上校来晚

---

①②③④ 原文为德语。

了,没他的份儿了。所以此刻正在给他摊鸡蛋。真是开玩笑。"

"这真是挺有意思的冒险行为,"万尼克评论说。他在喝酒的时候喜欢用些漂亮字眼。

伙伕约赖达谈起了跟他以前从事的职业有密切关系的哲理。战前他出版一种名叫《生死之谜》的与亡魂交通的杂志和小丛书。

战争时期他混进团部军官食堂后,还常常一边津津有味地读着翻译过来的古代印度的佛经《启示录》,一边烤肉。

施雷德上校把他当做全团的精英看待。军官食堂可以夸口说他们有个走阴巫师①的伙伕,能窥见生与死的秘密,还会做美味的白汁牛排或焖肉,以致杜费克中尉在科马罗夫一带作战受伤之后,还念念不忘呼唤约赖达的名字。

"嗯,"约赖达突然说道。他勉强坐在椅子上没动弹,他喷出来的罗姆酒离十步远都能闻到,"上校今天没分到他应得的一份饭菜,当他看到只剩了土豆时,马上觉得不是滋味。你知道什么叫'不是滋味'吗?这是一种饥饿的表现。我当时就对他说:'上校先生,牛腰子没您的份了,您还有足够的力量去克服这命运的摆弄吗?上校先生,您会有好报应的:今天晚饭您注定能吃到肉卷,焖牛肝加摊鸡蛋。'"

"亲爱的朋友。"他停了一会儿小心地对军需上士说,同时随便一挥手,把桌子上的玻璃杯全碰翻了。

"所有的现象、形状和东西都是靠不住的,"走阴巫师约赖达伙伕在碰翻玻璃杯之后阴沉地说,"有形即无形,无形即有形,无形与有形是不可分割的;有形与无形也是不可分割的。凡无形之物,即为有形之物,凡有形之物,即为无形之物。"

走阴巫师约赖达伙伕沉浸在一片寂静之中,他手托着脑袋,呆望着洒满了酒的湿漉漉的桌面。

参谋部军士还在没头没尾地说着胡话:

"粮食从地里消失了——不见了——他就在这种心情下得到邀

---

① 走阴巫师,一种从事迷信活动的人,据说他能与阴间的亡灵通话。

请,并到她那儿去了。①——降灵节是在春天。"

军需上士万尼克继续敲打着桌面,喝着酒,不时想起有个排长带着十个人在仓库等着他。

想到这个,他微微一笑,毫不在意地把手一挥。

他很晚才回到十一先遣连连部,看见帅克还守在电话机旁。

"有形即无形,无形即有形。"他有气无力地说着,和衣倒在褥子上,立即呼呼睡去。

帅克一直守在电话机旁,因为两个钟头前卢卡什上尉曾经来电话说,他还在上校先生那儿开会;可是他忘了告诉帅克一声不用在电话机旁老等着了。

后来,福克斯排长在电话上对帅克说,他带着十名士兵白等了半天军需上士,而且发现仓库的门也统统锁着。

后来福克斯走了,那十名士兵也一个个溜回自己营房去了。

帅克不时拿起耳机偷听别人的谈话,觉得很开心。这是军队里刚开始使用的一种新式电话,好处是在线上能清清楚楚听见别人的谈话。

辎重兵和炮兵在对骂,工兵在冲着军邮所发火,射击训练班骂机枪班。

帅克一直守在电话机旁……

上校那里的会议还在继续开着。

施雷德上校大讲其野战勤务的最新理论,特别强调掷弹手的作用。

他说话颠三倒四,一会儿谈到两个月前怎么形成的南方和东方战线,一会儿又谈到各战斗部队之间的紧密联系的重要性,忽而扯到毒气的窒息性、对敌机的射击、前线士兵的装备,忽而又扯到军队内部的相互关系。

他谈到上级军官与下级军官、下级军官与军士之间的关系,谈到临阵投敌问题,谈到一些政治事件,还指出捷克兵有百分之五十"在政治上是不可靠的"②。

---

①② 原文为德语。

"对,诸位,不管你们怎么说,克拉马什、谢依纳尔和克洛法奇。"①大多数军官一边听着他唠叨一面心里嘀咕着:这死老头不知要扯到哪年哪月才有个完。可是施雷德上校继续扯着新成立的各先遣营的新任务、本团的阵亡军官、齐伯林飞船、西班牙骑兵、军人的宣誓……

扯到最后一个问题时,卢卡什上尉忽然想起全先遣营的人都宣过誓了,只有好兵帅克一个人没宣誓,因为他那时正呆在师部军法处。

想到这里,他突然格格笑了起来。这是一种歇斯底里的笑,那几位靠近他坐着的军官受了感染,也笑了起来。卢卡什的笑引起了上校的注意;这时他刚谈到德军从阿登②撤退中所得到的经验。他把这件事儿的经过说得乱七八糟,最后说:"诸位,这里一点儿好笑的东西都没有啊。"

后来,大家都到军官俱乐部去,因为旅部叫施雷德上校接电话去了。

帅克正守在电话机旁打盹,突然一阵电话铃声把他吵醒了。

"喂!"他听到耳机里说,"我是团部办公室③。"

"喂!"帅克回答说,"我是十一先遣连办公室。"

"别啰嗦,"他听到耳机里说,"拿杆铅笔来记录,你听着!"

"十一先遣连……"

下面是一连串离奇古怪、乱七八糟的句子,因为十二和十三先遣连也都同时在通话,团部来的记录电话全淹没在这一片嘈杂声中了。帅克连一个字也没听清楚。后来耳机里的杂音小了些,帅克听到里面说:"喂!喂!复述一遍,快!"

"复述什么呀?"

"复述什么,你这头蠢骡!记录电话呀!"

"什么记录电话?"

"妈妈的,你聋啦?我刚才口授给你的话呀,笨蛋!"

---

① 原文为德语。克拉马什和谢依纳尔是捷克民族民主党的领袖;克洛法奇是捷克民族社会党领袖。
② 比利时东南部与法兰西接壤的丘陵森林地带。
③ 原文为德语。

"我什么也没听见,因为有人总在打岔。"

"你这猴崽子,你以为我在跟你闲扯淡吗?你到底是记还是不记?铅笔和纸都准备好了吗?没准备好?你这畜生!什么?我还得等着你去找纸笔?哼,这样的兵老爷!喂,怎么样?能找到吗?什么?你已经准备好啦?你总算磨蹭完了。你兴许还得为这件事儿去换身衣服吧?老兄,好,你听着!十一先遣连,重述一遍!"

"十一先遣连。"①

"连长,②记好了?复述一遍!"

"连长……"

"明天早上举行会议③……写好了吗?复述一遍!"

"明天早上举行会议……"

"九点钟——Unterschrift.④你知道 Unterschrift 是什么意思吗,猴崽子?是'署名'的意思!复述一遍!"

"九点钟——Unterschrift.你知道 Unterschrift 是什么意思吗,猴崽子?是'署名'的意思。"

"笨蛋!署名是:施雷德上校⑤,小畜生!记下来了吗?复述一遍!"

"施雷德上校,小畜生……"

"完了。你这笨牛!接电话的是谁?"

"我。"

"我的老天爷!⑥这个'我'是谁呀?"

"帅克。还有别的事吗?"

"谢天谢地,没事了。可你该改名叫笨牛!你们那儿有什么新闻?"

"没什么。一切照旧。"

"这你就高兴啦,是吗?听说你们那儿今天绑了一个人?"

"那是上尉先生的勤务兵。他把上尉的饭菜给偷吃了。你不知道我们什么时候开拔吗?"

---

①②③④⑤⑥ 原文为德语。

"伙伴,这是连老头子自己也不知道的问题。晚安!你们那儿有跳蚤吗?"

帅克挂上耳机,去叫醒军需上士万尼克。上士粗暴地反抗着,当帅克摇撼他的时候,他揍了帅克的鼻子一下,然后翻身俯卧着,双脚直往褥子上乱踢。

但帅克终于把上士弄醒了,他揉了揉眼睛,翻过身来仰面躺着,惊慌地问道:"出了什么事?"

"也没啥了不起的事儿,"帅克回答说,"我只是想找您商量商量。我刚接到一个电话,让卢卡什上尉明天九点再到上校先生那儿去开会。我现在不知道怎么办。我该马上去告诉他呢?还是明天早上再说?我犹豫了好半天:不知该不该叫醒您,您睡得鼾呼呼的。后来我拿定主意,管它的,还是得让您出出主意……"

"看在上帝面上,你让我睡吧!"万尼克哀求着,还打了一个大哈欠,"你早上再去吧,可是别喊醒我哟。"他翻了个身,马上又睡着了。

帅克又回到电话机旁坐下,把头歪在桌子上,打起瞌睡来。电话铃把他吵醒了。

"喂!十一先遣连吗?"

"是,十一先遣连。你是谁?"

"十三先遣连。喂!几点钟啦?我没法叫通总机,好半天也打不过去。"

"我们的钟停了。"

"那么,你们跟我们一样啰。你知道什么时候开差吗?你没跟团部通过话吗?"

"他们跟我们一样,屁都不知道。"

"嘴里放干净点,小姐!你们领了罐头吗?我们这儿去了人,啥也没领回来,团部仓库锁着门。"

"我们的人也空着手回来啦!"

"这么乱糟糟的完全没必要。你看我们会开到哪儿去?"

"开到俄国去。"

"我倒以为要去塞尔维亚。等我们到了布达佩斯就知道了。假如我们的车往右开,那就是到塞尔维亚;要是往左开,那就是到俄国。你们发了干粮袋吗?听说,我们的薪饷增加了。你会玩'红菜头'①吗?会玩?那你明天到我们这儿来吧。我们每天晚上都闲着没事儿。你们那儿有几个守电话的?就你一个人?那你管它个屁,去睡吧!你们那儿的制度真怪!你就像瞎子拉提琴一样随人家摆布。喏,总算给我接通了。好好地睡你的觉去吧!"

帅克真的在电话机旁的桌子上香香地睡着了,也忘了挂上耳机,所以谁也打扰不了他的清梦。团部电话员又有话要通知十一先遣连,叫他们第二天上午十二点以前向团部报告,还有多少人没打伤寒预防针,可是十一先遣连的电话死活叫不通,气得他们直骂娘。

卢卡什上尉一直跟尚茨莱尔军医官一块儿呆在军官俱乐部里。军医官叉开两腿骑坐在椅子上,用台球棍有节奏地敲打着地板,同时还念着下列一大串话:

"萨拉泰人②的苏丹王撒拉丁③第一个承认卫生队的中立性。

"必须救治双方受伤官员。

"必须用对方的补偿费来为伤病官兵支付医药与护理费。

"必须允许他们派遣持有将军颁发之许可证的医生与护士。

"被俘伤病官兵必须在将军的保护与保证之下遣返或交换,以后他们仍可继续服役。

"双方患病官兵都不应该被俘和杀害,而应送往安全地带的军医院,应被允许给他们配备卫兵。卫兵和病员一样,经将军批准也应返回家园。同样,随军神父、军医、外科大夫、药剂师、护士、助理以及其他为病员服务的人员都应依此办理。"

这时尚茨莱尔大夫已经敲断了两根台球棍,一直还没讲完他那一套如何关照战争中的伤病员的奇特的高论;而且他的宏论还总跟什么将军许可证混杂在一起。

卢卡什上尉喝完剩下的黑咖啡就回家了。他一回家就发现大胡子

---

① 一种扑克的玩法。
② 古代历史学家对阿拉伯游牧民族的称呼。
③ 撒拉丁(1138—1193),埃及的苏丹(1174—1193在位)。

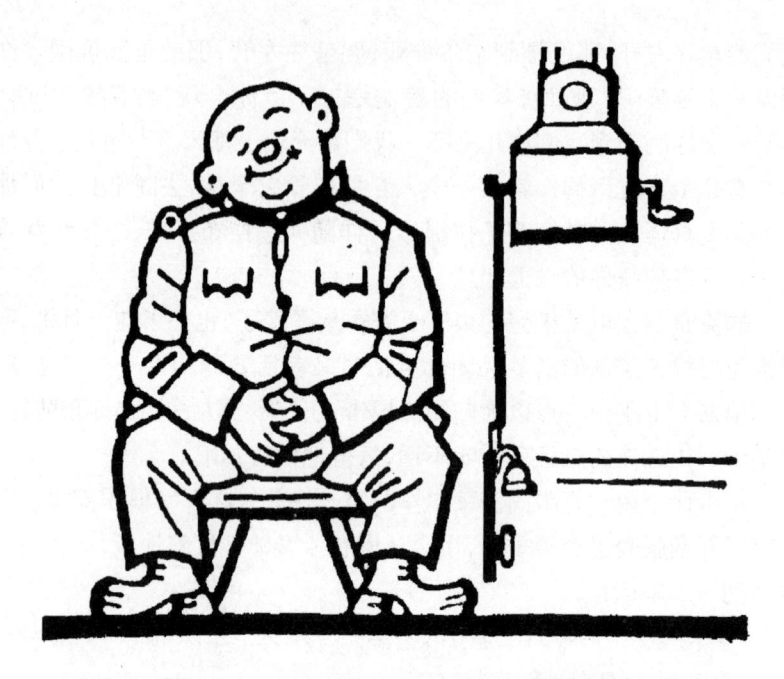

勤务兵巴伦正忙着拿一个杯子搁在卢卡什上尉的酒精灯上煎香肠。

"我冒犯了……"巴伦结结巴巴说,"报告,请允许我……"

卢卡什看了巴伦一眼。刹那间,他觉得巴伦像个大孩子,一个天真无邪的生物。而卢卡什上尉想到因为他饭量太大就下令把他绑起来的事,突然怜悯起他来。

"你只管煎吧,巴伦,"他说,一边解下军刀,"从明天起我让他们发给你两份口粮吧。"

卢卡什上尉在桌旁坐下来。他心血来潮,开始给他姑姑写了一封很动感情的信。

亲爱的姑姑:

刚才接到让我和先遣连准备开赴前线的命令。也许这是我写给你的最后一封信了。到处都在恶战,我方伤亡惨重。所以在信的末尾我很难写下"再见"二字;写上"永别"二字会更准确些。

"明天早上再写完它吧。"卢卡什想了想,就去睡觉了。

当巴伦看到卢卡什上尉已经熟睡,便又像夜间的蟑螂一样开始东寻西找,把卢卡什上尉的箱子打开,咬了一口巧克力糖。卢卡什上尉在睡梦中动了动身子,把他吓了一大跳,赶紧把咬过的巧克力塞进箱子里,一声不响了。

然后,他悄悄地走过去偷看上尉写了些什么。他读了上尉那封短信,尤其被那"永别"二字所感动。

巴伦躺在门口的一张麦秸垫子上,思念着故乡和宰猪的日子。

他脑海里老在转着做肉肠的念头,想着怎么先把它扎个眼儿放气,否则一煮就会爆花。

老想着他的邻居家有一次做的肉肠全都爆开了、煮烂了,因此他睡得很不踏实。

他还做了一个梦,梦见他请了一个很不内行的香肠师傅帮他做肝肠,刚灌好馅儿肠衣就破了。又梦见那位屠户忘了怎么做血肠,把猪头肉都糟蹋了,而且做的肝香肠又没扎够木针。后来又梦见他上了战地法庭,因为他从野战炊事房偷肉时被人家逮住了。他看见自己被吊在利塔河畔布鲁克城的军营的林荫路的一棵菩提树上。

早晨的太阳随着连队各个炊事班煮罐头咖啡时散发出的香味升起来了,帅克也醒来了。他机械地挂上耳机,就像刚刚打完电话似的,然后在办公室里做了一番清晨散步,嘴里还哼着小调儿。

他从一支歌曲的半中腰唱起,唱一个士兵怎么化装成一个姑娘,到磨坊里去与他的恋人幽会,磨坊主却把他带到他女儿面前,但动身之前他对女主人喊道:

　　老伴儿,拿晚饭来,
　　让这姑娘吃吧!

女主人喂饱了这骗人的野汉,接着,家里便闹了一场悲剧:

　　磨坊主清晨起身来,
　　只见门上字两行:
　　"今夜里,你们的小妞儿,
　　已经不再是黄花女郎。"

帅克那么起劲地唱着最后一句,把办公室给吵翻了。军需上士万尼克也让他吵醒了。他问帅克几点钟了。

"刚刚吹过起床号。"

"等喝完咖啡我再起来吧,"万尼克这样作了决定,他总是这么从容不迫的,"不然的话,他们又会让我们瞎折腾,像昨天领罐头配给一样白白地赶来赶去……"万尼克打了一个哈欠,打听他自己回家时是不是说了好半天废话。

"只是稍微走了点儿火,"帅克说,"您一个劲儿地叨咕着什么:说什么有形不是有形,无形便是有形,有形又是无形了。不过很快就累了,没多久您就鼾声大作,像拉锯似的。"

帅克不做声,走到门口,又回到军需上士床前,停下脚步来说:

"这跟我个人有什么关系呢?上士先生,当我听到您说有形无形时,我就想起了一个叫扎特卡的路灯工人,他在莱特尼城的煤气站干活儿:管开路灯和关路灯。这可是个见过世面的人。莱特尼的酒店都给他逛遍了,因为从开灯到灭灯,中间要隔好长一段时间。等到早上回到煤气站时,说起话来就跟您昨天差不离,只是他说的是:'骰子是玩牌用的,所以是有棱有角的。'这是我亲眼在煤气站看到的,那一次,一个喝醉了的警察因为街道弄脏了而错把我抓了起来,本应送到警察所去,却把我带到那个煤气站去了。"

"后来呢?"帅克轻声说,"那位扎特卡的下场很惨。他参加了圣母团,常常跟一些天堂的母山羊①一道儿到查理士广场的圣伊格纳茨教堂去听叶梅尔卡②牧师讲道。有一次当传教士们到圣伊格纳茨教堂去的时候,他忘了把他管辖区的路灯关掉,因此在那个区的所有街灯的煤气着了三天三夜。"

"这可糟透了,"帅克接着说,"就好比有人突然大谈起哲学来,喷着满嘴的酒气。几年前,七十五团的布吕歇尔少校调到我们这儿来了,他总是每月一次把我们叫去排成一个方阵,跟我们大谈一通什么叫军衔。他只喝李子酒这一种酒。'弟兄们,每一个军官,'他在兵营院子里对我们大家说,

---

① "天堂的母山羊"是对祈神的妇女的谑称。
② 当时在布拉格的一个反对一切进步的传教士。

'自然是最完美的生物。他的智慧比你们所有人的智慧加在一块儿的总和还要大一百倍。弟兄们，你们即使动脑筋想一辈子，也绝对想象不出有什么比军官更完美的东西了。每一位军官都是一种必不可少的生物；而你们，士兵们，只是一种偶然的成分。你们可以存在，但并不必须存在。士兵们，打起仗来，你们为皇上捐躯阵亡，那很好。这并不能引起多大的变化；可要是我们的军官死在你们前面，那你们才会感觉到你们对他的依赖性有多大，他的牺牲是多么大的损失。军官必须存在，而且只因为有了军官先生们，你们才能存在。你们只是源出于他们，没有他们，你们是不行的，没有长官你们连个屁都放不出来。士兵们，不管你们明不明白，长官就是你们的道德法规，因为每一个法规都得有它的立法官。士兵们，对长官，你们必须意识到应尽你们的一切职责，毫无例外地执行他的每一项指示，不管你们乐意不乐意。'

"有一次布吕歇尔少校在训完话之后，绕着我们的方阵队形，挨个儿问我们：

"'当你超假时，你是怎么个感觉？'

"士兵们的回答五花八门。有的说从来还没有干过这种事；有的说超一次假就要闹一次肚子；还有一个说感到同受了禁足的处分一样。布吕歇尔少校马上把这些人轰到一边，罚他们下午在院子里做徒手操，因为他们都表达不出有何感觉。在轮到问我之前，我想起了他最后一次对我们的训话。等他一走到我跟前，我便非常镇静地对他说：

"'报告，少校先生，我每逢超假，都从内心感到不安、恐惧和受到良心责备。每逢我准时赶回营房，我就感到愉快，心安理得，产生一种内在的满意之感。'

"说得大家哈哈大笑，布吕歇尔少校冲着我嚷道：

"'你这混小子，躺在垫子上打呼噜的虱子鬼！你们瞧这该死的家伙还在开玩笑哩！'

"'为此给我戴上了镣铐以示惩戒，这下可就安然啦！'

"在军队里没有别的办法，"军需上士在床上伸了个懒腰说，"自古以来都是这样：不管你怎么回答，不管你怎么做，总是你不对，总是你挨一顿雷劈电打。不然就没有个纪律了！"

91

"说得对,"帅克说,"我一辈子也忘不了他们是怎么把新兵贝赫关起来的。我们的连长是莫茨中尉。他把新兵集合起来,挨个儿问'你是哪儿人'。

"'嫩毛孩子们,该死的新兵,'他对他们说,'你们必须学会简单明了地回答问题,就像'叭、叭'抽鞭子那样干脆。好吧,开始吧。你是哪儿人,贝赫?'贝赫是个书呆子,他回答说:'下波乌索夫,下波乌索夫①。那儿有二百六十七所房子,一千九百三十六名捷克居民,英琴区,索波特卡县,过去为科斯吉的庄园。圣·叶卡捷林娜区教堂建于十四世纪,并由瓦茨拉夫·弗拉吉斯拉夫·涅多利茨基加以修复。有学校、邮局、电报局、捷克贸易铁路站、糖厂、磨坊、锯木场、瓦利哈村、六个节日集市。'莫茨中尉猛冲到他跟前,一个接一个地往他脸上扇耳光,同时嘴里还嚷道:'这是第一个节日集市,这是第二个、第三个、第四个、第五个、第六个节日集市……'贝赫虽然是个新兵,也忍不住向营部提出申诉。营部里那时尽是些快活的无赖。他们在值日志上记了一句:贝赫为下波乌索夫的节日集市事向营部进行申诉。当时的营长是罗赫尔少校。'什么事?'②他问贝赫道。贝赫回答说:'报告,少校先生,在下波乌索夫每年有六个节日集市。'罗赫尔少校刚听到这里,就对他又是吼又是跺脚,马上叫人把他送到军医院的精神病科去了。从此以后,贝赫就成了一名最坏的士兵,成天挨剋。"

"教育士兵是一件很难的事,"军需上士万尼克打着哈欠说,"在军队里没受过一次惩罚的士兵就算不得士兵。这在和平时期还差不多,有的士兵没受过一次罚就服完了兵役,复员之后还有优待。现在正好相反:那些在和平时期出不了禁闭室门的最捣蛋的兵,如今打仗的时候都成为最好的兵。我还记得第八先遣连的步兵西尔瓦努斯。这家伙过去没一天不挨处罚。而且都是些什么处罚啊!这家伙就是把他朋友的最后一个铜板偷走也不会脸红。当他上了火线时,第一个剪断了铁丝网,抓了三个俘虏。半路上被他毙掉了一个,说是因为那人不听他的

---

①② 原文为德语。

他得了一枚大银质奖章,还给他添了两颗星星①,要是后来不在杜卡拉被绞死的话,他早当上排长了。可是,在一次战斗之后,不把他绞死无论如何不行了。上司要他去侦察地形,而另一个团的巡逻队却发现他搜死尸的身。人们在他身上找出八九块手表和好多戒指,所以把他绞死在旅部门口了。"

"由此可见,"帅克意味深长地说,"每一个士兵必须自己去争得自己的地位。"

电话铃响了。军需上士去接。听得出来是卢卡什上尉的声音。他问领罐头的事办得怎样,随后只听得电话中发出一阵指责。

"真的没有罐头,上尉先生!"万尼克对着电话大声嚷道,"哪儿有啊?全是军需处瞎诌的。派人到那里去完全白派。我正要给您打电话哩。什么?我去军营小卖部去了?谁说的?是军官食堂那个走阴巫师伙伕说的?真的,我只弯到那儿去过一小会儿。上尉先生,您知道,那个会走阴的管那领罐头的慌忙劲叫什么吗?叫'人为的恐怖'。不,上尉先生,我一点儿也没醉。帅克在干什么?他在这儿。要叫他吗?"

"帅克,接电话,"军需上士说,还小心地补充了一句:"他要是问起我回来时是副什么模样,你就说一切正常。"

帅克接电话:"报告,上尉先生,我是帅克。"

"喂,帅克,罐头的事办得怎样?都领着了吗?"

"没领着,上尉先生。连个影子都没有。"

"听着,帅克!在我们呆在军营期间,你每天早上都要来向我报到。在我们开拨之前,你都不许离开我。你昨天晚上干什么来着?"

"我守了一夜电话。"

"有什么消息吗?"

"有,上尉先生。"

"别又瞎扯了,帅克。有什么人报告了什么要紧的急事吗?"

"有,上尉先生!可要到九点钟才有的事。我不想打扰您,上尉先生,我绝不愿这么做。"

---

① 指升级。

"那就快告诉我吧,你他妈的!九点钟有什么要紧事?"

"有一份记录电话,上尉先生。"

"我听不清,帅克!"

"是我记下来的,上尉先生:'把电话内容记下来。你是谁?记下来了吗?复述一遍!再复述一遍!'"

"见你妈的鬼,帅克,你别跟我捣蛋了,告诉我电话内容是什么,要不我就把你狠揍一顿。喂,讲了些什么?"

"又要开个什么会议,上尉先生,今天上午九点在上校那儿开。我本想夜里把您喊醒的,可是我后来又改变了主意。"

"离早上有的是时间,你有本事夜里把我吵醒试试看!又是会议,见他的鬼去吧。① 把耳机放下!叫万尼克来听电话。"

军需上士万尼克接电话:"我是军需上士万尼克,上尉先生。"②

"万尼克,你马上给我另外找一个勤务兵。巴伦这混蛋昨天夜里到今天早上把我的巧克力都偷吃光了。把他绑起来?不,把他送到卫生队那儿去。这小子块头大、肩膀宽,让他上战场抬伤兵有劲儿。我马上叫他来见你。请你马上在团部办好手续,立刻回连里来。你看,我们马上会开拔吗?"

"一点儿也用不着忙,上尉先生。那次我们跟第九先遣连走的时候,让人家揪着我们的鼻子③拖了整整四天。跟第八先遣连也是这样。只有跟第十先遣连好一点。那次我们进入完全战备状态,中午得到命令,晚上就开拔了。可随后撵着我们跑遍整个匈牙利,根本没搞清哪个战场上的哪个窟窿需要我们堵上。"

卢卡什上尉自从当了十一先遣连连长以来,一直处于一种所谓和稀泥的状态中,所谓和稀泥,就是竭力将各种极不相同的观点加以调和。

所以他回答说:"对,可能是这样。已经是这样了。你看,我们今天不会开拔吧?九点钟我要到上校那儿去开会。嗯,顺便问一句,你知

---

① ② 原文为德语。

③ 意谓受别人愚弄。

道,今天该你值班吗?我只是这么说说而已。你给我开一张……等一等,开一张什么来着?哦,列一张军士花名单,注明他们的军龄……再开一张本连应领粮饷的清单。把民族写上?对,对,民族也要写上……最重要的是你赶快给我派个新勤务兵来……今天普勒施纳准尉和他的

弟兄们在干什么?准备开差。① 结账?午饭后我就来签字。谁也别放进城去。到军营小卖部去?午饭后去一个钟头……叫帅克来听电话。……帅克,你暂时别离开电话。"

"报告,上尉先生,我还没喝早咖啡哩。"

"那你快去把咖啡端来,就在办公室电话机旁守着,等着我叫你。你知道什么叫传令兵吗?"

"就是跑来跑去的,上尉先生。"

"对,就是要随叫随到。你再提醒万尼克一声,要他给我找个勤务兵。帅克!喂!你在哪儿?"

"我在这儿,上尉先生,刚才我端咖啡去了。"

---

① 原文为德语。

"帅克！喂！"

"我在听着哩，上尉先生。咖啡全凉了。"

"你已经知道得很清楚，勤务兵是干吗的，帅克，你给我注意着他点儿，随后告诉我，这个新来的勤务兵怎么样。现在把电话挂上吧。"

为了谨慎起见，万尼克的罗姆酒装在一只贴有墨水①标签的瓶子里，这时他正一边喝着掺罗姆酒的黑咖啡，一边望着帅克说："咱们那位上尉打起电话来老爱大声嚷嚷，让我每一个字都听得清清楚楚。帅克，从各方面看你跟上尉先生一定很熟。"

"我们亲如手足，"帅克回答说，"情深谊长。我和他共过不少患难。他们屡次想把我们拆散，可是我们又凑到一块儿来了。他什么事儿都信赖我，有几次连我自己也感到吃惊。您刚才一定也听到了：他要我再叮嘱您一句：给他找个新勤务兵，说我还得帮他注意观察着点，然后给他作个鉴定。哪个勤务兵也不中上尉先生的意。"

施雷德上校将先遣营的全体军官找来开会，无非是又想表现一番他的演说才能。此外，就是要处理志愿兵马列克的案子。马列克因为拒绝打扫厕所，被施雷德上校以反叛罪行送到了师部军法处。

马列克昨夜从军法处拘留所被转移到了团部禁闭室。在将志愿兵送回团部来的同时，还附有一份军法处的公文，公文写得杂乱无章。里面说：这种情况不能构成反叛罪。因为志愿兵不应打扫厕所，然而可以按破坏军纪②论处；这种违反军纪的行为可以因战场上的良好表现而撤销处分。根据上述理由，应将被告志愿兵马列克送回该团，至于破坏军纪的审讯将延期到战争结束时进行。马列克如再重犯错误，则再行处理。

此外还有一个案件。与处理志愿兵马列克案件的同时，师部军法处还把冒充排长的德维莱斯从拘留所转移到团部禁闭室。他是不久前从军医院调到团里的。他有一枚银质奖章、志愿兵徽章和三枚星章。他给大家讲述六先遣连在塞尔维亚的英雄事迹，说整个连只剩了一个

---

①② 原文为德语。

人。审查证明,战争刚开始时,的确有个叫德维莱斯的离开了第六先遣连,可他不是志愿兵。据第六先遣连的上级旅部提供的证明材料称:一九一四年十二月二日从贝尔格莱德败逃时,当时提出授予银质奖章的那一份名单中,根本没有德维莱斯其人;至于士兵德维莱斯是否在远征贝尔格莱德时期曾被提升为排长一事,则无从证实,因为整个六先遣连及其军官都在贝尔格莱德的圣萨瓦教堂附近一仗后杳无音讯了。德维莱斯在军法处辩护说,的确答应过发给他一枚银质奖章,所以他在医院时向一个波斯尼亚人买了一枚。至于志愿兵的绶带,他是在喝醉的情况下绣上去的,他还一直佩戴着,因为他一直没有醒酒,而且因为拉痢拉得人衰弱不堪。

会议在讨论这两件案子之前,施雷德上校指示说:军队不久就要开拔了,开拔之前,要多碰碰头。又说他得到旅部通知,他们正在等候师部的命令,让士兵做好准备,各连连长要密切注意,不让一个士兵溜掉。随后又重说一遍他昨天说过的话。又把最近的战局论述一番,并指出任何足以挫伤士气和斗志的行为都是不允许的。

他面前的桌上钉着一张作战地图,上面用大头钉插着一面面小旗,可是小旗都倒了,战线也挪动了。标着小旗的大头针散落在桌子底下。

夜里,整个战局都被团部一个文书养的那只猫搅得面目全非。这畜生在奥匈帝国的战场上拉了屎,它想把屎盖起来,就把小旗一面面拔了出来,把猫屎糊得阵地上到处都是,它又在火线和桥头堡撒了泡尿,把所有军团弄得一团糟。

施雷德上校是个深度的近视眼。先遣营的军官们兴冲冲地看着施雷德上校的手指头慢慢靠近那一小摊一小摊的猫屎。

"诸位,从这儿到布格河上的索卡尔……"施雷德上校带着一副具有先见之明的神气说着,并根据记忆熟练地将食指伸近喀尔巴阡山,结果捅进一堆猫屎里去了;猫屎使作战地图立体化了。

"这是什么,诸位?"①当有些什么粘糊糊的东西沾在他的指头上时,他惊奇地问道。

---

① 原文为德语。

"上校先生，好像是猫屎。"①扎格纳大尉毕恭毕敬地代表在座的军官回答说。

施雷德上校马上跑到隔壁办公室去，随后便听到那儿发出一阵可怕的咆哮，上校恶狠狠地恫吓说要办公室的人把所有的猫屎舐光。

经过短短一番审讯，查出那只猫是小文书茨维贝尔斐什在两个星期前带到办公室来的。事情查清之后，茨维贝尔斐什就卷起铺盖，由老文书把他带到禁闭室去了；他得一直留在那里静候上校先生的发落。

整个会议实际上就这么结束了。施雷德上校气得涨红了脸，回到军官们面前时，他已把讨论志愿兵马列克和假排长德维莱斯两案的事儿忘了。

他简单地说道："请诸位军官先生做好准备，听候我下一步的命令与指示。"

这么一来，志愿兵和德维莱斯仍然由岗警看守着关在禁闭室里，加上后来关进去的茨维贝尔斐什，他们可以组成"马利亚什"牌局了。打

---

① 原文为德语。

完"马利亚什",他们又麻烦警卫帮他们捉床上的虱子。

后来又把十三先遣连的上等兵佩罗乌特卡关到他们这儿来了。昨天在营房里盛传要上火线的时候,佩罗乌特卡不见了,今天早上被巡逻兵在布鲁克城的"白玫瑰"夜店里找到他。他辩解说,想在出发之前观赏一下哈拉赫伯爵在布鲁克附近开办的那座著名的暖花房,可是回来时迷了路,直到今天早上才精疲力尽走到"白玫瑰"(其实在跟"白玫瑰"里的"玫瑰女郎"睡觉)。

局势一直令人感到迷惑。是开拔?还是不开拔呢?帅克坐在十一先遣连连部的电话机旁边听了种种不同意见,有悲观的,也有乐观的。十二先遣连打电话来,说什么他们办公室里有人听说,要等他们训练好移动目标的射击,把基础射击课程都训练完才开拔。可是十三先遣连不同意这一乐观的看法,他们在电话里说:哈夫利克班长刚从城里回来,他听到一个铁路职工说,车皮已经停在站上了。

万尼克从帅克手里把话筒抢过来气冲冲地嚷着说铁路工人看见一头老山羊,如今正在团部呆着。

帅克打心眼里喜欢守电话这门差事,不管谁来问他有什么消息,他都一概回答说:他还没有什么准确消息可以奉告。

他也以同样的方法回答了卢卡什上尉的问话:

"你们那儿有什么消息?"

"还没有什么准确消息可以奉告,长官。"

"你这头笨牛,把电话挂上。"

随后又来了好几个电话,帅克好容易才连猜带蒙把电话内容记下来。首先昨天夜里,因为他没把耳机挂上就睡了,来电话的人根本没法向他口授记录电话。这就是关于哪些人打了预防针、哪些人没打的那个电话。

其次,他接了一个迟到了的电话,是关于罐头问题的。这个问题在昨天傍晚就已经解决了。

再一次,有一个给本团所属各营各连和各单位的记录电话:

旅部 75692 号记录电话的抄件。旅字第 172 号命令。战地炊事班所需各项食物按下列次序供应:1、肉;2、罐头;3、新鲜蔬菜;4、干菜;5、大米;6、通心粉;7、糁子;8、土豆。有两项次序须更改:4、干菜;5、新鲜蔬菜。

帅克把这份电话记录读给军需上士万尼克听时,万尼克认真地宣布:这种电话通知该扔到茅屎坑里去。

"这是军部哪个蠢货凭空想出来,就发给各师、各旅、各团了。"

后来,帅克还接到一个记录电话,对方口授得非常之快,帅克只能像记密电码似地把它记下来。

"由于更加接近允许或者同样与此相反然而只是赶上。"①

帅克对自己记下来的这些话感到惊奇,并且接连大声读了三遍。军需上士万尼克说:"全是瞎扯淡,胡说八道。鬼知道,说不定这是密码记录电话哩。我们连没有密电码本,这一份也可以扔掉。"

"我也是这么想,我要是向上尉先生报告说:'由于更加接近允许或者同样与此相反然而只是赶上'②,他准会气疯。"

"有的人可真是惹不起。"帅克接着说,又开始回忆往事,"有一次,我从维索昌尼坐电车到布拉格,在利布尼有一位诺沃特尼先生上了我们坐的这趟车。我刚一认出他来,便走到车厢入口的平台上去与他攀谈,说我们都是德拉约夫地方的人。可他对我嚷嚷,要我别纠缠他,说他根本不认识我。我开始对他解释说,我小时候,常跟我妈到他那儿去玩,我妈叫安东尼娅,我爸叫普罗科普,在庄园当过管家。可是他不听,还是不承认我们是熟人。于是我又跟他把情况摆得更详细些,说在德拉约夫有两个姓诺沃特尼的。一个叫东达,一个叫约瑟夫。我说他就是那个叫约瑟夫的,我还说特拉约夫的人给我来信说,约瑟夫的老婆抱怨他喝酒时,他就一枪把老婆打死了。他一听,举手就来打我,我闪开了,他把售票员前面的一块大玻璃打碎了。这下好,让我们下车,上警察所去,到了那里才知道他为什么火气那么大,因为他根本不叫约瑟夫·诺沃特尼,而叫爱杜阿德·杜布拉瓦,美国蒙哥马利人,是来这儿探亲的。"

---

①② 记录得颠三倒四的德语。

一阵电话铃声把他的讲话打断了,机枪班的一个嘶哑的声音又在打听是不是快开拨了。说上校先生早上召开会议就为的这个。

士官生比勒脸色苍白地跑了进来。这是连里最笨的笨蛋。在志愿兵军校受训时他就以卖弄知识出了名。

他招手把万尼克叫到过道上去谈了好半天。

万尼克回来时,轻蔑地笑了笑。

"这也是头笨驴!"他对帅克说,"在我们先遣连里,这样的宝贝真不少!他也参加了会议。散会之后,上尉先生命令所有的排长认真检查一次枪支。他便来问我,要不要把日拉贝克绑起来,因为他用煤油擦枪。"

万尼克生气地说:

"他知道快要上火线了,连这些混账事儿也拿来问我。昨天上尉先生下令给他的勤务兵松了绑,这就对嘛。我对这小子说,别拿士兵当畜生整。"

"既然您谈到勤务兵,"帅克说,"我倒想问问:您是不是给上尉找到了一个?"

"你操什么闲心,"万尼克回答说,"时间还有的是。再说,我想上尉先生对巴伦也会习惯的。他现在只是偶尔偷点吃的,以后上了战场,就不会再这样了。在前方,无论谁都不会有啥吃的。要是我说让巴伦留下,上尉先生拿我也没办法。这是我的事儿,上尉先生管不了这么宽。你只管别着忙!"

万尼克又往自己床上一躺,说:"帅克,给我讲点军队生活中的笑话吧!"

"好倒是好,"帅克说,"就怕又有人来电话。"

"那你把线截断,帅克,把导线螺丝扭下来,要不把听筒拿下来。"

"好吧!"帅克说,拿下了听筒,"我跟您说一件跟我们处的局面相似的事儿吧。不过那时候不是真正打仗,只是军事演习。那时候也是跟今天一样这么乱糟糟的。也是谁都不知道,什么时候能够走出兵营。有一个跟我一块儿当兵的,他叫西茨,波尔热奇人,是个好小伙子,只是信教信得厉害,而且胆子很小。他把演习想得很可怕。说当兵的大都得渴死,说卫生队就像捡落地水果似地收他们的尸。所以他把备用的水都喝了。当我们走出营房去演习,来到姆尼舍克时,他说:'弟兄们,我受不了啦,只有上帝能救我的命!'后来,我们来到霍舍维采,在那儿呆了两天,因为这中间发生了点儿误会:我们推进得太快,快得能和我们两侧的团队一块儿把整个'敌军'参谋部都俘虏过来。结果出了个大洋相。因为原定我军该输,'敌军'该赢,因为敌方有一个又瘦又难看、衣服又穿得很坏的大公①。西茨干了这么档子事:我们宿营时,他收拾好,跑到霍舍维采城外一个村子里买东西去了,到晌午才回营房。那天天气很热,他又喝了许多酒,走着走着,他突然看见路旁有一根柱子,柱子上有个盒子,在装着玻璃门的盒子里有一尊圣徒扬·涅波摩茨基的小小的塑像。他对着塑像祷告了一番,然后念叨:'瞧,你大概热坏了吧?要是能让你喝两杯也好一点儿啊。你在这太阳底下晒着。准得老出汗吧?'他摇晃了几下军用水壶,喝了个够,然后说,'我还给你留了一口,圣徒'。可是当他发现自己已经把酒喝得一干二净,一点

---

① 奥地利帝国在一四五三至一九一八年间的历代太子,均称大公。

儿也没给圣徒留下时,简直吓了一大跳。'天哪!'他说,'圣徒扬·涅波摩茨基,请你宽恕我,我想法给你补上。我要把你带到营房去,让你喝得连腿都站不稳。'好心的西茨出于对圣徒的怜悯,砸碎了玻璃,把圣徒塑像取了出来,塞在军便服里面,带到了营房。后来又带着它在草垫子上睡觉。行军时,他把它搁在牛皮背囊里,带在身边打起扑克来他也很走运。我们扎营到哪里,他就赢到哪里。等我们到了普拉亨斯科,在德拉赫尼采宿营后,他却输了个精光。我们第二天早上出发时,看见那圣徒扬·涅波摩茨基就给吊在路边的梨树上了。这就是我要给您讲的一件趣事,现在我得把耳机挂上了。"

当军营的宁静和谐被打破之后,电话机又像神经病似地活跃起来。

这时,卢卡什上尉正在他的房里研究团部送来的密码电文,研究有关密码译法的指示,同时也研究关于先遣营开往加里西亚前线应采取的路线的密令:

7217—1238—475—2121—35——莫雄。①

8922—375—728——拉布。②

4432—1238—7217—35—8922—35——科马尔诺。③

7282—9299—310—375—788—298—475—7979——布达佩斯。

卢卡什上尉一面猜着这些字码,一面叹着气说:"随它去吧!"④

---

① 匈牙利西部的一个城市,在从利塔河上的布鲁克城往南去的铁路线上。
② 布达佩斯东的一个火车站。
③ 在今捷克境内。
④ 原文为德语。

第三卷　光荣的败北

第一章　在匈牙利大地上行进

　　他们统统被塞进车厢的时刻终于来到了。每个车厢的容量是四十二名士兵或八匹马。马在车厢里，当然比人要舒服得多，因为马站着也能睡觉。但这都无关紧要，重要的是军用列车又把一批新人送往加里西亚的屠宰场上去了。

　　可是总的说来，士兵们还是感到松快了一大截：火车一开动，事情就算有了个着落。在这以前，他们老是沉溺在揪心的茫然、混乱和心神不宁的状态之中，不知是今天、明天还是后天开差。许多人就像被判决了的死刑犯一样，惊恐地等着刽子手的到来。现在一切都快要结束了，安定时刻也到了。

　　难怪有一个士兵像发疯似的朝着车厢外面大声嚷道："我们开差

啦！开差啦！"

军需上士万尼克曾告诉帅克不用着急，他真是料事如神。

过了好几天他们才上了车厢。这期间一直传说着配给罐头的事儿。经验丰富的万尼克说，这是幻想。根本没有啥罐头，做一场战地弥撒还差不多。前头那个先遣连倒是做过战地弥撒来着。发罐头，就不做战地弥撒；反过来，做战地弥撒就代替发罐头。

果然如此，代替燉肉罐头而来的是伊布尔随军神父的光临。他是"一个巴掌能打死三个苍蝇"的人。一场露天弥撒能管三个先遣营受用。一次就替开到塞尔维亚去的两个营和开到俄国去的一个营行完了祝福礼。

做弥撒时，他发表了一通热情洋溢的演说。不难发现，演说的内容是从军事日历上套来的。演说鼓舞了士气，以致在开往莫雄去的路上，和万尼克同在一个车厢的临时办公室里的帅克还回忆起这段演说，并对军需上士说："那神父描绘得多美啊！当日近黄昏、霞光万道、太阳落山之际，就像他所说的，战场上将听到那行将死去的人们的最后的呼吸，听到那倒下的战马的悲嘶，还有那重伤员的呻吟和那房屋被烧毁的居民的哭喊和怨诉。我倒是蛮高兴人们变成这种'双料白痴'。"

万尼克同意地点点头说："这是一幅动人得可怕的图景啊！"

"这也蛮不错，蛮有教益嘛，"帅克说，"这我记得清楚。等打完仗回到家乡，我要到'杯杯满'酒家去聊聊这些。神父先生在给我们讲演的时候，他的脚往外边这么撇着，我还直怕他会滑倒，摔到经台底下去，让圣饼盘碰破他那椰子壳脑袋。他还给我们举了一个我军历史上非常突出的事例。那正是拉德茨基在我军服役的时候。鲜红的晚霞和燃烧着的仓库的火光融成了一片。他好像亲眼看见过这些似的。"

就在这一天，伊布尔神父到了维也纳，在那里给另一个先遣营讲了动人的历史故事。也就是帅克记得的、使他非常喜欢，以致誉之为"双料白痴"的故事。

"亲爱的士兵们，"伊布尔作着报告说，"请你们设想一下一八四八年库斯托查战役①刚刚胜利结束的情景。经过十个小时的激战之后,意大利国王阿尔贝尔特不得不把血肉遍野的战场留给我们的'战士之父'拉德茨基元帅,落荒而逃。元帅就这样在他的八十四岁高龄时取得了如此辉煌的胜利。

"瞧,亲爱的士兵们,高龄的统帅就在那夺来的库斯托查前方的一座山上停住了战马。忠诚的将领们簇拥着他。突然,一种严肃的气氛笼罩着他们所有的人,因为,士兵们,他们发现,就在离元帅不远的地方,躺着一个正在同死亡搏斗的士兵。拉德茨基元帅望着他时,这位受了重伤的旗手赫特感到了一种无比的荣幸。受了致命伤的勇敢的旗手抽搐着,用冰冷的右手快活地按着自己的金质奖章。眼望着威严高尚的元帅,他的心脏又恢复了跳动,他的残缺的身躯又获得最后一点力量。垂死的旗手以超人的毅力试着朝那元帅爬去。

"'快别动了,我勇敢的士兵,'元帅对他喊道,随即从马背上下来,向他伸出手去。

"'握不了啦,元帅大人,'奄奄一息的战士叹了一口气,'我的两只手臂已经打断了。我只有一个请求。请您对我说实话:我们打赢了吗?'

"'打赢了,我亲爱的小兄弟,'元帅和蔼地说,'多么可惜啊,你的伤势使你的欢乐减色了。'

"'是啊,最尊敬的领袖,我完了。'士兵用那微弱的声调说,脸上浮着欣慰的微笑。'你口渴吗?'拉德茨基问道。'天气很热,元帅大人!我们都在三十度以上的气温中作战。'随后,拉德茨基把副官的军用水壶拿过来递给垂死的士兵。士兵大口大口地把水喝了。'愿上帝为您的德行多多赐福!'他大声喊着,竭力想亲吻一下自己统帅的手。'你当了多少年的兵?'元帅问道。'四十多年了,元帅大人。在阿斯佩恩②

---

① 库斯托查是意大利北部的一个村子。奥军在其拉德茨基元帅指挥下于一八四八年七月二十八日在该村击溃撒丁王查理·阿尔贝尔特的军队。拉德茨基元帅当时是八十二岁,不是八十四岁。

② 多瑙河畔的一个村庄。一八〇九年五月下旬奥地利军曾在该村战胜拿破仑军。

我得过一枚金质奖章。我还参加过来比锡战役①,获得炮十字章②。我受过五次重伤,眼下这一次我算是彻底完了。我终于活到今天,这是多么幸福、多么荣耀的事啊!既然我们取得了胜利,皇上的领土得以收复,我死了又算得了什么!'

"就在这一刹那,亲爱的士兵们,营房里响起了我们雄壮的国歌《求主保佑我们》。歌声嘹亮而庄严,响遍整个战场。那位正在与生命告别的战士又一次挣扎着想站起身来。他激动地高呼:'奥地利万岁!奥地利万岁!让我们美妙的国歌永远唱下去!我们的统帅万岁!军队万岁!'

"垂死的士兵又一次俯首在元帅的右手上,吻着它,倒了下去;从他高尚的灵魂里吐出了最后一丝微弱的气息。统帅脱帽肃立在这名最优秀的士兵的尸体面前。他两手捂着脸,激动地说:'这一美好的结局真是令人不胜羡慕。'

"亲爱的士兵们,我祝愿你们大家都能得到这么美好的结局!"

帅克回忆起伊布尔神父的这番话,如果称他为"双料白痴"的话,这根本不能说对他有半点侮辱。

然后,帅克又谈起在上车之前给他们宣读的那些重要军令。第一道是由弗兰西斯·约瑟夫签署的命令,第二道是东线军总司令约瑟夫·斐迪南大公下的。两道命令说的都是杜卡拉山隘事件:一九一五年四月三日,二十八团两个营全体官兵在团部军乐队的军乐声中跑到俄军方面去了。

两道命令都是用颤抖的声音宣读后译成捷文的:

一九一五年四月十七日军令

朕满怀沉痛之情发布通谕,鉴于皇室部队二十八团贪生怕死,图谋叛国,现将其从朕所统辖之部队中予以除名。着即收回名声

---

① 一八一三年十月十六至十九日,拿破仑在来比锡吃了败仗。
② 用缴获的大炮铸成的十字奖章。是奖给参加一八一三年反拿破仑战争的奥地利官兵的。

狼藉之该团军旗,送交军事博物馆。该团置国家于不顾,竟然借开赴前线之机,行叛国之实,殊属可恶,自即日起,撤销该团番号。

弗兰西斯·约瑟夫一世

约瑟夫·斐迪南大公通令

查捷克部队在行军之际,特别在近期战斗中,有负众望。在阵地防守方面,尤甚一筹。彼等长时间龟缩于战壕之中,致使敌军有机可乘,乃与该部队中卑劣之徒频繁接触,相互勾结。

在此等叛徒支持之下,敌军通常以隐藏有卖国贼之前线部队为其进袭目标。

敌军常出其不意,可说是通行无阻地渗入我前沿阵地,俘获我大批守土官兵。

此等鲜廉寡耻、卑鄙无赖之徒,背叛皇上、背叛帝国,非独玷污我威武英勇军队之光荣旗帜,且有损于彼等所属民族之尊严,殊为可耻之极。

枪毙或绞杀此等败类已为期不远。

每个有荣誉感之捷克士兵,务必向其长官揭发此类无赖、煽惑者与卖国贼。

隐瞒不报者,与叛徒卖国贼同罪。

本通令须向各捷克团队全体士兵宣读。

此令发布之日,已将二十八团从皇室部队除名,该团全部被俘之叛逃官兵将以鲜血抵偿其滔天罪行。

约瑟夫·斐迪南大公

"给我们宣读得晚了一点儿!"帅克对万尼克说,"我觉得很奇怪,皇上的命令是四月十七日颁布的,可是现在才给我们宣读,看样子,似乎有什么名堂不能马上给我们宣读。我要是皇上,就不许把我的命令压着不往下传。既然是四月十七日发的圣旨,那么即使是天上掉锥子下来,我也要让它在十七日当天向所有的团队宣读完毕。"

军官食堂的走阴巫师伙伕坐在万尼克那个车厢的另一头,正在写什么。他身后坐着卢卡什上尉的勤务兵、大胡子巴伦和十一先遣连的电话兵霍托翁斯基。巴伦嚼着一块军用面包,担惊受怕地对电话兵霍托翁斯基解释说:上车时挤得要命,使他没法儿到卢卡什上尉那节军官车厢去,这实在怪不得他。

霍托翁斯基吓唬他说,如今不是开玩笑的时候,这是要吃子弹的。

"什么时候把这个罪受完了就好了。"巴伦诉苦说,"有一次我在沃吉采参加演习时差点儿轮着了。我们在那儿又饿又渴,营副官到我们这儿来的时候,我嚷了声:'给我们水和面包!'他拨转马头对着我,说:要是赶上打仗时间这样放肆,他就会下令,当着大伙儿的面把我枪毙,如今要把我关到警备部拘留所去。可我的福分真大,在他骑着马到参谋部去报告这件事的路上,马受惊了,把他甩了下来,感谢上帝,把他的脖子给折断了。"

巴伦长叹一声,咽着面包,像突然清醒过来,贪婪地望着卢卡什上尉让他照看的两个背囊。

"当官的都领了肝罐头和匈牙利香肠。喏,有这么一大段。"

同时他又馋涎欲滴地看了一下卢卡什上尉的那两只背囊,像一只饿狼似的丧家犬,坐在燻肉铺门口闻着正在煮肉的香味。

霍托翁斯基说:"要是哪儿有顿美餐等着我们,那倒不赖。战争刚一开始,我们开到塞尔维亚那时节,每到一站都招待我们吃得饱饱的。我们从鹅腿上撕下最好的肉来,和着巧克力糖块儿吃。在克罗地亚的奥塞克有两个退伍老兵给我们把一大锅烤兔肉送到车厢里来了。我们实在受不了啦,泼得他们满头都是。每到一站,我们只会往车厢外一个劲儿地呕吐。在我们车厢里的马捷依班长胀得让我们在他肚皮上搁块板子,然后像压白菜似地在那上面跳,这样他放了一大串屁才感到舒服了一点。我们坐火车穿过匈牙利时,每到一个车站都有人往我们车厢里扔烧鸡。我们只挑鸡脑髓吃。在考波什堡①,匈牙利人干脆把整块整块的烤猪肉往我们车厢里扔。我的一位朋友得了一个烧熟了的猪头,他拿着这份礼物把那匈牙利人赶到三道铁轨外去了。可是在波斯尼亚我们连水都喝不到一口。不过在到达波斯尼亚之前,尽管禁止我

---

① 匈牙利西南部的一个城市。

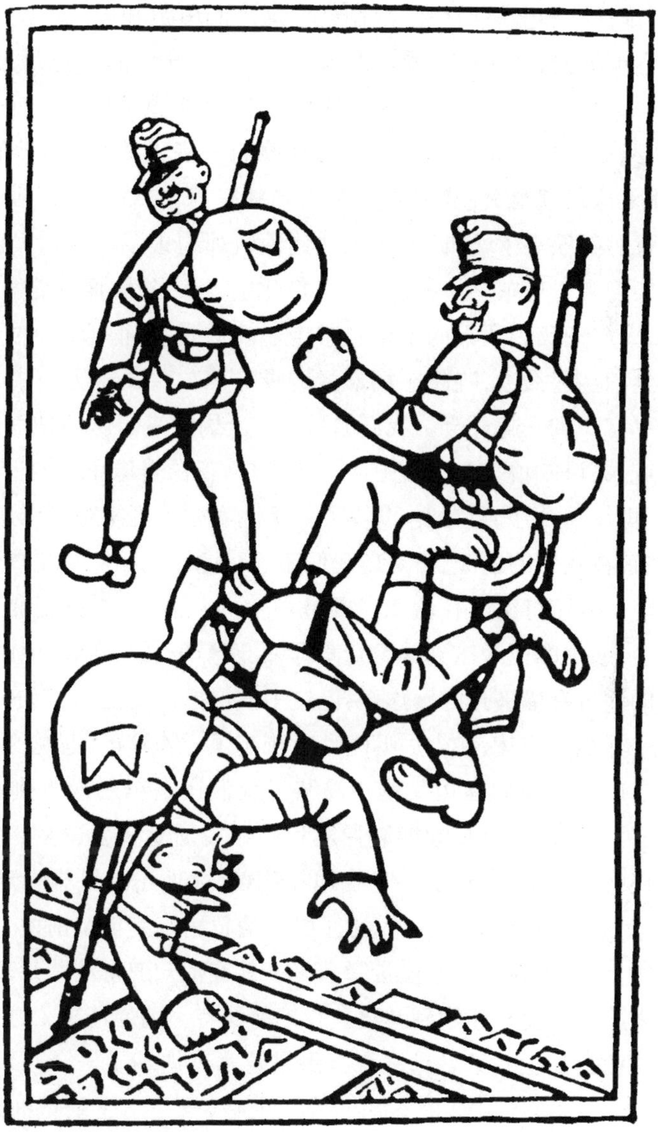

们喝酒,我们还是要喝多少有多少,各种各样的白酒、葡萄酒更是多得跟水一样。我还记得,在一个车站上,有些太太和小姐用啤酒来孝敬我们,我们都往啤酒壶里撒尿。她们赶忙从车厢里跑开了。一路上我们都是昏昏沉沉的,我连梅花爱司都辨认不清了。出乎我们意料之外,突然来了一道命令,没等我们把那盘扑克打完,便都出了车厢。有一个班长,我已经记不得他叫什么名字了,对他的一班人嚷嚷,叫他们齐唱'塞尔维亚人必须看到:我们奥地利人定将获胜,定将获胜。'①可是有人从他背后狠狠踢了一脚,他一窜跌到铁轨那边去了。随后又听见嚷嚷把枪架起来。列车马上掉转头,空着开走了。当然,像往常一样,乱糟糟的,火车把我们两天的干粮也带走了。这时,在很近的地方,就像从这儿到树丛那么远,响起了榴霰弹的爆炸声。营长从另一头走来把所有的军官叫到一起开会。我们的马采克上尉也来了。他是个地地道道的捷克人,可却说着一口德国话。他脸色苍白得像纸一样,对我们说:不能再往前开了,铁轨给炸飞了。又说塞尔维亚人昨天夜里过了河,现在正在我们的左侧,可是离我们还远。说什么我们只要得到增援部队就能把他们打得落花流水。要是发生不利情况,要我们谁也别投降。他说,塞尔维亚人抓到俘虏就割耳朵、切鼻子、挖眼睛。他说,离我们不远的地方有榴霰弹的爆炸声,但这不值得担惊受怕,因为这是我们的炮兵在开炮。突然,在山后哒哒哒哒响起了一阵枪声,他说这是我们的机枪在射击。随后左边又炮声隆隆。我们还是第一次听到这隆隆声,赶忙趴下卧倒。有几颗榴霰弹从我们脑袋顶上飞了过去。车站着火了。在我们右边上空,子弹嗖嗖地呼啸着,远处还听见排炮声、步枪射击声。马采克上尉命令端枪,上子弹。值日官走到他跟前说,他的命令没法执行,因为我们根本没带弹药来。其实他知道得清清楚楚,我们要在进入阵地之前才能领到弹药。我们前面有一列弹药车十之八九落到塞尔维亚人手里去了。马采克上尉呆若木鸡地站了一会儿,然后下命令'上刺刀'②;连自己也不知道为了个啥,只是出于绝望而这么下意识地行动一番。我们就这么摆出战斗的架势,站了好长一会儿,随后

---

①② 原文为德语。

我们又趴在铁路枕木旁边,因为天空出现一架国籍不明的飞机,士官生们直嚷嚷:'统统隐蔽,隐蔽!'①不久弄清楚了,原来是我们的飞机被我们的炮火误打了下来。于是我们又站起来。啥命令也没了,来了个'稍息'②。有一个骑兵朝着我们飞驰而来。他老远就喊道:'营长在哪儿?'③营长骑着马迎上去。骑兵交给营长一份文件,又骑着马往右边走了。营长在途中阅读了文件,突然像发了疯似的,拔出马刀,向我们飞奔过来:'统统退下去,统统退下去!'④他对着军官们嚷道:'朝山谷小路走,一个跟一个!'⑤这一下来劲了。从四面八方都冲着我们发起脾气来,就像早就在等候这一着似的。左边是玉米地,被我们踩得一塌糊涂。我们四人一组潜入山谷,背囊扔在他妈的枕木上。马采克上尉脑袋挨了一枪,连哼都没来得及哼一声就报销了。还没等我们逃进山谷,伤的死的已有一大堆。我们把他们扔在那里没管,一直跑到天黑。凡是我们经过的地方,在我们来之前就已被我军洗劫一空。我们看到的只是一个抢光了的辎重车队。后来我们终于到达一个车站,在那儿得到一道新的命令,要我们上车回到参谋部去。可是我们已经办不到了,因为整个参谋部在头一天就已全部被俘。这事我们到第二天早上才知道。后来我们就像没爹娘的孤儿,谁也不愿理睬我们。上面把我们合并到七十三团去,同他们一起撤退;这是我最乐意干的事。可是在追上七十三团之前,我们还得整整行军一天,然后我们……"

　　谁也没有听他唠叨了。帅克和万尼克在打"马利亚什"⑥,军官食堂的走阴巫师伙佚继续给他老婆写那封详尽的家信。他老婆在他离家期间开始发行一种新的神智学杂志。巴伦在椅子上打盹,电话兵霍托翁斯基没事好干,就不住地重复说:"这些事儿我总也忘不了……"

　　他起身去看别人打扑克。

　　"让咱抽抽你的烟斗吧!"帅克友好地对霍托翁斯基说,"反正你要看牌去了。打'马利亚什'比打仗、比你们在塞尔维亚干的那场该死的冒险活动要正经得多。我可不干这种蠢事!要是干了,就自己打自己

---

①②③④⑤　原文为德语。
⑥　一种纸牌打法。以持同花的王与王后者胜。

耳光。我还没抓到老K,刚刚来了个王子'J',该死的!"

这时,走阴巫师伙伕写完了信,带着明显的满意神色把它读了一遍,自认为定能巧妙地蒙混过军邮检查官的检查。

"亲爱的妻子:

当你读到我这封信时,我已经在火车上坐了好几天了,因为我们正开往前线。我并不感到多么高兴。因为在火车上我整天闲散无聊。我也干不出什么名堂来,因为我们军官食堂无饭可做,饭菜从站上领来。我本乐意给军官们在路上烧顿牛肉吃,可我不走运。也许要到了加里西亚我们才有可能焖点鹅肉,真正的加里西亚焖鹅加麦粒粥或米饭。相信我吧,亲爱的海莱卡,我的确是想方设法要减轻我们军官大人们的忧虑和困难的。我从团里调到先遣营,这是我最热切的愿望,哪怕是再简陋,也想把前线的军官食堂办得像个样子。亲爱的海莱卡,你记得,我入伍时你不是祝我碰上些好长官吗?你的愿望全实现了。我不但没有半个不字可说,相反地长官们都成了我的朋友,都像我的父兄一样对待我,我将尽快将我们战地邮箱番号告诉你……"

这封信是被当时的环境逼出来的:走阴巫师伙伕给施雷德上校把醋洒了个精光,上校至今没跟他算账。在先遣营军官们的告别晚宴上,上校那份饭偏偏又缺少一份卷炸小牛腰,于是施雷德上校就打发约赖达同先遣营一道上前线,而把团部军官食堂交给一个倒霉的盲人学校教师克拉罗夫去办。

伙伕约赖达把他写的信又浏览了一遍。他觉得信中很有些外交辞令,这是为了在前线还能混得过去,因为不管怎么说,即使是在前线当伙伕,相比之下毕竟是个美差。

尽管他在入伍前身为巫术杂志的编辑与老板,写过劝人不要怕死,关于灵魂转世的大块文章,实际上他也是怕死的。

现在他走到帅克和万尼克跟前观看他们的牌技。此时此刻,这两位牌客正打得带劲,连上下尊卑的官纪也忘得一干二净了。他们已经不是两人,加上霍托翁斯基,是三人在玩了。

传令兵帅克把军需上士万尼克臭骂了一顿:"我真奇怪你的牌怎么打得这样蠢。你明明知道他说了要不起,而我又根本没方块,你不打八,而像个大笨蛋似地把个梅花杰克打出去,这样的饭桶还能赢牌?"

"我输掉一张牌你就来嚷嚷,"军需上士回敬他,"你自己打牌也像个白痴,我也连一张方块都没有,只好用一张小牌换一张方块八进来嘛。我的牌虽大,但都是清一色的梅花。唉,你这个二百五!"

"那你该打大牌啊,傻瓜!"帅克微笑着说,"这就好比有一回在瓦尔舍的饭馆那儿也出过这么一件事。一个傻瓜手里也有王牌,可他没打,老出小牌,人家还是要不起。可你知道他的牌有多好啊?四种牌的大家伙全在他手里,就跟你现在一样。你要是一下亮牌,我只能干瞪眼,别人也跟我一样没辙儿,我们得输老鼻子啦!我实在忍不住说了:'赫洛德先生你亮牌吧,别折腾啦!'可他对着我大发雷霆,说他爱怎么打就怎么打,要我别多嘴,说他还是个搞高等教育的人。可他这次吃亏不小。老板是我们的熟人,女招待跟我们的关系就更亲了。于是我们对那些来查夜的巡逻兵解释了一通,说这儿一切正常,说首先是他的不对,因为在店子门口踩了一块薄冰摔破了鼻子,就大喊大叫惊动巡逻队,影响了夜里的安宁。尽管他玩牌弄假,后来被我们发现了,可我们连碰都没碰他一下,他便没命地往外跑,结果摔成这样,活该。老板和女招待都为我们作了证,说我们对他的确很讲交情。这位老兄也活该,只要了一杯啤酒和矿泉水,便从晚上七点一直坐到半夜。因为是个大学教授就摆出一副臭架子,对打扑克一窍不通。现在谁出牌?"

"我们现在来玩'补进'①吧!"走阴巫师伙伕提议说,"一次赌六个或两哈莱什②。"

"那还不如给我们讲讲灵魂转世哩,"军需上士万尼克说,"就像那次你打破了鼻子,给营房小卖部的女招待讲的那样。"

"灵魂转世的事儿我也听说过,"帅克说,"好些年前我也下过决心要学点文化,免得落在别人后面,我就跑到布拉格工业协会③的阅览室

---

① 一种扑克玩法。
② 捷克辅币,百分之一个克朗。
③ 实为"捷克工业振兴会",是最早的工会组织之一,类似工人读书室、图书馆性质。

去自学。可是因为我穿得太破,屁股上有个窟窿,就没法去学文化,他们不让我进去,怀疑我是去偷大衣的,把我撵了出来。我换了一身节日服装,进了博物馆的图书室。我跟我的一位朋友在那儿借了一本专谈灵魂转世的书。我在那本书上读到:有一个印度皇帝,死后变成一头猪,人家把这头猪宰啦,它又变成一只猴子,由猴子又变成一只獾,由獾又变成了一位内阁大臣。后来在军队里我认定,这里面也有一部分道理。因为随便哪位军人,只要肩章上有一颗星,他就把士兵不是叫海猪,就是叫个别的动物的名字。因此可以断定:几千年前这些普通士兵还是一些大名鼎鼎的将领。在战争时期,这种灵魂转世就成了一种蠢透了的事儿。鬼知道在我们成为电话兵、伙伕或者步兵之前变了多少回。突然之间他被榴弹炸死了,他的灵魂就附到一匹炮兵部队的马身上。马来到营里,当它占领哪个高地时,也挨榴弹炸死了,它的灵魂又转到辎重队哪头牛身上;人们把牛杀了给先遣队做燉牛肉,牛的灵魂马上又转到电话兵身上,电话兵……"

"我真奇怪,"电话兵霍托翁斯基感到受了侮辱,他说,"干吗非得拿我当靶子来取笑一通不可呢?"

"有个开私营侦探所、长着一双大而黑的三角眼的霍托翁斯基是不是你的亲戚?"帅克天真无邪地问道,"我很喜欢私人密探。几年前,我和一个姓施滕纳的密探一起服过役。他的后脑勺像个松果,所以我们军士总爱对他说:服役十二年来,我见过不少松果型的脑袋,可是像他这样大的松果后脑勺连想都没有想到过。'听我说吧,施滕纳,'军士对他说,'今年要是没有演习,即使你有个松果脑袋,在军事上也派不上用场。现在我们要是开到野外,找不到什么更合适的靶子,炮兵至少可以拿你的松果脑袋当靶子。'可怜的施滕纳可吃过他不少苦头。有时在行军的时候,军士让他先走五百步,然后下命令:'目标——松果脑袋!'这位私人密探施滕纳也有不少伤脑筋的事。关于他的这些苦恼事儿,他在食堂里不知跟我们说过多少遍。他常常得为某位顾主监视其夫人。一位顾主丧魂失魄跑到他的事务所来找他,委托他探听自己的老婆是不是在跟别人相好;如果是的话,那是跟谁在相好,在什么地方以及是怎么个相好法。或者相反,一个醋劲大的女人想要侦察她的丈夫和谁在鬼混,好抓住把柄在家里闹个翻天覆地。施滕纳是个受过教育的人。说起破坏夫妇忠贞的事儿来总是用一些文雅的词句来表述。每当他对我们讲到顾主如何要求他当场①抓住她或他时,总是装出一副难受得几乎要哭出来的样子。有的人,比方说吧,能当场捉到一对作案者,可高兴哩,他可以大饱眼福呀。可是施滕纳,用他的话说,每逢遇到这类事儿,他自己总是很不好意思。他总是用文雅的话来讲述。看到这种下流事儿,他就浑身无力,很不舒服。他在给我们介绍他

所见到的各种不同的猥亵场面时,我们就像狗见到煮熟的燻肉一样垂涎三尺。每当我们被罚关在兵营时,他就来给我们描绘一番这类事儿。他说:'我就是在这样的情景下看见某太太在某处某处跟某先生……'他连他们的住址也告诉我们了。他的神情忧伤。总是说:'我挨过他们男女双方多少耳光啊!这还不打紧,更糟的是我还得受贿。有一笔贿赂教我一辈子也忘不了。男的光着身子,女的也脱得精光。在旅馆里,没闩门!这对笨蛋!沙发搁不下他们,因为两人都是胖子。就像两

---

① 原文为拉丁文。

只猫似地在地毯上调情。地毯被他们弄脏了，尘土飞扬，香烟头扔得满地都是。我一进去，两人嗖地一下跳了起来。男的站在我对面，手那么放着，像一片遮羞的无花果叶；女的背对着我，背上全是被地毯压上的花纹印，脊梁骨上还沾了个烟屁股。我说：'请原谅，采麦克先生，我是霍托翁斯基侦探所的私人侦探施滕纳。我的职责是根据尊夫人的委托当场捉拿您。这位在此与您发生不正当关系的夫人是格罗特娃太太。'我有生以来还没见过这样镇静的公民。'请允许我，'他说，好像啥事也没有似的，'穿上衣裳。罪过完全在我老婆身上，她毫无根据的嫉妒，逼得我只好去跟别人发生不正当关系。她仅仅因为一点点嫌疑就产生了用责备与可耻的不信任来侮辱丈夫的欲望。假如证据确凿，丑事已无法掩饰的话……我的衬裤在哪儿？'他若无其事地问道。'在床上。'他一边穿衬裤一边接着说：'要是丑事已无法掩饰，那就只好"离婚"。可这也洗不清污点。总之离婚根本就是很危险的事儿，'他边穿衣边接着说。'最好的办法是让我老婆忍耐着点儿，别往外声张。至于其他，就随您的便吧。我把这位太太留下来单独跟您在一起。'这时格罗特娃太太已躺到床上去了。采麦克跟我握了一下手就走了。我已经记不清施滕纳先生下面是怎么跟我们讲述的，他后来还说了些什么。他只是非常文雅地跟那位躺在床上的太太交谈着，讨论一些问题，例如婚姻关系的缔结完全不是为了把双方直接引向幸福，又如，夫妻双方都有责任克服欲念，以及让自己对性的要求变得纯净和贞洁。'这时候，我开始慢慢地脱下衣服，'施滕纳说，'等我脱完了衣服，像一只发情的公鹿一样开始撒野的时候，我的一位老相识什达赫闯进房里来了。他也是当私人侦探的，在我们的竞争对手施特恩侦探所任职，准是格罗特先生到那个侦探所去委托他们了解他太太的行径，看她跟谁发生了关系。这个什达赫说了一句：'啊哈，施滕纳先生跟格罗特娃太太当场出彩啦！恭喜你们们！'就轻轻带上门走了。'现在我什么都不在乎了，'格罗特娃太太说，'你不必忙着穿衣服。我这旁边有的是位子给你。'——'亲爱的太太，这恰恰牵涉到我的位子问题，'我这么说了一句，连我自己也不知道在说些什么，我只记得我说过，'要是夫妇之间有了纠纷，就会影响到子女的教育。'后来他还给我们讲他怎么很快地穿好衣服,怎么撒腿逃跑,怎么下决心立即去向他的老板霍托翁斯基先生报告此事。一路上他越走越理直气壮,可是当他来到事务所时,发现他已经迟了一步。什达赫已经到那里去过了。他的老板让他给霍托翁斯基当头一棒,指出他那些私人侦探所的下属人员是些什么东西。可是霍托翁斯基先生无计可施,只好立即派人去向施滕纳先生的老婆报告一声,让她自己去整治这样的人。所里派他去干一件公差,他自己倒被竞争对手发现在跟人胡搞,'从此以后,'施滕纳先生说,'我的松果脑袋就更大了。'"

"现在我们来打'五到十'吧!"他们又玩起扑克来了。

火车停在莫雄站上。已是黄昏时分,任何人也不许下车。

火车开动时,一个车厢里传出了高昂的歌声。歌手像要把路轨的碰击声压倒似的。原来是一个卡什贝尔山的士兵在夜幕降临匈牙利平原时,怀着虔诚的深情,用他的破锣嗓子在赞颂静静的夜晚。

夜安啊,夜安!
祝愿所有疲劳的人夜安!
白日悄悄消逝,
一双双劳动的手都已休息,
一直到第二天天明,
夜安啊,夜安!

"住嘴,你这乡巴佬!"[①]有人打断了这位伤感歌手的歌声,他立刻就沉默了。人们又把他从窗口拖开。

疲倦的人们并未休息到明天早上。跟别的车厢里点着蜡烛玩牌一样,这儿也在一盏挂在车厢壁头上的小油灯下继续玩着"恰帕里"[②]。每一次不管谁因为抓到王牌而赢牌时,帅克总要说这是最公道的一种娱乐,因为谁想换几张牌就可以换几张牌。

"玩'补进'的时候,"帅克说,"只要抓到王牌爱司和七,你就可以叫派司,不再抓牌了。因为再进就有危险了。"

---

① 原文为德语。
② 捷克一种牌的玩法。

"咱们玩'健康'①吧。"万尼克在大家一片赞赏声中建议说。

"红桃七是王!"帅克一边洗牌一边说,"每人下十个哈莱什发四张牌。快点儿下吧!让我们正经玩上几盘。"

一个个脸上心满意足地泛着红光,好像根本没有战争,而且似乎他们也并没有坐着列车开往前沿阵地去参加血淋淋的厮杀,他们仿佛是坐在布拉格一家咖啡馆的牌桌边。

"我真没想到,"帅克打完一盘之后说,"当我一张有用的牌也没抓着时,我把四张牌都换了,结果抓上个爱司。你们把老克弄到哪里去了?我要用爱司打老克。"

正当他们在这儿拿爱司打老克时,在遥远的前线,国王们正驱使他们的臣民在互相厮杀哩。

列车开动前,先遣营军官们所在的车厢里静得出奇。大部分军官都在埋头看着一本精装德文书《神父的罪恶》,路德维希·甘霍费尔的小说。② 而且大家都在聚精会神地读着第一六一页。营长扎格纳大尉靠窗口站着,手里也拿着这本书,也翻到第一六一页上。

他望着窗外的风景,心里琢磨着怎么才能最明白地向他们讲清楚这本书的意义。这一切都是最机密的。

这时候,军官们已经得出结论:施雷德上校已经完全疯了。虽然他早就有点神经失常,可是谁也没料到他会这样快就疯了。开车之前,他把所有的军官都叫来开了最后一次会。会上,他对他们说,每人可以领到一本路德维希·甘霍费尔的《神父的罪恶》。他已经叫人把书送到营部办公室去了。

"诸位,"他带着非常神秘的神情说,"你们任何时候也不要忘了翻看第一六一页!"军官们埋头精读了第一六一页,也不能从里面看出什么奥妙来。只读到一个叫马尔达的女人走到写字台跟前,从那儿拽出一个某种角色的人物,并且大声说:大家必须对这位剧中人的痛苦表示

---

① 捷克一种牌的玩法。
② 原文为德语。甘霍费尔(1855—1920),奥地利小说家,著有多种爱情小说。

同情。在这一页上,他们还读到一个叫什么阿尔伯特的,他一个劲儿说俏皮话。但是那些俏皮话跟前面的事件风马牛不相及,简直是胡扯淡,气得卢卡什上尉把烟嘴都咬碎了。

"那老家伙完全疯了,"大家都这么想,"他已经完蛋了,准会把他调到军政部去。"

扎格纳大尉在脑海里将这一切仔细琢磨了一番之后,便离开了窗口。他没有多少教育才能,所以费了好大一番工夫才把讲解第一六一页的意义的教案编写出来。

他跟上校老头一样,对军官作报告的开场白总是:"诸位!"①虽然在上车前他总管他们叫"伙计们"②。

"是这样的,诸位,"③他开始讲话,说他昨天晚上接到上校关于路德维希·甘霍费尔所著《神父的罪恶》第一六一页的指示。

"是这样的,诸位!"他接着郑重地说,"摆在我们面前的一套作战时使用的新电报密码,是非常机密的。"士官生比勒掏出笔记本和铅笔,随后用十分讨好的口气说:"我准备好了,大尉先生!"

大家都瞟了这傻瓜一眼。在志愿兵军校学习时,他的勤奋就夹带着几分蠢气。他志愿投军,当志愿兵军校校长第一次询问学员的家庭情况时,他说,他的先辈的姓氏过去是这样写的:比勒·冯·莱特霍利,又说,他们的家徽上有个带鱼尾巴的鹳翅膀。

从此大家便给他起了个绰号叫"鱼尾巴鹳翅膀"。他立即就失去了大家的宠爱,受到大家毫不怜悯的揶揄。因为他父亲只不过是个卖兔皮的老实生意人,跟他讲的鱼尾巴鹳翅膀毫不相称。尽管这位浪漫主义的狂热者发奋求学,恨不得把所有军事知识都吃到肚子里去,他不仅完成了规定的学业,还学了一些别的东西,但这也无济于事。时间愈长,他脑袋里装的军事艺术与战争史的著作愈多。一直到他沉沦与毁灭之前,还总爱在谈吐中加以卖弄,他自以为在军官群中是能跟上级军官平起平坐的人物。

"听着,士官生!"④扎格纳大尉说,"没有我的允许,你就先别说

---

①②③④ 原文为德语。

话。谁也没问你。其次,你是聪明过头的军人,如今我把非常机密的情报告诉你,你就把它写到自己的笔记本上。要是泄密了,你就等着上军事法庭吧!"

此外,士官生比勒还有一个护短的坏习惯:他竭力让人相信他的想法是好的。

"报告,大尉先生,"他回答说,"就是把笔记本丢了,谁也猜不出我写的是什么,因为我是用的速记法,谁也看不懂我记的东西。我使用的是英国速记法。"

大家轻蔑地瞅了他一眼。扎格纳大尉摆了一下手,继续作他的报告:

"我已经提到了这套战时密电码的新方法。你们也许弄不明白:为什么恰恰要你们看路德维希·甘霍费尔的《神父的罪恶》第一六一页。诸位,这是一把钥匙,它可以帮助我们理解上级——军团司令部的最新指示而采用的新式密码。你们知道,在战地拍发重要电文有许多方法。咱们采用的最新式方法,是一种补充数字法。因此,上星期团部发给你们的密码和译电码法就作废了。"

"阿尔布雷希特大公式的密电码,"奋勉的士官生比勒自言自语咕哝着,"8922-R 是根据格龙菲尔德式改编的。"

"这个新式密码非常简单,"扎格纳大尉的声音在车厢中回荡。"我亲自从上校先生那儿领到了密码的下册和译电本。

"比方说我们得到了这么一道命令:

"'令二二八高地机枪向左方射击,'①诸位,我们接到的电报就会是这样写法:'事情-与-我们-这-在里面-这-许诺-这-玛尔塔-你-这-仔细地-然后-我们-玛尔达-我们-这个-我们-感谢-好公共大学学院-结束-我们-许诺-我们-改好-许诺-确实-感谢-思想-完全-支配-声音-最后的。'②非常简单,毫无复杂之处。团部打电话给营部,营部打电话给连部,连长拿着这个密码,就用下面这个方法把它译出来:拿起《神父的罪恶》这本书,翻到第一六一页,又从反面的一六〇页

---

① ② 原文为德语。

上,自上至下找'事情①'这个词。请看!诸位,'事情'这个词儿首先在一六〇页上出现,数下去刚好是第五十二个字;在反面一六一页上又从上往下数到第五十二个字母。请诸位注意,这个字母是'A'。电报上的第二个字是'与'②,这是在一六〇页上的第七个字,再找第一六一页上的第七个字母,是'u'。第三个字是'我们'③,请诸位注意,是第八十八个字,再看第一六一页的第八十八个字母是'f'。于是我们就翻出来'在……之上'④这个字。就这么译下去,直到把'令二二八高地机枪向左方射击'这个命令完全译出来为止。诸位,这个方法真是又巧妙又简单,如果手里没有路德维希的《神父的罪恶》第一六一页这把钥匙就甭想译得出来。"

大家都鸦雀无声地看着这该死的第一六一页,绞着脑汁。沉默了一会儿之后,忽然间,士官生比勒焦急地嚷道:"报告!大尉先生,我的老天爷,密码对不上号呀!"⑤

这密码确实神秘莫测。

不管大家费多大的劲儿,除扎格纳大尉以外谁也没能根据第一六〇页上的字的次序找到反面第一六一页上的字母,然后再拿这个钥匙查出电文的其它字母来。

"诸位,"当扎格纳大尉发现士官生比勒绝望的叫声合乎事实之后,结结巴巴地说:"怎么搞的? 在我这本《神父的罪恶》里一点儿也没错,而在你们那本里面怎么就不是那么回事了呢?"

"大尉,请允许我,"又是士官生比勒说话,"允许我指出:路德维希·甘霍费尔这本书有上、下两集。请您看看内封页上写着:'本长篇小说共分两集'。我们拿的是上集,您拿的是下集。"这位认真的士官生比勒接着说,"所以我们手里的一六〇和一六一页跟您的不是一码事,我们这一本里的原文完全不同。您那本书译出来的电文第一个字是'在……之上'⑥,我们的是'干草'⑦!"

现在真相大白,比勒并不像大家想象的那样笨。

"旅部发给我的是下集,"扎格纳大尉说,"一定是搞错了。上校给

---

①②③④⑤⑥⑦ 原文为德语。

你们发了上集,准错了。"听他说话的口气,仿佛在他大讲密电码非常简单之前就知道得一清二楚似的,"是旅部搞错了,没跟团里讲清楚要领下集,所以出了这种事。"

士官生比勒得意洋洋地扫视了大家一眼。杜布中尉轻声对卢卡什上尉说:"'鱼尾巴鹳翅膀'把扎格纳大尉狠狠刮了一家伙。"

"诸位,这真是怪事,"扎格纳大尉又开口说,想引起大家谈谈,也好驱散这令人闷得发慌的沉寂,"旅部里有一些不动脑子的人。"

"请允许我指出,"又是这位不肯罢休的士官生比勒在说话。他又想卖弄卖弄自己的才智了,"类似这种机密的事儿不该从师部发到旅部来。这种关系到军团最机密的东西只能传达到师旅长一级的长官。我对保卫撒丁和萨伏依战争时期①,在英法联军围攻塞瓦斯托波尔时期,在中国义和团起义时期,以及最近的日俄战争时期使用过的密码体系都很熟悉。这些体系传达给……"

---

① 指一八四八至一八四九年和一八五九至一八六一年战争。撒丁是意大利一岛屿,萨伏依在法国境内。

"我们用不着翻这些老古董,士官生比勒,"扎格纳大尉带着轻蔑和不高兴的神情说,"我向你们讲解的那套密码,无疑是最好的一种,甚至可以说是一种好得无可比拟的。我们敌人的参谋部门的特务机构只能白瞪眼,他们就是把自己剁成几块也破不了我们的密码。这是一种崭新的东西,是前所未有的。"好学不倦的士官生比勒意味深长地咳嗽了一声:"大尉先生,请允许我,"他说,"提请您注意一下克里霍夫论军事密码的那本书。这本书谁都可以在军事知识辞典出版社找到。那上面详细地写到您给我们解释的这个译码方法。这种方法是基希纳上校发明的,在拿破仑一世时期他曾在萨克森军中服过役。这种方法叫基希纳法。每一个字都能从反面一页上找到译码钥匙。这种方法又由弗莱斯纳中尉在《军用密码手册》①一书中加以完善。这本书谁都能在军事科学院出版社买到。您瞧,大尉先生!"士官生比勒从手提箱里把他所说的那本书拿出来,接着说,"弗莱斯纳也举了同样的例子。请大家相信。就像我们大家刚才听到的一样的例子:'令二二八高地机枪向左方射击。'②解答见:路德维希·甘霍费尔著《神父的罪恶》③两卷集。

"请你们再往下看!密码:'事情与我们这在里面这许诺这玛尔塔……'④等等,跟我们刚才听到的一模一样。"

已经没有反驳的余地了。这毛头孩子"鱼尾巴鹳翅膀"说得完全正确。

准是军部哪位将军图省事,找来弗莱斯纳的军事密码一书,一抄了事。

在整个这一段时间里,可以看出,卢卡什上尉在竭力与一种无法解释的内心烦恼搏斗着。他咬着嘴唇,想说点什么,可又改变主意谈别的去了。

"也无须把这些看得这么可悲,"他带着一种莫名其妙的犹豫心情说,"咱们在利塔河畔布鲁克驻扎时,密电码就改了好几次。等我们开到前线之前,还会有新的办法的;不过,我想,到了前线根本没有时间去

――――――――
①②③④ 原文为德语。

猜这类谜。等不到我们中有谁把密码译出来,咱们的连、营、旅早完蛋了。这种密码根本没什么实际意义。"

扎格纳大尉非常不高兴地点了点头。"实际上,"他说,"至少就我在塞尔维亚前线的经验来说,谁也没工夫去译这密码。当然这并不是说,当我们蹲在战壕里长久等待的时候,这密码也没有用。密码常常变换这也是事实。"

扎格纳大尉已全线溃退下来:"在前线传达参谋部命令时,越来越少使用密码的主要罪过在于我们的战地电话听不清,传达不清楚;在大炮轰鸣时尤其是这样。每个字音,干脆说,什么也听不清,结果搞得一片混乱。"他歇了一下。

"诸位,在阵地上,混乱现象是最糟糕不过的事。"他还蛮有预见地补充了一句,又歇下来。

"再过一会儿,我们就到拉布①了,"他望着窗外,又说,"诸位!②到了拉布,每人可以领到一百五十克匈牙利香肠,休息半个钟头。"

他看了看时间表:"四点十二分开车。三点五十八分大家在车上集合。一个一个连地下,从十一连起,顺着往下数。以排为单位到第六仓库去领,③由士官生比勒监督分发。"

大家都望着比勒,仿佛在说:"有你受的,嫩毛孩子!"

可是这位勤奋的士官生比勒从他的皮包里拿出一张纸和一把尺子,按连的数目在纸上画了格子,并向连长询问各连人数,可是没有一个连长知道人数,他们只能给他提供一些信手写在自己笔记本上的大概数字。

这时,扎格纳大尉绝望之余开始读起那本该死的《神父的罪恶》来。列车到达拉布车站时,他合上书说:"这位路德维希·甘霍费尔写得不赖。"

卢卡什上尉头一个跳出军官车厢,向帅克坐的那节车厢走去。

---

① 布达佩斯东火车站。
②③ 原文为德语。

帅克和他的伙伴们早已经打完了牌。卢卡什上尉的勤务兵巴伦感到饿得要命,以致对军队长官们啧有烦言,说他非常清楚,军官先生们吃得太饱。现在比农奴制时代还要糟。古时候在军队里也不是这个样子。记得他爷爷在家养老时常对他说,在一八六六年战争①时期,军官和士兵还分享鸡和面包。巴伦的数落没完没了,帅克却认为,应当颂扬这次战争和军事秩序。

"你爷爷太年轻,"帅克和蔼地说,这时列车已经到了拉布。"他还只能回忆一八六六年那一仗。我倒认识一个叫罗诺夫斯基的,他的爷爷在意大利服役时还是农奴制时代。他在意大利当了十二年兵,回来的时候是个班长。找不到工作。于是这个爷爷的父亲便雇了他替自己干活儿。有一回,他们去服劳役,刨树桩。有一个树桩,像那位给自己的父亲干活的爷爷说的那样,那家伙真牢,动都动不了。老爷子说:'把它搁在这儿吧,他妈的!何必受这份累?'林务官听见这话,大喝一声,举起棍子要打他:'非得把这树桩刨出来不可!'那位当过班长的爷爷只说了一句:'你这浑小子,我是退伍老军人。'一个礼拜之后,老爷爷得到一张通知,要他再到意大利去当兵,补空缺。他又在那儿呆了十年。他给家里去信说:等他回来时,要用斧头把林务官的脑袋劈碎。幸亏守林官比他死得早,这才平安无事。"

这时,卢卡什上尉出现在车厢门口。

"帅克,过来!"他说,"收起你那套瞎扯淡,最好还是到我这儿来把一件事说清楚。"

"是!我这就来,上尉先生。"

卢卡什上尉把帅克带走了。他扫视帅克的眼神,预示着事情不妙。

扎格纳大尉的讲解以惨败而告终。在他讲解的整个过程中,卢卡什上尉施展他的侦探本领,找到了惟一可能的谜底。这不需多费事,因为在他们动身的前一天,帅克曾报告卢卡什说:"上尉先生,营部有些给军官先生们读的书。我把它们从团部抱来了。"

---

① 指一八六六年奥普战争。由普鲁士挑起,企图使奥国失去统治地位,让普鲁士在统一德国中起决定作用。结果奥国战败。

所以,当他们过了第二道铁轨时,卢卡什上尉便直截了当地问道:"帅克,那些书究竟是怎么回事?"这时他们已经走到一部灭了火的火车头旁边,这个火车头在等着一列装弹药的火车,已经有一个礼拜了。

"报告,上尉先生,说来话长,我要给您详细说说,您又总爱生气。就像那次一样,您想敲我的后脑勺,还把那张关于军事借款的公文撕掉了。那回我跟您说了,我曾在一本什么书里读到过:过去打仗的时候,人们得交战款,家里安一个窗户得交二十块硬币,喂一只鹅也要交那么多税……"

"帅克,这么扯下去我们就永远扯不完了,"卢卡什上尉说,继续他的审问;同时,他盘算着,必须把这一最大的秘密瞒住,免得帅克这个混蛋又捣什么鬼。"你认得甘霍费尔吗?"

"他是干什么的?"帅克很感兴趣地问道。

"他是一个德国作家,你这笨蛋!"卢卡什上尉回答说。

"说良心话,上尉先生,"帅克带着一副殉道者的神情说,"我一个德国作家也不认识。我只认得一个捷克作家,就是多玛日利采人哈耶克·拉迪斯拉夫。他是《动物世界》杂志的编辑。有一次我把一条看家狗当纯种小猂狗卖给他了。这是一个快活的好人。他常到一家酒店去读他的短篇小说。读的时候,他那副愁眉苦脸的样子逗得大家都哈哈大笑;接着他便眼泪直流,还替酒店里所有顾客付了酒钱。我们只得对着他唱道:'多玛日利采的塔楼上,壁画画得真漂亮。画壁画的那位先生啊,爱着那年轻的姑娘。他已不在这里,早已被人埋葬……'"

"又不是在剧院里,帅克,你这么扯开嗓门乱喊,像个歌剧演员。"当帅克唱到最后一句"他已不在这里,早已被人埋葬"时,卢卡什上尉吓了一跳说。"我又没问你这个。我只想知道,你亲自跟我提到的那些书是不是甘霍费尔作的?这些书究竟是怎么回事?"卢卡什气急败坏地说。

"您指的是我从团部取来送到营部去的那些书吗?"帅克问道,"那的确是您问我认不认得的那个甘霍费尔作的,上尉先生。我接到团部直接打来的电话,说他们想把书送到营部去,可是营部里一个人都没有。准是全上小卖部去了。因为他们就要上前线去了,谁也不晓得自己以后还来不来得了这个小卖部。他们总是泡在那儿喝酒,没人接电话。在别的先遣营里也一样找不到人接电话。您提醒我是个传令兵,命令我守着电话,等电话兵霍托翁斯基来了,我再离开,所以我就坐在电话机旁边,等着人家来接我的班。团部的人在骂骂咧咧,说是哪儿也叫不通电话,又说有个电话让营部派人去团部领取给先遣营全体军官读的书。因为我知道,上尉先生,在军队里办事要行动迅速,所以我就去电话回答对方,说我亲自去取来送到营部去。他们给了我一大口袋的书,我费了好大的劲才把它搬到我们连部。我看了看这些书才知道是怎么回事。团部的军需官对我说过:根据团部的电话记录,营部已知道他们该选哪些书、哪一册看。这部书有两册。上册单独一本,下册也单独一本。我有生以来还没这么觉得好笑过,因为我这一辈子读的书也不老少,从来没见过有从下册读起的。他却又跟我说:'瞧,这是上册,这是下册。军官们自己已经知道该看哪一册。'我心里想,他们准是喝多了,因为谁读书都是从头读起的。比如说我背来的这种写神父罪过的长篇大著(我可以说也懂德文),就得从上册开始读起,因为我们不是犹太人,从后往前读①。所以,上尉先生,您从俱乐部回来时,我就打电话问过您,向您报告过这些书的事儿,问您是不是在战争期间什么都颠倒过来了,书也得从后往前读,先读下册,后读上册。您说我是个喝醉了的畜生,说我连《圣经》都不知道怎么读,应该先读'我们的父',后面才是'阿门'。"

"您不舒服吗,上尉先生?"帅克看到卢卡什上尉脸色苍白,抓住熄了火的火车头踏板,便关切地问道。

在他苍白的脸上没有一丝怒容,只是沮丧到了极点。

"往下说,往下说吧,帅克,已经过去了,已经好了……"

"我还是坚持我原来的意见,"在荒无人烟的铁轨上,又响起了帅克温柔的声音,"有一回,我买了一本罗赫·夏瓦尼描写巴科森林②的惊险小说,缺上册。结果我只得去猜想它的开头。就连这类侠盗书缺了上册也不行呀。现在我完全清楚了,要是军官们先读下册然后再读上册,那实在是完全没有意义的。我要是照着团部说的那么转告营部,说军官们自己知道该读哪一册,那我该是多么愚蠢啊!总而言之,上尉先生,这次发书的经过,我觉得太奇怪,实在费解。我知道,在战火连天中,军官先生们根本读不了多少书……"

"少废话,帅克。"卢卡什上尉叹了一口气。

"上尉先生,可我当时在电话里问过您,是不是一下子把两册都领来。您正好像刚才这样对我说,要我少废话,谁还顾得上背那么些书。我马上想到:既然您是这个意见,那么别的军官先生们也会是这么看的。我还问过我们的万尼克,因为他上过前线,在这方面很有经验。他说,军官先生们起初以为打仗是很轻松的儿戏,像到别墅去避暑休假似的,把整套整套的书都带到战地上去了。军官们得到大公赠送的各诗人的全集。结果又得让他们的勤务兵替他们背这些书;勤务兵们被书压得喘不过气来,把军官们骂了个狗血喷头。万尼克说,这些书根本没有用,拿它卷烟叶儿抽吧,又嫌纸太好、太厚;拿它当手纸用吧,上尉先

---

① 指阿拉伯文,从右往左读。
② 匈牙利西部的丘陵地带。

生,恕我放肆,这满是诗句的纸又会擦疼屁股;拿它来读吧,又没那么多闲工夫,因为老得跑路,只好到处乱扔。到后来,已经成了一个规矩:炮一响,勤务兵马上把这些消遣书扔掉。这些情况,我早就知道,可是我还是想,上尉先生,再听听您的意见,便又打电话问您这些书怎么办。您说,要是有什么蠢念头钻到我的脑瓜子里,不挨一下耳刮子是去不掉的。所以,上尉先生,我只把这小说的上册送到营部,下册就暂时留在我们连部。我的意思是等军官先生们读完上册,再把下册发给他们,就像图书馆借书那样。可是突然来了开差的通知,让全营把所有多余的东西送到团部仓库去。我又请教万尼克先生,下册算不算多余的东西,他说,根据在塞尔维亚、加里西亚和匈牙利的惨痛教训,什么书也别带到前线去。城里士兵们用来搁废报纸的箱子才是有用的东西,因为用报纸卷烟叶或者卷草末都不错,士兵们在战壕里就是抽的这种烟卷儿。营里已经把这部小说的上册分发掉了,下册我们送到仓库去了。"

帅克歇了一会儿接着说:"仓库里,五花八门,什么都有。连布杰约维策教堂唱诗班领唱人从军时戴的那顶礼帽也存在那儿。"

"我告诉你,帅克,"卢卡什上尉深深地叹了一口气说,"你根本不知道你捅了多大的乱子。我自己骂你白痴都骂腻了。我简直找不出话来形容你这股傻气。我管你叫白痴,那还是对你的恭维。你捅的这个乱子,跟我认识你以来你所干的全部坏事相比,那些也不过是芝麻大点儿小事儿。帅克,你要是知道你干了些什么就好了……但是你永远也不要知道这个……要是什么时候有人谈到这些书,你一声也别吭,别说我在电话里对你说过,叫你把下册……要是什么时候有人谈到上册和下册如何如何,你也不要理会!你什么也不知道!什么也记不得!你可别把我扯到里面去了!你给我小心点……"

卢卡什上尉说话的声音,就像在发高烧一样那么难受。趁他歇气的那一会儿,帅克又提了个幼稚的问题:"上尉先生,请问,您为什么说我永远也不会知道自己干了这么糟糕的事?上尉先生,我问您这个,只是想下次不再干这些事儿。常言道:上一回当学一会乖。达尼科夫卡村的翻砂工阿达麦茨就是一个例子,他错把盐酸喝了下去……"

帅克没把话说完,因为卢卡什上尉把他的经验之谈打断了:"你这

个糊涂蛋！我才不来跟你解释什么哩,给我滚回你的车厢去。告诉巴伦,等列车到了布达佩斯,让他给我送点小面包到军官车厢来,还拿点肝泥馅儿饼,我把它放在下面小箱子里的锡箔纸里。告诉万尼克,他是头笨骡。我给他下了三次命令,叫他把全连官兵人数的准确材料给我报上来。今天我需要用这个材料,可是,我手里还是只有上星期的旧名单。"

"是,上尉先生。"帅克粗声应道,然后缓步朝他的车厢走去。

卢卡什上尉沿着铁路路基在散步,一边还思忖着:"我本该给他几个耳光的,可是我却像跟朋友一样地跟他唠叨了半天。"

帅克庄重地走进自己乘坐的车厢。他深深地感到自己受到了抬举。可不是吗？一个人干了一件很糟糕的事,连自己也无权知道究竟是什么事,这种事也不是每天都会有的啊。

"上士先生,"帅克回原位之后说道,"我觉得卢卡什上尉先生今天的兴致很好。他叫我对您说,您是头笨骡,因为他已经三次叫您把连队官兵人数告诉他。"

"老天爷!"万尼克发火了,"我现在得治治那些排长!那些懒鬼排长各行其是,不把排里的名单送来,这能怪我吗?我能闭门造车、胡编一气不成?我们这个先遣连就是这么个德行!这些事儿也只能出在我们十一先遣连。这我早就料到,早就知道!我一分钟也没怀疑过,我们这儿是一团糟。伙房里今天少四份口粮,明天又会多出三份来。这些强盗哪怕通知我一声是不是有人进了医院也好啊!上个月,我的名单里还有个叫尼科德姆的,临到发饷的那一天,我才知道他得了急性肺炎死在布杰约维策的肺痨医院里了。我们还一直为他领口粮哩。我们发过他一套军装,天晓得他那套军装搞到哪儿去了。上尉自己不好好管教他的连队,还说我是个笨骡。"

军需上士万尼克气呼呼地在车厢里来回踱着,"要是我当连长,什么事儿我都照规定搞得有条不紊!对每一个士兵的情况都了如指掌。让军士每天给我报两次名单。可是我们现在的这些军士都是些饭桶,毫无办法!最糟糕的是那个叫齐卡的排长,成天开玩笑,说调皮话。我告诉他科拉希克已经由他们排调到辎重队去了,他第二天报来的名单还是老样儿,好像科拉希克还在他们排似的。天天都是这么个样儿,到头来还管我叫笨骡……不,上尉先生,您这么搞要失人缘的!连队的军需上士是军士一级的官儿,不是上等兵,谁都可以拿来擦……"

一直张着嘴巴听他们讲话的巴伦,如今替万尼克说出了他那个没有说出来的文雅字眼儿①,他大概也想插进来聊聊天了。

"去去,没你插嘴的份儿。"怒不可遏的万尼克说。

"你听着,巴伦!"帅克忽然想起来了,"上尉先生让我告诉你:到布达佩斯时,要你给他送小面包到车厢去,还要点儿肝泥馅儿饼,在上尉床底下那口箱子里的锡箔纸里。"

巴伦大汉立刻沮丧地垂下他那两只猩猩长臂,就这么坐了好长一会儿。

"肝泥馅儿饼已经没有了。"巴伦望着车厢的脏地板,用细微而绝望的声音说。

---

① 指"屁股"。说它是"文雅字眼儿",是说的反话。

"已经没有了，"他又断断续续地重复了一句，"我以为……我在开车之前把它打开了……我闻了闻……看看坏没坏……我尝了尝。"他用真心绝望的腔调喊出了这些话，大家一听就完全明白是怎么一回事了。

"你把它连锡箔纸一块儿吃了，"万尼克站到巴伦面前，感到一种快意，因为现在他用不着再费劲去证明上尉骂他的这种笨骡不只他一人。现在很清楚了，名单数字之所以总有些出入，更深的原因在于还有别的一些笨骡；此外，他感到快意的是，话题转了，吃不饱的巴伦成了嘲笑的对象和新的悲剧事件。万尼克这时特别想对巴伦说几句不顺耳的训词。可是走阴巫师伙伕约赖达制止了他。约赖达放下他心爱的书——一本古代印度的佛经译本，转向沮丧已极的巴伦这位甘愿承受命运的新的打击的人说："巴伦，你得管住自己，不要丧失对自己、对命运的信念。你不能把人家的功劳记在自己的账上。以后碰到要偷吃人家的东西这类问题的时候，你就问问自己：'肝泥馅儿饼跟我有什么相干？'"

帅克觉得有必要举个实例来解释这个论点："巴伦，你对我说过，你们家乡快要宰猪、熏肉了；你一打听到我们的野战军邮信箱号码，就让家里人给你寄熏肉来。你想想看，假如这些熏肉由战地邮局送到了我们连，我跟军士先生一人割下一块来。我们吃得很香，就再来一块，你一块我一块地把那块熏肉吃个精光，跟我认识的一个叫科采尔的邮差干的一样。他得了骨疡病。起初齐踝部把他的两只脚锯了；后来，又齐膝盖锯了；后来，又锯了大腿；要不是他死得及时，就得把他一段一段锯掉。巴伦，你想想看，要是我们也跟你吃上尉先生的肝泥馅儿饼一样把你的熏肉都吃了，你会怎么样？"

巴伦大汉痛苦地望着大家。

"全靠我说情，"军需上士提醒巴伦说，"你才留在上尉先生身边当勤务兵。要不然，你得随救护队到战场上抬伤兵。在杜卡拉山下，为了抬回一个被铁丝网扎穿了肚子的准尉，我们一连三次派担架兵上去都是有去没回，一个个脑袋开了花。直到第四批担架队员去才把他抬下来，可是在去包扎所的路上，准尉就死了。"

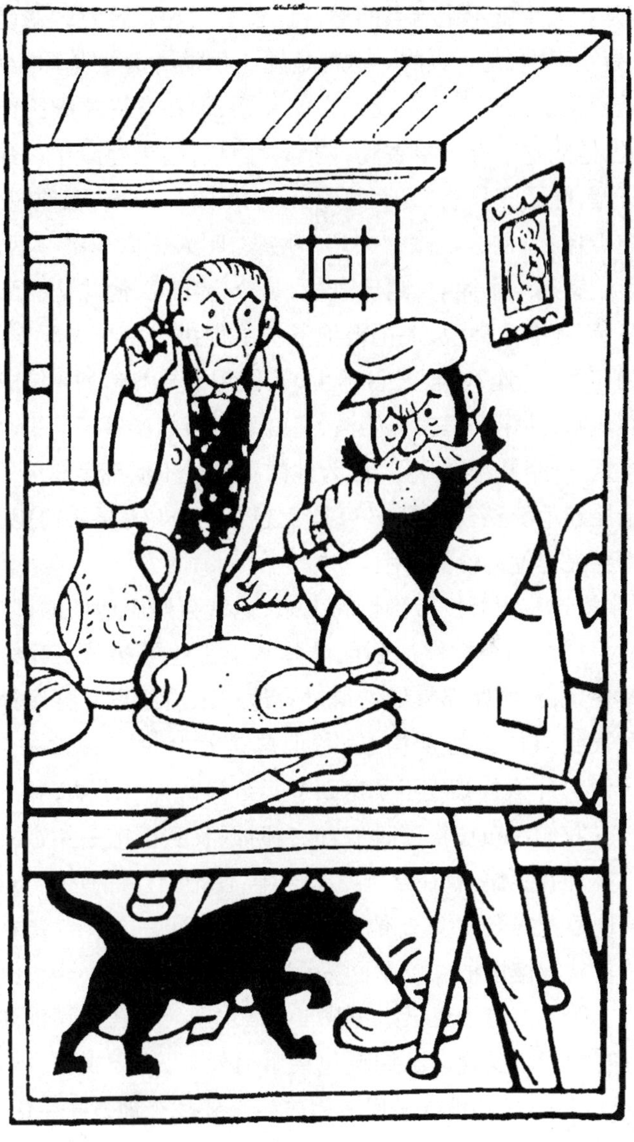

巴伦这时已忍不住抽泣起来。

"真不害臊,"帅克轻蔑地说,"亏你还是个军人……"

"可是我天生就不是当兵的材料!"巴伦哭丧着脸说,"我是个大肚汉,我总是吃不饱,这是真的。这都是硬让我脱离我过惯了的生活的缘故。这是我家祖传下来的。我死去的父亲,他在普洛季维饭馆里跟人家打赌说,他能吃下五十根香肠,两个大面包,结果他赢了。我有一次跟人家打赌,吃了四只鹅、两大盘馒头片加白菜。在家里,吃过午饭后,我还想吃点什么,便进贮藏室去切一块肉,叫人去取一罐啤酒,两公斤熏肉。我们家有一个雇农,叫沃麦拉,是个老年人,他总是提醒我别吃得那么多,别死撑。他说,他记得他爷爷给他讲过一个大肚皮的故事,说打仗的年月,一连八年,五谷不生,人们用干草和麻饼①烤成一种食物。没面包吃,往牛奶里放点奶渣,那就是过节的盛餐了。那个大肚皮乡下人,过了一个礼拜就死了,因为他的胃口过不惯荒年……"

巴伦抬起他那愁苦的脸:"可是我想,上帝即使要惩罚犯罪的人,他也总不会失掉他的怜悯心吧。"

"上帝把这些大肚皮带到世界上来,他就会照应他们的,"帅克说,"你挨绑过一次,如今把你送到前沿阵地上去也够格了。我给上尉先生当过勤务兵,我处处都教他信得过。他从来没想过我会偷他的东西吃。每次领到点什么特别的东西,他总是对我说:'你拿去吃吧,帅克。'或者说:'什么?我吃不了这么多。给我留下一小块,剩下的随你怎么办吧。'我们在布拉格那时节,他有时派我到饭馆去买饭菜。我一看分量不多,怕他疑心我在路上吃了一半,便把自己仅有的一点点钱拿出来又给他添上一份。只要他吃得饱就行!可是这事终究给他知道了。我总是从饭馆里把菜单拿回来由他自己点菜。有一天,他点了个带馅儿的小鸽子。馆子里只给了我半只,我想,上尉先生可能会以为我把那半只吃掉了。我就自己掏腰包买了另外半只,合成那么丰满的一份饭菜拿回家来,赶巧那天舍巴上尉先生正要找个地方吃午饭,午前便弯到我们上尉这儿串门,也饱吃了一顿。他吃饱之后说了:'你别骗

---

① 榨过油的亚麻饼,一般是当饲料和肥料用的。

我,这绝对不止一份饭菜。你走遍天下也绝不可能根据菜单买到整只带馅儿的鸽子。我今天要是搞到钱,就派人到你买菜的那家饭馆去买饭菜。你说实话吧,这是两份菜吗?'上尉先生当着他的面问我,要我作证说他只给了我一份菜的钱,因为他并不知道今天要来客呀! 我回答说:他只给了我买一份普通饭菜的钱。'您瞧!'我的上尉说,'这还算不了什么。前不久,帅克还给我送来两块鹅腿当午饭。您想想看:一碗面条汤、牛肉加小鲱鱼汁、两条鹅腿、馒头片加白菜鸡蛋饼。'"

"哎呀呀,他娘的!"巴伦咂着嘴。

帅克接着说:"这下可砸锅啦! 舍巴上尉先生第二天真的派了他那个瘦高个子勤务兵到我们那家饭店去买饭菜。勤务兵给他买来这么一小撮撮鸡肉,就像褴褛里包着个出生六个星期的小婴儿,大概有那么两勺子。舍巴上尉先生向他的勤务兵扑上去,硬说他吃掉了一半;他的勤务兵一口咬定他没罪。舍巴上尉先生给了他一个耳光,还把我当做勤务兵的榜样,说我给卢卡什上尉先生的饭菜是整份的。第二天,那个挨了打的无辜的勤务兵又到饭馆去买饭,把我的事全打听出来了,他把这一切都告诉了他的上尉先生,而他的上尉又告诉了我的上尉。晚上,我正拿着报纸在读着一条关于敌军司令部的消息时,我的上尉进来了。他脸色苍白,直向我扑来,要我告诉他,我替他花钱在饭馆里买了多少回这种双份饭菜,说他什么都知道了,说我不管怎么否认也白搭。他说,他早就知道我是个白痴,可是他万万没想到我还是个疯子,说我使他丢尽了脸,他真恨不得先把我、然后把他自己枪毙掉。'上尉先生,'我对他说,'在您接受我做您的勤务兵的第一天,您就讲到:当勤务兵的都是小偷和无赖。因为那饭馆给的分量实在太少,您可能会认为我也的的确确是这么个无赖,像所有的勤务兵一样,把您的饭菜偷吃了……'"

"我的老天爷!"巴伦小声地说,弯腰拿起卢卡什上尉的小提箱,提着它到后面的车厢去了。

"后来,"帅克接着说,"卢卡什上尉开始把自己所有的口袋搜了一遍。结果白费力气,啥也没有搜出来,他便从背心口袋里掏出一块银怀表给了我。他当时很激动。'等我发了薪水,帅克,'他说,'你给我开个账单,看我还欠你多少钱……这只表你留着。下次你可不能再这么发疯了。'后来我们两人手头都紧得没法,我只好把那块表送到当铺里去当了……"

"你在那边干什么,巴伦?"军需上士万尼克突然问道。

可怜的巴伦没有答话,他给呛住了。他已把卢卡什上尉的小提箱打开,开始吃上尉最后一个小白面包。

另一列装满了开往塞尔维亚前线的"德国歌手"的军列,没有停车,径直从火车站驶过。他们还没从与维也纳告别的热情中冷静过来,从维也纳一直不停地唱到这里:

> 叶甫根尼皇子,高贵的骑士,
> 想为皇上再度夺取
> 贝尔格莱德要塞和城市。
> 他下令搭座木桥,
> 好从桥上过去,

带领军队，开进城市。①

一个留八字胡子的班长把胳臂搭在另一个士兵身上，他们坐在车厢门口，把脚伸在车厢外晃荡着，班长一边打着拍子一边扯开嗓子唱道：

等到大桥一架好，
炮队车辆一路迢迢，
通畅无阻开过多瑙河，
泽姆林②营地被我们捣，
把塞尔维亚人统统赶跑。③

班长忽然失去平衡，从列车上摔了下去，肚皮猛撞在道岔的杠杆上，就这么扎在上面。列车越走越远了，后面车厢的人唱着另一支歌：

高贵的勇士拉德茨基伯爵发了誓，

---

① ③ 原著为德文。
② 塞尔维亚的一个城市。

要把皇上的敌人赶出叛逆的仑巴第。①
他在维罗纳久久地等啊，
直到大队人马都来到。
英雄突感分外振奋，
一气把敌人撵跑掉。②

撞在道岔杠杆上的勇敢的班长已经死去。没多久,已经有个军运管理处的嫩毛孩子士兵在他旁边站岗。他手持刺刀枪,样子很庄严。他脸朝道岔,表情那么神气,仿佛班长撞在道岔上是他的一份功绩。

这青年是匈牙利人。当人们从九十一团队的营部军列里跑来看班长时,匈牙利人大声嚷叫,叫得整个车站都能听见:"禁止靠近!禁止靠近!车站军事委员会禁止靠近!"③

"他可以不再受活罪了,"好兵帅克也挤在好奇的人群当中,"这正成全了他。虽说有块铁器插在他肚子里不大好受,至少大伙儿都能知道他埋在哪里。不必到各个战场上去找他的坟墓了。"

"扎得那么准,"帅克又内行地说,一边绕班长的遗体一圈,"肠子都掉到裤裆里了。"

"禁止靠近!禁止靠近!"那嫩毛孩子匈牙利小兵还在嚷嚷,"车站委员会禁止靠近!"

帅克背后发出严厉的吆喝声:"你在这儿干什么?"

士官生比勒站在他跟前。帅克敬了个礼。

"报告,士官生先生,我在看一个死人。"

"你在这儿鼓动些什么？这关你什么事？"

"报告,士官生先生,"帅克带着自尊的镇静回答说,"我从来没有鼓动过什么。"

站在士官生后面的几名士兵笑开了,军需上士万尼克来到士官生面前。

---

① 意大利城市。
② 原著为德文。
③ 原文为匈牙利式的德语。

"士官生先生,"他说,"是上尉先生叫传令兵帅克到这儿来打听一下,好告诉他出了什么事。我刚从军官车厢来,营长叫传令兵马杜西奇到那儿找你,让你马上去见扎格纳大尉。"

他们各自走向自己的车厢。没多久,上车号响了。

万尼克和帅克一道走着,说:"帅克,在人多的地方,你就少去逗能吧。搞得不好要吃亏的。那个班长若是个德国人,他们就可能说你幸灾乐祸。那个比勒就是捷克人的死对头。"

"我可什么也没说呀,"帅克回话的声调,可以使他摆脱任何嫌疑,"我只是说那个班长挨扎得真准,肠子全掉到裤裆里了……他可以……"

"帅克,咱们最好还是不说这个吧。"军需上士万尼克吐了一口唾沫。

"反正一码事,"帅克还在唠叨着,"不管他的肠子从肚子里掉出来摊在这儿还是那儿,反正都一样尽了他的职责……他可以……"

"你瞧,帅克,"万尼克打断了他的话,"营部传令兵马杜西奇又跑到军官车厢去了。我真奇怪他怎么还没去卧轨。"

前不久,扎格纳大尉与士官生比勒有过一场非常尖锐的谈话:

"我真奇怪,比勒,"扎格纳大尉说,"一百五十克匈牙利香肠没发给士兵,你为什么不马上来向我报告。我只得亲自去调查为什么大家都空着手从仓库回来了。军官先生们也好呀,好像命令不成其为命令似的。我不是说过吗:'按连按排到仓库去领。'这就是说,要是你们在仓库里什么也没领到,那么你们也要按连按排回到车厢。我告诉过你,士官生比勒,要你维持秩序,可你放任自流。现在不用费神一份份地去数香肠,你高兴了吧?你居然像没事儿似地跑去看一个死了的德国班长,这我在窗口看得一清二楚。等我后来再派人去找你回来时,你竟然异想天开,胡说什么要去调查一下,看是不是有人在那个死了的班长那儿搞煽动。"

"报告,十一先遣连的传令兵帅克……"

"别跟我在这儿唠叨帅克帅克的了!"扎格纳嚷道,"你不认为你这是在搞反卢卡什上尉的阴谋吗,比勒?是我们把帅克派去的……你只管这样望着我,似乎我在刁难你一样。对!我就是要刁难你!你既然不懂得敬重自己的长官,想方设法丢他的丑,那么,我就给你派一个任务,叫你永远记住拉布车站,比勒士官生……你只管卖弄你那一套理论知识……等着瞧吧!等我们到了前线……等着我命令你当侦察官,去钻铁丝网吧……你的报告在哪儿?你来了,连个报告也不给我……哪怕是理论性的报告也没有,士官生比勒!"

"报告,大尉先生①,士兵们没有领到一百五十克匈牙利香肠,每人却领了两张明信片。请看,大尉先生……"

比勒从明信片中拿出两张递给营长看;这些明信片是维也纳军事档案馆管理处印发的;馆长是步兵将军沃伊诺维奇。明信片的一面画的是一个满脸大胡子的乡巴佬俄国兵被一个骷髅抱着。漫画下面的题词是:

"背信弃义的俄国灭亡之日,即是我全帝国解放之时。"②

另一张明信片是在日耳曼帝国印制的。这是德国人送给奥匈帝国士兵的礼物。

明信片的上方印着"精诚团结"③的字样,下方是一幅《绞刑架上的葛雷④爵士》图画。图画下面有一名奥国兵和一名德国兵在愉快地行着礼。还有一首从格林兹的《铁拳》一书中摘录下来的小诗。德国报纸说,格林兹的妙句就像一下下抽打的鞭子,它充满着无法抑制的幽默感和叫人忍俊不禁的俏皮味道。

葛 雷

绞刑架竖得高而又高,
爱德华·葛雷本该吊在上面晃荡。
本该早点儿将他处以绞刑,

---

① 军官之间的全部谈话自然都是用的德语。——作者注
② 原文为德语。
③ 原文为拉丁语。
④ 爱德华·葛雷(1862—1933),英国在1905—1916年之间的外交大臣,第一次世界大战的积极挑动者之一。

无奈是……听我实话对你讲：
哪棵橡树也不愿当绞刑架，
让犹大吊在它的身上。
无奈何只得把他吊到
法兰西共和国的白杨上。

还没等扎格纳大尉把这些充满"无法抑制的幽默感和叫人忍俊不禁的俏皮味道"的诗句读完，营部传令兵马杜西奇走进了军官车厢。

他是扎格纳大尉派到军运管理处电话总站去打听有没有什么别的命令的，结果捎来了旅部的电报，但根本不涉及译密码的问题。电文很简单，发的是明码电："迅速做饭，并向索卡尔挺进。"①扎格纳大尉沉思地摇了摇头。

"报告，"马杜西奇说，"军运管理处主任请您去谈话。那儿还有一份电报。"

稍晚，在扎格纳大尉和军运管理处主任之间进行了一次非常机密的谈话。

第一份电报的内容是："迅速做饭，并向索卡尔挺进。"这真叫人惊异不置：要知道此时此刻，全营还在拉布车站呀。这份电报已经拍发了。收报单位九十一团先遣营，并送七十五团先遣营，该营还在后头。署名是正确的：旅长里特·冯·赫伯特。

"这是绝密，大尉先生，"军运管理处主任神秘地说，"贵师来了密电，说你们有一个旅长疯了。在他用旅部的名义向各方面发了几打这类电报之后，人们把他送到维也纳去了。到了布达佩斯，您还会收到一份这样的电报。他的所有的电报肯定都得作废。不过现在我们还没有得到这方面的指示。就像我说过的，只要接到师部的指示，就不去管那些明码电了。可是现在我还得执行这些明码电的指示，因为我在这方面没有得到我们军运系统的任何命令。我已经通过我们军运系统向军团司令部打了报告。已经开始进行调查了……"

"我是一个老工程兵现役军官，"他补充说，"我参加过我们在加里

---

① 原文为德语。

西亚的战略铁路线的修筑工程……"

"大尉先生，"停了一会儿，他又说，"我们这些由普通士兵升上来的老家伙现在都被赶上前线去了。如今那些普通工程师，只需通过一年制志愿兵军校的考试便可成为军政部的看家狗……可是你，再过一刻钟不是又得继续坐火车走了吗？我还记得，有一次在布拉格士官学校里，我，作为你的老同学，在做四边形练习题的时候，帮过你的忙。那次我们两人都被罚禁足，不准出校门。你还和你班上的德国人打了一架。卢卡什也跟你在一起，你们曾经是最好的朋友。当我得到通过本站的先遣营军官名单的电报时，我清楚地回忆起了这些……已经过去好些年了……那时的士官生卢卡什给我的印象非常好……"

整个谈话使扎格纳感到很别扭。他很了解跟他谈话的这个人。这位军运管理处主任在士官学校当学生的时候，曾领导过反奥地利的反对派的运动，后来他的向上爬的企图受到挫折。尤其使扎格纳不快的是提到了卢卡什上尉，这人由于种种原因到处受人家排挤。

"卢卡什上尉是个优秀的军官，"扎格纳大尉强调地说，"车什么时候开？"

军运管理处主任看了看表说："再过六分钟。"

"我走了！"扎格纳说。

"我以为，你告别时会对我说点什么哩，扎格纳。"

"那么，再见吧。"扎格纳回答了一声，便离开了军运管理处。

扎格纳回到军官车厢后，看到所有的军官都已回到自己的座位上。除了士官生比勒以外，军官们分成几摊在玩纸牌"恰帕里"。

士官生比勒正在翻阅一叠刚动手写的稿子，那是描写战场上的事件的。他不仅想在战场上出人头地，而且还想成为记述战争事件的非凡的著作家。这位有着奇异的翅膀与"鱼尾巴"的人想当一名杰出的军事作家。他的著作尝试是从一些漂亮的标题开始的。这些标题虽然像镜子般反映了当代的军国主义，可是主题还没有展开，所以在十六开稿纸上只是一些未来著作的标题。

《大战中的军人形象》《是谁发动了战争？》《奥匈帝国政策与大战的产生》《战地记要》《奥匈帝国与世界大战》《战争中的教训》《关于战

争爆发的通俗讲话》《对军事与政治的思考》《奥匈帝国的光荣日》《斯拉夫帝国主义与世界大战》《战争文献》《世界大战史文献辑录》《世界大战日记》《世界大战每日评述》《第一次世界大战》《在大战中的本王朝》《作战中的奥匈帝国各民族》《争夺世界霸权》《我在世界大战中的经历》《我的从军纪事》《奥匈帝国的敌人如何作战》《胜利属于谁?》《我军官兵》《我军士兵值得纪念的业绩》《大战期间见闻》《战火纷飞,硝烟弥漫》《奥匈英雄录》《铁旅》《我的前方书简集》《我先遣营诸英雄》《野战军战士手册》《战斗之日与胜利之日》《我的战地见闻录》《在战壕里》《一个军官的叙述》《与奥匈帝国的儿子们一道前进》《敌机与我军步兵》《战斗之后》《我们的炮兵是祖国忠实的儿女》《哪怕所有的魔鬼与我们作对》《防御战与进攻战》《血与铁》《不是胜利就是死亡》《被俘的我军英雄》。

扎格纳大尉走到士官生比勒那儿,翻看了这些手稿之后,问他为什么写这些东西,这些东西有什么意义。

士官生比勒非常兴奋地说,每个标题都是他所要写的一本书,有多少标题,就将有多少本书。

"假如我在前线阵亡,大尉先生,我想在身后留下点纪念。德国教授乌多·克拉夫特就是我的榜样。他生于一八七〇年,志愿参加这次世界大战,于一九一四年八月二十二日在安洛牺牲,死前出版了《为皇上捐躯之自我修养》一书。"

扎格纳大尉把士官生比勒带到窗口边。

"你还有什么?拿出来看看吧,比勒。我对你的这种活动很感兴趣,"扎格纳大尉带点讽刺意味地说,"你把一个什么本子塞到军便服下面去了?"

"没什么,大尉先生!"比勒不好意思了,脸红得像个孩子似的,"请您自己看吧!"

本子上的标题是:

奥匈军队著名而光荣之诸战役概略

帝国皇家陆军军官阿道夫·比勒根据战史资料汇编并评注

概略写得非常简单。

它从一六三四年九月六日的内德林根战役①写起,然后是一六九七年九月十一日的岑塔战役②、一八〇五年十月三十一日的加尔笛耶罗战役③、一八〇九年五月二十二日阿什波恩战役④、一八一三年的来比锡的民族战役⑤、一八四八年五月的圣路西战役⑥和一

---

① 一六三四年九月六日奥地利天主教军队在巴伐利亚西部的内德林根镇打败瑞典新教徒的军队。
② 一六九七年九月十一日奥地利军队在叶弗根尼·萨沃伊皇子率领下在蒂萨河畔岑塔城附近击败土耳其军。
③ 在一八〇五年十月二十九至三十一日的三天战斗中,奥军在查理大公的率领下在这个意大利村庄中击溃法国拿破仑军马辛元帅所部。
④ 一八〇九年五月二十一日至二十二日,查理大公率领的奥国军队在这个离维也纳不远的村庄击败拿破仑军。
⑤ 在这次所谓民族战役中,于一八一三年十月十六日至十八日,俄、奥、普联军击败了拿破仑军。
⑥ 一八四八年五月六日拉德茨基元帅率领奥军在意大利的圣路西村一带打败了查理·阿尔伯特国王。

八六六年六月二十七日特鲁特诺夫战役①,以至一八七八年八月十九日的攻占萨拉热窝②。所有这些战役的图解绘制得毫无差别。士官生比勒用虚线画些长方形表示奥匈军队一方的阵地,用实线画表示敌军一方的阵地。双方又各分左中右三路。后面都有后备军。还有纵横交错的箭头。内德林根作战图画得跟攻占萨拉热窝图一个样,像一场足球比赛开始以前运动员的部署,箭头表示双方该朝哪个方向踢球。

扎格纳大尉也一下就把它看成了球赛布局,他问道:"比勒,你会踢足球吗?"

比勒的脸红得更厉害,神经质地眨着眼睛,活像要大哭一场似的。

扎格纳大尉面带笑容继续翻看他的本子,看到奥普战争中特鲁特诺夫战役图的说明词时,便打住了。

士官生比勒写的是:"特鲁特诺夫不应选作战场,因为多山的地势使马佐捷利将军率领的一师人无法施展其军事力量,而强大的普鲁士纵队居高临下,威胁着我方,形成对我师左翼的包围形势。"

"照你说,"扎格纳大尉面带微笑把笔记本还给比勒时说,"只有特鲁特诺夫是个平原,这一仗才打得?你这个布杰约维策的贝内德克!③

"士官生比勒,你倒不错,在皇军部队里只呆了这么短一点时间就想干预起战略方针来。就像不懂事的男孩玩军事游戏,自封将军一样。你这么快就自己提升了自己的官位,这倒蛮新鲜!帝国皇家军官阿道夫·比勒!这样下去,没等咱们到达布达佩斯,你恐怕就该升为陆军大元帅了。前天你还在家跟你爸爸一块儿卖牛皮,如今就成了帝国皇家军官阿道夫·比勒少尉啦!……可是老弟,你如今还连个正式军官都不是啊。你还只是个士官生,你还挂在士兵和军官之间打秋千哩。你

---

① 一八六六年六月二十七日由哈布莱涅茨将军率领下的奥军在捷克东北部的特鲁特诺夫城击败了普鲁士军。
② 一八七八年八月十九日,奥军在菲利波维奇率领下攻占波斯尼亚首府萨拉热窝。
③ 贝内德克(1804—1881),奥地利将军,镇压波兰一八四六年农民起义、意大利一八四八年革命、匈牙利一八四九年革命的刽子手。一八六六年奥普战争中任奥军总司令,战败,被撤职。

离正式军官还远着,就像一个下士在饭馆里冒牌自称'上士先生'似的。"

"我说,卢卡什,"他转身对上尉说,"士官生比勒是你们连的人。你也该训训这小子啊。他既然自称军官,那就得首先让他在战斗中立下功勋。炮声一响,我们就冲锋,让他跟着他们排去剪铁丝网,好小子!① 顺便说一声②,希冈让我给你带个好,他如今在拉布车站军运管理处当主任。"

士官生比勒知道跟他的谈话已经结束,便敬了个礼,红着脸穿过车厢,向车厢那头的走廊走去。他像个梦游病者一样推开厕所门,望着门口的德匈两种文字的字牌:"只准列车开行时使用",暗自抽泣着、哽咽着,接着悄悄地哭了起来。随后,他解开裤子,一边使劲挣着,一边擦着眼泪。然后他用写着"奥匈军队著名而光荣的诸战役梗概、帝国皇家陆军军官阿道夫·比勒汇编并评注"标题的练习本上的纸擦了屁股。揉成一团的练习本上的纸被扔到飞驰的列车下方铁轨之间,消失了。

士官生比勒在厕所洗脸池里洗了一下哭红了的眼睛,走到走廊上,暗下决心:一定要做个强者,做个什么也不怕的强者。打早上起他就头痛肚子胀,很不舒服。他走过最后那个包厢,只见营部传令兵马杜西奇正在跟营长的勤务兵巴柴尔打维也纳时兴的"施诺普斯"(即六十六点)③。

他朝门里瞅了一眼,咳嗽一声。牌友们把身子一转,接着玩他们的。

"您不知道该出什么?"士官生比勒问道。

"我不能出了,'我的主牌全出了。'"扎格纳大尉的勤务兵巴柴尔用他那卡什贝尔山区的半通不通的德语说。

"士官生比勒,我该出方块吧,"他接着说,"出方块是大牌,完了来一张老K……我该这么出……"

---

① 原文为德语。
② 原文为法语。
③ 一种扑克的玩法。

士官生比勒再没说话,回到自己那个角落去了。后来,旗手普勒斯纳走到他跟前,请他喝白兰地,这是他打扑克赢来的。他发现士官生比勒正在埋头看乌多·克拉夫特的《为皇上捐躯之自我修养》,为之大吃一惊。

车到布达佩斯之前,士官生比勒就醉得一塌糊涂了。他探身窗外,冲着荒凉的原野不断地嚷叫:"加油干!以上帝的名义加油干!"①

传令兵马杜西奇奉扎格纳大尉的命令,把士官生比勒拖到包厢里,跟大尉的勤务兵巴柴尔一块儿把他放在一张座位上。士官生比勒做了一个梦。

士官生比勒在抵达布达佩斯前之梦

他当了少校,胸前佩着绶带和铁十字章,正坐车去检阅他下属的一个旅。他怎么也解释不清:已带了一旅人,为什么还老是个少校。他觉得自己本来该当少将的,可能是因为军邮公文里漏了半个字的缘故②。他暗自笑话扎格纳大尉在他们坐火车到前线去时,威胁他说要派他去钻铁丝网。而实际上根据他比勒的建议扎格纳大尉跟卢卡什上尉早就一起调到别的团、别的师、别的军团去了。

甚至有人对他说过,他们两个临阵脱逃,陷在沼泽地里可耻地死了。

后来,他坐着小汽车到达他那个旅的阵地时,他什么都弄明白了。原来是军部派他当将军的。

士兵们唱着一支他在奥地利军歌集里看到过的军歌《就这样吧》③,走过去了。

坚持住吧,勇敢的弟兄们!
把敌人狠狠揍倒在地,

---

①③ 原文为德语。
② 捷文的少将是 generálmajor,把这个词的前半部分去掉,剩下后半部分 major 就成了少校。

让奥皇旗帜高高飘扬。①

大地风光如同《维也纳画报》②中的插图一样。

谷仓的右边部署着炮队。炮兵正朝比勒的汽车驶过的公路旁的敌军战壕轰击,左边有一所房子,枪弹从里面射出,同时,一个敌人正用枪托在砸门。一架敌机在公路旁燃烧。远处还能看到行军的队伍和燃烧着的村庄。还有一个先遣营的工事设在一小块高地上,机枪从那里扫射。敌人的工事一直沿着公路延伸,司机和比勒的汽车也一直沿公路朝敌人那里开去。

他使劲对准司机的耳朵嚷道:"你没看见我们正往哪儿开吗?那边是敌人。"

司机镇静地回答说:

"将军先生,只有这一条道还能走,没被破坏。走别的路轮胎吃不消。"

离敌人的阵地越近,火烧得越旺。炮弹在林荫道两旁的排水沟上空爆炸。

可是司机若无其事地对着将军的耳朵回答说:"这条公路棒极啦,将军先生!在这条道上开车像轮子抹了油一样地滑溜。要是我们拐到野地上,轮胎马上就会放炮。您瞧,将军先生!"司机嚷道,"这条公路修得很好,就连三十毫米半口径的臼炮也不能拿我们怎么样。这条公路就像打谷场一样的平滑。要是在石子路上跑车,轮胎就会放炮。那就往回走也不行了,将军先生!"

"嗞——嚓!"比勒听到轮胎擦地声,车子猛地跳了一下。

"将军先生,我不是对您说过,"司机嚷着,"这条公路修得棒极了吗?刚刚正好在我们面前爆炸了一颗德制三十八毫米口径的臼炮炮弹,可车子上一个洞也没有。公路滑得像抹了油一样。要是在野地上跑车,轮胎早就报销了,此刻在离我们四公里的地方正对着我们扫射。"

---

① 歌词原文为德语。
② 一种适合小市民胃口的德语周刊。

"我们开到哪儿去?"

"总会知道的。"司机回答说,"只要这条公路一直这么好走,一切都包在我身上。"

汽车飞驰着,像野马一样飞驰着,突然一下停住了。

"将军先生,"司机嚷道,"您身边带着作战地图吗?"

比勒将军打开灯,发现作战地图就在他的膝盖上,但这是一八六四年普奥联军与丹麦争夺石勒苏益格时期黑尔戈兰湾的海域图。

"这儿有个十字路口,"司机说,"不管哪条路都通向敌人的阵地。我只想到要选条好跑车的路,以免轮胎损坏,将军先生……我要对参谋部的汽车负责……。"

忽然,轰隆一声,震耳欲聋,星星变得像车轮一般大,银河浓得像凝乳。

他和司机坐在一起,腾空而上。车尾像用剪刀剪去了一样,车身只剩下用于战斗进攻的前半部了。

"幸亏您从我后面拿地图给我看,"司机说,"您飘到我跟前了,车尾全炸掉了。那是四十二毫米口径的大炮干的……我早料到了。只要一到公路口,那就不走公路了。除了三十八毫米口径大炮的炮弹之外,就只有四十二毫米的,别种口径的如今都不生产①,将军先生!"

"你把车往哪儿开?"

"开上天去,将军先生,咱们得绕过扫帚星,那比四十二毫米的炮弹还要厉害。"

"如今在我们下面的是火星。"司机在沉默了好大一阵之后说。

比勒又恢复了宁静:

"你了解在来比锡各民族大战的历史吗?"他问道,"比方:一八一三年十月十四日,大元帅施瓦岑贝格公爵前往利伯特科维采、十月十六日的林登纳之役、麦尔维尔达将军的战斗、奥军占领瓦哈夫、十月十九日来比锡陷落……"

"将军先生,"司机突然很严肃地说,"我们已经到了天堂的大门口了。下车吧,将军先生。汽车不能开过天国的大门,这儿挤得要命。到处都是军队。"

"开过去,压死几个,"他对司机嚷道,"他们马上就会让路的。"

比勒将军从汽车窗口探出身子来嚷道:"小心点,你们这些猪猡!②你瞧这些畜生,看见将军来了也不想想该向右看齐呀!"

司机冷静地安慰他说:"要把他们叫开可难哪,将军先生,他们大多是一些脑袋受了伤的人。"

这时比勒将军才发现这些挤在天国大门口的人都是各式各样的残废,他们在战争中失去了身体的某一部分,可是又都把失去的那一部分搁在背囊里:脑袋啦、手啦、脚啦。一个穿破大衣、在天国大门口挤来挤去的炮手,他把整个肚子和下肢都搁在背囊里。另一个后备军人的背囊里却朝着比勒将军露着半边屁股,那是在利沃夫③失掉的。

"这是为了秩序,"司机又说,他开着车从密集的人群中穿过去,"这很明显是为了通过天国的检阅。"

---

① 三十八毫米口径大炮的炮弹是德国克鲁伯兵工厂生产的,四十二毫米口径大炮的炮弹是捷克什柯达兵工厂生产的。
② 原文为德语。
③ 在乌克兰境内。

比勒将军突然想起了一个口令:"为了上帝和皇上。"①这才让汽车开进了天堂。

"将军先生,"当他们驶过天使新兵的兵营时,有一个长着翅膀的天使军官对比勒将军说:"你们得向最高统率部大本营报个到。"

他们接着驶过一个操场,那儿有一大群天使新兵在学着呼喊"阿利路亚"②。汽车从一簇士兵身边驶过,有一个红褐色头发的天使班长正在训斥一个不灵活的天使新兵,用拳头捅着他的肚皮嚷道:"把你这张猪嘴巴张大点,笨蛋。'阿利路亚'是这么喊的吗?你就像嘴里含着块馒头片似的。真不知道是哪头笨骡把你这畜生放进天堂里来的。再试一遍⋯⋯什么?'哈拉哈莱'、'哈路哈亚'?你这笨蛋,你干吗在我们天堂里瞎嚷嚷?再来一次,你这个死木头桩子!③"

他们继续往前驶去,老远老远还听得见那个天使新兵在一个劲儿地嚷着"哈拉——哈莱,哈路哈耶",以及天使班长纠正他的声音:

---

① 原文为德语。
② 天主教徒赞美上帝的用语。
③ 原文直译为"你这棵黎巴嫩雪松",形容人笨。

"阿——利——路——亚,阿——利——路——亚! 你这头约旦牛!"

后来他们看到一座大楼,在光芒普照之下,活像布杰约维策的玛利扬斯克兵营,兵营上面有两架飞机,左边一架,右边一架,中间架着一幅巨大的标语,上面写着:

皇家王室上帝大本营。①

两个穿着宪兵制服的天使让比勒将军下了车,抓着他的衣领,把他带到大楼的二层楼上。

"你在上帝面前要放礼貌些。"走到楼上一扇大门前,他们还叮嘱了他一句,然后把他推到里面去了。

房间里的墙壁上挂着弗兰西斯·约瑟夫②和威廉③,以及皇位继承人查理·弗兰西斯·约瑟夫④的肖像,还有维克托·丹克尔将军⑤、弗里德里希大公⑥、康拉德·冯·霍森多夫总司令⑦的肖像,上帝就站在这间房子的中央。

"士官生比勒,"上帝严厉地问道,"你认不出来我了吗? 我就是你过去在十一先遣连的扎格纳大尉!"

比勒吓呆了。

"士官生比勒,"上帝接着说,"你有什么权利自封为将军? 士官生比勒,你有什么权利坐着参谋部的小汽车在敌军阵地之间的公路上跑来跑去?"

"报告……"

"住嘴! 士官生比勒,现在是上帝在跟你说话。"

"报告。"比勒又哆哆嗦嗦地叫了一声。

"怎么,你还不打算住嘴?"上帝对着他吼了起来,他把门打开叫道:"上来两个天使!"

---

① 原文为德语。
② 奥匈帝国皇帝。
③ 德国皇帝。
④ 大公。弗兰西斯·约瑟夫死后即位,称为查理一世。
⑤ 奥匈帝国军队的骑兵将军和统帅,屠杀无辜居民的刽子手。
⑥ 奥匈国防军的总司令,镇压斯拉夫民族的刽子手。
⑦ 奥匈帝国军队在第一次世界大战中的参谋总长。

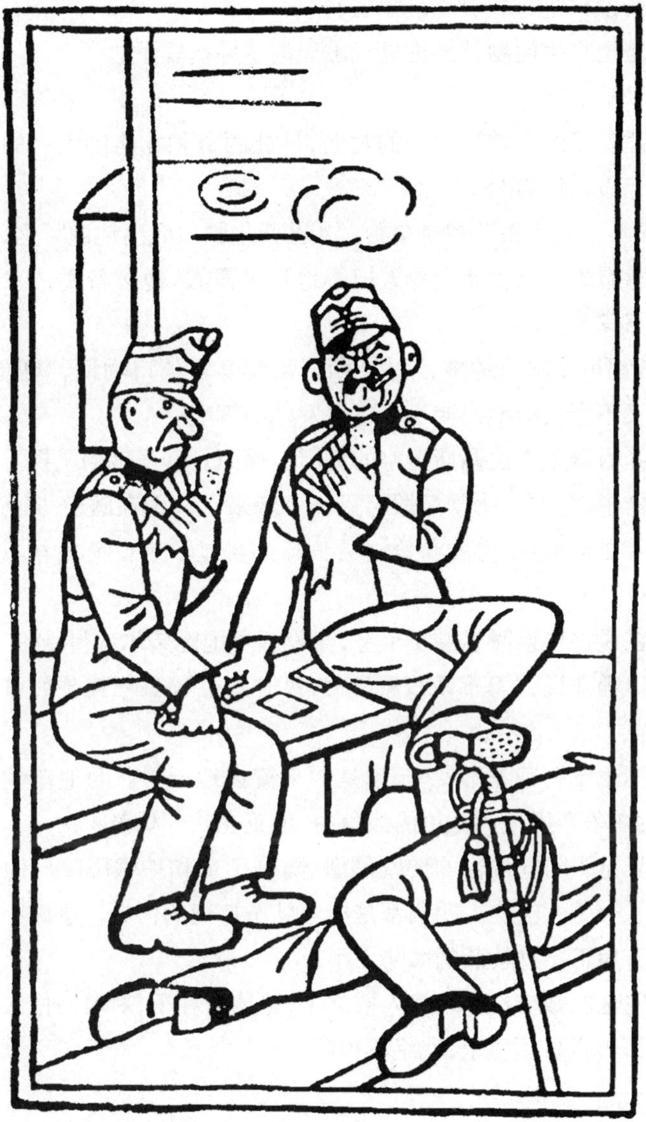

两名左边翅膀上挎枪的天使进来了。比勒认出他们就是马杜西奇和巴柴尔。

上帝说:"把他扔到粪坑里去!"

于是士官生比勒就掉进臭气熏天的茅屎坑里了。

在睡着了的士官生比勒的对面,马杜西奇和扎格纳大尉的勤务兵巴柴尔一直在打着"六十六点"。

"那小子臭得跟条鳕鱼似的,"①巴柴尔脱口而出地说了这么一句,一面注意看着士官生比勒令人担心地翻来覆去,他接着说,"准是拉了一满裤裆。"②

"谁都可能出这种事,"马杜西奇用哲学家的口吻说,"随他去吧。反正你又不会去给他换裤子。还是发你的牌吧。"

已经看得见布达佩斯上空的朝霞。探照灯在多瑙河上探寻着。

看样子,士官生比勒又做起另一个梦来了。他在睡梦中说:"请转告我们英勇的部队,它在我的心灵里已经树起了一座爱戴与感恩的不朽的丰碑。"③

他在说这些话时又翻了个身,一股恶臭把巴柴尔熏得受不了了,他吐了一口唾沫说:"臭得跟扫厕所的,跟自己也拉了一裤子的扫厕所的一样。"④

士官生比勒越睡不安宁,越是翻来覆去地折腾。而他新做的梦更为离奇:在争夺奥地利王位的战争中,他正在防守林茨⑤。

他梦见了防守严密的要塞碉堡、防御工事和护城屏障。他的指挥部变成了一所大医院。四周都是捧着肚子打滚的伤兵。拿破仑一世的法国龙骑兵正穿过林茨的城防工事。

而他这位城防司令站在人群之上,也捧着肚子,对着一位法军使者嚷着:"请转告贵国皇上,我绝不投降……"

---

① ② 舒玛瓦山区的德语方言。
③ 原文为德语。
④ 舒玛瓦山区的德语方言。
⑤ 在奥地利境内。

随后似乎肚子突然不疼了,他领着一营人马越过城防工事,突围而出,踏上光荣凯旋之路。他看到卢卡什上尉挺胸挡住法国骑兵向林茨城的保卫者比勒砍下去的军刀。

　　卢卡什上尉奄奄一息倒在他的脚跟前嚷道:

　　"上校先生,现在需要的是您这样的男子汉而不是什么废物上尉。"①

　　林茨城的保卫者激动地从垂死的卢卡什上尉遗体旁转过身去,这时突然飞来一颗沙弹,打在他的屁股上。

　　比勒机械地摸摸裤裆,觉得手上黏糊糊的。他嚷了起来:"救护队,救护队!"②接着便从马背上摔了下来……

　　巴柴尔和马杜西奇把比勒从地板上抬起来,放回原位。

　　然后,马杜西奇到扎格纳大尉那儿去报告说,士官生比勒出了怪事。

　　"这可不是因为喝了白兰地,"他说,"十拿九稳是得了霍乱。士官生比勒在所有车站上都喝了水。在莫雄我看见他还……"

　　"霍乱不会这么快就闹起来的。马杜西奇,你到隔壁包厢里去叫大夫来给他瞧瞧。"

　　派给营里的"军医"是一个名叫费尔费的老医科大学生,学生团③成员。他爱喝酒,好打架,不过,医道倒也颇为高明。在奥匈帝国各个大学城里上过好几所医科学院,又在各种医院进行过实习,但未曾获得医学博士学位。因为他叔父留给他继承人的遗嘱中有这么一条:说必须每年付给他学医的助学金,直到费尔费获得医学博士证书为止。

　　这份助学金大约比医院一个助理医生的工资还要多四倍,所以费尔费便想方设法推迟获得医学博士学位的时间。

　　继承者们很是恼怒,宣布他为白痴,还要强迫他娶个有钱的妻子,好把他摆脱掉。为了气气这些继承人,费尔费这位大约是十二个学生

---

①② 原文为德语。
③ 学生团产生于拿破仑战争时期。初期带有进步性质,受到德奥当局迫害。一八四八年后,该团大多数组织已成为德国资产阶级民族黩武主义的堡垒。

团的成员便在维也纳、来比锡和柏林出版了几本诗集,往《简易杂志》①上投稿,并毫不在乎地继续上他的大学。

战争爆发了,战争给他带来了巨大的打击。

诗集《笑歌》《小罐与科学》《童话与寓言》②的作者被无理地抓去当兵,军政部有一位他叔父的遗产继承人想方设法让这位热诚的费尔费通过了"军事医学博士"学位的考核,而且是以笔试方式进行的。在大量填空问答题上,他都一律写上"请吻我的屁股吧!"③三天之后,上校庄严地通知他获得了各科医学博士证书,说他早已具备博士资格,参谋部军医主任将他分配到附属医院。还说只要他表现得好,很快就能晋升;还说他尽管在各个大城市都跟军官们有些纠葛,这是谁都知道的,但在今天的战争年代是会被遗忘的。

《小罐与科学》诗集的作者咬咬嘴唇,就去当军医了。

几经证明,他对伤病士兵特别宽厚,尽量延长他们的住院期限。赶上大兴口号"不躺在医院,宁死于战壕!——不死于医院,宁可上前方"的时节,费尔费大夫就被派到十一先遣连,开往前线去了。

营里的正式军官们瞧不起他;后备军官们也不把他放在眼里,不跟他往来,生怕接触多了会更加加深自己与正式军官之间的鸿沟。

扎格纳大尉对于这位过去在长期留级期间已经伤了许多军官④的医学学士自然更是傲气凌人。当"战时医生"费尔费打扎格纳身边走过时,后者连看也不看他一眼,继续跟卢卡什上尉聊着诸如布达佩斯附近出产南瓜一类毫无意义的事儿,卢卡什上尉说的是:他在士官学校三年级学习的时候,曾经同几位"老百姓"出身的同学到斯洛伐克去过一趟。找到一个福音堂牧师、斯洛伐克人,那人请他们吃带南瓜配菜的红烧肉,然后又给他们斟葡萄酒,嘴里说着:

南瓜配猪肉,
再加葡萄美酒。

---

① 原文为德语。是在慕尼黑发行的一种进步的幽默讽刺画刊。
②③ 原文为德语。
④ 指决斗时用剑刺伤对方。

卢卡什却感到受了莫大的侮辱。

"在布达佩斯,我们没啥好看的,"扎格纳大尉说,"根据行军计划,我们在这儿只停两个小时。"

"我觉得,车子在挪动,"卢卡什上尉说,"我们快到转运站军用列车站①了。"

"战时医生"费尔费正打旁边走过。

"算不了一回事,"他微笑着说,"应该提醒那些一心想当军官、在布鲁克时还在军官俱乐部炫耀自己的战略历史知识的先生们,一次把他妈妈寄到战地上来的一大包甜食吞吃光是危险的!士官生比勒自己坦白说,从列车开出布鲁克算起,他已经吃了三十块奶油蛋卷,每到一站就只喝开水。大尉先生,不禁使我想起席勒的诗:《谁说……》②。"

"我说,大夫,"扎格纳大尉打断了他的话,"这里谈的不是席勒。士官生比勒究竟怎么啦?"

"战时医生"费尔费冷冷一笑说:"候补军官,贵营的士官生干脆拉了一裤裆。……这既不是霍乱,也不是赤痢,只是一般的拉稀拉了一裤子。贵营的候补军官先生白兰地喝过了量,就拉了一裤子……不过,不喝白兰地,大概也会拉一裤子的,因为他吃家里寄来的奶油蛋卷吃得太多了……简直是个小孩子……据我知道,他在军官俱乐部总是只喝四分之一公升,他是个禁酒主义者。"

费尔费大夫吐了一口唾沫,"他总是买林茨城的点心吃!"

"这么说没什么要紧吧?"扎格纳大尉反问道,"可出了这么件事儿……总是……万一消息传出去……"

卢卡什上尉站起来,对扎格纳大尉说:"我对这样的排长实在是太多谢了!"

"我帮他治了治,"费尔费说,并没收敛笑容,"下一步就请营长处理吧,营长先生。我准备把士官生比勒转给地方军医院,开个证明,说他得了痢疾。恶性痢疾……需要隔离。士官生比勒会住进传染病

---

①② 原文为德语。

室……"

"这肯定是最好的出路,"费尔费带着同样神秘的笑容接着说,"或叫拉了一裤子的士官生,或叫得了痢疾的士官生,二者必居其一……"

扎格纳大尉把脸转向他的朋友卢卡什,打着十足的官腔说:"上尉先生,你们连的士官生比勒得了痢疾,让他留在布达佩斯治病吧。"

扎格纳仿佛觉得费尔费笑得喘不过气来了,可是当他瞥了这位"战时医生"一眼时,发现他脸上有一种罕见的若无其事的表情。

"那么一切都办妥了,大尉先生,"费尔费平静地说,"候补军官……"他把手一挥说:"谁得了痢疾,都是一拉一裤子。"

于是,勇敢的士官生比勒就被送进了新布达的军人传染病院。

他那条满是屎尿的裤子就在世界大战的漩涡中丢掉了。

士官生比勒关于伟大胜利的幻想被禁锢在传染病院的一间病房里了。

当士官生比勒得知自己得了痢疾时,他确实高兴之至。

为皇上效忠,负伤还是患病又有多大的区别呢?

在医院里他又碰到了一点小麻烦:因为所有痢疾病患者的病房都挤满了,他们便把士官生比勒转到霍乱病房。

参谋部一位匈牙利族的军医让士官生洗过澡之后,在他腋下塞了一支体温表,一量体温,直摇头说:"三十七度!患霍乱最不祥的迹象是体温急遽下降。病人表情冷漠……"

士官生比勒的确毫无动感情的迹象。他异乎寻常地安静,反复念叨着:反正都是为皇上而受苦。

军医又让护士把体温表塞进士官生比勒的肛门。

"霍乱后期,"军医作了确诊,"这是后期症状。极度虚弱,病人对周围毫无反应,神志不清。在临死前的痉挛中微笑。"

当别人给士官生比勒的肛门里塞进温度计时,他俨然像位英雄。在这种摆布下,他确实如同殉道者一般微笑着,连动都不动一下。

军医暗自思忖:"虚脱,这是霍乱病患者渐渐死去的征兆。"

军医又问一个匈牙利卫生兵:士官生比勒在澡盆里是不是还腹泻过。

军医得到否定的回答后,望了望比勒。霍乱病患者如果突然停止腹泻与呕吐,这就同前述的迹象一样,是患者临死前几小时的症状。

士官生比勒被脱得精光,在温水盆里洗过身,然后一丝不挂地被抬到床上,他觉得很冷,牙齿捉对儿厮打,全身起鸡皮疙瘩。

"你瞧,"军医用匈牙利语说,"牙齿直打颤,四肢冰凉。没救了。"

他弯下腰来对士官生比勒用德语说:"您觉得怎样?"①

"很——很——很——很好——好。"②士官生比勒敲着牙齿说,"给我被——被——被子!"③

"他的神志时而模糊,时而清醒,"军医又用匈牙利语说,"他身体消瘦。嘴唇和手指甲本来是应该发乌的,像这种患了霍乱而嘴唇、指甲没有发黑就死去的病例,我已经碰到第三个了……"

他又对士官生比勒俯下身来,用匈牙利语接着说:"心跳听不见了……"

"给给给……我……被……子。"士官生比勒冻得直哆嗦地请求说。

"他刚才说的话就是遗言了,"军医用匈牙利语对医护下士说,"明天把他和柯赫大尉一道埋掉。他马上就会失去知觉的。他的死亡证在办公室吗?"

"可能在那里。"医护下士平静地说。

"被被被被……子……"士官生比勒朝着离去的人们的背影恳求说。

这个有十六张病床的大病房里,一共住了五个病人。其中一个已经死了。是在两个钟头之前咽了气,用床单盖着的。这个死者和发现霍乱病菌的学者同姓,这就是军医打算在明天和士官生一道埋葬的柯赫大尉。

士官生比勒在病床上欠起身来,第一次看到人们怎样为皇上患霍乱而奄奄一息。他亲眼看着四个活人中死掉两个。他们先是喘不过气来,然后脸色发青,同时嘴里还喃喃说些谁也听不懂的话;与其说是

————————

①②③ 原文为德语。

说话,不如说是一种从憋得难受的嗓子里发出的嘶嘎声。

另外两个就像患伤寒的人表现出转危为安的强烈反应,他们嘴里不知在嚷些什么,还用那骨瘦如柴的腿踢着被子。一个大胡子医护兵俯身用施蒂里亚话(士官生比勒听出来了)安慰他们说:"我也患过霍乱病,亲爱的先生们,可我没这么踢过被子。你们这下可好啦,你们可以得到假期,直到……唔,别那么踢!"他冲着那个把被子踢得盖过了脑袋的病人嚷道。"咱们这儿不许这样。你在发烧,应该高兴,至少不会伴着乐曲把你送进太平间了。你们二位总算逃过了这一关,没有生命危险了。"

他又看了看四周。

"瞧,那儿又死了两个。这是我们预料之中的,"他和气地说,"你们应该高兴,你们两个已经幸免了。我得去取被单。"

他不多久就回来了。他用被单把嘴唇完全变黑了的死者盖了起来。又把他们那双指甲发黑、临死前握得很紧的手掰开,使劲把他们伸出来的舌头塞进嘴里。他在床前跪下开始念祷文:"圣马利亚,上帝之母!"

同时,这位施蒂里亚人老医护下士看了看他的日趋好转的病人,他们的呓语是获得新生的一种反应。

"圣马利亚,上帝之母!"当他突然发现有个光身子的人在拍他的肩膀时,他又重念了一声。

这是士官生比勒。

"劳驾,"他说,"我洗了一个澡……他们……给……我洗了……一个澡,我要条被子……我冷……"

"这可是个特殊病例,"半个钟头之后,参谋部军医对睡在被子里的士官生比勒说,"您是个初愈病人,士官生先生。明天我们得把您送到塔尔诺夫的后备医院去,因为您还是霍乱症的带菌人……我们这一门学科,已经达到了可以准确掌握它的程度。您是九十一团的吗?"

"是十三营十一连的。"医护下士替士官生比勒回答说。

"你写吧,"参谋部军医说,"兹介绍九十一步兵团十三先遣营十一先遣连士官生比勒前来塔尔诺夫霍乱病院进行观察。霍乱病带菌人……"

精力充沛的士官生比勒就这样成了霍乱病的带菌人。

第二章 在布达佩斯

在布达佩斯的军运车站上,马杜西奇给扎格纳大尉送来一份旅部的电报。它是那个被送到卫生所的倒霉的旅长发来的,跟上一站发出的明码电报的内容一样:"迅速做饭、向索卡尔挺进。"不过还加了几句:"辎重兵编入东线部队。停止侦察工作。十三先遣营在布格河①上架桥。余详报。"

扎格纳大尉立即前往军运管理处。一个矮胖子军官,脸上带着和善的笑容接见了他。

"你们那位旅长大人又干了好事啦,"他边说边哈哈大笑,"可是我

---

① 在波兰。

们还必须把他这些蠢话给你们送去,因为师部还没来通知说他的电报一律扣留不发。昨天七十五团十四先遣营打这儿过,有一份给他们营长的电报在这里,要他给每名士兵额外发六克朗作为夺取普舍米斯尔的特别奖励。还让每个士兵从这六克朗中拿出两克朗,认购战时公债……据可靠消息,你们的旅长大人中风了。"

"少校先生,"扎格纳大尉问管理处主任,"根据团部命令,我们该向格德勒①进发。每个士兵该在这儿领一百五十克瑞士干酪。上一站他们每人该领一百五十克匈牙利香肠。可是他们啥也没领到。"

"在这里也未必能领到什么。"少校回答说,仍然和蔼地笑着,"我还没有听说过有这类让捷克部队领取这些东西的命令。再说,这也不关我的事,你找军需处去吧!"

"我们这列车什么时候开,少校先生?"

"你们前面有一列车,是载着重炮开往加里西亚去的。再过一个钟头,我们就放行了,大尉先生。第三股道上有一列医疗车。在重炮车开出去二十五分钟之后,它就开了。在十二股道上是一列弹药车,等医疗车开出去之后十分钟开。弹药车开出去二十分钟之后就该你们这列车开了。"

"当然啰,如果没有什么变动的话。"他补充了一句,还是那么眯眯笑着,这使扎格纳十分腻烦。

"请问,少校先生,"扎格纳想把情况弄个一清二楚,就又追问道,"您能不能对我说清楚,您知不知道给捷克部队每人发一百五十克瑞士干酪的事儿?"

"这个嘛,有个密令。"布达佩斯军运管理处主任回答说,脸上依然友好地微笑着。

"没说的,我这是自讨没趣,"扎格纳走出军运处办公大楼时暗自想道,"真是活见鬼,我干吗叫卢卡什上尉把所有的排长召集起来,跟他们和士兵一道到仓库去领干酪呢?"

十一连连长卢卡什上尉还没来得及遵照扎格纳大尉的命令到仓库

---

① 匈牙利的一个城市。

去为每个士兵领一百五十克瑞士干酪,帅克和那可怜的巴伦已经出现在他面前。

巴伦全身发抖。

"报告,上尉先生,"帅克带着他惯有的温顺劲儿说,"事情非常严重。恕我冒昧,上尉先生,我们还是到别处去处理这件事吧。就像我的一位朋友,兹霍什城的史巴金纳说的那样:当他在婚礼上当傧相的时候,他突然想在教堂里……"

"到底是怎么回事,帅克?"像帅克想念他一样地想念着帅克的卢卡什上尉忍耐不住了,"那我们走过去一点儿。"

巴伦跟在他们后面,不停地打哆嗦。这个大汉完全失去了控制,两只手绝望地挥动着。

"到底是怎么回事,帅克?"当他们走到一边时,卢卡什上尉问道。

"报告,上尉先生,"帅克说,"常言道,与其挨揍,不如自己交待。您曾经明确指示,上尉先生,等我们到达布达佩斯时,让巴伦把您的肝泥馅香肠和小面包送来。"

"你听到指示了没有?"帅克转身问巴伦道。

巴伦面临绝境,哆嗦得更厉害了。

"可惜的是,上尉先生,"帅克说,"这个指示根本贯彻不了。我把您的肝泥馅香肠吃掉了……我把它吃掉了,"帅克边说边在巴伦腰眼上捅了一下。"因为我以为,肝泥馅香肠可能坏了。我好几次在报上看到过,说有人吃了肝泥馅香肠全家中毒。一次是在兹德拉哈,一次是在贝洛纳,一次在塔博尔,一次在姆拉达·博列斯拉瓦,还有一次在普希布拉姆。中毒的全死了。肝泥馅香肠是最糟糕的食品……"

巴伦全身哆嗦着站在一旁,把手指头伸到嘴里面去捅了几下,不一会儿呕吐了。

"你怎么啦,巴伦?"

"报——报——报告,上——上——上尉——先——先生,"可怜的巴伦在两次呕吐之间大声嚷道,"是我——我——嗯——嗯——自自——自己——吃——吃了。"

可怜的巴伦从嘴里吐了几块包装肝泥馅儿的锡箔套子出来。

"您瞧，上尉先生，"帅克不动声色地说，"就像油总是浮在水面上一样，吃下去的肝泥馅香肠总会倒出来的。我想把这事儿揽到自己身上算了，可他自己露了马脚。他人倒是个好人，可就是能把你托付他的食物统统吃光。我也认识这么一个人，在一个银行里当用人。你可以放心地把一千块钱托付给他。有一次他还到另一家银行里取钱，人家给了他一千块钱。他立刻把钱退了回去。可是你让他去买十五个克里泽的熟牛肉，他会在路上给你吃掉一半。简直是个大馋鬼。有一次，银行职员们让他去买肝泥灌肠，他在路上用小刀割下来吃，灌肠口子上用一块英国橡皮膏把它封了起来。这橡皮膏其实比五小节肝泥灌肠还贵。"

卢卡什上尉叹了一口气走开了。

"您有什么指示吗，上尉先生？"帅克追在他后面喊道。这时卢卡什的脑子里突然产生一种奇怪的想法：士兵们连长官的肝泥馅儿灌肠也偷吃了，可见奥地利是没法打赢这个战争的。

这期间，帅克把巴伦带到军运铁路线的另一边，同时还安慰他，说他们一块儿进城去看看，从那儿给卢卡什上尉捎点匈牙利小香肠来。帅克对匈牙利王国首府的概念仅限于那里有腊味特产，这是不足为怪的。

"万一火车开掉了呢？"巴伦担心地说，由于嘴馋，他又舍不得失去这个机会。

"只要是上前线，绝对误不了事，"帅克信心十足地说，"因为每列开往前线的火车都知道，要是太急了，就只能将半车人运到终点站。我很了解你，巴伦，你是怕花钱。"

可是他们哪儿也没去成，因为已经发出了"上车"的口令。各连士兵再次两手空空地从仓库回到车厢。他们本来应该在这儿领到一百五十克瑞士干酪的，如今却每人得了一盒火柴和一张奥地利军人墓地保卫处（维也纳卡尼祖斯大街19/4号）印行的明信片。一百五十克瑞士干酪落了空，发给他们的是西加里西亚的谢德利茨军人公墓画，画上还有一座阵亡民团纪念碑。纪念碑是那个赖着不上前线的雕塑家、一年制志愿兵舒茨上士的作品。

军官车厢里人声鼎沸，热闹非常。先遣营的军官们围着扎格纳大尉,他正在激动地向他们解释着什么。他刚从军运管理处回来,手里拿着一份旅部拍来的十分机密的电报,电文很长,是关于如何对付一九一五年五月二十三日奥地利发生的新局势的种种指示。

旅部来电说,意大利已向奥匈帝国宣战。

还是在利塔河畔布鲁克时,军官们就常常在军官俱乐部的茶余酒后大谈意大利的奇怪表现,但谁也没料到,那位白痴士官生比勒的预言竟成了事实;他有一次在晚饭之后把盛通心粉的盘子一推,说:"这玩意儿等我到了维罗纳①城门下就能吃个够。"

扎格纳大尉看完刚从旅部来的电报,下令吹号集合。

先遣营全体官兵集合后,排成方阵,扎格纳大尉用异乎寻常的庄重声调向士兵们宣读旅部转拍给他的电令:

> 意大利国王,本为我帝国盟友,然出于其无比之贪婪,竟对各项应尽之兄弟义务,遂行其骇人听闻之背叛。自大战爆发以来,身为盟友,他本当与我英勇战士并肩战斗,无奈此背信弃义之徒,意大利国王竟然两面三刀,虚伪奸诈,与吾敌私相授受,频频密谈,及至五月二十二夜至二十三日间终向我帝国宣战,无耻行径已达极点。我最高统帅深信,我英明光荣皇帝,必将予此类阴险敌人之倒行逆施以沉重打击,使其明白,以无耻奸诈之心发动战争,定将自取灭亡。吾人坚信,得道天助,圣卢西亚、维琴察②、诺瓦拉③、库斯托采④之征服者⑤必将再度屹立于意大利平原上。吾人渴望获胜,吾人理应获胜,吾人定必获胜!

电文宣读完毕,士兵们照例高呼"万岁"⑥,然后登上火车,都感到有些震惊。一百五十克瑞士干酪没能领到,一场对意大利的战争却降临到他们头上。

---

① 在意大利。
② 这个意大利城市曾于一八四八年起义反对奥地利统治者,卒为奥军当局镇压。
③ 撒丁军与奥军于一八四九年三月二十三日交战于此,以撒丁军败北告终。
④ 在意大利。
⑤ 指奥地利。
⑥ 原文为德语。

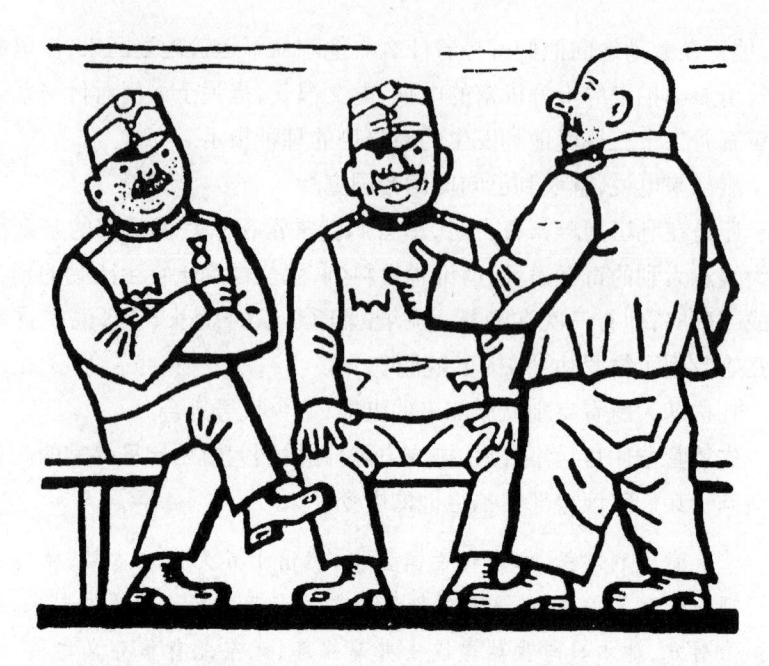

帅克跟军需上士万尼克、电话兵霍托翁斯基、巴伦以及伙伕约赖达同坐在一节车厢里；他们展开了一场关于意大利参战的有趣谈话。

"在布拉格的塔博尔街也出过一件这类的事儿，"帅克打开了话头，"那儿有个叫霍舍依希的商店老板。住在他家斜对面的波什莫尔尼老板也开了个铺子。这两家中间住着个杂货铺老板哈夫拉萨。霍舍依希老板忽然起了这么个念头：跟哈夫拉萨老板联合起来反对波什莫尔尼老板，他们商定把两个铺子合在一起，挂块'霍舍依希—哈夫拉萨公司'的招牌。可是杂货铺老板哈夫拉萨却跑到波什莫尔尼老板那儿去，告诉他说是霍舍依希为他的杂货铺出一千块钱，要跟他合伙开店。哈夫拉萨说，要是他波老板肯出一千八百块钱，他宁可跟波老板合伙去对付霍老板。他们就这么一言为定了。哈老板一段时间里在这位被他出卖了的霍老板面前佯装不知，好像是他最好的朋友，可是谈到联合经营的事儿时，哈老板却回答说：'嗯，嗯，快了，快了，我就等那些从别墅回来的房客了。'唔，房客一到，联合经营的事果真筹备就绪了，就像他一直向霍老板许诺的那样。霍舍依希有一天早上打开铺门一看，发现他的对手铺门口挂了一块大招牌：'波什莫尔尼—哈夫拉萨联合商店'。"

"在我们那儿,"笨头笨脑的巴伦说,"也有一件这样的事儿。我曾经想在邻村买头奶牛,已经跟人家把生意谈妥,可是沃季茨的一个屠夫硬是当我的面把它夺走了。"

"瞧,咱们又多了一场战争,"帅克接着说,"眼下我们又添了一个敌人,开了一条新战线,用起弹药来就得省着点儿啦。家里孩子越多,抽打孩子的鞭子也越要得多,这是莫托尔的霍瓦勒兹老大爷说的,他对邻居的孩子也是不分青红皂白,乱打一顿。"

"我只担心,"巴伦全身哆嗦着,说出自己担心的事儿,"为了对付意大利,恐怕会减少我们的口粮。"

军需上士万尼克沉思了一下,然后一本正经地说:"完全可能,因为这么一来,我们要打赢这场战争,时间就要得更长了。"

"唉,如今我们倒很需要再有一个像拉德茨基①那样的人物,"帅克说,"他对那一带的地形很熟悉,知道意大利人的弱点,该往哪儿进攻,从哪个方向下手。往哪儿打进去,这可不是易事,每个人都会往前打,可是要能从那儿再打出来,才算是真正的军事艺术。一个人要钻进哪个地方去,他应当弄清周围的情况,免得陷入常言所说的龙潭虎穴。从前在我们那儿一所老房子里,在阁楼上逮着了一个小偷。那小子爬进屋里去的时候,倒是留神到了泥瓦匠们正在修理楼梯井顶上的大天窗。他躲过了泥瓦匠,打死了看院子的,顺着脚手架下来溜进这个天窗,可是从那里面再也出不去了。我们的拉德茨基对意大利每一条小道都知道得很清楚,谁也逮不着他。有一本书里写他怎样从圣卢西亚跑了出来。意大利人也跑了。拉德茨基到第二天才发现原来是他自己赢了,因为在军用望远镜里连意大利人的影子也没看到一个。于是又回去占领了一度失守的圣卢西亚。打这儿起他就升了元帅。"

"意大利是个好得没法说的地方,"伙伕约赖达插了一句,"我到过一趟威尼斯,知道意大利人管谁都叫猪猡。他一发起脾气来,他身边的

---

① 拉德茨基(1766—1858),捷克籍的奥地利元帅。

每一个人都成了该死的猪猡①。在他看来连罗马教皇也成了圣母是我的猪猡②；爸爸是猪猡③。"

军需上士万尼克却怀着极大的好感谈到意大利。他在卡拉罗比的小店里出售过极好的柠檬汁,那是用烂柠檬做的。而烂得最厉害和最便宜的柠檬总是从意大利买来的。如今从意大利运柠檬进来的事也告吹了。毫无疑问,跟意大利这一仗,准会带来各种出人意料的不便,因为它会想方设法报复奥地利的。

"说得倒轻巧,报复!"帅克不以为然地笑了笑说,"有人想报复人家,结果那个被选去当报复工具的人却倒了霉。几年前我住在维诺堡那时节,一层楼上住了个扫院子的,他旁边住了个银行职员。银行职员常到卡拉麦利欧瓦街一家酒店去喝酒。有一次他在那儿跟一个人吵起来了。那位先生在维诺堡开了一家什么小便化验所。他什么别的也不想,什么别的也不谈,只是老拿着一些装尿用的小瓶子一个劲儿塞到人家手里,让人家撒泡尿给他拿去化验。说这种化验关系到一个人甚至全家的幸福。而且也便宜,只要六个克朗。凡是上这家酒店去的人,包括老板、老板娘都把尿送去化验了。惟独这位银行职员执意不肯这么做,尽管那位先生老追着他上厕所里去,等他解了溲从厕所里出来,总是关心地对他说:'我不知怎么搞的,斯科尔科夫斯基先生,我对你的尿总是不放心。你还是趁早往瓶子里撒吧!'他终于说服了银行职员。后者也花了六克朗。那位先生做化验时给他的尿里搁了好多盐,就像对酒店里的其他人一样,连对酒店老板也不例外(酒店老板的生意就是他给毁掉的)。他对每一个化验结果总要说病情很严重,除了水之外什么也不能喝,不能抽烟,不能讨老婆,只能吃点蔬菜。这个银行职员跟其他所有人一样对他讨厌透了,便选定他那院子里的门房来当报复工具,因为他知道那个门房心狠手毒。有一天,他对那个化验尿的人说,门房这一向不舒服,求他明早七点钟到门房那儿去取尿化验。他真的去了,门房还在睡觉,他把他叫醒了,和气地对他说:'我尊敬的马莱克先生,早安!喏,给您这个小瓶子,请您把尿撒在里面,给我六克朗。'

---

①②③ 原文为意大利语。

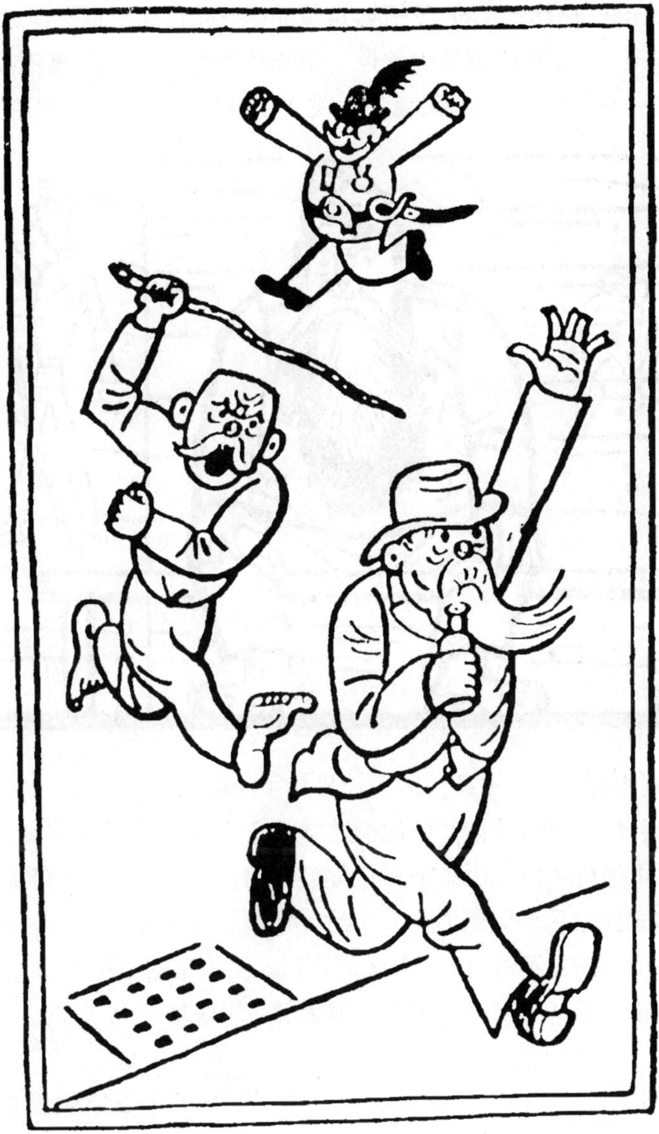

这一下可把门房惹火了,他穿着三角裤衩从床上跳起来,抓住那位先生的脖领,拽着他往柜子上撞,直到把他塞进柜里。后来门房又把他从柜子里拖出来,抓起一根鞭子抽他,穿着那条三角裤衩一直把他追赶到切拉柯夫斯卡街,而那位先生就像一条狗挨踩着尾巴一样地嗷嗷直叫。在哈夫利契科瓦街上,马莱克先生跳上了一辆电车。门房被警察抓住了,他就跟警察打了一架。因为他只穿了一条三角裤衩,什么都露了出来,有碍社会公德,警察便把他扔进柳条筐里,抬到警察所去,可是他还从筐子里像野牛似的拼命嚷着:'你们这些混蛋,老子叫你们看看怎样验我的尿!'结果他因暴力伤人和污辱警察罪被判坐了六个月班房;在宣判时他又出言不逊,伤了判官老爷们。说不定这个可怜虫如今还在班房里蹲着哩,所以我说:你想报复谁,却往往让无辜的人为此受活罪。"

这时巴伦一个劲儿在琢磨着什么,到末了才心惊胆颤地问道:"请问,上士先生,您真的以为由于跟意大利开仗会减少我们的口粮吗?"

"这是明摆着的事嘛。"万尼克回答。

"我的天哪!"巴伦叫了一声,用手撑着脑袋悄悄地坐到一个角落里去了。

这个车厢里关于意大利宣战问题的一场议论就到此为止了。

在军官车厢里,大家正在谈论意大利参战后所形成的新的军事格局。可惜著名军事理论家、士官生比勒不在场,要不是三连的杜布中尉在一定程度上代替了他,这场谈话恐怕就非常枯燥无味了。

杜布中尉入伍前是捷文教员,还是在他教书时,就千方百计到处显示他对帝国的忠顺。他给学生出的作文题也是与哈布斯堡王朝历史有关的。他用爬到悬崖上就下不来了的马克西米利恩[1]皇帝,用耕夫约瑟夫二世[2]和仁君斐迪南[3]来吓唬低班学生。对高年级生讲课的题材就更杂乱了。比如,给七年级学生出的作文题就有:《弗兰西斯·约瑟夫一世皇上是科学与艺术的庇护者》。这个作业使一个七年级学生被赶出奥匈帝国所有中学的大门,因为他在做这篇作文时写道:这位皇帝最大的功勋是在布拉格建造了弗兰西斯·约瑟夫一世大桥[4]。

他还特别注意,每当皇帝寿辰或别的什么皇室节日,便让所有的学生高唱奥地利国歌。在社会上大家都不喜欢他,因为大家都知道他爱打小报告,告自己同行。在他教书的那个城市里,他跟县长、中学校长三人组成"三套马车"。他在这个小集团里面学会了循着奥匈帝国的轨道玩弄政治权术。现在他正一本正经地用他那因循守旧的教书匠的口吻发表高见:

"总之,意大利的表演丝毫不使我感到吃惊。三个月前我就预料到这个了。毫无疑问,近几年来意大利因为跟土耳其争夺特里波利斯

---

[1] 马克西米利恩(1493—1519 在位),神圣罗马帝国皇帝;在奥地利学校的课本里称为"最后一名骑士",专打羚羊的大猎手。

[2] 约瑟夫二世(1741—1790),奥地利一七八〇至一七九〇年的皇帝;在课本中被描写成御驾躬耕的人民之友。

[3] 即斐迪南一世(1835—1848 在位),奥地利皇帝,死时是个白痴。

[4] 这个学生把布拉格著名的查理大桥错写成了弗兰西斯·约瑟夫一世大桥。弗兰西斯·约瑟夫一世并未建筑该桥。

一仗①获胜,变得不可一世。除此之外,它也过分信赖它的舰队,过分信赖我们滨海各省②和南蒂罗尔省③居民的情绪了。还在大战前,我就跟我们的县太爷谈过,让我们政府别小看南方的民族统一主义运动。他完全同意我的意见,因为每一个关心帝国兴亡的有识之士,势必早该料到,如果我们一味宽容那些分子,会有怎样的下场。我记得清清楚楚,两年前,我跟县太爷谈话时就说过,在我们的领事普罗斯基在巴尔干战争④时期出丑的时候,意大利就在等待时机反过来奸诈地攻打我们。如今不正是这样干了吗?"他大声嚷着,似乎所有的人都在跟他辩论似的。所有在场听他讲演的正式军官都默默不语,希望这位多嘴的家伙快些完蛋。

"的确,"他以温和的声调接着说,"在多数情况下,甚至在学校的课程里,我们也逐渐忘记了我们过去同意大利的关系,忘记了咱们军队光荣的胜利的日子,就是今天旅部命令里提到的一八四八⑤和一八六六年。⑥ 可我总是尽自己的职责,在学年结束之前,差不多是在刚开仗的时候,我就给学生出了一道作文题:《我国英雄在意大利,从维森查到库斯托查,或者……》⑦

愚不可及的杜布中尉还郑重其事地补充说:"将鲜血与生命献给哈布斯堡王朝,献给统一、团结与伟大的奥地利!⑧……"

他歇了一会儿,显然是在等着军官车厢里的其他人对新局势发表意见,他好再一次向他们证明,五年以前他就知道意大利有朝一日会怎么对待它的盟国。可他完全失望了,因为营部传令兵马杜西奇从火车站把《佩斯使者报》晚上版给扎格纳大尉带来后,扎格纳两眼瞅着报纸

---

① 特里波利斯在希腊境内。意大利军与土耳其军在一九一一至一九一二年间战于该城。
② 指亚得里亚沿岸各省。
③ 奥地利最西部与意大利毗邻的一个省。
④ 一九一二年巴尔干国家奋起反对土耳其。到一九一三年,它们又反过来跟土耳其一起反对保加利亚。
⑤ 一八四八年奥地利在圣卢西亚、诺瓦拉、库斯吐查取得胜利。
⑥ 一八六六年奥地利人又在库斯吐查和利萨的海战中打败了意大利。
⑦⑧ 原文为德语。

说道:"瞧,咱们在布鲁克看见巡回演出的那个魏纳,昨天晚上又在这儿的小剧院登台啦。"

在军官车厢里关于意大利的谈话就此结束……

除了坐在后面的人以外,营部传令兵马杜西奇和扎格纳大尉的勤务兵巴柴尔却以非常实际的观点来看待对意大利的战争,因为好多年以前,在和平时期,他们两个都在正规军里服役,一同在南蒂罗尔参加过演习。

"那些小山坡可不好爬,"巴柴尔叹了口气,"扎格纳大尉光是箱子就有一整车。我虽然是山民,可是搬箱子,跟在大衣底下挎根猎枪,在施瓦岭贝克公爵①领地上打兔子完全是两码子事。"

"要是真的把我们赶到意大利……就会又要爬山又要过冰河。那儿的伙食又跟猪食差不多,整天是玉米粥里搁点油,这可不中我的意。"马杜西奇发愁地说。

"怎么可能偏偏不把我们塞到这些群山里去呢?"巴柴尔越说越有气,"我们团到过塞尔维亚,也到过喀尔巴阡山。我已经拖着大尉先生的箱子爬遍了山。我丢过两回箱子。一回在塞尔维亚,一回在喀尔巴阡。又要打又要跑,说不准这次在意大利哪个边境上还会丢第三回。再说,那儿的配给简直糟得……"他吐了一口唾沫,朝马杜西奇挪动了一下身子说:"你知道,在我们喀尔巴阡山区常用生土豆做一种这么小的馒头片,先煮熟,然后用鸡蛋把它裹起来,撒上点儿白面包碴,再用猪油煎。"最后的那猪油二字是用一种神秘而庄重的声调说的。

"最好是配酸白菜……"他又抑郁地补充了一句,"吃通心粉可没劲儿。"

他们的一场关于意大利的谈话到这里也就此结束了……

在其余的车厢里,众口一词地说,列车在站上已经停了两个多钟头,现在可能要掉头开到意大利去了。

---

① 从前捷克最大的地主。

这个想法一部分是由军列上发生的几件怪事引起的。

士兵们又被赶下了车厢,消毒委员会的人来检查卫生,所有车厢都给洒了消毒水。对这办法很多人都非常讨厌,尤其是放面包的车厢。

可是命令终归是命令。消毒委员会下令为所有七二八次军列的车厢消毒,所以他们放心大胆地往大堆的面包和成袋的大米上喷起消毒水来。仅此一点就足以表明要发生不同寻常的事了。

喷洒完毕,又把大家赶回车厢,半小时之后又把大家轰出来,因为一位老迈的将军巡查军列来了。帅克脑子里马上冒出了对这老头的一个很合适的外号。他站在后排,对军需上士万尼克说,"这是个老不死的混蛋。"

老将军由扎格纳大尉陪同,沿着一排排的队伍慢腾腾地走着。他在一个年轻的士兵面前停下来,显然是为了对士兵们来一番鼓励。他问年轻士兵是哪里人,多大年纪,有没有手表。士兵虽然有一块表,他以为这老头儿要送他一块,就说没有。老头儿听了,傻头傻脑地笑了一笑,就像弗兰西斯·约瑟夫在城里见到市长们时那个样子,然后说:"那很好,那很好!"随后他又抬举了一下站在旁边的班长,问他老婆身体好不好。

"报告,"班长喊道,"我是单身汉。"将军大人仁慈地笑了一笑,又说着他的"那很好!那很好"。

然后,将军带着老年人特有的那种稚气,让扎格纳大尉叫士兵们表演执行报数口令的动作给他看看。不一会儿,就听见"一——二,一——二,一——二"的报数声。

"老不死的"将军非常喜欢这一套。他家里有两个勤务兵。他没事就叫他们站在他面前"一——二,一——二"地报数。

这样的将军在奥地利多得不得了。

检阅顺利结束时,将军大大夸奖了扎格纳大尉一番,同时准许士兵们在车站附近随便走动走动,因为有消息说,火车要在三小时之后才开动。士兵们在站台上溜来溜去,东闯闯西嗅嗅,看有没有什么好捞的。车站上总是挤满了人,因此有的士兵能讨到支把香烟来抽抽。

显而易见,早先车站上欢迎军用列车的那股热情已经完全冷却,士

兵们现在落到乞讨的地步了。

"劳军会"派了一个代表团来见扎格纳大尉。代表团是由两位极其干巴的太太组成的。她们给军队送了慰劳品:二十盒口香糖,这是布达佩斯一家糖果厂当广告赠送的。口香糖的盒子是用锡纸精制的,盒盖上画着一个匈牙利兵与奥地利民兵握手,他们头上是圣斯特凡闪闪泛光的王冠。周围用德文、匈文写着:"为了皇上,上帝和祖国。"①

这家糖果厂真是忠顺已极,居然把皇帝排在上帝的前面。

每盒装有八十片口香糖,因此只能三人分五片。除此之外,两位倦容满面的老太太还带来了一捆传单,上面印着布达佩斯大主教、萨马尔-布达法尔人格左伊写的两篇新的祈祷文,是用德文和匈文写的,里面包括对于所有敌人的最厉害的诅咒。祈祷文结尾用匈牙利文热切地呼喊着粗鲁的脏话!

按照这位可敬的大主教的说法,仁慈的上帝应该把俄国人、英国人、塞尔维亚人、法国人和日本人统统剁成肉酱,用来做大椒肉丸子吃。

---

① 原文为德语。

仁慈的上帝该在敌人的血泊中洗澡,把他们斩尽杀绝,就像暴君希律①杀掉婴儿那样。

这位可敬的布达佩斯大主教在他那两篇祈祷文里还使用了如下精彩的词句:

> 愿上帝祝福你们的刺刀深深扎入你们敌人的腑脏。愿公正的主指引着炮火直落到敌方大本营头上。愿仁慈的上帝让全部敌人受到我军打击,统统呛死在自己的血泊之中。

所以有必要再重复一句:这些祈祷文的中心思想就是那句粗鲁的脏话。

两位太太交完慰劳品,又向扎格纳大尉提出了一个热切的要求:希望分发慰劳品时她们也在场。其中的一位甚至说她想趁此机会对官兵讲几句话,她还总称他们为"我们的好战士!"②

扎格纳大尉拒绝了她们的要求,两位太太感到非常难堪。这时,慰劳品已经装到物资车厢去了。两位可敬的太太打队列前面走过。她们中的一位还没忘记借这个机会在一名大胡子士兵的脸上拍了一拍。这个兵是布杰约维策人,名叫西麦克,他对这些太太的崇高使命毫不理会,在她们走过去之后,他就对他的伙伴说:"这些老婊子真不要脸。哪怕她们模样儿好一点也罢了,可一个个长得跟丑八怪似的。真是十足的老妖精。这么个干巴老太婆,竟敢来找咱大兵吊膀子!"

车站上熙熙攘攘,一片慌乱。意大利的参战在这儿引起了张皇失措。两列炮兵军列被阻留下来,改派往斯梯里亚③去了。一列满载波斯尼亚人的军列,不知为什么在这儿等了两天还开不出去,这列军列完全被人忘却,没人过问了。波斯尼亚官兵整整两天没有领到口粮,如今正在新佩斯城沿街乞讨,他们满腹牢骚,打着手势一个劲儿地骂娘。

九十一团先遣营又被赶上车,士兵们回到各自的车厢里去了。可是没多久,营部传令兵马杜西奇从军运管理处回来,带来消息说,还要

---

① 公元前四十四至公元四年的犹太国王,以残暴著称。
② 原文为德语。
③ 奥地利南部的一个省。

过三小时才开车。所以刚集合的士兵又都下车了。就在开车前一会儿,杜布中尉气急败坏地窜进军官车厢,请求扎格纳大尉马上把帅克扣起来。杜布中尉在当中学教员时是以爱打小报告闻名的。他喜欢和士兵谈话,好探明他们的思想,同时也利用谈话机会训导他们,向他们解释为什么要打仗。

散步的时候,他发现帅克站在车站大楼后面的路灯旁,兴致勃勃地看着一张卖慈善彩票的招贴画,这是为筹集军费而发行的。招贴上画着一个奥地利士兵用刺刀扎一个哥萨克人,这个哥萨克人留着大胡子,惊恐万状地背墙而立。

杜布中尉拍拍帅克的肩膀,问他喜不喜欢这张画。

"报告,中尉先生,"帅克回答说,"这简直是胡扯淡。这种乌七八糟的招贴画我见过不知多少,从来还没有见过这么糟糕的。"

"你不喜欢它哪一点?"杜布中尉问道。

"我不喜欢那个兵这么使用交给他的武器,中尉先生。要知道,他这么顶着墙去刺,会把刺刀弄断的。再说那个俄国人已经举手投降,他再拿刺刀去捅就完全多余,该受惩罚了。他已经当了俘虏,就该按规矩对待俘虏,因此他那么做是白费劲儿。可是话又说回来,世界上什么样的人都有。"

杜布中尉继续摸帅克的想法,就又提了个问题:"这么说,你是可怜那个俄国人啰?"

"两个我都可怜,中尉先生。可怜这个俄国人是因为他挨刺刀捅了;可怜我们那一个是因为他会因此坐牢的。这不明摆着吗?中尉先生,他会把刺刀弄断的,墙是石头的,钢是脆的啊。还是在战前,中尉先生,我在正规军那时节,连队有一位中尉,他那张嘴,就连老司务长都比不过。在上操的时候,他对我们说:'听到立正①的口令时,你得像公猫蹲在草料上拉屎那样瞪着大眼。'别的倒是没话可说,是个十足的好人。有一次不知发了什么神经病,他给全连买了满满一车椰子。打从那时候起,我就知道我们那些刺刀的钢是多么的脆。全连里有一半人破椰子时把刺刀劈断了。咱们的中校命令把全连都关起来。三个月不许出营房,中尉先生还关了禁闭……"

杜布中尉狠狠地盯着好兵帅克那张无忧无虑的脸,凶狠狠地问他道:"你认识我吗?"

"认识,中尉先生。"

杜布中尉瞪着眼,跺着脚说:"告诉你,你还不认识我哩!"

帅克重又泰然自若地回答说:"我认识您,中尉先生,您是我们这个先遣营的。"

"你还不认识我!"杜布中尉又吼了一声,"可能你只认识我善的一面,等会儿你也会认识我恶的一面的。我并不像你想的那么善良。我叫谁哭他就得流泪。好,现在你再说,认不认识我?"

"认识,中尉先生!"

"我最后对你说一遍:你不认识我!笨骡!你有兄弟吗?"

"是,中尉先生,有一个。"

杜布中尉看着帅克那张平静而开朗的面孔,气得更加厉害,忍不住咆哮道:"你兄弟也跟你一样,是个畜生!他是干什么的?"

---

① 原文为德语。

"当中学教员的,中尉先生。他也在军队里做事,还通过了军官考试哩。"

杜布中尉狠狠瞪了帅克一眼,恨不得用眼珠子把他扎个窟窿。帅克用一种庄严的镇定承受着杜布中尉凶狠的目光,很快,这场谈话就在一声"解散!"①的口令中结束。

他们两人各走各的路,各想各的事,分手了。

杜布中尉想的是:把这一切汇报给扎格纳大尉,大尉就会下令把帅克抓起来。帅克想的是:他这半辈子见过许多蠢军官,可是像杜布中尉这样的军官,在全团里还没听说过。

杜布中尉今天教训士兵的瘾头还特别大,在车站上又找到了一个新的牺牲品。这也是九十一团的两名士兵,只是所在的连不同。他们正在黑漆漆的角落里用半吊子德语在跟两个妓女讲价钱。有好几打这种女人在车站上闲荡。

连站在远处的帅克都清楚地听见杜布中尉严厉的声音:"你认识我吗?……

"我告诉你,你还不认识我哩……

"等你认识我……

"也许你只认识我善的一面……

"告诉你,我要让你认识我恶的一面……

"我要叫你们哭!蠢骡……

"你有兄弟吗……

"准是个跟你一样的畜生……他们是干什么的?……在辎重队?……那好……记住,你们是军人……是捷克人吗?……你们知道,巴拉茨基曾经说过,假若没有奥地利,我们就得创造它一个……解散!"

总的说来,杜布中尉的巡视没有收到积极的效果。他还拦住了三起士兵,他那个"叫谁哭他就得流泪"的教育完全失败了。杜布中尉感觉到,他这块被运往前线的材料在士兵们的心目中准是非常讨厌的。

---

① 原文为德语。

他面子上很难堪,所以在开车之前到军官车里请求扎格纳大尉把帅克抓起来。他指控帅克举止粗野得惊人,强调把他隔离起来的必要性,他把帅克对他最后一个问题的诚恳坦率的回答当做尖刻的攻击,他说要是照这么搞下去,军官们谁也不用怀疑,他们在士兵眼里就会完全丧失威信。他本人在战前就跟县长先生谈过:当上司的应当千方百计保持自己在下属心目中的威信。

县长先生当时也是这么个看法。现在正在打仗,更应如此。我们离敌人越近,就越需要对士兵吓唬着点儿。因此他要求给帅克以纪律制裁。

身为正规军官的扎格纳讨厌所有行伍出身的后备军官,他提醒杜布中尉,这类申请应当用书面报告形式逐级上报,不能像在市集上讲土豆价格那么办事。至于帅克,首先应该找管他的人,也就是找卢卡什上尉。这类案子只能按部就班,一级级地报。就是从连部转到营部,这想必中尉先生也是知道的。如果帅克干了什么错事那就应当连人带报告送给连长去办;要是他不服,就再写个报告送给营长去办。要是卢卡什上尉先生愿意把杜布中尉先生的报告看做要求惩罚的正式申请,那么他当营长的决不反对把帅克带来审问一番。

卢卡什上尉没有异议,但指出了一点,从他本人与帅克的谈话来看,他已弄清楚:帅克的哥哥的确当过中学教员,是个后备军官。

杜布中尉犹豫起来了,他说,他只是从广义上说要求惩罚帅克。又说,也许帅克不善于用语言表达他的意思,所以他的回答使人感到很傲慢、刻薄、对上司不敬。不过从帅克的整个表情看来,他的神经不大健全。

就这样,一场聚集在帅克头顶上的暴风雨过去了,连雷都没有打成。

在作为营部办公室和仓库的车厢里,先遣营的军需上士包坦采尔从盒里拿出一些口香糖,大方地赏给营部的两名文书吃;这些口香糖是应该分给全营士兵的。这已是习以为常的事:凡是发给士兵的东西,就得分给营部每人一份,就像刚才这些该死的口香糖一样。

战争时期到处都是这样,碰到上面有人来检查时,下面这些军需们就说没事儿,其实各个办公室的军需上士都是嫌疑犯。他们造预算表时总要多报些空额,然后又拿一些破烂来抵数,以免露出破绽。

鉴于军士们嘴里都塞满了口香糖(既然没有别的好偷了,只好享受点这些破玩意儿),包坦采尔便讲起了他们在路上缺东少西的困难情况来:"我随先遣营出征过两次。可是像现在这么要啥没啥的情况还从来没碰到过。弟兄们,在到达普列肖夫之前,我们要什么有什么。我藏了一万支香烟,两圈瑞士干酪,三百盒罐头。后来,当我们的部队向巴尔捷约夫的阵地进发时,英雄的俄国人截断了我们同普列肖夫方面的联系。……后来我就做了点小买卖。我把我收藏的东西的十分之一交给营部,说这是我节约下来的,其余的我全在辎重队卖光了。那时咱们的少校叫索依卡,是个十足的蠢猪!他自己又不是个什么大胆好汉,所以最喜欢到咱辎重队来闲逛,因为呆在上面一天到晚听见子弹响,榴霰弹炸。他总是找个什么借口到咱们这儿来,说是要来摸清楚营里士兵的伙食搞得好不好。他一听到消息说俄国人又有什么动静,就跑到我们下边来。他吓得浑身哆嗦,起初,在伙房喝点罗姆酒,然后,去视察设在辎重队旁边的战地炊事房,因为阵地上边做不成饭,给前沿送

饭都是在夜里,那时候咱们就是这么个情况。给军官们做小灶,根本谈不上。有一次帝国的德国人把通向后方的一条路给占了,所有从后方寄给我们的比较好的东西都落到了他们手里,他们把它吃了个精光,咱们就没收到。咱们辎重队里也没军官伙食了。在这段时间里除了一头小猪之外,我啥也没法给咱办公室的人省出来,就是那只小猪崽也是熏了的。为了不让索依卡少校知道,我把它藏在离我们一小时路程的炮兵队那里;那儿我认识一个下士。这样,少校先生每次来我们伙房就喝汤。说实在的,也没有多少肉可煮,只在附近弄到几头猪或几头瘦牛;就连这也还有普鲁士人来跟我们抢生意;他们用高出一倍的价钱收购牲口。咱们驻扎在巴尔捷约夫的整个期间,我在采购牲口方面只省下一千二百多克朗,何况我们大多数不是付的现金,是拿着营部开的条子去买的。尤其是到后来,当我们知道俄国人从东面打到了拉德瓦,西边到了波多岭时就更是这样了。当地的人不会读,不会写,签起字来只会划三个十字。跟这些人打交道最糟糕了。这一点我们军需处知道得最清楚。我们叫他们到军需处去取钱时,往往设法往单据里塞上一张假收条,表示我已经付款给他们了。这只有遇到那些会签字的人才行得通。另外，我前面已经提到过：普鲁士人比我们出的价钱高，又是现金。所以不管我们到哪里，他们都把我们当强盗看待。军需处还下了道命令，规定用划十字代替签字的收据必须转给检查官审查。那时候，这些检查官还真不少哩，来上那么一个，在我们这儿吃饱喝足了，第二天又去打小报告告我们。还是说索依卡少校吧，他成天在这些伙房里转。说实在的，你们可以相信我，有一次他从锅里捞了一块供我们整个四连吃的肉，摇了摇他的猪头，说肉没煮烂，便又下令再给他煮一会儿。确实，那时候的肉不多，供一个连吃的也就只有那么实打实的十二份。可是他一个人独吃了，完了还要尝尝汤。他大吵大闹，说这汤跟白开水一样没味道，还说肉汤没有肉成什么体统。他吩咐在汤里加点儿油，又把我这段时间攒下来的通心粉全放到里面去了。尤其教我恼火的是，为炒面粉，他足足往锅里搁了两公斤茶油。这油是我在办军官伙食时省下来的。我把它放在隔板上，他瞅着它嚷嚷：'这是谁的？'我对他说，根据师部最近一次指示，按照士兵的伙食预算每人有十五克黄油或二十一克猪油作为改善伙食用，但是，因为荤油不够，所以我们储存着黄油打算攒到够规定的数量为止。索依卡少校大发雷霆，开始大叫大嚷，说我准是在等着俄国人来把这最后两公斤油拿走。说是既然汤里没肉，就该马上把它搁到汤里去。结果我的全部储藏便都给他搞光了。说实在的，他一来，我就只有倒霉的份儿。他的鼻子尖极了，一下子就嗅出来我的全部存货。有一次我从士兵伙食中省了一些牛肝，本想把它焖好，他突然从床底下把它翻出来了。我见他嚷得厉害，便对他说，这些肝是留给挖战壕的人吃的。上午炮兵队兽医班有个打马蹄掌的人来订去了。少校从辎重队找了个神经病来，然后就跟那个神经病拿个锅架在悬崖上煮起肝来。这也是他命该倒霉，俄国人看见那儿冒烟，便用十八毫米口径的大炮朝着少校和煮锅轰了一阵。后来我们到那儿去察看时，简直分不清悬崖下面的肝究竟是牛肝呢还是少校的肝儿。"

后来有消息说火车要在四个小时之后才开走。开往豪特万①的线

---

① 布达佩斯东面的一个城市。

路被伤兵列车堵住了,车站上还传说在雅格尔附近一辆装伤员的卫生列车跟一辆装炮兵队的列车撞车了。援救车正从佩斯开到出事地点去。

没过多久全营就议论纷纷了。有说死伤两百人的,有说这次撞车惨祸是蓄意制造出来,用以掩盖在伤病员的供应问题上的舞弊行为的。

由此引起了对营部的供应工作和对办公室及仓库的盗窃现象的尖锐指责。

多数人认为,营军需上士包坦采尔什么都拿来跟军官们私分了。

在军官车厢里,扎格纳大尉宣布:根据行军计划,他们本该已经到达加里西亚边境。在雅格尔应该发给士兵三天的面包和罐头。但列车到雅格尔还得走十个小时,而且在雅格尔确有一些装着在进攻利沃夫时败下阵来的伤员的列车。根据电报来看,在雅格尔既领不到军用面包,也领不到罐头。命令说如果发不出面包和罐头,就给每个士兵发六克朗七十二哈莱什作为九天的军饷,当然得有个前提:如果扎格纳大尉能从旅部领到这笔费用的话。金库里只有一万二千克朗。

"这些混乱现象都是团部造成的,"卢卡什上尉忍不住说,"把我们这么可怜巴巴地抛到这世上。"

沃尔夫准尉和科拉什中尉窃窃私语,说施雷德上校在最近三个礼拜内,在他私人的户头上给维也纳银行汇去一万六千克朗。

科拉什中尉还讲到施雷德上校的钱是怎么弄来的。比方说,从团里偷来六千克朗,装进自己腰包里,再头头是道地给所有伙房下个命令,让他们每天从士兵的每顿口粮扣下三克豌豆。一个人一个月就有九十克。每个连队伙房至少也省下十六公斤豌豆。伙伕可以证明这一点。

科拉什中尉对沃尔夫只是粗略地谈到一些他个人发现的事儿。

这类事例在整个军事部门中多如牛毛,从倒霉的连队军需上士,到将级军官,连战后的粮食都储备妥了的狷鼠,无不如此。

战争要求偷盗也须有胆量。

军需官们互相关切地、心照不宣地瞧着,似乎想说:"咱们都是半斤八两一路货,都会偷。伙计们,都会作弊,弟兄们,不偷不行,逆水难

游啊！你不拿，人家拿，还说你不偷是因为你抢够了！"

一个穿着裤缝上有着红金饰缘的先生走进了车厢。他是一位专在各铁路线上进行视察的将军。

"请坐，诸位。"他和蔼地打了一下招呼，很高兴又抓到了一列他不曾想到会在这儿搁浅的军列。

扎格纳大尉想报告一声，将军挥了一下手，说："你们这列军列有问题。你们这列军列还没睡觉。你们这列军列也该睡觉了。军列既然停在车站上，车上的官兵就该在九点就寝，跟在兵营里一样。"

他说得干脆利落："九点以前带着士兵到车站去上一趟厕所，然后回来睡觉。否则他们会在夜里把铁路路基弄脏。明白吗，大尉先生？给我复述一遍！不，还是别再复述了，按照我说的去做。吹号，叫他们统统去上厕所，再吹熄灯号，睡觉！检查一下看谁没睡，没睡就罚！就这样！都说全了吧？六点钟开晚饭！"

随后，他谈到一些很久以前的事儿，谈到从没发生过的事儿、摸不着边的事儿。他站在这儿，就像一个来自虚无缥缈王国的幽灵。

"六点开晚饭，"他接着说，一边看手表，此时已是夜里十一点过十分了。"八点半吹号上厕所,然后就寝!①六点钟开晚饭时,没有一百五十克瑞士干酪,就改吃土豆焖牛肉吧!"

然后下令检查战斗情况。扎格纳大尉又让吹号,视察官将军望着全营排成横队,一边和军官们在队列前来回走着,不倦地讲话,仿佛士兵们都是些白痴,一下子听不明白他的话似的。这时他还盯着手表说:"现在你们瞧,八点半去拉屎撒尿,过半小时就寝。这完全够了。②在这过渡的时间里,士兵们的大便肯定很稀少。我强调睡觉,主要因为睡觉能为下一步行军养精蓄锐。只要士兵是在火车上,就得休息。要是车厢里位子不够,可以分批睡。三分之一的士兵在车厢里舒舒服服地躺着,从九点睡到半夜,其余的人站着看他们睡。然后第一批睡够了的把位子腾出来给第二个三分之一,从半夜睡到早上三点;第三批人从三点睡到六点。然后吹起床号,全部人马洗脸。火车开动时,不要跳车。军列上配备上巡逻兵,使士兵没法在开车时跳车!假如敌人打断了我们士兵的腿……"

这时将军拍了一下自己的腿……"这是件值得赞扬的事。可是在列车行进中由于跳车而弄成残废的,还得受罚。"

"这是你们营?"他盯着昏昏欲睡的士兵,问扎格纳大尉。士兵中很多人困得支撑不住,他们被强行从睡梦中叫醒,在夜间的新鲜空气中打着哈欠。"大尉先生,这是个哈欠营啊。士兵该在九点就寝。"

将军在十一连前面停住脚步,帅克站在队列的左边,张大嘴打哈欠。他用手使劲捂着嘴,可是哈欠声变得更沉厚,连卢卡什上尉都吓得发抖,生怕引起将军的注意。他觉得,帅克这个哈欠是故意打的。

将军像看出了卢卡什的心思似的,转身走到帅克面前:"你是捷克人还是德国人?"③

"捷克人,报告,少将先生。"④

"那好,"将军说;他是波兰人,会一点儿捷语。"你像牛在吼一样。应该闭住嘴,别出声!别吵人家!上过厕所了吗?"

"没有,少将先生。"

---

①②③④ 原文为德语。

"你怎么没跟别人一块儿去方便方便呢?"

"报告,少将先生,在皮塞克演习时,瓦赫特上校先生对我们说过,士兵在黑麦地里散开时,不能只想着拉屎撒尿,而应想着战斗;再说,报告,我们到厕所里去干什么呢?没什么可拉的。根据行军计划,我们该在好几个站上得到晚餐,可什么也没得到,空着肚子就不用上厕所啦。"

帅克用朴素的语言向将军讲解着一般的形势,还似乎非常信赖地望着将军,以为将军能感觉出他们求援的呼声。既然让大家列队去上厕所,那么这道命令总有点什么内在的根据吧。

"把大家再叫回车厢来睡觉!"将军对扎格纳大尉说,"怎么回事?他们没领到晚饭?所有通过这个站的军用列车,都应当领到晚餐:这儿是个供应点。否则是不行的。这是有精确计划的。"

将军说得这么肯定,这意味着,现在虽然已过夜里十一点,而晚餐,他早有指示,应当六点开,这样看来,别无他法,只有让火车在这儿过夜,明天一天,停到晚上六点,好让大家领到一份土豆焖牛肉。

他极其严肃地说:"在战争时期,没有比忘记给正在调动中的部队发配给更糟糕的事了。我的责任就是要弄清事情的真相,以及军运管理处对这件事儿究竟是怎么看的。因为,诸位,有时罪过就在管军用列车的车长们本人身上。我在南波斯尼亚铁路上的索勃吉什特车站检查工作时,发现有六辆军列没领晚饭,因为这些军列的车长们忘了去领。车站上烧了六次土豆焖牛肉,可谁也没去要。结果倒了一大堆。诸位,这成了个地道的土豆焖牛肉窖了。军列上的士兵在站上向人讨面包吃,而列车却打土豆焖牛肉堆成的山丘过去。在这种情况下就不是军需处的罪过!"

他狠狠地挥了一下手:"这是军列车长没有尽到职责!咱们到办公室去!"

军官们跟着他走,心里直嘀咕为什么所有的将军都发了精神病。

在军运管理处才搞清楚,原来他们根本不知道还有供给土豆焖牛肉的事儿。本来,他们是应该为所有从这儿过的军列焖牛肉的。可是后来又来了一道命令,说要从每个士兵的供应中减去七十二哈莱什,于是每辆通过此站的军列上的每个士兵的供应也少了七十二哈莱什,从军需部扣出这笔钱来垫补最近该发的军饷。至于面包,士兵们在瓦吉安①的一个站上只领到了一半。

后勤供应处主任面无惧色,照直对将军说,朝令夕改。常常是这样:给军列准备好了饭菜,但开来的是一列医疗车,宣布了更高一级的命令,完了,列车停着,锅里空空如也,没法给他们吃的。

将军同意地点了点头,指出情况已经有了很大的改善,战争开始的时候要糟糕得多。不能什么都一下好转,需要积累经验、需要实践。理论,实话说,妨碍实践。仗打得越久,事情就越有条理。

"我可以给您举一个实际例子,"他说得津津有味,似乎想到一件什么很有意义的事儿,"两天前打豪特万车站过的军列都没有领到面包,可你们明天能在那儿领到。喏,现在我们到车站饭店去吧!"

在车站饭店里将军又谈公共厕所,谈车站各条铁轨上到处堆着"仙人球"②多么不雅观。同时他还吃着煎牛排,大家觉得,他似乎在咀嚼一棵"仙人球"。将军极为重视公共厕所,似乎这些厕所与奥匈帝国的胜利有着密切关系。

考虑到意大利宣战后造成的新形势,将军说,我们对意大利不容怀疑的优势恰恰在于我军的公共厕所。

奥地利的胜利来自公共厕所。

对于将军来说,这是很简单的。通向战争荣誉的道路就是按下列药方行事:士兵们下午六点领到土豆焖牛肉,八点半上公共厕所,九点睡觉。在这样的军队面前,敌人将闻风丧胆,落荒而逃。

少将沉思着,抽起"奥佩拉"③来。他久久地望着天花板,心里琢磨着:既然到了这里,就该给这些军列上的军官们训训话。

"你们营的核心是很健康的。"当大家以为他还要继续盯着天花板,沉默不语时,他突然说话了,"你们的指挥人员完全正常。跟我说过话的那个士兵以他的坦率和军容代表全营的希望。一定能坚持战斗

---

① 匈牙利城市。
② 指粪便。
③ 一种高级香烟的牌子,此处指这个牌子的香烟。

到流尽最后一滴血。"

将军不做声了,身子靠在椅背上,又望着天花板,也不改变一下姿势。杜布中尉,凭他本能的奴性追随他望着天花板。"然而你们营还需要让自己的功绩发扬光大。你们旅所属各营都有自己的光荣史,你们营应当丰富这部光荣史。你们缺少一个善于把营里的大事准确地记录下来,编纂成营史的人。各方面的材料都要集中到他那里,他应当了解本营每个连的工作。他必须是个有学识的人,而绝不是什么蠢蛋、笨牛。大尉先生,你必须在营里任命一个营史记录员。"

随后将军看了看墙上的挂钟,时针的指向提醒他大家都困倦已极,该到解散的时候了。

将军有辆专用的视察列车,他要军官先生们送他到卧车车厢里去。

军运管理处主任沉重地叹了一口气。将军吃了一份煎牛排,喝了一瓶葡萄酒,忘了付钱。又得他主任掏腰包,替将军付账了。这样的来客一天总有好几起。为此不得不贴上两车厢干草。他吩咐人们把这两车厢干草拉到轨道尽头,卖给洛文斯特因公司,军草供应商,就像卖掉没收割的黑麦一样。国家又向这家公司买回这两车干草。可是主任为了预防万一起见,还是让它在那儿放着。说不定什么时候还是得零售给洛文斯特因公司。

然而所有通过布达佩斯这个总站的军事检查官都说,在军运管理处主任那儿吃喝都不错。

第二天早上,这列军用列车还停在站上。吹了起床号。士兵们在水龙头边洗脸。将军和他那辆专车还没开走,他又亲自去审核上公共厕所的事了。今天士兵们遵照扎格纳的命令到这儿来上厕所。为了讨好少将,扎格纳这天下命令说:"由班长带领,分班去上厕所。"[①] 为了让杜布中尉高兴,扎格纳大尉对他说,今天由他值勤。

这样一来,杜布中尉就监视着他们上厕所。

有两排茅坑的公共厕所能容纳一个连的两个班。

[①] 原文为德语。

这时，士兵们挨个蹲坐在粪坑上，好像秋天的燕子准备飞往非洲时一行行蹲在电线上。

每个人都扒下裤子，裸露着膝盖蹲在那里，脖子上都挂着一根皮带，活像只等一声令下，立即上吊似的。从这里，当然可以看到军队的铁的纪律和组织性。

帅克蹲在一行的左端；他也钻到这里来了，正津津有味地在读着一块掐头去尾的碎纸片，是从鲁热娜·叶塞斯卡①的某本小说上扯下来的：

可惜在……宿舍里太太们……

……不确切的，实际的，也许更为……

……大都孤单地失去了……

……关到自己的房间里，或者……

……独特的娱乐。如果说她们吐露了……

……改邪归正了。也许她并不想这样成功地……

……像她们自己所希望的那样。……

……什么也没给年轻的克希奇卡留下。……②

当他的眼睛从那张破纸片上移开，随便往厕所东面一瞧时，不禁吃了一惊。昨天夜里来的那位少将衣冠楚楚地和他的副官站在那儿，旁边还有杜布中尉，他正热心地给他们解说着什么。

帅克环视一下四周。人们仍旧稳稳当当地蹲在茅坑上，只是军士们似乎都目瞪口呆、僵立不动。

帅克感到情况严重。

他通地一下跳起来，裤子也没提上，裤带还挂在脖子上，在这最后一刹那还用那张破纸片慌忙擦了一下屁股，大声嚷道："停止拉屎！起立！立正！向右看齐！"③他敬着军礼。两排士兵都这么提着裤子、脖子上挂着皮带，从茅坑上站起来。

---

① 鲁热娜·叶塞斯卡（1863—1940），捷克小市民喜爱的一位女诗人与作家。
② 这是一张截头去尾的残书页，所以断断续续，不成句子。
③ 原文为德语。

少将和蔼地笑了笑说:"稍息!继续拉!"①班长马莱克为本班作了示范,又蹲下去恢复原来的姿势。惟有帅克一人还站在那儿继续行着军礼。

因为杜布中尉凶狠狠地从一头走过来,而少将却笑眯眯地从另一头走过来。

"我在夜里见过你了,"少将对着帅克那滑稽姿态说。这时怒气冲冲的杜布中尉转向少将说:"报告,少将先生,此人神经不健全,痴傻出名,是个无与伦比的傻瓜。"②

"你说什么,中尉先生?"③少将突然对杜布中尉这样嚷道,并向他证明,事实恰恰相反。"这个人不傻,当他一看见上级军官和军士,即使是他们没看见他或是没理他,他也知道该干什么。在战场上也有这种情况:在紧急关头,一个普通士兵要起来发布命令。恰恰是杜布中尉应该来发刚刚由这位士兵发出的这些号令。"

"你擦了屁股吗?"将军问帅克。

---

①②③　原文为德语。

"是,少将先生,已经擦好了。"

"你不要再拉屎了吗?"

"报告,少将先生,我已经拉完了。"

"那么把裤子提上,然后再立正。"因为少将这"立正"二字喊得响了一点,靠近将军的那排士兵都从茅坑上站了起来。

可是少将友好地向他们挥了挥手,用温和的长辈的声调说:"别这样,稍息,稍息,只管接着拉吧。"①

帅克已经整好衣冠站在少将面前。少将用德语对他做了一番短短的讲话:"尊敬上司、遵守礼节、保持军人气概,有了这些就行了。如果再加上勇敢,那么就没有一个敌人值得我们畏惧了。"

他转向杜布中尉,用指头捅着帅克的肚皮说:"请你把他的名字记下来;到前线后立即提升他;而且一有机会就提请发给他铜质奖章,以表彰他准确执行任务和真知灼见……你当然知道,我这是什么意思……解散!"②

---

①② 原文为德语。

少将离开公共厕所越走越远,杜布中尉为了让少将能听得见,便大声发出口令:"一班起立,排成四行……第二班……"①

这时帅克到外面去了,打杜布中尉身边经过时,虽已规规矩矩向他敬了个礼,可是杜布中尉却嚷道:"重来。"②帅克只得又敬了一个举手礼,同时又听到对方说:"你认识我吗?你还不认识我。你认识我善的一面,等你认识我恶的一面,我叫你哭!"

帅克终于朝自己车厢走去。路上他想起有一次,在卡尔林纳兵营里发生的事,那儿也有一个中尉叫霍拉维。他要是发了脾气,却不像杜布中尉这么说话,只讲:"小伙子们,你们记住,什么时候你们再见到我,我对你们就是这么厉害,可我就是这么厉害,只要你们还在连里。"

当帅克走过军官车厢时,卢卡什上尉把他叫住,让他告诉巴伦赶快把咖啡煮好,把牛奶罐头盖好,免得坏掉。巴伦正在军需上士万尼克那节车厢里的小酒精炉上给卢卡什上尉煮咖啡,帅克走去通知他时,发现自己不在时全车厢都喝起咖啡来了。

卢卡什上尉的咖啡与牛奶罐头已经空了一半,巴伦一面喝着咖啡,一面还用勺子在牛奶罐头里舀着牛奶,好让咖啡更加可口。

走阴巫师伙伕约赖达跟军需上士发誓说,下次领到咖啡和牛奶罐头,再还给卢卡什上尉。

他们还请帅克喝咖啡,可是他拒绝了,并对巴伦说:"军部刚下了命令:凡擅自偷吃军官的牛奶或者咖啡罐头的勤务兵,必须在二十四小时内处以绞刑。这是卢卡什上尉让我通知你的,他叫你马上把咖啡给他送去。"

巴伦吓了一跳,把刚倒给电话兵霍托翁斯基的那份咖啡夺过来,又搁在火上热了热,加了点罐头牛奶,飞跑着端到军官车厢去了。

他瞪着大眼把咖啡递给卢卡什上尉,脑子里一直在想着卢卡什上尉要亲眼看看他是怎样摆弄他的罐头的。

"我耽误了一会儿,"他结结巴巴地说,"因为打不开罐头。"

"大概牛奶罐头又洒出来了,是吧?"卢卡什上尉边喝着咖啡边说,

---

①② 原文为德语。

"要不就是你又像喝汤似地用勺子喝了个够。你知道,什么在等着你吗?"

巴伦叹息一声,哀诉着说:"我有三个孩子,报告上尉先生。"

"你当心,巴伦,我再一次对你这种馋嘴提出警告。帅克没给你说什么?"

"在二十四小时之内可能要把我绞死。"巴伦全身发抖,悲伤地回答说。

"傻瓜,别这么哆嗦,"卢卡什上尉微笑着说,"要学好。把那馋嘴虫从你脑子里赶出去。去告诉帅克,让他到车站上或者附近什么地方去给我弄点什么好吃的来。给他十克朗。我不叫你去。你要去了又会吃得撑破肚皮。你没把我那盒沙丁鱼吃掉吧?你说没吃掉?拿来我看看。"

巴伦告诉帅克,说上尉给他十个克朗,让他到车站哪个地方去弄点好吃的给他下饭。巴伦叹着气,从上尉箱子里把那盒沙丁鱼拿出来,心情沉重地拿去给上尉检查。

可怜的巴伦曾经指望卢卡什上尉把这沙丁鱼忘了,如今落得一场空。上尉大概把它留在车厢里,准备打开来吃,突然感到被偷了。

"报告,上尉先生,您的沙丁鱼在这儿,"他悲伤地说,将沙丁鱼递给它的主人,"要我把它打开吗?"

"不用了,巴伦,仍旧给我放回原处。我只是想看看你是不是动了它。你送咖啡来的时候我觉得你的嘴巴油腻腻的,像是吃了油。帅克已经去了吗?"

"是,上尉先生,他已经走了,"巴伦喜形于色地答道,"他说了,准叫上尉先生满意,让大家都羡慕上尉先生。他出车站到什么地方去时,说是拉科斯波拉塔①一带他都熟悉。要是火车开走了,他就搭汽车在下一站赶上我们。他要我们别为他担心,他知道什么是他的职责。即使让他自己花钱去雇辆马车,跟着火车追到加里西亚也在所不惜;以后从他的军饷中扣掉就是了。他说无论如何不能让上尉先生为他

---

① 离布达佩斯不远的一个城市,现在是布达佩斯的卫城。

操心。"

"你滚吧!"卢卡什上尉苦恼地说。

从军运管理处办公室传来消息说:火车将在下午两点开到戈多罗-阿佐特车站,站上将给每个军官发一公升红葡萄酒和一瓶白兰地。据说这是捡的红十字会的一件邮件。管它三七二十一,真是福从天降,军官车厢里一片欢腾。白兰地是"三星"牌的,葡萄酒是"古波兹基森"①牌。

只剩下卢卡什上尉一个人忧心忡忡地呆在那儿了。已经过了一个小时,帅克还没回来。又过了半小时。一支奇怪的队伍从军运管理处出来,朝军官车厢走去。

走在前面的是帅克,表情庄重而严肃,活像被带到古罗马的圆形剧场去的第一批基督教殉难者。

两旁是两名扛着刺刀枪的匈牙利兵,左边是军运管理处的一位排长;在他们后面跟着一个身着鲜红褶裙的妇女和一个脚穿高统靴、头戴

---

① 下奥地利的一个小城市,以产葡萄酒出名。

圆礼帽的男人,他①眼鼓鼓地抱着一只吓得咯咯直叫的老母鸡。

这些人往军官车上爬,可是排长用匈牙利话对抱老母鸡的男人和他女人嚷叫着,要他们在车下等候。

帅克一见到卢卡什上尉,就意味深长地对他眨了眨眼睛。

班长想找十一先遣连的连长谈话。卢卡什上尉从他手里接过盖有军运管理处关防的公函一看,脸都给吓白了。

九十一团N营十一先遣连连长阁下:

　　据九十一团N营先遣连传令兵告发:步兵帅克·约瑟夫于军运管理处区内对伊斯特万诺维夫妇进行抢劫,现送交你连处理。

　　事由:一只老母鸡在军运管理处区内伊萨拉尔扎村的伊斯特万诺维家屋后走动,该鸡为伊斯特万诺维家所养。步兵帅克·约瑟夫抢走老母鸡,被物主截住,欲将母鸡夺回,帅克拒不归还,且以老母鸡击打物主右眼,巡逻队闻声赶至现场,将步兵帅克押送至所在部队。母鸡已归还原主。

值日官(签字)

卢卡什上尉在送来帅克的这张收条上签了字,两个膝盖直打哆嗦。帅克站得很近,看到卢卡什上尉慌得忘了写日期。

"报告,上尉先生,"帅克说,"今天是二十四号,昨天是五月二十三号,意大利是在这一天向我们宣战的。我刚才到了城边,那儿人们净谈论这事儿。"

匈牙利兵和排长走了,只有伊斯特万诺维夫妇还留在下面。他们老想爬上车来。

"上尉先生,您要是再有五块金币我们就把那只母鸡买下了。那坏蛋非要十五块金币不可,包括打青了一只眼睛要付的十个金币在内,"帅克像讲故事一样地说着:"可我想,上尉先生,为了他这只破眼睛花去十个金币也太贵了点儿。在'老夫人'酒店里有人用砖头砸伤了马杰侬家的施工的下巴壳,敲掉了六颗牙齿,也只花了二十个金币,

---

① 原文中是"他"抱着鸡,插图中却是一女的抱着鸡,可能是拉达画插图时的疏忽。

而且那时的钱比现在的钱值钱。沃谢格自己上吊也就为了四块金币的事。"

"你上来，"帅克招呼那个打青了眼睛、抱着母鸡的男人说，"让你老婆在下面等着。"

男人上了车厢。"他会一点儿德语，"帅克说，"他懂得所有的骂人话，也相当会用德语骂人。"

"给你十个金币，"①他对那男人说，"用五个金币买母鸡，五个金币赔你的眼睛，明白吗？五个金币换'咯咯咯'，五个金币赔'转转珠'……②这是军官车厢，你晓得吗？把母鸡拿来！"

他把十个金币塞在那惊讶的男人手里，把他的母鸡拿过来，扭了它的脖子，然后把匈牙利男人从车厢里推出去，友好地握着他的手，使劲抖了几下说："你好，朋友，再会。③ 快去找你的老婆子吧，要不把你推下去。"

"您瞧，上尉先生，什么事都有办法对付掉，"帅克对卢卡什上尉说，"最好是干什么都别出大丑，也别多讲客气。我这就和巴伦去给您燉鸡汤，让它香飘四方！"

卢卡什上尉已经忍无可忍了。他一把将帅克手中那只倒霉的母鸡打到地上，然后大声嚷道："帅克，你知道，一个士兵在战争时期抢劫民财，该当何罪？"

"用火药加铅弹头处以死刑。"帅克庄严地回答。

"不过对你该用绞刑，帅克，因为你是第一个开始抢劫的。你——，唉，我真不知该称你什么，你把自己的誓言全忘了。我头都晕了。"

帅克用疑惑的眼光看着卢卡什上尉，很快地回答说："报告，我没有忘记我们军人该履行的誓言。报告，上尉先生，我曾经庄严地向我们最英明的公爵和弗兰西斯·约瑟夫一世皇上宣过誓：我将忠于并顺从陛下的将军和我所有上级长官，尊敬并保卫他们，执行他们的各项指示

---

① 原文为德语。
② 原文为德、匈、捷三种语言的混合句。
③ 原文为匈、法两种语言的混合句。

与命令。只要是皇上、国王陛下的意旨,哪怕上刀山,下火海,上天入地、白天黑夜,在战斗中、进攻中以及其他任何地方……"

帅克把母鸡捡起来,立正站着,两眼盯着卢卡什上尉,接着说:"在任何时候,任何情况下都英勇无畏地战斗;任何时候也不离开我们的军队、团队、军旗和大炮,任何时候绝不与敌人勾结,永远按照军纪所要求的、一个好兵所应该做的那样行事。愿上帝保佑我活得光荣也死得光荣。阿门。报告,这只老母鸡,我不是偷来的,也不是抢来的。我的行为规规矩矩,并没忘掉自己的誓言。"

"把这只老母鸡放下,畜生!"卢卡什上尉用公文在帅克提着死鸡的手上打了一下,对帅克生气地嚷道,"你瞧瞧这份公文。看见没有?

白纸黑字写着:'据九十一团 N 营先遣连传令兵告发:步兵帅克·约瑟夫……进行抢劫,现送交你连处理……'如今你说,你这废物,你这土狼……不,总有一天我非宰了你不可,明白吗?喏,回答我,你这个白痴、土匪,你是怎么干下这件事的?"

"报告,"帅克很有礼貌地回答说,"这里一定是一场误会。我一得到您要我到哪儿去买点好吃的东西的命令,马上就琢磨:什么是好吃的呢？车站后边啥也没有，只有马肉香肠和驴肉干。报告，上尉先生，该考虑的我都考虑到了。在战场上得搞点什么滋补的东西，好减轻战争带来的痛苦。我想让您大大地高兴一番。上尉先生，这样我就想到给您燉母鸡汤喝了。"

"母鸡汤！"上尉抓着脑袋重复了一遍。

"是，上尉先生，鸡汤。我买了洋葱和五十克挂面。都在这儿，您瞧，这个兜里是洋葱，这个兜里是挂面。盐和胡椒我们办公室里有现成的。只缺买只老母鸡了。我就跑到车站后面的伊萨拉尔扎去了。这实际上是个村子，根本不像个城市。尽管在第一条街上写着'伊萨拉尔扎城'几个字。我穿过一条带有小花园的街道，第二条、第三条、第四条、第五条、第六条、第七条第八条第九条第十条第十一条第十二条，一直走到第十三条街道的尾子上，在一所房子后面，那就是草地了。有些家禽在那儿寻食，一群母鸡走来走去。我走近去挑了这一只最大、最重的。您瞅瞅，上尉先生，一身油。不用问，一眼就能看出给它喂的粮食不老少。我当着大家的面捉这只鸡，他们冲我用匈语嚷了些什么。我提着鸡腿，用捷语和德语问他们这只母鸡是谁家的，我想跟他买下来。这时从靠边的一座屋里跑来一男一女。开始，那男的先用匈牙利语，后用德语骂起我来，说我大白天偷他们的鸡。我对他们说，别对我这么吵吵，我是派来向他们买鸡的。一句话，我把事情经过全对他们讲得清清楚楚。这只我提着双腿的老母鸡，突然拍着翅膀想要飞走。因为我抓得不紧，它从我手中往上一蹿想扑到它主人的鼻子上去。他马上大喊大叫，说我用老母鸡打他的嘴巴。那娘儿们一直在叨唠，不住地对母鸡喊着'咯哒咯哒'。这时有一帮笨蛋，啥也没弄明白，就把巡逻队带到我这儿来了。我自己叫他们跟我到军运管理处去，好把事情弄个水落石出，证明我无罪。我请那位值班中尉问问您，是不是您叫我出来买吃的；可他根本不理这个茬，还对着我直嚷嚷，要我住嘴，说什么毫无疑问，大树枝上挂粗绳，等着我去受绞刑。他当时准是有什么事儿心情特坏，所以对我说，只有连偷带抢的士兵才这么胖。他说车站上出了很多倒霉事儿。前天有人丢了只火鸡。我对他说，那时我还在拉布，他说我这么对他瞎扯淡没有用，就把我送到您这儿来了。在我还没看见他时，那儿就有一个上等兵对我嚷嚷,说我不知道站在我面前的是什么人,我说是个上等兵,要是在猎兵队里就是巡逻兵;在炮兵队里就是主炮手。"

"帅克,"过了一会儿,卢卡什上尉说,"你闯了这么多的祸,捅了这么多乱子,用你的话来说是'小误会'、'误解',为了你这些倒霉事,只有用根绞索和方阵围观礼才能拯救你。你明白这是什么意思吗?"

"是,上尉先生,由所谓封锁营组成的方阵要动用四个连、个别情况也有三个或五个连的人力。请指示,上尉先生,是不是多搁点挂面在鸡汤里,煮稠一点?"

"帅克,我命令你,立刻把这只老母鸡拿走,要不我揍你的脑袋,你这白痴……"

"遵命,上尉先生,可是报告,我没买到芹菜,胡萝卜也没有。我搁上点土……"

帅克还没把土豆的豆字说出口,提着老母鸡就从军官车厢那儿跑了出来。卢卡什上尉端起一杯白兰地,一饮而尽。

帅克经过军官车厢窗外时,行了个举手礼,就回自己的车厢去了。

巴伦经过一番思想斗争之后,正准备把上尉的沙丁鱼罐头打开,帅克便提着老母鸡突然走了进来,这自然引起了车厢里所有人的兴致。大家瞅着他,似乎都满有把握地问:"你这是哪儿偷来的?"

"我替上尉先生买来的,"帅克说,一边从衣袋里把洋葱和挂面掏出来,"我想给他做鸡汤喝,可是他不要,就送给我了。"

"是只瘟鸡吧?"军需上士带着几分怀疑问道。

"是我亲手把它的脖子扭下来的。"帅克回答说,从兜里掏出一把刀来。

巴伦满怀感激之情,同时又带着钦佩的神色看着帅克,开始不声不响地把上尉的酒精炉子准备好,然后拿壶去打水。

电话兵霍托翁斯基走到帅克身边,表示愿意帮他煺毛,同时还贴着他的耳朵神秘地问道:"离这儿远吗?是翻墙进院子还是在外面直接捉到的?"

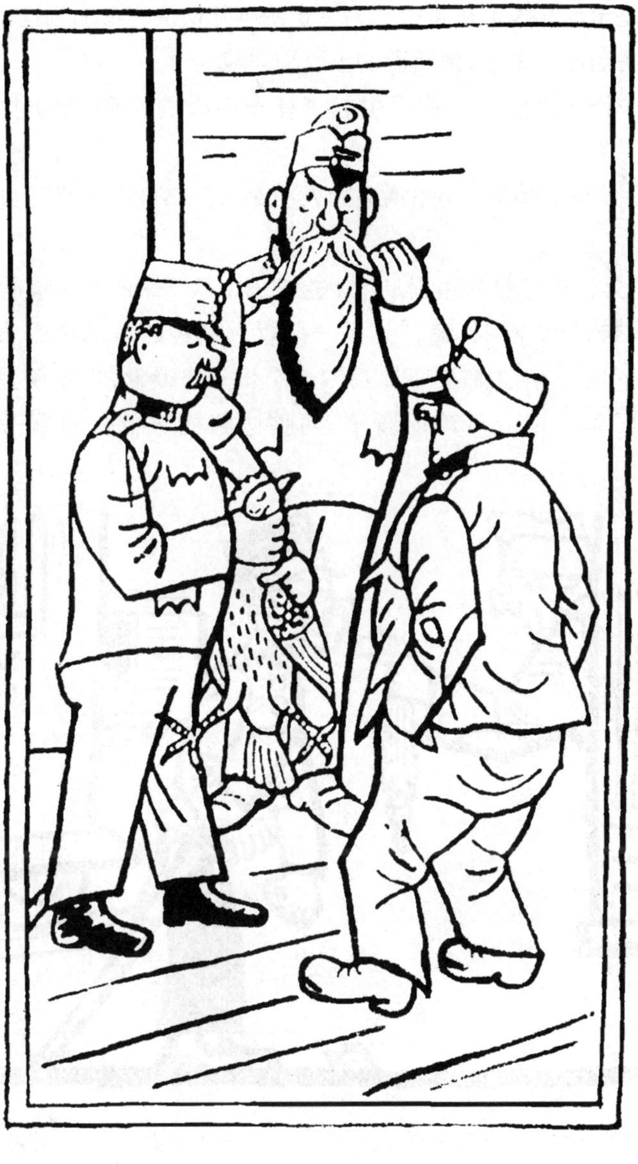

"我是买来的。"

"得了,别装蒜了。伙计,我们看见人家把你押送来的。"

可是电话兵拔毛还是很卖力。走阴巫师伙伕也参加到这一伟大光荣的准备活动中来了,他负责切土豆和洋葱。

从车厢里扔出来的鸡毛引起了杜布中尉的注意,他正打车厢旁走过。

他对着里面喊叫,让煺鸡毛的人出来。门口立即出现了帅克安详的面孔。

"这是什么?"杜布中尉从地上捡起那个砍下来的鸡头嚷道。

"报告,"帅克回答道,"这是一只意大利种的黑母鸡的头。这种鸡很爱下蛋,一年大概要下二百六十个蛋。您瞅瞅,它肚子里还有多少蛋啊!"帅克把老母鸡的肠子、内脏送到杜布中尉的鼻子底下让他瞧。

杜布中尉吐了一口唾沫,走开了。不一会儿他又走了回来。

"这只鸡是给谁弄的?"

"给我们呀,报告,中尉先生。您瞅瞅,多厚的油!"

杜布中尉嘟囔着走开了:"咱们菲利浦见!"①

"他跟你说什么?"约赖达问帅克。

"要我们在菲利浦那个地方见。这些大老爷们大都是些好男色的家伙②。"

走阴巫师伙伕说:只有唯美主义者才是同性恋者;所以才有唯美主义一说。

随后军需上士万尼克又谈到西班牙修道院里的教师强奸幼童的事情。

这时,煮在酒精炉上的一锅水已经开了。帅克谈到有人把一批维也纳孤儿托给一个教养员,教养员把所有小孩都糟蹋了。

"他们总有这么个瘾头,最糟糕的是碰上个女的有这种瘾头,几年前在布拉格二区有两个被遗弃的女人,她们都是野鸡,名叫莫尔柯娃和肖斯柯娃。有一回,罗斯多基③林荫道上正盛开着樱桃花,傍晚时节她们在那儿抓着了一个患阳痿病、老掉了牙的摇手风琴的老头儿,硬把他拽到罗斯多基树林里,强迫他胡搞。她们跟他什么好事都干尽了!日什科夫有一位叫阿克萨米特的教授,在那儿开掘古坟,他已经挖开了好几座,取走了尸体和骨头架子。她们这两个野鸡把摇手风琴老头拖到一个挖开的坟里,在那儿折磨他强迫他行奸。阿克萨米特教授第二天去到那儿,看见坟里躺着个什么,好不高兴。原来是那个受两个离了婚的女流氓折磨坏了的摇手风琴老头。他旁边净是一些碎木柴。这人到第五天就死了,而这两个女流氓还厚着脸皮去给他送葬。简直是些色情狂。"

"放盐了吗?"帅克回过头来问巴伦。巴伦正利用大家专心听着帅克扯淡,把一大块什么藏到自己背囊里去了。"给我看!你在那边干什么?巴伦!"帅克严肃地说,"你拿这鸡腿干吗?你们瞧!他把我们

---

① 菲利浦是古代色雷斯王国的一个城市。公元前四十二年,古罗马政治家安东尼和屋大维分兵合击菲利浦城,打败布鲁图和卡西。"咱们菲利浦见"典出于此。这句话后来成了成语,意思是:"清账的日子就要到了。"

② 帅克误以为菲利浦是个花天酒地的去处,故云。

③ 布拉格北的一个避暑区。

的鸡腿偷走了,想自己偷偷地煮着吃。巴伦,你知道,你干了什么事吗?你知道,在战场上偷战友东西的人该受什么惩罚吗?把他绑到炮身上,打得像个刷把头似的。现在叹气已经晚了!等我们在前线遇着炮队,那你就到最近的主炮手那儿去报到吧!可现在你就得为将来接受惩罚操练操练。滚下车厢去!"

可怜的巴伦下了车,帅克坐在车厢门口喊着口令:"立正!稍息!立正!向右看齐!立正!① 向前看!稍息!现在原地跑步。向右转!② 老兄,你也是头牛!你的角该长在从前的右肩膀上。向后转走!向右转!向左转!半边向右转!③ 不是这样的,笨骡!向后转走!半边向右转!④ 瞧,笨蛋,还行!半边向左转!向左转!向左转!齐步走!齐步走!⑤ 傻瓜,你不知道什么是齐步走吗?笔直朝前走!向后转!跪下!卧倒!屈膝!起立!屈膝!卧倒!起立!卧倒!起立!屈膝!起立!稍息!⑥"

"你瞧,巴伦,这对健康有好处吧。起码能帮助消化。"

他们周围聚集了许多士兵。到处都可听到快活的笑声。

"劳驾让个地方出来!"帅克嚷道,"他要操练了。来,巴伦,注意!免得让我重来,我可不乐意在这儿老折磨士兵。开始:

"目标车站!⑦ 瞧我指哪儿。五班朝里走!立定!⑧ 站住,他妈的!我关你禁闭。立定!你这傻瓜终于站住了。小步走!⑨ 你不知道小步走是什么意思?我告诉你,让你鼻青眼肿!正步走!换步!原地踏步!⑩ 你这笨牛,我说要你在原地踏步!"

旁边至少围了两连人。

巴伦直出汗,搞得晕头转向。帅克接着喊口令:

"全班,向后转齐步走!"⑪

"全班立定!"⑫

"跑步走!"⑬

"全班齐步走!"⑭

"正步走!"⑮

---

①②③④⑤⑥⑦⑧⑨⑩⑪⑫⑬⑭⑮ 原文为德语。

"全班立——定!"①

"稍息!"②

"立正！目标车站！跑步走！立定！向后转！目标车厢！跑步！缩小步子！立定！稍息!"③现在你休息一会儿,然后我们再重来。有志者事竟成。"

"这是在搞的什么名堂?"杜布中尉不安地跑过来问道。

"报告,中尉先生!"帅克说,"我们稍微操练操练,免得忘了,也好不白白把宝贵时间浪费掉。"

"你下车来!"杜布中尉命令道,"够了,跟我去见营长。"

帅克来到军官车厢时,卢卡什上尉从车厢的另一道门走到月台上去了。

杜布中尉把好兵帅克的胡闹行为向扎格纳大尉做了报告。扎格纳大尉兴致好极了,因为"古波兹基森"牌的葡萄酒的确妙不可言。

"噢,你不想白白浪费大好时光,"他意味深长地笑了笑,"马杜西奇,过来!"

营传令兵遵令把十二连的军士纳萨克洛叫来,那是个出了名的"暴君",他马上递给帅克一杆步枪。

"这个兵,"扎格纳大尉对纳萨克洛军士说,"不愿意白白浪费大好时光。把他带到车厢后面去,给他搞一个钟头的持枪操练。别让他有片刻休息。主要是连续不断做举枪！放下！举枪!"④的动作。"

"帅克,你呆会儿就会晓得的：一点儿也不会腻味。"说罢让他走了。不一会儿就听得车厢后面传来了一声严厉的口令,在铁轨上空庄严地回荡。这位纳萨克洛军士刚刚还在玩"二十一点",压着赌,现在却冲天喊着："枪靠脚！枪上肩！枪靠脚！枪上肩!"⑤

后来稍歇了一下,只听得帅克的满意而沉着的声音在说："这些操练多年前我刚服役时都学过,叫到'举枪'时,步枪要紧靠着右腰,枪托与脚后跟在一条直线上,右手要自然伸直握枪,大拇指扣住枪筒,其他几个手指必须捏紧枪托前部。当叫到口令'枪上肩!'时,将枪带轻松

---

①②③④⑤　原文为德语。

地挎到肩上。枪口朝上,枪筒向后……"

"你这套胡扯淡已经够了!"纳萨克洛军士接着喊:"立正! 向右看齐!① 真见鬼,你这是怎么做的……"

"我正在做'枪上肩'的动作,做'向右看齐'时,我的右手沿枪带放下,握住枪托颈,头向右转,而在'立正!'时,右手重又握带,头向前望着您。"

又是军士的口令声:"端枪! 枪靠脚! 枪上肩! 上刺刀! 收刺刀! 刺刀进鞘! 走向祭坛! 出祭坛! 祭坛前跪下! 子弹上膛! 射击! 射击! 向右开步走! 目标参谋车! 距离二百步……预备,枪靠脸! 射击! 枪靠脸! 射击! 枪回位! 瞄准器垂直! 退膛! 稍息!②"军士开始卷烟。

帅克趁此机会细细察看了枪上的号码说:"四二六八。在贝切克的铁路第十六股轨道上的一辆火车头也是这个号码。人们准备把它开到拉贝河畔利萨机车厂去修理,可又没那么容易做到。因为,军士先生,开那辆车的司机长特别记不住数字。段长把他叫到办公室,对他说:'在第十六股道上有一辆四二六八号机车,我知道你总是记不住数字。要是给你把号码写在一张纸上,你又会把那纸搞丢的。你这么记不住数字,可得注意着点。我告诉你,记住个数字很容易。你听好,该开到拉包河畔利萨机车厂去修理的火车头的号码是四二六八号,注意听着:第一个数字是四,第二个是二。现在你已经记住四十二了,换句话说就是二二得四,按次序先是四,四除二等于二,在四旁边就有了个二啦。现在你别怕! 二四得多少? 得八,对吗? 那你把它记住,八是四二六八这个数字的最后一个数字。既然你已经记住,第一个字是四,第四个数字是八,剩下的在八前面的那个六你再想法记住就是了。这很简单,第一个数字是四,第二个是二,而四加二是六,那你就可以肯定,倒数第二位数是六。这个次序一辈子也忘不了,脑子里就牢牢记住了四二六八这个数字。要不我们还有一个更简单的办法……'"

---

①② 原文为德语。

军士停止吸烟，瞪了帅克一眼，只是嘟囔了一句："把帽子脱下！"①

帅克严肃地接着说："他又对他讲了个记住火车头号码四二六八的更简单的办法：'八减二等于六，这就得出六八来了，六减二等于四，就知道四——六八了，添上个二就是四二六八了。再有一个办法，也不太难。用乘法和除法，也能得出这个数字。你记住！'段长说：'二乘四十二等于八十四，一年有十二个月，八十四减去十二得七十二，再减去十二个月，就是六十，这个数字里面有个六，把后面的零去掉，现在我们有四二六八四，既然我们去掉了个零，那么末尾那个四也可以去掉，于是我们就得出了那个四二六八，那个该到拉包河畔利萨机车厂修理的火车头号。我说了，用除法也很简单：我们可根据海关税率标出系数。'您哪儿不舒服，军士先生？您愿意的话，我就开始操练：齐放排枪！预备！瞄准！放！②真见鬼，大尉不该让我们到太阳底下来练。我去叫担架吧。"

军医来了，诊断说：这不是中暑，就是急性脑膜炎。

---

①② 原文为德语。

等军士苏醒过来时,帅克站在他旁边对他说:"让我给您把那事儿说完吧,军士先生,您以为那位司机把号码记住了吗?他全搞混了,把这三种办法加在一起了,因为他想起了圣三位一体。火车头他没找到。到现在那个火车头还停在第十六股道上。"

帅克回到车厢,人家问他到哪儿去了那么久时,他回答说:"谁叫人家'跑步走!'自己就得做一百次'枪上肩!'"

这时巴伦正在后边车厢里发抖。帅克不在的时候,母鸡已经煮好,他把帅克的那一份吃掉了一半。

列车开动之前,一辆混合军列超过了这列军列。混合军列上载着各个单位的官员,有掉队的,有出了医院重返各自部队的,也有出完差或者坐完牢重新归队的可疑人物。

志愿兵马列克也从这趟列车下来,他曾经因为拒绝打扫厕所而被指控为叛乱分子。可是师军法处将他释放了。对他的审讯也停止了。所以志愿兵马列克现在到军官车厢里来,向营长报到。他至今无所归属,因为他经常被人从一个监牢转送到另一个监牢里。

扎格纳大尉看到志愿兵马列克,从他手里接过证件,看到有个秘密鉴定:"政治上不可靠!严加戒备!"[①]心里好生不快。幸好他想起了"厕所将军"那么热心地建议补充一个营史记录员的事儿。

"你太懒散,你这个志愿兵,"大尉说,"在一年制志愿兵军校的时候,你是个地地道道的混世魔王。你本该出人头地,获得应得的官衔,可你却从这个监牢混到那个监牢。你给我们丢尽了脸,志愿兵!但你还可以改正错误,只要今后认真完成你的任务,你仍旧可以当优秀士兵。把你的全部力量献给我们营吧。我们要考验考验你!你是个有学识的青年人,肯定能写,会写得很有文采。我现在跟你谈点事儿。战场上每个营都需要一个人给该营在前线的战绩撰写大事记。必须把该营参加过、起过主导与杰出作用的一切胜利的出征和重大的光荣事迹记载下来,为写军史准备必要的材料。你明白我的意思吗?"

---

① 原文为德语。

"是,大尉先生,我理解您指的是关于整个部队生活的战斗插曲。每一个营都有自己的营史,团就在各营营史的基础上编写团史。团史汇成旅史,旅史汇成师史,以此类推。我一定,大尉先生,竭尽我的才智做好这件工作。"

志愿兵马列克说着将手放在胸口上。

"我一定怀着诚挚的爱记下我营的光辉事迹,尤其是现在正在全力进攻,我营英雄男儿即将投入激烈战斗之际,我将有意识地把一切该记载下来的全部事件都记载下来,让咱们的每页营史充满光荣与胜利。"

"你现在就算是营部的人了,志愿兵。你的任务是登记被提名为奖章获得者的姓名;再就是(当然是根据我们的指示)把那些特别能说明咱们营的卓越的斗志和钢铁般纪律的进军情况记下来。这并不那么简单,志愿兵,可我希望你,凭着你敏锐的观察才能,再加上我给你一些恰当的指示,你一定能记载得让我们营胜过别的单位。我给团里去个电话,报告他们已委任你为营部战绩记录员。你现在到十一连军需上士万尼克那儿去报到,让他给你在车厢里安排个位置。那儿还算宽敞。然后叫他到我这儿来一趟。当然你的编制是在营部。得给全营发道命令。"

走阴巫师伙伕入睡了,巴伦一直在哆嗦,因为他把上尉的沙丁鱼罐头也打开了。军需上士万尼克去到扎格纳大尉那儿,电话兵霍托翁斯基在火车站哪个地方偷偷搞到一瓶松子酒,一口气喝光,伤感地唱起歌来:

当我游荡在甜蜜的日子里,
一切都感到诚挚可亲。
我的胸膛呼吸着信念,
我的眼睛燃烧着爱情;
可是当我看到
世事犹如豺狼般地阴险,
我的信念幻灭了,爱情枯萎了,

我平生第一次地号哭了。

然后他站起身来,走到军需上士万尼克的桌旁,在一张小纸片上写了几个大字:

我恭敬地请求任命我为营部号手。

电话兵　霍托翁斯基

扎格纳大尉与军需上士万尼克没有交谈多久,只提醒他:营部这位临时战绩记录员、志愿兵马列克可同帅克乘坐一个车厢。

"我只能告诉你一点:马列克这个人,我这么说吧,是个可疑分子,政治上不可靠①。我的老天爷!这在今天没什么可大惊小怪的。对谁都可以这么说!各种各样的臆测有的是嘛。你明白我的意思吗?我只提出一点请注意:要是他开口说那些,对他不……喏,你明白吗?你要马上制止他,免得给我找麻烦。你就直截了当地跟他说,要他别说这些废话,这就没事了;可我并不想要你动不动就往我这儿跑。你要跟他推心置腹地谈话。这种谈话比愚蠢的告密好得多。总而言之,我什么也不想听到,因为……你明白吗?这样的事儿常常会使全营无光。"

万尼克回去之后,把志愿兵马列克叫到一旁说:"老兄,你是个可疑分子吗?可这没关系!你只是在电话兵霍托翁斯基在场时别说废话就是。"

话刚一落音,霍托翁斯基踉跄走来,倒在万尼克怀里,用他那醉汉嗓音呜咽着,也许算是在唱歌吧:

> 当一切都离开了我时,
> 我将头伏在你的胸膛。
> 我的泪水呀,
> 痛苦地洒在你热诚而纯洁的心上。
> 你的眼睛燃烧着烈火,
> 如同星星闪烁发光。
> 你那珊瑚般的嘴儿说道:

---

① 原文为德语。

"我永远也不离开你。"

"我永远也不离开你!"霍托翁斯基大声吼着,"我从电话里听到的,马上统统告诉您,我发誓。"

巴伦躲在角落里恐惧地画着十字,开始祈祷出声来了:"圣母啊!请别拒绝我的请求!请你仁慈地听我诉说!求你给我安慰,仁慈的圣母!拯救我这个可怜人!在这泪水浸透的深谷里,我怀着对你的深沉的信仰、牢固的希望和热烈的爱慕,呼唤你!天上的母后啊!求你为我说情,让我在上帝的仁慈与你的庇护下,坚持到我生命的终了。"

慈爱的圣母马利亚真的为他说情了,因为不多一会儿,志愿兵便从他那穷背囊里掏出几盒沙丁鱼,每人给了一盒。

巴伦大胆地打开了卢卡什上尉的箱子,把这盒从天上掉下来的沙丁鱼放进里面;后来当大家打开沙丁鱼罐头来品尝鱼味时,又把巴伦的馋瘾勾起来了,他开了箱子,把沙丁鱼打开,狼吞虎咽地吃起来。

可就在这时,最慈祥最可爱的圣母马利亚却抛弃了他。因为正当他喝光罐头盒里最后一滴油时,营部传令兵来到车厢,喊道:"巴伦,快把沙丁鱼给你的上尉送去!"

"又得吃顿饱耳光。"万尼克军士说。

"你最好别空着手去,"帅克出主意说,"你起码带上五个空盒子去。"

"你干了什么坏事,上帝这么惩罚你?"志愿兵说,"你过去一定犯了大罪。你是不是偷盗过圣物?是不是把你的教区神父搁在灶台上的火腿吃掉了?要不是你把他放在地窖里做弥撒的葡萄酒给喝了?还是你小时候爬到神父花园里去偷过梨?"

巴伦难过地挥着手。他神色沮丧,充满绝望,带着被追捕者的伤心表情泣诉道:"我这罪要到什么时候才受得够啊?"

"这是因为,"志愿兵听了这可怜的巴伦的话说,"伙计,你已失去了跟上帝的联系。这只怪你不会祈祷,好让上帝尽快把你从世界上清除掉。"

帅克补充说:"巴伦总也下不了决心,把他的士兵生活、士兵见解、言语行动以及他那士兵的生死统统交给至高无上的上帝慈母般的心来安排，就像我们的随军神父卡茨喝醉了酒在街上揍士兵时常说的。"

巴伦呻吟着说他对上帝已经失去信任。他已多次祈祷上帝赐给他力量，把他的肚子变小一点。

"我这毛病不是从打仗时才有的，"他诉说着，"这个馋嘴病是个老毛病了。因为它，我老婆还带着孩子到克罗柯特去朝过圣。"

"我知道，"帅克点了点头，"这个地方在塔博尔附近。那儿有座戴假宝石的阔气的圣母像。斯洛伐克一个守教堂的想把它偷走。那是个信仰笃深的人。他到了那里，心想先把全部旧罪孽清涤干净，那就会干得成功些。于是把明天想偷圣母像的事也忏悔出来了。还没等他把话全说出来，把神父给他的三百句祷文念完，为了不让他跑掉，守教堂的就把他送到宪兵队去了。"

走阴巫师伙伕跟电话兵霍托翁斯基展开了一场争论：这算不算是一种不可容忍的忏悔泄密？既然圣母身上的宝石也是假的，这场谈论有没有什么价值？说到最后，伙伕对霍托翁斯基证明说，这是一种惩罚，也就是说，是一种早已命中注定了的事。当时那个斯洛伐克的可怜的教堂看守人也许还是别的星球上的人。同样，也许在克罗柯特城的神父还是澳大利亚的一种如今差不多已经绝迹了的袋鼠之类的什么哺乳动物的时候，就早已命中注定，得由他来搅乱这个忏悔秘密。尽管根据教规，从法律观点看，这是可以赦罪的，即使牵涉到教堂的财产问题。对此帅克又添了一句简明易懂的说明："说得对！谁也不知道他几百万年之后会干出什么名堂来，而且也没有什么好否认。我们还在卡尔林后备部当兵时，有个叫克瓦斯尼契克的中尉常说：'你们这群笨牛懒猪，别以为这场战争在今生今世就结束了。死了之后我们还会再见的，我要好好收拾你们，让你们下炼狱、灵魂出窍，你们这群猪猡！'"

可是，沮丧已极的巴伦以为他们在谈论他，他仍在继续他的大声祈祷："连克罗柯特也拿我的馋嘴病没办法。我的老婆和孩子朝圣回来，一数家里喂的鸡，少了一只或者两只。我毫无办法啊。我也知道，我们要靠它们生蛋。可我走进院子里，一看着它们就突然感觉到肚子里有个无底洞。一个小时之后，我倒是好受一些了，可鸡却没有了。有一次，我家里的人上克罗柯特去为我祈祷，让我这位当爸爸的在家啥也别吃掉，别再让家业受损失。我在院子里走着，突然有只公火鸡让我看见了。那次我差点儿丧了命。一根鸡腿骨头卡住了我的喉咙，要不是我那个磨坊小徒弟，一个小男孩给我把它弄出来，今天我就不会再跟你们坐一块儿，也等不到这场世界大战了。是啊，我那位磨坊小徒弟是个机灵鬼。那么个小个儿，胖乎乎的，又白又嫩，一身的肉……"

帅克走到巴伦跟前说："把舌头伸出来我看看！"

巴伦伸出舌头来，帅克看了看舌头，转身对车厢里所有的人说："我看出来啦，他把那他的小徒弟也吃了！说实话，你把他吃掉了吗？又是在你们家里人去克罗柯特的时候吃的，是不是？"

巴伦绝望地合着双手喊道："朋友们，别再折磨我了吧！连我的朋友居然也对我说出这样的话！"

"可是我们并不责怪你。"志愿兵说，"相反，这证明你能成为一个好兵。当法国人在拿破仑战争时期围攻马德里①时，马德里城的西班牙司令官为了不致因饥饿而投降起见，连盐都没放就把他的副官吃了。"

"这可真是个牺牲，因为放了盐的副官肯定更好吃一些。军需上士先生，我们营里那个副官叫什么名字来着？叫齐格勒？他太瘦。恐怕还不够一个先遣连吃一顿的。"

军需上士万尼克说："你们瞧，巴伦手里还拿着念珠哩！"

的确，巴伦在他最困难的时候就向维也纳的莫利兹-诺文斯顿公司出产、克罗柯特经售的念珠求救。

"这也是从克罗柯特来的，"巴伦愁眉苦脸地说，"在他们给我拿回这东西之前，就听见我们家的两只小鹅在叫唤。可没什么肉！下不了手！"

不多一会儿，一道命令传遍了整个列车：一刻钟之后开车。但是谁也不相信这是真的，尽管百般警戒，有些人还是掉队了。火车开动时，少了十八人，其中包括十二先遣连的纳萨克洛军士。列车已经开过伊

---

① 一八〇八年十月二日，在该城发生了反对约瑟夫皇帝（拿破仑一世的兄弟）的起义，随即遭到镇压。

撒塔尔塞,消失好久之后,一位排长还在车站后边一丛小灌木林子里跟一个婊子讨价还价讲生意。她索价五个克朗,而他却只肯给她一个克朗或几个耳光作为服务费。她大声吵得连车站上的人都赶过来看热闹了。

第三章　从豪特万到加里西亚边境

在全营开往东加里西亚的拉博雷茨河①,再步行到前线去获取军事荣誉的路上,人们一直都在谈着多少有些叛国意味的怪话。在帅克和志愿兵马列克乘坐的车厢里也是这样。在较小的范围内,更是如此。甚至连军官车厢里也笼罩着一种不满情绪,因为在菲泽什奥博尼②,团里下来了一道命令,宣布军官们的葡萄酒配给量减少八分之一公升。当然,士兵们也没被忘掉,每人的西米③口粮也减少了十克。更奇怪的是军队里谁也没有见过西米。但必须将此事通知军需上士包坦采尔。

---

① 在东斯洛伐克境内。
② 匈牙利东北部的一个小城市。
③ 用西米椰子的茎髓提取的淀粉,以及土豆和玉米的淀粉配制而成的食物。

他也很委屈,感到自己好像被偷得精光了,因为,用他的话说,西米现在是短缺食品,一公斤起码值八克朗。

在菲泽什奥博尼还发现一个先遣连的战地炊事班失踪了,可是正是在这一站应该做土豆焖牛肉,这是那位"厕所将军"特别强调的。经查明才知道这些倒霉的炊事班留在布鲁克根本没来,也许到今天还在一八六号楼后哪个地方关着无人过问。

开车的头一天,这个炊事班因为在城里撒野而被关在禁闭室里,当他们的先遣连已经穿过匈牙利时,他们还关在那儿。

没有炊事班的这个先遣连被安排在另一个野战炊事班就食。这就免不了引起纠纷。两个先遣连的士兵在一起削土豆时就争吵起来,各自坚持说不能替别人受累。后来事实证明这土豆焖牛肉只不过是一场演习而已,好让士兵练习在战地面临敌人的紧急时刻来烧土豆焖牛肉。突然,命令下来了:"上车!"把锅里的土豆焖牛肉全倒掉,谁都没来得及舔一下。

这就是所谓训练,虽然其结果不是悲剧性的,但也有点教益,正当应该分发土豆焖牛肉的时候,突然下令"上车!"列车一气开到米什柯利茨①,在那儿也没有吃到土豆焖牛肉,因为铁路线上停了一列俄国俘房车,所以不让士兵下车。但他们自由地幻想,到西里西亚下车时将要分到土豆焖牛肉。可到那儿又宣布焖牛肉已经坏了,无法再吃,接着就把它倒掉了。

后来又把焖牛肉拉到蒂萨辽克②、松博尔③,谁也不再指望领到焖肉了。火车停在西亚多尔的诺维镇④时,肉锅下重又点燃了火,焖肉烧热了,终于分发给了大家。

车站上挤得水泄不通。两列军列该首先开出去,接着是两军列炮兵和一列架桥部队的列车。可以说,这里聚集了各个兵种的列车。

车站上有几个匈牙利骠骑兵抓住两个波兰犹太人,抢夺他们的烧酒篮子,一时兴起,不仅不付钱,还抽他们的耳光。很明显他们这样做

---

① 匈牙利北部的一个城市,铁路枢纽站。
②③ 均在匈牙利北部。
④ 匈牙利北部一个大铁路枢纽站。

是得到上司许可的,因为他们的长官就站在他们附近,看着整个场面,惬意地微笑。与此同时,车库后面另外几个匈牙利骠骑兵正把手伸到被打伤的犹太人的黑眼睛女儿们的裙子下面去。

车站上停着一列载着航空部队的列车。在旁边第二条铁轨上,一列满载被击毁了的飞机和大炮的列车往后方开去了。车站上还堆放着一些被打坏的飞机和击毁的榴弹炮。运到前方去的都是些完好结实的新家伙,这些光荣的残骸则运到后方去修理和改造。

杜布中尉对围观被击毁的大炮与飞机的士兵们说,这是战利品。可是他突然发现,在离他不远的地方,帅克也站在另一群人中间正解释着什么。中尉走近一点,听见了帅克美妙动听的声音:"不管怎么说,反正是战利品。尽管乍一看特别是看到炮架上写的是'皇家王室炮兵师'①时,就会产生很大的怀疑。看来,很可能是这么回事:这座大炮落到了俄国人手里,我们又把它夺回来了。这样的战利品就更加珍贵,因为……"

"因为……"当他看到杜布中尉后,庄重地大声说,"不能让任何东西留在敌人手里。不管落到敌人手里的是普舍米斯尔②还是那位士兵在战斗中被敌人缴去了的军用水壶都是如此。水壶的事还是在拿破仑战争时期的事。那个士兵夜里摸到敌人的营地,将自己的军用壶拿了回来。还赚了一点儿,因为敌人在晚上发了烧酒。"

杜布中尉只说了声:"快滚开!帅克,别让我再在这里看见你!"

"是,中尉先生。"帅克走到车厢里的另外一堆人中间去了,要是杜布中尉能够听见他说的什么的话,准会气得要命,尽管这只是几句出不了格的《圣经》上的话:"看见我也罢,不看见我也罢,统统算不了什么。"

杜布中尉在帅克走开之后,又做了一件很蠢的事。他指着一架机轮上明明白白地标着"维也纳新城"③字样的被击毁的奥地利飞机对士

---

① 原文为德语。
② 一九一五年三月二日,俄军占领奥匈帝国这个最大的第一流要塞城市,并俘虏奥匈军一万二千人,虏获大炮九百门。
③ 原文为德语。在奥地利,该城有制造军用发动机的工厂。

兵们硬说：

"这是咱们在利沃夫①打下来的俄国飞机。"这句话被路过这里的卢卡什上尉听见了，就走过来补了一句："对啊，打下来的时候，两个俄国飞行员都给烧死了。"

随后默然而去，心里却暗暗骂杜布中尉是个畜生。

走过几个车厢后，卢卡什看见了帅克，很想回避他，因为从帅克两眼直瞪瞪地望着他的那副眼神可以看出，他有许多心事要对卢卡什说。

帅克径直朝他走来："报告，连部传令兵……②帅克前来请示您有什么吩咐。报告，上尉先生，我已在军官车厢里找过您了。"

"你听着，帅克，"卢卡什上尉用一种极端厌恶和不友好的声调说，"你知道自己叫什么名字吗？你已经忘记我是怎么称呼你的了吧？"

"报告，上尉先生，这类事情是忘不掉的。我并不是那个什么叫日莱兹尼的志愿兵。这还是战前很久，咱们在卡尔林兵营呆着时发生的事。我们那里有位叫弗利勒·冯·布梅兰的或者如此类什么'兰'的上校。"

卢卡什上尉不由自主地对他那什么"兰"笑了，帅克却接着往下说："报告，上尉先生，咱们那位上校只有您的一半高，还像罗布柯维兹公爵一样留了一脸大胡子，一句话，像只猴子。他一发起脾气来，蹦得比他自己身高还高一倍。所以我们叫他'橡皮老爹'。事情正好出在五一节那天。我们作好了充分的战斗准备。他在头一天晚上把我们集合到院子里训了一大通话，说我们明天都得呆在兵营里，不许外出，让我们听候最高命令，必要时，把所有社会主义匪帮统统毙掉。所以凡是这一天超过时间，拖到第二天才回到营房来的士兵，都算是叛徒，因为等到放排枪时，这样的酒鬼是一个也打不中的，还会往天上放空枪。志愿兵日莱兹尼回到房间说：'橡皮老爹的主意倒不错。实际上真是这么回事。明天谁也不让回兵营，那么最好是根本就不回来。'报告，上尉先生，他也这么干脆地干了。可是那位弗利勒上校，也真是个数一数

---

① 城市名，现乌克兰境内。
② 原文为德语。

二的大混蛋,上帝保佑。他第二天在布拉格满街乱窜,寻找我们团是否有人胆敢离开兵营,在布拉什门楼哪个地方有幸遇上了那个日莱兹尼。他马上冲他大发雷霆:'我要给你点厉害看,我要教训教训你,我要加倍地让你吃吃苦头!'上校还说了许多别的话,然后把他揪回兵营里去。一路上讲了些又难听、又吓唬人的话,他还一个劲儿地问他叫什么名字;'日莱兹尼,姓铁的①,你这醉鬼,抓到你,我真高兴,我叫你再敢过五一节②!姓铁的,姓铁的,你落到我的手里,就要把你关起来,关得严严的!'姓铁的什么也不在乎,就这么走过波西奇,到了罗兹瓦希利,他一步跳到一个门洞里,在通道里转眼就不见了,把'橡皮老爹'要把他关进禁闭室的那股高兴劲儿全弄没啦!

"上校因为他的囚犯跑掉而气得把日莱兹尼的名字也忘了,全给弄混了。他一来到兵营,便蹦得头都碰到天花板(天花板很矮)。营部值日官奇怪这老爹怎么突然用蹩脚捷文在嚷嚷:'把姓铜的关起来!不,不是把姓铜的关起来,把姓铅的关起来! 不,把姓锡的关起来!'这位老爹就这么一天天地折磨着,老问是不是已经抓到了姓铜的、姓铅的、姓锡的。他让整个团的人都走出兵营来给他查看。可人们把那大家都熟悉的日莱兹尼转移到卫生室去了(因为他是牙科技师)。直到有一次咱们团有一个人在'布采吉'饭馆里把一个老去缠着他的女朋友的龙骑兵捅了一刀子。我们全都给叫了出来围成一个方阵,病人也不例外,都得出去,病得厉害的由两个人扶着出去。这就毫无办法。日莱兹尼也得到院子里去站着。在那儿向我们宣读了一道命令,大意是说龙骑兵也是兵,禁止对他们捅刀子,因为他们是咱们的战友。一个志愿兵翻译这道命令,上校虎视眈眈地四下探视着。起初,他从士兵队伍前走一趟,然后,又走到队伍后面,围着方队转了一圈,突然发现了日莱兹尼。那小子高得跟座山似的,这一来,上尉先生,当上校把他拽到方队里边来的时候,可就滑稽透了。志愿兵停止了翻译,咱们的上校在日莱兹尼面前蹦将起来,像只狗扑向一匹公马似的,还一边喊着:'怎么

---

① 日莱兹尼,意译为"铁的",故上校称他为"姓铁的"。
② 原文为德语。

样？你没有躲过我吧？你哪儿也跑不了,现在我又会说你叫姓铁的了。我一直说成姓铜的、姓铅的、姓锡的,他却是姓铁的。臭小子姓铁的,老子要教训你这姓铜的、姓铅的、姓锡的,你这脏牲口①,你这头猪②,你这姓铁的。'然后要罚他一个月禁闭。可是大约半个月之后,上校的牙齿疼起来了,他想到姓铁的是牙科技师,就叫人把他从禁闭室里带到卫生室,吩咐他拔牙。姓铁的大概给他拔了半个小时,让'老爹'漱了三次口,可这老头儿变得驯服下来,把日莱兹尼还没坐完的十四天禁闭取消了。上尉先生,这就是长官忘掉下属姓名时发生的情况。可是,像那位上校先生对我们说的,下属任何时候也不许把上级的名字忘了。许多年以后,我们也不会忘记,我们曾经有过一位叫弗利勒的上校。这故事不算太长吗,上尉先生?"

"你知道,帅克,"卢卡什上尉回答说,"我越听越相信你对自己的上司根本不尊敬。士兵在很多年后也只应该讲自己上司的好话。"

"报告,上尉先生,"帅克用辩护语调打断他的话,说,"可弗利勒上

---

①② 原文为德语。

校先生早已去世了呀,如果您愿意,上尉先生,我要净讲他的好话了。他,上尉先生,对士兵可真是一位地地道道的天使,他简直跟你那位把马丁鹅分给穷人和饿汉的圣马丁①一样仁慈。他也把从军官食堂里领来的饭菜分给他在院子里首先遇到的士兵。当我们吃果酱、发面馒头片吃腻了时,他就让食堂给我们做肉焖土豆配爆洋葱面条和猪肉。到演习的时候,他就更加大发慈悲了。当我们开到下克拉罗维采时,他下令由他请客,把整个下克拉罗维采啤酒厂喝光。要是赶上他有个什么节日或是生日,就让给全团做酸牛奶调味的兔子肉和白馒头片。他对士兵是这样地好,以至于有一次,上尉先生……"

卢卡什上尉轻轻地在帅克的耳朵后根上拍了拍,用和善的口吻对他说:"得了,你走吧!你这鬼东西,别再管他啦!"

"是,上尉先生!"②帅克说罢就回到他那节车厢里去了。这期间,在这趟军列装载电话机和电线设备的车厢里,自有另外一番光景。遵照扎格纳大尉的命令,那儿站着一个哨兵,一切都按照战场上的要求安排。考虑到电话机和电线的重要性,每节车厢的两旁都各布置了一个哨兵,并下达了问与答的口令。

那一天的口令是"帽子"③"豪特万"④。该记住这个口令的、守在电话机旁的哨兵是一个波兰人,家在科洛米亚,他是非常偶然地到九十一团的⑤。

想要他知道"帽子"是什么意思,一点儿希望也没有。只因为他有一种天生的速记本领,所以他至少记住了口令的头一个字母"K",于是当这一天的营值日官杜布中尉问他口令时,他毫无难色地回答了一声"咖啡"⑥。那也难怪,因为从科洛米亚来的波兰人还一直在想着他在布鲁克营房里早晚喝的咖啡。

---

① 十月里圣马丁节宰食的鹅,称为马丁鹅。这里的"……你那位把马丁鹅分给穷人和饿汉的圣马丁",是帅克弄混了。
② 不准确的德语。
③④ 原文为德语。
⑤ 按九十一团是在捷克编组成立的,故云。
⑥ 原文为德语。德语中的"帽子"与"咖啡"都是以"K"打头,哨兵把前者说成后者了。

波兰人又嚷了几声"咖啡",杜布中尉越来越逼近他。这时,哨兵想起自己的誓言和坚守岗位的职责,用威胁的口吻喊了一声:"站住!"①当杜布中尉又朝他走了两步,老想让他回答口令时,他端起枪来对着杜布中尉,由于德语说得不地道,便用波兰话掺和着的德语喊出了一句怪话:"我要拉屎了!"②

杜布中尉明白了,开始往回退,并且喊道:"我是哨兵指挥官,哨兵指挥官!"③

排长耶林内克来了,把波兰兵带到哨所。他,后来还有杜布中尉,亲自问他口令。科洛米亚城的倒霉的波兰人大声回答说:"咖啡!咖啡!"他的喊声传遍了车站。士兵们一个个从各个车厢跳了下来。腾起了一片混乱,直到把那个解除了武装的老实士兵带到禁闭车厢去后,混乱才告终了。

杜布中尉却对帅克有所怀疑。他看见是帅克第一个带着饭盒从车厢里爬出来的。他拿脑袋打赌说他听见帅克吆喝大家:"带饭盒下车来!带饭盒下车来!"

后半夜里,列车朝拉多夫采—特舍比肖夫城④方向开去,明天清早一个老兵团体会在车站上迎接他们,因为老兵团体把这先遣营当成了第十四匈牙利步兵团的先遣营;而这个营在夜里就要经过这个火车站。肯定,那些老兵很滑头,他们对自己的人大喊着:"主佑吾王。"⑤把整个列车的人都吵醒了。有几个蓄意取闹的士兵从车厢里把头探出来,回答他们说:"吻吻咱们的屁股吧! 光荣!"⑥

这一下老头兵嚷得连候车楼的窗玻璃都打抖了:"光荣! 光荣归于十四团!"⑦

五分钟之后,列车继续开往霍麦纳⑧。现在到处都可以清楚地看出战斗的痕迹,它是俄国人向蒂萨盆地进攻时留下的。山坡两边是简

---

①③ 原文为德语。
② 波兰兵的德语说不准,把"我要开枪了!"说成了"我要拉屎了!"
④ 在斯洛伐克东部。
⑤⑥⑦ 原文为匈牙利语。
⑧ 东斯洛伐克的一个城市。

陋的战壕,偶尔可以看见焚烧过的村庄废墟,旁边搭起的临时小茅房表明农舍的主人们又回来了。

快到晌午时分,到达霍麦纳站,站上也有战斗的残痕。午饭准备就绪,这时士兵们可以趁此机会窥视一个公开的秘密:俄国人走后,当局是怎样对待当地居民的;当地居民在语言和宗教上跟俄国人相近。

月台上,有一批被俘的匈牙利境内的俄国人,被匈牙利宪兵包围着。其中有几个从附近各县搜捕来的神父、教师和农民,他们的手都朝背后反绑着,而且两个一对地拴在一起,大多数被捕者不是鼻子打破了,就是脑袋上肿着个大包,这都是被捕时被宪兵打的。

再过去一点儿,一个匈牙利宪兵正在拿一个神父开心。他在神父的左脚上拴了一根绳子,用手牵着,用枪托强迫他跳恰尔达什舞,跳着跳着,他把绳子一拉,神父就鼻子朝地摔倒了。因为他的手反绑在背后,所以起不来,他绝望地挣扎着想滚个仰面朝天,以为这样也许可以挺起身来。宪兵瞅到这情景,笑得眼泪都流出来了。当神甫好不容易爬起来时,他又把绳子一拉,神父又鼻子朝地倒下去了。

宪兵队长终于制止了这场恶作剧。他吩咐在火车开来之前把俘虏带到车站后面的一间空棚子里去,随他们去揍、去捉弄他们,这样谁也看不到。

军官车厢在谈论着这些插曲,总的说来,大多数军官对这种举动持谴责态度。

克劳斯旗手认为,"如果他们真是叛国分子,就该把他们绞死,不要虐待他们。"可是杜布中尉却对这一切举动表示完全赞同。他马上把这些囚犯与萨拉热窝暗杀事件联系起来,他是这么解释的:霍麦纳站的这些匈牙利宪兵是在为弗兰西斯·斐迪南大公和他的夫人报仇。为了加重这话的分量,他说,他在西马切克出版的《四叶》杂志在战前的六月号上读到过暗杀大公事件的文章,说萨拉热窝的空前暴行将在人们心目中留下长久难愈的创伤。尤其痛心的是,这一暴行不仅结束了国家执行权力的代表者的生命,而且也结束了他忠实的和疼爱的伴侣的生命。由于这两条生命的毁灭使一个幸福的模范家庭遭到破产,为众人疼爱的孩子们成了孤儿。

卢卡什上尉只是自个儿嘀咕了几句,说霍麦纳的宪兵可能也订了登载那篇感人文章的《四叶》杂志。他忽然对世上的一切都感到厌烦,只想喝得酩酊大醉,以解除他的烦恼,于是他走出车厢,去找帅克。

"你听我说,帅克,"他对帅克说,"你不知道哪儿能弄到一瓶白兰地吗?我有点儿不舒服。"

"报告,这,上尉先生,都是因为气候变化引起的。等我们上了战场,您可能会觉得更不好过哩。一个人离他的大本营越远,他就越觉得头晕。斯特拉什尼采的园艺家约瑟夫·卡连达有一次也是远离了家乡。他从斯特拉什尼采到维诺堡①,在'小栈'酒家歇脚,还没感到怎么样;可刚一到了柯鲁尼街的水塔,他就沿着这条街,进了一家酒店又进一家,一直走到柳德米拉教堂前,才感到虚弱无力。可他并不示弱,因为头一天晚上在斯特拉什尼采的'藏身'酒店里还跟一个电车司机打赌,说他三个礼拜就能步行绕地球一周。他开始走得离家越来越远,一直跌跌撞撞来到查理士广场的'黑啤酒'酒店,又从那儿到小城广场,进'圣托马什'啤酒店,然后在'乌蒙达古'饭店歇歇,再往上走,在'布拉帮王'酒家停停,然后到'美眺'酒家,从这儿再到斯特拉科夫修道院附近的啤酒店。可是这里的气候变化很大。他一直走到罗来达广场,突然想家想得一下倒在地上,在过道上打起滚来,还嚷嚷着:'善良的人们,我再也不往前走了!我再也不去管他妈的(请原谅说话粗野,上尉先生)什么绕地球一周了。'完了。如果您愿意的话,上尉先生,我就去给您弄点儿白兰地来,我只是担心列车会开走。"

卢卡什上尉向他保证,说列车要在两小时之后才开。又说卖白兰地的就在火车站后面用瓶子装着偷偷地卖。还说扎格纳大尉已经派马杜西奇到那里去过,花十五克朗给他买回来一瓶相当好的白兰地。卢卡什给了帅克十五克朗,叫他马上去;只是对谁也别说这是给卢卡什上尉买的,或是卢卡什上尉派他去买的,因为,实话说,这是不许可干的事。

---

① 布拉格城的两个对峙的区。

"您放心好啦,上尉先生,"帅克说,"出不了岔子的,因为我非常喜欢干这种不许干的事儿。我经常卷进这种事里面来,连我自己事先也没料到。有一回在卡尔林兵营里不许我们……"

"向后——转,开步走!"①卢卡什上尉命令道。

于是帅克往车站后面走去,一路上都在重复着他这趟探险的注意事项:白兰地要好的,所以首先得尝一尝;既然这是不许可的,那么得当心着点儿。

当他刚一拐到月台上,又碰上了杜布中尉。"你在这儿瞎逛什么?"他问帅克道,"你认得我吗?"

"报告,"帅克行着军礼回答说,"我不想认识您那恶的一面。"

杜布中尉大吃一惊,可帅克还是那么泰然自若地把手举在帽檐上行着军礼,接着说:"报告,中尉先生,我只想认识您那善的一面,免得您叫我落泪,像您上次说的那样。"

杜布中尉被他这种放肆的回答气得直摇头,怒气冲冲地嚷道:"滚!你这无赖!我们以后再谈!"

帅克走出月台,杜布中尉灵机一动,跟在帅克后面。在车站背后,紧挨着公路旁边,摆着一排筐子,筐底朝天放着,上面是几只藤条编的托盘,盘里放着各式点心,看起来就像是给学生们到哪儿去郊游准备的,一点儿也不违法的样子。那儿摊着一些碎糖块、薄脆饼卷、一堆小酸糖果;这里那里还放着一块块黑面包和一截截香肠,看来准是马肉做的。可是筐子里面放着的却是各种酒类,有瓶装的白兰地、罗姆、花楸,以及各种各样的甜酒和烧酒。

紧挨着马路旁的水沟那边是一座小棚子,就是在那里面进行着违禁品的交易。

士兵们先在藤条筐前讲好价钱,然后一个留着长鬈发的犹太人就从那个看来毫不违法的筐子下面取出一瓶烈性酒来,藏在大袍子底下,带到木棚子里面,士兵就在那里悄悄地把它藏到裤子里或揣到怀里。

---

① 原文为德语。

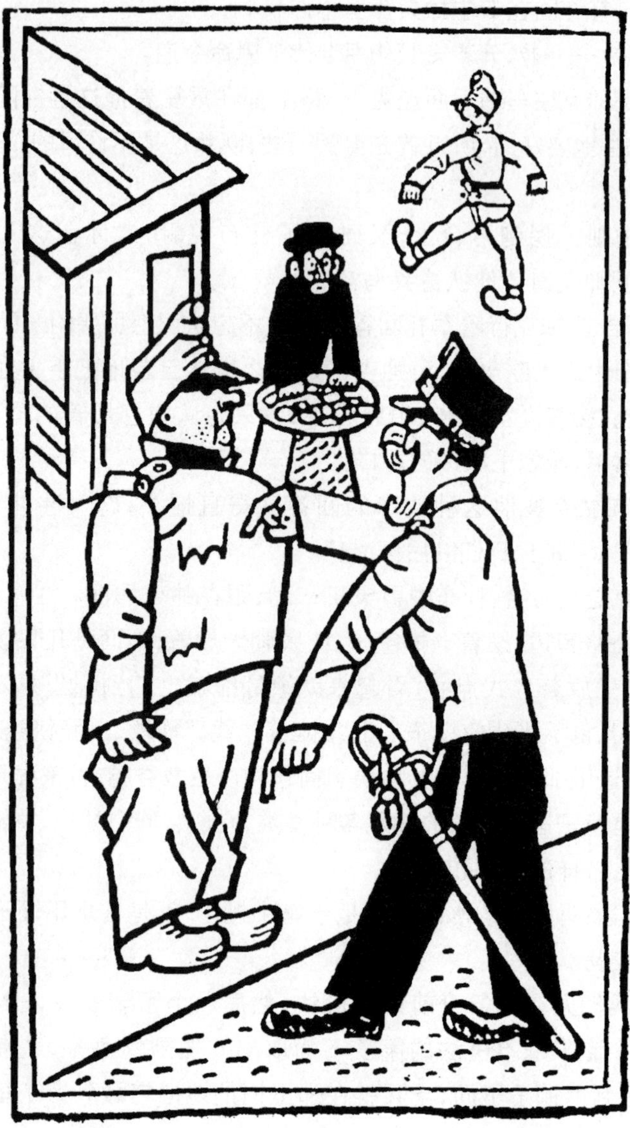

这时帅克朝那儿走去,杜布中尉却使尽他的侦探本领钉着帅克的梢。

帅克在头一只筐子那儿买到了一切。起先他挑了点糖果,付了钱,塞进袋里。这时那个两鬓留着长长鬈发的商人对他咬耳朵说:"我还有烧酒哩,老总。"①

很快就讲好了价钱。帅克走进棚子,等那位两鬓留着长鬈发的先生把瓶子打开,他尝了尝,对那白兰地很满意,便把瓶子塞进军便衣下面,回车站去了。

"上哪儿去了?你这无赖!"杜布中尉在路上拦住了帅克。

"报告,中尉先生,我去买了点糖果。"帅克把手伸到口袋里,掏出一把满是尘土、脏得很的糖果来。"要是中尉先生不嫌弃的话,就请尝一尝。我尝过了,还不坏。有这么一种特别的甜味儿,跟果子酱一样,中尉先生。"

帅克的军便服下面鼓出一个瓶子的圆圆的轮廓来。

杜布中尉在帅克的军便服上摸了一下说:"这是什么?你这无赖,拿出来!"

帅克把装着黄橙的液体的瓶子掏了出来,上面清楚而又明显地贴着"白兰地"②字样的商标。

"报告,中尉先生,"帅克毫不慌乱地说,"我往装白兰地的空瓶子里灌了点儿水来喝。昨天吃了红烧牛肉,到如今还口渴得要命。只是,中尉先生,您瞧,从那边井里打上来的水有点儿黄。这大概是一种含铁质的水。这种水非常有益于健康。"

"既然你这么渴,帅克,"杜布中尉魔鬼般地笑了笑说,他想尽量把帅克必败的这场戏拉长些,"那你就尽量喝吧。得一口气把它全喝下去。"

杜布中尉事先想象着,帅克喝下几口之后就喝不下去了的光景。到那时,他杜布中尉就可以大获全胜,说:"给我喝一点儿,我也口渴了。"他还想象着帅克这骗子在这可怕的时刻会露出一副什么狼狈相。

---

①② 原文为德语。

然后他就去报告,等等。

帅克打开瓶塞,把瓶口举到嘴边,瓶里的东西就大口大口地消失在他的喉咙里了。杜布中尉被他这一招吓呆了。

帅克连眼毛都不动一下,当着他的面把整瓶白兰地喝光了,然后把空瓶子扔在公路那边的水塘里。他吐了一口唾沫,就像喝了一杯矿泉水一样说:"报告,中尉先生,这水确有股铁腥味儿。在伏尔塔瓦河畔卡密古城里有一个酒店老板把旧马口铁扔到井里,好给夏天的游客做铁质水喝。"

"我给你旧马口铁尝尝!带我去看看你打水的那口井!"

"离这儿不远,中尉先生,喏,就在那个木棚子后面。"

"你在前面走,你这无赖,让我看看你怎么走法。"

"真怪,"杜布中尉暗暗想道:"这兔崽子一点儿马脚也不露!"

帅克听天由命地在前边走着。他总觉得前边该有一口井,所以当他看到那儿真有一口井时,他也没怎么感到惊奇。而且抽水唧筒也是完好的。他们走到井边。帅克扳动把手,唧筒里就淌出一股黄水来。帅克便庄严地宣布:"这就是那铁质水,中尉先生。"

两鬓留着鬈发的先生惊恐万状地走了过来,帅克用德语对他说:拿个杯子来,中尉先生要喝水。

杜布中尉傻了眼,咕嘟咕嘟把一杯水全喝了下去。那水在他嘴里留下了马尿和粪水的味道。他搞得晕头转向,还为这杯水付了留长鬈角的犹太人五个克朗,然后掉过头来对帅克说:"你还在这儿傻望着干什么?给我滚回去!"

五分钟之后,帅克已经出现在军官车厢卢卡什上尉身边。他向上尉神秘地打着手势,把他叫出了车厢,在外面对他说:"报告,上尉先生!再过五分钟,顶多再过十分钟,我就要醉成一摊烂泥了,我要躺到自己的车厢里去。我请求您,上尉先生,至少在三小时之内别叫我,在我睡醒之前,啥事儿也别派我去干。我都办好了,可是给杜布中尉逮住了。我对他说,这是水,我不得不当着他的面把一整瓶白兰地喝掉,好向他证明真的是水。结果平安无事。就像您所吩咐的,我一点馅儿也没露;而且,我也很小心。可现在,报告,上尉先生,我已经开始觉得两

条腿有点儿发麻了。当然,报告,上尉先生,我的酒量也够可以的,因为我跟卡茨神父先生……"

"走吧,畜生!"卢卡什上尉嚷道。其实他一点儿也没生帅克的气,而对杜布中尉的憎恶至少比以前增强了半倍。

帅克小心翼翼地溜进他自己那节车厢。他垫着大衣枕着背包躺下之后对军需上士万尼克和其他的人说:"从前有一个人,他真的喝醉了,请大家别喊醒他……"

他说完这话翻过身去打起呼噜来。

他打出嗝儿来的气味散满整个车厢,走阴巫师伙伕闻到这股气味就嚷道:"真见鬼!一股白兰地香味!"

受了许多罪才弄到营史记录员这份差使的志愿兵马列克这时坐在一张可以折叠的桌旁。

如今他负责收集和记录营里的英雄事迹,以备将来之用。看得出来,这种放眼未来的差事使他得到极大的满足。

军需上士万尼克很感兴趣地看着志愿兵勤奋地写着,还不时放声大笑。他站起来,俯身观看他写些什么,志愿兵向他解释说:"替营史准备材料太有趣了。这件工作主要应有系统地进行,整个工作都得有一套系统。"

"有系统的系统。"军需上士万尼克说,脸上多少带点儿蔑视的微笑。

"对,"志愿兵信口答道,"在编写营史时制订一套系统化的、有系统的系统。首先,我们不能一开头就把咱们营的那些大胜仗写上。一切都需要根据一定的计划逐步展开,咱们营不能一次就打赢这次世界大战。报喜不报忧①,但主要的是,按我打算做的这样:先为表现我们的胜利而制订一个计划,为营史认真积累一些小故事。比方说,我这儿描写咱们营(大约要花两个月)差点儿越过通往俄国的边境,比方说,这边境由顿河敌军重兵驻守,我们的阵地又被几个敌兵师包抄着,眼看咱们营要完蛋了,敌人将把我们剁成肉酱,突然扎格纳大尉向全营发出命令:'上帝不愿我们在这儿死去,我们逃跑吧!'咱们营便开始逃跑,可是已经绕到我们后面去了的敌军一看以为我们是在追赶他们。他们便一个劲儿没命地跑,结果一枪未发落到了咱们的后备军手里。咱们营的整个历史实际上就打这儿开始。从一些微不足道的小事——万尼克先生,请允许我用预言的口气说话,发展成一些有深远意义的大事。咱们营就这样从胜利走向胜利。描述咱们营怎样对正在睡觉的敌人进行突然袭击的,这也会很有趣,不过得采用日俄战争时期威廉·麦克那种'战地插画记者'的风格来写。咱们营夜袭敌兵营:我们每一个士兵都摸到一个敌人,使尽全力将刺刀扎入他的胸窝。磨得锋利闪光的刺刀像切黄油块一样地扎了进去,只听得这儿那儿肋骨断裂噼拍直响。睡梦中的敌人全身抽搐,不一会儿惊慌地瞪眼看着,然而欲看不能,欲言无声,两腿一伸,死了。从睡梦中的敌人嘴里流淌着血沫。事情到此结束,胜利归于我营。还有更棒的事。那大约在三个月之后,咱们营俘获俄国沙皇。不过这一方面,万尼克先生,我们以后再说。在这期间我还得一点一滴地积累一些用以说明我营无与伦比的英勇的小插曲,我得编出一些崭新的战争术语来。我已经想出一个情节:我方一位

---

① 原文为拉丁语。

身中榴弹残片的士兵不怕牺牲的勇敢精神。敌方地雷爆炸,使我们的一位排长,比方说十二或十三连的,丢了脑袋……"

"哦,顺便说一句①,"志愿兵突然想起了什么,"我差点儿给忘了,军士,或者按老百姓称呼,万尼克先生,您得给我搞一份军士名单。请您告诉我一个十二连的上士的名字。霍斯卡?好!那么就是霍斯卡的脑袋给地雷炸掉了。他的脑袋炸飞了,可身子还移动了几步,并且瞄得准准的,打下了一架飞机。不用说,得在申布隆他们的家庭范围内庆祝这些胜利。奥地利有许多许多的营,惟独咱们营得到奖赏,惟独为了咱们营在皇上家里举行了一个小小的家庭庆祝会。您可以照我注释中写的那样设想一番:玛丽亚·瓦莱莉②大公夫人全家为此从瓦尔萨搬到申布隆。庆祝会完全是亲切的家庭式的。就在皇上寝宫隔壁的大厅里举行,厅里点的全是蜡烛。谁都知道,宫里不喜欢用电灯,因为那位上了年纪的皇帝③容不得短路。为咱们营庆功的晚会从晚上六点开始。这时候,皇帝陛下的孙辈们被带进大厅,他们实际上已经在永垂不朽的皇后的房间里躺下睡觉了。现在有个问题:除了皇上一家之外,还有谁出席这个晚会?皇帝的内侍长巴尔伯爵必须、而且也一定会到场。考虑到在这种家庭式私人宴会上兴许有谁身体不舒服,我当然不是说巴尔伯爵会怎么样,因此就需要请宫廷顾问盖尔采大夫出席。还考虑到秩序问题,使那些宫廷仆从不致胆敢与参加宴会的夫人们私通,还得有宫廷最高总监莱德尔男爵、内侍官贝莱卡特伯爵和宫廷最高女侍官波贝莱索娃伯爵夫人参加。这位女侍官在宫廷女眷中间起的作用就像舒希妓院里的'夫人'一样。显贵的宫廷大臣到齐之后,即启奏皇上。皇上由众皇孙护驾而出,坐在桌旁,举杯向咱们先遣营致祝词。继而大公夫人玛丽亚·瓦莱莉也得说几句话,她以特别赞扬的口吻提到您——军需上士。当然,根据我的笔记来看,咱们营还得蒙受极其惨重的损失,因为没有阵亡将士的营就不成其为营。还必须写一篇文章来谈咱们的阵亡将士。营史不能净是一连串干巴巴的胜利。这些胜利我手头

---

① 原文为法语。
② 玛丽亚·瓦莱莉(1868—?),弗兰西斯·约瑟夫一世与伊丽莎白皇后之女。
③ 指弗兰西斯·约瑟夫一世。

已积了约四十二场了。比方说您吧,万尼克先生,在一条小溪流边倒下,而那位奇怪地盯着您的巴伦呢,并不是死于枪弹,榴霰弹或手榴弹,他完全是另外一种死法。他将死于敌机扔下的炸弹,而且正好是他在吞食卢卡什上尉的午饭那一刹那。"

巴伦站开了一点儿,绝望地挥了一下手,灰心丧气地说:"我这是生就的,叫我有什么办法!我在正规军服役那时节,只要没把我关起来,我就每顿到厨房去打三次饭。有一回我一顿吃了三次排骨,结果坐了一个月禁闭……主啊!我听从你的意志!"

"不用怕,巴伦,"志愿兵安慰他说,"我们的营史里不会说你是在从军官食堂到战壕的路上吞咽军官的饭时被打死的,你将跟咱们营的所有为帝国的荣耀而牺牲的士兵齐名,同军需上士万尼克一类战士齐名。"

"你打算给我安排个什么样的死法呢,马列克?"

"别着忙嘛,上士先生,还来不了这么快嘛。"志愿兵思索了一下又说,"您是卡拉罗普人,对不对?那么您往卡拉罗普给家里写封信,说您杳无音讯,可您写的时候得放小心点。也许,您愿意身负重伤躺在铁丝网旁边吧?那您就带着被打断了的腿乖乖儿躺上一天。到了夜里,敌人用探照灯照我们的阵地时,发现了您。他们以为您是在执行侦察任务,开始向您扔手榴弹和榴霰弹。您为我军作出了巨大贡献,因为敌人将对付一个营的弹药用在了您的身上。您的碎尸随着弹药的爆炸在您上空自由飞溅,伴随着空气的旋转,唱着凯旋之歌。总而言之,咱们营里每个人都能有机会立功受奖,这样,节节胜利将布满咱们营史的光辉篇章。尽管我也非常不愿意塞得这么满满的,可是又没办法,什么都必须弄得扎扎实实的,让咱们都能给后人留下点值得纪念的东西。假定说,在九月里,咱们营一个人也不剩了,只留下几页能拨动所有奥地利人的心弦的光荣战史,那么它们也会告诉人们,所有那些再也看不见自己家园的人都是同样英勇顽强地战斗过的。万尼克先生,你知道,我已经把祭文的结尾编出来了:光荣归于阵亡将士!他们对咱们帝国的爱是最神圣的爱,因为这爱是至死不渝的。让后人一提到他们的名字,比方说提到万尼克的名字,就肃然起敬吧。让那些失去了赡养者而心情特别沉痛的人们自豪地擦干自己的泪水吧,因为阵亡将士都是咱们营的英雄!"

电话兵霍托翁斯基和伙伕约赖达以极大的兴趣听着志愿兵讲解他准备写的营史。

"靠近点儿,诸位,"志愿兵边说边翻着他的素材本,"第十五面:'霍托翁斯基于九月三日与营部伙伕约赖达同时去世。'你们再往下听:'无与伦比的英雄行为。前者冒着生命危险保卫着掩蔽所的电线,在电话机旁坚守三天,无人替换;后者在遇到敌人侧翼包围的危险时,端起煮着滚烫的汤锅直向敌人扑去,把敌人烫得屁滚尿流。两人均壮烈牺牲。第一位被地雷炸得粉身碎骨,第二位当他毫无退路时,便把毒瓦斯塞在鼻子里熏死了。两人都是高呼着"我营营长万岁!"的口号牺牲的。总参谋部没有旁的事可干,只是每天给我们发嘉奖令,以便我军其它部队了解我营的英勇事迹并以我营为榜样。'我可以给你们读一段将在全军各部宣读的军令摘录。这一段特别像大公卡雷尔的指令,当他于一八〇五年和自己的军队来到帕多尔①时,在下令后的第一天就吃了个大败仗。你们听吧!关于我们营作为全军的英雄单位是如何介绍的:'我希望,整个部队都以我上面提到的这个营为榜样。学习他们的自信力与勇敢精神,学习他们的临危不惧精神、模范的英雄气概、对长官的爱戴与信任。该营所特有的这些美德把它引向卓越的行动,引向我们帝国的幸福与胜利。让我们大家以该营为榜样吧!'"

从帅克躺着的地方传来了哈欠声。帅克正在说梦话:"你说得对,米勒太太,这些人都长得差不离。在卡拉鲁比有个给水井安装唧筒的雅洛什。他长得很像帕尔杜皮茨的钟表匠莱汉兹,而这个钟表匠又长得跟伊琴的皮斯科尔一模一样,他们几个人又都像一个不知名的自杀者,后来被人发现他的尸体浮在英德希赫·赫拉德茨附近的池塘里,这个池塘正好在铁路路基下面,那人大概就是在那儿卧轨……"又是一声哈欠,接着还补充了一句,"居然将其他几个人罚了一大笔钱,米勒太太,明天给我做碗汤面……"帅克翻了个身,又接着打起呼噜来。这

---

① 意大利的一个城市。

时,在走阴巫师伙佚约赖达和志愿兵之间已经展开了一场有关未来的问题的争论。

走阴巫师伙佚认为:一个人出于消遣,写些关于未来的事,乍一看荒诞可笑,可是肯定地说,当灵魂的目光在神秘力量的影响下透过未知的未来的帷幔,这种儿戏也常包含有预言性的事实。从此刻开始,约赖达在他的谈话中老是提到帷幔。每隔一句他都要提一次"未来的帷幔",直到改变话题,转而谈到来世,即人体的再生为止。他还拉扯上纤毛虫体也有再生的能耐。他最后说,每个人都可以扯掉壁虎的尾巴,可是壁虎的尾巴还能再长起来。

电话兵霍托翁斯基补充说,假如人能像壁虎的尾巴一样再生,人们会要高兴死啦。比如说,在战争中,有谁的脑袋掉了,或是身体的别的部分失而复生,这种事儿一定大受欢迎,因为这一来在军队里就不会有任何残废了。要是有这样一名奥地利士兵,老在那里一忽儿生出腿来,一忽儿生出手来,一忽儿生出脑袋来,那他恐怕比整个旅还要值钱。

志愿兵说,今天,多亏有了发达的军事技术,可以将一个敌人成功地横切成三段。根据某些纤毛虫体的再生规律,这种动物被分成若干段,每段都能再生,产生新的器官,并独立生长。以此类推,奥军在每次战斗之后兵员就可以扩大三倍、十倍,因为每一只脚都可以长出一名新兵来。

"要是让帅克听见你这番话……"军需上士万尼克说,"那他准能给我们举出个什么例子来。"

帅克在酣睡中听到自己的名字时,答应了一声:"到!"之后才去接着打他的呼噜,表现了他的军事纪律性。

杜布中尉从半开的车厢门中探进脑袋来。

"帅克在这儿吗?"他问道。

"是,中尉先生。他在睡觉。"志愿兵回答说。

"既然我问到他,你作为一名志愿兵,就应当马上起身去把他叫来。"

"不行,中尉先生,他正在睡觉。"

"那就把他叫醒。我真奇怪,志愿兵先生,你难道没想到这一点?

对自己的上司你应当表现更大的殷勤!你还不认识我。等到你认识了我时……"

志愿兵开始叫帅克醒来。

"帅克,失火啦,快起来!"

"想当初,奥特科尔科磨坊着了火,"帅克嘟囔着,翻了个身,"消防队员还是从维索昌尼开来的……"

"您瞧!"志愿兵殷勤地对杜布中尉说,"我尽管叫他,可他醒不来。"

杜布中尉火了:"你叫什么名字,志愿兵?马列克?呵哈,你就是那位老坐禁闭室的志愿兵马列克,对吗?"

"是,中尉先生,正像常言说的,我在监狱里住完了一年制军校,后来平反了。这是由师部军法处判释的。军法处证明我的无辜。后来我被任命为营史记录员,取消了志愿兵这个称号。"

"你当不了多久的,"杜布中尉吼道,满脸通红,就像挨了耳光似地迅速变换着颜色,"我来促成这件事!"

"我请求,中尉先生,把我的事儿报告上面。"志愿兵严肃地说。

"你别糊弄我!"杜布中尉说,"我会报告的。我们后会有期,到时候你他妈的会要懊悔的。你现在还不认识我,你会认识我的!"

杜布中尉气鼓鼓地离开了车厢,盛怒之下把帅克给忘了。尽管在这以前他满心要把帅克叫来对他说:"对我哈一口气!"作为他抓住帅克违反禁酒规定的把柄的最后一招。如今已经晚了,因为当他在半小时后再回到这节车厢时,士兵们已经分得掺了罗姆酒的咖啡。帅克已经起来,听到杜布中尉的呼喊时,他立即像只母鹿一样从车厢里跳出来。

"对我哈一口气!"杜布中尉冲着他吼道。

帅克对着他足足地吐了一大口气。像一股热风将造酒厂的香气送到了大地。

"你哈出来的是什么味儿,小子?"

"报告,中尉先生,我哈出的是罗姆酒的味儿。"

"你完啦,亲爱的!"杜布中尉用幸灾乐祸的腔调嚷着,"终于给我抓住了吧!"

"是,中尉先生。"帅克泰然自若地回答说。

"我们刚刚发了掺咖啡的罗姆酒。我先把罗姆酒喝掉了。中尉先生,要是有新规定,让先喝咖啡,再喝罗姆的话,那就请您原谅。下次保证不再这样了。"

"我半小时前到车厢来时,为什么你在打呼噜?为什么他们连叫都叫不醒你?"

"报告,中尉先生,我通宵没睡,因为一直在回忆我们在维斯普利姆①演习的那些日子。一、二军团充当敌军,穿过史迪尔斯柯和匈牙利西部包抄驻扎在维也纳及其碉堡林立的附近地区的我四军团。他们绕过我们,开到了先头部队从多瑙河右岸修起的那座桥前。约定由我们进攻,北面的部队,还有南面从沃塞克来的部队做我们的援军。这时有命令:三军团将出动支援我们,使我们在向二兵团开展攻势时不至于在巴拉顿湖及普列斯堡之间被击溃。可是枉费心机!我们已经胜利在望,吹起了演习结束的号,束白腰带的②获胜。"

杜布中尉一个字也没说,摇着头无可奈何地走了,可马上又从军官车厢返回来,对帅克说:"你们大家都记住:总有一天你们会要在我面前哭的!"他再也别无它招,重又回到军官车厢,这时扎格纳大尉正在盘问斯德尔纳特军士带来的十二连的一个倒霉鬼。这个小兵如今已开始关心自己在战壕里的安全来了,竟从车站上哪个地方拆了一扇洋铁皮猪圈门来。现在他正瞪大惊恐的眼睛站在这儿,为他想拿这扇门作挡榴霰弹的盾牌进行辩解:他想保障自己的安全。

杜布中尉利用这件事大做文章,教训这个小兵该怎么当兵,他对祖国、对最高统帅与最高军事首领的君主的职责是什么。假如在营里有这类分子,必须坚决予以清除、惩罚或监禁。他的这番饶舌是如此乏味,以致扎格纳大尉拍拍罪犯的肩膀说:"如果你脑子里没什么坏念头,那么以后就别再重犯了。你这样做也太愚蠢了。猪圈门你从哪儿

---

① 匈牙利的一座古城,滨巴拉顿湖。
② 奥地利军队进行军事演习时,把部队分为两部分,一部分束白腰带。

拿来的，还送回那儿去。见你的鬼去吧！"

杜布中尉咬了一下嘴唇，认为在他身上肩负着整顿全营纪律的重任，所以他又绕着整个车站转了一圈。他在一个用匈文和德文大字母写着"禁止吸烟"的仓库附近发现了一个坐着读报纸的士兵。报纸把士兵遮得连领章都看不见了。中尉冲着他喊了一声："起立！"①他是匈牙利团的士兵，正在霍麦纳站放哨。

杜布中尉摇撼了他一下，匈牙利兵站起来，也没行个军礼，把报纸往兜里一塞，就朝着公路那个方向走开了。杜布中尉好像中了魔似的尾随着；匈牙利兵加快了脚步，然后转过身来，嘲弄地举起双手，杜布中尉没有片刻的疑惑，马上认出他是某捷克团的士兵。随后那个匈牙利人跑着步，在公路那边的小村舍中消失了。

杜布中尉为了装得像跟这一幕戏毫无关系的样子，大摇大摆地走进公路旁的一家小铺里，胡乱地要了一大团黑线，把他放进兜里，付了钱，回到军官车厢。他叫营部传令兵把他的勤务兵古纳尔特叫来，把线

---

① 原文为德语。

交给他说:"什么都得我自己操心,你把线也忘了。"

"不,中尉先生,我们足足有一打线团。"

"那你马上拿来看看！马上就拿到这儿来！你以为我会相信你的话！"

当古纳尔特拿了整整一大盒黑白线团来时,杜布中尉说:"瞧,你这笨蛋,好好看看你拿来的这些线,再看看我这个大团线。你看,你的线多么细,多么容易扯断,现在再看看我的,要扯断它是多么费劲。在战地上我们不需要破烂衣衫,什么都得牢牢实实的。你把这些线统统拿走,听候我的命令。记住,下次干什么都不要自作主张,要买东西之前,先来问我一声。你还不认识我,你还不了解我恶的一面。"

古纳尔特走后,杜布中尉对卢卡什上尉说:"我的勤务兵一点儿也不笨。不错,有时他也做错事,可是总的来说还是蛮可以的。他的主要优点是绝对忠厚老实。在布鲁克的时候,我收到我内弟从乡下寄来的包裹:几只烤小鹅。您信不信？他连碰也不去碰一下,因为我一下子吃不完,只好让它臭掉。这当然是纪律在起作用。军官必须教育士兵。"

卢卡什上尉为了表示他不愿听这个神经病叨唠,转身向着窗子,说:"嗯,今天是星期三。"

杜布中尉感到有必要说点什么,便转过脸去,对扎格纳大尉以非常亲昵和友好的声调说:"我说,扎格纳大尉,您是怎么看……"

"对不起,稍等一会儿。"扎格纳大尉说了这么一句,便走出了车厢。

这期间,帅克正在和古纳尔特谈论他的主人。

"怎么这么久没见到你呀？你上哪儿去了？"帅克问道。

"你是知道的,"古纳尔特说,"跟我们这位老神经病总是麻烦事没个完。他每时每刻都要把我叫到跟前去,问一些和我毫不相干的事儿。比方说,他问我是不是你的朋友。我对他说,我们很少见面。"

"他可真不赖,还问到我。我非常喜欢他,喜欢你伺候的这位中尉先生。他又善良,心眼儿又好,对待士兵就跟亲生父亲对孩子那样。"帅克一本正经地说。

"哟,你还这么想?"古纳尔特不以为然,"这是一头地地道道的猪猡,蠢得像个臭屎堆。我讨厌死了他。他一天到晚净挑我的眼,找我的不是。"

"得了,去你的吧!"帅克吃惊地说道,"我倒认为他是一个挺不错的人。你却把自己的长官说得那么怪。这已经是所有勤务兵的天性,就拿文策尔少校的勤务兵来说吧,他总管他的长官叫'不可救药的大傻瓜';施雷德上校的勤务兵呢,总把他的长官叫做'臭妖怪'和'臭屎蛋'。其实勤务兵说的这些全是从他们的长官那儿学来的。要是长官自己不骂街,勤务兵也就不会骂了。我在正规军服役的时候,在布杰约维策倒是有个普罗哈斯卡中尉,他不爱骂娘,只爱对他的勤务兵说:'唉,你这头可爱的母牛!'那个叫希普曼的勤务兵再也没听见过别的骂法了。他对这句骂人的话听得太多了,等他复员回家时,对他爸爸、妈妈和妹妹也说,'唉,你这头可爱的母牛!'对他的未婚妻也这么喊。结果她不愿跟他过了,控告他侮辱人格,因为他在一次舞会上当着人家的面这么叫她,叫她的爸爸、妈妈和妹妹。她没饶他,在法庭上说:要是他背着人叫她一声母牛,她还可以和解,可是这么干简直是要她在全欧洲面前好看。我们说句体己话,古纳尔特,我可从来没这么去想过你的长官。当我第一次跟他说话时,他给我的印象确实可亲,活像刚从熏制作坊里出来的腊香肠。当我第二次跟他说话时,就觉得他非常有学问,非常有精神……你自己是哪儿人?是布杰约维策人?这好,一个人正经有个出处。你住在那儿的什么地方呢?在拱廊里?那好,起码夏天是凉快的。你成了家吗?一个老婆和三个孩子?你真幸福,朋友。起码将来有人给你哭丧了,就像我的卡茨神父在讲道时说的。说来也真是这么回事,有一次从布鲁克开到塞尔维亚去时,我听见一位上校对那儿的一个后备兵说过这么一句话:一个军人在故乡有家室老小,他若在战场上阵亡,家庭关系就因此断了,——他是这么说的:'他要是死了,同家人永别了,家庭关系终止了,那他更是英雄,因为他为了更大的家庭,为了祖国牺牲了自己的生命。'你是住在第五层楼上吗?第一层?你说得对,我现在想起来了,在布杰约维策广场上,连一座五层楼的楼房都没有。你要走了?咳,你的长官已经站在军官车厢朝这儿瞅了。

他要问你,我是不是说到他了,你完全可以对他说我说起他来着。别忘了对他说,我是怎么说他的好话的,说我很少遇到像他那样友好地和父亲般地待人的长官。你别忘了对他说,我觉得他非常博学,也就是非常有学问;你还要对他说,我规劝了你,要你听他的话,只要眼睛能见到的活儿都要帮他去做,记住了吗?"

帅克走进车厢,古纳尔特拿着线回到自己的洞穴去了。

一刻钟之后,火车经过烧毁了的布莱斯托夫村、大拉特瓦尼村和新恰布纳村。看得出来,这儿是经过激烈战斗的。

喀尔巴阡山的斜坡沿着新枕木的铁路线从一个山谷到另一个山谷挖满了战壕,两边是榴弹炸出的坑洼。在上游,伴着铁路,流向麦齐拉博尔采的溪流那边,能够看见新建的桥梁和烧毁了的桥身。

麦齐拉博尔采的整个山谷都被翻掘过一遍,弄得乱七八糟,像是鼹鼠大军在这里捣腾过;小溪那边的公路也给挖得稀烂,旁边被军队踏毁的土地也清晰可见。

雨水在榴弹炸成的洞穴边缘将奥地利军服的碎片冲刷暴露出来。

在新恰比纳村外的一棵燃烧着的老松树枝上吊着一只还带有一小截奥地利士兵的小腿的皮鞋。

可以看出,炮火在这儿轰了个够:林中的树木光秃秃的,没有了叶子,没有了树冠,被炮弹打得七零八落,孤孤单单。

火车在刚刚修复的路基上缓慢行驶,因此全营都能详尽地看到战争的好处。当他们看着沿途遍布荒芜的斜坡上的、竖着十字架的军人墓时,也就慢慢地但也是成功地作好争取战斗荣誉的思想准备。这战斗荣誉的终结点,就是在白木十字架上摇晃着的泥污的奥地利军帽。

来自卡什贝尔群山的德国士兵们,坐在后面几个车厢里,还是在米洛维采城进站时就高声唱着:"等到我回来,等到我重又回来……"①,从霍麦纳开始就明显地唱得轻了,因为他们看到,许多帽子挂在十字架上的人也曾经同样唱过"等我重又回来,永远和我亲爱的留在家乡,该有多么美好"之类的歌词。

---

① 原文为德语。

在麦齐拉博尔采，列车驶过被焚烧、毁坏的车站，停了下来；车站建筑物的熏黑了的墙壁上耸着弯扭的横梁。

很快修起了一排新木房子以代替被烧毁的车站，到处贴着用各种文字写的大标语："请购买奥地利战时公债！"

在另一座长形木房里是红十字卫生站。里面出来一位胖子军医和两位护士。两位护士都对着胖医生发笑，医生为了让护士们开心，模仿各种动物叫声，很拙劣地怪声怪气地胡乱叫着。

在铁路路基下面，在小溪流过的谷中，有一所破烂的战地伙房。帅克指着它对巴伦说："你瞧，巴伦，有什么在不久的未来等着咱们呀？有一天，眼看就要开饭了，突然飞来一颗榴弹，把伙房弄成了这么个模样。"

"真可怕呀，"巴伦叹了口气说，"我做梦也没梦见过我会落到这样倒霉的地步。都怪我太傲气。我，真混蛋，去年冬天在布杰约维策买了一双皮手套。我死去的爹戴的那种旧式的针织手套，戴在我这双庄稼汉的大手上，我觉得寒碜。总是想着城里人戴的皮手套……我爹老吃焖豌豆，我可是对豌豆连看都不要看。我要吃鸡鸭。普通的猪肉我也不爱吃。我老婆得给我准备——上帝饶恕我，啤酒！"

巴伦开始带着完全绝望的神色行起总忏悔来："我在马尔舍街的小酒店里辱骂过圣徒和神的侍者，在下扎哈伊城我打过教士。上帝我还是相信的，这我不否认，可对圣约瑟夫我怀疑，对所有的圣徒我都能容忍，惟独对圣约瑟夫的神像不行，非得拿走不可。如今上帝在对我这一切罪孽和不道德行为进行惩罚。我在磨坊里干过不少不道德的事儿！我常常骂我的叔叔，使他晚年不幸。我虐待我的老婆。"

帅克若有所思地说："你是磨坊主，对吧？那你就应当懂得，既然因为你们爆发了这场世界大战，上帝这个磨子就磨得又慢，又稳。"

志愿兵插嘴说："巴伦，亵渎上帝，不承认所有圣徒和教徒，这对你绝没什么好处。你要知道，我们奥地利军队在好些年以前就纯粹是信奉天主教的军队了，我军最高总司令就是我军最光辉的榜样。当军政部为驻防司令部的军官先生们传播耶稣教教义时，当我们在复活节看到军人的盛大宗教仪式时，怎么可以带着对个别圣徒和教徒的仇恨的毒汁去参加战斗呢？你明白我的意思吗，巴伦？你想到过没有，实际上你已在反对我们光荣军队的精神？我们就拿圣约瑟夫做例子来说吧，就像你所谈的，你不许把他的像挂在你的房间里。可是，巴伦，他恰恰是所有想离开军队的人的守护神啊。他当过粗木匠，你是知道'咱们瞧瞧看，木匠在哪儿留了个小窟窿①'这句谚语的。多少人看不到别的出路，就在这句格言启示下投降当了俘虏。既然四面被围，他们便不是出于利己观点，而是作为军队的一员来保存自己的性命，以便将来从俘虏营中回来时可以对皇上说：'我们在这里等待下一道命令。'现在你明白了问题在什么地方吗，巴伦？"

"不明白！"巴伦叹了一口气，"我是个木头脑袋。一件事得让人家给我重复十遍我才听得懂。"

"你真没听懂？"帅克问道，"那我再给你解释一遍吧。你听见的是，你的一举一动必须符合军队中占主导地位的精神，你必须信奉圣约瑟夫，当你被敌人包围时，你就得看看粗木匠把洞留在哪儿，以便保全性命，在新的战斗中为皇上效劳。现在想必你已明白了，你要是能比较彻底地向我们忏悔你在磨坊里干的那些不道德的事，那你就算是好样儿的。你可别给我们瞎扯一气，就像一个关于小姑娘的笑话那样，说她走到神父那儿去忏悔，当她把各种罪行都说了之后，开始害起羞来，并且说，她每夜都干不体面的事。不用说，神父一听到这儿，立即垂涎三尺。对她说：'喏，别害臊，亲爱的女儿，我是在上帝的位子上呀，你给我详详细细说说你的不道德行为吧。'她却大哭起来，说她说不出口，这是很不体面的行为。他又说服她，他是她的忏悔神父。她在犹豫了好半天之后说了个头儿，说她总是脱了衣服，爬上床去，然后又说不下去了，只是哭得更凶。他又说：'别害臊，人天生就是罪孽的容器，但上帝的仁慈是无限的！'于是她鼓起勇气，一边哭一边说：'当我脱了衣服在床上躺着的时候，便开始抠起脚趾头缝里的脏东西来，而且还拿到鼻子跟前去闻了。'这就是她的全部不道德的事。可我希望你，巴伦，你在磨坊里干的不是这个，你给我们讲点真正的、实实在在的不道德行为

---

① 在危难处境时找出路的意思。

吧。"巴伦说的却是对待农妇们的不道德行为：就是他的磨坊里给农妇们磨面时掺了坏面粉。在他纯朴的心中把这也叫做不道德了。电话兵霍托翁斯基最感失望，一个劲儿追问他是不是真的没跟那些农妇在磨坊里的面粉袋上干缺德事儿。巴伦挥了一下手，回答说："干这事儿我还嫌太笨了一点儿。"

士兵们得到通知说，要过了卢普科夫隘口的帕罗塔才开午饭。营部军需上士和各连伙伕以及主管全营后勤工作的柴坦麦尔中尉到麦齐拉博尔采村去了，还抓了四名士兵作为他们的保镖。

不到半小时就带着三头捆着后腿的猪回来了。一路上跟被征购者，一家匈牙利籍俄罗斯人及一名"红十字"会医院的胖医生喊喊叫叫吵个不停。医生使劲对柴坦麦尔中尉讲些什么，中尉只是耸耸肩膀。

在军官车厢门口，争吵达到高潮。军医开始冲着扎格纳大尉申言，这些猪是为红十字会医院养的。那位老乡却根本不听这一套，要求把猪还给他，因为这是他仅有的一份财产，无论如何不能按他们付给的价钱那样贱卖。

同时，他把猪款塞到扎格纳大尉手里，他的妻子正拽着他的另一只手，卑躬屈膝地吻着。

扎格纳大尉为这场面吓呆了，费了好大的劲才把那乡巴佬娘儿们甩开。效果不大。老的甩掉，年轻的又上来抓着他的手直吮啜。

柴坦麦尔中尉拿出买卖人的调门说："这汉子还有十二头猪，根据师部最近的一二四二〇号命令的经济部分的规定，已经分文不差地付给他征购价。按照这个命令的第十六条规定，在非战区征购的活猪，毛重每公斤不超过二克朗十六哈莱什。在战区毛猪每公斤增付三十六哈莱什，也就是合二克朗五十二哈莱什一公斤。命令中还有一条说明：如虽属战区，其经济仍完好无损，牲口圈里小猪满圈，或成猪应供应过往部队，其售价与非战区同；在特殊情况下，毛重每公斤增付十二哈莱什。如情况不明，立即就地成立由有关人士、过往部队指挥官或主管后勤军官或军需上士（如需要的是小一些的组织形式）组成的委员会进行审议。"

柴坦麦尔中尉照师部命令的副本宣读了所有这些规定；这个副本

他总是随身带着的。什么在前沿阵地附近一带胡萝卜每公斤多付十五个哈莱什,在前沿阵地附近一带军官伙食部①提供的菜花每公斤一克朗七十五个哈莱什等等,这一套他几乎都能背出来。

在维也纳拟订这些条款的人把前沿阵地想象成一片长满胡萝卜与菜花的园地。

柴坦麦尔中尉向那位满腔怒火的农民用德文读了一通,问他听懂没有。农民直摇头,他便朝着他大吼道:"那你是想要成立一个委员会啰?"

"委员会"这个词儿他听懂了,所以点了点头。这时,他的猪已经被拖到战地伙房屠宰去了。办理征购的几个扛着刺刀枪的士兵把他簇拥着,委员会出发到他的村庄去就地议定一公斤究竟该付他两克朗五十二哈莱什呢,还是两克朗二十八哈莱什。

还没走到通向村子的路上,突然从伙房传出一声比往常大三倍的刺耳的猪叫声。

农民知道,一切都完了,他绝望地喊了起来:"你们每头猪付给我两个金币吧!"

四名士兵把他围得更紧,全家人却跪在尘土飞扬的公路上,挡住扎格纳大尉和柴坦麦尔中尉的去路。

母亲带着两个女儿抱着他们两人的膝盖,口里喊着青天大老爷,直到那农民喝住她们,用俄罗斯式的乌克兰方言喊她们站起来为止。他骂道,让那些当兵的吃了猪肉不得好死……

这样一来,委员会就停止了自己的活动。但那农民突然暴跳起来,举着拳头威胁着,这时,一个士兵用枪托猛击了他一家伙,他眼前一阵发黑,全家人画了十字,拉着他们的父亲一块儿跑掉了。

十分钟后,营军需上士已经和营传令兵马杜西奇一块儿在自己车厢里吃着猪脑子了。军需上士狼吞虎咽地吃着,隔不一会儿还对文书刻薄地说:"你们也馋了是吗?弟兄们,这美味只能给当官的尝啊。腰花和肝归伙伕,猪脑子和猪头肉归司务长先生们,至于文书嘛,只能摊

---

① 原文为德语。

上双份士兵的肉。"

扎格纳上尉已经向有关的军官伙房发了命令："做小茴香红烧肉,要选那最好的肉,不要太肥的!"于是在卢普科夫隘口开饭时,每个士兵只能在汤里找到一两小片肉,那些生来命运不济的甚至只能找到一小块肉皮。

伙房里历来看人给菜,私情占统治地位。好东西尽给那些跟领导层接近的人。勤务兵们一个个在卢普科夫隘口吃得嘴巴流油,每个传令兵的肚子也都撑得跟石头一样硬。这儿的事情太不公道了。

志愿兵马列克出于正义感在伙房惹起了一场是非。当伙伕一边说着"这是给我们的营史记录员的",一边往他碗里放了一大块猪腿肉时,马列克却说,在打仗的时候所有的士兵都是平等的。这句话引起普遍的赞扬声,并成了大家咒骂伙伕的根据。

志愿兵将那块肉扔了回去,并强调说他不想要任何照顾。伙房的人没理解他的意思,以为这位营史记录员不满足,所以把他拉到一旁说,让他等发完饭菜以后来,给他一个猪蹄子。

文书们的嘴巴也吃得油光闪亮,卫生员们胀得直喘气;而在上帝祝福的这个地方,到处可以看到刚刚打过仗的痕迹,到处是掩蔽体、空罐头盒、俄军、奥军和德军制服上的皇徽、车子残骸,长长的、血迹斑斑的包扎绷带与棉花。

旧车站只剩下了一堆废墟,在它旁边的老松林被一颗没有爆炸的榴弹击中。榴弹的碎片比比皆是。附近地方准有士兵公墓,因为散发着尸体的恶臭。

经过这儿的部队就在附近扎营。到处都可看到奥地利、日耳曼、俄罗斯各民族的士兵拉的屎堆。各个民族、各种不同宗教信仰的士兵的粪便一堆挨着一堆,甚至重叠在一起,彼此并不闹什么纠纷。

一半已经被毁坏的水塔、铁路看守的小木房和所有带墙的建筑都被枪弹穿得像筛子。

为了给人以更完整的战地欢乐的印象,附近山丘后面升起了烟柱,似乎那边整个林子都在燃烧,或者正处于激战的中心。原来是为了取悦于一些先生在焚烧霍乱、痢疾传染病室。这些先生们曾在大公夫人马丽亚的赞助下在军医院的筹建工作中立下了汗马功劳。同时,他们通过提出不存在的霍乱痢疾病房的账单以自肥,把腰包装得满满的。

今天,一组病房替所有其余的病房承担了这场灾难,受到大公爵庇护的整个骗局,随着发臭的稻草的烟雾袅袅升上天空。

在车站后面的悬崖上,德国人已在忙着为阵亡的勃兰登堡官兵树立"卢普科夫山口英雄纪念碑"①,碑上有一只铜雕的德意志大鹰,碑座上写明,这个徽号是用德国兵团解放喀尔巴阡山时缴获来的俄国大炮铸成的。

午饭后全营正是在这种奇怪的、令人不习惯的气氛下休息的。扎格纳大尉和他的副官仍弄不清旅部关于本营此后行动的密电的内容;电文的措辞很不明确,似乎根本不该开到卢普科夫山口来,而应从夏托尔山下的新城开往另一个方向去,因为电报上关于地名有这么几个字:

乔普—翁格瓦尔②——基什—别列兹纳③——乌若克④。

十分钟之后才发现,旅部的值日官是一个笨伯;因为他发出一个电报,查问对方是不是七十五团八营(军事密码为 G3)。而当旅部这位笨伯听到的答复是九十一团七营时,他感到大吃一惊,并且问:既然预定的行军路线是经过萨诺克的卢普科夫山口到加里西亚,谁命令他们沿着通向斯特利伊的军用铁路开向摩卡切沃的;这个笨伯对电报是从卢普科夫山口发来的这一点感到吃惊。他发出电报说:"路线未变。"卢普科夫山口——萨诺克,原地待命。"

扎格纳大尉回来之后,军官车厢里开始议论着一些没头没脑的蠢事,还暗示说要是没有帝国内的德国人,东方军事集团恐怕会群龙无首。

杜布中尉试图为奥地利大本营的混乱状态进行辩护,胡说什么这块地区被不久前的战斗毁坏得十分厉害,铁路线路还没能修复。

所有军官都同情地望着他,似乎想说:"那位先生蠢头蠢脑,也没

---

① 原文为德语。
② 今即为乌克兰南喀尔巴阡省省会乌日戈罗德市,匈牙利称之为乔普—翁格瓦尔。
③ 今属于乌克兰南喀尔巴阡山省的一个镇子,俄文名字是小白桦镇。
④ 今乌克兰南喀尔巴阡山州的一个大镇,当时处于奥匈两国的边界线上。

法儿怪他。"杜布中尉一见无人反驳,便大谈这个被毁坏的地区给他留下的美妙印象,这证明我们军队的铁拳头是如何的所向披靡。

同样又没人答理他。他于是重复说:"对,肯定的,当然啰,俄国人从这儿仓皇溃退时,乱得一塌糊涂。"

扎格纳大尉打定主意:待到他们进入战壕里,形势发展到特别危险时,他就尽快将杜布中尉作为侦察军官派到铁丝网那边去侦察敌方阵地。他对探头窗外的卢卡什上尉耳语说:"这些老百姓也真见鬼!越有学问越蠢。"

看来,杜布中尉根本不打算停止大发议论。他继续对军官们讲述报纸上关于喀尔巴阡山战斗以及在奥一德军对于萨河①攻势中争夺喀尔巴阡山隘口的战斗的报道。他谈话的那副架势,活像他不只是参加了、而且亲自指挥了这些战役。

他的有些话尤其说得教人恶心:"然后我们到了布科维纳,这样我们就有了从这里通到迪诺夫的与大波朗卡的巴尔杰约夫兵团取得联系的保险线路,在那儿我们粉碎了敌军的一个萨玛尔师。"

卢卡什实在忍耐不住了,他提醒杜布中尉说:"这些你在战前肯定就已经跟你那位县太爷唠叨过了吧?"

杜布中尉恶狠狠地盯了卢卡什上尉一眼,就走出了车厢。

军列停在路基上。坡道下面几米处摊着俄军撤退时扔下的各样物件;他们肯定是从壕沟撤走的。这里还能看到几把锈水壶、救护包,除别的乱七八糟的东西之外,还有一些铁蒺藜线卷、血迹斑斑的绑带棉花。小山坡上站着一群士兵,杜布中尉立即断定:准是帅克在给他们讲解什么。

于是他走了过去。

"出了什么事?"杜布中尉声色俱厉地问道,同时笔直冲着帅克站定。

"报告,中尉先生,"帅克代表大家回答说,"我们看看呗。"

"看什么?"杜布中尉大声嚷道。

---

① 在波兰境内。在第一次世界大战期间,该河一带曾进行过激烈的战斗。

"报告,中尉先生,我们看山坡下面的壕沟。"

"谁允许你们看的?"

"报告,中尉先生,这是我们的施拉格尔上校先生的意思。当他离开我们,也就是当我们和他分手,开往前线时,他曾经对我们说过:每当我们走过一个凄凉的战场时,要好好看看那个地方,研究一下那仗是怎么打的,找出一些对我们有益的东西来。您看这儿,中尉先生,在这个壕沟里,一个当兵的在溃逃时要扔掉多少东西啊!报告,中尉先生,由此我们看到:士兵把一些废物都背到身上该是多么愚蠢!他算是白背了这些玩意儿。士兵背着这么重的东西,打起仗来多累赘呀!"

杜布中尉突然感到一线希望:终于能以反军叛国宣传罪把帅克送上战地法庭了,于是立即问道:"那么依你看,士兵得把弹药或者刺刀扔掉,好让这些东西统统丢在水塘里,就像我们眼前看见的那样啰?"

"不能,绝对不能,中尉先生,"帅克回答说,讨人喜欢地微笑着,"请您看看下面那只洋铁夜壶吧!"

一点儿也不假,路堤下,在那些破烂堆中还惹人注目地歪着一只锈坏了的破搪瓷尿壶。显然是车站站长把这些已经不适用于家用的东西留给未来的考古学家去讨论了。将来等他们发现这块地方时,将会欣喜若狂,学校里的孩子们将研究这个搪瓷尿壶的年代。

杜布中尉瞅了一眼这玩艺儿,只能断定:这确乎是在床底下度过青春时期的、残废人使用过的玩艺儿。

这一切都给人以强烈的印象。正当杜布中尉沉默时,帅克开口了:"报告,中尉先生,关于这种尿壶,在波杰布拉迪疗养地还闹过一次笑话。这个笑话一直在我们维诺堡的酒馆里流传。当时,波杰布拉迪开始出版《独立》杂志,一个药店老板是杂志的主要负责人,多玛日利采人拉吉斯拉夫·哈耶克任编辑。药铺老板是个怪人,专门收集旧壶罐和其它类似的零碎东西,简直像个博物馆。有一次,这位多玛日利采的哈耶克邀请一位朋友到波杰布拉迪温泉去游玩,那人也常为报纸写稿。因为他们已有一个礼拜没见面,两人喝得酩酊大醉。为了感谢他的盛情款待,那位朋友答应他说,准备给他编辑的《独立》杂志写篇小品文。

于是这位朋友写了一篇关于一个收藏家的短文,说他怎么在拉包河边的沙滩上找到了一把马口铁尿壶,以为它是圣瓦茨拉夫的钢盔,于是引起一场大混乱,惹得赫拉德茨的布里尼赫主教领着大队人马,打着旗子来瞻仰这个头盔。波杰布拉迪的药店老板认定这是取笑他,于是他们两人,老板和那位哈耶克先生争吵了起来。"

杜布中尉恨不得一下把帅克推到山底下去,然而他控制了自己,对所有人嚷道:"听见没有,别在这儿傻瞅着了!你们还不知道我的厉害,等到你们知道了……"

"帅克,你留下!"当帅克也想同别人一道回到车厢去时,他用吓人的声音喊住他。

他们面对面地单独留下了。杜布中尉正琢磨着要说句什么厉害话。

可帅克已经赶在他的前面了,"报告,中尉先生,这种天气要是能持久就好了。白天不太热,夜里很舒服。是打仗的最佳时节。"

杜布中尉把左轮掏出来问道:"你认得这家伙吗?"

"是,中尉先生,我认得。我们的卢卡什上尉也有这么一杆。"

"那么你给我好生记住，你这坏种，"杜布中尉严肃而庄重地说，重又把左轮放回去，"你放明白些，你要是再继续搞你这一套宣传，小心有你吃苦头的一天。"

杜布中尉走开时，满意地重复着说："宣——传，对，宣——传，我算是给他找到个最准确的词了……"

帅克进车厢之前，还在外面蹓跶了一会儿，他自言自语地嘟囔着："我该把他算在哪一类呢？"帅克越来越明确地给这种人想了一个称号叫"半吊子屁翁"。

在军用字典里，"屁翁"这个词儿在很久以前是带着爱戴之情被使用的尊号，主要用来称呼上校或年纪大一些的大尉及少校的。这是"讨厌的老头儿"这个绰号的升级，光有"老头儿"一词而无前面这个定语则是对年纪大的上校或少校的爱称，他们虽说爱大喊大叫，却还爱护自己的士兵，在别的团面前护着他们的面子，特别是当他们能够守时，没被别部的巡逻队把他们从酒店里拖出来，更是这样。"老头儿"关心自己的士兵，要下面把伙食办好。但他也总爱挑个眼儿，所以叫他"老头儿"。

可是当老头儿无理指责官兵，爱想出个什么夜操之类的花招来折腾人时，那他就成了"讨厌的老头儿"了。

如果"讨厌的老头儿"的讨厌劲儿再升一级到无理指责，胡干蠢事，那就成了"屁翁"了。这个词儿很说明问题，只是老百姓中的"屁翁"与军队里的大不相同。

第一，老百姓中的"屁翁"虽也是当官的，一般在公事房里，仆人与下级公务员就这么称呼他的。这大都指心眼儿窄的官僚，这种人遇上某个下属因为酗酒误了晾晒图纸的小事也要责备一大通，诸如此类，简直是人类社会上的典型的蠢货，可他还要装成个通达的驴样，什么都想懂，什么都会解释，结果到处碰壁。

而军队里的"屁翁"呢，自然与地方上的又有区别，这个词指的那种老头儿，可算是真正特别讨厌的家伙。他对什么都很厉害，可一碰到困难就停步不前。他不喜欢士兵，莫名其妙地跟他们作对，压根儿就不懂得建立连"老头儿"甚至"讨厌的老头儿"都享有的威信。

在有的驻防军,如特里顿的驻防军里,不叫"屁翁"而叫"我们的老茅坑",通常就是这么称呼年纪较大的。假如说帅克暗暗地称杜布中尉为"半吊子屁翁"的话,那算是说得比较合乎逻辑的,不论在年龄上、职位上,杜布中尉还缺少"屁翁"的百分之五十。

帅克带着这些想法回到自己的车厢时,遇上了勤务兵古纳尔特。古纳尔特的脸挨打肿了,他含糊不清地嘟囔着,说他刚与杜布中尉先生顶撞了几句,杜布中尉左右开弓扇了他几个耳光,还说他已得到确凿证据,证明古纳尔特与帅克有接触。

"在这种情况下,"帅克平静地说,"咱们得上告。奥地利士兵只能在一定的情况下挨耳光。你的这位长官已经超过了所有界限。就像老叶甫根尼·萨沃依斯基说的:你走多远我跟多远。如今你得自己去报告;你要不去,那我来给你打几个耳光,好让你知道什么叫军队纪律。在卡尔林兵营有一个叫霍乌斯纳尔的中尉。他有个勤务兵,那中尉常打他勤务兵的耳光,还用脚踢他。有一次,那勤务兵给打愣了,就去上告,说挨了踢。可是他说得颠三倒四的。那位中尉却证明这个士兵在撒谎,说他那天并没有踢过他,只扇了他耳光。不消说,这位可爱的勤务兵以诬告罪被关了三个礼拜的监狱。

"可这一点儿也改变不了事实,"帅克接着说,"这跟医科大学生霍乌皮契卡常说的一样:在解剖所里不管这个人是上吊死的还是服毒死的都一样切法。我跟你一块儿去。在战场上挨两耳光这不是件小事。"

古纳尔特傻了眼,任帅克把他带到军官车厢。杜布中尉从窗口探身出来嚷道:"你们到这儿来要干什么,兔崽子们?"

"胆大点!"帅克嘱咐古纳尔特,把他推进了车厢。

车厢走道上出现了卢卡什上尉,后面跟着扎格纳大尉。

对帅克已经领教够了的卢卡什上尉大吃一惊,因为帅克没有平日那种温顺谦恭的表情,他的脸上没有一丝和善之色。一反常态,他的脸色说明又出了不愉快的事件。

"报告,上尉先生,"帅克说,"我们要告状。"

"别又来那股傻劲啦,帅克!我已经领教够了。"

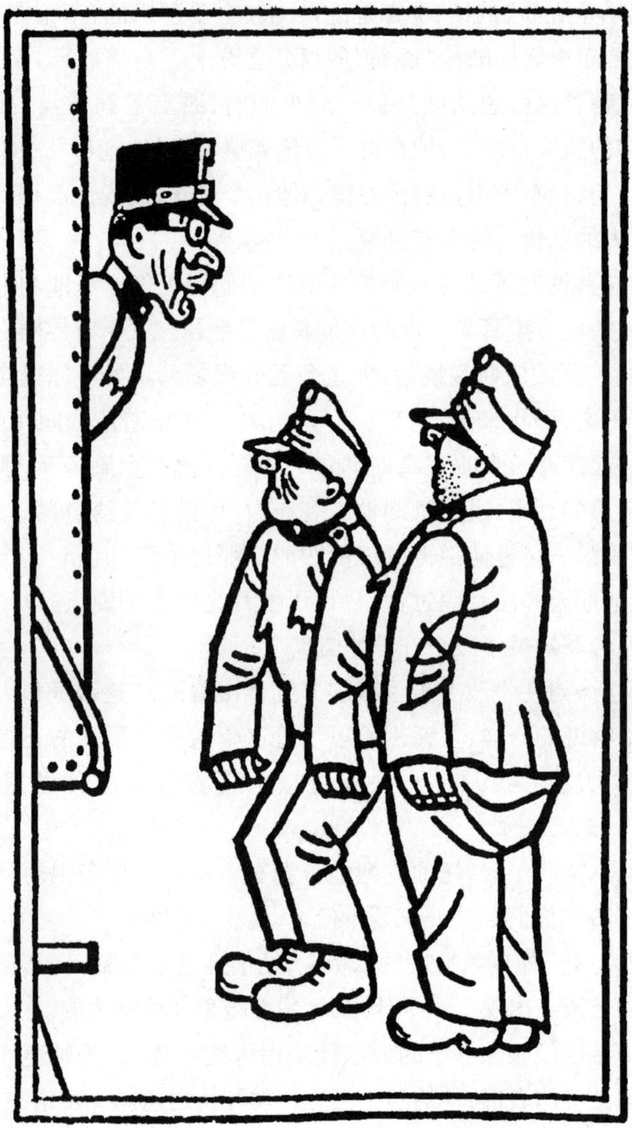

"请允许我,"帅克说,"您的连队传令兵,请允许我说,您是十一连之长。我知道,您一定感到万分惊奇,可我也知道:杜布中尉先生归您管。"

"帅克,你简直疯了!"卢卡什上尉打断他的话,"你要是喝醉了,最好尽快给我滚开。明白吗,你这笨蛋、畜生!"

"报告,上尉先生,"帅克说,把古纳尔特推到前面,"他这副样子就像有一次在布拉格一个试着用防护面具抵挡驶过来的电车的人一样。那位发明家亲自为这个试验献身了,后来市政府为他的寡妇付了赔偿费。"

扎格纳大尉不知说什么好,却同意地点了点头,这时卢卡什上尉显出一副绝望的表情。

"报告,上尉先生,什么事都应当上报嘛,"帅克毫不退让地接着说,"还是在布鲁克时您就对我说过,上尉先生,我既然是连部传令兵,那就除了执行各种命令之外,我还有责任把连里发生的一切事情报告给您。根据这一指示,请允许我向您报告,上尉先生,杜布中尉先生打了自己勤务兵的耳光。上尉先生,我本来不想说的,可当我一想到,既然杜布中尉先生归您管,我就拿定主意来向您报告。"

"怪事,"扎格纳大尉沉思说,"帅克,你干吗把这个古纳尔特给我们推来了?"

"报告,营长先生,因为事无大小,都得报告。他是个傻瓜,挨了杜布中尉先生的耳光,却不敢来报告。大尉先生,求您瞧瞧他的膝盖哆嗦成个啥样了,一听说要来报告,他吓得魂都没啦。要是没有我,他根本到不了这里。皮特乌霍夫有个叫古德拉的,他在服役时,常去告状,直到把他调到军舰上,在那儿当了号兵为止;后来他又到了太平洋的一个岛上,当了逃兵。后来他在那儿讨了个老婆,还跟旅行家哈夫拉斯说过话;可人家根本不认得他,说他不是同乡。总之,一个人为了挨过几个耳光还得来告一通状也实在可悲。古纳尔特根本不想来这儿,他说他没啥好来的。他挨的耳光太多,简直不知道要报告的是哪个耳光。他自己可能压根儿就不会到这儿来,更不想来告状。他能忍受好多次打。报告,大尉先生,您瞧,他已经吓得魂不附体了。从另一方面来说,他本该马上就来为挨的这几个耳光上告,可是他不敢,因为他知道,还是像一个诗人写的那样,当一朵'不引人注目的紫罗兰'更好些。要知道,他是杜布中尉先生的勤务兵啊。"

帅克把古纳尔特推到前面,对他说:"别老像一张白杨的树叶这么哆哩哆嗦的!"

扎格纳大尉问古纳尔特究竟是怎么回事。

古纳尔特却全身哆嗦着说,可以去问中尉先生本人。总之,中尉先生根本没打过他耳光。

这个一直吓得发抖的犹大古纳尔特甚至说,这全是帅克捏造出来的。

这个可悲的事件最后由杜布中尉亲自给了结啦。他突然出现,并冲着古纳尔特嚷道:"你还想再挨几个耳光?"

事实已经真相大白。扎格纳大尉直截了当地向杜布中尉宣布:"古纳尔特从今天起分配到营部伙房工作,至于新的勤务兵,你去找军需上士万尼克联系。"

杜布中尉行了个军礼,只是在离开之前对帅克说了一句,"我敢打赌:总有一天你要上绞刑架!"

等他走了之后,帅克用温柔而友善的口气对卢卡什上尉说,"在慕尼黑城堡那儿也有这么个人,总是这么跟别人说话,而那个人回答他说:'好,咱们刑场上见!'"

"帅克,你真是个白痴!"卢卡什上尉说,"不许你在回答我的话时像平常那样说:'是,我是白痴'。"

"真叫人吃惊!①"扎格纳大尉朝窗外惊叫了一声。他恨不得把身子缩回去,但已经来不及,因为烦人的事又来了:杜布中尉就在窗子下面。

杜布中尉开始抱怨,说他感到遗憾,因为扎格纳大尉没听他把东方战线上进攻的理由说完就走了。

"假如我们要弄明白这次大规模的进攻,"杜布中尉向上朝窗口喊

---

① 原文为法语。

道,"就得总结四月底的攻势是怎么发展的。我们就得突破俄军战线。我为突破喀尔巴阡山和马维斯拉河之间的防线找了一个最合适的地方。"

"我跟你在这一点上没有可争吵的。"扎格纳大尉干巴巴地回答了一句,离开了窗口。

半小时后,当列车向着去萨诺克的方向行驶时,扎格纳大尉伸直身子躺在长座位上,装作睡觉的样子,免得杜布中尉再拿自己那一套关于进攻的废话来纠缠他。

帅克与巴伦相聚在一个车厢里。巴伦已被允许用一块面包蘸着锅底上的牛肉汁吃。

如今巴伦在车厢里与伙房的关系处得不妙,因为在列车开动时,他把脑袋钻到锅里去了,两只脚倒竖到锅外。他很快就适应了这种姿势,于是从锅里传来舔嘴喷舌之声,活像刺猬在追赶着蟑螂。然后是巴伦的请求声:"做做好事,弟兄们,看在上帝面上,扔给我一小块面包吧。这儿还沾了好些肉汁。"这首田园诗一直持续到下一车站,十一连的一口锅已擦得干干净净,锅底明亮闪光。

"多谢你们啦,朋友们!"巴伦衷心感谢道,"从我到军队里来的时候起,幸福第一次向我露出了笑脸。"

也确实可以这么说。在卢普科夫隘口,巴伦得了两份牛肉汁;卢卡什上尉也感到满意,因为巴伦从厨房里端来的饭菜没吃去太多,给他足足留了一半。巴伦深感幸福,晃动着从车厢里伸出来的双脚,他突然觉得这个军队对他来说温暖如家了。

连队伙伕也开始拿他开心,说是等列车到了萨诺克,还得煮一顿晚饭、一顿午饭,以补贴士兵在路上没领过的晚饭和午饭。巴伦一个劲儿点头称是,小声说:"你瞧,伙计们,上帝没把我们抛弃吧!"

大家都为此坦率地哈哈大笑了,伙伕坐在炊事工具上唱将起来:

> 来来来咿,来来来咿,
> 上帝不会把咱们胡乱塞,
> 要是把咱们塞进烂泥里,
> 咱们也会再钻出来;

要是把咱们塞到树丛里,
咱们也会再走出来。
来来来咿,来来来咿,
上帝不会把我们胡乱塞。

过了什恰夫纳车站,谷地上又出现了一片新的军人坟地。从火车上可以看到什恰夫纳下面是一个钉着无头耶稣像的石头十字架;这耶稣脑袋是在铁路被炸时炸掉的。

火车加快速度,驶过山谷,直奔萨诺克。视野越来越宽,铁路两旁一座座破落的村庄也越来越多。

从库拉什纳可以看到下面小河里躺着被击毁了的红十字会的列车。

巴伦眼睛瞪得老大,尤其使他吃惊的是下面还躺着火车头的部分机身。烟筒插入铁路路基中,活像一门二十八毫米口径的大炮耸在那里。

这个场面也引起了帅克那个车厢的注意。约赖达火气最大:"难道允许朝红十字会的车厢轰击？"

"不允许射击,但是可以射击,"帅克说,"枪法也不赖,但事后谁都可以辩护说是在夜里打的,看不见车上那个红十字。世界上不允许干,可又干得出来的事儿多着呢。要紧的是让每个人都试一试是不是干得了。皇家军队在皮塞克演习时期,来过这样一道命令:行军时不许对士兵施行'绞麻花'的处罚。可是我们的大尉想了个主意,结果还是照办了。因为这道命令订得很可笑。谁都清楚,受着'绞麻花'刑的士兵是没法行军的。大尉也没违反军令,他简单而合情合理地把绑着的士兵往辎重车上一扔,载着他们继续行军。还有这么件事儿,那是五、六年前,在我们街上一所房子的二层楼上住着一位卡尔利克先生,他上面住着一位非常正派的人,音乐学院的学生米格什。这个米格什很喜欢女人,除了别人的女人之外,也开始追起卡尔利克的女儿来。卡尔利克开了个运输公司,还有糖果铺,在摩拉维亚哪个地方还有一所什么外国公司的装订工场。当他发觉音乐学院的学生追求他的女儿时,便到住房去找他,并对他说:'你不许娶我的女儿,你这流氓,我绝不把她嫁给你!'——'好吧,'米格什先生回答说,'既然不许我娶她,那又有什么办法呢?难道我还得为这事儿去寻短见?'两个月之后,卡尔利克又来了,把他老婆也带了来,他们夫唱妇随地对他说:'你这混蛋,你破坏了我女儿的名誉。'——'完全正确,我糟蹋了这个女孩子,仁慈的太太!'卡尔利克先生对他白费力气地叫嚷着,说他讲过,绝不把女儿嫁给他。大学生也通情达理地答应了他,说他不会娶她,可是那一次却没提到他跟她可以干什么。在这方面也没协商过,说他是遵守诺言的,请他们放心。他也不想娶她。瞧他这品行,他绝不是个心猿意马、三心二意的人,他是守信用的。说到做到。假如他因此而受到审讯的话,他也于心无愧。他的已故的妈妈在断气时就让他发誓:一生不撒谎。他毫无二话地答应了她。这样的誓言是靠得住的。在他家里没有一个说谎的人,他在学校里的操行也总是优等。你们瞧,有些事不许干,但可以干,方法不同而已,只要我们大家的目标一致就行。"

"亲爱的朋友们,"志愿兵来了个热情的注解,"所有坏事都有它好的一面,这辆炸得满天飞溅、烧掉了一半、从路基上耸起的红十字会的列车,以其新的英雄功绩丰富了我营未来的光荣历史。我们可以想象:大约在九月十六日,就像我在笔记本上写的那样,我营各连都有几名普通士兵,在班长带领下,奉命去炸毁一辆朝着我们射击、阻碍我们渡河的敌方装甲车。他们化装成农民,光荣地完成了任务。

"我看见什么啦?"志愿兵惊呼起来,眼睛瞧着他写的笔记本,"我们的万尼克先生怎么来到了这里?"

"您听着,上士先生,"他转向万尼克说,"在营史上将有一篇关于您的十分精彩的文章!我记得那上面已经有过一次关于您的记载,可这一篇肯定更好、更丰富。"志愿兵提高嗓门念道:"军需上士万尼克英勇牺牲。军需上士万尼克也报名参加炸毁这辆敌军装甲车的勇敢行动。他和其他人一样穿上农民服装。传来的一声爆炸使他昏迷不醒。当他苏醒过来时,他看到自己被敌人包围;敌人立即将他送往敌兵师部,他面临着死亡,但坚决拒绝供出我军的位置和实力。因为发现他是化了装的,便定他为密探,并判处绞刑;又由于他身份较高而由绞刑改判为枪决,立即在墓地墙边执行。英勇的军需上士万尼克要求执刑时不要把他的眼睛蒙住。问他有何最后要求,他回答说:'请通过军使向我营致以我最后的问候。请转告他们,我是怀着我营必胜的信念就义的。此外请转告扎格纳大尉先生,根据最新命令,在旅里将每人每日的罐头加到两盒半。'我们的军需上士万尼克就这样牺牲了。他最后一句话在敌军中引起了巨大的恐慌,因为他们原以为阻挠我们渡河、隔绝我们的给养基地,就可以尽早地引起我们的饥荒,从而瓦解我们的队伍。关于他视死如归的镇静,从下述情况也可以得到证明:他在被枪决之前还跟敌军参谋部的军官玩了扑克。'请把我赢的钱交给俄国红十字会。'说完便站到枪口前。这一崇高的慷慨行为使得在场的军官们震惊得流了泪。

"请原谅我,万尼克先生,"志愿兵接着说,"我擅自处理了您赢的钱。我也曾琢磨过,是不是该把它交给奥地利红十字会,可终于从人性的观点出发,认为交给哪个红十字会都一样,只要是交给造福于人的机关就行。"

"我们的死者可能会把这笔钱交给布拉格的'施汤所'①,"帅克说,"而且恐怕还是这样办好些,不然的话,说不定市长大人就拿那份钱买了肝泥香肠当早餐吃了。"

"反正是到处都在偷。"电话兵霍托翁斯基说。

"在红十字会里偷得最凶,"伙伕约赖达十分冒火地说,"在布鲁克我有一位相识的厨师,他在医院里给护士们做饭。他对我说,医院里的头头们和护士长们把一桶一桶的西班牙浓葡萄酒和巧克力往家捎。自己给自己找机会,各行其是。每个人在自己长长一生中经受着无数的变迁,在他活动的一定的时期内,他在这个世界上不得不做小偷。我自己就经历过这样的时期。"

走阴巫师伙伕约赖达从自己的背囊里掏出一瓶白兰地来。

"你们瞧这儿,"他说着打开酒瓶,"我的论点的确凿证据。这是我在开拔前从军官食堂里拿的。这白兰地是个好牌子,应该拿它来就蜜汁点心。可是要达到这一目的,前提是我得偷到它,这样我就注定要做贼。"

"这也不坏嘛,"帅克响应道,"要是我们命中注定了,那就让我们做你的同伙吧。至少是我有这个预感。"

预感终于成了事实。军需上士万尼克坚持要用酒杯分着喝白兰地,说这样干公平些。因为他们五个人共饮这瓶酒,碰上奇数容易出现有一个人比别人多喝一口的现象。帅克发表意见说:"说得对,假如万尼克先生想要一个偶数,那他退出去好啦,免得吵个不痛快。"不顾万尼克的抗议,酒瓶就这么你一口我一口地转着圈儿喝了起来。

万尼克收回了自己的意见,另外提了个慷慨大度的建议,这样办就使得约赖达的这份礼物能让万尼克轮上两次。这一下引起了大家的强烈反对,因为万尼克在开瓶时已经尝过一口了。

最后终于采纳了志愿兵的意见。按各人名字的头一个字母的次序来轮着喝。谁的次序排在前面仍旧有它的优越性。

根据字母排列霍托翁斯基第一个喝,万尼克用威胁的目光盯着他。

---

① 当时布拉格的一个慈善机关,经常施舍菜汤给乞丐。

万尼克算了一下,即使他是最后一个喝,那也多喝了一口;可他的算术并不高明,因为实际上只有二十一口。

后来他们又一块儿玩扑克。发现志愿兵每次抓到王牌都要引用几句《圣经》上的话。抓到杰克时他便喊道:"上帝啊,这一年也给我留下这个杰克吧,让我好给他施肥,让它好给我结果。"

当有人责备他怎么最后还敢要个"八"时,他大声嚷道:"可是有个女人,她有十个铜板,假如丢了一个,在没找到这个铜板之前,她难道不会点燃蜡烛使劲去找?等她找到这个铜板时,她会把邻居好友叫拢来说:'请你们跟我一块儿高兴吧!因为我抓了个'八',然后再买来了王牌K和爱司。——好啦,你们把这些牌都给我吧,你们大家都完蛋啦!"

志愿兵打扑克的手气的确很好,当别人互相拿王牌压对方时,他总是能拿到一张最大的王牌压住大家。他们一个个都输了,他赢了一盘又一盘,对着输家嚷道:"大地震要来啦,外加饥饿与瘟疫,还会有巨大奇迹从天而降!"当霍托翁斯基首先把自己今后半年的军饷都输掉了时,大家终于玩够了,不想再玩。他伤心透了。志愿兵却要他立个字据,让军需上士在发饷时把霍托翁斯基的军饷发给他马列克。

"别害怕,霍托翁斯基,"帅克安慰他说,"假如你运气好,在第一次战斗中阵亡了,马列克只能干瞪眼看着。你就给他签个字吧!"

"阵亡"二字触到了霍托翁斯基的痛处,他满有信心地说:"我不会阵亡,因为我是电话兵,电话兵总是在掩护所里接电话线,而且总是在战斗结束之后才去查找线路的毛病。"

志愿兵却说恰恰相反,电话兵遇到的危险更大,因为敌方大炮的主要射击目标是电话兵,任何一个电话兵也不能靠呆在掩蔽所里来保险。即使是在地下十米深处,敌人的炮兵也总能找到他。电话兵就会同夏日的冰雹一样消失掉。关于这一点有下列事实为证:离开布鲁克时,正好在那儿办了二十八个电话兵的训练班。

霍托翁斯基难过地呆望着前面,免不了引起帅克一番友好的劝慰:"总而言之,你倒了霉。"霍托翁斯基和蔼地回答说:"嗐,别说了,我的大爷!"

"我在营史记录簿里找找这个'霍'字。霍托翁斯基……唔……霍托翁斯基……唔,在这儿:'电话兵霍托翁斯基被地雷埋住了。他从自己的坟墓里往参谋部打电话:我要死了。祝贺我营获胜!'"

"这你该满足了吧?"帅克说,"你是不是还想要补充点什么?你还记得'泰坦尼克'号①上的那个电话员吗?当船舶沉没时,他还往已经淹没了的厨房打电话,问什么时候开午饭哩。"

"这对我倒不难,"志愿兵自信地说,"只要方便,可以把霍托翁斯基的临终遗言补充进去。就说他最后朝电话机嚷道:'请向我钢铁旅致意!'"

---

① "泰坦尼克"号是英国的一艘远洋巨轮,一九一二年在从欧洲开往美洲途中与冰山相撞沉没。

第四章　开步走

在存放着十一先遣连的战地炊具和巴伦因吃得过饱而屁声大作的车厢里,人们断言:等列车到了萨诺克,全营一定能领到一顿晚餐,还能补领到这些饥饿日子里欠的口粮,看来他们说对了。还有一点也弄清楚了:"钢铁旅"旅部刚好驻扎在萨诺克。九十一团的这个先遣营按其出生证应隶属于这个"钢铁旅"。尽管从萨诺克到利沃夫及其北部的大桥城的铁路交通没有断阻,可不知道东战区参谋部为什么做这样的作战部署:根据这个部署,"钢铁旅"把各先遣营集中在离从布罗迪城到布格河、再沿布格河北上索卡尔这条火线一百五十公里的地方。

当扎格纳大尉在萨诺克到旅部去报告先遣营已经到达此地时,这个极其有趣的战略问题就迎刃而解了。

值日官是旅部副官泰尔勒大尉。

"我感到非常奇怪,"泰尔勒大尉说,"你们竟然没接到确切的情报。行军计划是规定好了的。你们当然应该将行军路线事先通知我们,你们营比总参谋部规定的时间提前两天到达了。"

扎格纳大尉的脸有点儿发红,但却没想到要把一路上收到的电报指示重复一遍。

"您叫我感到吃惊。"泰尔勒大尉说。

"我认为,"扎格纳大尉回答说,"在我们所有军官之间应当称呼'你'而不称呼'您'。"

"好吧,"泰尔勒大尉说,"你说,你是现役军人?还是老百姓?现役军人?这完全是另外一码事……简直看不出来。如今当后备中尉的白痴太多了!当我们从利曼诺夫①和克拉斯尼克②撤出来时,所有这些饭桶中尉一见哥萨克巡逻兵就丧魂落魄。我们旅部的人不喜欢这种寄生虫。一个通过中学毕业考试的蠢汉最后也能当上个现役军官。他从一个老百姓通过军官考试成了军官,入伍前就那么蠢,打起仗来,绝对成不了真正的中尉,只能是个怕死鬼。"

泰尔勒大尉吐了一口唾沫,亲昵地拍着扎格纳大尉的肩膀说:"您在这儿大约得耽搁两天,我什么都可以带您去看看。咱们还可以跳跳舞。这儿有些漂亮的娘儿们,'天使般的妓女'③。还有一位将军的女儿,以前尽搞同性恋爱。等咱们都换上女人衣服,您就会知道她的拿手好戏是什么。她瘦得跟只瘟猪一样,这您根本想象不到。她可能折腾啦!简直是个天字第一号的女妖精!反正你自己会看到的。"

"对不起!"泰尔勒难为情地抱歉说,"我想吐,今天已是第三次了。"

为了再一次向扎格纳大尉证明这儿过得多么快活起见,他回来后,说这呕吐便是昨儿晚会上的吃喝引起的。工兵军官也参加了这个晚会。

---

①② 在现今波兰境内。
③ 原文为德语。

扎格纳大尉很快就与工兵队队长(也是个大尉)结识了。一位穿着配有三颗金星军服的大高个子来到办公室,他像置身大雾中似的,没有注意扎格纳大尉在场,相当亲昵地对泰尔勒说:"你现在在干什么,小猪崽子?你昨晚上把我们的伯爵夫人折腾得够意思嘛!"他往一张椅子上坐下来,用一根细藤条敲着自己的小腿,笑得满屋都能听见:"我一想起你怎么把她一身吐得一塌糊涂就好笑……"

"对,"泰尔勒说,"昨晚玩得太快活啦。"然后才把扎格纳大尉介绍给这个拿着藤条的军官。他们三人一道从旅部办公室出来,走到一家由啤酒铺突然发家的咖啡馆。

当他们穿过办公室时,泰尔勒大尉从工兵队队长那儿接过藤条往长桌上一抽,围桌而坐的十二名文书通地一下站了起来。这是一些献身于军队后方的平静而安全工作的人物,一个个大腹便便,制服笔挺。

泰尔勒大尉想要在扎格纳和另一位大尉面前耍耍威风,对十二名养得肥肥胖胖的懒汉圣徒说,"你们别以为我这儿是个猪圈。猪猡们,少吃一点儿,多跑动跑动吧!"

"现在我再给你们看另一套训练。"泰尔勒对他的同事说。

他又将藤条往桌上一抽,问这十二个人说:"你们什么时候完蛋,小猪崽子们?"

十二个人同声回答说:"听候您的命令,大尉先生。"

泰尔勒大尉为自己这套愚蠢的胡闹满意地笑着走出办公室。

当他们三人坐到咖啡馆时,泰尔勒叫了一瓶花楸酒,还要叫几个闲着的小姐来。原来,这家咖啡馆实际上是个妓院。因为一个闲着的小姐也没有,泰尔勒大尉火冒三丈。他在前厅里大骂老板娘,并大声问道:"谁在艾拉小姐那儿?"当他得到回答说是一位中尉在她那儿时,他骂得更厉害了。

呆在艾拉小姐那儿的是杜布中尉。先遣营进驻一所中学时,他把自己的士兵叫来训了一大通话,说俄国人在撤退时到处都建立了有花柳病的妓院,想用这个阴谋使奥地利军队的战斗力遭到瓦解。他警告士兵不要到这种地方去。并且说他自己要亲自到这些地方去检查,看他的命令是不是在不折不扣地执行。因为他们已经到了前线地带,谁要是沾上这种病，就要受到战地军事法庭的审判。

杜布中尉亲自去检查是否有人违背他的指令，所以在这家所谓"城市咖啡馆"二楼艾拉的房间里选了一张沙发，作为他检查的出击阵地。这时正在沙发上玩得很开心哩！

这期间，扎格纳大尉到他自己的营里去了，泰尔勒一伙也分手了。泰尔勒大尉被叫到旅部，因为旅长派他的副官已经找了他一个多小时。

从师部下达了新的命令：必须最终确定已经到达的九十一团的行军计划，因为根据新的作战部署，本来定为九十一团的行军方向现在改为一百〇二团先遣营的路线了。

全乱了套。俄国人正从加里西亚东北迅速撤退，因此，几部分的奥地利部队便在那儿搅和在一起了。德国军队像楔子一样在好几处插进了奥地利军队。新开到前线来的先遣营以及其他部队更加剧了这种混乱。靠近前线的地区也是如此，比如在萨诺克，突然来了个德国汉诺威师的后备军，司令官是个上校，他的长相令人讨厌，旅长一见他就头痛。汉诺威师后备军的上校出示了他们师部命令，说他们的部队将住在一所中学里，而这所中学如今正被九十一团占着。他还要求把旅部占用的克拉科夫银行大厦腾出来给他们的师部使用。

旅长直接往师里挂了个电话，把情况准确地给师里作了汇报。那凶狠的汉诺威人跟师部谈了一通，其结果是给旅部来了如下一道命令："着你旅于即日傍晚六时撤出该城，沿吐洛瓦-沃尔斯卡——利斯科维茨——斯特拉索尔——桑博尔一路线进发，在桑博尔待命。九十一团的先遣营与之随行，以作掩护。旅部根据行军方案将各部队的开拔分别规定如下：先头部队于下午五点向土洛瓦出发，南北两翼的掩护部队应保持三公里半的距离，后卫部队于下午六点三刻出发。"

于是在中学里出现了一片混乱。营部军官会上少了杜布中尉，便派帅克去找他。

"我想，"卢卡什上尉对帅克说，"你毫不费劲就能找到他，因为你跟他之间总有点什么事儿。"

"报告，上尉先生，我请求给我一份连队书面指令，正是因为我们之间总有点什么事儿。"

卢卡什上尉在自己的活页本上写了一道命令,让杜布中尉马上来中学开会。这时帅克说:"对啦,上尉先生,现在您跟往常一样,可以一百个放心了。我准能把他找到。他禁止士兵上妓院去,他自己准是在哪个妓院进行检查,看他们排里是不是有人想被送到战地军事法庭。他常用这个来吓唬他们。他在他那个排的士兵面前宣布过,说他要到所有妓院走一趟,说然后就对不起啦,要让他们看到他恶的一面。此外,我知道他在哪里。就在对门那个咖啡馆里。因为所有士兵都曾盯着他,看他先去哪儿。"

帅克提到的地方分成两部:联合娱乐部和城市咖啡厅。谁要是不想经过咖啡厅,就可走后门,那儿有个上了年纪的太太在晒太阳,她会用德语、波兰语或匈牙利语说下面一类欢迎词:"请进,请进,老总,我们这儿有漂亮姐儿!"

等老总进了门,她就领着他经过走廊到一间会客厅,叫一位姐儿出来;姐儿马上穿着内衣走了出来。姐儿一上来就要钱,大兵马上把钱放在那儿;当他一解下刺刀带,"妈妈"就把钱收起来了。

当官的却要穿过咖啡厅。他们的路程要危险一些,因为要沿走廊经过后面的一些房间,那是供军官们选用的姐儿们的住室。那里的姐儿们穿的是花边衬衫,喝的是葡萄酒或烈性甜酒。"妈妈"在这儿什么也不许你干,一切都得到楼上的小房间里才行。在那里,他们在一个极乐世界——满是臭虫的沙发椅上躺着滚着。杜布中尉穿着衬裤,艾拉小姐在讲述着她通常在这种情况下所编造的那一套生活悲剧:她父亲是个工厂主,她自己曾在布达佩斯的一所中学当教员,因为不幸的爱情才落到这一步。

在杜布中尉背后一伸手就能摸到的小桌子上,放着一瓶花楸酒和一只玻璃杯。因为酒瓶有一半已经空了,艾拉和杜布中尉说起话来都有些前言不搭后语。他们已经非常困倦,杜布中尉已经什么也经受不住了。从他的话里可以听出来,他的脑子已经稀里糊涂,把艾拉当成了他的勤务兵古纳尔特,他还这么称呼他,凭着自己的习惯,对这个想象中的古纳尔特威胁着说:"古纳尔特,古纳尔特,你这畜生,总有一天,我要让你认识我恶的一面……"

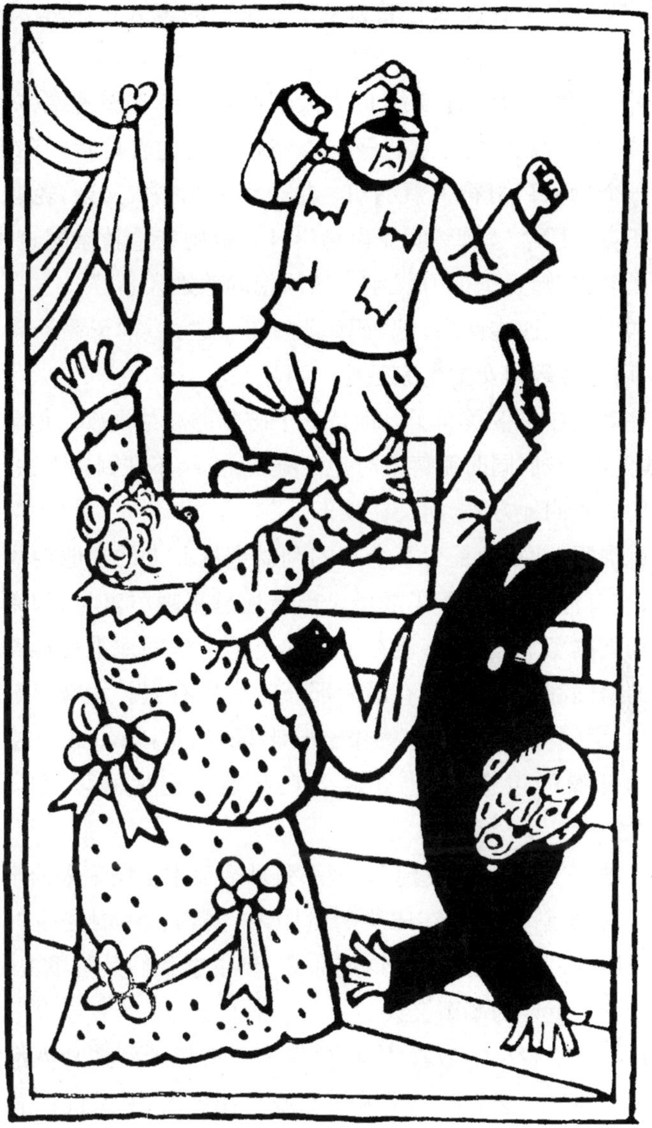

帅克也得像其他从后门进来的大兵一样履行那一套手续。可是他和和气气地把一个半裸的姐儿摆脱开了。她的叫喊招来了波兰"妈妈"。那"妈妈"凶狠狠地盯着帅克,说她们的客人中根本没有一个中尉。

"您甭对我大叫大嚷,亲爱的太太,"帅克很有礼貌地说,对她甜甜地笑着,"要不我就给您个嘴巴子。在我们那儿的普拉特内尔街上,有一次把一个'妈妈'打得人事不知。儿子到那儿去找父亲,轮胎店老板沃德拉切克。那个'妈妈'叫克肖乌洛娃。等她在急救站醒过来时,问她叫什么名字,她说了个'霍'字。请问您的尊姓大名?"

当帅克说完这些话后,把"妈妈"扔在一边,一本正经沿着木楼梯上楼去,可是尊敬的女主人惊恐地大叫起来。

妓院老板在楼下露面了。他是一个破落的波兰贵族。他跑来追上帅克,拽他的衣袖,同时用德语对他嚷嚷说,士兵不许到楼上去,那是军官先生们寻乐的地方,士兵是在楼下。

帅克提醒他说,他是为了全军的利益到这儿来的。他要找一位中尉先生,没有他,军队上不了战场。当老板越来越厉害时,帅克一掌把他从楼梯上推了下去,接着便在上面挨个挨个房间地进行检查。他发现所有的房间都是空的,只有最后那一间房里有人。他敲了敲门。把门把一扭,房门打开了,艾拉发出一声刺耳的尖叫:"有人!"①接着是杜布中尉的低嗓门声音,他也许以为在兵营自己房间里,说了一声:"请进!"②

帅克进去了,走到沙发椅前,把那张从活页本上撕下来的字条交给杜布中尉,眼睛斜望着扔在床头的制服:"报告,中尉先生!请您马上穿好衣服,按照我送给您的这道命令,到中学我们兵营里去,那儿等着您去开一个重要的军事会议。"

杜布中尉瞪着小眼望着帅克,总算还没有糊涂到连帅克都认不出来的地步。他马上想到帅克是被他们派来找他的,所以说:"我马上要教训教训你,帅克!等着瞧吧!看看——你——会有——什么

---

①② 原文为德语。

下场……"

"古纳尔特,"他对艾拉喊道,"再——给我——倒一杯!"

他喝了下去,把书面命令扯碎,哈哈大笑:"这是——假条吗?在我们这儿——啥假条——也不管用。我们——是在军队里,不——不是在——学校里。他们——在妓院——把你——抓住了?到我——这儿来,——帅克——走近一点——我给你——几个——耳光,马其顿王腓力浦——在哪一年——打败了——罗马人?① 你——不知道?你这头公马!"

"报告,中尉先生,"帅克毫不退让地接着说,"这是旅部来的紧急命令,让军官们都穿好衣服到营部开会。我们要开拔了,所以现在要决定哪一个连当先头部队,哪一个担任侧翼,哪一个是后卫。现在要就这个问题作决定了。我想,您,中尉先生,也该对这个发表意见呀。"

这一套外交词令使杜布中尉清醒了一点儿,现在他已经有些清楚他不是在兵营里了,可是为了慎重起见,他又问了一句:"我在哪儿?"

"您在窑子里,中尉先生。各人走的路都不一样。"

杜布中尉深深地叹了一口气,从沙发椅上溜下来,开始寻找他的军服。帅克也帮着他找。他终于穿好衣服,和帅克一起出了妓院。帅克马上转身回到屋子里,并没理睬艾拉。艾拉完全误解了帅克的归来,她怀着不幸的爱情又爬上床去。帅克进来后,很快喝光了瓶子里剩下的那点儿酒,然后就去追杜布中尉了。

到了街上,杜布中尉又迷糊了,因为天气特别闷。他给帅克讲了一大堆风马牛不相及的蠢话,还谈到家里有一张从赫尔戈兰寄来的邮票,又说他中学毕业之后就去玩台球去了,见了班主任也不问好。每句话后头他都加上一句:"希望你正确理解我的话。"

"我完全明白您的意思,"帅克回答说,"您说话就跟布杰约维策的洋铁匠波奇尔尼一样。当有人问他:'你今年在马尔夏河洗过澡吗?'他便回答说:'没洗澡,可今年杏子收了不少。'或者问他:'你今年吃到新鲜蘑菇了吗?'他便回答说:'没吃过,可那摩洛哥的新苏丹据说是个

---

① 即腓力浦二世,公元前三五九至前三三六年的马其顿王。他在对罗马人的战争中没有打过一次胜仗。杜布中尉是在说胡话。

很不错的人。'"

杜布中尉停下步来，自言自语说："摩洛哥苏丹？这是一个已经过去的大人物，"他擦了一下额头上的汗，用混浊的眼睛望着帅克嘟囔着说，"我在冬天也没这么出过汗，你同意我的话吗？你明白我的意思吗？"

"明白，中尉先生。有位老先生常上我们那儿的'杯杯满'酒家去，他是克拉耶省的退休委员会高级文官，他也是这样说的。他奇怪冬天跟夏天的气温怎么相差那么大，还奇怪人们为什么至今没发现这一点。"

进了中学门后，帅克离开了杜布中尉。中尉东倒西歪地上了楼，走进正在举行军事会议的教员休息室，而且马上报告扎格纳大尉说他已喝得烂醉。整个报告过程中他都耷拉着脑袋。在讨论时，他偶尔抬起头喊道："你们的意见完全正确，诸位，我可已经醉得不行了。"

全部计划已经制定。卢卡什上尉的连担任前卫。杜布中尉突然一愣，站起来说道："诸位，我永远记得我们班的班主任。光荣归于他！光荣归于他！归于他！"

卢卡什上尉寻思着：最好是让杜布中尉的勤务兵古纳尔特把他扶到旁边的物理实验室去。那儿有个卫兵站岗，以免再有人去偷窃实验室里的矿物标本；这些标本已被人家偷去一半了。对这件事，旅部经常提醒过路的部队注意。

住在中学的一个匈牙利兵营开始抢劫实验室里的东西，从这时候起就开始订出看守措施。那些匈牙利兵对矿物标本、五光十色的结晶体和黄铁矿石特别感兴趣，把它们塞进了自己的背包。

军人墓地的一个白十字架牌上还有个名字："拉斯洛·加尔冈"。那里安息着一位匈牙利士兵，他在盗窃中学标本时错把瓶子里泡有各种爬行动物的变性酒精喝了下去。

世界大战甚至以蛇酒来杀害人类。

当大家都散去时，卢卡什上尉把杜布中尉的勤务兵古纳尔特叫来，让他把他的长官抬到那儿去躺着。

杜布中尉突然像个小孩似地拿起古纳尔特的手，看了好半天的手心,边看边说,从他的手心可以猜出他未来夫人的名字。

"您叫什么名字?请您从军上衣的胸前口袋里把笔记本和铅笔掏出来。您叫古纳尔特,您在一刻钟之后到我这儿来,我把您太太的名字写出来留在这儿。"

话音刚落便鼾声大作。不知怎么搞的,后来又醒了过来,开始在他的本子上乱画一气,他把写了字的那张纸扯下来扔在地上,神秘地用手指按在嘴边说着胡话:"还没到时候,等一刻钟之后,最好是找一张有装订孔的纸来。"

古纳尔特是个笨伯,真的在一刻钟之后来了,当他打开那张纸一看,上面有杜布中尉胡乱写的几个字:"您未来的妻子将叫古纳尔特娃太太。"

古纳尔特把这张条子拿给帅克看,帅克要他把它保存好,说每个人都应该珍惜出自军官之手的文献,因为过去在现役军里,还没有哪位军官给自己的勤务兵写信称呼"您"的先例。

按照既定计划所作的开拨准备工作完成之后,旅长,即被汉诺威上

校巧妙地从他的驻地撵走的那位上将,让全营集合,照例排成方阵,然后向他们发表演说。他非常喜欢发表演说,而且总是颠三倒四地讲个没完,到了实在没啥可说时,便又想起战地邮政来。

"士兵们,"他对着方阵大声嚷道,"现在我们向敌人的火线靠近,离火线只差几天路程了。士兵们,到目前为止,你们在行军中一直没有机会把通讯地址告诉你们离别的亲友,让他们知道你们离他们多远,往哪儿给你们写信,让你们从活着的亲人们的信中得到欣慰。"

他似乎无法从这条思路里拔出来,没完没了地重复着说:"远方的亲人——亲爱的挚友——活着的妻子情人"等等。到最后才终于用一声大喊使自己从这个循环圈里摆脱出来:"为此,我们在前线设有战地邮局。"

他接着讲的一番话让人听了感到,只要前线建立了军邮,这些穿着灰色军服的人就会立刻以极大的快乐去送死似的;似乎一个士兵即使两条腿都被榴弹炸掉,只要他一想起他的军邮号码是七十二,也许有一封来自远方亲人的信件在等着他,甚至还可能有包裹,里面放着一块熏肉、咸肉和家里烤的点心,他就会心安理得地去送命似的。

旅长训完话,旅部乐队奏国歌,大家为皇上三呼万岁,这群注定要被送到布格河对岸某个屠宰场去的"人类中的牲口"就分成若干支队,根据既定计划开拔了。

十一连在五点半出发,朝着吐洛瓦-沃尔斯卡进发。帅克和连指挥部及卫生队走在后面。卢卡什上尉绕过整个纵队转到后面,以便从卫生队那儿打听杜布中尉在哪辆帐篷车里,他有何新的英雄行为;同时,也为了与帅克聊聊天以减少旅途疲劳。帅克耐心地背着他的背包和枪支,正在向军需上士万尼克讲述几年前在大麦齐希契①的演习行军的情景。

"那一回也跟这次一样,只是我们没这么背着全副武装,因为当时我们还不知道储备罐头是怎么回事儿,我们排一领到罐头就在附近旅店里把它吃光,再把一些砖头塞进背包里。有人来村子里检查,我们就

---

① 摩拉维亚的一个城市。

把背包里的砖头掏出来扔掉,那砖头多得后来有人拿来盖了一间小房。"

不多一会儿帅克又精神抖擞地走在卢卡什上尉的马旁,和他聊起军用邮局来:"说得倒好听,在军队里要是能收到一封家信,它对谁来说都是一种慰藉,可是我在布杰约维策当兵时,仅仅收到一封信,这封信我直到如今还保存着。"

帅克从脏皮夹子里掏出那封皱折不堪的信来读着,同时还与卢卡什那匹已开始小跑步的马儿保持着同样的行进速度。

你这个下流胚、杀人犯和无赖!克希什班长先生到布拉格来休假,我跟他到"乌科查"酒家去跳了舞,他对我说,你在布杰约维策的"绿蛙"饭店跟一个下流女人跳舞,还说你完全把我甩了。你要知道,我往你那个鬼地方写这封信,是想告诉你:我们的关系吹了。你过去的鲍日娜。——噢,我还忘了告诉你:那个班长很会体贴人,他也会给你点颜色看的。我求他这样做。还有一点不能忘了告诉你:等你回来休假时,你已经不能在活人中找到我了。

"喏,谁都知道,"帅克一边小跑一边接着说,"等我休假时,她还跟活人在一起。可都是些什么样的活人啊! 我又在'乌科查'找到了她。别的团的两个大兵在给她穿衣服,其中一个放肆到这种程度,当众摸到她肚脐下面去了。报告,中尉先生,真好像温塞斯拉瓦·卢日茨卡①说的,要把她的青春年华从那儿拽出来哩。或者像一个大约十六岁的小姑娘,有一次在上舞蹈课时大声哭着对一个捏紧她肩膀的中学生说:'先生,你毁了我的童贞。'自然啰,大家都笑了,可是陪着她的她妈妈把她带到'交谊'餐厅②的走廊上,踢了这傻姑娘几脚。上尉先生,我倒有这么个看法:农村姑娘比城市里那些去学跳舞的疲惫的娇小姐要诚实。几年前,队伍驻扎在姆尼什克时,我常到'老克宁'饭店去跳舞,在那儿追一个叫卡尔拉·维尔科洛娃的。可她很不喜欢我。有一个星期天傍晚,我和她走到池塘边,咱俩在那儿的一道堤坝上坐下来。太阳落

---

① 温·卢日茨卡(1835—1920),妇女杂志《拉达》的编辑,爱情小说作者。
② 当时布拉格的一个设有大厅的饭店,青年人在那里学习跳舞和社交礼仪。

山时,我问她是不是也喜欢我。报告,上尉先生,那会儿空气非常新鲜,鸟儿在吱吱唱着,她却像魔鬼似地哈哈大笑,回答我说:'我喜欢你个屁,你这个傻瓜。'我也真是个傻瓜,傻到了家。报告,上尉先生,在这之前我们去过田间,穿过空无一人的高高的庄稼。我们连坐都没坐下来一次,我这傻瓜只是一个劲儿跟这农村姑娘讲解着什么是黑麦,什么是小麦,什么是燕麦。"

就像是为这燕麦作证似的,只听得前面有些连队士兵在继续唱歌。捷克部队在歌声伴送下到索尔菲林去为奥地利流血:

> 到了深更半夜,
> 燕麦跳出口袋,
> 给我一吻吧!
> 每个姑娘都会给。

另一帮子接着唱道:

> 给呀给呀给,
> 哪能不肯给?
> 对着你两脸颊,
> 一边吻它一下。
> 给我一吻吧!
> 个个姑娘都肯给,
> 给呀给呀给,
> 哪能不肯给?

后来,德国人又用德语来唱这支歌。

这是一首很古老的军歌,大约在拿破仑战争时,大兵就用各种语言唱过。如今又在这吐洛瓦-沃尔斯卡的满是尘土的公路上、在加里西亚平原上快乐地唱着。公路两旁一直到南面的绿色小丘是一片被战马铁蹄和成千上万只沉重的军靴踩坏和践踏的田野。

"有一回,我们在皮塞克演习时,"帅克环顾四周说,"田地也给弄成了这么个样子。那次有位大公先生,他倒是个蛮公正的人。出于战略上的考虑,他率领他的大本营走过一片庄稼地。他马上让副官就地估算受到损失的庄稼的价值。有个叫皮哈的农民很不欢迎这种访问,拒不接受国库为糟蹋这五哩庄稼赔偿给他的十八个克朗。他还想多要。上尉先生,他去打官司,结果反挨关了一年半。

"我倒认为,上尉先生,如果有皇室的人来他的地区访问他,应该说是一种荣幸。要是碰上另一个庄稼汉,有点觉悟的,那他恐怕会让他所有的女儿像女傧相一样穿上白衣裙,每人手里拿束鲜花,站在自家的地段上,热情地欢迎这些达官贵人,就像我读到的关于印度的情况那样:农奴们心甘情愿挨老爷家的大象践踏。"

"你在唠叨些什么呀,帅克?"坐在马背上的卢卡什上尉对他喊道:

"报告,上尉先生,我在说一头大象,它的背上驮着一个国王,这是我在书上看到的。"

"帅克,要是你对一切都能作正确的解释……"卢卡什上尉说罢,骑着马到前面去了。到这儿,队伍已经拉散了。坐过火车之后,全副武装的、不习惯的行军使大家都开始肩膀疼痛,人人都在想法轻松一点,把枪支从这肩换到那肩,大部分已经把枪提在手里,拿它像耙子和叉子似地扔来扔去。有的认为沿着壕沟或者田埂子走,比走尘土飞扬的大路好得多。

大多数走得脑袋都快耷拉得挨着地了。谁都渴得要命,因为尽管太阳已经落山,可还是像中午那样闷热难受。谁的军用水壶里也没有一滴水了。这是行军的第一天。这个教人不习惯的、越来越难忍的形势使得大家愈加虚弱和疲乏。唱歌也停止了,互相间在猜着到吐洛瓦-沃尔斯卡还有多远。他们以为将在那儿宿营。有的在壕沟边上稍坐片刻,免得过于狼狈,他们把裹腿布解开,从他们的脸部表情乍一看去,似乎裹腿布没缠好,现在来重新缠一缠,以免影响下一步的行军;另一些人在缩短或放长枪带,打开背包,重新调整东西,自我解释着说是为了使重心均匀,免得背带长短不一,两肩负重不等。当卢卡什上尉快要走近他们时,他们便猛地站起来报告说哪儿有点不合适,诸如此类等等。假如在这以前是个士官生或排长一流的在这儿,当他们看到卢卡什上尉的马离他们还老远时,他们是绝不会催士兵走的。

卢卡什上尉四下看看,相当和蔼地劝他们起身,说离吐洛瓦-沃尔斯卡只有三公里路了,到那儿再休息。

这时,躺在卫生队双轮车上的杜布中尉被不停的颠簸震醒了。他虽然没有完全清醒,但已能坐起来,探身车外,对着在他旁边懒洋洋地走着的连部几个士兵大嚷了一通,因为从巴伦一直到霍托翁斯基,大家都把背包扔在双轮车上,惟独帅克在不畏艰难地背着背包行走,枪也跟龙骑兵一样挎得好好儿的,他抽着烟,还边走边唱着:

> 我们正向雅洛米什进发,
> 相不相信由你呀,
> 碰巧在那儿赶上晚饭……

在离杜布中尉那辆车子五百步远的前方,公路上扬起一片尘土,尘雾中显露出士兵的身影。精神已经恢复的杜布中尉把头探到双轮车外,开始对着公路上的尘土嚷道:"士兵们,你们的崇高任务是艰巨的!你们面临着艰难的行军、各类缺点和困难,但我怀着百般的信赖,注视着你们的耐力和意志力。"

"你这头笨牛!"帅克顺口骂了一句。

杜布中尉接着说:"对于你们来说,士兵们,没有克服不了的困难!再来一次,士兵们,我向你们重复一遍:我不是率领你们去夺取那轻而易举的胜利。这次战斗对你们来说是一块硬骨头,但我相信你们一定能啃下来。本世纪的历史将谱下你们光辉的篇章!"

"用指头塞住你的喉咙吧!"帅克又骂了一句。

杜布中尉好像听见了似的,突然,他低着头,朝着地上的尘土呕吐起来。吐完之后,他大喊一声:"士兵们,前进!"又倒在电话员霍托翁斯基的背包上,一直睡到吐洛瓦-沃尔斯卡,人们才终于扶他站起来,并遵照卢卡什的命令把他扶下车来。卢卡什上尉对杜布中尉做了一次长时间的艰难的谈话,这才使他完全清醒过来,终于能够宣布说:"根据逻辑判断,我干了蠢事,我将面对着敌人弥补这一错误。"

但还算不得完全清醒,因为当他走到自己的排时,还对卢卡什上尉说:"你还不知道我的厉害,总有一天你会知道我的厉害的!"

"你可以到帅克那儿去打听一下你干了些什么。"

杜布中尉回排之前，先去帅克那里，帅克正和巴伦以及军需上士万尼克在一起。

巴伦正在讲述在磨坊的水井里总泡着一瓶啤酒，那啤酒凉得叫牙发麻，在别处磨坊里晚上是就着细葱奶油布丁喝这种啤酒的。因为他吃得多，常常在吃奶油布丁时还要吞下一大块肉，如今上帝罚他喝吐洛瓦-沃尔斯卡井里的这种有臭味的水，为防瘟疫还得往里面撒柠檬酸，这是在刚刚得到井水时分到的。巴伦说这柠檬酸肯定是为了不让挨饿才发的。虽然在萨诺克吃得够饱的，卢卡什上尉甚至把由他送到旅部去的整整半盘小牛肉让给了他，可糟糕的是，他还总在想着：既然到这儿来宿营，总还得给顿吃的。伙伕们往锅里放水时，他更觉得有把握了，马上跑去问伙房是不是还要做顿饭吃。他们回答他说，只得到了把水放进锅里的命令，等会儿也可能得到把水倒出来的命令。

碰巧杜布中尉走了来，因为他对自己的丑事老是放心不下，便问道："你们在聊天吗？"

"是，中尉先生，我们在聊天哩，"帅克代表大家回答说，"我们这儿有的是可聊的。经常聊聊天总是好的。眼下我们正在聊柠檬酸。没有哪个当兵的不聊天，至少可以忘掉一切艰难。"

中尉让帅克跟他走几步，说有点事儿要问他。他们走到一边时，杜布中尉狐疑地对他说："你们不是在谈我的事吧？"

"哪儿的话，中尉先生，我们只是在谈柠檬酸和熏肉。"

"卢卡什上尉对我说，我干了什么，你知道得最清楚，帅克。"

帅克郑重其事地强调说："您啥也没干，中尉先生，您只是去逛过一所妓院，大概是一种误会吧？山羊广场的洋铁匠屏波尔进城去买东西时，人家到处找他，也总是在我找到您的那个地方，不是'舒赫'就是'德伏夏克'妓院找到他。那儿下面是咖啡馆，上面就是像我遇到的情况，是娘儿们的住处。中尉先生，您可能是走错了门儿。找到您的那个地方很热，一个人要是没喝惯酒，在这种温度下连普通罗姆酒都能把人醉倒，何况您又是喝的花楸酒。中尉先生，我奉命去通知您开会。开拔之前，我也是在楼上那些娘儿们那儿找到了您。由于太热，您喝了花楸酒之后连我也认不出来了。您脱得光光的躺在沙发椅上。您在那儿既没有胡作非为,也没有说'你还不认得我'那句话。天气太热时,谁都可能出这种事儿。有的人为了干这种事难过,有的人无所谓,像没事儿似的。您还不认得一个叫维沃达的老家伙哩,他是沃尔舍维采的一个工长。报告,中尉先生,他下决心说,他绝不喝任何能醉人的酒。可还是喝了一杯才出门去找没掺酒精的酒。他先在'小栈'酒家歇脚,喝了四分之一升苦艾酒。开始不动声色地问酒店老板:禁酒主义者喝什么。他还相当正确地断言:就连白水对那些禁酒主义者也是一种烈性饮料。老板向他解释说:禁酒主义者们喝的是苏打水、汽水、牛奶,还有没掺酒精的葡萄酒、冷汤和其他没有酒精的饮料。在这些品种中,维沃达只挑了不掺酒精的葡萄酒。他又问有没有不掺酒精的烧酒,又喝了四分之一公升。还跟酒店老板谈到,如果一个人老喝醉的确是一种罪过。老板回答他说:在这个世界上,他什么别的都能忍受,惟独忍受不了在别处喝醉了的酒鬼来到这家酒店只要一杯苏打水,而且还闹得一塌糊涂。'你要是在我这儿喝醉的,'老板说,'那么你是我的人,要不然的话我根本不认得你!'维沃达老头把酒喝完就走了。中尉先生,他一走到查理士广场上他常去的一家葡萄酒店,又打听有没有不掺酒精的葡萄酒。'我们没有不掺酒精的葡萄酒,维沃达先生,可是有苦艾酒和西班牙葡萄酒。'维沃达老头觉得有点儿丢脸,便拿定主意,在那儿喝了四分之一公升苦艾酒和西班牙葡萄酒。他坐在那儿,跟另一位禁酒主义者认识了。他们聊着聊着,又喝了四分之一公升西班牙葡萄酒。那位新交还知道有个卖不含酒精的葡萄酒的地方,'在博尔扎诺瓦街上,沿着阶梯往下走,店里还放着留声机。'维沃达老头一听到这个好消息,便把一整瓶苦艾酒放在桌上没去管它了。随后两人一道来到博尔扎诺瓦街,就是那个沿着阶梯往下走,备有留声机的地方。那儿果真只卖水果酒,不仅不含酒精,而且味道平和。开始一人要了半公升醋栗果酒,然后又要了半公升灌木果酒。当他又喝了半公升不含酒精的醋栗果酒时,他的两只脚已经不听使唤,而且开始嚷嚷着,要酒店开个正式证明,证明他们刚才喝的这些酒是不醉人的酒、没掺酒精的酒。说他们两人是禁酒主义者,要是不马上给他们拿来证明,就要把这儿的东西,连同留声机砸个稀巴烂。警察只好把他们两人沿着阶梯往上拖到博尔扎诺瓦街上,装进囚车,各自投入单人牢房。后来两人都作为禁酒主义者酗酒而判了刑。"

"你干吗对我说这些……"杜布中尉吼了起来,这些话使他完全从醉态中清醒过来。

"报告,中尉先生,这跟您扯不到一块儿去,我也只是这么说说而已……"

杜布中尉在这一刹那间突然意识到帅克又在侮辱他,因为他已完全清醒过来,便对帅克嚷道:"总有一天你会认识我的。你怎么站的?"

"报告,我站得不好!报告,我忘了将脚跟并拢。我马上改正!"帅克马上站出个最标准的立正姿势。

杜布中尉琢磨着还该说点什么,可到后来只说了声"你给我小心点,免得我还得再来给你说一遍",又把他那句名言重复了一遍:"你还不认识我!可我是认得你的!"

杜布中尉离开帅克后,还有一种酒醉之后的难受感,他还在想着:"要是对他说声'小子,我早就领教你那些坏的方面',可能效果更好。"

随后,杜布中尉让人把勤务兵古纳尔特叫来,要他去找罐水来。

应该替古纳尔特说句公道话,为了在吐洛瓦-沃尔斯卡找到一罐水,费了好大的工夫。

罐子总算从一个乡村神父那儿偷来了,可是没法从那全用木板盖牢的井里把水打到罐子里来。为此还得撬掉几块木板。井封得很严,人们怀疑这井的水里含有伤寒菌。

然而杜布中尉平安无事地喝了足足一大罐水,常言说得好:"好猪不挑食。"

他们以为要在吐洛瓦-沃尔斯卡宿营,哪知大错特错了。

卢卡什上尉把电话兵霍托翁斯基、军需上士万尼克和连部传令兵帅克以及巴伦叫了来。命令很简单:让他们把装备留在救护队,马上出发,穿过田野到小波拉涅茨,然后沿着河岸到利斯科维茨去。

帅克、万尼克和霍托翁斯基负责安排宿营,替随后一个钟头或顶多一个半钟头就到的全连准备住处。巴伦必须呆在卢卡什上尉将要过夜的地方,给他把鹅烤好。他们三人必须看住巴伦,别让他把一半都偷吃

掉了。此外,万尼克和帅克还必须根据军队规定的食肉分量给全连备办一口猪,而且必须当晚燉出来。士兵的宿营地必须干干净净,要避开那些尽是臭虫虱子的小木房,让士兵好好歇上一夜,因为第二天早上六点半又得从利斯科维茨经科罗森林开往老盐城。

营里现在已经不再缺钱。旅军需处在萨诺克时已经将战役打响之前的预算经费发给该营了。连队会计科存有十万多克朗,军需上士万尼克接到指示:一到目的地(指进入战壕),在全连面临死亡威胁之际,即补齐没有给够分量的军需口粮所折合的款额。

他们四人正准备出发时,教区神父来到连里,他按不同民族在士兵中散发用各种文字印制的传单、赞美歌。这些赞美歌他有一大包,是教会里一位显贵要人在几个婊子的陪同下,坐着汽车巡游遭受破坏的加里西亚,路过这儿留下的。

> 从山坡走向峡谷的地方,
> 钟声传来天使般的问安:
> 万福、万福,万福马利亚!
> 圣灵领着少女贝纳尔达,

走向绿色草原的小河旁。
　　万福！

少女看到了悬崖上空星星的光芒,
星光映出庄严的倩影、圣洁的面庞。
　　万福！

百合花的衣裳把她打扮得姣美可爱,
朴素淡雅的云彩作她的腰带。
　　万福！

拱手捻着念珠一串,
像一位可爱的夫人与王后。
　　万福！

哎,贝纳尔达天真无邪的脸蛋起了变化,
奇异的天国光芒使她的面容更加秀丽。
　　万福！

她已经跪下祈祷,天国女王凝视着她,
用天国的语言交谈。
　　万福！

"孩子,我原本无罪,
我愿成为所有人的强有力的保护者！
　　万福！

虔诚的人们呀,请结队来到我这儿,
向我表示敬意,寻找自己的安宁。
　　万福！

让大理石的神殿为各民族作证,
在这个地方我心情安稳。
　　　万福!

在这儿淌着一股清泉,
它以我忠贞的爱情把你邀请,
　　　万福!"

啊,光荣归于你,仁慈的山谷,
住在这儿的愉快的母亲啊!
　　　万福!

悬崖上是你神奇的岩洞,
你给了我们天堂,善良的女王!
　　　万福!

无限光荣快乐的一天开始啦,
男人女人的队伍向你致敬。
　　　万福!

你愿拥有成群的善男信女,
请看看我们——艰难岁月中的乞求者。
　　　万福!

呵,你这救世之星,请从我面前走过,
把我们这些忠实的人领向上帝的圣座。
　　　万福!

啊,你无限光荣的女神,爱我们吧,

赐予你的孩子们以慈母般的仁爱吧!

万福!

吐洛瓦-沃尔斯卡厕所甚多,所有厕所里都塞满了印有这"赞美歌"的纸片。

来自卡什贝尔群山的纳赫吉格尔班长从一个吓得丢魂失魄的犹太人那里找到了一瓶烧酒,邀了几个朋友,聚在一块儿,按照《欧根王子》的曲调,把叠句"万福"统统去掉,用德文唱着这首赞美歌。

天黑下来了,四位打前站替十一连找宿营地的人来到了小河旁的小树林子里。小树林一直延伸到利斯科维茨。路难走得要命。

巴伦第一次碰上这种到人生地不熟的地方去的情况,而且是摸黑去找过夜的地方。他感到异样神秘,一种恐惧与怀疑的感觉突然袭击着他,他认为此事非同寻常。

"朋友们,"他轻声说,一边跟跟跄跄地走在沿河岸开辟的大道上,"他们把我们给扔啦!"

"有什么根据?"帅克同样轻声但很严厉地斥责道。

"朋友们,别嚷嚷,"巴伦轻声央求着,"我已经从骨子里感觉出来了,他们只要听见我们说话,马上会朝我们开枪的。我知道,派我们打前站,是让我们来看看附近有没有敌人,等他们一听到枪响,马上就能知道:不能再往前走了。我们呢,朋友们,我们当了前哨,这是特尔纳班长教给我的。"

"那你在前头走吧,"帅克说,"我们跟在你后面,让你用身体保护我们。既然你是个彪形大汉就得起点保镖作用。有人朝你开枪,你就招呼我们一声,好让我们及时趴下。哼!怕枪弹,你还算个什么兵!每个士兵都应以此为乐,都应懂得,敌人朝他开的枪越多,他们的弹药库的弹药就越少。他们向你每射一颗子弹,就会削弱一分战斗力。朝你射击的敌人也乐得这样,因为至少他不必再背这么多的弹药,何况逃跑起来也轻便些。"

巴伦沉重地叹了一口气:"可我家里靠我当家啊!"

"去它一边当家吧!"帅克劝慰他说,"为皇上牺牲更好。难道军队里没教会你认识到这一点?"

"他们只轻描淡写提过一下,"愚笨的巴伦回答说,"那是在他们把我赶到操场去下操的时候。后来,我再也没听到过类似的话了,因为我当了勤务兵。……可皇上起码也该把我们喂饱一点儿呀!"

"你可真是头不知饱足的猪。士兵在战斗之前,压根儿就不该吃东西。关于这一点,翁特格里茨大尉还是好几年前在学校时就向我们讲过了。他经常对我们说:'混小子们,要是发生了战争,到了前沿阵地,你们可别在打仗之前把肚子撑个死饱。谁要是吃得过饱,子弹一进肚子,马上就得完蛋,因为一挨子弹,所有吃下去的东西就从肠子里漏出来,那你马上就会发炎死去;但是,如果肚子里什么也没有,一枪打到肚子里就跟没事儿一样,好比挨黄蜂螫了一下,痛快得很。'"

"我消化得快呀,"巴伦说,"我的肠胃里从来留不了多少东西。比方说吧,我吃下满满一盘馒头片和猪肉白菜,半小时之后就剩不了多少,也就那么三匙子吧,其他的统统消化掉了。有人说吃下一只狐狸,拉出来还是一只狐狸,只要一洗净,加点酸的调味汁又可以再吃;我可相反,我要是把几只狐狸吃下去,换了别人兴许能把肚皮撑破,可我去趟厕所,只能拉出点黄稀屎来,跟小孩拉的似的,别的都被我吸收了。"

"朋友,我的肚子呀,"巴伦对帅克亲昵地说,"连鱼骨头、李子核都能消化掉。有一回我有意数了一下,我一口气吃下了七十个带核的李子馒头,等到要解溲时,我溜到后院,拉在一个小桶里,我把李子核搁在一边。一数,七十个果核在我肚子里消化了一半多。"

巴伦费劲地舒了一口长气:"我老婆用土豆泥做李子馒头,里面还搁上点乳渣,这样更富有营养。她总爱撒上些罂粟籽却不肯放碎干酪;我可偏偏喜欢吃那种碎干酪。为这个有一回我还打了她一巴掌……我不懂得珍惜家庭幸福啊!"

巴伦停了停,咂了一下嘴,舌头舔了一下上颚,然后凄凉而轻柔地说:"你知道,朋友,如今我没啥可吃的了。我仿佛觉得我老婆说得对,按她的想法放罂粟籽更好。那时我总觉得那籽儿钻牙缝,如今我倒认为,钻就钻好啦。我老婆可受够我的罪了:我硬要往肝香肠里多放一些马约兰,总是要跟她作对,她为这不知哭过多少。有一回我把她这可怜的揍得躺了两天,因为她做晚饭时不肯给我杀火鸡而只宰了只公鸡。"

"朋友们,"巴伦哭了起来,"如今哪怕有不放马约兰的肝肠和公鸡也好啊！你喜欢吃苤萝汁吗？为了让我喝这玩意儿也闹翻了天。今天我简直会拿它当咖啡喝哩！"

巴伦慢慢地把刚才臆想出来的危险忘了。在静静的黑夜里，虽然他们一直朝利斯科维茨走去，他还不停地给帅克讲述他过去没珍惜什么，如今想吃什么，馋得眼泪都流出来了。

电话兵霍托翁斯基和军需上士万尼克跟在他们后面。

霍托翁斯基对万尼克说，根据他的看法，世界大战是荒诞可笑的。糟糕的是，要是哪儿电话线出了毛病，即使在夜里你也得去修理。更糟糕的是，过去打仗，根本没有探照灯，如今正当你在抢修那些该死的电线时，敌人的探照灯一下子就能把你找到，整个炮兵队都会朝着你开炮。

在他们为连队物色宿营地的那个村子里，一片漆黑，所有的狗都汪汪叫着，他们不得不停止前进，研究一下怎么来对付这些畜生。

"咱们往回走怎么样？"巴伦轻声说。

"巴伦呀巴伦，我们要是去告发，你就得被当做胆小鬼枪毙掉。"帅克对他说。

狗越叫越凶了，甚至连南面罗巴河边、克洛津卡和别村的狗也叫了起来，帅克朝着寂静的黑夜嚷道：

"趴下！趴下——趴下！"就像他当狗贩子时对他自己的狗那样呵斥。

狗叫得更凶了。军需上士万尼克对帅克说：

"别朝它们那么嚷嚷啦，要不然，你会把整个加里西亚的狗都惹得对咱们叫起来的！"

"这类情况，"帅克回答说，"在塔博尔演习时也发生过。我们夜里开进一个村子，狗汪汪汪猛叫起来，四周围都住着人家，狗叫声从一个村子传到另一个村子，一直这么往下传。当我们驻扎的那个村子里的狗叫声平息了时，又听到远处传来狗叫声，比方说还是从佩赫希姆瓦村传来的，这一来咱们村的狗又叫开了；过一会儿，塔博尔的、佩赫希姆瓦的、布杰约维策的、霍姆波尔的、特舍波尼的、伊赫拉瓦的狗统统叫了起来。我们的大尉，那个神经质的老头儿受不了这狗叫声，他一夜没合眼,老是走过来问巡逻兵:'谁在叫?叫些什么?'士兵报告说狗在叫,他一听火啦,等我们演习时,他把那些巡逻兵关了三天兵营禁闭。后来每次行军都要推选个'狗小队'。队员打前站,任务是通知村民:在我们宿营的地方,夜里一条狗也不许叫,违者格杀勿论。我也是这个狗小队的队员。我们来到米莱夫斯科区的一个村子,我稀里糊涂通知村长说:谁家的狗在夜里叫了,出于战略原因,狗的主人格杀勿论。村长吓坏了,马上套车上总参谋部为全村老少求情。那儿根本不让他进门,卫兵差点儿没对他开枪,他只好又回到村里,在我们开进村子之前,村民用布把狗拴在身边,惹得其中的三条发火了。"

大家边听着帅克讲述狗在夜里害怕香烟的微火的情况,渐渐走近村子。不幸的是谁也没烟可抽,所以帅克的治狗妙法也就毫无积极效果;但是可以看出,那些狗也会因为高兴而吠叫,因为它们怀着眷恋之情,想起了过路的军队总是给它们留下点可吃的东西。

它们老远就感觉到这些人离得越来越近,而他们离去时,总要留下点骨头或马尸。突然,神不知鬼不觉地有四条狗跑到帅克身边,高兴地向他友好地摇着尾巴,还把腿抬了起来。

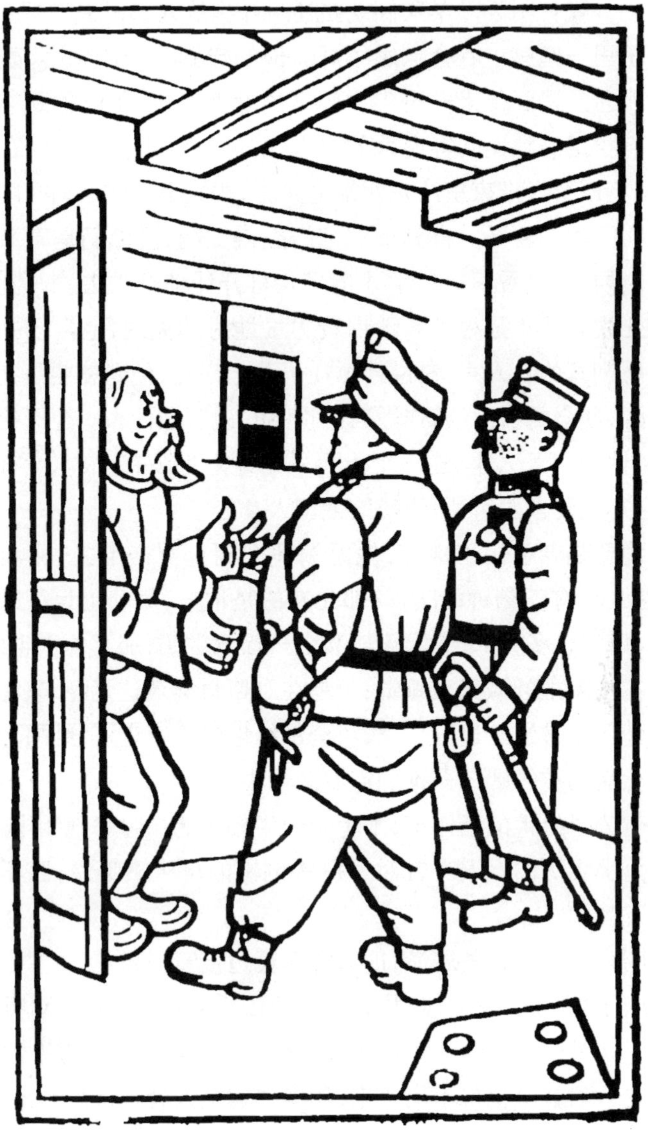

帅克抚摸它们，在黑夜里像对孩子们一样地对它们说："喏，我们已经到了这儿啦，要在你们这儿睡觉觉、吃包包，还把小骨头呀，肉皮呀留给你们。噢！明天一早我们就要赶路开到敌人那里去啰！"

村子里一座座小农舍点燃了灯。他们走到头一所木舍，敲门问村长住在哪儿。里面传来一声尖锐刺耳的女人声音，用一种既非波兰话也非乌克兰话的腔调回答说她的男人在部队上，小孩子正躺在床上出天花；说莫斯科人把家里的东西都抢光了，丈夫上前线之前叮嘱她晚上不管谁叫门都不要开。直到他们把门敲得更响，说他们是奉命来找宿营地的时候，一只看不见的手才把门儿打开让他们进去。一到里面就发现这儿住着的正是村长。他白费力气地对帅克说，他自己并没有装那个尖厉刺耳的女人声音，说他睡在干草上来着；他老婆要是突然一下被人吵醒，便会胡言乱语，连她自己也不知说了些什么。至于给全连找宿营地，他说村子太小，连一个士兵呆的地方也没有，根本没有睡觉的地方，这儿也没东西可买，统统给俄国人拿走了。

他说要是老总们不嫌弃，他愿领他们到克罗辛卡去，那儿有大庄园，离这儿只有三刻钟的路程；那儿有的是地方，每个士兵可以盖上一张羊皮；母牛也多，每个士兵可以装上一饭盒牛奶；那儿的水也好，军官们可以在庄园主的城堡里睡觉；可是在利斯科维茨这儿呢，只有疥疮和虱子。他自己曾经有过五头牛，可全都给俄国人牵走了，结果他想弄点牛奶给生病的孩子喝还得跑到克罗辛卡去。

仿佛为了给他的话作证，木舍旁边牛棚里的牛哞哞地叫了起来，随后又听见那尖厉的女人声音对着那些倒霉的母牛嚷嚷说，巴不得它们都得霍乱死掉。

牛叫声并未使村长着慌，他边穿套靴边接着说：

"咱们这儿惟一的一头牛是邻居沃依采克的，老总们刚听到叫的就是它。这是一头病牛，一头可怜的畜生，俄国人把它的牛犊子牵走了。打这以后就再也挤不出奶来了，但牛的主人舍不得把它杀了，心想圣母总有一天会使一切都变好的。"

他在说这些话的当儿，顺手把羊皮大衣穿到身上。

"老总们！咱们现在就到克罗辛卡去吧！可能连三刻钟也用不

着。看我这个老糊涂说到哪里去了,连半小时也用不着。我认得一条近路,过一条小溪,然后走到一棵橡树那儿,再穿过一座小桦木林子……那村子很大,酒铺里的白酒劲儿也很足。咱们走吧!老总,还犹豫什么呢?得让你们这个有名气的团队的老总们有个干净、舒适的地方歇脚啊,跟俄国人打仗的皇帝和国王陛下的官兵肯定需要一个干净的宿营地、舒服的宿营地……可我们这儿呢?尽是虱子、疥疮、天花、霍乱。昨天在我们这个该死的村子里就有三人得霍乱死了……最仁慈的上帝也诅咒这个利斯科维茨……"

这时,帅克神气地挥了一下手。

"老总!"他学着村长的口气说,"我在一本书上看到过:瑞典战争时期,当部队奉命要在一个村子宿营时,村长推辞来推辞去,不想帮他们的忙,于是他们把他吊死在附近的一棵树上。今天在萨诺克有个波兰神父对我说,既然军队要来宿营,村长应该把所有的乡绅叫拢来,同他们一道挨门挨户到各家去,说:'这儿可以住住,这儿住四个,神父住宅里让当官的住。'只用半小时就安排停当了。"

"先生,"帅克严肃地把脸转向村长说,"离你这儿最近的一棵树在哪儿?"

村长没听懂这个树字。帅克向他解释说,就是一棵桦树、橡树,或是梨树、苹果树,总而言之,所有长着结实树枝的树。村长还是没醒悟过来,他一听到举出些果树名来,吓了一大跳,因为樱桃已经成熟,忙说关于这类果树他一无所知,只知道门口有棵橡树。

"那好,"帅克打了个随便谁都能看懂的上吊的手势说,"我们就把你吊死在你的小屋跟前,因为你应该知道:现在正在打仗,军令叫我们在这里、而不是在克罗辛卡宿营,你不能改变我们的战略计划;要不然,只好把你吊死,就像关于瑞典战争的那本书上写的那样。诸位,有一次,我们在大麦齐希契演习时就有过这么回事……"

这时,军需上士打断帅克的话说:

"这你以后再给我们讲吧,帅克,"他转向村长说,"这是最后警告。快安排住处!"

村长哆嗦起来,结结巴巴地说,他对老总们全是一片好心,既然他们非要住在这儿不可,也许在这个村子里还能够找到个使他们满意的地方,并说马上去把灯提来。

村长走出房去,这间房里只点了一盏很小的煤油灯,挂在一张像是最大的残废人一样的圣像下面。霍托翁斯基突然嚷道:

"巴伦哪儿去啦?"

还没等他们环顾四周,炉后通向外面的小门轻轻地开了,巴伦从那儿走了进来,他扫视了一下四周,看看村长在不在,就像得了感冒似地带着很重的鼻音说:"我到他的食品储藏室去了一趟,往一个钵子里抓了一把什么放到嘴里,如今粘在我的小颚上,它不咸也不甜,是块做面包的发面。"

军需上士用手电筒朝他照了一下,发现有生以来也没见过这么个涂抹得一塌糊涂的奥地利士兵,接着又发现巴伦的肚子鼓得跟个快要分娩的孕妇一样,不禁吓了一大跳。

"你怎么啦,巴伦?"帅克摸着他的肚子同情地说。

"这是黄瓜,"巴伦哑着嗓子说,因为发面胀得他上不去下不来的,"小心点儿摸,这是腌黄瓜,我慌慌张张吃了三条,剩下的给你们拿来了。"

巴伦开始从怀里掏出一条条黄瓜来分发给他们三个人。

村长提着灯站在门口。他瞅见这幅光景后,画着十字哀号着:

"俄国人把我们的拿走了,我们的人又来拿了。"

他们在一群狗的簇拥下进村子里去了。那群狗一个劲儿跟着巴伦,如今又死盯着他的裤兜,里面塞了一块咸肉,也是从食品储藏室里摸来的,由于贪心,瞒着没告诉伙伴们。

"干吗那些狗老跟着你呀,巴伦?"帅克问巴伦,巴伦考虑了好一阵子才回答说:

"它们闻出我是一个好人呗!"

却没说他的手在口袋里抓着一块咸肉,有条狗的牙齿都碰着他的手了⋯⋯

在寻找宿营地的当儿,发现利斯科维茨这个村子很大,可是也确实被战争糟蹋得十分凄惨。虽然没挨炮火摧毁,开战双方都不可思议地没把它包括到战区里去；然而遭到破坏的希罗夫、格格博夫、霍鲁布拉等村的难民都挤到这个村子里来了。

有的木屋里竟然住了八户人家。掠夺性的战争使他们失去了一切家产，过着一贫如洗的生活。他们度过的这个时代就像遭到一场凶猛的洪水洗劫一样。

只得把连队安排到村子尽头的一所被破坏了的酿酒厂去住。发酵室可住下一半人。剩下的按十人一组分住在几家田庄上，这些阔气的田庄主是不让一贫如洗、无田无地的难民住进去的。

连部全体军官，军需上士万尼克及所有勤务兵、电话兵、救护兵、伙伕，还有帅克都住在神父家里。神父不肯收留附近的难民，所以他家房子很宽敞。

他是个又高又瘦的老头儿，穿着一件褪了色、满是油污的教袍，吝啬得几乎啥也不吃。他父亲从小教他痛恨俄国人，可是他对俄国人的仇恨突然消失了；因为俄国人在这儿时，他家里也住了几个从贝加尔湖来的大胡子哥萨克人，可是没动过他家的鸡鹅；俄国人撤走后，奥地利人却把他家的家禽吃了个精光。

等匈牙利人进了村，把他蜂房里的蜂蜜全掏走了，他对奥地利军队的仇恨自然更深。如今他满腔怒火地盯着这帮夜行的不速之客，出气地耸着肩膀，在他们面前来回踱着说："我啥也没有。我是个彻头彻尾的叫花子。诸位，你们在我这儿连一块面包也找不到。"

最悲伤的莫过于巴伦，他差点儿为这种贫困而哭出来。他的脑子还一直在模糊地设想着肉皮香甜的小猪仔。他这时正在神父的厨房里打着瞌睡，不时有个细个子、替神父当长工兼厨子的半大孩子进来查看一番：他得严加看守，以防被盗。

巴伦在厨房里什么也没找到，只在盐碟上发现一张包过小茴香的纸，他立刻把小茴香都倒进了嘴里。茴香的香味引起了他想吃小猪仔肉的食欲幻觉。

神父住宅后面那家酿酒厂的院子里，野战伙房的铁锅下面火焰熊熊，锅里烧着水，水里啥也没有。

军需上士和伙伕跑遍全村去找猪，可是白费力气。走到哪儿都听到这么个回答:俄国人把什么都吃光拿走了。

后来他们又把酒馆里一个犹太人叫醒,那家伙捋了捋两边的鬓发,装出一副因为不能为老总效劳而十分难过的样子,到后来还是硬劝他们买下他的一头老掉了牙的老牛,瘦得只剩皮包骨、快要倒毙的畜生。他要价很高,还扯着胡须发誓说:在整个加里西亚、整个奥地利和德国,甚至在整个欧洲、整个世界都找不到这样好的牛。他连哭带号地说,这是奉耶和华的旨意降生到世间来的最肥的牛。他指着他的祖先赌咒说,从沃罗齐斯卡来的人都到这儿参观过这头牛,四乡邻里都把它当做神话来谈论,说它实际上不是一头母牛,而是一头最有油水的阉牛。最后,他在他们面前跪下来,忽而抱着这个的腿,忽而抱住那个的腿哀求道:"你们宁可把我这可怜的犹太老人宰了,也别不买这头牛就走。"

他的呼号把大家都弄迷糊了。结果他们硬是把这头任何收购死牲口的贩子都不会要的臭尸拖到了战地伙房。犹太人把钱放进衣兜以后,还在他们面前哭诉了好半天,说,这么壮实的一头牛卖得这么贱,他们简直让他破了产、毁了他,以后他只有靠乞讨过日子了。他求他们把他吊死,因为他想不到在晚年竟干了这么一桩蠢事,为此他的祖宗在坟里也要睡不安逸。

他还在他们面前的尘土地上打了一阵滚,突然从身上抖掉悲哀跑回家去,在小房里对他的老婆说:"伊丽莎白①,大兵都是些笨蛋,你的唐纳机灵透啦!"

这头牛可真给他们添了不少麻烦,有一阵子教人觉得根本没法把它的皮剥下来。剥的时候他们好几次硬把皮撕开,底下露出一股扭得像船上的干缆绳一样的腱子来。

这时,他们不知从哪儿弄来一袋土豆,便开始绝望地煮起这堆筋骨来,小灶上的伙伕正在为军官们用这副骨头架子拼命地熬点什么来吃。

假如能把这头怪物称为牛的话,这头老牛可给所有当事人留下了深刻的印象。几乎可以肯定,后来在索卡尔一仗前,军官们只要一使士兵们想起利斯科维茨那头牛,十一连的士兵准会带着可怕的呼喊和愤

---

① 原文为犹太语。

怒,紧握刺刀扑向敌人。

这牛太可恶,连一点儿肉汤也熬不出来。肉越煮越跟骨头粘在一起,硬得跟一个整整半个世纪呆在公事房里啃公文的死官僚一样。

身为联络角色的帅克,始终保持着连本部与伙房之间的联系,以便知道牛肉何时煮好。最后他向卢卡什上尉报告说:

"上尉先生,都变成个瓷器了。这头牛的肉硬得可以用来划玻璃。伙伕巴沃利切克同巴伦试着咬了一下,结果伙伕掉了一颗门牙,巴伦掉了一颗臼齿。"

巴伦阴沉沉地站在卢卡什上尉面前,把那颗用《赞美诗》上扯下的纸包着的臼齿交给卢卡什上尉,结结巴巴地说:

"报告,上尉先生,我已经尽力而为了,我这颗牙是在军官食堂里掉下来的,当时我想试试看这牛肉能不能做肉排。"

窗子那边一张躺椅上有个愁眉不展的人欠起身来,这是杜布中尉,是救护队把他用双轮车运来的,他已经完全不行了。

"请诸位安静一点儿!"他用绝望的声音说,"我不行了。"

他又躺回到旧躺椅上去。躺椅上的每条缝里都有成千上万的虱子蛋。

"我很累,"他悲伤地说,"我又虚弱又病重,请你们别在我面前谈论牙齿问题。我家的地址是:斯米霍夫城查理士大街十八号。我要是活不到明天早上,请你们委婉地把这噩耗通知我家里的人,请你们别忘了在我的墓碑上写明我在战前是一位中学教员。"

然后他轻轻地打起鼾来,没有听到帅克念的几句送葬歌上的歌词:

> 你对马利亚犯了罪孽,
> 你任歹徒达到了目的,
> 让你的勤奋把我拯救。

这以后,军需上士又得知,这该死的牛肉还得在军官食堂煮上两个钟头,根本谈不上煎肉排,顶多能做点酱汁肉丁。于是作出决定:在吹吃饭号之前,先让士兵们去睡一大觉,因为反正要到明天早上才能把晚饭做出来。

军需上士万尼克从哪儿弄了点干草铺在神父家的饭厅里,自己躺在上面,他神经质地捻着胡须,对躺在旧卧榻上的卢卡什上尉轻声说:

"请您相信我,上尉先生,这样的牛肉我自从战争爆发以来就没有吃过。"

这时,电话兵霍托翁斯基坐在伙房里点着的一根教堂里用过的蜡烛头前,给他老婆写一封信存着,省得营里的战地信箱号码确定之后再来费神。他写道:

我可爱的、亲爱的妻子,最亲爱的鲍仁卡:

现在已是深夜,我一直在想你,我的心爱的。我仿佛看见,当你望着枕旁空着的那半边床时,你也在想我。你得原谅我在这个时候联想到许多事儿,你知道得很清楚:自从打仗以来,我一直在前线,我也从许多受了重伤回家休养的朋友们那儿听到说,当他们知道有些无赖勾引他们的老婆后,感到比死还难受。亲爱的鲍仁卡,我不得不给你写这些,我也感到很难受。本来不想给你写这些的,可你自己知道得很清楚,你曾亲自告诉我,我并不是头一个和你相爱的男人,在我前边还有个米古拉什大街上的克劳斯先生。

夜里我一想到这个缺胳臂少腿的家伙可能趁我不在时又会去缠你时，亲爱的鲍仁卡，我恨不能当场把他掐死。很长时间我都控制着没提这事儿，可我一想到他又会来追你，我的心都碎了。我只提醒你一点，我绝不容许在我身边有这么一头跟谁都可以鬼混的母猪来玷污我的名誉。亲爱的鲍仁卡，请原谅我说了直话，但要当心别叫我听到关于你的一点儿闲话。要是我听到什么，我就把你们两人的五腑六脏都挖出来。因为我什么都干得出来，把命豁出去也在所不惜。千百次吻你，问候爹妈。

又：别忘了你姓我的姓啊。

你的托诺乌什

接着又写了另一封待发信：

我最亲爱的鲍仁卡：

等你收到这几行字时，我们已经打了一大仗。我们有幸打胜了。我们大约击落了十架敌机，打死了一个鼻子上长着疣子的将军。当战斗最紧张、榴霰弹在头顶上飞窜时，我想到了你，亲爱的鲍仁卡，我想象着你大概在干什么，近来怎么样，家中情况如何；同时，我总在回忆着我们那次在啤酒店的情景，你那次把我领回家，第二天你累得手都疼了。现在我们又要往前开拔了，我没有时间再接着把信写下去。希望你忠实于我，因为你知道，在这方面，我是个铁面无情的人。我们要出发了。吻你一千次，亲爱的鲍仁卡，愿你万事如意。

你的诚挚的托诺乌什

霍托翁斯基写到这里打起瞌睡来，便趴在桌子上呼呼睡去。

神父没睡觉，在住宅各处转来转去。他推开厨房门，为了节省，把霍托翁斯基旁边点着的那半截教堂的蜡烛吹灭了。

饭厅里，除了杜布中尉以外，谁也没有睡觉。军需上士万尼克接到一份从驻在萨诺克的旅部办公室下来的新的给养规定。他仔细一研究，发现实际上军队离前线越近，供应品就越减少。当他看到规定里还有禁止给士兵的汤里放蕃红花和生姜这么一条时，忍不住笑了。规定里还有一条:战地伙房必须把骨头收集起来送到后方师部仓库去;但写得不够清楚,因为没写明是什么骨头,是人骨头呢,还是被宰杀了的牲口骨头。

"你听我说,帅克,"卢卡什上尉打着哈欠说,"在我们开饭之前,能不能给我们聊点什么?"

"那没问题,"帅克回答说,"在我们等到这顿饭之前,上尉先生,我可以给您讲完整个捷克民族的历史。眼下我先讲讲塞德尔昌斯科县的一位邮政局长太太的历史。她在她丈夫去世后接替了他的位置。我一听到人家讲起战地邮政,马上就想起她来了,尽管她跟战地邮政什么关系也没有。"

"帅克,"卢卡什上尉在卧榻上说,"你又开始说蠢话了。"

"是,报告,上尉先生,这确实是一个愚蠢透顶的故事。连我自己也不知道怎么会想起讲这些蠢事来的。要不是天生的蠢事,就是年少时的回忆。上尉先生,在咱们这个地球上啥样的人都有,约赖达厨子算说对了。他有一回在布鲁克喝醉了,掉到沟里爬不上来,便在那儿嚷嚷说:

"'人天生就有责任认识真理,以便通过自己的灵魂来掌握与永恒的宇宙间的协调,使自己不断发展、提高,逐步进入到更高境界、更有文化和更加充满爱的世界。'我们想把他从沟里拉上来,他又抓又咬。他以为是躺在家里,等到我们把他扔回沟里时,他才苦苦哀求我们把他从那儿拖上来。"

"这跟那邮政局长太太又有什么关系?"卢卡什上尉绝望地喊道。

"这是个长得蛮不错的娘儿们,但也够可恶的。上尉先生,她能掌管整个邮局的事儿,可就是有一个毛病,以为所有的人都在打她的主意,想把她弄到手。所以每天工作之余,她总要向公事房的人打听一番周围发生了什么事。有一次她一大清早上林子里去采蘑菇,她清清楚楚注意到:当她走过学校时,那儿的一位男老师已经起床,向她问好,还问她这么早上哪儿去。她说她采蘑菇去,那位男老师说呆会儿他也要去。她由此断定:那位男老师对她这老妖精存有什么不良之心。后来,当她见到他真的从林子里走出来时,她吓了一大跳跑掉了,并马上给地区教育委员会写报告说那教员想强奸她。他们对那教员进行审查。为了不使事情闹大丢丑，学校检查官亲自参加审讯，他让宪兵警官判断这教员是不是干得了这种事，宪兵警官看了一下档案，说这不可能，因为有一次这教员曾被神父告发说他跟神父的侄女儿相好（神父自己常跟这侄女在一起睡觉）；可这教员拿到了县级医师开的证明，说他六岁时从梯子上跌到地上时得了阳痿症，无性交能力了。这女混蛋到处散布说宪兵警官、学校检查官、县级医师、所有人都受了这教员的贿赂，所以不负责任。她自己也受到法医的检查，他们给了她个鉴定，说她虽然愚蠢怪诞，但她什么行当还都能干得了。"

卢卡什上尉忍不住嚷了起来：

"我的老天爷，"还补充一句说，"帅克，要不是怕倒了我晚饭的胃口，我真想对你说句最难听的话。"

帅克接上话说：

"上尉先生，我先就跟你打过招呼，说我要给您讲的是一个很愚蠢的故事。"

卢卡什上尉只是挥了一下手，说："你那些机灵故事我已经听够了。"

"不可能每个人都那么机灵，上尉先生，"帅克令人信服地说，"总得有那么些蠢材作为例外，要是人人都那么机灵，那么世界上的智慧就会多得每到第二个人又得是个十足的蠢材了。比方说，报告，上尉先生，要是人人都懂得自然规律，能够算出天体之间的距离，那他只会给周围添麻烦。就像恰佩克先生那样，他常上'杯杯满'酒家去喝酒。夜里，他总是从酒店走到街上，观察天上的星斗，然后再转身回来，挨个挨个地对人们说：'今天的木星特亮，你这个土包子，不知道你头顶上是什么星？离我们可远哪，下贱胚，要是用大炮把你轰出去，按照炮弹的速度你得在太空飞上好几百万年。'他自己又恰恰就是这么个下贱胚，总是以一般电车的速度跑到酒店外边去，大概每小时十公里。要不我再举一个，上尉先生，蚂蚁的事例……"

卢卡什上尉在卧榻上欠起身子，祈祷似地把双手交叉放在胸前，说：

"帅克,我简直奇怪自己怎么总要找你来聊天。这么长时间我对你是很了解的呀!"

帅克同意地点点头说:

"这是个习惯,上尉先生,就因为我们早就互相了解了,还一块儿见过不少世面。我们一块儿吃过许多冤枉苦头。容我报告您,上尉先生,这是命运。皇上干的,件件都是好事。他把我们联合到一块儿来了,我也别无他求,只望能尽量多为您效劳。您饿了吗,上尉先生?"

重又躺下的卢卡什上尉说:帅克这最后一个问题是他们这场难受的谈话的最好收场。让帅克去打听一下晚饭做得怎么样了吧。帅克要是离开他出去一下,他肯定要好受些,因为卢卡什上尉从帅克那儿听来的这些愚蠢故事比整个从萨诺克出发的行军还要使他困乏。他真想睡着一会儿,可又睡不着。

"这是因为臭虫太多的缘故,上尉先生。有一种老说法:神父爱长臭虫。你到哪儿也找不到像神父家里那么多臭虫。在上斯托杜尔卡教区里,扎马斯迪尔牧师甚至写了一本论臭虫的书。那些臭虫在他布道的时候也在他身上爬来爬去。"

"我刚才对你说什么来着?帅克,你是到厨房里去还是不去?"

帅克走了。巴伦也踮着脚尖像影子般紧跟在帅克后面走了出去……

当第二天清早该营从利斯科维茨开往斯塔拉索尔-桑博尔一线时,那该死的牛肉还没有煮烂,战地伙房带着它,准备在路上继续煮,在半路上休息时把它吃掉。

给士兵们在路上煮了黑咖啡。

杜布中尉又在双轮救护车上躺下了,因为从昨天起他就感到难受。最倒霉的是他的勤务兵。他得在双轮车旁跑个不停;而且杜布中尉还一个劲儿地骂他,说他昨天根本没伺候他,以后要好好跟他算账。勤务兵每时每刻都得给他送水来喝,等他一喝下去又吐了出来。

"你笑谁?笑什么?"他在双轮车上嚷道,"我要教训教训你,你别想耍我!你总有一天会认识我的!"

卢卡什上尉骑在马上,旁边走着的是帅克。帅克起劲地往前走着,像急着要跟敌人干一仗的样子。他照例高谈阔论地讲了起来：

"上尉先生，您注意到了吗？我们有的人真像苍蝇一样，还没背到三十公斤就忍受不了啦。您得像已故的布哈内克上尉生前说我们那样说说这些人。布哈内克上尉是为着陪嫁钱而自杀的。他从他未来的丈母娘那儿拿到这笔陪嫁钱，却把它花在窑姐儿身上。后来又从第二个未来的丈母娘那儿拿到一笔陪嫁钱。这笔钱用得还比较节省，是慢慢地在打扑克的时候输掉的，没花在女人身上。也没多久，又得去打第三个未来的丈母娘的主意。他拿到第三个丈母娘的陪嫁钱买了一匹阿拉伯公马，是匹杂交马……"

卢卡什上尉从马上跳了下来：

"帅克，"他厉声说，"你要是再谈第四次的陪嫁钱，我就把你从这山坡上推下去。"

他又跳上了马，帅克一本正经地接着说，"报告，上尉先生，没法谈第四次的陪嫁钱了，因为他在得第三次的陪嫁钱后就自杀了。"

"总算到头了。"卢卡什上尉轻松地舒了一口气。

"可别忘了说说那些人，"帅克接着说，"布哈内克经常给我们作报告。我认为，士兵们一开拔，就得像他那样把所有士兵都掌握住。他常常宣布休息，把我们集合到一块儿，就像小鸡围着抱蛋鸡一样，接着就开始对我们讲解起来：'你们这些饭桶，你们根本不晓得珍惜在地球上的行军，因为你们都是一些没文化的土匪，看到你们，真叫人恶心。要是让你们到太阳上去行军，一个在咱们星球上只有六十公斤重的人，到那儿就会有一千七百公斤重，那你们就活不成啦，哪里还能行军！你们的军用背包就会有两百八十多公斤重，差不多有三公担；那杆枪就会有一百五十公斤，你们就得哼哼唧唧没个完，累得跟条被追赶的狗一样，耷拉着舌头走路了。'我们中间有个教员出身的倒霉鬼，他竟敢要求就这一点发表意见说：'请允许我说几句，上尉先生，体重为六十公斤的人到月球上只有十三公斤。咱们在月球上行起军来就会轻快些，因为咱们的军用背包在那儿就只有四公斤重。在月球上咱们就会飘起来而不需行军。'——'这还成什么体统？'已故布哈内克上尉说：'你这混蛋，你是想吃耳光了吧？好得很，我赏你一个一般人世间的耳光。我要是给你一个月球上的耳光,那你会因为体轻而飘到阿尔卑斯山去,碰得粉身碎骨;我要是给你一个太阳上的重耳光,你那套军服就会变成稀粥,你的脑袋就会直飞非洲。'于是给了他个人世间的普通耳光。这个爱多嘴的人哭了起来,可是我们还是接着行军。在整个行军过程中,他一直哭着。上尉先生,他嘴里叨咕着什么人的尊严问题,说对待他像对待畜生一样。后来上尉先生把他送到警卫室关了两个礼拜,还罚了他六个礼拜的劳役;可没等服完劳役,因为得了疝气病,他们就逼着他在兵营里翻单杠,说他是装病,他受不了这个活罪,死在陆军医院里了。"

"这件事真不寻常啊,帅克,"卢卡什上尉说,"我已经说过几遍了,你有一种特别的方法让军官们得到消遣。"

"这我不敢当,"帅克诚恳地回答说,"上尉先生,我只想给您讲讲,过去军队里有些人是怎么自找倒霉的。他总想显示自己比上尉先生还高明,想在士兵眼里拿月球问题来贬低上尉先生。在他挨了这人世间的普通耳光之后,大家都松了一口气,谁也不觉得有什么难受,恰恰相反,大家还因为上尉先生这一招而觉得挺开心的,这叫做'摆脱困境'。一个人要是知道识相,那他啥事也不会有啦。在布拉格,在卡尔麦利迪修道院对门,上尉先生,耶诺姆先生早些年在那儿开了个卖兔子和别的禽鸟的店铺。这位耶诺姆先生跟装订工比莱克的女儿相好。比莱克先生不同意他们好,并且在店里公开宣布:要是耶诺姆先生来向他女儿求婚,他就把他从台阶上推下去,让他再也看不到这个世界。耶诺姆先生没管这些,还是去找比莱克先生。比莱克先生正用一把大刀切书边,活像在剖解青蛙。他拿着这把刀子在过道里迎接耶诺姆先生。他大声问他有何贵干。可爱的耶诺姆先生'膨'地一声放了个响屁,震得墙上的挂钟也停了摆。比莱克先生哈哈大笑,马上把手伸给他,一个劲儿说:'请进吧!耶诺姆先生,请坐,你大概是要上厕所了吧?其实我也不是个厉害人。不错,我是把你赶出去过;可现在我看,你是个相当惹人喜欢的人,是个独特的人。我是个装订工,我读过许多长、短篇小说,可是在哪本书里也没看见过当女婿的是这么来做自我介绍的。'他边说边笑着,把肚子都笑疼了。他非常高兴地说:他觉得他们彼此间好像一出世就认得,像亲兄弟一样。他把雪茄烟递给他,又叫人去买啤酒、腊肠,还把他老婆叫来,从耶诺姆先生怎么放屁讲起,对她做了详细介绍。他老婆吐了一口唾沫走开了。后来他又把他的女儿叫来对她说,这位先生是在怎么样一种情况下向她求婚的。女儿马上哭了起来,央告着说她不认得他,也根本不愿意见到他。这么一来,他们两人只好把啤酒喝完,把腊肠吃光,分手了事。后来,耶诺姆先生还在比莱克先生常去的那家酒店出了不少洋相,以致这一带都只管他叫屁大王耶诺姆。到处传说他曾经想怎么扭转形势。人类的生活,报告,上尉先生,是那样的复杂,以致个别人的生命就一文不值了。战前有个叫胡比契卡的警长,常光顾我们那个'杯杯满'酒家,还有一位报社编辑,他专门收集一些断了腿的、挨车子压了的、自杀的事件登在报上。他是个乐天派,呆在警察局值班室的时间比坐在编辑部的时间还多。有一次他把警长灌得烂醉,互相在厨房里把衣服换了。于是,警长穿上了老百姓的衣裳,编辑先生却穿上了警长的制服。他把枪的号码遮起来,就上布拉格巡逻去了。在从前的瓦茨拉夫监狱后面的列塞街上,在寂静的深夜里,他遇着一位上了年纪的先生;这人头戴大礼帽,身穿皮大衣,同一位穿皮大衣的上了年纪的太太挽手同行。两人急急忙忙往家走,连一句话也没说。他向他们扑上去,朝着这位先生的耳朵嚷道:'不许喊,要不我就把你们带走!'上尉先生,您想想看,他们吓成个什么样了。他们白费力气地跟他解释说,这准是误会,因为他们是从总督的宴会上回来,马车一直把他们送到民族剧院那儿,现在是同他夫人出来换换空气。他们就住在不远的摩拉尼街。他是总督府的高级文官,她是他的夫人。'你少胡扯!'穿着警官制服的编辑继续对他们嚷道,'你应该感到羞耻!按你说的,就算你是总督府的高级文官,可你的行动简直像个小孩。我已经注意你们好一阵子了,看见你总用你的手杖敲着一路上碰到的每一家铺子的门板。这时,像你说的,你那夫人还帮你的忙。'——'可我根本就没拿手杖啊!您瞧得见,我没有啊!这恐怕是我们前面别的什么人干的吧!'——'你当然不会有手杖啰,'穿着警官制服的编辑说,'我看见你在拐角上抽打一个手拿着烤土豆和栗子上小酒店去的老太婆时把手杖打断了,打得她连哭都哭不出来了。'这位总督府的高级文官气得说了一些难听的话,穿警官制服的编辑便把

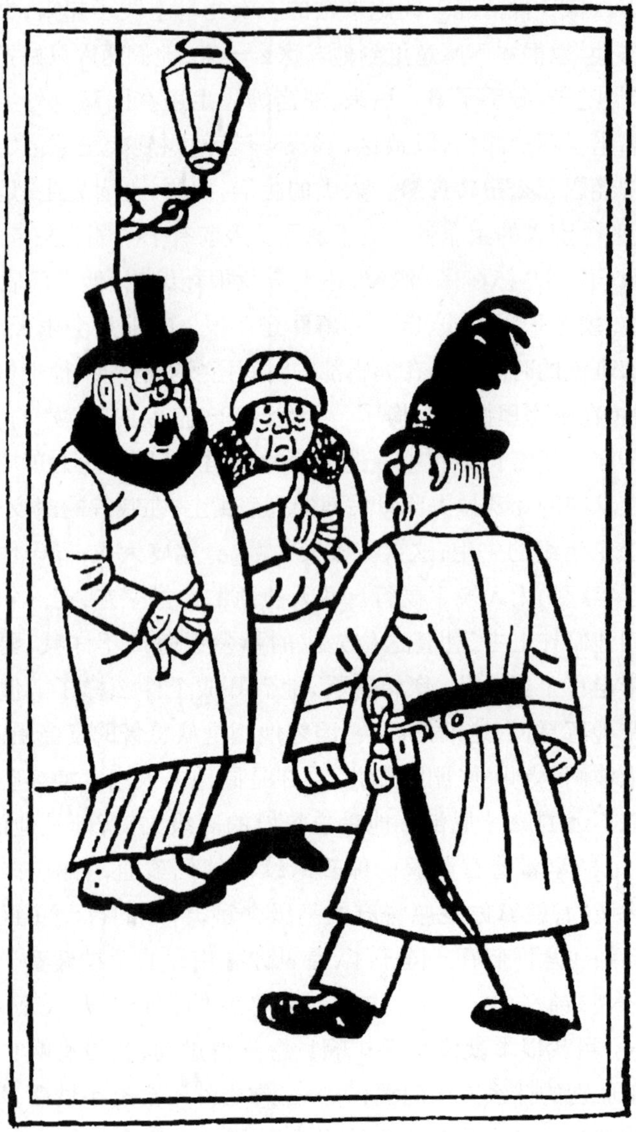

他抓起来,交给了萨尔莫瓦街上的警察所巡逻队,吩咐巡逻队把这两人带到警察所去。又说,他自己要赶到圣英德希赫街上的警察所去,到维诺堡去办理诉讼案。还说这两个人参加夜间斗殴,犯了扰乱治安,外加辱骂警察的罪过。他自己要到圣英德希赫警察所去办点儿事,一个小时后到萨尔莫瓦警察所来。巡逻队把两人都带走了。他俩一直坐到天亮,等着这位警长来。而这一位绕个弯儿到了'杯杯满'酒家,把那位胡比契卡警长叫醒,简短地告诉他出了什么事儿,并且向他暗示,要是他不能保密,说了出去,就可能出大乱子。"

看来,卢卡什上尉已经听累了。在催着马儿小跑,追上前卫队之前,他对帅克说:

"你要是准备一直说到晚上的话,那你就会变得越来越蠢。"

"上尉先生,"帅克冲着骑马而去的上尉的背影叫道,"您不想知道这件事儿的结果吗?"

卢卡什上尉快马加鞭,嘚嘚地跑远了。

杜布中尉的情况有了明显好转,居然从救护双轮车里钻了出来,把连本部的全体人马集合到一块儿,晕头晕脑地要给他们训话。他对他们做了一番冗长的演说,听了使人觉得比身上背着弹药枪支还要累。

他的讲话是这么一些警言妙句的大杂烩:

他开始说:"士兵对军官先生们的爱戴使他能够做出教人难以置信的牺牲,至于这种爱戴之情是否出于士兵的真心,这倒无关紧要,反正也是可以强制的。在老百姓中,一个人对另一个人强求的爱,比方说,强迫学生去爱全体老师,那就全仗着强迫他的外部力量才能维持长久。在军队里,我们看到的正相反,因为军官不允许士兵的感情有半点放松。这种感情把他跟自己的上司连在一起。这不是一般的爱,这实际上包含着尊敬、畏惧和纪律。"

在整个这段时间,帅克一直走在杜布中尉的左边。杜布中尉说话时,他一直把脸对着杜布中尉来了个"向右看齐"①。

杜布中尉起初没留意,他还接着往下说:

---

① 原文为德语。

"这种纪律,这种服从的义务,士兵对长官的义务爱戴表现得很简单,因为官兵之间的关系本来就很简单:一个下命令;一个听指挥。我们在关于军事艺术的书中早已读到,每个士兵都应当把军人的简单明快和朴素单纯看做是必须具备的美德。每个士兵,不管他乐意与否,都要热爱他的上级军官;上级军官在他的眼里必须是具有坚强与完美意志的最大的、十全十美的典范。"

现在他才留意到帅克对他的"向右看齐"的姿势。他觉得很不自在,突然感到他的演讲越来越前言不搭后语,觉得士兵对上级长官应当有感情这个题目是一条找不到出路的死胡同。便对帅克嚷道:

"你干吗老这么死盯着我?"

"报告,中尉先生,我是在执行命令。有一次您亲自吩咐过我,说在您讲话的时候,我必须盯着您的嘴,因为每个士兵都要执行他的上级军官的命令,直到将来,也永远记住他的话,我不得不照办。"

"掉过脸去朝别处看!"杜布中尉嚷道,"你这笨蛋,不许你再这么盯着我,明白吗? 我讨厌,这样我受不了。我要再看见你这样,就要对你不客气了……"

帅克把脸转向左边,他跟杜布中尉并排走着,姿势僵直得使杜布中尉忍不住又向他嚷道:

"我正在给你讲话,你往哪儿看?"

"报告,中尉先生,我正在执行您的命令'向左看!'①"

"唉!"杜布中尉叹了一口气,"你真要把人气死,你给我笔直朝前看,心里想着自己:我是个傻瓜,少了我没什么。记住了吗?"

帅克来了个"向前看",并说:

"请允许我问一声,中尉先生,我要不要回答您这个问题?"

"你好大的胆子!"杜布中尉对着他吼了起来,"你在怎么跟我说话? 你这是什么意思?"

"报告,中尉先生! 我在想您在一个站上对我的嘱咐,说在您结束讲话时,什么也不要回答。"

---

① 原文为德语。

"你是害怕我,"杜布中尉高兴开了,"可是你如今还不认识我。好多人在我面前发过抖,你记住这个!那些家伙我会对付的!你给我住嘴,到后排去,我不要见到你!"

于是帅克就留在后面,同救护队一起舒舒服服坐在双轮车上前进着,直到指定的休息地点。在这里,大家终于从那条倒霉的牛身上尝到了汤味和肉味。

"这头牛啊,至少该搁在醋里泡上两个礼拜。既然牛已经没了,那就该让那个买牛的人来泡泡。"帅克说。

一个传令兵带着给十一连的新命令骑着马从旅部奔来:行军路线改为取道费尔什丁,不走沃拉里奇和桑博尔那条路了,因为桑博尔已驻有两个波兹南团,再也住不下一个连了。

卢卡什上尉命令万尼克同帅克到费尔施泰因去找宿营地。

"帅克,你可要当心别在路上出什么乱子啊!"卢卡什上尉叮嘱他说,"最要紧的是对老百姓要规规矩矩的。"

"报告,上尉先生,我尽力而为。可我今天早上打瞌睡时做了一个讨厌的梦,梦见我住房过道的洗脸池老往外冒水,冒了一个通宵,结果把房东的天花板也淹没了。后来房东一大清早就让我搬走。上尉先生,这样的事情在生活中的确有过。在卡尔林,铁路桥的后边……"

"你别胡扯淡了,帅克。最好是跟万尼克看看这张地图,知道该怎么走法。你看,这儿是些村子,从这个村子往右一直走到河边,沿着小河便可找到离它最近的村子,再往前走,在你们右手边又会遇到一条小溪,你们朝北往上穿过田野,就绝对迷不了路,能稳稳当当地找到费尔施泰因。记住了吗?"

于是帅克遵照指示同军需上士万尼克出发了。

刚过中午,太阳晒得人闷热难受,掩埋士兵尸体的坟坑没盖好土,散发出一股腐烂的臭气。士兵们如今来到的这个地区,在进攻普舍米斯尔时曾经发生过战斗,好几个营在那里被机枪歼灭了。河边小树林里,可以看到炮火破坏的痕迹。在大片平原与山坡上,只剩下锯齿般的树墩子露在地面。整个荒原被纵横交错的堑壕切割开来。

"这儿跟布拉格郊外不怎么一样。"帅克打破沉寂说。

"我们那儿已经收割完了,"军需上士万尼克说,"收割总是从克拉卢普克开始的。"

"这儿等打完仗之后收成准会非常好,"过了一会儿帅克又说,"用不着去买骨粉了。整整一团人烂在地里,这对庄稼人大有益处。总而言之,这里的地肥得很。我只是担心老乡会稀里糊涂把这些士兵骨头卖到糖厂去做骨炭①。卡尔林兵营有个叫霍卢普的中尉,他学问大得使全连人都觉得他是个傻子,因为他太博学,以致没学会咒骂士兵,他对什么都只是按科学观点来解释。有一次,士兵向他报告说我们的配给面包没法吃。要是别的军官碰上这种放肆行为准会大发雷霆,可他不,还是心平气和的。他既不骂人猪猡,也不打人耳光,只是把士兵们叫拢来,和和气气地对他们说:'士兵们,首先,你们得知道,兵营不是什么高级食品店②,任你们在那儿选购腌鳗鱼、油渍沙丁和各种夹心面包。每个士兵都应放聪明些,毫无怨言地吃他那份配给;而且应该懂得纪律,别对配给的质量评头品足。士兵们,我们正在打仗,你们设想一下,仗一打完,你们被埋在地下,管你们死前吃的是什么面包,对那块地还不都是一样吗?大地母亲反正也是把你们拆开,连人带靴统统吃掉。在这个世界上,啥也糟蹋不了。士兵们,从你们的骷髅上头又会为新的士兵长出新的麦子来做面包。那些士兵说不定又会跟你们一样不满、发牢骚、跟人顶撞;有人就会把那些士兵关起来,说不定把他们关到哪一天哩,因为他们有权这么做。士兵们,如今我给你们讲得清清楚楚,想必不用我再来提醒你们了吧!我希望你们记住,别再抱怨了。''还不如骂我们一通好!'士兵们互相说。大家听了中尉这一番演说感到很丧气。有一次他们把我从连部叫出去,让我去对那位中尉说:我们大家都喜欢他,可是不骂人就算不得军队。我便走到他房里去,请求他别讲任何客气,军队应该像根皮带那样绷紧一点儿。士兵们已经习惯于每天都有人来提醒他们是狗是猪,不然的话就会失去对上级军官的敬意。他谈到了文明,谈到现在不能再在鞭子下服役;但到最后,为了提

---

① 捷克制糖业曾用骨类作为过滤和净化粗糖之用。
② 原文为德语。

高他的威严,还是给了我一个耳光,把我赶出门外。当我把交涉结果告诉他们时,大家都大为高兴;可到第二天,这种快乐又被破坏了。中尉走到我面前,对我说:'帅克,我昨天的举动太鲁莽了,现在赔你一块金币,拿去打点儿酒为我的健康干杯吧。应当善于跟士兵们和睦相处。'"

这时,帅克望了望四周的景色。

"我觉得,"他说,"咱们好像走错了路。上尉先生给咱们交待得清清楚楚,咱们该先上山,后下山,向左拐,然后向右拐,完了再向右拐,接着再往左拐;咱们却一个劲儿笔直朝前走。要不就是咱们在讲话中不知不觉照这么走过来了。我肯定在咱们面前有两条通费尔施泰因的路。我建议咱们走左边那条路。"

军需上士像往常一样,一碰到十字路口就坚持要往右走。

"我这条路,"帅克说,"保准比您那一条好走些。我沿着这条长了玻璃草的小河走,您去逛那晒焦了的大地吧。我按照卢卡什上尉先生给我们指示的路走,他说咱们绝对迷不了路。既然迷不了路,那我又何必要去爬山冈呢?我在草原上慢慢地走,采点花儿插在帽子上,给上尉先生也采上一束花;再说咱们也可证实一下,到底谁走对了。我想,咱们就在这儿像亲哥儿俩似地分手吧!这儿正是条条道路通费尔施泰因好地方。"

"别傻了,帅克,"万尼克说,"按地图,恰恰应该像我所说的往右边走。"

"地图也可能画错了。"帅克边回答边朝着山下那条小溪走去。

"有一次夜里,维诺堡的香肠师傅谢内克按照布拉格市交通图,从小城广场上的'蒙太古'啤酒店回维诺堡,到天亮时却走到了克拉德诺的罗兹杰洛夫。早上人们在麦地里发现他时,他已经冻僵,晕过去了。您既然听不进我的意见,上士先生,您有您的主意,那咱们就分道扬镳,在费尔施泰因见。您看一看表,看咱们究竟谁先到。要是遇到什么危险,您就朝天放一枪,让我好知道您在哪里。"

黄昏时分,帅克来到一个小池塘边,在那儿遇到一个逃跑出来的俄国俘虏,正在池塘里洗澡。俄国人一见到帅克,爬出水面,光着身子就

跑掉了。

柳树底下放着一套俄国军服。帅克很好奇,不知自己穿上那套衣服是个什么模样,便把自己原来那一身脱下来,把那个倒霉的、光屁股的俘虏的俄国军服穿上了。那个俘虏是从森林后面一个村子的俘虏队里逃出来的。帅克很想在池塘水面上好好照照他自己的样儿。他在池塘边走了好半天,直到给搜捕逃跑的俄国俘虏的战地宪兵队的巡逻兵发现为止。巡逻宪兵都是些匈牙利人,不顾帅克的一再抗议,硬是把他拖到赫鲁瓦的转运站去了,在那里把他跟一批俄国俘虏关在一起,他们是被派去修筑通往普舍米斯尔的铁路的。

事情发生得如此突然,以致第二天帅克才意识到发生了什么情况。部分俘虏住在学校的一间教室里。帅克便用一根烧焦了的木头在这间教室的白墙上写道:

　　　　九十一团十一先遣连传令兵、布拉格人约瑟夫·帅克于执行打前站任务之际,在费尔施泰因附近误被奥军俘虏,故在此过夜。

第四卷　光荣败北续篇

第四章　米系百花蛇属

第一章　帅克在俄国俘虏队里

帅克因为穿着俄军大衣和制服,被错当为从费尔施泰因附近的村子潜逃的俄国俘虏,当他用木炭在墙上写下了他绝望的呼声时,谁也不理睬这个。分发玉米面包时,他想对一个过路的军官讲讲事情的原委,但被一个押送俘虏的匈牙利士兵用枪托朝他肩上捅了一下,并粗鲁地骂道:"归队!俄国猪猡!"

不懂俘虏语言的匈牙利人对待俄国俘虏的这种态度,已经成了家常便饭。

帅克回到队列里,向站在他身旁的另一个俘虏说:

"人家是执行任务,可是他这样干对他自己倒是怪危险的。万一枪膛里的子弹走了火怎么办?子弹完全可能在他用枪托捅别人肩膀时飞进他的喉咙,他不就得在执行任务时一命呜呼吗?在舒玛瓦的采石场上,工人们偷了烈性炸药的引线,准备留到冬天用来崩树墩子。采石场看守奉命在工人下班时挨个儿搜查,他也就蛮起劲地干了起来。他抓到第一个落在他手上的工人,就猛拍他的衣袋,结果把引火炸药弄炸了,两个人都炸得血肉横飞。当看守人和采石工被炸药炸飞了的时候,在最后一刻,他们俩还互相搂着脖子哩。"

从听帅克讲这段故事的那个俄国俘虏莫明其妙的神情来看,他根本没听懂帅克讲了些什么。

"我不懂,我是克里米亚的鞑靼人,真主伟大。"鞑靼人坐到地上,盘着两腿,两手合在胸前,开始祷告,"真主伟大,真主伟大。奉仁慈宽厚之真主的名。冥冥中的主宰……"①

"原来你是鞑靼人啊,"帅克同情地说,"你挺走运的,你该听得懂我的话,我可是听得懂你的话。你既然是鞑靼人,那么——你知道施腾堡的雅罗斯拉夫②吗?连这个名字你都不晓得,你这鞑靼小子?他在霍斯丁把你们打得屁滚尿流。你们鞑靼人就从摩拉维亚飞快地逃跑了。看来,在你们的课本上肯定不会像我们上课教的那样教这些东西的。你晓得霍斯丁的圣母马利亚③吗?你肯定不知道。她现在还在那儿。现在给你们这些当了俘虏的鞑靼人在那儿行洗礼也是一样嘛!"

帅克又朝另一边的俘虏问道:

"你也是鞑靼人?"

"鞑靼人"这三个字对方听懂了,便摇摇头说:"不是鞑靼人契尔克斯人,土生土长的契尔克斯人,我是个剃头匠。"

帅克为自己能置身于东方各民族之间而感到庆幸。在这个俘虏队里有鞑靼人、格鲁吉亚人、沃舍梯人、契尔克斯人、莫尔多瓦人和加尔梅克人。

倒霉的是帅克跟他们的语言不通,而且还要把他和别的同伴们一

---

① 伊斯兰教徒的祷词,原文是阿拉伯语的译音。
② 一二四一年,施腾堡的雅罗斯拉夫在摩拉维亚的霍斯丁城战胜土耳其人。
③ 传说在一二四〇年捷军将领雅罗斯拉夫因圣母马利亚显灵,取得霍斯丁一役的胜利,故在该地为圣母马利亚建了教堂和修道院。

起运到多布罗米尔去修筑经普舍米斯尔到尼冉柯维采的铁路。

在多布罗米尔战俘转运站要对他们逐一进行登记,这可就难了,因为驱赶到多布罗米尔来的这三百名俘虏,谁也听不懂坐在桌子后面的那位上士提问用的俄语。上士说他会俄语,才到东加里西亚来当译员。三周之前,他订购了一本德俄字典和会话手册,可是至今也没寄来。他不讲俄语,而说着一口蹩脚的斯洛伐克话,那是他作为维也纳公司代表在斯洛伐克兜售圣斯特凡像、圣水盆和念珠时学到的。

他跟这些奇怪的对象根本说不通话,弄得目瞪口呆。他走出办公室,对俘虏们嚷道:"谁会说德语?"①

帅克从人群中站出来,满面春风地向上士走去。上士吩咐帅克马上随他去办公室。

上士在一堆记载俘虏姓名、出身、国籍的表格旁边坐下,和帅克开始了一段滑稽的德语对话:

"你是犹太人,是吗?"他问帅克。

帅克摇摇头。

"用不着否认嘛!"上士译员很有把握地说,"每一个会说德国话的俘虏都是犹太人。算了!你叫什么名字?帅赫?你瞧,名字也是犹太人的,还否认什么?在我们这儿你用不着害怕承认这一点:我们奥地利并不迫害犹太人。你是哪儿人?啊哈,普拉加,我知道,知道,这个地方在华沙附近②。一个礼拜以前,我们这儿也有两个从华沙附近的普拉加来的犹太人。你是哪一团的?九十一团?"

上士一页一页地翻着登记册说:"九十一团,埃里温③团,高加索,梯弗里斯城④的。你,我们啥都清楚,你觉得奇怪吧?"

帅克委实给他这番话弄得不胜惊讶,可是上士把他吸剩的半支香烟递给帅克,同时非常认真地继续说道:"这烟草比你们的马合烟⑤强

---

① 原文为德语。
② 上士把"布拉格"误听成"普拉加"了。普拉加是华沙近郊的一个市镇。
③ 即今亚美尼亚共和国首都。
④ 即今名第比利斯,现为格鲁吉亚共和国首都。
⑤ 俄国最粗劣的烟草。

得多。犹太小伙子,在这儿我就是最高当局。我一说句话,人家就得吓得发抖,躲藏起来。我们的军纪也跟你们的不一样。你们的沙皇是恶棍,我们的皇上是首脑!我现在让你看一样东西,好让你知道我们的纪律怎么样。"

他打开邻室的房门叫道:"汉斯·勒夫勒!"

"到!"①从里面跑出一个甲状腺肿大的斯梯尔②士兵,他身患克汀病③,有一张哭丧着的脸,是转运站上共同使唤的仆役。

"汉斯·勒夫勒,"上士命令说,"把我这烟斗拿去叼在嘴里,像狗那样衔着,四肢着地围着桌子跑圈圈,我叫'停!'④你才停。还有,你一边跑一边学狗'汪汪'叫,而且烟斗不许从嘴里掉出来,要不就叫人把你捆起来!"

患甲状腺肿大症的斯梯尔人把两只手撑在地上,开始边爬边学狗叫。

上士得意地望望帅克:"怎么样,犹太人?我不是对你说过,我们的纪律很严格吗?"上士非常惬意地望着这来自遥远的阿尔卑斯山小木舍的哑巴畜生。"停!"他终于喊了一声,"现在你得像狗一样跟我亲热亲热,衔着烟斗做——好!再好好给我叫几声!"

马上听得"汪!汪!汪!"的狗叫声。

表演完毕,上士从桌子抽屉里拿出四根"运动"牌香烟,慷慨地赏给汉斯。帅克开始用他蹩脚的德语对上士讲述一个故事,说道:"某团一个军官也有一个像这样听话的勤务兵,对官长百依百顺。有一次人家问他,要是他的长官命令他用匙子把长官拉出来的屎吃下去,他吃不吃?他说:'只要中尉先生这么命令我,我也就吃。可大便里不能有一根头发,要不我准受不了,要闹病的。'"

上士笑了:"你们犹太人倒有不少妙不可言的笑话,可是我敢打赌,你们的军纪不如我们的。唔,咱们言归正传吧!我委任你当俘房队的头头。天黑以前你要给我把所有俘房的名字写下来。以后你代他们

---

①④ 原文为德语。
② 奥地利的一个省。
③ 阿尔卑斯山区的一种特殊病症,患者因甲状腺肥大身体畸形,成为白痴。

领口粮,按十人一份发给他们。你得担保一个也不让跑掉! 要是有人跑了,犹太小子,我毙了你!"

"我想跟您谈一谈,上士先生。"帅克说。

"少啰嗦,"上士回答说,"我不喜欢这一套,要不然我就把你送到兵营里去。你在我们奥地利很快会过惯的。想要跟我个别谈一谈……待你们俘虏越好就越糟糕……马上收拾一下就走,带上纸和铅笔,编个名册!……喏,你还要什么?"

"报告,上士先生……"①

"快走!你瞧,我还忙得很呢!"上士装出一副疲劳不堪的样子。

帅克行了个军礼,走到俘虏们那儿,心里还在想着:为皇上耐心忍受便总会有开花结果之日。

造花名册可是个麻烦事儿。要让俘虏们清清楚楚把自己的姓名说出来可费劲了。帅克见多识广,可是这些鞑靼人的、格鲁吉亚人的、莫尔多瓦人的名字怎么也装不进他脑子里去。"谁也不会相信,"帅克暗自想道,"居然还有像鞑靼人那样叫这样怪的名字的:什么穆哈拉哈莱依·阿布德拉赫马诺夫、贝穆拉特·阿拉哈利、捷列捷·切尔德捷、达夫拉德巴莱依·鲁尔达戛莱耶夫等等。我们的名字可比这好念得多。比方说:齐多霍什捷的神父就叫沃贝达②。"

他又从那穿着讲究的俘虏队前走过,他们一个个报着自己的姓名:"津德拉莱依·汉涅马莱依、巴巴莫莱依·米米扎哈利",等等。

"请你报清楚些,"帅克和蔼地对队伍中的每一个俘虏打招呼说,"像我们那儿的人那样,叫博胡斯拉夫·什杰潘内克、雅洛斯拉夫·马托谢克,或鲁日娜·斯沃博多娃,不是要好念得多吗?"

帅克费了好大的劲才把什么巴布拉·哈莱耶、胡吉·穆吉等古怪名字记下来。他打算再对上士译员解释一下,说他关到这儿来纯属误会,说他在被赶到俘虏队来的路上几次要求公平解决也都白费口舌。上士译员在这以前本来就不怎么清醒,现在已经完全失去了正常思考

---

① 原文为德语。
② 意为"流氓"。

的能力。

他面前摆着一份德文报纸的广告页,嘴里按照拉德茨的进行曲调子唱着广告上的词句:"愿将一架留声机换一辆儿童车!"——"收购碎玻璃,白的、绿的都要。"——"凡是上过会计学函授专科学校者,统统能学会统计与结账"等等。

有些广告配不上进行曲。上士便使出浑身解数来克服这一障碍,用拳头在桌上擂着,用脚在地上跺着,打着拍子。他的被波兰白酒粘在一块儿的八字须在嘴巴两边翘着,好像插了两把阿拉伯橡胶粘着的干刷子。他的一双肿泡眼睛虽然凝视着帅克,但是对方对这个发明没有任何反应。上士只是停止了用拳击和跺脚的方式打拍子的动作,却在椅子上"嘭嘭"地敲着,唱起《我不知道这是什么意思》[①]的曲调。又是一段新广告:"卡罗利娜·德雷埃尔,接生婆,随时准备为临产妇服务。"

他嘶哑着嗓子轻轻地、轻轻地唱着,声音越来越小,最后没一点儿声音了。他一动不动地盯着整版广告,这就给帅克一个讲述自己不幸遭遇的机会。帅克用他那勉强够用的一点德语知识讲了事情的经过。

帅克开始说,他选的那条沿小河到费尔施泰因去的路怎么说也是对的。可是有个不相识的俄国俘虏兵开小差,下池塘洗澡,他帅克又非得从他那儿经过不可,这不能算他的过错,因为他的职责是必须抄近路到费尔施泰因去找宿营地。那俄国人一见他,拔腿就跑了,把自己全套制服丢在灌木丛里。而他帅克听说过不止一次:在侦察的时候,有必要利用阵亡的敌军军服,所以他试着穿上了这套人家丢下的制服,看看自己遇到这种情况穿上外国兵的制服是个啥样儿。

帅克解释完这场误会,发现这完全是白费口舌,因为上士在他讲到去池塘的那段路时就早已睡着了。帅克悄悄地走近上士,轻轻地碰了碰他的肩膀,差点儿把他推到地板上,可是上士还是安然无事睡大觉。

"对不起!上士先生!"帅克说着,行个军礼,走出了办公室。

第二天清晨,军事建筑指挥部改变计划,决定将帅克所在的俘虏队

[①] 原文为德语。

直接运到普舍米斯尔去修复该城通往鲁巴楚乌的铁路。

一切照常。帅克仍然继续着他在俄国俘虏中的历险活动。匈牙利押送兵驱赶着他们全速前进。

在一个村子里休息的时候,他们与辎重队遇上了。队前站着一名军官,打量着俘虏们。帅克从队伍中出来,站到这位军官面前喊道:"报告,中尉先生。"①下一句话还没出口,马上有两名匈牙利兵跳上来,用拳头擂着他的背,把他推到俘虏队伍中去了。

军官把一个烟头扔到他身后,马上有个俘虏把它捡起来抽。军官对旁边的班长说,在俄国也有德国移民,他们也得打仗。

在前往普舍米斯尔途中,帅克也没找到一个申诉的机会来说明他是九十一团十一先遣连的传令兵。到了普舍米斯尔他才找到了申诉的机会,那时已到黄昏,他们被赶到一座破破烂烂的城堡里。那儿还有个城堡是炮兵队的马厩。

麦秸堆上到处都是虱子。它们爬在麦秆上,简直不像虱子,而像蚂

---

① 原文为德语。

蚁在搬运材料搭窝儿。

俘虏们也分得一点儿用纯菊苣做的黑色饮料,每人一块玉米碴做的面包。

然后沃尔夫少校接管了他们。这段时间他是修复普舍米斯尔碉堡和附近建筑的所有俘虏的总管。这是一个说一不二的人。他身边有一大群翻译当参谋,他们根据俘虏的能力和所受教育来挑选合适的不同工种的建筑工。

沃尔夫少校坚信俄国俘虏总爱假装傻瓜,因为有好几回,他通过翻译问他们:"会修铁路吗?"俘虏们众口一词地回答:"我啥也不会,这玩意儿我连听也没听说过,我是个老实人。"

俘虏们在沃尔夫少校和他的翻译人员面前排好了队,沃尔夫第一次用德语问他们中间有没有人会讲德语。

帅克坚定地跨出一步,立正站在少校面前,行了个举手礼,报告他会讲德语。

沃尔夫少校喜形于色,马上问帅克是不是个工程师。

"报告,少校先生,"帅克回答说,"我不是工程师,是九十一团十一先遣连的传令兵。我被我们自己人俘虏来了。事情是这样的:少校先生……"

"什么?"少校大声嚷道。

"报告,少校先生,事情是这样的……"

"你是捷克人,"沃尔夫少校接着嚷道,"你换了一身俄国军服?"

"是,少校先生,正是这样。我打心眼里高兴,少校先生一下子就了解了我的处境。可能,我们的人正在什么地方作战,我却只能在这儿虚度整个战争时期。少校先生,请允许我再谈谈事情的来龙去脉……"

"够了!"沃尔夫少校说,然后叫来两名士兵,命令他们马上把帅克带到禁闭室。他自己和另一名军官跟在帅克的后面慢慢地走着,一边走还一边打着手势跟那军官在说些什么。每句话里都提到捷克走狗。那军官感觉出少校因为凭他的机警抓到了一个叛逃犯而欣喜若狂。几个月以来,军队中各级指挥官一再接到上司的密令,通报捷克军人越境潜逃的叛变活动。有一道指令说,这些潜逃者忘记了自己的誓言,投奔俄国军队,为敌人效劳,尤其是给敌人充当最得力的间谍。

奥地利内务部正在侦察逃往俄国的叛变分子的某个战斗组织;该部对国外的革命组织还不大清楚,直到八月,在索卡尔——米利雅丁——布布诺沃一线上,各营营长才收到关于前奥地利教授马萨利克逃到国外,进行反奥地利宣传的密令。师部的一个笨蛋还以下述命令对该密令补充道:"一经捕获,着即解往师部。"

沃尔夫少校在这个时期丝毫也不了解这些潜逃者会给奥地利带来什么害处。后来,他在基辅和别的地方遇到他们时问道:"你在这儿干什么?"他们都兴奋地回答说:"我背叛了皇上。"

他原先只是从密令中知道有潜逃者—间谍分子,而如今,其中那个被解往禁闭室去的潜逃犯却是他轻而易举地捉拿到手的。沃尔夫少校是个颇爱虚荣的人,他设想着他会得到上面对他的嘉奖状,以及为了他的警惕、审慎和干练而赐给他的奖赏。

在到达禁闭室之前,他自信他提出"谁会讲德国话"这个问题是自有用意的,因为他刚一看这些俘虏,就感到那人可疑。

和少校同行的军官点了点头,说有必要将下一步措施通知驻防军司令部,并把被告解送到更高一级军事法庭。因为正如少校先生所说,光在禁闭室审一下就把罪犯绞死是绝对不行的。他必须上绞刑,但应当按照军事法庭审讯条例,通过法律途径处理。在行刑之前的详细审讯,可能揭示他与其他类似凶犯的联系。谁知道这里面是否还会暴露出别的什么来呢?

沃尔夫少校突然被一种固执情绪所控制,一直隐匿在内心深处的兽性的残忍劲头发作了,他宣布,将这个潜逃犯—间谍审讯后立即由他亲自将他处以绞刑。他是可以这么干的,因为他有后台,他干什么都是无所谓的。在这儿等于在前线。在接近战场的地方发现和抓到了间谍,审讯后马上可以毫不留情地把他吊死。况且大尉先生也知道,在战场上,大尉和大尉以上的每一个指挥官都有权绞死所有嫌疑犯。

可是关于各级军官都有执行绞刑的全权这个问题,沃尔夫少校却有点儿闹不清楚。

离东加里西亚前线越近,掌握这种生杀大权的军官的级别就越低,以致常常出现这样的情况:一个巡逻队的班长命令把一个十二岁的男孩处以绞刑,只因为他在一个荒凉无人、被洗劫一空的村庄的小破房里煮土豆皮吃而遭到怀疑。

少校与大尉之间的争论越来越激烈。

"您没有这个权力,"大尉生气地嚷道,"只能根据军事法庭的判决才能绞死他。"

"无需法庭判决就可以把他绞死!"少校的嗓子都喊哑了。

被押着走在前面的帅克从头到尾听完这场有趣的对话后,只对押送他的人说:"反正一样。有一次我在利布尼一家酒店跟人家争论着:什么时候把那个老在舞会上耍流氓的帽贩子瓦夏克撵出去合适?是当他一进店门就撵呢,还是等他要了啤酒,付了钱,喝完了再撵?或者在他跳完第一轮舞之后才把他撵出去?酒店老板主张等他玩到一半,钱也花得差不多了,账也结了之后再把他撵出去。可是您知道,那小子怎么啦?他根本就没来。您对这有什么话说?"

两个迪洛尔人士兵同声回答说:"我们不懂捷克话。"①

"你懂德国话吗?"②帅克若无其事地问道。

"懂,"③两人回答说。帅克说:"那好,至少在自己人中间就不会丢失了。"

他们这么友好地交谈着一齐来到了禁闭室。沃尔夫少校还在这里继续同大尉争论帅克的命运问题,帅克却谦恭地坐在后面的长椅上。

沃尔夫少校终于同意大尉的观点,认为此人必须经过一段较长的审讯程序,也就是美其名为"法律途径"程序,才能处以绞刑。

他们若是问帅克本人有何意见的话,他准会回答说:"我感到非常之遗憾,少校先生,您的官衔比大尉先生高,可是大尉先生在理。任何轻率鲁莽的行为都是有害的。在布拉格一个区级法院里,有位法官疯了。好长时间都没人发现他疯了,直到有一次处理一起损害个人尊严的侮辱案时才让大家看出来了。有个叫兹纳麦纳切克的,他儿子上宗

---

①②③ 原文为德语。

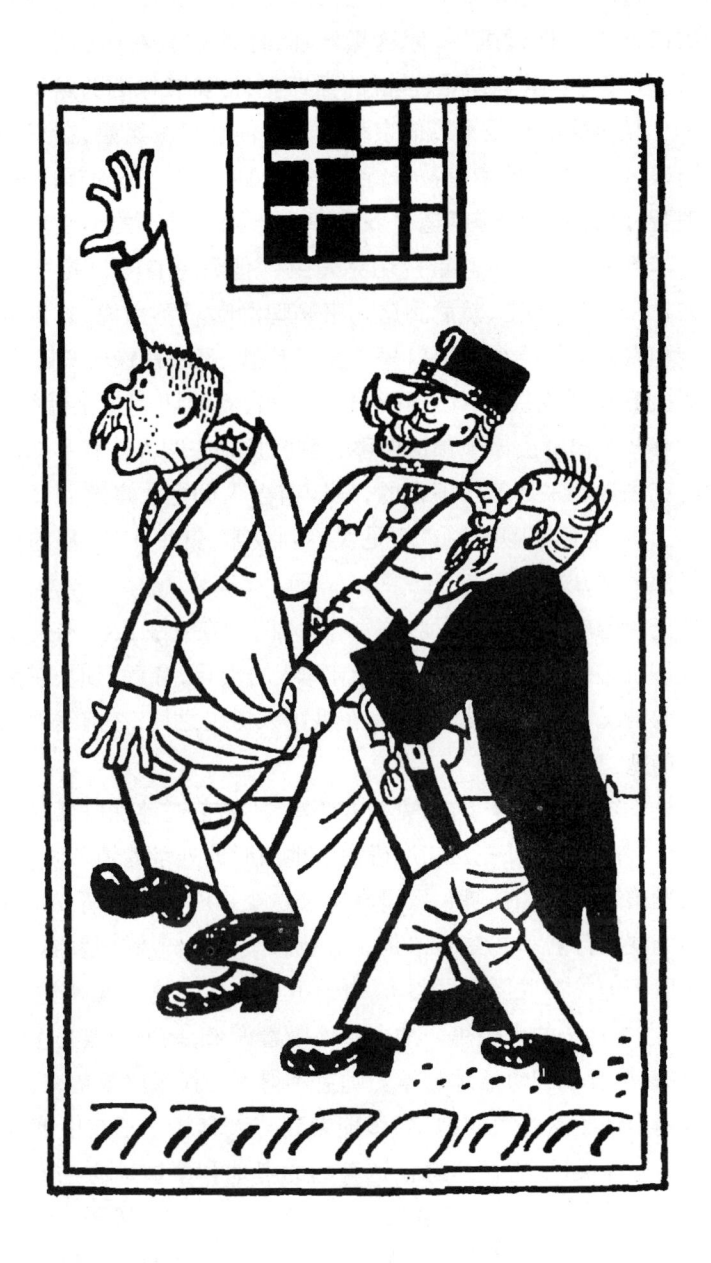

教课时挨过副牧师霍尔基克的耳光,兹纳麦纳切克在街上碰到这副牧师便破口大骂:'你这阉牛,你这黑妖怪,你这信教着迷的白痴,黑猪猡,你这教区的公山羊,耶稣学说的强奸犯,披着教袍的伪君子和骗子手!'那位精神病法官是个笃信宗教的人。他有三个姐姐,在三个神父家当厨娘,他为她们的所有孩子行过洗礼。他听到这一阵骂,气得突然失去理智,对着被告大声嚷道:'我以皇上与国王陛下的名义宣判你的死刑。本判决不得上诉。霍拉切克先生,'他命令看守,'把那位先生带下去,吊死在刑场上,然后到这儿来领啤酒喝。'不用说,被告兹纳麦纳切克和看守都给弄得目瞪口呆。莫名其妙,可法官跺着脚嚷道:'你执行不执行我的判决?'看守吓得拉着兹纳麦纳切克先生就往外跑。当时没有一个律师出来干预这件事和到救护站去叫人。我不知道兹纳麦纳切克先生后来是怎样下台的,只知道当人们把法官塞到开往救护站的车上时,他还在嚷嚷说:'要是找不到绞索,就用床单,用的钱我们在半年预算中开支。'"

帅克由俘虏队押送到了驻防军司令部,他在一张由沃尔夫少校编写的供词上签了字,承认自己是奥国军队的士兵,有意识地、在毫无任何压力的情况下换上了俄国军服,在俄国人撤走之后,在前线被我野战宪兵队捕获。

这是不容否定的事实,帅克为人正派,不可能对此加以反对。在编写供词时,帅克试图补充几句准确说明他当时的处境的情节时,沃尔夫少校大发雷霆喝道:"住嘴!我没有问你这个。案情是一清二楚的。"

帅克便又行着军礼喊道:"是,我住嘴,案情是一清二楚的。"

随后把他关在驻防军司令部的一个黑牢里。这个牢房过去是米仓,同时也是耗子的大公寓。地上到处撒着大米,耗子一点儿也不害怕帅克,吃着粮食来回快活地窜着。帅克不得不去找了块草垫来,可是当他的眼睛习惯了这昏黑的地牢时,他看到一大窝耗子正在往他的草垫上搬家。毫无疑问,它们是想在这腐朽的奥地利草垫子的光荣残骸上建立一个新窝。帅克开始捶着紧闭的大门。来了一位班长,是波兰人,帅克请求让他换个地方,要不然,他可能在躺到草垫上去时把耗子压死,那就会给国家带来损失,因为军粮库里的每一件东西都是国家的财产。

波兰人听懂了一部分,关门之前还用拳头吓唬帅克,说了句"臭屎蛋"之类的话。他渐渐走远了,还气呼呼地嘟囔着什么霍乱病,仿佛帅克有啥事惹火了他似的。

帅克安稳地过了一夜,因为那些耗子对他并没有多大的野心。很明显,它们还有自己的夜间活动:到隔壁仓库里去咬军大衣和军帽。它们可以安全无恙地啃着,因为要在一年之后军需处才会想起这些物资,把那些不领津贴的军猫关到这里来。这些猫在各军需处的文件表册是被列为"军事仓库皇家军猫"①一栏的。这种猫的军衔制实际上只不过是恢复了六六年战争后已经废除的旧制度而已。

在马利亚·德莱齐亚战争时期,军需处的老爷们把盗窃军服的罪责推到耗子身上时,曾经在军需仓库里放过一些军猫。

可是皇家军猫常常不履行自己的义务,以致事情竟弄到这样的地步:莱奥波尔特皇帝②在位时,有一回在波雷舍尔采的军需仓库里,根据军事法庭的判决,将六只派到该库的军猫处了绞刑。我想,那时候,所有与这个军需仓库有关系的人都会暗自觉得好笑的。

早上给帅克送咖啡时,把一个戴着俄国帽子、穿着俄国大衣的人塞进了这个黑牢里。

他说的是带波兰语重音的捷克话。这是个在军团反间谍处做事的饭桶。该军团司令部设在普舍米斯尔。这位军事秘密警察机关的密探,在如何巧妙地过渡到刺探帅克情况的问题上,他根本没费多少脑子,便开门见山地说:"我由于不谨慎掉进了这肮脏的泥坑。我原在二十八团服役,很快就转向为俄国人效劳。我傻呆呆地被他们抓住了。我投奔俄国人后表示愿去侦察队……我在第六基辅师干事。伙计,你是在俄国哪个团里干事?我觉得,我们好像在俄国哪个地方见过面。我在基辅认得很多很多捷克人,他们和我一起上前线,一起投奔俄国军

---

① 原文为德语。
② 捷克皇帝,在位仅两年(1790—1792)。

队。如今我想不起他们叫什么名字、是哪儿人了,你也许能想起哪个跟你常在一起的人来吧?我很想知道,我们二十八团还有谁留在那里。"

帅克没答话,却关怀备至地摸摸他的额头和脉搏,最后把他带到小窗前,要他把舌头伸出来看看。那人对帅克这一系列举动丝毫未加阻挠,以为这大概是一种间谍的接头暗号。然后帅克又开始捶门,看守问他闹什么,他用捷语和德语要看守马上去请大夫来,因为他们送来的这个人净说胡话。

可是这一着也无济于事,谁也没有马上来给这人瞧病。他仍旧安安稳稳地留在那儿,无休无止地唠叨着关于基辅的事儿,还说他跟俄国人一起行军时,肯定见过帅克。

"您准是喝多了污泥浆,"帅克说,"就像我们那个年轻的迪涅茨基一样,人倒不蠢,可是有一次出门,他竟跑到了意大利。从此一有机会就唠叨他的意大利,说那儿净是污泥浆,再没有别的什么可看的东西。说他就是因为喝了这些污泥浆得了疟疾,一年要发四次。总是在圣徒的节日里发病:圣约瑟夫节、彼得节、保罗节和圣母升天节。他一发疟疾,就跟您一样,能把他不认得的人都说成是认得的人。比方说在电车上,他跟随便一个什么人搭话,说是认得人家,在维也纳的火车上见过他一面。所有他在街上遇到的人,他不是说在米兰的火车上见过,就是说在斯迪尔斯基·赫拉茨的市政厅的酒窖里喝过葡萄酒。当他坐在饭店里,赶上疟疾复发他就说所有的顾客他都认识,是在开往威尼斯的汽轮上见过的。这种病无药可医,只有卡特辛基城新来的一位护士有办法。有一次让他护理一个病人,那病人一天到晚不干别的,只是坐在屋角落来回数着数儿'一、二、三、四、五、六',数完一遍又一遍。他还是个什么教授。护士听这个神经病数来数去总超不过六,肺都气炸了。起初,护士还耐心地教他'七、八、九、十'。白费劲。教授根本不理这一套,还是坐在角落里数着:'一、二、三、四、五、六',接着又是'一、二、三、四、五、六',护士气得再也克制不住,等他念到'六'时,跳上去就给了他后脑勺一家伙,说:'这就是七!这是八、九、十'。数一个数,扇他一下后脑勺。病人反倒清醒了过来,问他是在哪儿。护士告诉他说是在疯人院时,他已经回想起一切来。他记得是因为一颗彗星的事进了疯人院的。当他计算出在明年七月十八日早上六点将要出现这颗彗星时,有人向他证实说,这颗彗星在几百万年以前已经焚毁了。我认得这个护士。教授病好后就出院了,把那护士要去当了仆人。他什么事也不干,只是每天早上给教授扇四下后脑勺,他干得既自觉又准确。"

"我认识您在基辅的所有熟人,"反间谍处的密探不知疲倦地接着说,"在那儿跟你在一起的不是有个胖子和瘦子吗?我怎么也记不起他们叫什么名字、是哪一个团的了……"

"这你用不着难过,"帅克安慰他说,"谁都可能记不清所有的胖子瘦子叫什么名字,瘦子的名字尤其难记,因为瘦子在这世界上人数更多。他们,常言说,占大多数。"

"朋友,"这皇上和国王陛下的坏蛋啜泣着说,"你不相信我。可是等着我们的是同样的命运啊!"

"我们都是大兵,"帅克不动声色地说,"我们的母亲就为了这个把我们养了出来,直等到我们穿上军服,好让我们被劈成碎块。我们心甘情愿这样做,因为我们知道,我们的骨头不会白白地烂掉。我们为皇上和皇室而死;我们已经为他争得了黑塞哥维那。后人将用我们的骨头炼制糖厂所必需的骨炭。这是齐麦尔中尉先生几年以前就给我们讲过的。他说:'你们这些蠢猪土匪!你们这些没教养的公猪,你们这些没用的懒猴,就知道把自己的手脚保养得好好的,一文不值。你们要是在打仗的时候一死掉,那么,用你们每个人的骨头还可以制成半公斤骨炭哩,一个男人连胫骨带四肢能炼两公斤多骨炭。你们这些白痴的骨炭制糖厂可以用来过滤食糖。你们压根儿还不晓得你们死后对子孙后代的好处哩。你们的孩子将来喝咖啡放的砂糖,就是用你们的骨炭过滤而来的,糊涂蛋们。'我寻思着,他朝我走来,问我在想什么。我说:'报告,我认为,用军官先生们的骨头炼的骨炭准比用我们普通士兵的骨头做的要贵得多。'因为这句话我被关了三天单号子。"

帅克的同伴敲敲门,跟守卫商量了几句,后者就到办公室报告去了。

一会儿来了个军士把帅克的这个伙伴接走,又只剩下帅克一个人了。

那家伙离开时还指着帅克对军士大声说:"这是我在基辅的老朋友。"

除了有人送饭来的几分钟不算以外,整整二十四小时帅克都是独自一人呆在那儿。

夜里,他得出一个结论:俄国军大衣比奥地利的大些、暖和些。另外,晚上睡觉时,耗子爬到耳边来嗅嗅也没什么不舒服的。帅克觉得这是一种温柔的耳语,这耳语在晨曦初露时被前来提犯人的解差给打断了。

直到今天帅克还说不清,在那个悲伤的早上为他组成的审判究竟是怎么一回事。据说这是个军事法庭,这是毫无疑问的。堂上坐着将军、上校、少校、上尉、中尉、录事和一个专门给抽烟人擦火柴的步兵。

他们也没向帅克提许多问题。

那位少校对帅克比别人兴趣大些,他说着一口捷克话。

"你背叛皇上。"他对帅克呵斥道。

"我的老天爷!什么时候?"帅克也嚷叫起来,"我干吗要背叛皇上,背叛这位我为他吃尽了苦头的、英明的君王?!"

"别装傻。"少校说。

"报告,少校先生,背叛皇上可不是装傻的事。我们当兵的是宣过誓要效忠皇上的。我发过誓,像人们在舞台上唱的那些誓言,我,作为一个忠实的大丈夫,都做到了。①"

"瞧这儿,"少校说,"这儿是你的罪证和事实。"他把一大卷材料指给他看。

主要材料是由他们安插到帅克身边的那个人提供的。

"你现在还不想承认吗?"少校问道,"你自己也认定你本是奥地利军人,是自愿穿上俄国军服的。我最后再问你一次:是谁强迫你这样干的?"

"谁也没有强迫我这样干。"

---

① "我发过这个誓……做到了"句出自捷克大作曲家斯美塔纳(1828—1884)以民族解放斗争为主题的歌剧《达利博尔》。

"自愿的?"

"自愿的。"

"不是被迫?"

"不是被迫。"

"你知道你失踪了吗?"

"知道。九十一团准在找我,少校先生,请允许我就人们怎么会自愿穿上外国军装的事儿稍微解释几句。一九〇八年七月的一天,布拉格的横街上的装订匠博热捷赫去兹布拉斯拉夫①的别罗翁基河的支流洗澡。他把衣服挂在小柳树林里,过了一阵见又有位先生下水去洗澡,他感到非常高兴。两人天南地北聊得火热。他们互相耍弄着,喷着水,一直泡到天黑。后来那位不相识的人先上了岸:他该回去吃晚饭了。博热捷赫先生又在水中呆了一会儿,然后到柳树林中去找衣服穿,结果没找到自己的,只发现一套破烂不堪的衣衫和一张字条,上面写道:

当我们一块儿在水里玩得那么开心的时候,我考虑了很久:该

---

① 布拉格郊区的一个县。

不该拿呢?后来我摘了一朵法兰西菊,数着花瓣儿,数到最后一瓣是"该!"所以我拿我那套破衣衫跟你的换了。你用不着害怕穿它:一个礼拜之前已在多布希什县的县监狱里灭过虱子了。你以后要好好留心同你一块儿洗澡的人:即使是个杀人犯,在水里每一个光着身子的人都像议员一样。你甚至不知道你是跟什么人在一块儿游泳。为了游泳丢件把衣服也值得。傍晚的水最舒服。你不妨再下去一次,好清醒清醒。

"博热捷赫先生没有办法,只好等到天黑,穿上那身破烂,朝布拉格走去。他尽量绕过直达县城的公路,走草地和小道,却碰上了从胡赫尔出来抓流浪汉的宪兵巡逻队,他们第二天一早就把他带到了兹布拉斯拉夫县法院,谁都认识,这是布拉格市横街十六号的装订匠约瑟夫·博热捷赫。"

不大懂捷克话的书记官,以为被告交待了同伙的地址,反问了一句:"布拉格,十六号,约瑟夫·博热捷赫,对吗?"①

"我不知道,他如今是不是还住在那儿,"帅克回答说,"可是当时,就是一九〇八年是住在那儿。他装订的书很漂亮,可是花的时间很长,因为他得先读一遍,然后再根据书的内容来装订。他要是给书弄上个黑边,不用看内容就知道,这本小说的结局是非常悲惨的。你还要了解什么详细情况吗?唔,我别忘了说,他每天都要上'乌弗莱库'酒店,给人讲述他装订的书里面的内容。"

少校走到书记官跟前,跟他咬了咬耳朵,书记官便把记录中关于臆想出的新阴谋家、危险的军事要犯博热捷赫的住址划掉了。

后来他们继续采用这种突击审讯的奇怪办法,并由芬克·冯·芬克尔施泰因将军主持。

有些人以收集火柴盒作为一种特殊爱好,这位先生的特殊爱好却是组织突击审讯,尽管这样做大多是违反军事条例的。

这位将军解释说,他不需要任何军事法官,他自己就能找些人办个法庭,而且只需三小时就可以将罪犯绞死。现在在前线,他搞突击审讯

---

① 原文为德语。

更是易如反掌。

有的人每天非下一盘棋、打一盘台球或者玩玩扑克牌不可，这位大名鼎鼎的将军每天都组织一次战地突击审讯。他亲自主持，并极其严肃而愉快地宣判被告的"死刑"。

一个悲天悯人的人准会写下：成打的人丧命应归罪于这位将军。尤其是到了东方之后，用他的话说，他同在加里西亚的乌克兰人中进行大俄罗斯宣传活动做了斗争。但是只要考查一下他的观点，那么我们就不能说他犯了杀人罪。他从来不受良心的谴责，对他来说根本不存在这个问题。他根据突击审讯的判决绞死一个男教员、女教员、正教教会神父或整整一家老小之后，仍然心安理得地回到他的住所，就像一个玩完扑克的人满意地从小酒店回家一样；同时还回味着他是怎么出牌、调主、怎么赢了人家、得了一百〇七分的。他把绞刑看做一种寻常的、自然的事，看做每日必需的家常便饭，他宣判时常常把皇上也忘了，将"以皇上陛下名义判处绞刑"一语说成"我判决你……"

有时他发现绞刑中的滑稽的一面，就往维也纳他老婆那儿写信说：

……比方说，我亲爱的，你根本想象不到，几天前我判处一个间谍教员时怎么大笑了一场。我手下有个很熟练的军士。他执行绞刑很内行。像搞一种体育活动似的。我呆在帐篷里，那军士拿着判决书来问我把教员吊到哪儿，我说吊在最近的一棵树上。现在你设想一个喜剧的场面吧。周围是一片大草原，一英里内连棵树苗都没有。但命令总归是命令，军士便带着教员和押送队坐车去找树。直到晚上才回来，教员也跟他们一起回来了。军士跑来问我："我把这小子吊在哪儿呢？"我骂了他一顿，提醒他我已经命令过吊在最近的一棵树上。他说明天早上再办这件事。可是早上他来了，脸色苍白，说是教员在夜里跑了。我觉得太可笑，也就把所有押送的人饶恕了。我还开了个玩笑，说那教员准是自己找树去了。你瞧，我亲爱的，我们这儿不寂寞吧？告诉我们的小维洛什，说他爸爸吻他，很快就给他派个活俄国人回来当马骑。我亲爱的，我再给你说件开心的事儿：有一次，我们要绞死一个当间谍的犹太人。这小子给我们在路上碰着了，尽管他在那儿啥事也没干，他却搪塞说自己是卖香烟的。我们便把他吊起来,只有几秒钟,绳子突然断了,他也掉了下来。他马上清醒过来,对着我嚷道:"将军大人,我要回家去。您已经吊过我了,按照法律,我不能为一件事上两次绞刑。"我哈哈大笑,把犹太人放了。亲爱的,我们这儿可快活哩……

芬克将军担任普舍米斯尔要塞司令官之后,已没有那么多机会来导演类似的滑稽剧了,所以现在遇到帅克这个案子,他欣喜若狂。

现在帅克正站在这只老虎前面,而他坐在一张长桌的第一排,一根接一根地抽着烟,叫别人给他翻译帅克的供词,同时还赞同地点着头。

少校建议打电报到旅部去查问九十一团十一先遣连现今的驻地;据被告供认,他属于这个连。

将军反对这项建议,说这有碍审讯的突击性,有损于这种安排的真正意义。现在被告供认不讳,承认他穿上了俄国军装,而且还有个重要证据:被告承认在基辅呆过。将军建议开庭判决,立即执行。

少校坚持自己的意见,说必须弄清被告的身份,因为这是个政治要案。弄清了这个士兵的身份就可以找到被告与他过去在部队里的朋友的往来情况。

少校是个浪漫主义的幻想家。他说要弄清各种线索,不能只判决一个人。判决只是某种侦讯的结果,而侦讯是会发现某些新线索的,这些线索……他老被这些线索缠着钻不出来,但大家都听懂了他的意思,赞同地点着头。最后连将军本人对这些线索也发生兴趣了,甚至设想根据少校提出的线索进行新的突击审讯。所以他也不再反对向旅部查询一下帅克是不是真的属于九十一团,什么时候跑到俄方去的,是在十一先遣连哪次战役中失踪的。

在他们争论不休期间,帅克由两名背着刺刀枪的士兵押在过道里。后来他又被带上法庭,将军又问了他一遍,究竟是哪个团的。随后把他关进了驻防军监狱。

突击审讯未获成功,芬克将军回到家里,躺在沙发上琢磨着怎么加快事情的进程。

他坚信很快就能得到回音,可是整个案件的进程绝不会像他的法

庭那么雷厉风行,因为派神父来给被判决者举行刑前祝祷仪式,又得耽误两小时的行刑时间。

"反正一样,"芬克将军下了决心,"我们可以在判决之前、在得到旅部的材料之前给他举行刑前祝祷仪式。迟早是要把他绞死的。"

芬克将军命令将战地神父马蒂尼茨叫来。

这是个不幸的神学教员,摩拉维亚某地的一位副职神父。以前他受一个道德败坏的神父管辖,弄得他宁可从军。这可真是个虔诚的教徒!他怀着真诚的悲伤回想起他的那位一步步堕落到灭亡的深渊的正职神父。回忆起他的那位正职神父是怎么被李子酒灌得烂醉的。有一天夜里,那神父死乞白赖地把一个流浪的吉卜赛女人塞到他的床上,那是他从酒店里跟跟跄跄出来时在村子外勾搭上的。

战地神父马蒂尼茨暗自希望,他给战场上的伤员和临终者举行终傅礼,就能借此为他从前那位败坏教门的正职神父赎罪。那位正职神父每当深夜回来总要把他吵醒,对他说:

"叶尼切克,叶尼切克,丰满酥软的婊子就是我的整个生命。"

他的希望未能实现。他从一个驻防军转到另一个驻防军里,到那儿别无他事，只是每隔两周在驻防军礼拜堂为驻防军士兵做一次弥撒，或者对军官俱乐部发出的诱惑进行抵制。原来和他共事的那位神父关于"丰满酥软的婊子"之类的话跟这些军官的谈吐比起来，那简直就是对守护天使的纯洁的祈祷词。

每当前线进行大规模战役，需要为奥军祝捷的时候，他就被召去见芬克将军。举行战地祝捷弥撒对芬克将军来说也像进行突击审讯那样惬意。

骗子芬克是一个狭隘的奥地利爱国主义者；他从没为德国军队或者土耳其军队的胜利作过祈祷。德国人战胜法国人或英国人时，他的祭坛上沉静得一点声音也没有。

奥地利侦察队在与俄国前沿哨兵一次微不足道的冲突中取得的胜利，司令部也要像吹大肥皂泡似地把它吹成使俄军遭到了全军覆没的惨败，芬克将军也就得以借此张罗盛大的祈祷仪式。因此在倒霉的战地神父马蒂尼茨的心里便产生了这么一个印象：要塞司令芬克将军同时是普舍米斯尔的天主教教会的首脑。

芬克将军亲自决定弥撒的礼仪程序，他总希望把每一次这种祝捷弥撒都按照圣体节加八日节①的仪式来办理。

此外他还有一个习惯，就是在献完圣礼之后，总要骑着马小跑到祭坛前三呼"乌拉！"

战地神父马蒂尼茨是个虔诚而正直的人，是那些仍然真心信奉上帝的少数人中的一个，他不爱去芬克将军那儿。

要塞司令芬克给战地神父下完指令之后，总要吩咐听差为神父斟上一杯烈性酒，再给神父讲些《快乐篇》②杂志为军队出版的最荒唐的小册子中专为军队编印的最新笑话。

将军收藏了一大批标题无聊的小册子，如：《为眼睛和耳朵而写的士兵背包里的幽默》《兴登堡③的笑话》《兴登堡在幽默镜中》《费利克

---

① 圣体节常常在降灵节后的第二个礼拜四，圣体节之后的第八天，做弥撒时要重提圣体节的盛况，故云。
② 原文为德文。主要在小资产阶级中流传的德文幽默周刊。
③ 兴登堡(1847—1934)，德国元帅，第一次世界大战期间曾任德军总司令。

斯·什莱彼尔装满幽默的第二只背包》《我们的酱牛肉大炮的故事》《战壕里飞出的带汁的榴弹弹片》,或者像这样一些乱七八糟的小本儿:《在双头鹰下》《阿瑟·洛克什热了热皇家战地伙房的维也纳煎肉排》,有时将军唱着《我们必胜》①歌集里的军歌。同时还一个劲儿地给随军神父斟酒,逼着他喝下,同他一块儿喊喊叫叫。然后说些不堪入耳的下流话,使战地神父难过地回忆起过去和他共事的那位正职神父,说粗话的本事并不比芬克将军逊色。

随军神父马蒂尼茨可怕地发现,到芬克将军那儿去的次数越多,道德上就堕落得越厉害。

这个可怜的人开始爱上在将军那儿喝到的烈性酒了。他渐渐听惯了将军的谈吐,觉得够味了。在他脑子里也开始出现道德败坏的场景。由于芬克将军给他斟上的陈葡萄酒里掺着波兰白酒、花楸酒和珠丝酒的作用,他连上帝也忘了。将军给他讲到的那些"姑娘",在他祈祷书的字里行间手舞足蹈。他对拜访将军的反感也逐渐减弱了。

将军爱上了马蒂尼茨神父,神父起先以圣徒伊格拉季耶-洛伊奥拉为榜样与将军交往,后来就慢慢适应将军的环境,投其所好了。

有一次,将军把野战医院的两名女护士叫到了自己住处,其实,她们根本不在医院做事,只是为了把名字列在医院编制里好领薪水,以增加她们卖身的收入。这在艰难时期是司空见惯的事。随后将军又叫人把随军神父马蒂尼茨请来,他已经深深坠入魔鬼的陷阱,以致半小时之内就玩弄了两个女人,而且在达到狂热程度时,把沙发床上的枕头都舔湿了。后来他对这种淫荡行为自责了好长一段时间。可是他也无法用下列办法赎罪:在当夜回家时,他错跪在公园里一座建筑师兼市长、学术与文艺的庇护者格拉博夫斯基先生的雕塑前面。那位市长先生在八十年代曾为保卫普舍米斯尔城立过大功。

巡逻哨兵的脚步声和他热烈的祷告声交织在一起。

"请别裁判你的仆人吧。因为假如你不饶恕他所有的罪过,就没有任何人能在你面前得以洗雪。饶恕他吧,我请求你,你的判决并不困

---

① 原文为德语。

难啊。求你拯救我,主啊,愿我的灵魂皈依于你。"

从他被召到芬克将军那里去的时候起,他几次想要弃绝一切世俗的享受,可是他的已经败坏了的肠胃却又劝阻了他。他相信谎言能使他的灵魂超越地狱的痛苦。但同时他又认为,军令如山,当将军对战地神父说"使劲喝吧,朋友!"这话时,单是出于对上司的尊敬,他也必须使劲地喝。

不过他有时也做不到这一点。特别是在举行隆重的战地祈祷仪式之后,将军又要举办更加隆重的宴会,事后由会计部门把筵席费混同公务费一并报销的时候,神父是不以为然的。每次举行过这样的盛会后,神父就总觉得自己在主的面前是个道德沦丧的人,吓得浑身发抖。

他丧魂失魄地走着,但在这混乱之中他并没有失去对上帝的信仰,他甚至开始非常严肃地思考这样一个问题:应不应该每天都让自己去受这些罪?

现在他又怀着这种心情应召去见将军。

芬克将军容光焕发,兴高采烈地向他走来。

"你已经听说过,"他兴奋地嚷道,"我进行的突击审讯吧?我们要绞死你的一个同胞。"

听到"同胞"二字时,战地神父马蒂尼茨向将军投去痛苦的一瞥。他已经几次反驳把他当做捷克人的猜测,他也一再解释过,在他们摩拉维亚教区有两个镇子,一个是捷克的,一个是德国的,他只好一个礼拜为捷克人、另一个礼拜为德国人传道,但是捷克镇里没有捷克学校,只有一所德国学校,所以他必须在两个镇子上用德文讲《圣经》,所以他根本不是捷克人。这种有说服力的理由使得有一回坐在桌旁的一位少校据此评论道,摩拉维亚战地神父实际上只不过是一家杂货铺。

"对不起,"将军说,"我忘了,他不是你的同胞,这是个捷克逃兵,叛徒,他为俄国人效劳,必须处以绞刑。不过,按程序规定我们还得先核实一下他的情况。这不要紧,只等回电一到,马上绞死他。"

将军让战地神父坐在他旁边的沙发上,接着兴奋地说:"我既然搞的是突击审讯,一切就得真正符合审判的突击性。突击性,这是我的准则。战争开始时,我在利沃夫曾经在作出判决后的三分钟就把一个罪犯绞死了。不过,这是个犹太人,可是有个俄国佬在判决之后只过了五分钟我们就把他绞死了。"

将军和善地笑了笑:"碰巧他们两人都不需要举行刑前祝祷仪式。犹太人是个法律博士,俄国人是个神甫。这回情况可就不一样了,我们要绞死的是个天主教徒。所以我想了个主意:为了不耽搁时间,我们提前给他作刑前祝祷,我刚才说了,为的是不耽搁我们的时间。"

将军按了一下铃,吩咐勤务兵说:"把昨天弄到的酒拿两瓶来。"

过了一会儿,他给战地神父斟了一杯葡萄酒,殷勤地对神父说:"在举行刑前祝祷之前先提提神吧……"

铁窗后面,帅克坐在一张草垫上,他竟在这可怕的时刻唱起歌来:

"我们当兵的,活得多气派!
姑娘们全把我们来疼爱。
我们领饷拿到钱,
走到哪儿过得也不赖……
一!二!……咳、咳……"

第二章　刑前祝祷

准确地说,战地神父马蒂尼茨不是步行而是像舞台上的芭蕾舞女演员那样轻飘飘地飞到帅克那儿去的。对天堂之乐的渴求和陈年美酒使他在这动人的时刻变得轻如鸿毛。他觉得,在这庄严和神圣的时刻,他离上帝越来越近了,其实是离帅克越来越近了。

他身后的门被关上,屋子里剩下他们两人。他高兴地对坐在草垫上的帅克说:"我亲爱的儿子,我是战地神父马蒂尼茨。"

一路上他都在琢磨着:这种称呼最合适,能给人以父亲般的慈爱感。

帅克从床上站起来,热情地摇着战地神父的手说:"我非常高兴见到您。我叫帅克,九十一团十一先遣连的传令兵。我们的部队不久前开到利塔河畔布鲁克。请您旁边坐,神父先生,请您给我说说,为什么您被关了起来,您是有军官官位的人,您有权关到驻防军军官监狱里去,怎么能关到这里来呢?这草垫上尽是虱子。当然,有时候自己不知道该坐哪种监狱。往往是办公室弄错了,或者只是偶然弄成这样了。有一次,神父先生,在布杰约维策,我被关在团的监牢里,他们把一位没军衔的士官生带了进来。这些没有军衔的士官生类似战地神父,非驴非马。吆喝起士兵来,像个当官的;出了什么事儿,就把他同普通士兵关在一块儿。我告诉您吧,神父先生,他们就像是一些寄人篱下的人:人家不肯让他们进军官食堂去吃饭,他们又没权吃士兵伙食。因为他们比士兵高一等,吃军官伙食又没权。我们那儿曾经有过五个这样的人。开头,他们在士兵小卖部里啃点碎干酪,因为哪儿也没有他们的饭。后来,乌姆上尉出面干涉,禁止他们去士兵小卖部,说这与没军衔的士官生的尊严不相称。可是他们又有什么办法呢?军官小卖部也不让进啊。他们悬在半空中不着天不着地的就这样受了好几天的罪。他们中间的一个实在受不了,跳了马尔夏河,另一个开了小差,过了两个月给兵营来了一封信,说在摩洛哥当了军政部长。当时剩下的四个人把跳马尔夏河的人活着捞了上来,因为那人跳河时气得忘了自己会游水,游泳考试是优等。人家把他送到医院,医院又不知该怎么款待他:该给他盖军官用的毯子呢,还是盖普通大兵用的?结果找到一个办法:根本不给他盖毯子,只用一条湿被单裹着他,裹得他在半小时之后要求回兵营去。这就是全身湿漉漉的和我关在一起的那一位。他关了三四天,他很高兴,因为能领到份饭了。虽然是份囚饭,好歹有可吃的。常言说得好:生活有了保障。第五天有人把他领走,半小时后他又回来取帽子,高兴得哭了。他对我说:'终于就我们的吃饭问题做了决定。从今天起,没军衔的士官生可以和军官一起坐禁闭室。我们的伙食由军官食堂管,只是得在军官们吃饱了之后,才给我们吃。睡觉同普通士兵在一起,咖啡也在士兵食堂领。烟草也跟士兵一块儿发。'"

直到现在,马蒂尼茨神父才清醒过来,接着他用几句和他前面的谈话毫不相关的话打断了帅克的话。

"唔,唔,我亲爱的儿子,在天地之间有许多事情,都应当怀着热心快肠和完全相信上帝的大慈大悲的心情予以考虑。我亲爱的儿子,我是来给你行刑前祝祷的。"

他突然沉默了,因为他觉得,这样说不怎么合适。他一路上准备好了一大套说词,要引导这不幸者思考自己的一生,使他相信,只要他一忏悔,就会得到上苍的饶恕。

他正琢磨着怎么往下谈时,帅克抢先一步,问他有没有香烟。

战地神父马蒂尼茨至今没有学会抽烟,这是他从前的生活方式中惟一保持下来的好习惯。有时在芬克将军那里作客,当他已有几分醉意时,他也试着吸过一种最淡的烟,可马上就把他给呛坏了。吸它的时候好像保护天使在警告似地搔着他的喉咙。

"我不会抽烟,我亲爱的儿子。"他带着非同一般的尊严感回答帅克说。

"这就怪了,"帅克说,"我认识好多战地神父,全都是些大烟鬼。我简直不能想象还有不抽烟不喝酒的战地神父。我只认得一位不吸烟的,可是他虽然不抽烟,却喜欢嚼烟草。在布道的时候把整个讲坛都吐满了烟草末儿,您的老家住在哪儿,神父先生?"

"新英琴。"战地神父马蒂尼茨用沮丧的声调回答说。

"那您可能认得鲁日娜·考德尔索娃吧,神父先生?她前年在布拉格普拉特涅什街一家酒店做事。有一次,她上法院告了十八个男人,要他们出抚养费,因为她生了一对双胞胎。一个的眼睛是一蓝一褐,另一个的眼睛是一灰一黑,因此她推测是跟常到那家酒店去的四位同她有来往的先生养的,他们正巧有这类颜色的眼睛。此外,这对双胞胎中有个长着一条跟市政府参事一样的瘸腿。那人也常上这家酒店来胡闹。另一个婴儿的一只脚上长了六个脚指头,跟他们酒店里的常客——一位议员一样。您瞧,神父先生,这十八位客人不是跟她开旅馆,就是上私寓去胡搞,每个人都在双胞胎身上留下了点什么痕迹。后来,法院判决:这么多人中没法认出哪个是当父亲的。这时,她一口咬住酒店老板不放,说是他同她生下的,应该由他出抚养金,可是老板拿出证据,说二十多年前他在一次下肢炎症动手术时已经失去性交能力。最后她被押送到你们新英琴去了,神父先生。由此可见,贪心太大,往往会落得一场空。她应该揪住一个,别在法庭上硬说双胞胎中这个是议员生的、那个是市政府参事生的,这个那个全揪住。根据小孩的出生年月日是很好推算的:某月某日我和他在旅馆过夜,某月某日我生下了这个小孩,按正常期限分娩,就能推算出来,神父先生。在这种旅馆里花上五克朗就能找到个门房或女招待做证人。他们可以发誓说,那天晚上他的确和她在那儿过夜;他们还可以证明:说当他们俩下楼时,女的对男的说:'要是怀了孕怎么办?'他回答她说:'别害怕,我的蟹村①,有了小孩我抚养。'"

神父陷入了沉思。现在他觉得要进行刑前祝祷已非易事,尽管他事先准备好了一套怎么和他"亲爱的儿子"谈话的计划,本来要谈的是:在末日审判的那一天,当所有军队里的罪犯带着套在脖子上的绞索从坟墓里起来时,只要他们忏悔了,他们就将和《新约》中的"有理智的强盗"一样受到仁慈的宽恕。

他准备了一篇由三个部分组成的最热诚的刑前祝祷词。首先,他想讲讲:一个人只要完全与上帝和好,绞死也是轻松的。军事法律是因犯罪分子对皇上的背叛而惩罚他的;皇帝为全军之父,因此,军人对皇上的最小的不当之举都应看做弑父行为。其次,他想展开一下他的论点:皇帝乃是上帝恩赐世人的君主,他是上帝指派来管理世俗事务的,就像教皇是被指派来处理宗教事务的一样。背叛皇帝就是背叛上帝。因此,等待这种军人罪犯的,除绞刑之外,还有永世的苦难,永世的恶言。但是假如世俗法庭的公正审判考虑到军队纪律而不能取消原判,必须把罪犯绞死的话,那么另外一种惩罚,即如永世的苦难,是还不失为一种良策的。这种罪人是可以用忏悔这种高明的手段得救的。

战地神父想象着这算是最动人的场面,觉得只要做到了这一点,那么在天上就将抹掉他在普舍米斯尔的芬克将军府上所干的一切勾当。

他设想着在一开头对被告嚷道:"忏悔吧!儿啊,我们一同跪下吧!把我的话复述一遍,我的儿子!"

然后,在这个臭气熏天、虱子满铺的单间牢房里就会响起如下的祷

---

① 是根据一九〇四至一九〇五年日俄战争时期一个日本将军的姓取的绰号。

词:"主啊!你一向怜悯与宽恕有罪的人,我现在替一位士兵的灵魂恳切地向您祈祷。你吩咐他根据普舍米斯尔地方的突击军事审讯的判决离开这个世界。请饶恕这位悲伤地忏悔的士兵吧,让他免受地狱的痛苦,让他尝尝你的永世的喜悦吧。"

"打搅您一下,神父先生,您一声不吭地在这儿坐了五分钟,就像人家没跟您聊过天似的。马上就教人看出来,您是第一次进班房。"

"我是来——"战地神父严肃地说,"做刑前祝祷的。"

"这倒蛮新鲜,神父先生,您怎么老提这个刑前祝祷啊?我并不觉得自己有这么大的能耐,还能给您做任何祝祷。您既不是第一位、也不是最后一位被关进班房的随军神父;何况,我跟您说句实话,神父先生,我也没有这份口才,能在人处于困境时为他进行祝祷。有一回我试过,可是砸了锅。请您好生坐在我身旁,我来给您讲点什么。想当初,我住在奥巴托维茨卡街的那时节,有一位朋友叫伏斯丁,是一个旅馆的门房,一个很好的人,又正派又勤俭。所有的野鸡他都认识。神父先生,白天黑夜,您不管什么时候上旅店去,只需对他说一声:'伏斯丁先生,我要一位小姐,'他马上主动问您要金发的,还是褐黑头发的;要小个儿的,还是高个儿的,瘦的,还是胖的,要德国女的、捷克女的、还是犹太女的;要没嫁过人的,还是离过婚的,还是有老公的;要有文化的还是没文化的。"

帅克很亲昵地靠在战地神父身上,搂着他的腰,接着说:"喏,比方说吧,神父先生,您说:'我要一个金发长腿的、没文化的寡妇。'十分钟之后,这样的姐儿就带着出生证上了您的床。"

战地神父开始感到浑身发热,帅克母亲般温存地把他搂在怀里,往下讲道:"神父先生,您简直想象不到伏斯丁先生是个怎么有道德和诚实的人。他对这些由他牵线送到各个房间去的女人连小费都不要一文。有时候,这些堕落的女人中间偶然有哪一个忘了这一点,想塞点钱给他,您瞧吧,他简直火冒万丈,呵斥她:'你这头母猪!你既然已经卖身,犯下致命的罪孽,就别以为你那几个子儿能帮我什么忙。我又不是替你拉皮条的,你这个没羞没臊的臭婊子!我这样做仅仅是出于对你的同情。你既然已经堕落到这样的地步,就不要再当众出丑,让巡逻队在街上抓住你,带到警察局关押三天。像现在这样,你至少能暖和一点儿,谁也看不见你堕落到何等地步。'他不愿意收她们的钱时,便在顾客身上想了个补救办法。他开了一张价目单:蓝眼睛的值六克里泽,黑眼睛的十五克里泽,他把各种费用详细写在一张纸片上,交给客人。这是人人都出得起的推荐价格。没有文化的女人加六克里泽,因为他认为跟这种下流货比跟有文化的女人要玩得开心。有一天晚上,伏斯丁怒气冲天,心情非常不好,到奥巴托维茨卡街来找我,好像是被人盗走了手表、刚从电车的保护栅栏里拉出来似的。他开头一言不发,只从衣兜里掏出一瓶罗姆酒,喝了一大口,递给我说:'喝吧!'我们什么也没说,直到把这瓶酒喝完了,突然他说道:'朋友,做做好事,帮我个忙吧。把朝街的那扇窗户打开。我坐到窗台上,你抓住我的腿,把我从四楼上推下去。我活够了,什么也不需要了。只有这最后的一点安慰:找到一个把我从这世界上除掉的好朋友。我没法再活在这个世界上了。像我这样一个正派人却被人控告为犹太区的一个什么皮条客。我们的旅馆是一级旅馆。三个女侍和我老婆都有身份证,也不欠大夫一个子儿的就诊费。你要是还对我有点好感,就把我从四楼上推下去,给我一个最后的祝祷,安慰安慰我吧。'我叫他爬到窗台上去,把他推到街上去了。——您用不着吓一跳,神父先生!"

帅克站到床上,把神父也拽上来说:"您瞧!神父先生,我就这么抓着他一推就下去了!"

帅克把战地神父往上一提,然后一把将他推到地板上。当吓得丧魂失魄的神父欠起身来时,帅克结束他的故事说:"您瞧,神父先生,您啥事也没有嘛;他也没事儿。神父先生,只不过那窗口比这床要高三倍。因为这位伏斯丁先生已醉得神志不清,忘记我是住在奥巴托维茨卡街上的平房里,而不是一年前住过的三层楼上。一年前我住在克谢蒙佐瓦街上时,他也常去我那儿串门。"战地神父在地上惊恐地望着帅克摊开双手站在床板上。

神父忽然想到要治治这个疯子,便结结巴巴地说:"唔,唔,亲爱的儿子,也许还没有我这儿三倍高哩。"他慢腾腾地移到门边,突然捶起门来,他惊恐地呼叫着,以致立刻就有人给他开了门。

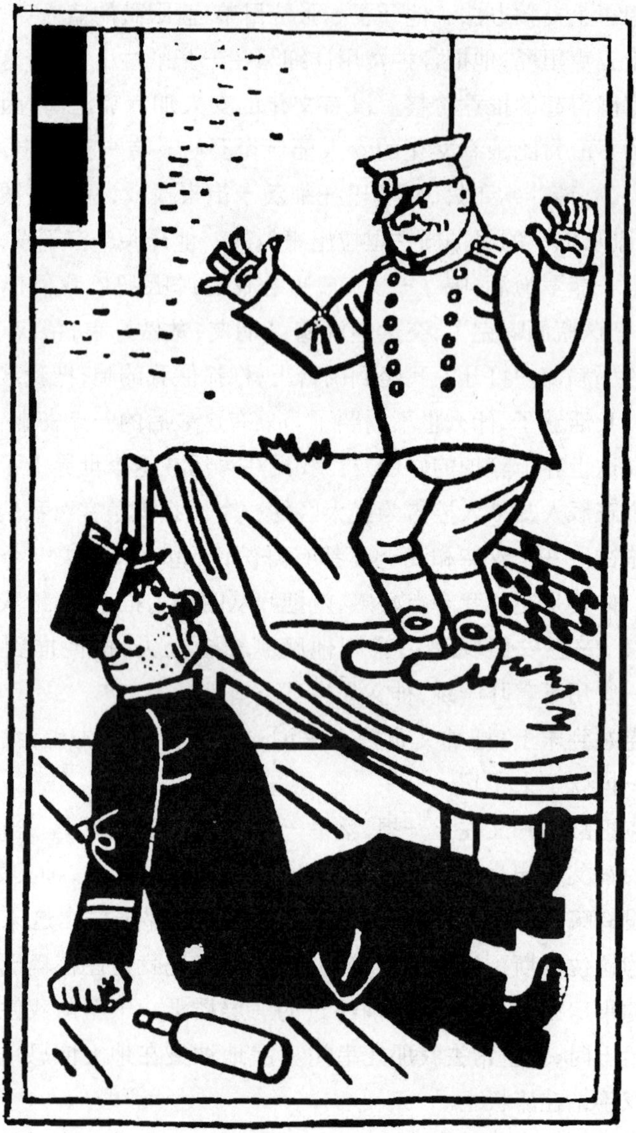

帅克从上有铁栅栏的窗口看见神父由卫兵带着飞快地走过院子,边走边起劲地打着手势。

"如今可能把他带到精神病院去。"帅克想道,从床上跳下来,踱着军人步伐,唱起歌来:

> 她赠我的戒指我没戴。
> 见你的鬼,你怎么不戴?
> 等我回到我的团里,
> 再把它往枪眼里塞……

这件事发生几分钟之后,听差报告芬克将军:神父驾到。

将军那儿高朋满座,主角是两位可爱的太太,还有葡萄酒和甜酒。

除了给他们点烟的那个普通步兵外,早上参加突击审讯的全体军官都聚在这里。

神父像童话中的鬼怪一般跟跟跄跄来到这群人中间。他脸色苍白,义愤填膺,可是却像一个意识到刚刚挨了冤枉耳光的正经人那样保持着自己的尊严。

最近一个时期跟战地神父格外亲热的芬克将军把他拉到自己的沙发上,用醉得嘶哑的声音问道:"你怎么啦?刑前祝祷做完了?"

这时,快活的太太中的一位扔给神父一支"梅菲斯"牌的香烟。"喝吧,我的刑前祝祷。"芬克将军往大绿杯子里给神父斟酒时说。因为神父没马上喝掉,将军便亲手灌他喝了,要不是神父勇敢地大口吞下,他的全身上下都会洒满酒的。

后来将军才问到罪犯在进行刑前祝祷时的表现如何。神父站起来,用悲伤的声调说:"他疯了。"

"这准是一次绝妙的祝祷。"将军放声大笑,大家都随声附和打起哈哈来。这时两位太太却又开始朝神父扔起纸烟来。

少校因饮酒过量,在靠桌子另一头的一张沙发椅上打盹。神父的到来惊醒了他,他迅速斟满两杯甜酒,跨过椅子走到神父跟前,要这位著名的上帝的仆人与他为友谊干杯。然后又滚到他的位子上继续打盹去了。

这种为友谊的干杯使神父陷入了魔鬼的深渊，魔鬼从桌上所有的酒瓶中、从快活的太太们的秋波和笑靥中向神父张开两臂来拥抱他。太太们把腿搁在桌子上，因此鬼王别西卜①便从裙里窥伺神父了。

直到最后一刻，神父还深信，谈到拯救灵魂问题，他自己倒是一个殉道者。

将军的两个勤务兵把神父抬到隔壁房间的沙发上时，他对他们说："当你们不带偏见，以纯正的思想去怀念众多成为信念的牺牲品，殉难者中的名人时，在你们眼前就会展出虽然可悲然而却又崇高的一幕。从我身上，你们可以看到：当一个人的心里拥有战胜最可怕的折磨、夺取光辉胜利的真理与美德时，他是怎样超脱各种苦痛的！"

他突然翻身面对墙壁，立即呼呼睡去。

他睡得很不安稳。

他梦见，他白天履行战地神父的职责，晚上却成了被帅克从四层楼上推下去的那个旅馆的门房伏斯丁。

客人们纷纷来向将军控告他，说是你要一个金发女郎，他却送去了个深褐色头发的娘儿们；人家要一个离了婚、有文化的，他却送去一个没有文化的寡妇。

他早上醒来时，像一只浑身是汗的老鼠。他的胃也非常难受，老觉得他在摩拉维亚遇到的那个正职神父跟他比起来，简直算得上是个天使。

---

① 基督教典籍中的地狱统治者。

第三章　帅克重返先遣连

　　昨天上午审判帅克时充当军法官的少校,就是当天晚上在将军那儿跟战地神父为友谊干杯、直打瞌睡的那个人。
　　谁也不知道少校是什么时候和怎样离开芬克将军的。
　　大家都喝得迷迷糊糊,谁也没有察觉他已经走了;将军甚至分辨不出客人中谁在说话。少校不辞而别已有两个多钟头了,可是将军还在捻着胡须,傻笑着喊道:"你说得对,少校先生!"
　　早上,他们到处找不到少校。他的军大衣挂在前厅的衣架上,马刀也挂在那里,只是他的军官制帽没有了。他们以为他可能是在厕所里睡着了。可是找遍了所有的厕所,也没找到他。倒是在三楼上找到了一位睡着了的上尉,他也是将军的众客人中的一位。他跪在那里,弯身对着抽水马桶,睡着了。是在呕吐时睡着的。

少校像失足落水似的杳无音讯。但是谁要是朝监禁帅克的牢房的铁栏栅窗口里看一眼,就会瞅见在一件俄国军大衣底下有两个人躺在一张草垫上。下面还露出两双皮鞋。

带马刺的那一对是少校的,不带马刺的是帅克的。

两人紧挨着躺着,亲昵得像两只小猫。帅克的手枕在少校的脑袋底下,少校搂着帅克的腰,紧偎着帅克,活像小狗崽子挨着小牝狗。

这毫无神秘之处,只是表明少校意识到了自己的职责。

某个时候您可能也遇到过这种情况:比方说您跟某人坐在一块儿喝了一整夜的酒,到了第二天早上,您的酒伴突然抓着脑袋,跳起来嚷道:"老天爷,八点钟我得上班呀!"这就是所谓"职责猝发感"。这种感觉是人受到良心谴责而产生的结果。突然产生这种高尚感觉的人,是任什么也无法使他摆脱这样一种圣洁的信念:必须马上到公事房去,以弥补他贻误公事所造成的损失。这些人就是那些不戴礼帽、被公事房的门房在过道上抓到后又被安顿到他们住所里的卧榻上去睡觉的那种怪物。

这天夜里少校也产生了这种"责任猝发感"。

当时,他在扶手椅上醒来,突然想到他应当马上提审帅克。这种对公事的"职责猝发感"来得十分突然,而少校一受到这种感觉的触发,便立即采取如此迅速、如此果断的行动,以致谁也没有发觉他的悄然离去。

然而,在军人监狱守卫室里却明显地感到了少校的光临。他就像一颗炸弹似地飞到了那里。

值班军士在桌旁睡着了。看守兵也都摆出五花八门的姿势在他四周打盹。

歪戴军帽的少校破口大骂,以致他们都像打哈欠似的张大着嘴,闭不拢来;所有人的脸都变得怪难看了。他们绝望地望着少校,不像是一队士兵,倒像是一群龇牙露齿的猴子。

少校用拳头往桌上一捶,对军士呵斥道:"你这个玩忽职守的乡巴佬,我已经跟你们说过一千遍,你们这帮人都是臭猪土匪。"然后又转向那些吓得目瞪口呆的士兵吼道:"士兵们! 看看你们这一副蠢相,不管你们睡着也好,醒了也好,你们那副尊容都像是吃了一车厢的烈性炸药。"

然后,他又就看守兵的职责作了一通又臭又长的训话,最后要他们马上把关押帅克的牢房门给他打开,说是他想要对犯人进行一次详细的审讯。

这样,少校就在深夜里来到了帅克这里。

他跨进牢房时,正是他酒性大发之际。他最后的一声咆哮等于是叫看守交出牢房钥匙的命令。

军士顶住少校的要求,想到自己所负的责任,拒不交出钥匙。出乎意料,这却使少校产生了极好的印象。

"你们这帮狗土匪!"他对着院子嚷道,"你要是不把钥匙给我,我可要给你点颜色看!"

"报告,"军士回答说,"我不得不把您关起来。为了您的安全,在犯人这儿再派上个岗。如果您想出来,少校先生,您就捶门好啦!"

"你这傻瓜蛋,"少校说,"你这个狒狒、你这匹骆驼! 你以为我还害怕犯人? 我来提审他时,还需要你派个岗哨? 见你妈的活鬼! 你快把我关上,滚你的蛋吧!"

在门上窥视孔里的装有栏栅的路灯架上,有盏点着灯芯的煤油灯,灯光微弱得刚好够少校看到被惊醒的帅克,用立正的姿势站在自己的床铺旁,耐心地等待着这场探望的下文。

帅克想,最好是向少校先生报告一下这里的情况,于是很带劲地喊道:"报告,少校先生,犯人一名,平安无事。"

少校忽然忘了他究竟是为什么到这儿来的,便说:"稍息!① 那犯人在哪儿?"

"报告,他就是我本人。"帅克自豪地说。

可是少校没把这回答当回事,因为将军的葡萄酒和烈性甜酒正在他脑子里产生着最后的酒精反应。他一个劲儿地打着哈欠,任何文官

---

① 原文为德语。

要是这么打哈欠,准得打掉下巴。可是少校的哈欠却使他的思想转移到那根主管唱歌才能的神经上。他心甘情愿地倒在帅克床板上的那张草垫上,用小猪崽在断气前的声音哼着:

啊圣诞树,啊圣诞树,
你的绿色针叶儿多美丽![1]

他翻来覆去地唱着,还夹杂着几句谁也听不明白的尖厉刺耳的叫声。

然后翻了个身,像只小狗熊似的,朝天仰卧着,把身子缩成一团,打起呼噜来。

"少校先生,"帅克要叫醒他,"报告,这儿虱子咬人!"

但白费力气,少校像浮在水面上的木头块一样睡得很死。

帅克温柔地看了他一眼,说:"要睡觉就睡吧!你这酒桶子!"说完,把军大衣盖在他身上。随后,他自己也钻到大衣下面睡了。于是早上人们就发现他们紧紧偎在一起。

早上九点钟,当寻找少校的活动达到高潮时,帅克从草垫上爬起来,认为是叫醒少校的时候了。他使劲摇了他好几遍,把盖在他身上的俄国军大衣掀掉,好不容易才使少校在草垫上坐了起来。他傻呆呆地望着帅克,寻找着解开这个谜的方法:不知他究竟发生了什么事。

"报告,少校先生,"帅克说,"守卫室的人已经到这儿来过好几趟,打听您是不是还活着。所以我现在冒昧来把您叫醒,您是不是别再睡了?乌赫希涅夫采的啤酒厂有个箍桶匠,他总是睡到早上六点,要是睡过了头,哪怕只是一刻钟,到六点一刻,那他就得睡到中午。他一直是这么个毛病,直到把他辞退,他一怒之下,大骂教会,大骂我们君王家族中的一个人。"

"你是白痴,是不是?"少校说这话时不免带有一点沮丧的口气,因为他的头从昨天晚上起就像只烂皮鞋似的不顶用了,怎么也弄不清:究竟为什么坐在这里,为什么守卫室的那些小子总往这儿走,为什么站在

---

[1] 原文为德语。

他面前的这条汉子跟他说些没头没脑的蠢事。他觉得一切都非常奇怪,他模模糊糊记得,有一天夜里来过这里,可是为什么来的呢?

"我夜里来过这儿了吗?"他半信半疑地问。

"是,少校先生,"帅克回答,"据我从听懂的少校的讲话中得知,报告,少校先生,您是来审问我的。"

这一下少校脑子豁然开朗,他看了看自己,然后看了看身后,好像在寻找什么。

"您什么也不用担心,少校先生!"帅克安慰他说,"您醒来时跟进来时一模一样。您来这儿时没穿军大衣,没带马刀,只戴了帽子。帽子在那儿。我不得不从您手中拿过来,因为您想拿它枕在头底下。这么漂亮的一顶军官帽,跟个高筒大礼帽似的。拿大礼帽当枕头使,只有那个罗捷尼采的卡尔德拉斯先生才这么做。他常常是往酒店里的长凳上一躺,把大礼帽塞在脑袋下面。他是个唱丧歌的,不管上哪个坟头去都戴着大礼帽。您瞧,他把大礼帽好好儿地放在脑袋底下,提醒自己,不要把它压皱了。他的轻巧的身躯整夜压在上面,可礼帽一点儿也没受损失,反而更好了,因为在他每次翻身时,他的头发总是慢慢地把礼帽刷净、展平了。"

少校现在已经完全清醒过来,弄清是怎么一回事了,他仍然傻望着帅克,重复地说:"你是个傻子,是不是? 我如今在这儿,我要离开这儿了……"他站起来,走到牢门前,咚咚地捶起来。

开门之前,他还对帅克说:"如果不来电报,那么你、你、你就要被绞死。"

"衷心感谢,"帅克说,"我知道,少校先生,您非常关心我,可是您,少校先生,假如您在这草垫上抓到了个什么,请您相信,如果是个小不点儿,有个红红的背脊,那就是个公的;要是只有一只,您又没找到另一只带红条的又长又灰的肚皮的,那就好;要不然就是一对,它们在这儿繁殖得非常快,比家兔还快。"

"别胡扯了。"①别人给少校开门时,他无精打采地说了一声。

---

① 原文为德语。

少校在守卫室里没再表演什么花样。他相当客气地吩咐他们去叫了一辆四轮马车。马车在通向普舍米斯尔的崎岖的路上喀吱喀吱走着,少校的脑海里只有一个想法:犯人是个天字第一号的傻子,肯定是个无辜的畜生。至于他少校,没有别的办法,要么一回到家里,马上开枪自杀,要么派人到将军那儿去把军大衣和马刀取来,到城里的澡堂去洗个澡,然后到"沃尔格鲁贝尔"酒店去坐一坐,换换胃口提提神,再给市剧院打个电话订张票到城里去看戏。

在他来到自己住所之前,决定采用第二方案。

他住室里的情景使他吃惊不小。他来得正是时候。

芬克将军站在居室走廊上,一手抓着他勤务兵的领子,凶狠狠地冲着他嚷道:"你的少校在哪儿?畜生,你说!你这畜生!"

然而畜生没有说话,因为将军正掐住他的脖子,他脸都憋青了。

少校进门时看到的场面是:他可怜的勤务兵在腋下紧紧夹着他的军大衣和马刀,这肯定是从将军家的过厅里取来的。

这一幕使少校看了非常开心,所以他就在半开着的门前停下步来,继续瞧着他忠实的奴仆受难,想不到早被少校认为恶贯满盈的奴仆竟然具有这样可贵的品德!

将军突然把脸色紫青的勤务兵放开,以便从衣袋里取出电报,然后又用拿着它的这只手抽打着勤务兵的嘴巴,边抽边嚷道:"你把你的少校丢到哪里去了?畜生,你把你的少校军法官丢到哪里去了?畜生,你得把这个公务电报交给他!"

"我在这儿!"德沃尔特少校在门口答道,他一听到"少校军法官"、"电报"这些词儿,马上就联想起了他的职责。

"啊!"芬克将军喊道,"你回来了?"语气颇带几分刻薄的意味,弄得少校不敢回答,只是犹豫不决地站在门口。

将军要他随自己到房里去。当他们坐下时,他把勤务兵为之挨了耳光的电报扔到桌上,用悲伤的声调对他说:"看吧!这是你的功劳!"

少校读着电报,将军从椅子上站起来,在房间里来回窜着,把椅子和方凳都碰倒了。他嚷道:"我非把他绞死不可!"

电报的内容是这样的:

步兵约瑟夫·帅克,十一先遣连传令兵,系于本月十六日奉派去寻找宿营地,在希罗夫至费尔施泰因途中失踪。望速将该兵送至沃雅利奇旅部,勿误。

少校打开抽屉,取出一张地图,并且沉思着:费尔施泰因在普舍米斯尔东南四十公里。不解的是,帅克怎么会在离前线一百五十公里的地方穿上俄国军装呢?堑壕不是沿着索卡尔——吐尔泽——科兹罗一线铺开的吗?

少校把这些想法报告将军,并把电报上提到的,几天之前帅克失踪的地方指给他看。将军像公牛一样地吼着,因为他感觉到他的突击审讯的一切希望会全部破灭。他走到电话机旁,接通守卫室,命令立即把犯人帅克带到少校房间来。

在他们执行命令之前,将军无数次破口大骂,说他本应自担风险,根本不进行审讯就把他绞死的。

少校不以为然,一个劲儿坚持法律与正义是相辅相成的。他还大谈在各个升平时期的公平审判、审讯上的谋杀行为,以及涌上他脑子里来的一切,因为他必须为他昨天的荒唐行为辩护。

当他们终于把帅克带来时,少校要他说清楚:在费尔施泰因究竟是怎么回事,究竟是怎么穿上这套俄国军装的。

帅克进行了必要的解释,并从自己遇到的不称心的事情中举了几个例子。当少校问他为什么在审讯时不说明这些情况时,帅克说实际上谁也没问到他怎么穿上俄国军装的,所有的问题只是:"你承认你是自愿地、在没有任何压力的情况下穿上敌军军装的吗?"因为这是事实,所以他也只能回答:"当然——是——肯定——是这样——毫无疑问。"但他毕竟拒绝了审判时说他背叛皇上的令人发指的控告。

"这是个彻头彻尾的白痴,"将军对少校说,"在池塘边把一个天晓得什么人穿过的俄国军装穿到身上,听便人家把他塞到俄国俘虏队里,只有白痴才会这么做。"

"报告,"帅克说,"有时我真的细细估量过自己,我是智力低劣,尤其是天黑那阵……"

"少废话,阉牛。"少校说,转向将军问如何处置帅克。

"让他们旅去绞死他。"将军拿定了主意。

一小时后,押送兵把帅克押往火车站,准备送到驻扎在沃耶利奇的旅部。

帅克走后,军狱里留下了一个小小的纪念:他从三个柱子上掰下一块小木片在墙上刻下他在战前吃过的全部菜汤、调味汁和配菜的清单。这好像是对于二十四小时内没给他任何食物的一种抗议表示。

连同帅克一起送去的还有如下便条:

遵照四六九号电报指示送上十一连逃兵约瑟夫·帅克一名,请旅部作进一步审理。

由四个士兵组成的押送队本身就是几个不同民族成员的混合体,里面有波兰人、匈牙利人、德国人和捷克人。捷克人是带队的,有上士军衔,对他的同胞——犯人装出一副神气十足的样子,实行着对他的吓人的统治。帅克到火车站时请求允许他去小便,上士却粗暴地说要到了旅部才让小便。

"那好,"帅克表示同意,"那你给我立个字据,要是我的膀胱胀破了,也好让人知道是谁的罪过。这是有法律管着的,上士先生!"

上士这个木头疙瘩乡巴佬给膀胱吓住了,于是整个押送队在火车站上如临大敌似地押着帅克去上厕所。上士一路上都扮演着残忍的角色,神气得就像明天至少也能捞上个军团司令的官衔似的。

他们坐在普舍米斯尔到希罗夫去的火车上时,帅克对他说:

"上士先生,我一看见您,就马上联想起一个叫博兹巴的上士,他是在特里顿特服役的。他一当上上士,第一天就开始发胖,脸也鼓了起来,肚子长得到第二天就没法穿下公家发的军裤。最糟糕的是他的耳朵也往长里长,只得把他送到病房,团队医生说,所有的上士都这样:一开始是胀大起来,有的过一晌就好了,而他的病情却严重得快要爆裂,只好把他那颗星星扯下来,他才消瘦下去。"

从此,帅克费尽心机也休想跟这位上士搭上句话,并友好地向他说明,为什么常言说上士是连队的魔障。上士不答话,只是阴沉地威胁着说,到了旅部倒看谁笑到最后。总而言之,他对同胞不再理睬。当帅克问他家在哪儿时,他回答说不关他的事。

帅克想了各种办法跟他攀谈,还跟他说,他已不是第一次被押送了,但每次都跟押送他的人处得很好。

上士还是继续缄默着,帅克接着说:"我觉得,上士先生,您要是忘掉了语言,就得在世上碰到不幸。我认识许多悲哀的上士,可是像您这样的,上士先生,恕我直言,我还一个也没见过。您告诉我,什么事使您那么难受,说不定我能帮您出出主意,因为一个被押送的士兵往往比看守他的人的阅历要深些。要不,上士先生,您给我们讲点什么,好让路途显得短一点。比方,说说你们那儿周围是个什么样子呀,那儿有没有池塘呀,或者那儿有个什么古城堡啊,您还可以给我们讲讲跟它有关的一些传说。"

"够了!"上士突然叫了这么一声。

"你真是个有福的人,"帅克说,"有些人,啥时候也没有个够。"

上士说了他最后一句话:"到了旅部会有人来教训你的,我犯不着跟你来劳神枉费劲。"从此就绝对地沉默了。

几个押送兵也都闷闷不乐。匈牙利人和德国人用一种特别的方法在聊天,因为匈牙利人只懂几个德文字:"是"和"什么?"①德国人给他讲述点什么时,他便点点头说"是",当德国人不说话时,匈牙利人就问"什么?"德国人又重来一遍。押送队的波兰人保持傲慢的贵族风度,对谁也不理睬,只是自个儿消遣着。他往地上擤鼻涕,擤时很自如地用右手的大拇指帮着忙,然后若有所思地用枪托在地上蹭着,又文雅地把那弄脏了的枪托往裤子上擦,边擦边嘟囔着说:"圣母马利亚!"

"你还不算内行,"帅克对他说,"在战场街一间地下室里住了个清道夫叫麦哈切克,把鼻涕擤到窗子上,他擦得可真正在行,能擦出莉布谢②预言布拉格光辉前景的那幅画来。他每画出这么一幅画就从他老婆那儿得到一份这样的国家津贴费:嘴巴撑得像个大口袋,可他并不就此罢休,还越画越美。不错,这也是他惟一的乐趣。"

波兰人没答理他。到后来,整个押送队都鸦雀无声,像是去送葬的,虔诚地在想念着死者。

---

① 原文为德语。
② 传说中的捷克女大公,她曾预言过布拉格的光辉前途。

就这样，他们离沃耶利奇的旅部越来越近了。

这其间，旅部发生了一些相当大的变化。

旅长由赫尔比希上校担任。这是一位具有非凡军事才能的人。这才能以痛风病的形式在他的两条腿上反映出来。可他在部里认识一帮有权势的人物，由于有他们的撑腰，他没有退休，而在各个大军事机构的参谋部里转来转去，而且还领取提高了的薪俸和各种战时补贴。在他的痛风病尚未发作到使他干出蠢事之前，他一直留在他的职位上。后来，他被调到别处，照例又升了官。他和军官们在一起吃饭时，通常不谈别的，专谈他的肿胀的脚指头，有时大得只好穿上一双特制的靴子。

吃饭时，他的最大乐趣就是向所有人讲述他的脚指头是怎么流脓和出汗的，所以得用棉花裹着，而流出来的东西就像变酸了的肉汤。

因此当他调任他处时，军官们无不怀着极大的诚意跟他道别。总的说来，他是一个蛮和气的先生。对下级军官相当友善。他常向他们讲述在他没得这个病以前，他是能吃能喝的。

他们将帅克带到旅部，根据值日官的指示把他和有关文件一起送交赫尔比希上校，这时杜布中尉正好坐在上校的办公室里。

从萨诺克开往桑博尔这几天中，杜布中尉又经历了一场冒险。到费尔施泰因后，十一先遣连遇着了一个马队，他们是到萨多瓦·维什尼亚的龙骑兵团去的。

连杜布中尉自己也不知道是怎么回事，他竟然想在卢卡什上尉面前显示一下自己的骑马艺术。于是他跳到一匹马上，那马便带着他消失在山谷小溪中。后来人们在那儿发现杜布中尉牢牢地扎在一个小沼泽里。连最能干的园丁恐怕也不能栽得像他那么笔直。当人们用绳索套着他往外拉时，杜布中尉一句怨言也没有，只是像一头牲口行将断气那样轻声地呻吟着。人们把他带到旅部，安放在小型战地医务室。

几天后他清醒过来，对医生说，再给他往背上和肚子上抹两三次碘酒，然后他就可大胆地赶队伍去了。

如今他正坐在赫尔比希上校这儿，讲述各种疾病。

他知道帅克在费尔施泰因附近的神秘失踪,因此当他一看见帅克,便大声喊道:

"我们又找到你啦!好多人像妖怪一样在外边游荡,又像更加糟糕的野兽一样回来,你也是这其中的一个。"

有必要再补充说明一下:杜布中尉在自己的骑马冒险行动中得了轻微的脑震荡,因此当我们看到他走得离帅克那么近还用诗句对他嚷着、呼唤上帝来与帅克搏斗时,请不必大惊小怪:

"啊,天父,我召唤你,轰隆隆的大炮的烟雾遮住了我,嗖嗖的枪声可怕地一晃而过。战役的总管啊,我呼唤你,父亲!请你伴送我到那流氓那里……你在哪儿呆了这么久?王八蛋,你穿的这套军服是谁的?"

还得补充一句:患着痛风病的上校在不发病时,在他办公室里一切都很讲民主,各级军官轮换着上他那儿去倾听他对流脓的脚指头加上发酸的肉汤余味的论述。

在赫尔比希上校没有发病时,他办公室总是挤满着各式各样的军官,因为在这种特殊情况下他非常快活,而且健谈,喜欢有许多听众围着他,听他讲些龌龊的笑话。他自己讲得津津有味,给别人带来的快乐是,对这些老掉牙的笑话勉强地笑笑。这些笑话可能在劳登将军①时期就有了。

在这种时候,为赫尔比希上校服务是很轻松的。谁想干什么就干什么。赫尔比希来到哪个部队,哪儿就准出现盗窃和各种胡闹事件。

今天也是这样。各级军官随着帅克一起挤进了上校的办公室,等着看怎么发落他。这时上校看了少校由普舍米斯尔写给旅部的呈文。

杜布中尉还是以他惯有的可爱的方式继续着与帅克的谈话:"你还不认识我,等你有一天认识我了,你就得吓死!"

上校看了少校写的呈文,乱七八糟的,因为在他写呈文的那会儿,还受着酒精微弱毒害的影响。

但赫尔比希的兴致甚高,因为昨天和今天他的脚都没有疼,他的脚指头安静得像只羊羔。

"那么你到底干了什么?"他问帅克时的口气是那样和缓,使得杜布中尉的心像被扎了一下似的,他忍不住代替帅克答道:

"这个兵,上校先生,"他介绍帅克说,"他装疯卖傻,用他的痴傻来掩盖他的罪行。我虽不知道公文上写了些什么,可我能想象到他准又是干了什么坏事,而且是在很大的范围内。上校先生,您要是允许我看一下来函,我肯定能给您提供一个处置他的办法。"

他转向帅克,用捷克话对他说:"你在喝我的血,你感觉到没有?"

"在喝!"帅克一本正经地回答说。

"您瞧,上校先生,"杜布中尉接着用德语说,"您什么也不能从他口里问出来。您根本没法跟他说话。总有一天棋逢对手,会把他置于死地的,请允许我,上校先生⋯⋯"

杜布中尉仔细地读着少校从普舍米斯尔写来的函件,读完后,他兴高采烈地喊了起来:"这一下你可完啦! 你把军服丢到哪儿去啦?"

"当时我想试试这套破玩意儿,看看俄国兵是怎么穿的。我把我自己的那一套脱了放在池塘边,"帅克回答说,"这只不过是一场

---

① 劳登将军(1719—1790),奥地利著名将领。十八世纪四五十年代是他的戎马生涯的鼎盛时期,屡战屡胜,为人所称道。

误会。"

帅克开始向杜布中尉述说他由于这一误会所吃过的一切苦头,等他说完,杜布中尉对他嚷道:

"如今你才认识我。你知道,丢失国家财产意味着什么吗?你这坏蛋!你知道,打仗的时候丢了军服意味着什么吗?"

"报告,中尉先生,"帅克回答说,"我知道,士兵丢了军服,应当领一套新的。"

"我的老天爷,"杜布中尉惊叫了一声,"你这头阉牛!你这畜生!你要是再拿我来开心的话,那么打完仗之后你还得再服役一百年!"

一直安安稳稳、惬意地坐在桌旁的赫尔比希上校的脸孔突然可怕地皱成一团,因为他的一直安静的脚指头,由于痛风病发作,突然由安静的羊羔变成了咆哮的老虎,就像六百伏特的电流在通过,四肢被大锤在慢慢地敲碎一样。赫尔比希上校只是挥了一下手,用一个慢慢地熬着串烤的人的可怕的声音喊道:"都出去!给我左轮枪!"

这一来大家都明白,都溜了出去,连帅克一起也被卫兵带到走廊上。只有杜布中尉留下了,他想借此大好时机,给帅克来个落井下石。他对着那脸部肌肉扭得很难看的上校说:"请允许我提醒您,上校先生,那个家伙……"

上校疼得嗷嗷直叫,拿起墨水瓶往杜布中尉扔去。吓破了胆的杜布中尉忙行军礼说:"当然啰,上校先生。"便消失在门外了。

随后,好长时间还从上校办公室传来怒吼和嚎叫,直到最后,疼痛的呻吟才停止了。上校的脚指头突然又变成了温顺的羊羔,痛风猝发过去,上校按了一下铃,让人把帅克再带上来。

"你到底出了什么事?"上校问帅克,仿佛一切倒霉事都已过去,如今感到如此自在和舒畅,像懒散地躺在海边沙滩上。

帅克对上校友好地笑了笑,把自己的整个历险记讲了一遍,又说他是九十一团十一先遣连的传令兵,不知他不在那里时会给他们带来多大的不便。

上校也笑了笑,然后下了一道命令:"给帅克办一个通过利沃夫到佐尔坦采站去的通行证,他们的连队明天将抵达那里。给他从仓库里取套新军装出来,再给他六克朗八十二个哈莱什作为路上的伙食费。"

当帅克穿上奥地利新军装离开旅部上火车站去时,杜布中尉看着发呆了。当帅克严格地按军纪向他报告,给他看证件,关心地问他有没有什么话要捎给他的长官卢卡什上尉时,他大吃一惊。

杜布中尉别无其他表示,只说出一个字:"滚!①"当他看着帅克走远时,只是暗自嘟噜了一句:"你还不认识我,我的天哪,总有一天你会认识我的……"

在佐尔坦采火车站上,扎格纳大尉将全营集合在一起,只缺十四连的后卫,它在迂回利沃夫时失踪了。

帅克走进这座小城,顿时感到一切都很新鲜。因为从一片繁忙的景象中就可以看出,前线已近在咫尺了。到处是炮兵队和运输车队,每所房子都有各团的士兵出出进进。在他们中间,帝国的日耳曼人,犹如士兵中的精粹,高人一等地正从自己丰厚的贮存中拿些香烟出来分发给奥地利人;广场上的帝国日耳曼人伙房甚至还有大桶的啤酒,士兵们打了啤酒去就中饭和晚饭喝。无人过问的奥地利士兵肚子里装满了肮脏的甜菊花茶,他们像馋嘴虫似地围着啤酒桶。穿着土耳其长袍的大胡子犹太人聚集成一堆,指点着西方的浓烟乌云。到处都在嚷着:沿布格河的乌吉什古夫、布斯克和德雷维亚尼②都燃起了大火。

大炮的轰隆声震耳欲聋。又有人叫嚷说俄国军正在炮轰格拉波维——卡明克——斯特鲁米洛一线各地,整个布格河沿岸都接火了,士兵们正在堵截企图从布格河溃逃回家的败军。

到处是一片混乱。谁也不知道俄军要干什么,是转而再度进攻呢,还是继续实行全线大撤退。

战地宪兵巡逻兵不停地把一个个被谴责为散布不确切和骗人消息的犹太人押送到城防总指挥部。那些可怜的犹太人在那儿被打得皮开肉绽,遍体鳞伤,才放他们回家。

---

① 原文为德语。
② 均为波兰城镇。

帅克就在一片混乱中来到这里,寻找他的先遣连。在火车站上差点儿跟兵站指挥部的人冲突起来。当他走到问讯处询问自己的部队时,一个当班长的从桌边乱吼,问他是不是想要他去给他找队伍。帅克说,没有这个意思,只是想打听一下九十一团十一先遣连驻扎在城市的哪个地方。"对我来说这很重要,"帅克强调说,"我想知道十一先遣连在哪儿,因为我是这个连的传令兵。"

　　糟糕的是,旁边坐了个指挥部的军士,他像只老虎似地跳起来对帅克嚷道:"该死的猪猡!你是传令兵,却不知道你的先遣连在哪儿?"

　　没等帅克回话,指挥部军士到办公室去了一会儿,从那儿带来一个胖上尉,样子像个大屠宰公司的老板。

　　兵站指挥部同时也负责收罗那些越变越野,到处乱窜的士兵,要不然他们会在寻找自己的部队中,混过整个战争时期。他们最乐意在兵站指挥部的伙食费已付①的桌旁等吃现成饭。

　　胖上尉一进来,军士就大声嚷道:"立正!"②上尉问帅克:"你的证件呢?"

　　帅克把证件给他。上尉确信他是从旅部到佐尔坦采找连队去的,便把证件还给帅克,和气地对桌边的班长说:"回答他的询问吧!"说完又到隔壁办公室去了。

　　等他身后的门一关上,指挥部军士就抓住帅克的肩膀,把他带到门口,给了他这么个回答:"去你的吧!臭尸!快滚蛋!"

　　于是帅克又处在混乱之中。他希望找到个营里的熟人打听一下,就在街上走了很久,直到最后决定孤注一掷。

　　他拦住一个上校,用他的半通不通的德语问上校先生知不知道他帅克的营和先遣连在哪里。

　　"你可以跟我讲捷语,"上校说,"我也是捷克人。你们营驻扎在铁路那边的克里姆托瓦村里,是不许进城来的,因为你们连有人刚一来到就在巴沃拉基广场跟人打起架来。"

　　帅克朝着克里姆托瓦走去。

---

　　①② 原文为德语。

上校叫住帅克,从兜里掏出五个克朗来给他在路上买烟抽,再一次和气地与他告别。上校走远了。上校还在暗自想道:"多么惹人爱的一个士兵啊!"

帅克朝村子继续走着,心里想着这位上校,不禁回忆起了一件类似的事件:十二年前,在特兰托①有个上校,名叫黑贝迈尔,对士兵也这么和蔼,可是最后发现他是个搞同性爱的家伙。当他在阿迪杰河②疗养地企图鸡奸一名士官生时,受到了军纪处分的威胁。

帅克带着这种阴暗的思想慢慢来到离他不远的村子。没费多大工夫就找到了营部,因为村子很分散,只有一所像样的房子,是所宽大的小学。在这个纯属乌克兰人的地区,学校是加里西亚地方政府为富饶的波兰化的村子而建造的。

这所学校在战前经历了好几个阶段。在这儿曾多次驻扎过俄军参谋部、奥军参谋部。有一个时期,学校的体育室还成了在决定利沃夫命运的大战役中的手术室,在这儿锯腿截肢,做过头骨环钻术。

---

①② 均在意大利境内。

学校后面的校园里,有一个漏斗状的大坑,是被大口径炮弹炸成的。花园的一角有棵大梨树,它的一根枝子上挂着一节断绳,不久前当地一名希腊正教神父就是在这儿被吊死的。一个波兰教员告发说他是老俄国人社团的成员,说他在俄国人占领时期曾为俄国正教派的沙皇的胜利做过弥撒。其实并非如此,因为当时被告根本就不在这个地方,他患胆结石在一个没接触到战争的小疗养地博赫尼亚·扎莫沙瓦治病。

在绞死希腊正教神父这个问题上还有几个因素起作用:民族、宗教矛盾和一只老母鸡。神父在刚开仗之前,在他院子里把那教员的一只老母鸡杀掉了,因为它把神父种下的西瓜籽儿扒了出来。

希腊正教神父死后,留下了一所空荡荡的住宅,可以说每个人都拿了他一点东西作纪念。

有一个波兰老乡甚至把他屋里的一架旧钢琴也搬走了,他用钢琴的顶盖修补猪圈门。神父的一部分家具按惯例被士兵们劈了当柴烧,有幸的是他那带有精致炊炉的大壁炉厨房还在,因为这位希腊正教派神父跟其他有出息的同事一样爱吃点好的,喜欢在炊炉上、烘箱里搁上许多罐子和浅铁锅。

所有过路的部队都在这个厨房里给军官们做饭,这已成了一种传统。上面一个大房间就是军官食堂。桌椅则是从周围老百姓家里搜罗来的。

今天营部的军官们正在这儿举行盛大晚宴。他们凑钱买了一头猪,约赖达伙伕给军官们办了一台猪肉筵席。一大堆军官仆役兵中的各种寄生虫都围着他,其中尤以军需上士为最突出,他给约赖达出主意怎么切猪头,好给他万尼克留出一块猪头肉。

所有人中眼睛瞪得最大的是永世吃不饱的巴伦。

吃人生番大概就是这样满脸馋相地看着串在铁叉上烤着的传教士,怎么流着油,煎炸时喷出诱人的香味的。

巴伦大概就像那条制奶房拉车子的狗,车子旁边是腊肠店的小伙计,他头上顶着一篮从熏制作坊里弄来的新鲜小腊肠,小腊肠串儿从篮子里耷拉到它的背上,它只需一跳,一捕捉就能进嘴。要是没有这可恶的拴着它的链子和这该死的嘴套该有多好!

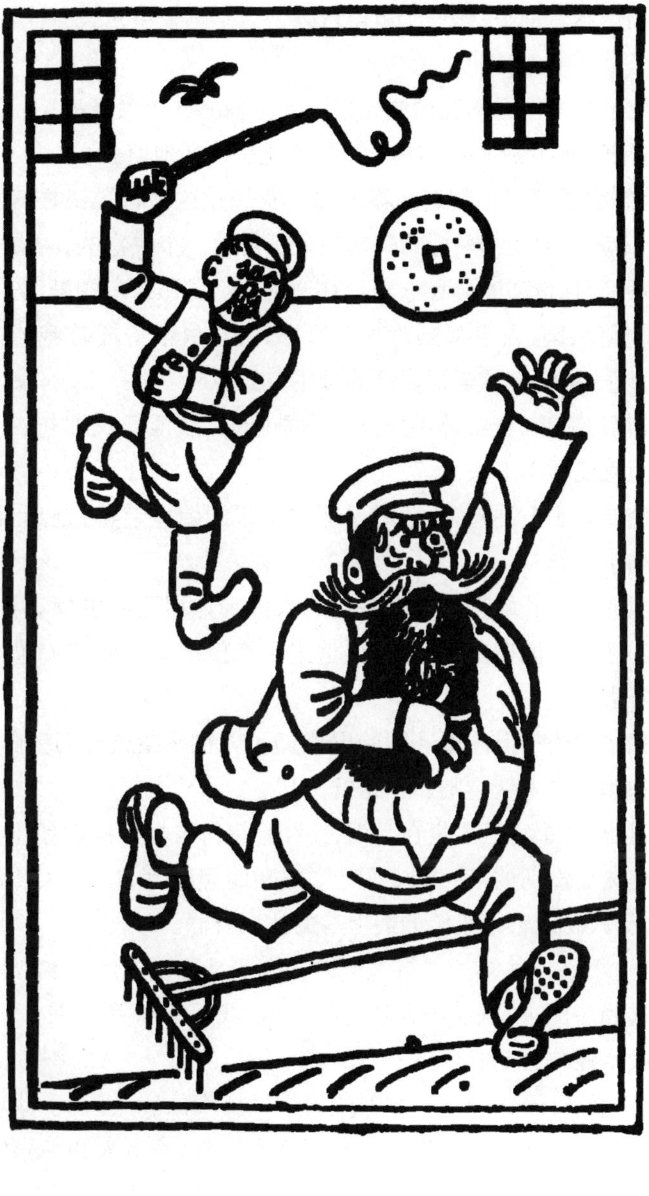

肝泥馅香肠，第一批制成的产品，肝泥堆成的堆儿散发出胡椒、油脂、肝的香味。

约赖达卷着袖子，样子严肃得可以去当绘画模特儿，活像是在冥乱中创造了世界的上帝。

巴伦已经馋得忍不住抽泣起来。他由抽泣进而大声痛哭。

"你干吗像头公牛那么嚎啊？"约赖达伙伕问他道。

"我想家了，"巴伦哭着回答他说，"我想起这种时候我在家里是个什么样子，我想起我给最好的邻居也舍不得送一小块吃的，总是自己一个人独吞，而且也都能给我吃光。有一次我吃了那么多的肝香肠、血肠子和红烧猪头肉，人家都以为我会给撑死，拿根鞭子赶着我在院子里转，就像赶一头吃饱了紫苜蓿草的母牛似的。

"约赖达先生，让我伸手摸一下小香肠，然后再把我绑起来吧！要不然我简直要活不下去了。"

巴伦从凳子上站起来，像醉汉那样歪歪倒倒地走着，走近桌子，把爪子伸向小香肠。

激烈的战斗开始啦！所有在场的人都竭力不让他去摸，可又没法制止他。他们把他攥出伙房，免得他出于绝望把手伸到装有做肝肠的湿汤罐子去。

约赖达伙伕气得冲着逃跑的巴伦扔了一整捆柴火，还追在他背后喊道："去啃你的木头棍吧！你这馋鬼！"

这时，营部军官已聚集在上面，正经地等待着楼下伙房给他们准备的佳肴美味。没别的酒可喝，便喝这难咽的黑麦酒，用葱头汁染成黄色，犹太商人硬说它是祖传的最上等的法国烧酒。

"你这小子，"扎格纳大尉对他说，"你要是再说这酒是你曾祖父从莫斯科逃到法国去，从法国人那儿买来的，我就把你关起来，一直关到你们家最年轻的也变成老头子为止。"

正当他们每干一杯骂一声那位善于做买卖的犹太人时，帅克已经坐在营部办公室了。那儿除志愿兵马列克以外，一个人也没有。他作为营史记录人正利用全营在佐尔坦采停留的机会，往他的资料中补写将在未来进行的几次战斗的胜利情景。

马列克正在打草稿,帅克进来时,他刚写完下面一段:"假如在我们灵魂的视野范围内出现了参加 N 村的战斗的所有英雄,在那里,N 团一营与二营和我们营并肩战斗,我们就会看到,我们在 N 村的营表现了最杰出的战略才能,并无可置疑地促成了旨在彻底巩固我们在 N 村地位的 N 师的胜利。"

"你瞧,"帅克对志愿兵说,"我又到了这里。"

"我的天哪,让我好好闻闻你,"惊奇的志愿兵马列克说,"不错,你的确散发着一股监狱臭味。"

"这只不过是,"帅克说,"一场小小的误会,你在忙什么呢?"

"你已经瞧见了,"马列克回答说,"我正在往纸上描写奥地利的英勇保卫者们,可是我总是写不好。尽是些'N'①,我要强调'N'这个字母在现在和将来都富有不同凡响的完美性。除了大家都知道的之外,扎格纳大尉还在我身上发现了少见的数学才能。我得检查营里的账目,现在我得出了一个结论:我营处于完全消极状态,只是等着跟自己的俄国债主进行较量,因为不管是在失败或在胜利之后,都能放手偷盗一番。其他一切就无所谓了。即使是我们的脑袋都开了花,可是记载我营胜利的材料还在。因为给我这个营史记录员的光荣任务,就是写:'我营又对那自认为胜利属于他们的敌人发动攻击。我方战士的进攻和肉搏,没有费多少时间。敌人狼狈逃窜,一窝蜂拥到他们的战壕里,我们无情地刺杀着,他们便在一片混乱中放弃了自己的战壕,给我们留下一大批受伤的和没受伤的俘虏。'这就是最光辉的时刻之一。谁熬过了这一关,便通过战地邮政给家里捎信说:'人们一个劲儿揍屁股,我的爱妻!我身体很好。你已给我们的小淘气断奶了吗?你可别教他管别人叫"爸爸",这将会使我非常难过。'书信检查机关把'人们一个劲儿揍屁股'这句话划掉了,因为不知道是谁揍了谁。这句话可以作各种不同的解释;写得模棱两可。"

---

① 原著中此处为文字游戏:在营史记录员马列克的关于奥地利军光荣战斗史中,尽用"N"代表营、连……一方面可理解为"某"连、"某"营。可是把"N"读成"nůlo",就有"大零蛋""瞎扯淡"的意思了。作者意在表示马列克写的那些 N 营、N 连的故事都是实际上没有的事。

"要紧的是要把话说明白,"帅克随便答了一句,"一九一二年在布拉格的圣·伊格纳茨住着一些传教士,其中一位在讲坛上说,他在天上可能谁也碰不着。洋铁匠库利谢克参加了这次晚祷活动。晚祷后,他来到酒店里,对人说,这个传道士肯定要闯不少祸,因为他在教堂里都敢公开说,在天上碰不到任何人。为什么单单让这种人上讲坛呢?说话应该清楚明了,不应该转弯抹角。几年前在乌布莱什库酒店里有一个管事。他有一个不好的习惯:当他下了班,兴致勃勃往家走时,总要弯到一家夜咖啡馆,跟一个不相识的客人喝上几杯;而每次干杯时他都要说:'我们对你们,你们对我们……'为此,他挨了伊赫拉瓦一个很讲礼貌的先生一记大耳光。咖啡馆门房早晨把他被打掉的牙齿扫出去时,顺便把他那个小学五年级的女儿叫来问道,一个成年人嘴里该有多少颗牙齿。因为她不知道,门房便打掉了她两颗牙齿。第三天他收到管事一封信。管事为自己使他感到不快一事表示歉意,他说他并不想说任何粗鲁话,可是公众不懂他的话是什么意思。因为'我们对你们,你们对我们'这句省略语的全意是'我们对你们,你们对我们没什么好生气的'。谁想要说双关语,首先应考虑周到点。心直口快的人是很少挨嘴巴子的。假如说有人因为说不明白话已经挨过好几次打了的话那就要注意在大庭广众之中最好免开尊口。不错,有人会以为这种人是阴险的、让人不明底细的人,因此还狠狠揍过他好几回。但这一切都要取决于他是否识相和能否自我克制。他只身一人,而同他作对的和感到受了侮辱的却有许多人。他要是和他们干起来的话,他挨的打还要多两三倍。这种人必须谦虚些、有耐心些。在鲁斯列有一个叫考伯的人。有一次,是个星期天,他在城郊游玩了一番,从贝尔东克磨坊那儿回去,在库德拉吉采的一条公路上被人在他背上错扎了一刀子。他背上插着这把刀子就回家了。他老婆给他脱外衣时,好好儿地把刀从他背上抽出来,当天就用它来切肉丁了,因为这把刀是用佐林根①钢做的,磨得又锋利,而他们家里的刀又钝又破得像把锯子,都没法用了。后来她还想要得到一整套这样的刀,便老在礼拜天叫她男人到库德拉

---

① 德国城市,以产优质钢著名。

吉采去散步。可是他只肯上鲁斯列的潘采特家去,在潘家的厨房里坐坐,主人看出了他的来意,没等他摸到他的什么东西,便把他撵了出去。"

"你一点儿也没变呀!"志愿兵对帅克说。

"没变,"帅克简短地回答,"我也没时间顾上它。他们甚至想把我枪毙掉,可这还不是最糟糕的,最糟的是我从十二号起就没地方领军饷了。"

"你在我们这儿现在是领不到军饷的,因为我们正开往索卡尔,军饷要等打完这一仗之后才发给我们,我们得节省些。我算了一笔账,假如在那儿打十四天,那么每阵亡一个士兵就可省下二十四克朗七十二哈莱什。"

"你们这儿还有什么新鲜事儿?"

"首先,我们丢了个后卫队。其次,我们宰了一头猪,军官们在神父家办了一次宴会,士兵们却分散住在村子里,跟当地的女居民们干着各种不道德的勾当。今天上午还把你们连一个士兵绑了起来,因为他爬到阁楼上去调戏一个七十岁的老娘儿们。这个士兵是无辜的,因为白天的命令里并没有规定只能找多大年纪的。"

"我觉得也是这样,"帅克发表自己的意见,"这人无罪,要是老太婆在爬楼梯,那就看不见她的脸。在塔博尔军事演习时就有过这么档子事儿:我们一个排驻扎在一家酒店里,有个娘儿们在过道里擦地板。士兵赫拉莫斯达拍了拍她的……我怎么给你说呢?……裙子吧,她的裙子很肥大,他拍她的时候,她一点儿反应也没有。第二次拍她,第三次拍她,还是没事儿,就像没碰着她似的,他于是决定采取行动。她泰然自若地继续擦她周围的地板,然后把整个脸孔转向他说:'这一下可给我逮住了吧,兵少爷!'这老太婆已经七十开外。后来她把这事对全村人都讲了。现在请允许我问您一句:我不在这儿时您没被关起来过?"

"没机会,"马列克抱歉地说,"可牵涉到你的事,我得奉告你,营部已发出对你的逮捕令。"

"这没关系,"帅克平静地说,"他们做得完全对。营部必须这么做,必须对我发出逮捕令,这是他们的职责,因为已经有这么久不知我的消息了。这对营部来说并不算轻率。你刚才说所有的军官都在神父家吃猪肉席?我得上那儿去,报告一声我已经回到这儿了。我的卢卡什上尉先生肯定在为我担心哩!"

帅克迈着士兵的坚定步伐向神父住宅走去,一边唱道:

　　瞧瞧我吧,
　　我的宝贝!
　　瞧瞧我吧,
　　他们怎么把我
　　变成了老爷!

帅克走进神父住宅,沿着梯子上楼去,只听得军官们的阵阵说笑声。

他们天南地北无所不谈,正在议论旅部的混乱现象;旅部副官却辩解说:"可我们为这个帅克打过电报,帅克……"

"到!①"帅克在半掩着的门口答道,走进屋里时又重复说:"到!报告,步兵帅克、十一先遣连传令兵到!"②

帅克看着扎格纳大尉和卢卡什上尉那惊奇的面孔,和他们脸上反映出的隐约的绝望神情,他没等问话就喊道:"报告,他们想把我枪毙掉,说我背叛了皇上。"

"圣母马利亚,你在说什么,帅克?"脸色苍白的卢卡什上尉沮丧地嚷道。

"报告,事情是这样的,上尉先生……"

帅克详尽地把事情的来龙去脉说了个一清二楚。

大家都把眼睛睁得圆圆的,惊讶地望着他;而他却说得非常详细,到最后还没忘记说,在他发生这一不幸事件的池塘边还长着勿忘我草,后来又把那些鞑靼名字一个个说了一遍,如哈里莫拉巴里贝,又添了一些他自己创造出来的名字,如瓦里沃拉瓦里维,马里莫拉马里梅。卢卡

---

①② 原文为德语。

什上尉已经忍不住说:"我给你一脚,你这畜生!你接着往下说,简短一点,光说那些有关的事儿。"

帅克接着便详细地谈到把他带到少校和将军那儿的突击审讯,还提到将军的左眼是只斜眼,少校有双蓝色的眼睛。

"滴溜溜转呀把我盯!"他还押了一句韵。

十二连连长日麦尔曼把一个小罐子朝帅克扔了过去,那是他用来喝从犹太人那儿买来的烧酒的。

帅克仍然若无其事地接着说,后来怎么进行刑前祝祷,少校又是怎么由他搂抱着一觉睡到大天亮。后来他们把他送到旅部。当营里要求把他当做丢失者送回时,他又如何在那儿出色地为自己进行了辩护。然后把证件拿出来给扎格纳大尉看,说由此可见他是经旅部这个最高审讯程序而撤销嫌疑后释放出来的。他还提醒一句说:"请允许我报告,杜布中尉先生因脑震荡留在旅部了。他让我替他向诸位长官带个好。我请求发给我军饷和烟草费。"

扎格纳大尉与卢卡什上尉交换了一个疑问的眼色。可就在这个时候房门开了,端来一盆盆热气腾腾的猪肝汤。

这是他们盼望的种种享受的开始。

"你这该死的家伙,"扎格纳大尉在临近美餐之际,心绪很佳地对帅克说:"全靠这场猪肉宴席救了你!"

"帅克,"卢卡什上尉又补了一句,"你要是再出点什么乱子,那就有你好受的!"

"报告,那是咎由自取,"帅克坚定地说,敬了一个军礼,"既然在军队里,就该知道……"

"快滚吧!"扎格纳大尉对他吼了一声。

帅克消失了。他到楼下伙房去了。伤心的巴伦已经回到了那里,要求让他在卢卡什上尉吃宴席时伺候他。

帅克正赶在约赖达和巴伦争辩时来到这里。

约赖达这时咬文嚼字地说:

"你是条贪食虫!"他对巴伦说,"你即使吃得汗流浃背也还是要吃的。我要是让你去端肝香肠,还不给我在上楼梯时偷吃个精光!"

伙房如今变了样。营、连的军需军士们按照军衔大小,也根据约赖达伙伕的计划在津津有味地吃着。营文书、连电话兵和几个军士狼吞虎咽地喝着锈搪瓷脸盆里掺了开水的猪肝汤,他们还想从中捞点什么干的。

"你好,帅克,"军需上士万尼克对帅克表示欢迎,一边啃着猪蹄,"刚才志愿兵马列克到这儿来说你又回来了,身上穿了套新军装。我因为你日子也不好过啊。马列克吓唬我说,因为你这套军服的缘故,我们现在和旅部的账再也算不清了。你那套旧军装在池塘边找着了,我们已通过营部转报给了旅部。我这儿已把你当做淹死在池塘的人勾销了。你完全可以不回来了,现在又拿这第二套军服来给我们为难。你压根儿就不知道,你给营里添了多少麻烦。你的军装的每一部分都在我们这儿作了登记。在我的军服登记簿上,已作为剩余的一套登记上了。连里多一套军装,我已向营部做了报告。如今我们又从旅部得到通知,说你在那儿得了套新军装。在这当儿营部曾在军装表报上注明:多一套军装。我知道,由这也可以引起一阵审查,遇上这么点儿小事,检查署就得派人来,要是少了千把双皮鞋,反倒无人过问……可是我们又把你那一套军装丢了。"万尼克一边悲伤地说一边吮着流到他手上的骨髓。用一根火柴棍挑着骨头缝里的碎肉吃,又用它当牙签剔着牙缝,"为这么点儿小事肯定要来检查官。我在喀尔巴阡山那时节,检查官来到我们那里,为的是让我们遵命把那些冻僵了的士兵脚上的好鞋脱下来。我们脱呀脱呀,——有两双在脱的时候坏了,一双在那士兵死前就坏了。倒霉的是,从检查署来了一位上校,便出了这么档子事儿:他一来到,马上被俄国方面一颗子弹打进脑袋,滚到山谷里去了,我不知道还能剩下什么。"

"把他的鞋脱下来了吗?"帅克好奇地问道。

"脱下来了,"万尼克若有所思地说,"可是没人知道他姓甚名谁,所以我们也没法把这位上校的鞋列入报表。"

约赖达从楼上回来,他第一眼望见了沮丧到极点的巴伦。巴伦悲伤地坐在一块大石头旁的凳子上,带着可怕的绝望神情望着自己扁下去的肚子。

"你是赫西哈斯特①教派的吧!"博学的约赖达伙佚怜悯地说,"他们也是成天望着自己的肚脐眼,直到他们觉得肚脐眼周围闪出圣光为止;然后他们就认为,他们已修到完善的第三阶段了。"

约赖达伸手到烤炉里去掏了一根血肠子出来。

"吃去吧!巴伦。"他和蔼地说,"让你吃个够,把肚皮撑破!小心噎着!你这个吃不饱的!"

巴伦流泪了。

"在家里的时候,赶上杀猪,我第一个吃,"巴伦边吃小血肠边哭诉起来,"吃下一大块猪头肉,整个的猪嘴脸、猪心、耳朵、两块肝、一个腰子、脾、半边后腿肉、舌头,然后……"

他轻声地说着,像讲述童话似地,"然后肝香肠来了。六根、十根的,肥肥的血肠子,有大麦粒的,有白面的,你简直不知道先咬哪一种好,咬大麦的呢,还是白面的呢?什么都往舌头上流,发散着香味,而我

---

① 十四世纪阿方索斯的僧侣中派生出来的教派。教徒们为了谋到较好的职业而臆想出一种预兆:只要低头望着自己的肚脐,就能看到神光。

就吃呀,一个劲儿地吃呀……"

"我这么想,"巴伦接着伤心地说,"炮弹饶了我的命,可是饥饿又来折磨我。我这一辈子再也见不到在家里那样好的血肠子了。肉冻,那玩意儿我不喜欢,因为它只是哆哆嗦嗦的,没啥营养。我老婆喜欢,就是挨我一顿揍她也还是要做那肉冻,因为凡是最合我口味的我都想一个人吃掉。我没珍惜这些美味和富足的享受啊!有一回,我和我的老丈人,一个靠子女养活的老人为一头猪争吵起来,我把猪杀掉,一个人全吃了,一丁点儿也没舍得给可怜的老人吃。后来他预言我总有一天啥也没吃的,我就会饿死。"

"看来,正是这样,灵验。"帅克说,他今天总是出口就咬文嚼字。

约赖达突然失去了对巴伦的同情,因为巴伦很快转向炊炉,从口袋里掏出一块面包来,试图把整块面包往调味肉汁里蘸一蘸;这汁儿在一个大铁盘里往四周围的大块烤猪肉上流。

约赖达打了他一下,巴伦的面包掉到肉汁里面,好像游泳运动员跳水似地从跳板上跳到河里。

约赖达没给巴伦从烤锅里拿面包的机会就把他撵出门外去了。

伤心的巴伦还在窗子外边看着约赖达用叉子把这块在调味油汁里浸得黄黄的面包叉起来给帅克,还割了一块烤肉放在上面,对他说:"吃吧,我的谦虚的朋友!"

"圣母马利亚!"巴伦在窗子外面嚷了起来,"我的面包进了茅坑啦!"他摇动着长臂,到村子里找吃的去了。

帅克享受着约赖达给他的这份厚礼,嘴巴塞得满满地说:"我真高兴,重又回到自己人中间来了。我要是再也没法给连里效劳的话,我会感到很难过的。"他用面包擦着流在下巴上的调味汁和油脂,接着说:

"要是他们还让我在哪个地方耽搁着,仗又还要打好几年,我真不知道,真不知道,你们没有我怎么行。"

军需上士好奇地问道:

"你认为,帅克,战争还要打很久吗?"

"十五年,"帅克回答说,"这是明摆着的事儿,因为已经有过一次三十年战争,如今我们比过去聪明一半了,那么就是三十除二,得十五。"

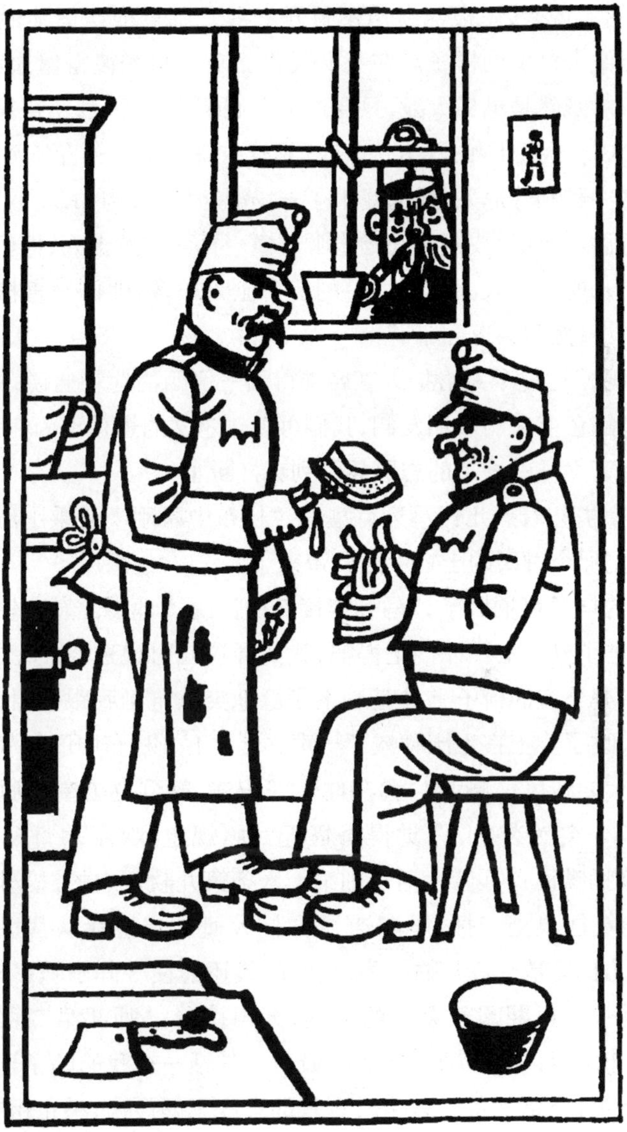

"我们大尉的勤务兵讲,"约赖达说,"他听说等我们一占领加里西亚边境就不再往前开拔,然后俄国人就开始跟我们和平谈判。"

"要这么说来,压根儿就用不着开火啦,"帅克很自信地说,"既然打仗就要像个打仗的样子。在我们没打到莫斯科和彼得堡之前,肯定不会讲和。既然是世界大战,只在边境上屁事也不干,那不合算!举个例,瑞典人打了三十年仗,虽然没打到这儿来,可也一直打到涅麦茨基·布洛特和利普尼采,在那儿干了一场漂亮仗,直到如今小酒店在半夜之后还讲瑞典话,彼此之间谁也听不懂。再看普鲁士人,他们也不只是不摸门儿的外乡人。利普尼采的普鲁士人很多,他们一直打到耶多霍夫和美洲,然后又返回来。"

"何况,"这位今天给猪肉宴席弄得颠三倒四的约赖达说,"所有的人都是由鲤鱼变来的。朋友们,我们再以达尔文的进化论为例吧!"

他的下文被闯进来的志愿兵马列克打断了。

"大家提防着点儿!"马列克嚷道,"杜布中尉刚不久乘小汽车到了营部,还把那个讨厌的士官生比勒带来了。"

"他的样子可怕极了,"马列克接着报告说,"他跟比勒一块儿下了车,马上进了办公室。你们记得吧,我离开这儿时说过,我想去打个盹儿。我在办公室的椅子上伸直躺下了。他突然跑到我跟前时,我已美滋滋地入睡了。士官生比勒喊了一声:'起立!'①杜布中尉把我提溜起来,对我大耍威风:'啊哈!我在你玩忽职守、躲到办公室里睡大觉的时候来了个突然袭击,你觉得奇怪吧?照规定,吹了熄灯号才能睡觉。'比勒插嘴说:'兵营生活守则第十六条第九款规定的,'这时,杜布中尉用拳头往桌上一捶,吼叫道:'你们大概是想把我从营里勾销掉吧,没门儿!只是一点儿脑震荡,我的脑袋还能使一阵子哩!'这时,士官生比勒一页页翻阅着桌上的公文,大声读着:'师部第二百八十号令'。杜布中尉以为比勒在拿他的最后一句话——我的脑子还能使一阵子开玩笑,开始责备士官生对军官的态度不够严肃,举止粗鲁,然后把他带到大尉那儿告状去了。"

---

① 原文为德语。

不一会儿,他们来到伙房,这是上楼时必经之道。楼上坐着所有的军官,他们吃过猪腿之后,马利中尉正在唱歌剧《茶花女》中的咏叹调,一边还因为吃多了白菜和油食而打着嗝儿。

杜布中尉一进伙房,帅克便大声喊道:"起立!全体起立!"

杜布中尉径直朝帅克走去,对着帅克的面孔嚷道:"你只管乐吧!如今你要完蛋了!我要把你制成标本留在九十一团作纪念!"

"是①,上尉先生,"帅克行了个军礼说,"报告,我在书上看到过,有一回打了一场大战,瑞典国王同他忠实的马一块儿牺牲了。人们把这两具尸体运回了瑞典,这两具尸体都制成了标本,如今还搁在斯德哥尔摩博物馆里。"②

"你哪儿来的这么些知识,臭小子?"杜布中尉吼了一声。

"报告,中尉先生,从我当中学教员的哥哥那儿得来的。"

杜布中尉转过身去吐了一口唾沫,推着士官生比勒到楼上的大厅里去了。可他还不甘心,在门口回过头来,冲着帅克,以决定受伤的角

---

① 原文为德语。
② 显然帅克是在影射杜布中尉逞能骑马摔跤的事。

斗士命运的罗马皇帝①那种铁面无情的严厉神态,用右手的大拇指向下一指,嚷道:"大拇指向下!"

帅克冲着他的背影叫道:"报告,我个个指头都向下了!"

士官生比勒像只苍蝇似的衰弱了。在这段时间里,他跑了好几个霍乱防治站,被当做霍乱嫌疑患者进行了各种检查。逐渐习惯了本能地拉在裤子里,直到最后落到一个霍乱防治站的手里为止。专家从他的粪便里没有发现霍乱菌,便用单宁酸把他的肠子固定起来,像鞋匠用麻绳缝破靴一样,然后把他送到最近的一个兵站,并把这奄奄一息的士官生比勒判为"适于队列勤务"。②

专家是个热心人。

当士官生比勒告诉医生,说自己感到很虚弱时,医生微笑着对他说:"你还有力气带上勇敢金质奖章。你是自愿报名参军的呀。"

于是,士官生比勒出发去领金质奖章了。

他的康复了的肠子已不再往裤子里拉稀,但还常常感觉想拉,因此从最后一个兵站到他同杜布中尉会面的旅部,全部行程实际上是他沿着所有厕所的一次隆重旅行。他好几次误了火车,因为他在车站厕所里蹲的时间很长,火车开走了。还有好几次蹲在火车上的厕所里耽误了换车。

尽管比勒沿途上厕所,离旅部还是越来越近了。

杜布中尉还需要在旅部由医生护理数日,但就在帅克去营部的那一天,当旅部医生知道下午有救护车到九十一团某营驻地去时,他便改变了主意,让杜布中尉走。

医生因为能摆脱掉杜布中尉而感到非常高兴。这位中尉开口闭口就说:"这一点,我战前就跟县太爷说过了。"

"你跟你的县太爷可以吻我的屁股。"③旅部医生心中暗自感叹命

---

① 在古罗马时代,由罗马皇帝决定斗败的角斗士的命运。皇帝右手的大拇指向下一指,表示应将该角斗士杀死;向上一指,表示可让其活着。

②③ 原文为德语。

运之神,让救护队的大汽车经佐尔坦采开往卡米奥卡—斯特鲁米洛夫。

帅克在旅部没有见到士官生比勒,因为后者又在旅部军官厕所的抽水马桶上坐了两个多小时。可以大胆地说,士官生比勒在这类地方从不浪费时间,因为他重温了光荣的奥匈军队的所有光辉战役,从一六三四年九月六日的内德林根战役开始到一八八八年八月十九日的萨拉热窝战役止。

当他无数次地拉动抽水马桶水箱的绳索,水哗哗地急冲到便池时,他闭上眼睛,设想着战场上的喧嚣、骑兵的进攻和大炮的轰鸣。

杜布中尉与士官生比勒相遇的情景并不动人。这也无疑是他们两人后来在公务和私事方面都相处得不甚愉快的原因。

杜布中尉第四次跑去上厕所时,生气地嚷道:"谁在里面?"

"九十一团 N 营十一先遣连士官生比勒。"里面传出自豪的回话。

"我是,"争厕所的人在门外自我介绍说,"本连的杜布中尉。"

"马上就得,中尉先生。"

"我等着呐!"

杜布中尉不耐烦地看看表。他已经在门口等了十五分钟,然后又是五分钟、再又五分钟,任你手敲门脚踢门,里面照样回答:"马上就得,中尉先生。"谁也难以想象,在这种情况下需要多么大的耐心和坚韧性!

杜布中尉,特别是当他满怀希望地听到手纸响声之后又等了七分钟,门还是没开时,他发起火来了。

士官生比勒很策略,每次他都不拉水箱。

杜布中尉气得浑身发热,他开始琢磨,要不要向旅长告他一状,旅长也可能下令砸门,把士官生比勒拖出来。他又想到,这样做可能破坏上下关系。

又等了五分钟,杜布中尉才感到,他在门外已经无事可干,早已憋过劲儿了。只是出于某种原则他仍然呆在厕所门外,继续踢着厕所门,门内总是回答说:"马上就得,中尉先生!"①

---

① 原文为德语。

终于听到比勒拉水箱了,过一会儿,两人便面面相觑地站在一起了。

"士官生比勒,"杜布中尉对他大发雷霆道,"你别以为我为了跟你一样的目的才来这儿的。我来这儿是因为你到旅部来根本没向我报到。你不知道规定吗?你不知道,该优先照顾谁吗?"

比勒竭力回忆,他是不是在什么地方违反了纪律和指令,在下级军官对上级军官的问题上冒犯了上级。

据他所知,在这方面存在着巨大的缺陷和鸿沟。

在学校里谁也没在课堂上讲过,在这种情况下,下级军官应怎样对待上级军官,是不是该不拉完屎就出厕所门,一手提着裤子,另一只手行军礼。

"你回答呀,士官生比勒!"杜布中尉挑衅地问道。

突然,士官生比勒想出了一个最简单的回答:"中尉先生,我没想到在我来到旅部后您也来了。我在办公室办了一点自己的事儿,马上上厕所来,一直蹲到您来为止。"

然后用庄重的声音补充说:"士官生比勒向杜布中尉报到!"

"你瞧,这不是小事吧?"杜布中尉挖苦地说,"依我看,士官生比勒,你一到旅部,就应该在办公室里打听一下,这儿有没有你们营和你们先遣队的军官。对你的行为我们到营里再说。我现在要坐汽车到那儿去,你也随我一块儿去!没二话可说!"

士官生比勒本想拒绝他的要求,因为旅部办公室已打算让他坐火车走了。考虑到他的直肠的弱点,这种旅行方式对他方便得多。一个小孩都知道,汽车上没有厕所,在没走完一百八十公里之前,他早就会拉上一大裤裆了。

鬼知道是怎么回事,他们出发后,汽车的震动对比勒的胃并没什么影响。

杜布中尉的报复计划没有成功,他感到非常沮丧。

出发时,杜布中尉暗自想道:"等着瞧吧,士官生比勒,等你要拉肚子时,你别以为我会吩咐司机停车!"

根据这个计划,控制着汽车的时速,一公里一公里地往前开着,杜布开口和气地说,军用汽车是有规定的时速的,不应当白白浪费汽油,不应该随时停车。

士官生比勒理直气壮地反驳说,汽车停下来时,根本不费油,因为司机会把油门关上的。

杜布中尉不肯示弱,坚持说:"但汽车必须在规定的时间内开到目的地,因此哪儿也不许停车。"

士官生比勒再也没有进行反驳。

汽车快速行驶,一刻多钟之后,杜布中尉突然感到肚子发胀,他觉得要是停下车来,出去蹲在哪个壕沟里,解开裤子轻松一下该有多好。

他以英雄的气概足足憋了一百二十六公里,但往下再也憋不住了。他一把揪着司机的大衣,冲着他的耳朵喊了一声:"停车!①"

"士官生比勒,"杜布中尉宽厚地说,一边迅速跳下汽车,向壕沟跑去,"现在你也可以方便……"

"谢谢您,"士官生比勒回答说,"我不愿白白耽误汽车。"

其实士官生比勒也憋得不能再憋了,但他下了决心,宁可拉到裤裆里,也不放过让杜布中尉丢丑的这个大好机会。

到达佐尔坦采之前,杜布中尉又让停了两次车。最后一次停车时他还不肯服输地对士官生比勒说:"我中午吃的是猪肉烧小酸白菜。我从营里给旅部打了个电报,就这些发馊的酸白菜和臭猪肉告了一状。伙伕们的大胆妄为也太不像话。不认识我的人,总有一天会认识我的。"

"诺斯蒂茨-里内克元帅,后备骑兵队的精华,"比勒回答说,"出了一本书:《战争期间的伤胃之物》②,根本不主张在战争的艰难岁月里吃猪肉。行军中任何不节制行为都是有害的。"

杜布中尉对此未加可否,只是想:"小子,你这点学问我总有办法对付的!"后来他改变主意,向比勒提了一个愚蠢透顶的问题:"你以为,士官生比勒,就凭你这么个军衔也要来评论上级军官不节制?你是不是想说,我吃得过量了?谢谢你这下流话。你等着吧,我要跟你算账

---

①② 原文为德语。

的。你还不认得我,等到你认识我了,你会想起杜布中尉的。"

说到最后一个字时差一点咬了自己的舌头,因为这时汽车正越过一条横沟。

士官生比勒仍然什么也没回答,这更激怒了杜布中尉,他粗暴地问道:"你听着,士官生比勒,我想你是学过怎样回答自己长官的问题的吧?"

"当然啰,"士官生比勒说,"条令里有这样的规定。但首先要弄清我们之间的关系。据我所知,我现在还不属于任何单位,这就谈不上我与您的直接从属关系,中尉先生。但是最重要的是,只有在军官圈子里才存在下属回答上司公务方面的问题。我们两人坐在汽车上,并不是参加任何军事作业的战斗单位,我们中间不存在任何公务关系。我们各归各队。我是不是想说您吃得过量了,中尉先生,这个问题在任何情况下都不是公事,也就不必回答。"

"你说完了?"杜布中尉对他嚷道,"你……"

"对,"士官生比勒用坚定的声调回答说,"请您不要忘了,中尉先生,军官荣誉法庭自会对我们做出判决。"

杜布中尉气恼得控制不住自己了。通常,当他发怒时,他会比平静时说出更蠢更糊涂的话。

所以他嘟囔着说:"你的问题由军事法庭解决。"

士官生比勒抓住这个机会要狠狠整他一下,所以用一种最友好的声调说:"您在开玩笑,朋友!"

杜布中尉叫司机停车。

"我们当中必须有一个步行。"他喃喃自语。

"我坐车走,"士官生比勒泰然自若地说,"至于您,朋友,你请便吧!"

"继续开车,"杜布中尉像说梦话似地对司机嚷叫了一声,随即陷入深深的充满尊严感的沉默,就像阴谋家手持短剑走近尤利乌斯·恺撒①,准备刺杀他时,他的那副神情一样。

---

① 尤利乌斯·恺撒(公元前100—前42),古罗马杰出统帅,政治家,公元前四十二年,为政敌用他朋友布鲁图的短剑刺死在元老院会议上。

他们就这样来到了佐尔坦采,一起找到了营部。

正当杜布中尉和士官生比勒在楼梯上争辩着,不属于任何单位的士官生是否有权去领取各连军官应得的肝香肠时,楼下伙房里的人已经吃得饱饱的,一个个躺在四散的长椅上天南地北地聊天,抽着一百〇六号烟草。

伙伕约赖达宣布说:"今天我给你们搞了一项重大发明。我想:这会在烹调艺术中引起天翻地覆的变化。你知道,万尼克,我在这该死的村子里哪儿也没找到做肝香肠用的马约兰①。"

"Herba majoranae②,"军需上士万尼克想起自己做过草药买卖,便这样说道。

约赖达接着说:"还没研究出来的是,人类的理智怎样巧妙地在困境中找到各式各样的药方,新的地平线怎样在人类的理智面前呈现出来,人类的理智怎样发明所有至今人类连做梦也没梦见过的不可能的事物……我到各家各户去找那马约兰。我到处跑呀,找呀,跟他们说我要拿它干什么,它是个什么样儿……"

"你还应该把它的香味描述出来,"帅克躺在长椅上说,"你应该说,马约兰香得像你在盛开的洋槐林荫道上闻着小墨水瓶的味儿。在布拉格附近博赫达尔山岗上……"

"算了,帅克,"志愿兵马列克以请求的口吻打断他的话,"让约赖达说完吧。"

约赖达接着说:"在一家庄园里,我碰到了一位占领波斯尼亚与黑塞哥维那时期的退伍老兵,他是在帕尔杜皮茨城③服满骠骑兵的兵役的,至今还没忘记捷克话。他开始跟我争论,说在捷克往肝香肠里放的不是马约兰,而是甘菊。我,实话说,真不知道拿他咋办,因为每一个有理智和客观的人都把马约兰作为肝香肠的香料之王。需要尽快找到这样一种特别的香料的代用品。于是我在一家人家挂在墙上的某位圣

---

① 一种香料。
② 马约兰的拉丁语学名。
③ 在捷克。

徒的圣像下面找到一个桃金娘花环,是结婚时用的。这还是对新婚夫妇,因为花环上的桃金娘枝子还相当新鲜。我就把桃金娘放在肝香肠里。当然,我首先得把这个结婚花环拿去放在开水里煮三次,让叶子变软,去掉那股辛辣味儿。不用说,在我把那结婚花环拿去做肝香肠时,他们流了不少眼泪。小两口在和我分手时断定说,我这样亵渎上帝(因为花环是行过祓除式的),不久就会挨炮弹打死。你们不是都喝了我的肝香肠汤吗?可你们谁也没吃出来我放的香料不是马约兰而是桃金娘。"

"在英德希赫城,"帅克开腔了,"很多年前有个叫约瑟夫·利涅克的腊肠铺老板。他在隔板上搁了两个盒子。一个装的是混合在一起的香料,供制作肝香肠和血肠调料用。另一个装的是杀虫药粉,因为那位腊肠铺老板已经好几次发觉,他的顾客不得不吃臭虫或蟑螂咬过的香肠。他总是说,臭虫有一股圆柱形甜面包里放的那种苦杏仁的辛香味儿。但腊肠里的蟑螂却臭得跟被蛀空发霉的旧《圣经》一样。所以他很注意保持作坊的清洁,到处撒些杀虫药粉。有一次做血肠时,赶上他伤风,把装杀虫药粉的盒子打翻了,药粉撒在用来灌血肠的馅儿上了。从此在英德希赫城的人要吃血肠的都找利涅克。人们都挤到他铺子里去买。他很聪明,想到这是那杀虫药粉起的作用。于是订购了整箱整箱的杀虫药粉。事先还叮嘱那个给他供货的药粉公司在箱子上写上'印度香料'几个字。这是他的秘密,他带着这个秘密进了坟墓。最有趣的是,凡是从他那儿买血肠吃的人家,他们家里的臭虫蟑螂都搬了家。打这个时候起,英德希赫城就成了整个捷克最清洁的城市之一。"

"你说完了吗?"志愿兵马列克问,他也忍不住要说几句了。

"这件事算是谈完了。"帅克回答说,"可我还知道贝斯基迪有件与这相似的事儿,等我们开火时,再给你们讲。"

志愿兵马列克便讲道:"烹调手艺在战时、尤其是在前线能最好地表现出来。请允许我打个小小的比方。在和平时期,我们大家都读过、也听到过所谓的冰汤,就是往里面搁块冰的汤。这种冰汤在德国北部、丹麦、瑞典很流行。你们瞧,战争一来,今年冬天,在喀尔巴阡山的士兵们有那么多冻了冰的汤,他们连嘴都不沾,可是这玩意儿却是一种名菜。"

"冻了的酱肉丁可以吃,"军需上士万尼克提出异议,"可是时间不能太长,最多一个礼拜。为此我们的九连放弃了阵地。"

"还是在和平时期,"帅克带着一副特别严肃的神气说,"整个部队都围着伙房和各式各样的食物转。我们在布杰约维策有一位叫扎克莱斯的上尉,他一天到晚围着军官食堂转,要是哪个士兵闯了点什么祸,他就命令他'立正'站着,骂道:'你这浑小子,你要是再犯一次,我就把你这张丑脸剁成肉末做成肉饼,把你绞成肉馅拌到土豆泥里,然后统统吃掉。要不用你做鹅杂碎炒饭,把你变成用肥猪肉填的烤兔。你瞧,你要是不想要人家把你当做圆白菜烧肉饼,你就得改正错误。'"

这场把菜谱用于教育士兵的进一步描写和有趣的谈话被楼上结束宴会后的大叫大嚷声打断了。

在一片喧闹声中,士官生比勒的尖叫声最为突出:"士兵在和平时期就该知道,战争要求什么,在战争中不要忘记在操场上学会了的东西。①"

然后又听见杜布中尉的叱骂声:"请允许我指出,我已是第三次受辱了。"

楼上大闹了起来。

对士官生比勒怀有明显的阴险用意、渴望讨好上司的杜布中尉受到了军官们大轰大嗡的呵斥。犹太人卖的烧酒使他们全发酒疯了。

他们争先恐后地大声喊着,影射杜布中尉的骑马技术:"没有马夫是不行的!"——"一匹受惊的野马,"——"朋友,你在西方的骑马牧童中呆了多久?"——"马戏班的骑手!"

扎格纳大尉很快给他斟了一杯该死的烧酒,受辱的杜布中尉坐到了桌子边。他把那张破椅子拖得靠近卢卡什上尉,上尉友好地欢迎他说:"我们什么都吃光了,朋友。"

士官生比勒严格地按照规定,向扎格纳大尉和所有的军官一一报

---

① 暗指杜布中尉不会骑马出洋相的事。

到,每次都重复地说:"士官生比勒到营部报到。"虽然大家都看见、都知道这个,但他这个卑微的人物还是不为人们所注意。

比勒端着满满一杯酒,谦恭地坐在窗旁,等待着方便的时机,显示一下自己从课本上学来的知识。

酒劲发作的杜布中尉用指头敲着桌子,把整个身子转向扎格纳大尉说:

"我总是跟县太爷说:'爱国主义、忠于职守、自我完善,这就是战争中的真正武器。'当我们军队最近将要越过边境之际,我要提请您注意的正是这个。"

病中的雅·哈谢克将《好兵帅克历险记》口授至此为止。死神于一九二三年一月三日迫使他永远沉默下来,以至未能把这部在这一次世界大战后最著名最受读者欢迎的小说之一写完。

附　录

我是怎样为帅克作插图的

　　我是一九〇七年认识雅·哈谢克的。我为这一结识感到高兴。可是对哈谢克的外貌和表情,我确乎不怎么满意。我所想象的那位当时已经出了名的讽刺与幽默作家完全是另外一副样子,绝不是这么一个表情平淡、面庞近乎孩子式的年轻人。我徒劳地在他那张圆圆的脸上寻找一般讽刺作家所具有的外貌特征:鹰钩鼻子、薄嘴唇和一对狡黠的眼睛。哈谢克给人的印象像是一个较富裕人家的、不怎么爱动脑筋的子弟,脸上无须,憨厚朴质,有着一双诚恳坦率的眼睛。与其说他像一位天才的讽刺家,不如说他像一个天真无邪的高材生。可是这种印象只能保持在听到哈谢克说话之前。后来我就马上看出他是个机灵鬼,发觉我是在用通常的眼光来看他了。

　　稍久一点见不到他,我就深感难受;他的幽默对我来说像盐一样可贵。我只到他父母的住处访问过他一次。以后总是哈谢克来看望我。当我于一九〇八年迁居到迪特利霍瓦街时,哈谢克偶然地成了我的房客,直到他被征入伍,到布杰约维策的九十一团戴上鹦绿领章为止。哈谢克在我处的寄居常为各种原因所中断。我每次总是兴高采烈地欢迎他的重新归来,高兴他在我这儿住下,只要他不突然不辞而别。他因为没处睡觉才成为寄居房客。哈谢克当时是我主编的《漫画杂志》的积极合作者。

　　他写东西很容易、很轻松,你真可以在他面前等着他的幽默小品出手。他在哪儿都可以写作,哪怕是在最喧哗的环境中他也不在乎。有时候,他在动笔之前已有腹稿,但通常是在他坐到桌旁之后才想出题材来。他从来没有为将要写什么这个问题绞过脑汁。他一动不动地坐上片刻,眼睛盯着白净的稿纸,然后就着手写稿了。他写得很快,无大间歇,字体清晰漂亮。常常是一手交稿一手收稿费。哈谢克心眼儿很好,谁若是对他了解不深,就不会相信他是那么喜爱大自然,会怀着那么大的兴趣去旅行。烹调是他的一大爱好。他的确做得一手好菜,所以我们在他被召到布杰约维策九十一团之前的确过得不赖。

那一天,他带着一种一本正经的新兵的情绪从招兵站回来。我把他让进门,他对我的问候只是应付了一下,便冷冷淡淡从我身边走向他的临时住房,而对我提出的他被征的结果怎样这个重要问题,他却故意带着瞧不起人的劲头回答说,他不想跟任何一个老百姓对话,然后把自己关在厨房里,用他那滑稽的、五音不全的嗓子唱起军歌来。从这个时候起,他对我就装作对待一个低一等的人一样,完全不像对待一个房东的样子。很快他就从我这儿搬走了。在他被征入伍前已经不住我这儿了。

从一九一五年起,我再没有见过哈谢克,直到一九二一年他从俄国回来看望我时才又见到他。我从他的举止中没有发现任何明显的变化,仍旧相当幽默,虽然我们分手已经六年了,但我感到他仍然是原来那位老朋友哈谢克。

哈谢克早在世界大战之前就开始创作有关"好兵帅克"的短篇小说,在《漫画杂志》和《好人杂志》上发表,后来又结集其他一些短篇小说由"海达"、"杜契卡"出版社分别出版单行本。一九二二年哈谢克到我家来看望我时,要我为他的《好兵帅克历险记》分册版本画封面。我就着手画了。对帅克这个人物我不是根据某个一定的人来构思,而是根据哈谢克对帅克的想象和描写来创作的。我把帅克画成这么个人物:他在枪林弹雨、榴霰弹爆炸声中点着他的烟斗,脸部表情善良而泰然,看去很机灵,但根据需要又很会装傻。我把这张封面在约定的时间送到"乌·姆赫尔基赫"酒店去。哈谢克和弗·赛乌尔都非常喜欢。哈谢克琢磨了一阵子后,答应给我两百克朗的稿酬。赛乌尔觉得少了点,加到了五百克朗。哈谢克沉默了好大一会儿,然后往桌上一捶,结束了这场关于稿酬的争议,决定给我一千克朗。可我不但没有得到分文稿酬,还得替他俩付酒钱。封面印出来了,稿酬分文未见。我也没把这当回事。当我已经忘了这事时,做过内衣买卖的弗·赛乌尔派了个会计来见我,给我捎来几件内衣和几双短袜,说是主编先生(弗·赛乌尔)吩咐他把这两样东西捎来当做绘制封面的稿酬;他没法早些捎来,因为他"破产"了。

一九二四年,哈谢克逝世之后,我作为《捷克话》杂志社的一个画作者,在星期日增刊上连载了《好兵帅克历险记》,并为每次的连载画六幅黑白插图,我在插图下面配上几句哈谢克小说中的原文。这些画大约总共发表了五百幅。据我自己的想象和哈谢克的描写创作了他小说中的其他人物。我可以说,在《捷克话》上发表的、附有我的插图的帅克非常受读者欢迎。后来柯·辛涅克出版社出版该书的单行本时也用了这些在报刊上发表的插图。可我对所画的帅克这个角色还不够满意。我又进一步使它完善起来,到第三版时我画的插图才定型下来,沿用到今天。

要给《好兵帅克历险记》作彩色插图是我早有的愿望。我意识到,我之所以在彩色插图中不能改动各个人物形象,其一是因为我已经习惯了,其二是我对这些人物的表达已经感到满意。因此在我作彩色插图时仍然保持了原来所画的形象和构图。我想象中的这些人物是这么样:卢卡什上尉——典型的奥地利上尉、风流男子,对帅克闹的乱子相当宽容,当帅克弄得一塌糊涂简直乱到吓人的地步时,他便说声:"这已经有些过了头。"杜布中尉——一个冷漠无情的人,他设想自己是在跟一些不听话的学生,而不是跟一些成年人在打交道,他为人奸险,尖酸刻薄,善钻营而又急躁易怒。米勒太太——年岁较大的干瘪老太太,常给帅克带来最新消息,很是尊重和钦佩她的这位恩人,对他忠心耿耿。酒店掌柜巴里维茨——一个与众不同的粗鲁汉,可是为人不坏,不尊敬王朝君主,不让人们在他酒店里谈论政治。布雷特施奈德——典型的密探和告发者,他总在寻觅猎获物,他既是个奸细,又是个不走运的人。巴伦——他惟一的理想是吃得好,是个馋鬼,为了捞到点好吃的东西不惜皮肉受罪。他身体强壮,可性格软弱。卡茨神父——天主教的随军神父,犹太血统,是个大酒鬼和浪荡公子。军需上士万尼克——是个在军队里被人瞧不起的角色,人们给他编了支"军士之歌",是个一心只为自己着想的势利眼。一年制志愿兵马列克——大胖子,为人热忱、爱开玩笑,他对上级玩世不恭,在部队大部分时间呆在机关而不是在连队和演习场上。比勒——大笨蛋,且还是个媚上傲下、一心往上爬的人,还是个怕死鬼。其他的角色也都是奥地利军队生活中的典型人物。我自信,所有这些主要代表人物的形象都是根据哈谢克所描写和想象而作成的。遗憾的是,我的朋友哈谢克没有活到帅克全部插图绘出之时。他若活着,准是我最好的和最不留情的批评家。我相信,他会满意我的插图。我对他这部今天已经闻名世界的幽默小说所负的这笔巨债,总算还清了。

约瑟夫·拉达

"名著名译丛书"书目

（按著者生年排序）

第 一 辑

书 名	著 者	译 者
荷马史诗·伊利亚特	[古希腊]荷马	罗念生 王焕生
荷马史诗·奥德赛	[古希腊]荷马	王焕生
伊索寓言	[古希腊]伊索	王焕生
一千零一夜		纳 训
源氏物语	[日]紫式部	丰子恺
十日谈	[意大利]薄伽丘	王永年
堂吉诃德	[西班牙]塞万提斯	杨 绛
培根随笔集	[英]培根	曹明伦
罗密欧与朱丽叶	[英]莎士比亚	朱生豪
鲁滨孙飘流记	[英]笛福	徐霞村
格列佛游记	[英]斯威夫特	张 健
浮士德	[德]歌德	绿 原
少年维特的烦恼	[德]歌德	杨武能
傲慢与偏见	[英]简·奥斯丁	张 玲 张 扬
红与黑	[法]司汤达	张冠尧
格林童话全集	[德]格林兄弟	魏以新
希腊神话和传说	[德]施瓦布	楚图南

高老头 欧也妮·葛朗台	[法]巴尔扎克	张冠尧
普希金诗选	[俄]普希金	高 莽 等
巴黎圣母院	[法]雨果	陈敬容
悲惨世界	[法]雨果	李丹 方于
基度山伯爵	[法]大仲马	蒋学模
三个火枪手	[法]大仲马	李玉民
安徒生童话故事集	[丹麦]安徒生	叶君健
爱伦·坡短篇小说集	[美]爱伦·坡	陈良廷 等
汤姆叔叔的小屋	[美]斯陀夫人	王家湘
大卫·科波菲尔	[英]查尔斯·狄更斯	庄绎传
双城记	[英]查尔斯·狄更斯	石永礼 赵文娟
雾都孤儿	[英]查尔斯·狄更斯	黄雨石
简·爱	[英]夏洛蒂·勃朗特	吴钧燮
瓦尔登湖	[美]亨利·戴维·梭罗	苏福忠
呼啸山庄	[英]爱米丽·勃朗特	张玲 张扬
猎人笔记	[俄]屠格涅夫	丰子恺
包法利夫人	[法]福楼拜	李健吾
昆虫记	[法]亨利·法布尔	陈筱卿
茶花女	[法]小仲马	王振孙
安娜·卡列宁娜	[俄]列夫·托尔斯泰	周扬 谢素台
复活	[俄]列夫·托尔斯泰	汝龙
战争与和平	[俄]列夫·托尔斯泰	刘辽逸
海底两万里	[法]儒勒·凡尔纳	赵克非
八十天环游地球	[法]儒勒·凡尔纳	赵克非
马克·吐温中短篇小说选	[美]马克·吐温	叶冬心
汤姆·索亚历险记	[美]马克·吐温	张友松
爱的教育	[意大利]埃·德·阿米琪斯	王干卿
莫泊桑短篇小说选	[法]莫泊桑	张英伦
契诃夫短篇小说选	[俄]契诃夫	汝龙
泰戈尔诗选	[印度]泰戈尔	冰心 等
欧·亨利短篇小说选	[美]欧·亨利	王永年

名人传	[法]罗曼·罗兰	张冠尧 艾 珉
童年 在人间 我的大学	[苏联]高尔基	刘辽逸 等
绿山墙的安妮	[加拿大]露西·蒙哥马利	马爱农
杰克·伦敦小说选	[美]杰克·伦敦	万 紫 等
卡夫卡中短篇小说全集	[奥地利]卡夫卡	叶廷芳 等
罗生门	[日]芥川龙之介	文洁若 等
了不起的盖茨比	[美]菲茨杰拉德	姚乃强
老人与海	[美]海明威	陈良廷 等
飘	[美]米切尔	戴 侃 等
小王子	[法]圣埃克苏佩里	马振骋
钢铁是怎样炼成的	[苏联]尼·奥斯特洛夫斯基	梅 益
静静的顿河	[苏联]肖洛霍夫	金 人

第 二 辑

威尼斯商人	[英]莎士比亚	朱生豪
忏悔录	[法]卢梭	范希衡 等
罪与罚	[俄]陀思妥耶夫斯基	朱海观 王 汶
哈克贝利·费恩历险记	[美]马克·吐温	张友松
漂亮朋友	[法]莫泊桑	张冠尧
斯·茨威格中短篇小说选	[奥地利]斯·茨威格	张玉书
海浪 达洛维太太	[英]弗吉尼亚·吴尔夫	吴钧燮 谷启楠
日瓦戈医生	[苏联]帕斯捷尔纳克	张秉衡
大师和玛格丽特	[苏联]布尔加科夫	钱 诚
太阳照常升起	[美]海明威	周 莉

第 三 辑

神曲	[意大利]但丁	田德望
吉尔·布拉斯	[法]勒萨日	杨 绛
都兰趣话	[法]巴尔扎克	施康强

书名	作者	译者
叶甫盖尼·奥涅金	[俄]普希金	智量
笑面人	[法]雨果	郑永慧
红字 七个尖角顶的宅第	[美]纳撒尼尔·霍桑	胡允桓
死魂灵	[俄]果戈理	满涛 许庆道
南方与北方	[英]盖斯凯尔夫人	主万
莱蒙托夫诗选 当代英雄	[俄]莱蒙托夫	余振 等
前夜 父与子	[俄]屠格涅夫	丽尼 巴金
白鲸	[美]赫尔曼·梅尔维尔	成时
米德尔马契	[英]乔治·爱略特	项星耀
小妇人	[美]路易莎·梅·奥尔科特	贾辉丰
娜娜	[法]左拉	郑永慧
一位女士的画像	[美]亨利·詹姆斯	项星耀
十字军骑士	[波兰]亨利克·显克维奇	林洪亮
樱桃园	[俄]契诃夫	汝龙
约翰-克利斯朵夫	[法]罗曼·罗兰	傅雷
我是猫	[日]夏目漱石	阎小妹
嘉莉妹妹	[美]德莱塞	潘庆舲
月亮与六便士	[英]威廉·萨默塞特·毛姆	谷启楠
人性的枷锁	[英]威廉·萨默塞特·毛姆	叶尊
人类群星闪耀时	[奥地利]斯·茨威格	张玉书
尤利西斯	[爱尔兰]詹姆斯·乔伊斯	金隄
好兵帅克历险记	[捷克]雅·哈谢克	星灿
城堡	[奥地利]卡夫卡	高年生
喧哗与骚动	[美]威廉·福克纳	李文俊
老妇还乡	[瑞士]迪伦马特	叶廷芳 韩瑞祥
金阁寺	[日]三岛由纪夫	陈德文
万延元年的 Football	[日]大江健三郎	邱雅芬

扫码免费领取听书券

七十余部外国文学名著经典
0元订阅，无限畅听